Twisted Lies

Biografía

Ana Huang es autora de novela contemporánea de temática romántica y erótica. Sus historias pueden ser tremendamente optimistas o muy oscuras, pero siempre tienen un final feliz acompañado de cotilleos y buenos repasos a chicos guapos. Además de leer y escribir, Ana adora viajar, está obsesionada con el chocolate caliente y mantiene varias relaciones simultáneas con novios imaginarios.

Ana Huang

Twisted Lies

Serie Twisted, 4

Traducción de Mariona Gastó

CROSS BOOKS

Título original: *Twisted Lies*

Avda. Diagonal, 662-664, 08034 Barcelona (España)
www.planetadelibros.com

Adaptación de la cubierta: Booket / Área Editorial Grupo Planeta a partir de la idea original de @ejamesdesigns
Primera edición en Colección Booket: mayo de 2025

Depósito legal: B. 7220-2025
ISBN: 978-84-08-30210-0
Impreso en España

A todas las personas que se sienten atraídas
por una moralidad gris

Playlist

Tears of Gold (Slowed) – Faouzia
Made to Love – John Legend
God Is a Woman – Ariana Grande
Infinity – Jaymes Young
Style – Taylor Swift
Crazy in Love – Sofia Karlberg
Coffee – Miguel
Heat Waves – Glass Animals
I Know You – Skylar Grey
Earned It – The Weekend
Beautiful – Bazzi
Die for You – The Weekend
Harleys in Hawaii – Katy Perry
Said I Loved You... But I Lied – Michael Bolton

1
Stella

—¡Stella!

Se me aceleró el ritmo cardíaco. No había nada que me pusiera más en alerta que oír la voz de Meredith.

—¿Sí? —Mostré una expresión impasible para disimular mi inquietud.

—Confío en que podrás llevarlo todo a la oficina tú sola. —Se puso el abrigo y se colgó el bolso en el hombro—. Tengo una cena a la que no puedo faltar.

—Por...

Salió por la puerta y desapareció.

—... supuesto —terminé.

El fotógrafo dejó lo que estaba haciendo, me miró y arqueó las cejas. A modo de respuesta, encogí los hombros discretamente. No era ni la primera ni la última asistente de una revista cuya despótica jefa la hacía sufrir.

En su día, trabajar en una revista de moda habría sido como un sueño hecho realidad para mí. Ahora, cuatro años después de haber entrado en *DC Style*, el día a día de mi trabajo le había hecho perder el *glamour* con el que lo había relacionado.

Tras guardar todo lo que habíamos utilizado para la sesión de fotos y dejarlo en la oficina, eché a andar hacia casa. Una pátina de sudor me cubría la frente y tenía los músculos a punto de convertirse en gelatina.

El sol se había puesto hacía media hora y las farolas de la calle daban un brillo anaranjado a las aceras, cubiertas de nieve.

Cualquiera pensaría que una ciudad en la que nevaba cada año estaría bien preparada para estas ocasiones, pero no. No era el caso de Washington D. C.

No debería haber estado con el móvil mientras andaba, sobre todo teniendo en cuenta el tiempo que hacía, pero no pude resistirme.

Abrí el mensaje de correo electrónico que había recibido esa misma tarde y me quedé mirándolo. Albergaba la esperanza de que las palabras fueran a cambiar y a convertirse en algo menos duro, pero, por más que lo leyera, seguían siendo las mismas.

> A partir del 1 de abril, el precio de una habitación individual en Greenfield Senior Living ascenderá a 6.500 dólares al mes. Les pedimos disculpas de antemano por las molestias que esto pueda causarles, pero confiamos en que dichos cambios nos ayudarán a poder ofrecer un servicio de mayor calidad a nuestros residentes...

El *smoothie* verde que me había tomado a la hora de comer hizo una reaparición en mi estómago.

Molestias, decían. Como si no estuvieran subiendo más de un veinte por ciento el precio de una residencia. Como si aquellos seres humanos vulnerables que vivían allí no fueran a pasarlo mal por culpa de la codicia de la nueva dirección.

«Inspira. Uno, dos, tres... Expira. Uno, dos, tres...»

Intenté respirar profundamente para deshacerme de mi creciente zozobra.

Se podría decir que me había criado Maura. Era la única persona que siempre había estado ahí para mí, a pesar de que ya ni me reconociera. No podía llevarla a otra residencia. Greenfield era la mejor de la ciudad y ya se había convertido en un hogar para ella.

Ni mis amigas ni mi familia sabían que le estaba pagando esos cuidados. Si se lo contaba, les surgirían mil preguntas que prefería ahorrarme.

Solo tenía que dar con la forma de poder hacerme cargo de aquel aumento de precio. Quizás podía aceptar más colaboraciones o negociar unas tarifas más altas para mi blog e Instagram. Pronto tendría una cena con Delamonte en Nueva York, y mi mánager decía que era una prueba para ver si podía ser la embajadora de su marca. Si...

—Señorita Alonso.

Aquella profunda y suntuosa voz hizo que se me erizara la piel, y me detuve de inmediato. Placer y alerta dieron paso a un escalofrío que me recorrió entera.

Reconocía esa voz.

Solo la había oído tres veces en toda mi vida, pero esas tres veces habían sido suficientes. Era imposible olvidarla, al igual que a su dueño.

Una sensación de recelo se acomodó en mi pecho, pero me deshice de ella. Volví la cabeza y paseé la vista por los potentes neumáticos de invierno y los trazos lisos y característicos del McLaren negro que acababa de frenar a mi lado; luego fui subiendo la mirada y, a través de la ventana del copiloto, que estaba bajada, vi al propietario en cuestión.

El corazón se me ralentizó una milésima de segundo.

Pelo oscuro. Ojos del color del *whisky*. Unas facciones tan exquisitamente marcadas que podrían haber sido esculpidas por el mismísimo Miguel Ángel.

Christian Harper.

Director ejecutivo de una empresa de seguridad de alto *standing,* dueño del Mirage —edificio donde yo misma residía— y, muy probablemente, el hombre más atractivo y peligroso que había conocido jamás.

No podía respaldar la idea de que fuera peligroso con nada más que mi instinto, pero este nunca me había fallado.

Cogí un poquito de aire. Lo solté. Y sonreí.

—Señor Harper. —Mi educada respuesta fue recibida con una expresión poco amigable.

Por lo visto, él era el único que podía dirigirse a los demás por el apellido, como si viviéramos en una gigantesca y congestionada sala de juntas.

Christian fijó la vista en los copos de nieve que me iban cayendo encima de los hombros y luego me miró a los ojos.

Se me volvió a ralentizar el ritmo cardíaco.

Unas diminutas chispas eléctricas cobraron vida bajo el escrutinio de su mirada, y tuve que hacer un sobreesfuerzo para no dar un paso hacia atrás y quitarme de encima aquella extraña sensación.

—Hace un día espléndido para salir a pasear. —Su comentario fue incluso más frío que su mirada.

Me sentí ligeramente avergonzada.

—Tampoco hay para tanto.

Y entonces me di cuenta de que, rápidamente, la nieve se estaba volviendo cada vez más gruesa. A lo mejor el aviso por ventisca había sido un poco erróneo.

—Vivo a solo veinte minutos —añadí para... no lo sé. Para demostrar que no era tan estúpida como para ir andando por la ciudad en plena tormenta de nieve, supongo.

Pensándolo bien, debería haber cogido el metro.

—Está a punto de caer una buena y las aceras están heladas. —Christian apoyó el antebrazo en el volante; un movimiento que no tenía derecho alguno de resultar tan atrayente—. Yo la llevo.

Tenía su lógica; a fin de cuentas, él también vivía en el Mirage. En realidad, su apartamento estaba justo encima del mío.

Aun así, negué con la cabeza.

Imaginarme sentada en un espacio cerrado con Christian, aunque fuera durante unos minutos, hizo que sintiera una extraña sensación de pánico.

—No pasa nada. Estoy segura de que tiene mejores cosas a las que dedicarse que a hacer de chófer. Además, así me despejo un poco. —Las palabras me salieron aturulladas. No solía irme por las ramas así como así; sin embargo, cuando me ocurría, solo podría frenarme una explosión nuclear—. Es un buen ejercicio y así estreno mis nuevas botas de nieve. Aún no me las había puesto en toda la temporada. —«Cállate ya»—. Le agradezco su oferta, pero voy a tener que rechazarla.

Terminé mi casi incoherente minidiscurso algo falta de aire.

Cada vez se me daba mejor decir que no, pero seguía dando demasiadas explicaciones.

—¿Me explico? —insistí al ver que Christian permanecía en silencio.

En ese mismo instante, una helada ráfaga de viento decidió pasar por mi lado. Se me cayó la capucha del abrigo y el frío atravesó todas las capas de ropa hasta calárseme en los huesos y dar vida a unos temblores involuntarios.

Había sudado sobremanera en el estudio, pero ahora estaba tan congelada que incluso los recuerdos de algo cálido se habían quedado congelados.

—Sí —contestó Christian por fin, con un tono monocorde y una expresión indescifrable.

—Bien. —La palabra se me escapó entre mis temblorosos dientes—. Entonces dejaré que se...

El suave clic del desbloqueo de la puerta me interrumpió.

—Suba al coche, Stella.

Subí al coche.

Me dije a mí misma que lo había hecho porque, en un intervalo de cinco minutos y sin entender muy bien cómo, la temperatura había descendido unos veinte grados. Aun así, en el fondo sabía que ese no había sido el verdadero motivo.

Había subido al coche por cómo había sonado mi nombre en su voz, en aquel tono autoritario y calmado que había conseguido que obedeciera sin rechistar.

Christian arrancó e hizo girar un botón del cuadro de mandos. Al cabo de un segundo, un aire cálido empezó a salir de los conductos de ventilación y ayudó a que mi helada piel entrara en calor.

Su coche olía a cuero y especias caras, y estaba tan limpio que incluso daba miedo. Nada de envoltorios ni de vasos de café medio vacíos; ni siquiera había un poco de pelusilla.

Me hundí un poco más en el asiento y miré al hombre que tenía al lado.

—Siempre consigue lo que quiere, ¿verdad? —pregunté jovial, intentando disolver la inexplicable tensión que se respiraba en el ambiente.

Christian desvió la vista hacia mí rápidamente y luego volvió a centrarse en la carretera.

—No siempre.

En lugar de disolverse, la tensión incrementó y se me coló en las venas. Ardiente e incesante, como las brasas de un fuego a la espera de un poco de aire para revivir.

«Misión fallida.»

Volví al cabeza y me quedé mirando por el parabrisas.

Los acontecimientos del día me habían dejado tan desubicada que era incapaz de seguir la conversación.

Los nervios, que se me arremolinaban en el pecho y me iban subiendo por la garganta, tampoco ayudaban.

Se suponía que yo era la serena, la tranquila, la que siempre veía el vaso medio lleno y no perdía los nervios ante ninguna situación. Así me había vendido a mí misma durante gran parte de mi vida porque, como buena Alonso, eso era lo que se esperaba de mí.

Una Alonso no tenía ataques de ansiedad ni se pasaba las noches preocupándose por absolutamente todo lo que podía salir mal al día siguiente, por insignificante que pudiera llegar a ser.

Una Alonso no iba a terapia ni le soltaba sus trapos sucios a un desconocido.

Una Alonso tenía que ser perfecta.

Jugueteé con mi collar con el dedo hasta que se me cortó la circulación.

A mis padres seguramente les encantaría Christian. Visto desde fuera, era la pura imagen de la perfección.

Adinerado. Atractivo. Y con modales.

Todo eso me molestaba casi tanto como la forma en la que Christian dominaba el espacio que nos rodeaba. Su presencia henchía todas las grietas y todos los recovecos hasta convertirse en lo único que veía.

Fijé la vista al frente, en la carretera, pero el aroma de su perfume me inundó los pulmones y, al darme cuenta de cómo se le tensaban los músculos cada vez que giraba el volante, sentí un cosquilleo en la piel.

«No debería haber subido al coche.»

Además de haber entrado en calor, lo único positivo de mi decisión sería que llegaría a casa y podría ducharme y acostarme más temprano. Me moría de ganas de...

—Las plantas van bien.

Soltó aquella frase tan repentinamente y con tanta naturalidad que tardé unos segundos en darme cuenta de que, uno, alguien había roto el silencio y, dos, ese alguien había sido, en efecto, Christian; no había sido fruto de mi imaginación.

—¿Perdón?

—Las plantas de mi apartamento. —Se detuvo en un semáforo en rojo—. Que van bien.

¿Qué quería de...? Ah.

Cuando lo entendí, una gotita de orgullo se apoderó de mí.

—Me alegro. —Ahora que la conversación se había encaminado hacia un terreno neutral y seguro, le dediqué una media sonrisa—. Solo necesitan algo de amor y atención para vivir.

—Y agua —añadió.

Al oír aquel impávido y evidente comentario, pestañeé.

—Y agua.

Las palabras se quedaron colgando un minuto en el aire antes de que se me escapara la risa de mi garganta y a Christian se le encorvaran los labios en la sonrisa más diminuta del planeta.

El aire por fin se destensó un poco y el nudo que sentía en el pecho se deshizo sutilmente.

Cuando el semáforo se puso en verde, el fuerte sonido del motor casi no me permitió oír las palabras de Christian:

—Tiene un don mágico.

Me sonrojé, pero me limité a encogerme ligeramente de hombros.

—Me gustan las plantas.

—Entonces es la persona indicada para el trabajo.

Cuando acepté ocuparme de sus plantas a cambio de poder seguir pagando el mismo precio de alquiler en el Mirage, estas dependían de soporte vital.

Después de que mi amiga y antigua compañera de piso Jules se mudara hacía un mes para irse a vivir con su novio, solo me habían quedado dos opciones: buscarme otra compañera de piso o irme del Mirage, ya que no podía permitirme pagar el alquiler de dos personas. Le había cogido cariño al edificio, pero prefería irme a vivir a un sitio menos lujoso antes que tener que compartir piso con alguien a quien no conocía. Sería demasiado para mi ansiedad.

Christian ya nos había bajado el alquiler la primera vez que fuimos a ver el apartamento y mencionamos que lo que pedían se salía de nuestro presupuesto. Cuando le dije que quizás tendría que mudarme a otro sitio y él propuso este acuerdo, me sorprendí.

Me resultaba todo un tanto sospechoso, pero como era colega del marido de mi amiga Bridget, se me hizo más fácil aceptar su oferta. Llevaba cinco semanas cuidándole las plantas y no había sucedido nada horripilante. Cuando subía, ni siquiera lo veía. Entraba, regaba las plantas y me iba.

—¿Cómo supo que sabría hacerlo? —Me podría haber pedido que hiciera un montón de cosas distintas (recados, la colada, fregarle la casa..., aunque ya tenía una asistenta a tiempo completo). Lo de cuidarle las plantas era específico de narices.

—No tenía ni idea —respondió como quien no quiere la cosa y con un tono un tanto indescifrable en la voz—. Fue pura coincidencia, y tuve suerte.

—No tiene pinta de ser de esas personas que creen en las coincidencias.

Christian supuraba falta de sentimentalismo por todos lados. Era algo que se apreciaba incluso en las marcadas líneas de su traje, la aplacada precisión de sus palabras y la fría indiferencia de su mirada.

Rasgos de alguien que alababa la lógica, el poder, y la frialdad y dureza del pragmatismo. No algo tan nebuloso como las coincidencias.

Mi comentario le pareció gracioso. A saber por qué.

—Pues creo en ellas más de lo que piensa.

Su modesto tono despertó la intriga en mí.

A pesar de llevar yendo a su apartamento un tiempo, casi no sabía nada de Christian. Su ático contaba con un diseño impecable y era pura opulencia.

—¿Y puedo preguntar por qué? —lo interrogué en un intento por saber algo más sobre él.

Christian entró en el garaje privado del Mirage y aparcó en su plaza, que quedaba cerca de la entrada trasera.

No respondió.

Aunque tampoco esperaba que lo hiciera.

Christian Harper vivía rodeado de sombras y rumores. Ni siquiera Bridget sabía demasiado acerca de él, más allá de la reputación que lo precedía.

Atravesamos la entrada y nos dirigimos hacia la recepción sin volver a mediar palabra.

Con su metro noventa y tres, Christian me sacaba doce centímetros tranquilamente. Sin embargo, yo seguía siendo suficientemente alta como para seguir sus largas zancadas.

Anduvimos por aquel suelo de mármol con unos pasos perfectamente acompasados.

Mi altura siempre me había cohibido, pero la vigorosa presencia de Christian me envolvía como si fuera una capa de seguridad y apartaba las miradas de mi amazónica estatura.

—Se acabó esto de andar por la calle mientras cae una tormenta de nieve, señorita Alonso. —Nos detuvimos al lado del panel de los ascensores y nos miramos el uno al otro—. No puedo dejar que una de mis inquilinas muera por hipotermia. Sería una malísima propaganda para el negocio.

Otra inesperada risa se abrió paso en mi interior.

—Seguro que no tardaría ni dos segundos en encontrar quien me reemplazara.

No sabía si achacar mi ligera disnea al frío que todavía sentía en los pulmones o al hecho de estar tan cerca de Christian.

No sentía ningún interés romántico hacia él. En realidad, no sentía ningún interés romántico hacia nadie. Entre la revista y el blog, no tenía tiempo para pensar en quedar con gente.

Lo cual tampoco significaba que fuera inmune a su presencia.

Algo resplandeciente le atravesó aquella mirada de color *whisky* y luego se desvaneció.

—Lo dudo.

Mi ligera dificultad para respirar se volvió mucho más pesada y se apoderó de mi voz.

Cada frase que salía de su boca era como un código que no conseguía descifrar, impregnada de un significado oculto que solo él conocía, y yo quedaba rezagada en la oscuridad.

Hasta la fecha, solo había intercambiado algunas palabras con Christian tres veces: cuando firmé el contrato de alquiler, cuando nos cruzamos en la boda de Bridget y cuando hablamos de mi situación y de cómo podría pagar el alquiler sin Jules.

Y en todas esas ocasiones había acabado más inquieta de lo que estaba antes de interactuar con él.

«¿De qué estábamos hablando?»

No hacía ni un minuto que Christian me había respondido, pero ese minuto se había dilatado tan lentamente en el tiempo que me había parecido una eternidad.

—Christian.

Una voz profunda y con un acento ligeramente marcado

cortó el hilo en el que colgaba ese momento de suspensión entre Christian y yo.

El tiempo recuperó su cadencia habitual y solté todo el aire en una marcada exhalación antes de darme la vuelta.

Alto. Pelo moreno. Piel aceitunada.

El recién llegado no tenía un atractivo clásico como el de Christian, pero emanaba tanta masculinidad en su traje Delamonte que era difícil quitarle los ojos de encima.

—Espero no interrumpir. —Traje Delamonte me miró.

Jamás me habían atraído demasiado los hombres mayores y este debería de tener unos treinta y pico largos, pero..., guau.

—En absoluto. Justo a tiempo. —La llana respuesta de Christian se tiñó de una pizca de irritación. Se colocó delante de mí y me tapó la vista, de modo que yo ya no podía ver a Traje Delamonte ni él podía verme a mí.

El otro hombre arqueó una ceja y, luego, su indescifrable expresión dio paso a una sonrisa de superioridad.

Pasó por el lado de Christian tan deliberadamente que fue como si estuviese vacilándolo y me tendió la mano.

—Dante Russo.

—Stella Alonso.

Esperaba que fuera a darme un apretón, en lugar de eso, la levantó y me acarició los nudillos de los dedos con los labios.

Si lo hubiese hecho cualquier otra persona, me habría parecido cursi. No obstante, viniendo de él, ese gesto me hizo sentir un cosquilleo lleno de placer.

A lo mejor era por su acento. Tenía cierta debilidad por todo lo italiano.

—Dante. —Bajo la aparente tranquilidad que acompañaba la voz de Christian se escondía un tono tan afilado que podría haber cortado incluso la superficie más rígida—. Llegamos tarde a la reunión.

Este ni se inmutó. Siguió sujetándome un segundo más la mano y luego la soltó.

—Un placer, Stella. Seguro que volveremos a vernos. —La suntuosa forma en la que arrastró aquellas palabras fue acompañada de una risa medio escondida.

Supuse que lo que le hacía gracia no era yo, sino el hombre que nos estaba observando con aquella gélida mirada.

—Gracias. Igualmente. —Casi sonreí a Dante, pero algo en mi interior me advirtió que no sería lo más sensato en ese momento—. Buenas noches. —Desvié la vista hacia Christian—. Buenas noches, señor Harper. Gracias por traerme.

Respondí con un deje juguetón con la esperanza de que ese guiño a nuestra previa y absurda formalidad consiguiera hacerle cambiar aquella férrea expresión.

Él, sin embargo, se limitó a ladear la cabeza sin pestañear siquiera.

—Buenas noches, señorita Alonso.

No sabía qué había hecho cambiar el humor de Christian tan repentinamente, pero ya tenía suficiente con mis propias preocupaciones como para sumar otra a la lista.

Rebusqué en el bolso para encontrar las llaves entre el barullo de maquillaje, tiques y gomas de pelo.

Ahora en serio: tenía que ordenarlo mejor.

Al cabo de unos cuantos minutos, di con la llave de metal.

En el preciso momento en el que la puse en la cerradura, tuve un presentimiento un tanto familiar y se me pusieron los pelos de punta.

Levanté la cabeza de un tirón.

No había señales de vida en el pasillo, más allá de mi presencia. Sin embargo, de repente, el silencioso zumbido del sistema de calefacción adquirió un tono amenazante.

«Déjate de tantas paranoias.»

Ya no vivía en una casa destartalada y desprotegida cerca del campus. Ahora vivía en el Mirage, uno de los edificios con mejor sistema de seguridad de Washington, y hacía dos años que no sabía nada de él.

Las posibilidades de que apareciera por aquí, de entre todos los lugares donde podría encontrármelo, eran prácticamente nulas.

Aun así, la urgencia rompió el hechizo que me había paralizado las extremidades. Abrí la puerta de entrada rápidamente y la cerré tras de mí. Pasé el cerrojo a la vez que las luces se encendieron automáticamente.

Después de entrar en todas las habitaciones para asegurarme de que estaba todo despejado y tras ver que no había nadie escondido en mi armario o bajo la cama, conseguí relajarme.

Estaba todo bien. No había vuelto. Estaba a salvo.

A pesar de haberme calmado un poco, una parte de mí seguía con la impresión de que el instinto no me había fallado y de que, efectivamente, alguien me había estado espiando en el pasillo.

2
Christian

La puerta de la biblioteca se cerró tras de mí con un clic casi inaudible.

Crucé la sala despacio pero decidido hasta llegar a la zona con butacas, donde Dante ya se había acomodado y estaba tomando un vaso de *whisky* escocés.

Sentí que me latía un músculo en la mandíbula.

Si no fuera porque nos conocíamos de hacía tiempo y porque estaba en deuda con él por un favor que me había hecho, su cabeza ya habría acabado contra el carrito de bar que le quedaba cerca.

No solo por haberse servido sin preguntarme, sino por el espectáculo que había montado en la recepción, que había sido de todo menos gracioso.

No me gustaba que la gente tocase lo que era mío.

—Relaja esa cara, Harper. —Dante dio un lento sorbo a la bebida—. Como se te quede así, a las mujeres ya no les gustará tanto tu fisonomía.

Mi fría sonrisa se encargó de hacerle saber lo poco que me importaba eso.

—Si te aplicaras tu propio consejo, tú y tu prometida quizás no estaríais durmiendo en habitaciones distintas.

Entornó los ojos y se me llenó el pecho de satisfacción. Si mi debilidad era Stella, la de Dante era Vivian.

Me daban igual los pormenores de su relación, pero me divertía ver cómo fruncía el ceño cada vez que sacaba a su prometida a colación, esa a quien él aseguraba detestar.

Y yo pensaba que el que no gestionaba bien las cosas era un servidor... Dante sí que tenía problemas en ese aspecto, y no pocos.

—Ya lo he pillado —contestó con la voz entrecortada. Su faceta bromista desapareció y volvió a convertirse en el capullo serio con el que estaba acostumbrado a tratar—. Pero no he venido aquí a hablar de Vivian ni de Stella, así que vayamos al grano. ¿Cuándo coño podré deshacerme del cuadro? Menuda monstruosidad.

Cuando mencionó a la otra enigmática mujer que había en mi vida, me obligué a no pensar en aquellos rizos oscuros y esos ojos verdes.

Magda, el cuadro que había sido la cruz de mi existencia desde que me había hecho con él. No por lo que era, sino por lo que representaba.

—Nadie te pidió que lo colgaras en la galería. —Me acerqué al bar y me serví una copa. El capullo de Dante no había tapado la botella de mi mejor *whisky* escocés—. Por mí, como si lo escondes en el fondo del armario.

—¿Pago un pastizal por la obra y luego la escondo en el fondo del armario? Cero sospechoso. —Sus palabras estaban cargadas de sarcasmo.

—Tienes un problema y te he dado una solución. —Me encogí de hombros despreocupadamente—. No es mi culpa que no quieras aceptarla. Ah, y, por cierto... —Me senté justo enfrente de él—. El pastizal lo pagué yo.

Aunque eso nadie lo sabía. Todo el mundo pensaba que Dante Russo era el ufano dueño de una de las obras de arte más feas del mundo. Aunque cierto era que la gente también creía que dicho horrendo cuadro tenía un valor incalculable y que valía la pena matar por él y robarlo, y todo gracias a unos cuantos documentos falsificados.

Mi intención no había sido que fueran detrás de la pieza, pero me había hecho falta una excusa para argumentar por qué había destinado tantos recursos a preservarla.

No se trataba de ningún secreto empresarial superimportante como todos creían. Sin embargo, ese cuadro tenía algo personal que yo jamás compartiría con nadie.

Dante me miró por encima del vaso.

—¿Por qué continúa importándote tanto? Ya conseguiste lo que querías; encontraste a quien te traicionó. Quema la maldita obra. Pero espérate a que te la revenda antes —añadió—. Tengo una reputación que mantener.

—Ya sé yo los motivos.

Un motivo, para ser exactos, pero si se lo contaba, no me creería.

Era incapaz de destrozar ese cuadro. Estaba demasiado arraigado a las escarpadas piezas de mi pasado.

Yo no era sentimental, pero había dos aspectos de mi vida en los que no había cabida para mi característico pragmatismo: en lo referente a Stella y en lo referente al *Magda*.

Por desgracia para Axel —el exempleado que había robado la obra y la había empeñado a Sentinel, el mayor de mis rivales—, él no entraba en la categoría de excepciones.

El tipo pensaba que el cuadro le abriría las puertas a secretos de negocios altamente clasificados y, por ende, altamente lucrativos, solo porque eso era justamente lo que yo le había dicho a las pocas personas en quienes había confiado para que no le quitaran el ojo de encima. Lo que estas personas no sabían era que el valor del cuadro derivaba de algo muchísimo más personal y muchísimo menos útil para ellas.

Despaché a Axel y le di el tiempo que me pareció apropiado a Sentinel para que se relajara. Luego les jorobé el cibersistema de seguridad hasta el punto de conseguir que su valor perdiera millones. No llegué a cargármelos, ya que algo de tales dimensiones sería fácil de rastrear y acabarían dando conmigo, pero sí me sirvió para dejarles las cosas claras.

Los idiotas que estaban al mando de Sentinel eran tan lerdos que intentaron volver a robar el cuadro una vez vendido con la esperanza de poder utilizarlo a modo de represalia contra mí.

No habían encontrado ningún secreto empresarial en la obra, pero sabían que me importaba. Las cosas, como son: no iban desencaminados. Sin embargo, deberían haber contratado a otra persona para encargarse de hacer bien el trabajo, en lugar de alguien de una banda de segunda de Ohio.

El intento de Sentinel por cubrir sus huellas fue tan mediocre que me sentí prácticamente insultado.

Ahora el cuadro estaba en manos de Dante, y eso me beneficiaba por dos razones: una, no tendría que mirarlo, y dos, nadie, ni siquiera Sentinel, se atrevería a robárselo.

La última persona que se había aventurado había acabado en coma durante tres meses, sin dos dedos, con la cara magullada y unas cuantas costillas rotas.

Dante refunfuñó impaciente, pero fue lo suficientemente listo como para dejar de presionarme.

—Muy bien, pero no pienso quedármelo para toda la vida. Está arruinando mi reputación como coleccionista —se quejó.

—Todo el mundo cree que es una obra excepcional del siglo XIX. Tranquilo —contesté con sequedad.

En realidad, el cuadro no tenía más de dos décadas, aproximadamente.

Resultaba increíble lo fácil que era falsificar obras de arte «de un valor incalculable», así como la documentación necesaria para alegar su autenticidad.

—Me quedaré ciego de tanto ver esa monstruosidad a diario. —Dante se frotó el labio inferior con el pulgar—. Y hablando de monstruosidades... Han echado a Madigan de Valhalla esta mañana.

Con ese cambio de tema, el aire que nos rodeaba se volvió más pesado.

—Ya era hora.

No podía ni ver al magnate del petróleo que ahora se tendría que enfrentar a media docena de demandas de extrabajadoras que lo denunciaban por abuso y acoso.

Madigan siempre había sido un sinvergüenza. Esa era la primera vez que tenía que pagar las consecuencias de algo.

El Club Valhalla se pavoneaba de su exclusividad y del poder y la riqueza absoluta de algunos de sus miembros, a quienes solo podían invitar personas que ya formasen parte del club. Gran parte de dichos afiliados, incluido yo, llevaban a cabo actividades más bien poco legales.

Aun así, incluso el club tenía sus límites y no quería que el circo del juicio de Madigan lo salpicara bajo ningún concepto.

Lo único que me sorprendía era que no lo expulsaran antes.

Dante y yo seguimos charlando un poco sobre el juicio y temas de negocios hasta que se disculpó y se marchó para hacer una llamada.

Como director ejecutivo del Grupo Russo, una empresa de bienes de lujo que abarcaba más de treinta marcas de moda, belleza y estilo de vida, se pasaba la mitad del día al teléfono.

A falta de conversación, mi mente se puso a pensar en cierta morena.

Mis pensamientos eran un mar en caos, pero ella era mi áncora.

Y pese a todo lo que me pasaba por la mente siempre acababa volviendo a ella.

La imagen de haberla visto andando por la calle, bajo la nieve, con el viento azotándole el pelo y los ojos brillándole como el jade se me clavó en el cerebro. Su calor, cual rayo de luz que se cuela en el cielo después de una tormenta, se me extendió por el resto del cuerpo.

No debería haberles bajado el alquiler cuando vinieron a ver el piso y menos aún debería haberle dejado seguir viviendo ahí por el mismo precio ahora que Jules se había ido. Y, por si fuera poco, le había pedido que se ocupara de mis malditas plantas a cambio porque permitirle que continuara pagando lo mismo sin más habría resultado demasiado sospechoso.

Me importaban una mierda las plantas. Si las tenía era solo porque mi interiorista había insistido en que «completaban el apartamento». La cuestión era que sabía que a Stella le chiflaban las plantas y pedirle eso era mejor que pedirle que me archivara los documentos.

Vivir en el mismo edificio que ella era la peor distracción del mundo, y el único culpable era yo.

El pecho se me llenó de una frustración y un resentimiento que ardían a partes iguales. Stella Alonso era mi talón de Aquiles, y eso no me gustaba nada.

Cogí el móvil y casi entré en cierta red social, pero me contuve y opté por teclear el código de mi red móvil encriptada.

No era tan fuerte como la de mi portátil, pero, cuando no tenía otra alternativa, me servía igual.

Tenía que soltar mi frustración de algún modo y hoy el suertudo había sido John Madigan. No se me ocurría nadie que se lo mereciera más que él.

Abrí la lista donde tenía todos sus aparatos anotados: teléfonos móviles, ordenadores e incluso su nevera inteligente y un despertador que iba con *bluetooth*, además de todas las cuentas asociadas a dichos dispositivos.

No tardé ni cinco minutos en dar con lo que estaba buscando: un vídeo que el muy estúpido había grabado mientras obligaba a su asistente a hacerle una mamada y una serie de mensajes asquerosos que le envió después a un tío con quien jugaba al golf.

Se lo mandé todo a los abogados de la acusación a través del correo electrónico del hombre con el que jugaba a golf. Si sabían hacer su trabajo medianamente bien, podrían convencer al juez de que se trataban de pruebas admisibles.

Y, ya puestos, ¿por qué no?, también hice llegar los mensajes a algunos medios de comunicación.

Luego, por el simple hecho de que la cara de Madigan me molestaba, cambié sus acciones más valiosas por otras de mierda y doné una cantidad considerable del efectivo a organizaciones contra la violencia sexual.

Cada vez que le daba a un botón se me relajaban un poco más los músculos.

El cibersabotaje era mejor que un masaje profundo.

Volví a guardar el móvil justo en el mismo instante en el que Dante regresó a la biblioteca.

—Tengo que volver a Nueva York. —Pilló la chaqueta que había dejado en el respaldo del sofá; estaba claramente irritado—. Tengo que ocuparme de un asunto... personal.

—Lo lamento —respondí con amabilidad—. Te acompaño. —Esperé a que hubiera cruzado ya el umbral de la puerta para añadir—: Ese asunto personal por casualidad no tendrá que ver con que el ex de Vivian se haya presentado en tu casa, ¿no?

Su mirada se llenó de sorpresa y, a continuación, de rabia.

—¿Qué coño has hecho, Harper?

—Simplemente concreté una reunión entre tu prometida y un viejo amigo. —Un breve texto «de Vivian» y el ex había aparecido corriendo. Penoso, pero útil—. Como te gusta tanto tocarme los huevos, he pensado que te devolvería el favor. Ah, y, Dante... —Guardé silencio un segundo con la mano puesta en el pomo de la puerta. Su cabreo se palpaba en el aire que corría por el pasillo, pero lo superaría. Debería haber sabido que era mejor ahorrarse el numerito de la recepción—. Como vuelvas a ponerle una mano encima a Stella, olvídate de seguir teniendo prometida.

Cerré de un portazo en su cara.

Dante había sido mi primer cliente y era un viejo amigo. No lo cabreaba a menudo.

Sin embargo, tal y como he dicho ya, no me gustaba que la gente tocase lo que era mío.

Me estiré las mangas de la camisa y volví a la biblioteca. Paseé la vista por la sala hasta reposarla en el enorme puzle enmarcado que tenía colgado justo encima de la repisa de la chimenea.

Diez mil piezas diminutas que formaban un espectacular degradado de los colores del arcoíris y cuyas líneas creaban un efecto esférico tridimensional.

Había tardado cuatro meses en acabarlo, pero había valido la pena.

Crucigramas, rompecabezas, mensajes codificados... Todo eso me ayudaba a colmar mi insaciable sed de retos. Necesitaba dicha estimulación. Algo que arrojara luz sobre el hastío que me causaba un mundo que siempre iba cinco pasos por detrás.

Cuanto más difícil fuera el pasatiempo en cuestión, más me intimidaba y ansiaba la solución.

Había solo un rompecabezas que no había conseguido resolver. Aún.

Con el pulgar, acaricié el pequeño anillo turquesa que guardaba en el bolsillo.

Cuando lo hubiera resuelto, por fin podría deshacerme definitivamente de aquella perturbadora obsesión que tenía con Stella Alonso.

3
Stella

25 de febrero

Hace tres días me enteré de que van a subir los precios de Greenfield, pero todavía no he dado con una buena solución.

He estado buscando otro trabajo, pero sigo teniendo todas mis esperanzas puestas en la cena con Delamonte. Brady cree firmemente que se trata de una prueba para ver si puedo ser la nueva embajadora de su marca y cobrar un sueldo de seis cifras... en caso de que les guste.

Creo que nunca he tenido tantas ganas de conseguir algo como ahora. Este acuerdo no solo acabaría con el problema de Greenfield —al menos, hasta dentro de un año—, sino que, además, estaría trabajando con Delamonte. Sería un sueño hecho realidad; lo primero que me compré yo misma fue de esta misma marca.

Vale, fue un perfume y me lo compré en el instituto, pero cuenta igual. Me encantaba, y la verdad es que estaría dispuesta a sacrificar cualquier otra colaboración con tal de poder trabajar con ellos.

Ojalá supiera qué buscan para poder prepararme bien. Ni siquiera sé a cuántas personas o bloggers más habrán invitado a la cena.

Supongo que ya lo veré cuando llegue.
Mientras tanto... deséame suerte. La necesitaré.
Hoy estoy agradecida por:
Los cruasanes
Los trenes con ruta Washington - Nueva York
Brady (pero no se lo digas o se le subirá a la cabeza)

El trayecto hasta Nueva York fue un desastre tras otro.

Ese sábado, cogí un tren y, al llegar a la casa señorial donde tenía lugar la cena de Delamonte, supe que mi mánager Brady tenía razón. Se trataba de una prueba.

Dejando de lado el equipo de Delamonte, el resto de los asistentes éramos todos *bloggers*.

Sin embargo a pesar de que fuéramos seis en la cena, Luisa, la directora ejecutiva de Delamonte, se pasó todo el cóctel charlando entusiasmada con Raya y Adam, los *influencers* de moda del momento y la única pareja allí presente.

Con lo ilusionada que estaba Luisa con el hecho de que Raya hubiese llegado a los 1,4 millones de seguidores la semana pasada y con el viaje que la pareja haría próximamente a París, casi no pude decir ni una palabra.

Si mis padres hubiesen estado allí, me habrían desheredado por pura decepción, pues no habría estado a la altura del apellido familiar y no habría llamado la atención de todos los presentes en dicho acontecimiento.

Ese fue el desastre número uno.

El desastre número dos llegó en el momento en que todo el mundo se sentó y empezaron a servir los entrantes.

—Siento llegar tarde. —Aquellas palabras arrastradas de esa forma me pillaron por sorpresa e hicieron que sintiera un aleteo en el pecho—. Había tráfico.

«No. Ni de guasa.»

Era más probable que me cayera un meteorito encima a que me encontrara a Christian Harper dos veces fuera del Mirage en la misma semana. Y, además, en Nueva York.

Sin embargo, cuando levanté la vista, ahí estaba él.

Pómulos marcados, ojos del color del *whisky* y un traje impecable que chillaba *peligro y pecado* a gritos.

La comida perdió todo su sabor. Entre la lista de personas que no quería que me vieran fracasar, él ocupaba el primer puesto.

No porque pensara que fuera a juzgarme, sino porque temía que no fuera a hacerlo. Un hombre prácticamente desconocido que me trataba mejor que aquella gente que se suponía que tenía que quererme de manera incondicional.

No lo soportaría.

Luisa se levantó y lo saludó con un efusivo abrazo. Lo presentó a los invitados, pero el sonido de mi flujo sanguíneo en los oídos me impidió oír sus palabras.

—Director ejecutivo de Seguridad Harper... Un viejo amigo...

Luisa fue hablando y Christian mantuvo una expresión amable, casi desinteresada. Sin embargo, algo completamente contrario al desinterés se escondía en sus ojos.

Oscuros y conocedores de todo, como si pudieran atravesar la fachada con la que me revestía para mostrarme al mundo y fueran capaces de encontrar aquellas piezas rotas de la niña que se escondía debajo.

Como si creyeran que aquello que estaba roto seguía siendo hermoso.

La incomodidad me ardió en el interior. Pestañeé y corté nuestra conexión visual.

Seguro que Christian no había estado pensando en nada de eso.

Ni siquiera me conocía.

Luisa terminó la que probablemente fuera la presentación más larga en la historia de las presentaciones y Christian echó a andar hacia mí. Entonces me di cuenta de que solo quedaba un asiento libre en la mesa.

Y estaba al lado del mío.

—Stella. —El suave aunque profundo timbre de su voz hizo que un cálido escalofrío me recorriera la columna vertebral—. Qué sorpresa tan agradable.

Agarré el tenedor con fuerza y luego lo solté siguiendo el ritmo de mi respiración.

—Christian. —Tampoco es que pudiera llamarlo *señor Harper* cuando él acababa de llamarme por mi nombre de pila.

Era la primera vez que lo llamaba así y las sílabas de su nombre permanecieron en mi lengua más de lo esperado. No me resultó desagradable, pero sí muchísimo más íntimo de lo que me hubiese gustado.

Christian me observaba con una expresión relajada, pero con una mirada ardiente que paseó desde mi cabeza hasta la caída del vestido. Yo, que seguía sentada, resistí la tentación de moverme incómodamente en mi asiento.

Su escrutinio duró menos de cinco segundos, pero consiguió avivar el fuego en mi interior.

«Respira, relájate, resiste.»

—No sabía que estaba... —busqué la expresión adecuada— asociado con Delamonte.

No era la expresión adecuada, pero no sabía cómo llamarlo. Todos los allí presentes eran *bloggers* de moda o miembros del equipo de Delamonte. Era evidente que Christian no formaba parte ni de un grupo ni del otro.

—No lo estoy —dijo burlón.

—¿*Blogger* de moda, entonces? —Abrí los ojos y me esforcé en sonar sorprendida—. Un momento. Seguro que el blog se llama... *Trajes y whisky*. ¿No? *Guns and Roses*. No, esto es un grupo de música. —Repiqueteé con los dedos en la mesa—. *Corbatas y...*

—Si ha acabado ya... —Me resultó difícil de creer, pero Christian todavía sonó más serio de lo normal—. Cámbieme el asiento.

Dejé de dar golpecitos.

—¿Por qué?

Tenía el privilegio de estar sentado al lado de Luisa, que estaba demasiado ocupada con —adivina, adivinanza— Raya, que estaba a su otro lado, y ni siquiera se dio cuenta de que Christian aún no se había sentado.

—No me gusta sentarme en las esquinas de las mesas.

Eso me dejó incrédula.

—¿Y qué pasa si la mesa es de cuatro? —En ese caso, todos los asientos tienen esquina.

Christian recibió mi pregunta con impaciencia.

Suspiré y le cambié el asiento. Estábamos empezando a llamar la atención del resto de los invitados y no quería montar un numerito.

Me preocupaba que Luisa fuera a molestarse por haberme sentado donde debería estar su invitado especial, pero, a medida que fueron pasando las horas, esa extraña rareza de Christian jugó bastante a mi favor.

Ahora tenía acceso directo a Luisa, quien no parecía molesta en absoluto y, al final, cuando Raya se excusó para ir al baño, acabó hablando conmigo.

—Gracias por haber venido hasta Nueva York. Sé que te ha supuesto un mayor esfuerzo que a los demás. —Luisa le dio un sorbo a la bebida y, al hacerlo, la luz hizo resplandecer la sortija que llevaba.

—Solo faltaría. —¿Quién rechazaría una invitación de Delamonte para cenar con ellos en privado?—. No me lo habría perdido por nada del mundo.

—¿Cómo es que no te mudas aquí? Para quienes queréis entrar en el mundo de la moda, Nueva York tiene muchísimo más que ofrecer que Washington—. Sus palabras parecían estar llenas de curiosidad y desaprobación a partes iguales, como si yo estuviera desaprovechando intencionadamente la posibilidad de buscar mejores oportunidades en cualquier otra parte que no fuera Washington.

Eso me hizo pensar en Maura y todo lo que estaba en juego, y sentí un nudo en la garganta.

—Quiero estar cerca de mi familia. —Maura era como de la familia para mí, así que tampoco es que estuviera mintiendo del todo—. Aunque estoy planteándome mudarme en breve. —Tampoco era mentira. Me lo había planteado, pero para hacerlo a largo plazo—. Por cierto, felicidades por la Fashion Week, fue increíble. —Cambié de tema para tratar algo más importante. No había venido a hablar de mi vida personal; había venido a conseguir un trato—. Las gabardinas de color pastel me encantaron.

A Luisa se le encendió la mirada cuando mencioné la última colección otoño-invierno de la marca y enseguida entablamos conversación sobre las tendencias que habíamos visto en la New York Fashion Week de la semana anterior.

No pude asistir al evento por razones de trabajo —solo les pagaban el viaje a los editores sénior de *DC Style*, como Meredith—, pero me había mantenido al tanto con los *shows* que había visto con antelación por internet.

Cuando Raya volvió del baño y me vio charlando animadamente con Luisa, le cambió la expresión.

Intenté ignorarla tanto como pude.

En su día, Raya y yo habíamos sido amigas. Creó su cuenta hacía un par de años y se puso en contacto conmigo para que le diera algunos consejos. No me importó compartir con ella todo lo que sabía. Sin embargo, hacía unos meses, su número de seguidores superó el mío y dejó de responderme a los mensajes. Ahora solo nos saludábamos si nos encontrábamos en algún acontecimiento.

El estrepitoso aumento de seguidores de Raya podía relacionarse claramente con su relación con Adam, un *influencer* de viajes. Desde que empezaron a salir el año pasado, su contenido se viralizó y tanto la cuenta del uno como la de la otra vieron el estrellato.

Nada como las promociones cruzadas y alimentar el deseo voyerista del público para que siguieran la vida amorosa de dos desconocidos.

Mientras tanto, yo, que llevaba casi una década haciendo de *blogger*, seguía con los mismos novecientos mil seguidores que el año pasado en mi cuenta. Lo cual no dejaba de ser muchísima gente y estaba enormemente agradecida a todas y cada una de las personas que me seguían (menos por los bots y los tíos raros que utilizaban Instagram como aplicación para ligar), pero la realidad era la que era.

Mi cuenta se había estancado y no tenía ni idea de cómo resucitarla.

Titubeé y perdí el hilo de mis pensamientos en mitad de una frase.

Raya aprovechó ese momento para meterse en la conversación con las mismas ganas con las que un buitre ataca a su presa.

—Luisa, me encantaría que me hablara del archivo de tejidos de Delamonte en Milán —dijo para recuperar la atención de la directora ejecutiva—. Adam y yo iremos a Italia en primavera y...

Raya volvió a apoderarse de la conversación y yo me frustré a más no poder.

Abría la boca para interrumpirlas. Incluso me imaginé

haciéndolo, pero las palabras no consiguieron superar mi eterna y omnipresente ansiedad social.

«Desastre número tres.»

El resto de la sociedad no habría tachado la interrupción de Raya de «desastre», pero mi cerebro era incapaz de diferenciar un contratiempo de una catástrofe.

—Ha ido bien.

Al oír la voz de Christian, se me detuvo un segundo el corazón antes de que recuperara su ritmo habitual.

—¿Perdón?

—Con Luisa. —Señaló a la otra mujer con la cabeza. No me había dado cuenta de que hubiese estado prestando atención a nuestra charla; se había pasado el rato hablando con los invitados que tenía al otro lado—. Le ha gustado.

Lo miré un poco dubitativa.

—Pero si solo hemos cruzado cuatro palabras.

—Basta con dos para tener una primera impresión de alguien.

—Con dos palabras no se puede conocer a la gente.

—No he dicho que se trate de conocer a nadie —Christian se acercó la copa de vino a los labios—, sino de tener una primera impresión —añadió con un tono relajado aunque perspicaz.

—¿Y cuál fue su primera impresión al conocerme?

Mi pregunta destelleó y zumbó en el aire cual cable de tensión, quemando tanto oxígeno que hasta sentí que me costaba respirar.

Christian volvió a dejar la copa en la mesa con una absoluta precisión.

—No haga preguntas cuya respuesta no quiera saber.

Su respuesta me sorprendió y me dolió un poco.

—¿Tan mala fue?

Por lo que recordaba, la primera vez que nos vimos fue

bastante normal. Como mucho intercambié dos palabras con él.

—No. —Aquella palabra me sentó como una áspera caricia en la piel—. Fue muy buena.

Una oleada de calor me envolvió entera.

—Oh. —Me tragué el tono entrecortado de mi voz—. Bueno, por si se lo preguntaba, cuando le conocí pensé que vestía muy bien.

En realidad, esa había sido mi segunda impresión. La primera había tenido que ver con su cara. Tan simétrica y perfectamente marcada que podía aparecer en los libros de texto cual ejemplo de la razón áurea.

Pero eso no pensaba admitirlo delante de él ni que me amenazara a punta de pistola.

De lo contrario, pensaría que le estaba tirando la caña y eso sería abrir una caja de Pandora con la que ahora mismo no quería lidiar.

—Me alegro —contestó en tono monocorde.

Los camareros nos sirvieron el postre y Christian hizo un gesto con la cabeza para rechazarlo.

Le di un mordisco a aquel pastel de distintas capas de chocolate y, con tanta calma como pude, pregunté:

—¿Cómo sabe que le he caído bien a Luisa?

—Porque lo sé.

Como Christian tuviera siempre ese tipo de conversaciones, me sorprendía que nadie hubiese intentado apuñalarlo en una sala de conferencias todavía. A lo mejor lo habían intentado y habían fracasado.

—Eso no responde a mi pregunta.

—Lu, ¿tienes previsto pasarte pronto por Washington? —le preguntó haciendo caso omiso a mi comentario y metiéndose en la conversación que estaba manteniendo Luisa con Raya, como si la otra *blogger* ni siquiera estuviera allí.

—La verdad es que no. —Luisa lo miró curiosa—. ¿Por qué?

—Stella me estaba hablando de un lugar que sería ideal para hacer la sesión de fotos de tu colección masculina.

Yo, que tenía la boca llena de pastel, casi me atraganto.

—¿Ah, sí? —Luisa me miró, nuevamente interesada—. Pues, mira, justo a tiempo. A la persona que tenía que buscarnos dónde hacer la sesión le está costando un montón encontrar un sitio disponible que se ajuste a la temática. ¿De qué lugar se trata?

—Eh... —Intenté que se me ocurriera algún sitio mientras maldecía a Christian mentalmente por haberme puesto en un aprieto como ese.

«¿En qué lugares de Washington se podría hacer una sesión de fotos de ropa para hombre?»

—Has dicho que se trataba en un almacén de por ahí, ¿no? —intervino Christian.

Y entonces lo vi clarísimamente.

Había un viejo edificio industrial en la periferia donde había hecho alguna que otra sesión. Antes de los ochenta, fue una fábrica en pleno funcionamiento; sin embargo, llegada esa década, el propietario trasladó la sede a Filadelfia. Como nadie más volvió a adquirir el edificio, este acabó abandonado y se convirtió en un lugar lleno de hiedra y malas hierbas.

Había que andar bastante para llegar hasta allí, pero el contraste del verde con el acero oxidado quedaba genial como telón de fondo para las fotos, sobre todo para las de lujo.

«¿Cómo es que Christian conoce ese sitio?»

—Exacto. —Exhalé sutilmente y le dediqué una sonrisa a Luisa—. No tiene una dirección en sí, pero, si les interesa, estaré encantada de enseñarles cómo llegar a usted o a cualquier miembro de su equipo.

Luisa repiqueteó en la mesa con las uñas, pensativa.

—Es muy probable que sí. ¿Tienes algunas fotos del lugar?

Saqué algunas fotos viejas y se las enseñé. Ella arqueó las cejas en señal de aprobación.

—Vaya, son preciosas. ¿Me las podrías enviar? Se las enseñaré a la persona encargada de estas cosas...

Cuando Luisa me dio su número de teléfono para que pudiera enviarle el enlace, se me detuvo un segundo el corazón. No obstante, en cuanto levanté la vista y vi que Raya y Adam estaban susurrándose algo frenéticamente y mirándome de reojo, mi entusiasmo se evaporó.

Cual enjambre de abejas, la ansiedad se abrió paso en mi interior.

Aquellos susurros me devolvieron al instituto, a una época en la que todo el mundo se burlaba de mí y se llevaba las manos a la boca para cuchichear cada vez que me veían. Di el estirón muy temprano; solo tenía trece años y ya era muy alta, delgada y lo suficientemente torpe como para convertirme en un blanco fácil para aquellos que solo querían meterse conmigo.

Desde ese entonces, tuve que aceptarme tal y como era y aprender a estar cómoda conmigo misma, pero nunca conseguí quitarme de encima la ansiedad.

—¿Por qué no compartís vuestras bromitas con nosotros? —La calmada insinuación de Christian escondía un tono más bien oscuro e hizo que a Raya y a Adam les desapareciera la sonrisa de la cara—. Seguro que son la monda.

—Estábamos hablando de algo personal. —Raya puso los ojos en blanco, pero estaba hecha un manojo de nervios; se le veía en la cara.

—Vaya. La próxima vez ahorraos el hablar de eso en público. Es una falta de respeto hacia los demás. —La reprimenda de Christian no fue muy severa, pero lo dijo con un desprecio tan violento que Raya se puso como un tomate.

En lugar de defender a su novia, Adam bajó la vista y se quedó mirando el plato con la cara pálida.

El comentario de Christian había sido tan breve y lo había dicho en voz tan baja que el resto de la gente ni se había enterado. Ni siquiera Luisa se había dado cuenta; estaba demasiado ocupada mandándole un mensaje a alguien (seguramente a la persona de la cual me acababa de hablar).

—Gracias —le dije sigilosamente deseando ser lo bastante atrevida como para hablarle personalmente así a Raya.

—Me estaban molestando —dijo Christian, como si no hubiese tenido nada que ver conmigo.

Sin embargo, noté cierta calidez en el estómago, y esta perduró toda la cena, hasta que los invitados se fueron despidiendo.

Al cabo de media hora, cuando salí del edificio, tuve la pequeña impresión de que sí que tenía posibilidades de convertirme en la nueva embajadora de Delamonte, aunque no estaba para nada segura de ello. Seguía creyendo a pies juntillas que Luisa prefería a Raya, por más que Christian dijera lo contrario.

Y hablando del papa de Roma...

Acompasó sus pasos a los míos y yo desvié la mirada hacia él. Me hospedaba en un hotel *boutique* que quedaba bastante cerca de la casa de Luisa, pero dudaba que Christian también se alojase allí. Seguramente tendría casa en la ciudad o, como mínimo, se quedaría en algún lugar como el Carlyle o el Four Seasons, no en un hotel de ocho habitaciones sin comodidades de diseño.

—¿Me está siguiendo? —pregunté tranquilamente mientras pegaba esquinazo para adentrarme en una calle secundaria.

La presencia de Christian llenaba toda la acerca, se confundía entre las sombras y hacía que el aire que nos rodeaba fuera invencible. Tan sigiloso y letal que ni siquiera la oscuridad de la noche se atrevía a tocarlo.

—Solo me aseguro de que llega sana y salva al hotel —dijo arrastrando las palabras.

—Primero me lleva el otro día en coche hasta el Mirage y ahora esto. ¿Siempre ofrece un servicio tan personalizado a sus inquilinos?

Esos ojos del color del *whisky* se le ensombrecieron un segundo e hicieron que me sonrojara, pero Christian se abstuvo de hacer ninguna broma.

—No. —Breve, simple y dicho con aquella confianza de la que solo disfrutan las personas que nunca tienen que dar explicación alguna por sus actos. Anduvimos un minuto más en silencio y luego prosiguió—: Para responder a lo de antes, sé que le ha gustado porque conozco a Luisa. Puede que parezca contradictorio, pero, cuando le impresiona alguien, tiende a relegarlos a segundo plano. Suele machacar más a preguntas a aquellas personas que no acaban de convencerla.

Ya estaba tan acostumbrada a sus bruscos cambios de tema que ni siquiera me sorprendió que lo hubiese vuelto a hacer.

—Puede. —Me lo creería cuando lo viera; es decir: cuando consiguiera trabajar para ellos—. ¿Cómo es que la conoce tanto?

Luisa tenía veinte años más que Christian, pero eso no significaba nada. Las mujeres mayores también se acostaban con hombres más jóvenes que ellas a diario. Eso explicaría por qué Luisa se había alegrado tanto al verlo entrar.

No sabría deciros muy bien por qué, pero se me arrugó un poco la frente.

—Su sobrino es amigo mío. Y no, nunca me he acostado con ella. —Su voz escondía una diminuta sonrisa.

Me sonrojé aún más, pero, por suerte, pude responder con un tono sereno y nada entrecortado:

—Gracias por la información, pero no me interesa su vida amorosa —respondí elevando sutilmente la barbilla.

—No he hablado de amor en ningún momento, señorita Alonso.

—Vale. No me interesa su vida sexual.

—Vaya, qué lástima. —La risa que se había colado en su respuesta anterior se intensificó.

Nos detuvimos delante de mi hotel. El resplandor de las ventanas le iluminaba parcialmente la cara a Christian, cuyo rostro quedó, en parte, cubierto por la sombra. Luz y oscuridad.

Dos caras de la misma moneda.

—Ah, y otra pregunta. —Mi respiración dibujó unas diminutas nubes blancas en el aire—. ¿Cómo es que ha asistido a la cena?

No había venido a charlar con Luisa. Apenas había hablado con ella en toda la noche.

Una sombra le atravesó la mirada antes de hundirse en la superficie de color ámbar de sus ojos.

—Quería ver a alguien.

Aquellas palabras se perdieron en el aire que nos separaba. No me había dado cuenta de lo mucho que nos habíamos acercado hasta ahora.

Cuero, especias e invierno. Eso era todo lo que existía a mi alrededor antes de que Christian diera un paso hacia atrás y señalara la entrada de hotel con la cabeza. Una señal evidente para dar la noche por zanjada.

Abrí la boca, pero volví a cerrarla de inmediato y pasé por su lado.

Al llegar a las puertas giratorias de cristal, la curiosidad le ganó el pulso a la vacilación.

Me di la vuelta con cierta esperanza de que Christian ya se hubiera marchado, pero seguía al pie de la escalera. Pelo oscuro, abrigo oscuro y una cara que, en cierto modo, era aún más abrumadora ahora que estaba parcialmente escondida bajo la sombra.

—¿A quién?

Hacía tanto frío que me ardían los pulmones, pero esperé a que respondiera.

Un brillo divertido a la vez que peligroso le atravesó la mirada a Christian antes de que este se diera la vuelta.

—Buenas noches, Stella.

Sus palabras siguieron retumbando en mis oídos incluso después de que hubiese desaparecido entre la lobreguez de la noche.

Exhalé pesadamente y me deshice de la electricidad que me iba chisporroteando en la piel.

No obstante, los pensamientos relacionados con Christian, Luisa e incluso Delamonte desaparecieron en cuanto entré en mi habitación, miré el móvil y me encontré con el desastre número cuatro.

Había dejado el móvil en el bolso toda la noche porque no quería ser la típica persona que se pasa la cena mandando mensajes. Luisa lo había hecho, pero era la anfitriona; podía hacer lo que le apeteciera.

Ahora me daba cuenta de que mis esfuerzos por parecer profesional podían haberme jugado una mala pasada: tenía un sinfín de llamadas perdidas y mensajes de Meredith. La última notificación era de hacía veinte minutos.

Ay, Dios.

¿Qué había pasado? ¿Cuánto tiempo llevaba intentando ponerse en contacto conmigo?

Se me vinieron decenas de posibilidades a la mente mientras le devolvía la llamada con el corazón hecho un puño y las manos sudorosas.

A lo mejor se había incendiado la oficina o me había olvidado de devolver la bolsa de Prada o...

—Stella, por fin. Cuánto me alegro de poder hablar contigo. —Su gélido saludo hizo que un escalofrío me recorriera la columna vertebral y me provocara la misma sensación que el tacto de la fría piel de un reptil.

—Lo siento muchísimo. Tenía el móvil en silencio y acabo de ver que...

—Ya sé dónde estabas. Te he visto de lejos en una de las historias de Instagram de Raya.

A pesar del desprecio que mostraba hacia los *bloggers*, Meredith seguía sus redes sociales religiosamente. Así tenía a la competencia controlada y se mantenía al tanto de las últimas tendencias.

Por lo visto, yo era la única a quien todo eso le resultaba paradójico.

Tragué saliva con fuerza.

—¿Va todo bien? ¿Puedo ayudar en algo?

Eran casi las doce de la noche de un sábado, pero daba igual. Los trabajadores júnior del mundo editorial no sabíamos lo que era la conciliación entre la vida personal y la vida profesional.

—Hemos tenido un problema con la sesión de fotos de la semana que viene, pero lo hemos resuelto mientras tú estabas de fiesta —soltó con frialdad—. Ya lo hablaremos el lunes. Te espero en mi oficina a las siete y media en punto de la mañana.

Colgó y, acto seguido, sentí cómo moría mi esperanza de que Meredith dejara pasar la transgresión de esa noche.

Me daba la sensación de que el lunes a las ocho de la mañana me habría quedado sin trabajo.

4
Stella

—Estás despedida.

Dos palabras. Seis sílabas. Llevaba preparándome mentalmente para oírlas desde el fiasco del sábado, pero eso no quitó que me sentaran como una patada.

«Inspira. Uno, dos, tres... Expira. Uno, dos, tres...»

No sirvió de nada. El nudo que tenía en la garganta le bloqueaba el paso al oxígeno y diminutos puntitos de color negro me fueron nublando la vista mientras yo seguía con los ojos puestos en Meredith, que continuaba sentada.

Esta le dio un sorbo al café y se puso a ojear el último volumen de *Women's Wear Daily* como si no acabara de destrozarme la vida en tan solo diez segundos.

—Meredith, si hubiera...

—Déjalo. —Levantó la mano, con su perfecta manicura, hastiada—. Ya sé lo que vas a decir, pero no voy a cambiar de opinión. Hace tiempo que te observo, a ti y a tu falta de entusiasmo, y lo del sábado por la noche fue la gota que colmó el vaso.

Me mordí la lengua con tanta fuerza que el sabor cobrizo de la sangre me inundó la boca.

¿Falta de entusiasmo? ¿¡Falta de entusiasmo!?

Yo era la primera persona en llegar a la oficina y la última en salir cada día. Hacía el ochenta por ciento del trabajo de las sesiones de fotos y casi nadie lo valoraba. No me había quejado nunca; ni siquiera cuando me había pedido algo descabellado, como que consiguiera que Chanel nos enviara un vestido de gala de alta costura de edición limitada desde nada más y nada menos que París en menos de veinticuatro horas.

Si eso era falta de entusiasmo, me estremecía con solo imaginarme lo que sería para esa mujer un nivel de dedicación satisfactorio.

—Sí, me he dado cuenta —prosiguió Meredith, quien malinterpretó mi silencio y se lo tomó como si estuviera dándole la razón—. Debo admitir que tienes buen ojo para la moda, pero hay miles de chicas con ese mismo don que matarían por estar en tu lugar. Es evidente que no quieres estar aquí. Te lo veo en la mirada cada vez que hablamos. Sinceramente creo que, para empezar, nunca deberíamos haberte contratado. Tu blog ya genera suficiente tráfico como para poderlo considerar competencia, y nuestro contrato impide que los trabajadores adopten prácticas empresariales competitivas. Si no te hemos despedido antes ha sido porque tu otro trabajo no interfería con el puesto que ocupabas aquí. —Volvió a dar un sorbo a la bebida—. Pero el sábado traspasaste ese límite. Recibirás un correo electrónico y los papeles respecto a la rescisión oficial de tu contrato antes de que acabe el día.

El pánico se apoderó de mis pulmones al pensar que había perdido mi trabajo, pero también detecté que en mi interior germinaba otra emoción.

Enfado.

Meredith podía poner las excusas que quisiera, pero ambas sabíamos muy bien que llevaba años deseando poder echarme. Formaba parte del grupito de la vieja escuela a quienes no les gustaban los cambios que aportábamos los *bloggers* a la industria, y la que pagaba el pato por su resentimiento era yo.

«Si trataras mejor a tus trabajadores, mostraría más entusiasmo. Si no fueras tan insegura verías que, en realidad, mi blog podría ser beneficioso para la revista, y no al contrario. Y, ya que estamos, deberías echarle una ojeada a la guía sobre tonos de piel que publiqué la semana pasada porque el color del top que llevas no te favorece en absoluto.»

Sentí aquella atípica retahíla de insultos en la punta de la lengua, pero me los tragué antes de soltarlos y acabar en la lista negra del sector.

Yo solo quería poder trabajar en el ámbito de la moda y estar cerca de Maura. Por eso me había quedado en Washington y había empezado a trabajar en *DC Style*, a pesar de la insistencia de mis padres, quienes querían que consiguiera un trabajo «más digno de una Alonso».

Había renunciado a muchísimas cosas para complacer a los demás, pero no pensaba renunciar a mi sueño..., a no ser que me despidieran sin que yo pudiera hacer nada para evitarlo.

—Lo entiendo. —Me obligué a sonreír forzadamente a la vez que sentía como si una tuerca me estuviese apretando el pecho.

—Recógelo todo antes de que llegue la tarde —añadió Meredith sin levantar la vista del ordenador—. Tienes unas cuantas cajas en tu escritorio.

Salí de su oficina y me dirigí a mi escritorio sintiéndome enormemente humillada. Todo el mundo sabía que me habían despedido. Algunos me miraron compasivos y otros ni siquiera se esforzaron en esconder su satisfacción.

Sin embargo, sus reacciones no eran nada en comparación con la que tendría mi familia cuando les contara lo que había ocurrido. Ya consideraban que estaba «desperdiciando» los conocimientos adquiridos en Thayer por dedicarme al sector de la moda; como se enterasen de que me habían echado...

Me temblaron las manos, pero me recompuse y me obligué a mantenerlas firmes. No estaba dispuesta a dar el placer a mis compañeros de ver cómo lo pasaba mal mientras cogía las cajas y salía de la oficina tan dignamente como pude.

«Todo saldrá bien. No pasa nada.»

Fui a casa en Uber; todo un jaleo. No pude dejar de imaginarme las caras de mis padres cuando se enterasen de lo sucedido. Estarían decepcionados, me juzgarían y, lo que es peor, nuestra conversación estaría repleta de muchos *te lo dije* inaudibles.

Ya te dije que trabajar en una revista de moda no te serviría de nada.

Ya te dije que dejaras de perder tanto el tiempo en el blog. Es un hobby, *no un trabajo.*

Ya te dije que aprovecharas los estudios que tenías para hacer algo más útil, como convertirte en abogada medioambientalista como tu madre o, por lo menos, trabajar para un periódico de renombre.

Y esa era solo una de las consecuencias que acarrearía mi despido.

Ni siquiera había pensado en el impacto que iba a tener en mis finanzas ni en cómo conseguiría otro trabajo.

Sentí una inmensa presión en el pecho, pero logré no desmoronarme hasta llegar al apartamento.

Las cajas de cartón en las que había metido las pertinencias que guardaba en el escritorio de la oficina cayeron a mi lado con un golpe seco mientras yo me hundía en el suelo del salón y cerraba los ojos.

«No pasa nada.»
«No pasa nada.»
«No pasa nada.»

Aquel silencioso mantra consiguió apaciguar mi entrecortada respiración.

Tampoco era el fin del mundo. Despedían a gente a diario y yo todavía podía ganar dinero con el blog y con las colaboraciones con marcas.

Además, también podía vender algo de ropa para ganar algo más en efectivo. No me darían demasiado dinero ni siquiera para las piezas de diseño, pero menos daba una piedra.

En el peor de los casos, siempre tendría la opción de aceptar algunas colaboraciones que había rechazado en el pasado, pero que pagaban bien.

Me negaba a colaborar con marcas cuyos artículos no me entusiasmaban de verdad. A Brady le sacaba de quicio que fuera tan quisquillosa con la ropa que me ponía y los productos que utilizaba; entorpecía en gran medida mi potencial de ingresos, pero prefería ganar menos y ser honesta que promover algo en lo que no creía con tal de conseguir dinero fácil.

Aunque, por supuesto, eso era cuando cobraba un salario a tiempo completo que complementaba lo que ganaba con mi otro trabajo.

«No pasa nada.»
«No pasa nada».
«No pasa...»

El familiar tono de mi teléfono me devolvió a la realidad antes de que pudiera perderme en una espiral de pensamientos.

Me obligué a abrir los ojos y miré la pantalla.

Brady.

Estuve tentada de dejar que saltara el buzón de voz, pero quizás venía con novedades sobre algunas de mis colaboraciones pendientes. Ahora mismo, aceptaría cualquier cosa para la cual me pagaran.

Bueno, casi cualquier cosa.

—¿Sí? —Mi voz sonó ronca y áspera, pero por lo menos no estaba llorando.

—¿Qué tal fue? —Sonó la bocina de un coche de fondo y casi me impidió oír a Brady—. ¡Has ignorado todas mis llamadas! Quiero todos los detalles; ¡venga!

Sentí algo de migraña en la sien.

—¿Qué tal fue el qué?

—¡Delamonte! —El *¿qué si no?* se sobreentendía—. Un pajarito me ha confirmado que, efectivamente, la cena fue una prueba. Así que, cuéntame: ¿te adoran o te adoran?

Ni siquiera la mención de la cena con Delamonte me subió el ánimo.

—Me adoran. Aunque no tanto como a Raya.

A pesar de lo que me había dicho Christian, yo seguía convencida de que el acuerdo con Delamonte era una causa perdida. Si era incapaz de mantener mi puesto en una revista dentro de un mercado pequeño, ¿cómo iba a ser la embajadora de una de las marcas más importantes del mundo de la moda?

Técnicamente, no existía relación alguna entre una cosa y la otra. Sin embargo, en mi mente, que ahora estaba aturdida por el *shock* y el miedo, sí que la había.

A mi comentario le siguió una breve pausa y, a continuación, Brady estalló:

—¿Estás de coña? Pero ¿tú has visto las botas que lleva Raya en su último *post*? ¡Menuda horterada! A Delamonte no le va ese estilo ni de broma. ¡Buscan a alguien con un estilo como el tuyo! Tu estética es jodidamente perfecta para su marca, es como si... es como si te hubiesen creado en su laboratorio supersecreto o algo por el estilo.

—Ya, bueno, pero Raya tiene más seguidores que yo y, por si fuera poco, está con Adam. Dos por uno.

Detestaba restregarme en la autocompasión, pero, cuando empezaba, ya no había quien me detuviera.

Me había pasado literalmente años intentando llegar al millón de seguidores y Raya lo había conseguido en menos de dos gracias a las fotos con su nuevo novio y los consejos que le había dado una servidora.

No me importaba compartir lo que sabía. La vida no era una competición; al menos, no en la mayoría de los aspectos. Sin embargo, mentiría si dijera que eso no me molestaba un poco.

—Crece así de rápidamente solo porque está con Adam y viceversa —refunfuñó Brady—. Lamento decírtelo, pero ahora lo que más vende son las parejas de *influencers*. Ya casi no se ve a un *influencer* pegarse el estrellato de esa forma si no está con nadie. A la gente le chifla estar al tanto de la vida amorosa de los demás. Es una locura.

Reí con sequedad.

—Pues qué mal que yo no tenga pareja.

En Washington, el mercado era deprimente. Y porque no la había, que si no utilizaría una palabra aún más precisa para describirlo.

Aunque, claro, ya no tenía trabajo que me mantuviese ocupada, así que...

Ya le contaría a Brady lo de *DC Style* más adelante, cuando me hubiese dado tiempo de procesarlo a mí misma. Si hablaba del tema, se convertiría en algo real, y ahora mismo no me vendría mal fantasear un poco.

Mi mánager permaneció tan callado que pensé que se había cortado la llamada; Brady no se callaba nunca jamás. Eché una ojeada rápidamente y enseguida vi que no era el caso. Me dispuse a llamarle la atención, pero él se me adelantó:

—No, pero podrías... —dijo con cuidado.

Mi jaqueca aumentó.

—¿De qué me estás hablando?

—De que te ligues a alguien. Piénsalo. —Sonaba tan entusiasmado que se le agudizó la voz—. Tus seguidores no te han visto salir nunca con nadie porque tú nunca sales con nadie, ¿a que no? Pues imagínate si lo hicieras. ¡Se volverían locos! Y fíjate en todo el contenido de parejas que se está volviendo viral. La gente está superpendiente de todo eso. ¡Llegarías al millón de seguidores en un abrir y cerrar de ojos! Si lo consigues, a Delamonte no le pasarás desapercibida. Por lo que he oído, tardarán unas cuantas semanas en tomar la decisión final. Créeme: ya te adoran; lo sé. Lo único que tienes que hacer es darles un empujoncito.

Me quedé boquiabierta. Literalmente.

—¿Estás de broma? ¡No pienso engañar a alguien para salir con él con tal de conseguir más seguidores y promocionar una marca!

—Pues sé sincera con él y ve de frente. Cuéntale la verdad desde el principio. Búscate un novio falso; alguien que también se pueda beneficiar de todo esto.

—¿Otro *influencer*? —Hice una mueca con solo imaginármelo.

Me daba igual, eh; total, no pensaba hacer lo que me estaba proponiendo Brady ni de broma. Se me erizaba la piel nada más pensar que tenía que echarme novio para parecer «interesante».

Habíamos avanzado mucho: las mujeres podían ir a cualquier parte o hacer lo que quisieran sin tener que pedir permiso a sus maridos. Sin embargo, la triste realidad —al menos, a ojos de la sociedad— era que nuestro valor seguía estando directamente vinculado con nuestra capacidad de «pescar» a alguien.

Y había quedado demostrado todas las veces que la gente me había preguntado por qué no tenía novio todavía. Como si estar soltera fuera un problema al que había que poner solución en lugar de una decisión propia. Como si el hecho de no tener pareja significara que me faltaba algo.

No tenía nada en contra de salir con alguien. Me alegraba que mis amigas hubieran encontrado a su otra mitad y, si encontraba a la persona adecuada, hasta yo estaría dispuesta a salir con él.

Pero estaba bastante segura de que no iba a encontrar a la persona adecuada mediante una estratagema para conseguir más seguidores e impulsar mi carrera.

—Otro *influencer* —comentó Brady pensativo— o alguien a quien también le beneficie salir con una mujer atractiva.

Me dio un vuelco el estómago.

—Qué grima. Ni hablar. —Negué con la cabeza—. No tengo tiempo ni energía para dedicar ahora a una relación, falsa o no falsa.

—Stella, te hablo como amigo y como mánager. —Sonó más serio de lo que lo había oído nunca—. ¿Quieres ese trato con Delamonte? ¿Quieres ese millón de seguidores? ¿Quieres demostrarle a Raya y al resto de tías que se mueren por ver cómo te hundes que, aquí, la que manda, sigues siendo tú? Pues lígate a alguien.

Las palabras de Brady siguieron haciendo mella en mi mente incluso después de que colgara.

Estábamos en el siglo XXI. No debería tener que salir con nadie para seguir haciéndome un nombre.

Sin embargo, por más que me molestara tener que admitirlo, mi mánager tenía razón. Los famosos siempre se echaban pareja justo antes de lanzar un álbum o de estrenar una película, y si lo hacían era por algo. Además, los políticos que no estaban casados casi nunca salían airosos de las campañas.

Me froté la sien.

La idea de echarme un novio falso me parecía ridícula, pero ¿tan ridícula era?

Si las estrellas del cine eran capaces de «salir con alguien» por cuestiones de publicidad, yo también podía hacerlo. Daba igual que no fuera una estrella del cine; la teoría seguía siendo la misma.

«No me puedo creer que me lo esté planteando en serio.»

Abrí Instagram y me quedé mirando la cifra que aparecía en la parte superior de mi perfil: 899K. Llevaba con ese mismo número de seguidores desde hacía más de un año, lo cual me recordó a dónde me estaba llevando todo esto: a ninguna parte. Misma ciudad y misma rutina día sí y día también.

La tentación de conseguir un millón de seguidores y lo que significaría lograrlo resplandeció ante mí cual cegador diamante.

Reconocimiento. Oportunidades. Éxito.

«Quizás si lo intento...»

Ese *889K* se me quedó mirando desde la pantalla, burlándose de mí.

Sabía que mi número de seguidores nada tenía que ver con mi valía como persona, pero es que mis ingresos y mi sustento dependían de ello.

A lo mejor era una cuestión de ego.

A lo mejor quería demostrarle a todo el mundo, incluida a mí misma, que había levantado esa cuenta con sangre, sudor y lágrimas, y que mis esfuerzos no habían sido en vano.

O a lo mejor Brady tenía razón y tenía que plantearme algunos cambios.

Fuese lo que fuese, me afectó lo suficiente como para salir de la *app* y abrir los contactos.

Me quedé mirando la lista y mis ojos enseguida se pusieron a buscar los nombres de chico.

«No me puedo creer que me lo esté planteando en serio.»

Pero me había quedado sin trabajo y no tenía nada que perder..., a excepción de mi integridad.

Por desgracia, la integridad no pagaba las facturas, y tampoco es que fuera a robar ni a asesinar a nadie. Solo sería una mentirijilla de nada para hacer un tanto de espectáculo *online* y venderme un poco.

Me mordí el labio inferior con fuerza.

Y entonces, antes de que pudiera pensármelo dos veces, llamé al primer candidato que me pareció correcto.

—Hey, Trent. Soy Stella. Sé que hace mucho que no hablamos, pero quería preguntarte algo...

5
Stella

Había sobreestimado la cantidad de hombres heteros y sin pareja que había en mi vida.

Después de estudiar detenidamente mis contactos, encontré tres chicos que podrían desenvolver el papel de novio ficticio. Después de dos citas de prueba desastrosas, la cifra se había desplomado hasta quedar en uno.

El chico de la primera cita intentó venderme todo el tema de las criptomonedas y el segundo me pidió que le hiciera una mamada en el baño entre el plato principal y el postre.

Cuando llegó el momento de la tercera cita, mi optimismo se había reducido a cenizas. Sin embargo, me agarré con fuerza a la pequeña llama que aún ardía como si fuera la última esperanza que me quedase.

Porque lo era.

Nadie sabía en qué momento los de Delamonte tomarían su decisión final, pero seguro que no tardarían demasiado. El tiempo para echarme un novio falso se me estaba acabando; tenía que encontrarlo, sacarme un par de fotos con él y rezar por conseguir rescatar mi cuenta de su estancado estado. Cuando la cosa iba de conseguir un trato con alguna marca competitiva, cualquier ayuda —por pequeña que fuera— era bienvenida.

No se trataba del mejor plan del mundo, ni tampoco del más sopesado, pero era un plan. Por más absurdo que resultara, me daba la sensación de que estaba cogiendo las riendas de mi propia vida, y saber eso —saber que no era una completa inútil y que mi futuro todavía dependía de mí— era lo único que me mantenía a flote en ese preciso instante.

—A la tercera va la vencida —dije con tanta esperanza como fatiga y autodesprecio.

Me había lanzado de cabeza al «Plan Pareja», tal y como le llamaba Brady, porque no tenía elección. Sin embargo, me estremecía un poco cada vez que pensaba en lo que podía acabar sucediendo si esto funcionaba.

Decepción. Mentiras. Fingir ser quien no era.

Con el paso de los años había cultivado una estrecha relación con mis seguidores. Algunos llevaban siguiéndome desde que empecé la universidad y subía fotos granuladas del campus a internet.

Al pensar que estaría traicionando su confianza, se me revolvieron las tripas.

Pero no podía decepcionar a Maura. Y, a decir verdad, me moría por llegar al millón de seguidores.

Sería un hito enorme. La puerta que me abriría miles de oportunidades más y que demostraría que no era la decepción que creían mis padres.

Mis amigas pensaban que tenía una familia perfecta, pero nunca les había contado la verdad porque me parecía un problema muy banal. Había familias moralistas hasta debajo de las piedras.

Pero no por eso dolía menos.

Mis padres no siempre lo expresaban verbalmente, pero,

cuando me miraban, sus ojos se encargaban de hacerme saber lo decepcionados que se sentían.

Cogí una bocanada de aire, me alisé el vestido con la mano y me miré en el espejo que había en el pasillo por última vez.

Me había recogido el pelo en un elegante moño, me había puesto unos pendientes que me daban un aire glamuroso y me había maquillado con un pintalabios que iluminaba la pálida piel que lucía en invierno.

«Ideal.»

Bajé en ascensor mientras revisaba el correo electrónico por si había alguna novedad de Delamonte o por si me habían respondido de alguna de las decenas de solicitudes de trabajo que había enviado a lo largo de la semana pasada.

Nada.

No tener noticias ya era una buena noticia, ¿no? Por lo del trabajo no tanto, pero al menos era algo positivo en relación con el tema de Delamonte.

No quería pensar en negativo hasta que me llegara un *e-mail* o un comunicado de prensa en el que anunciaran quién representaría su marca a partir de ahora. No quería manifestar por error las posibilidades de perder esa campaña.

Las puertas del ascensor se abrieron y se oyó su correspondiente sonido. Salí y pasé el pulgar por encima de los cristales que me colgaban del collar. Cuarzo rosa para que me trajera suerte en el amor y cuarzo citrino para las buenas vibras en general.

«Ojalá funcionen.»

—¡Hola, Stella! —Aquella alegre voz hizo que desviara mi atención hacia la recepción, donde el conserje me miraba sonriente, con sus brillantes dientes y aquellos ojos de perrito.

Me solté el collar y le devolví la sonrisa.

—Hola, Lance. ¿Ya te ha vuelto a tocar el turno de noche?

—Es lo que pasa cuando eres el más joven del equipo. —Suspiró con exageración y luego me repasó de arriba abajo—. Qué arreglada. ¿Pretendiente a la vista?

Una parte de mí consideró, durante una milésima de segundo, la posibilidad de pedirle que fuera mi novio falso, pero enseguida me quité esa idea de la cabeza. Sería demasiado complicado por un sinfín de razones, y la que menos me preocupaba era que trabajase en el edificio donde vivía yo.

—Eso espero. —Me di la vuelta, divertida, y el corte de mi falda metalizada voló a la altura de las rodillas. La había combinado con un jersey negro entallado y unas botas; un *look* elegante pero sencillo para ir a una primera cita—. ¿Qué tal?

—Preciosa. —Su voz sonó sutilmente deseosa—. Siempre...

No le dio tiempo a terminar la frase. Acabé estampada contra un muro. Trastabillé y levanté la mano instintivamente para sujetarme.

Mis dedos entraron en contacto con algo de lana suave y calor masculino.

«No es un muro», señaló mi mente, aturdida.

Mis ojos repararon en las solapas de punta de un traje negro y fueron ascendiendo por el cuello abierto de una camisa blanca y la columna de esas líneas fuertes y masculinas hasta posarse en una cara hermosamente esculpida, pero manchada por una sombra de desaprobación.

—Señorita Alonso. —La fría voz de Christian hizo que se me pusieran los pelos de punta. Ya nada quedaba del compañero medio divertido con el que había compartido la cena en Nueva York—. ¿Ya está distrayéndome al personal otra vez?

¿Cómo que *otra vez*? Yo nunca había distraído a nadie, a excepción de aquella vez en la que Lance me ayudó a llevar un paquete hasta el ascensor y el vecino que estaba esperando detrás de mí tuvo que aguardar un par de minutos más.

Aparté la mano del pecho de Christian. Su calor me había calado tan hondo que lo seguí notando en los huesos incluso después de separarme. Sonreí con más vehemencia.

«Respira, relájate, resiste.»

—Solo estábamos hablando. Quería saber qué opinaba Lance sobre un tema, pero ya que está usted aquí, aprovecho para que también me dé su opinión. —Volví a dar la vuelta—. ¿Y bien? ¿Qué opina de este *outfit* para ir a una cita?

Christian me agarró del brazo antes de que pudiera acabar de dar la vuelta.

Al levantar la vista vi que aquella sombra de desaprobación se había convertido en algo más oscuro. Más peligroso.

Pestañeé y la oscuridad desapareció, sustituida por su característico y educado aplomo.

En cierto modo, era todavía más inquietante.

—Tiene una cita.

Christian tenía la virtud de hacer que cualquier pregunta sonara a..., bueno, a afirmación.

—Así es. —Un estallido inusual de travesura se abrió paso dentro de mí—. Es el nombre que se le da a salir a cenar con alguien, ir a tomar algo y quizás agarrarse de la mano. Igual desconoce el término, pero debería intentarlo alguna vez, señor Harper. Le vendrá bien.

A lo mejor así se soltaba un poco.

A pesar de su atractivo y riqueza, era más rígido que el resorte de su reloj Audemars Piguet. Se le notaba en la precisión al andar, en cómo cuadraba los hombros y en su físico perfectamente antinatural.

Ni un pelo despeinado, ni una arruga en la ropa.

Christian Harper vivía para tenerlo absolutamente todo controlado, incluidos sus sentimientos.

Se me quedó mirando con la barbilla tan tensa que casi oí cómo le crujían los dientes.

—Yo no agarro a nadie de la mano.

—Vale, pues eso queda descartado. Puede abrazar a la otra persona en un banco con vistas al río, susurrarle algo al oído y darle un beso de buenas noches. ¿Verdad que suena bonito?

Se le encorvó el labio y yo me tragué las ganas de reír. A juzgar por su expresión, mi sugerencia le había parecido igual de atrayente que si le hubieran dicho que irían a tirarlo a un contenedor de ácido burbujeante.

—Pero si apenas sale con nadie.

Mi diversión se desvaneció y una pizca de enfado la reemplazó. Iba de sabelotodo.

—Eso no lo sabe. Podría haber tenido cientos de citas desde que me mudé y usted no se hubiera enterado.

—¿Ha sido ese el caso?

Maldita sea. Era incapaz de mentirle, por más que todos los poros de mi piel me estuvieran pidiendo a gritos que hiciera algo para quitarle esa mirada sabionda de la cara.

—Eso da igual —sentencié—. Puede que no haya tenido cientos de citas, pero algunas sí.

Dos, y habían sido unas citas de prueba que me habían servido para recordar por qué no salía con nadie. Pero eso no tenía por qué saberlo él.

—¿Y dónde es la cita de hoy?

—En un bar.

—Qué específica.

—No es de su incumbencia. —Lo miré fijamente.

La sonrisa de Christian no suavizó el punzante tono de su voz cuando dijo:

—Que vaya bien la cita, Stella.

La conversación terminó allí, y menos mal. Ya llegaba tarde.

Sin embargo, a la que salí y me dirigí a mi cita, fui incapaz de concentrarme y pensar en el hombre con el que había quedado.

Estaba demasiado ocupada pensando en ojos del color del *whisky* y trajes negros.

Al cabo de media hora, deseé haberme quedado en la recepción del Mirage con Christian porque mi cita estaba yendo tal y como me había imaginado. Es decir: fatal.

Klaus era uno de los pocos *bloggers* de moda masculinos que vivía en Washington y, las veces que habíamos charlado en algún acontecimiento, me había caído bastante bien.

Por desgracia, nunca habíamos hablado lo suficiente como para que me diera cuenta antes de lo que resultó evidente tras una larga conversación con él.

Klaus era un imbécil de campeonato.

—Les dije que yo, gratis, no trabajo. Es por algo benéfico, lo pillo, pero yo blogueo sobre artículos de lujo. —Klaus se colocó bien su Rolex de segunda mano—. ¿Por qué iban a pensar que subiría algún *post* para concienciar sobre el cáncer de gratis? Que sí, que es para una buena causa —se apresuró en añadir—, pero tardo tiempo en sacar las fotos y en subirlas; el trabajo no se hace solo. Hasta les hice un diez por ciento de descuento, pero siguieron sin aceptar mi oferta.

—Por algo era benéfico. —Me terminé la bebida. Dos copas de vino en veinte minutos: todo un récord para mí y algo que atestiguaba mis poquísimas ganas de estar aquí. Sin embargo, como Klaus era mi última esperanza, le di más margen de lo normal. A lo mejor era buen tío, pero no sabía expresarse de forma adecuada—. No pueden permitirse pagar miles de dólares por cada *post*.

—No les pedí que pagaran por cada *post*. Les pedí que me pagaran a mí —me corrigió enfatizando en las dos últimas palabras.

«Dios mío de mi vida, dame paciencia.»

—Yo hice esa campaña sin cobrar nada. No tardé ni una hora y no me morí —señalé.

Las obras benéficas eran mi debilidad y aceptaba prácticamente todas las colaboraciones de ese tipo siempre y cuando vinieran de una organización legítima. A Brady no le gustaba nada, sobre todo porque era trabajo no remunerado y, a él, dichos acuerdos no le beneficiaban en absoluto.

Klaus rio.

—Ya, bueno, ahí está la diferencia entre los hombres y las mujeres, ¿no?

Me quedé helada.

—¿Qué quieres decir con esto?

—Que la mayoría de los tíos pedimos lo que merecemos, a diferencia de las tías. —Se encogió de hombros con tanta tranquilidad que incluso me tembló el ojo—. No pretendo insultaros; solo digo lo que pienso. Aunque no todo el mundo puede cobrar tanta pasta, ¿no?

Apreté el tallo de la copa con todas mis fuerzas.

Ojalá no me la hubiese terminado. Nunca había tenido tantas ganas de tirarle la bebida a la cara a alguien.

El chico no iba del todo desencaminado con eso de pedir lo que uno merece, pero su tono había sido tan condescendiente que había eclipsado el resto. Además, había intentado cobrar por una obra benéfica sobre el cáncer.

—Klaus. —Mi voz no dejó entrever atisbo alguno del enfado que me corría por las venas—. Gracias por las bebidas, pero nuestra cita ha llegado a su fin.

Dejó de toquetearse el pelo y me miró fijamente.

—¿Disculpa?

—No encajamos y no quiero perder el tiempo ni hacértelo perder a ti. —Antes me saco un ojo con el tacón de un Christian Louboutin que pasar otro minuto contigo, añadí para mis adentros.

Klaus se puso rojo como un tomate.

—Fenomenal. —Se levantó y, de mala gana, cogió su abrigo del respaldo de la silla—. Total, solo me he quedado por pena. No estás tan buena como dice la gente ni de coña.

Dice el tío que compra a sus seguidores y utiliza una cuenta falsa para comentar lo bueno que está en sus propios *posts*. Tenía la respuesta en la punta de la lengua, pero mi aversión al conflicto se deshizo de ella.

Si me dieran un centavo por cada salida que me callaba, no necesitaría firmar ningún acuerdo con Delamonte. Ya sería millonaria.

Esperé a que Klaus saliera enfurecido y envuelto en una nube de una sofocante mezcla de perfume e indignación. Acto seguido, gruñí y hundí la cara en las manos.

Ahora que Klaus también había quedado descartado, tenía oficialmente cero posibilidades de encontrar a un novio falso decente.

«Adiós, novio falso; adiós, aumento de seguidores; adiós, acuerdo con Delamonte; adiós, dinero; adiós, residencia para Maura...»

Mis pensamientos se fueron arremolinando en un agitado torrente.

¿Había alguna otra forma de conseguir que mi número de seguidores creciera sin que tuviera que fingir estar con alguien? Quizás.

Si mi cuenta crecía lo bastante rápido, ¿conseguiría ese acuerdo con Delamonte? Nadie lo sabía a ciencia cierta.

Aun así, mi cerebro se aferró a esa idea; traté de quitármela de la cabeza, pero fue como intentar abrir una caja fuerte con un palillo. Además, entre que no tenía trabajo y que mi currículum no estaba dando resultados, estaba empezando a desesperarme.

Puede que lo de echarme novio me hubiese hecho sentir un tanto incómoda, pero también había arrojado un rayo de esperanza en mi vida. Un rayo que ahora se había vuelto de un feúcho marrón deslustrado.

Me bebí el agua con la esperanza de aliviar la sequedad que sentía en la garganta, pero acabé echándome a toser porque se fue por el agujero equivocado.

—Veo que lo de susurrarse algo al oído y darse un beso de buenas noches no sigue en pie.

Al oír esa voz detrás de mí sentí una ola de calor que me envolvió la piel.

«Respira, relájate, resiste.»

Me llené los pulmones antes de responder.

—Una vez es coincidencia; dos, casualidad. —Volví la cabeza—. ¿Y tres, señor Harper?

Primero, lo de llevarme a casa en coche. Luego, lo de la cena de Delamonte. Lo de habérmelo encontrado en la recepción antes no contaba porque vivíamos en el mismo edificio; no obstante, me había cruzado con Christian un montón de veces en las últimas dos semanas.

—Cosa del destino. —Se sentó en el taburete que tenía al lado y saludó al camarero con la cabeza; este le devolvió el gesto, respetuoso, y volvió en menos de un minuto con un vaso de un rico líquido de color ámbar—. Eso o que Washington tampoco es una ciudad tan grande y compartimos círculos sociales.

—Puede que consiguiera convencerme de que cree en las coincidencias, pero eso de que cree en el destino no me lo tragaré jamás.

En el destino creía la gente romántica y soñadora. Y Christian no era ni una cosa ni la otra.

Los románticos no miraban a los demás como si quisieran devorarlos hasta reducirlos a cenizas y éxtasis. Oscuridad y sumisión.

Algo cálido y que no supe reconocer se abrió paso en mi estómago, pero las campanillas de la puerta de entrada me volvieron a la realidad.

—¿Cuánto tiempo lleva aquí? —No lo había visto entrar.

—El suficiente como para haber visto cómo miraba con anhelo esos palillos para cócteles mientras su cita hablaba.

—No ha estado mal. Se ha tenido que ir antes porque... le ha surgido una emergencia. —Estaba mintiendo descaradamente, pero no quería admitir que había fracasado. No delante de Christian.

—Sí, parecía una cita espléndida. —Lo dijo con un tono más seco que un Gin Martini—. Se notaba por cómo se le cerraban los ojos y por cómo desviaba la vista hacia el móvil cada cinco segundos. Señales de una mujer enamorada hasta las trancas.

Su comentario me molestó tanto que sentí que me faltaba el aire en los pulmones.

—Se comenta por ahí que el sarcasmo es la forma más baja de humor —señalé.

—Pero la más alta expresión de ingenio. —Arqueé las cejas y a Christian se le encorvó la comisura de los labios—. Oscar Wilde. Me sé la cita entera al dedillo.

¿Por qué no me sorprendía?

—No le entretengo —dije intencionadamente—. Seguro que tiene cosas mejores que hacer un viernes por la noche que tomarse una copa con la chica que le cuida las plantas.

—Me marcharé en cuanto me haya contado por qué estaba tan triste después de que se fuera ese chaval. —Christian se acomodó en el asiento. Parecía elegantemente relajado a pesar de mirarme con un brillo intenso en los ojos mientras aguardaba mi respuesta—. Dudo que su marcha le decepcionase.

Pasé el pulgar por la condensación de líquido de mi vaso de agua y me planteé cuánta información debía darle.

—Necesitaba que me ayudase con algo. —Me sentí avergonzada.

—¿Con qué? —Christian era como una cobra vestida de traje, sin paciencia aparente.

«Díselo y punto.»

—Necesito un novio falso.

Hala, ya estaba. Lo había dicho y no había mentido, pero me moría de vergüenza.

Aunque debo agradecerle a Christian que no se riese ni me reprendiera.

—Cuénteme.

El alcohol y la desesperación me habían soltado la lengua ya, así que se lo conté. Se lo conté todo: lo de Maura, lo de Delamonte y lo de *DC Style*. Incluso le conté que me habían despedido.

Una parte de mí estaba preocupada de que fuera a desahuciarme ahora que ya no tenía sueldo fijo. Aun así, fui incapaz de seguir hablando.

La presión que sentía en mi interior había encontrado una válvula de escape temporal y estaba aprovechando aquella ocasión a más no poder.

Mis amigas sabían que me habían echado del trabajo; lo que no sabían era que pagaba la residencia de Maura. Nadie lo sabía, solo los trabajadores de Greenfield... y ahora Christian.

Por alguna razón que desconocía, contárselo fue natural; en parte, hasta diría que fue fácil. Quizás porque me resultaba más sencillo compartir mis secretos con alguien que no me conocía tan bien y que, por lo tanto, no me juzgaría tanto.

Cuando terminé, Christian me estaba mirando pensativo.

Un largo silencio se reposó entre nosotros y tuve miedo de que le hubiera dado algo al oír mi absolutamente disparatada idea.

Me coloqué un rizo que se me había salido del recogido detrás de la oreja.

—Ya sé que es absurdo, pero quizás funcione. ¿Posiblemente? —Dudaba tanto que mi afirmación sonó más bien a pregunta.

—No es absurdo. —Dejó su vaso, cuyo contenido ya se había terminado. El camarero apareció de inmediato y se lo llenó de nuevo. Christian desvió su pesada mirada hacia él y este me rellenó la copa de nuevo—. De hecho, tengo una propuesta que nos beneficiaría a los dos.

Normalmente, esas palabras solo podían decir una cosa.

—No tengo interés alguno en acostarme con usted.

Estaba desesperada, pero tampoco tanto. Echarse un novio falso era una cosa, pero acostarse con alguien por dinero era otra muy distinta, por más que ese «alguien» fuera rico y altamente atractivo.

A Christian se le ensombreció la mirada, molesto.

—No me refería a eso —dijo con un tono de voz un tanto irritado—. Usted necesita dinero y yo necesito a una... compañera para que venga conmigo a los actos; algo necesario y, por desgracia, frecuente en mi trabajo.

—O sea, que necesita poder farolear de una chica guapa en los eventos. —Algo parecido a la decepción se abrió paso en mi estómago—. Estoy segura de que si chasquea los dedos encuentra a una cita enseguida. No me necesita a mí.

Incluso ahí mismo, en ese bar, todas las mujeres estaban mirándolo deslumbradas y maravilladas.

—No estoy hablando de una simple cita, Stella. Quiero ir con alguien con quien pueda conversar de verdad; alguien que haga sentir cómodos a los demás y que pueda ayudarme a convencer a la gente que me rodea; alguien que no espere nada más una vez se acabe el acontecimiento en cuestión.

Repiqueteé en la mesa con los dedos.

—Y si acepto...

Christian sonrió.

—Hagamos un trato, señorita Alonso. Si acepta ser mi acompañante cuando la necesite, cubriré todos los gastos de la residencia de Maura.

Detuve el movimiento de mis dedos.

¿Que pagaría todos los gastos de la residencia de Maura?

Mi primer instinto fue decir que sí rotunda y entusiásticamente. Si no tenía que preocuparme por las facturas de Greenfield, me quitaría un peso de encima.

Sin embargo, el júbilo no duró más de un minuto. Enseguida me saltaron las alarmas.

Cuando algo sonaba demasiado bueno para ser verdad, era por algo.

—Gracias, pero no puedo aceptar. —Me dolió pronunciar esas palabras, pero era mejor así—. Pagarle la residencia a Maura es... demasiado.

¿Fui estúpida al rechazar su oferta de cubrir todo eso cuando en realidad lo necesitaba desesperadamente? Puede. ¿Sobre todo siendo consciente de que él apenas echaría en falta esa cantidad de dinero? Seguramente.

Si me lo hubiese propuesto cualquier otra persona, dadas las circunstancias, quizás habría aceptado. Sin embargo, entre el descuento de alquiler que nos había ofrecido cuando me mudé con Jules y el ridículo acuerdo al que habíamos llegado gracias al cual yo pagaba todavía menos después de que mi amiga se mudara con su novio —cuidar de sus plantas no compensaba los miles de dólares que perdía Christian cada mes—, ya le debía suficiente.

Y mi instinto me decía que cuanto menos en deuda estuviera con hombres como Christian Harper, mejor.

Porque, a fin de cuentas, tendría que acabar pagando y me saldría muchísimo más caro que todo el oro del mundo.

Christian se tomó mi negativa con filosofía.

—Ya veo. Pues cambiemos el trato: usted me acompaña a los actos y yo finjo ser su novio.

Me dio un vuelco el corazón. Ese sí que era un acuerdo más compensado.

Aunque seguía siendo mejor que no aceptara.

Pensándolo bien, era descabellado, ridículo y completamente absurdo, pero... ¿que mi novio (falso) fuera ni más ni menos que Christian Harper? Si eso no llevaba mi cuenta al estrellato, nada podría.

—Con una condición, claro está —añadió.

Cómo no.

—¿Cuál?

—Que no muestre mi cara en sus redes sociales. Nunca.

Mi entusiasmo se evaporó más rápido que el agua en ebullición.

—Eso me chafa todo el plan.

La cara de Christian conseguiría llenar auditorios y estadios enteros. No mostrarla en las redes sería una pérdida descomunal.

—Por lo que me ha contado, lo que importa es que la gente sepa que tiene una relación, no con quién. —Le dio un golpecito a mi móvil con el dedo—. Las redes sociales son una forma de voyerismo y las parejas atraen más la atención de la gente que alguien por sí solo. Es duro, pero es así. Sin embargo, a la gente también le flipa el misterio. Puede enseñar mi mano, mi espalda y cualquier parte de mí a excepción de la cara. No se le chafará ningún plan. En realidad, puede que incluso le ayude más.

—Pero... —Su cara es preciosa—. Si vamos juntos a acontecimientos, la gente sabrá con quién estoy. ¿Qué más da que enseñe o no su cara en redes?

—No me importa que sepan que estamos juntos. —La dulzura que acompañó sus palabras me envolvió cual manto de seda—. Pero me gusta mantener los detalles de mi vida personal en privado y que mi huella digital siga tan limpia como sea posible.

No debería sorprenderme. Christian era un experto en ciberseguridad; era lógico que se opusiera a las redes sociales y a compartir datos *online*.

Aun así, me resultaba difícil de creer que, a estas alturas, alguien pudiera evitar que se publicara aunque fuera una foto suya en internet.

—Mmm. —Para mí, ya era demasiado tarde. Mi huella digital era tan grande que incluso podrían darle un código postal propio—. No es mi caso.

En la boca de Christian se dibujó una breve sonrisa.

—¿Trato hecho, entonces?

—Siempre y cuando usted también acepte mis condiciones. —Al ver lo sorprendido que se quedaba, la que sonrió fui yo—. No iba a pensar que aquí solo estipulaba las normas usted, ¿no?

—Por supuesto que no. —Un sutil brillo de diversión le acarició la mirada—. ¿Y cuáles son sus normas?

Fui contándolas con los dedos. El camarero estaba sirviendo a unos clientes que había en la otra punta de la barra y no teníamos a nadie sentado cerca, así que no me preocupaba que alguien fuera a fisgonear.

—Uno: limitaremos el contacto físico a lo meramente justo y necesario. Cogerse de las manos, vale. Besarse estará solo permitido según la ocasión. Y nada de sexo. —Miré a Christian para asegurarme de que ese punto no fuera a echar el plan a perder; al ver que permanecía impasible, seguí—: Dos: el acuerdo seguirá en pie siempre y cuando nos beneficie a ambos. Si uno de los dos quiere rescindirlo por el motivo que sea, avisaremos al otro con dos semanas de antelación. Y por último... —Cogí aire profundamente—. Tendremos siempre muy claro lo que tenemos: una relación falsa —enfaticé en el adjetivo—, de modo que no podemos enamorarnos ni sentir nada el uno por el otro.

No pensaba que Christian fuera a enamorarse de mí y dudaba que yo fuera a pillarme de él, pero era mejor dejar las cosas claras. Así luego no habría malentendidos.

Se le escapó una ligera risa.

—Acepto. Esta noche prepararé el contrato.

—Lo de tener que firmar un contrato por escrito me parece una exageración.

—Yo nunca hago negocios sin un contrato de por medio. —Arqueó una ceja—. ¿Le supone eso un problema?

Por una parte, me incomodaba tener que firmar un acuerdo formal para algo tan versátil. Sin embargo, por la otra, tenía que reconocer que era lo más sabio. Así las condiciones quedarían claras y nos protegeríamos los dos.

Por si las moscas.

—No. Me parece bien.

—Perfecto. Y no se preocupe, señorita Alonso. —Se fue acercando el vaso a la boca mientras, con un tono de voz divertido, aseguraba—: Yo no creo en el amor.

6
Stella

13 de mayo

Creo que he hecho un pacto con el diablo.

Vale, igual estoy dramatizando un poco, pero ya me entiendes. Christian ha sido superamable y me ha ayudado un montón desde que nos conocimos, pero si ha llegado hasta aquí no habrá sido por ser un trozo de pan.

Hace cuatro días que firmamos el contrato (sigo sin poder creerme que me hiciera firmar un acuerdo formal, pero por algo es director ejecutivo, supongo) y cada vez que pienso en nuestro primer post como pareja me entran náuseas.

He aceptado el tener que mentir a mis seguidores, pero es que mis amigas y mi familia también lo verán. A ver, mis padres no, pero Natalia sí y se lo contará a los dos. Además, tendré que decirles a mis amigas que, de repente, ha aparecido un novio en mi vida, y ellas saben perfectamente que no quiero estar con nadie. La noticia las va a trastocar, sobre todo a Jules. No le gusta nada no estar bien informada de todos los cotilleos.

Y luego está lo de tener que esconder la cara de Christian cuando publique el post para oficializar nuestra relación. A lo mejor puedo tapársela con un emoji. Es tan cursi que hasta podría tener gracia...

Ideas para el emoji de Christian:

Demonio (por razones obvias)

Carita neutra (porque su expresión es la misma el 80 % de las veces)

Carita con corazón (sería lo más lógico si pensamos que, técnicamente, es mi novio... Aunque quizás sea demasiado empalagoso, ¿no?)

—Menos mal que por fin podemos ponernos al día. —Jules suspiró y se metió una patata frita en la boca—. Siento que estoy *superout* desde que he vuelto.

Jules y su novio, Josh, se habían ido siete días de viaje a Nueva Zelanda hacía unas semanas y era la primera vez que nos veíamos desde que habían vuelto. Entre su apretujado horario como abogada y los viajes constantes de Ava, que trabajaba como fotógrafa para la revista *World Geographic*, nos costaba coincidir para vernos todas.

De todos modos, nos seguíamos reuniendo al menos una vez al mes, aunque a veces teníamos que organizar una quedada virtual. De esa manera también podía unirse Bridget, que vivía en Europa.

Mantener las amistades en la edad adulta requería trabajo y esfuerzos, pero las amistades que aguantaban eran las más importantes.

Por eso me resultaba tan difícil tener que mentir a Jules, Ava y Bridget. Sabían que me habían echado del trabajo, pero no tenían ni idea de lo de Christian.

Además, tampoco quería agobiarlas con mis liadas. Sin embargo, cuanto más tiempo pasaba sin contarles nada, menos ganas tenía de explicarles por qué no les había dicho nada desde el principio.

Los tacos de pescado que me había comido para almorzar me revolvieron el estómago.

—Tampoco te has perdido gran cosa. —Ava se apartó un mechón de pelo de la cara—. Mi vida se basa en trabajar y planear la boda para octubre.

A pesar de haberlo dicho como si nada, se le iluminó la cara.

Su novio, Alex, le había pedido matrimonio el verano pasado y estaban organizando la boda, que se celebraría en otoño en Vermont. Conociendo a Alex, seguro que sería la boda más fastuosa en la historia del estado. Ya había contratado a una organizadora de bodas increíble para que se encargara de coordinar el trabajo de una armada de floristas, fotógrafos, cámaras, la empresa de *catering* y quienquiera que estuviera involucrado en todo eso.

—Mmm. —Al ver que no había ningún tema jugoso esperándola, Jules sonó decepcionada—. ¿Y tú qué, Stel? ¿Te has liado ya con algún famoso en uno de esos eventos? ¿Has ganado un millón de dólares? ¿Te han ofrecido un viaje a Venecia para que te saques fotos de los pies otra vez?

Se me escapó una risa cansada.

—Siento decepcionarte, pero no.

«Aunque me he echado un novio falso.»

Tenía las palabras en la punta de la lengua, pero me las tragué junto con el agua.

Necesitaba algo más de tiempo para procesar toda esta situación antes de contársela a alguien más.

—Vaya. —Jules hizo una mueca—. Bueno, aún falta mucho para que acabe el año. Ah, y, por cierto, hablando de famosos... —Se le encendió de nuevo la mirada—. No os vais a creer a quién vimos en el aeropuerto mientras volvíamos a Washington. ¡A Nate Reynolds! Estaba con su mujer...

Me recosté en el asiento mientras mi amiga charlaba sobre su estrella de cine favorita. Ese tema era un terreno mucho más seguro que cualquier otro que tuviera que ver con mi vida.

Seguía sintiéndome algo avergonzada, pero me consolé pensando que no tendría que mentir a mis amigas toda la vida.

Pronto les contaría lo de Christian.

Pero hoy no.

Nos quedamos en el restaurante una media hora más hasta que Ava se tuvo que ir porque había quedado con Alex para no sé qué de la boda y Jules se fue para «sorprender» a Josh cuando terminara el turno en el hospital. Estaba bastante segura de que era una forma sutil de decir que iba a acostarse con él, pero tuve las suficientes luces como para no preguntárselo.

Nos despedimos, cogí un tren y me dirigí a Greenfield.

Estaba a una hora de la ciudad y, cuando trabajaba en *DC Style*, tenía que salir pitando del trabajo. En algunas ocasiones, no me había dado tiempo a llegar; sin embargo, la mayoría de las veces en las que sí que llegaba, solo disponía de diez o quince minutos con Maura antes de que se terminaran las horas de visita.

Supongo que haberme quedado sin trabajo también tenía su parte positiva. Ya no hacía falta que pillara el tren para ir de ninguna-parte a ninguna-otra-parte en plena noche y tampoco tenía que preocuparme por si no podía verla.

Jugueteé con el collar mientras, absorta en mis pensamientos, miraba las aceras de cemento de la ciudad y aquella arquitectura con aires europeos se iba alejando para dar paso a llanuras y campos abiertos.

No había vuelto a hablar con Christian en persona desde que firmamos el acuerdo. No obstante, él sí me había escrito al día siguiente para pedirme que lo acompañara a una recaudación de fondos.

Yo ni siquiera sabía para qué se recaudaban los fondos; solo me había contado que había que ir de etiqueta y que se celebraría en el Museo Nacional de Historia Natural del Instituto Smithsonian.

El tren se detuvo en la estación de Greenfield en el mismo momento en que los nervios empezaron a apoderarse de mí.

«Irá bien. No es más que una fiesta. Has ido a un montón de eventos de etiqueta.»

Cogí aire con profundidad y luego lo solté.

«Irá bien.»

Me levanté, esperé a que saliera un grupo de pasajeros con aspecto más bien cansado y luego hice lo propio. Apenas había bajado del tren cuando, de repente, tuve un presentimiento. Levanté la cabeza de inmediato.

Era el mismo presentimiento que había tenido en el pasillo la noche en que Christian me llevó a casa.

Miré frenéticamente a mi alrededor, pero en el vagón no quedaba nadie más aparte de un señor mayor que estaba roncando en una esquina y un revisor intentando despertarlo.

Me relajé un poco.

No pasaba nada. Solo estaba muy agobiada por lo de la recaudación de fondos y el acuerdo sobre mi falsa relación.

La residencia estaba a diez minutos andando de la estación de tren; cuando llegué, ya me había deshecho de aquel desasosiego. No podía vivir con ese miedo a diario, y menos aún si eran imaginaciones mías.

Greenfield estaba compuesto por tres edificios y abarcaba una zona considerablemente grande a las afueras de Maryland. Con aquellas ventanas salientes, sus suelos de bambú y esa abundante vegetación, parecía un hotel *boutique* de alta gama más que un complejo residencial para jubilados; no era de extrañar que se considerase una de las instalaciones más lujosas del país.

De día, incluso parecía un lugar distinto. No era solo por la luz, sino también por el aire, que estaba más calmado, y el olor de la zona, que tenía un toque más dulce incluso a finales de invierno.

Era un día nuevo y, con cada día nuevo, resurgía la esperanza.

Me detuve justo fuera de la habitación de Maura y llamé a la puerta llena de optimismo.

Hoy se acordaría de mí. No tenía ninguna duda.

Volví a llamar. Nada. No esperaba que fuese a responder, pero siempre llamaba dos veces por si acaso. Vivía en una residencia, pero su habitación seguía siendo su espacio privado. Merecía poder decidir quién entraba ahí y quién no.

Esperé un poco más. Giré el pomo y entré.

Maura estaba sentada en una silla al lado de la ventana, con la vista puesta en el estanque que había en la parte trasera del edificio. El agua estaba helada y, en invierno, los árboles y las flores que brotaban en verano no eran más que ramas secas y pétalos marchitados; sin embargo, a Maura no parecía importarle nada de eso.

Estaba tarareando en voz baja con una sutil sonrisa dibujada en los labios. Era algo familiar y desconocido a la vez; una mezcla de felicidad y nostalgia.

—Hola, Maura —la saludé con dulzura.

Dejó de canturrear.

Se volvió y me estudió con la mirada: una expresión educada que poco a poco fue cobrando interés.

—Hola. —Cuando vio lo ilusionada que estaba mientras la miraba, levantó la cabeza y preguntó—: ¿Nos conocemos?

El desengaño se acomodó en mi pecho, seguido por un punzante dolor.

El alzhéimer afectaba a las personas de forma distinta, incluso a aquellas que se encontraban en la etapa media, como era el caso de Maura. Había quien se olvidaba de las habilidades motores básicas —como, por ejemplo: coger una cuchara—, pero se acordaba de su familia, y había quien se olvidaba de sus seres queridos aunque pudieran seguir con su vida en condiciones bastante normales.

Maura pertenecía al segundo grupo.

Debería alegrarme de que pudiera seguir comunicándose sin dificultad tras haber sigo diagnosticada con dicha enfermedad hacía cuatro años. Y me alegraba, pero eso no quitaba que me doliera ver que no me reconocía.

Mis padres habían tenido una ajetreada vida laboral y, por lo tanto, a mí me había criado Maura. Ella era quien me llevaba al colegio y quien me recogía al terminar las clases; era quien venía a verme a las actuaciones y quien me consoló después de que Ricky Wheaton me dejara por Melody Renner cuando tenía once años. Ricky y yo solo habíamos sido «novios» durante dos semanas, pero a esa edad sentí que me habían roto el corazón.

Siempre recordaría a Maura llena de vida y energía. No obstante, los años y la enfermedad habían hecho mella, y verla tan débil hacía que sintiera un nudo en la garganta y me entraran ganas de llorar.

—Soy una nueva voluntaria. —Carraspeé y sonreí; no quería que la melancolía manchara esa visita—. Le he traído un poco de tembleque; un pajarito me ha chivado que le encanta. —Metí la mano en la bolsa y saqué ese frío pudin de coco.

Era un postre típico de Puerto Rico que solíamos hacer con Maura en nuestras noches de «experimentos».

Probábamos una receta distinta cada semana. Algunas

veces nos salía genial; otras, no tanto. Aun así, el tembleque era uno de nuestros postres favoritos, de modo que lo preparábamos en repetidas ocasiones con la excusa de aderezarlo con sabores distintos cada vez. Una semana era canela; la otra, naranja y, la otra, lima.

Voilà! Otra receta distinta.

Mi yo de ocho años lo veía totalmente lógico.

A Maura se le iluminó la cara.

—¿Intentas sobornarme con dulces el primer día? —Cloqueó—. Porque funciona. Ya me caes bien.

Reí.

—Me alegro.

Le pasé el postre que había hecho la noche anterior y esperé a que lo tuviera agarrado con firmeza antes de sentarme enfrente de ella.

—¿Cómo te llamas? —Cogió algo de pudin con la cuchara y se lo llevó a la boca. Intenté no fijarme en la lentitud de sus movimientos ni en lo mucho que le temblaba la mano.

—Stella.

Algo que pareció un atisbo de reconocimiento le acarició la mirada. Volví a recobrar la esperanza, pero esta se desvaneció en cuanto la confusión volvió a cubrirle los ojos al cabo de un segundo.

—Qué nombre tan bonito, Stella. —Maura masticó pensativa—. Yo tengo una hija. Phoebe, se llama. Debe de tener tu edad, pero hace mucho que no la veo...

«Porque murió», pensé.

El dolor que había sentido previamente en el pecho regresó a mí, vengativo.

Phoebe y el marido de Maura sufrieron un accidente de coche mientras volvían a casa después de hacer la compra. Un camión se los llevó por delante y los dos murieron al acto. De eso hacía ya seis años.

Aquella desdicha hizo que Maura se sumiera en una depresión, sobre todo porque ya no tenía familiares con quien poder contar.

Por más que detestara que el alzhéimer le hubiera arrebatado la vida que tanto la caracterizaba, a veces me sentía agradecida por ello. La ausencia de sus recuerdos no hacía distinciones entre los buenos y los malos, y al menos así no recordaría el dolor que había significado perder a sus seres queridos.

Ninguna madre debería enterrar a sus hijos.

Maura empezó a masticar más lentamente. Frunció el ceño y enseguida entendí que estaba intentando recordar por qué hacía tanto tiempo que no veía a Phoebe.

Se le aceleró la respiración igual que le ocurría siempre antes de que se inquietara.

La última vez que se acordó de lo que le había ocurrido a su hija, se puso tan agresiva que las enfermeras tuvieron que sedarla.

Pestañeé para deshacerme del escozor de ojos y sonreí todavía más ampliamente.

—Hoy es noche de bingo —me apresuré a decir—. ¿Le hace ilusión?

Mi distracción funcionó.

Maura se relajó de nuevo y, lentamente, nuestra conversación pasó del bingo a caniches y a la telenovela *Days of Our Lives*.

Tenía los recuerdos dispersos y variaban diariamente, pero hoy era uno de esos días buenos. En el pasado, Maura había tenido un caniche y le encantaba ver esa serie. No sabía muy bien si era consciente de la importancia que tenían los temas de los cuales estábamos conversando, pero por lo menos, su subconsciente sabía que eran relevantes.

—Esta noche tengo bingo. ¿Tú qué harás? —Después de haberse pasado diez minutos hablando sobre cómo lavar la ropa a mano, cambió bruscamente de tema—. Una chica tan guapa como tú seguro que tiene algo divertido planeado para un viernes noche.

Era sábado, pero no la corregí.

—Tengo una fiesta muy importante en el Smithsonian —le conté.

Aunque yo no lo llamaría *divertido*.

Los nervios se me arremolinaron en el estómago y me entraron náuseas.

Firmar el contrato había sido una cosa, pero llevar el plan a cabo sería otra distinta.

¿Y si mi aparición en ese acontecimiento era un fracaso total? ¿Y si tropezaba o decía algo estúpido? ¿Y si Christian se daba cuenta de que no era la acompañante que esperaba y rescindía el contrato?

Agarré el cristal del collar. Hoy había optado por el jaspe unakita, que tenía poderes de sanación. Lo agarré con todas mis fuerzas hasta que aquella fría piedra se fue volviendo cálida y me tranquilizó.

«No pasa nada. Todo irá bien.»

Maura, que nada sabía del desazón que me corría por dentro, se echó hacia delante interesada.

—Oooh, qué elegante. ¿Y qué te vas a poner?

En ese instante, pareció la misma que antes de enfermar y se me encogió el corazón.

Antes solía chincharme siempre hablando de chicos. Mi yo preadolescente resoplaba y se quejaba, pero también acababa contándole quién era mi *crush* secreto.

—Todavía no lo sé, pero ya encontraré alguna cosa. La pregunta del millón es: ¿qué me hago en el pelo? —Señalé mis rizos—. ¿Me hago un recogido o lo dejo suelto?

A Maura le encantaba hablar de peluquería. Ella lo tenía liso como una tabla, pero había tenido que aprender a tratar con mis rizos desde que yo era pequeña y, con el paso de los años, se acabó convirtiendo en una experta.

Yo aún seguía la rutina para el pelo que me había enseñado cuando tenía trece años: después de lavármelo, ponerme la crema para rizos, desenredarlo con un peine de púas anchas, escurrir bien la melena para que no hubiese un exceso de humedad, aplicar aceite de argán y apretarlo suavemente en dirección ascendente para lograr una mayor definición.

Iba de perlas.

Maura se mostró algo indignada y sonreí.

—Es una fiesta en el Smithsonian, nada menos. Tienes que hacerte un recogido sí o sí. Ven. —Hizo un gesto con la mano para que me acercara a ella—. Si es que siempre me toca hacerlo todo a mí... —musitó.

Reprimí las ganas de reír y acerqué mi silla a la suya mientras Maura se quitaba unas horquillas del moño para peinarme.

Cerré los ojos y dejé que aquel cómodo silencio y los tirones relajantes y familiares de sus dedos se apoderaran de mí.

Sus movimientos eran lentos e inestables. Cuando era pequeña, Maura habría hecho eso mismo en cuestión de minutos, pero ahora le costaba el triple. Me daba igual lo mucho que tardara o cuál fuera el resultado final; lo único que me importaba era pasar tiempo con ella mientras pudiera.

—¡Hala! —exclamó satisfecha—. Ya está.

Abrí los ojos y me miré en el espejo que había en la pared de enfrente. Me había hecho un recogido alto y asimétrico. Ya se me estaban cayendo algunos rizos y el resto lo harían en cuanto me moviera.

A mi lado, Maura se llenó de orgullo y yo viajé en el tiempo hasta la noche de mi primer baile de instituto: ambas estábamos en la misma posición que ahora, pero con trece años menos y sin preocupaciones.

Esa noche también me había peinado ella.

—Gracias —susurré—. Ha quedado genial.

Estiré el brazo para cogerle la mano que tenía apoyada en mi hombro. Era tan delgada y frágil que temí que fuera a rompérsela.

—De nada, Phoebe. —Me dio una palmadita con la otra mano y en su expresión se fue dibujando, despacio, algo más difuso, más reminiscente.

El oxígeno que inhalé se quedó a medio camino, sin acabar de llegarme a los pulmones.

Abrí la boca para responder, pero las lágrimas se me amontonaron en la garganta y me impidieron hablar.

Bajé la vista hasta el suelo e intenté respirar a pesar de sentir que alguien estaba estrujando el corazón.

De nada, Phoebe.

Sabía que, aunque no se acordara de mí, Maura me quería. Y, cuando sí me reconocía, me quería como a una hija.

Pero yo no era su hija y jamás podría reemplazar a Phoebe.

Ni quería.

Lo que sí quería era cuidar de ella y ofrecerle una vida que le resultara lo más agradable posible. Y para eso tenía que hacer lo que fuera con tal de que ella pudiera seguir viviendo en Greenfield, incluido llegar a un acuerdo con Christian.

Me dio un vuelco el estómago. No podía pifiarla en la fiesta de esta noche, y ya no podía esperar más. Si quería conseguir que Delamonte me eligiera a mí, tenía que anunciar mi relación con Christian pronto.

Maura me había cuidado cuando yo no tenía a nadie en quien apoyarme. Ya iba siendo hora de que yo hiciese lo mismo por ella.

Si era por Maura, el sacrificio merecía la pena.

7
Stella

Me quedé en Greenfield una hora más, charlando y haciendo puzles con Maura. Después de que consiguiera mantener mis emociones a raya, fuimos hasta la zona común y destinamos el resto del tiempo que estuvimos juntas a unir las quinientas piezas de un paisaje montañoso.

Me habría quedado más rato, pero debía prepararme para la recaudación de fondos. Bastante justa fui ya. Cuando llegué a casa, quedaban menos de horas para arreglarme antes de que llegara el momento en el que, supuestamente, Christian tenía que venir a recogerme.

Una ola de nervios arremetió contra mi interior y ahogó la melancolía que aún sentía tras haber disfrutado de la tarde con Maura.

Esta noche sería la primera vez que pasaba una velada entera con Christian. Lo de la cena de Delamonte no contaba porque casi no intercambiamos ni una palabra.

Abrí el grifo de la ducha y me metí bajo el chorro de agua caliente en un intento por no entrar en pánico al pensar en lo que me esperaba.

Christian Harper era un hombre y punto.

No era un rey, aunque fuera más rico que esa figura, ni

tampoco un dios, aunque su físico fuera digno de una deidad.

No tenía motivo alguno para estar nerviosa.

Como iba con el tiempo justo, no me duché con la calma como me hubiese gustado. En lugar de eso, me lavé el pelo, me enjaboné, me depilé y me exfolié a la velocidad de la luz.

A pesar de haberme dado prisa, cuando llamaron a la puerta, yo seguía en albornoz y todavía me estaba maquillando.

Aún faltaba media hora para que Christian viniera a recogerme. Aunque...

Me acordé del presentimiento que había experimentado en el tren y se me aceleró el corazón.

«Basta. No es él.»

Hacía dos años que no había vuelto a saber nada de él, pero, aun así, me preocupaba sobremanera. Y lo último que necesitaba ahora mismo era destinar tanta energía en pensar en el acosador ese; a ver si encima lo manifestaba y reaparecía en mi vida.

Llamaron al timbre de nuevo y me sobresalté.

¿Siempre había sonado tan fuerte?

Tapé el rímel y fui rápidamente hacia el salón. El pulso me iba tres veces más rápido de lo normal.

«No es él. No es él.»

Ralenticé el ritmo y me detuve justo delante de la puerta. Me acerqué a la mirilla con el corazón encogido.

Enseguida recobré la respiración y abrí la puerta.

En el pasillo, Christian, con un esmoquin negro que le daba un aire todavía más arrollador que de normal. Con su pelo perfectamente ondulado y su rostro nítidamente afeitado, cualquiera habría dicho que era una estrella de cine de camino a los Oscar.

Me puse algo nerviosa; sensación que se mezcló con la

curiosidad que sentía por saber qué habría en esa caja blanca que tenía en las manos. Era de tamaño medio y plana, y estaba atada con un lazo de seda dorada que impedía ver el logo.

Aparté los ojos de la caja y me crucé de brazos.

«Que no te distraiga ese objeto brillante.»

—Llega temprano. —Cuando tenía que ir a algún evento, lo que más me gustaba era el tiempo que dedicaba a arreglarme. En algunas ocasiones, incluso disfrutaba más de eso que del evento en sí.

No me gustaba que me metieran prisa, aunque en ese caso fuera mi culpa ir justa por no haberme ido antes de Greenfield. Pensaba que todavía podría gozar de media hora para mí misma.

—No se ha vestido. —Christian paseó la mirada por mi cara a medio maquillar y la descendió hasta los dedos de los pies, cuyas uñas llevaba pintadas con esmalte rojo. Le vi algo indescifrable en los ojos, pero duró solo una milésima de segundo; luego, le desapareció de nuevo.

—Porque ha llegado temprano.

Hizo caso omiso de mi pullita.

—¿Puedo pasar?

Me sentí tentada de decirle que no y que volviera a la hora que habíamos acordado. Sin embargo, como, técnicamente, el apartamento era suyo, abrí un poco más la puerta y me eché a un lado.

En cuanto Christian entró en mi piso, el ambiente a nuestro alrededor cambió. Se volvió más pesado, más lánguido, igual que el primer bochornoso aire de verano después de una lluviosa primavera.

El calor se coló por la gruesa tela de mi albornoz y se abrió paso en mi estómago mientras Christian estudiaba el apartamento con la mirada. Paseó la vista por el bol de cristales que tenía al lado de la puerta principal, la planta de bambú que descansaba en el alféizar y la acogedora y estética esquina que había preparado para las fotos y vídeos que hacía en casa sobre estilo de vida.

Finalmente, reposó la vista en el suave unicornio de color lila que tenía apoyado en los cojines del sofá.

Se le dibujó una expresión divertida en los ojos.

—Qué mono.

—¿Mono? —Intenté esconder mi indignación—. El señor Unicornio no es mono. Es precioso.

Al menos, en su día sí lo había sido. Ahora tenía un ojo torcido, había perdido la mitad de la pelusa y el relleno se le caía por un agujero diminuto que tenía en el estómago. No obstante, para mí, siempre sería precioso.

Me daba igual que el señor Unicornio ya no fuera tan glorioso como lo había sido en el pasado. Me había acompañado desde que tenía siete años y seguiría aferrándome a él hasta el día en el que se desintegrara y se redujera a polvo.

—Disculpe —dijo Christian con un tono seco—. No quería insultar al precioso señor Unicornio. Buen trabajo con el nombre, por cierto; muy original.

Me morí de vergüenza.

—Tenía siete años cuando se lo puse. ¿Qué otro nombre le iba a dar? ¿Señor Peluchito Asalvajado?

Su sorda risa me acarició la piel.

—Gracioso habría sido. Pero podemos hablar de otras formas de llamar a su mascota unicornio más tarde. —Me pasó la caja blanca—. Para usted.

Pasé de su sutil pullita con lo de *mascota unicornio* y miré la caja con un poco de ilusión y recelo a partes iguales.

—¿Qué es?

—El vestido para esta noche.

Cuando deshice el lazo y vi el nombre que había dibujado en letras doradas en la tapa, se me detuvo un segundo el corazón. Era de una de las mejores marcas de alta costura del mundo.

No quería aprovecharme y aceptar todavía más cosas de su parte, pero tampoco pude resistirme, de modo que abrí la caja. Echar una ojeadita rápida no haría dañ...

¡Madre mía!

En cuanto vi el vestido que había doblado en aquella base de un delicado papel blanco, mi fuerza de voluntad se desmoronó en el acto.

Estaba acostumbrada a ver prendas de ropa preciosas. Había asistido a decenas de desfiles de moda y me habían enviado piezas increíbles de distintos diseñadores, pero eso...

Ese vestido era, probablemente, lo más hermoso que había visto en toda mi vida.

—Gracias. Es... —Pasé la mano delicadamente por la seda verde—. Increíble.

—Pruébeselo. A ver cómo le queda. —Christian se apoyó en la pared con los ojos radiantes de satisfacción—. Esperaré aquí.

No tuvo ni que decírmelo dos veces.

Auné todas mis fuerzas para no echar a correr hacia mi habitación. En cuanto cerré la puerta, me quité el albornoz a toda prisa y me puse el vestido.

Guau.

Cogí aire. Aquel intenso color verde me favorecía mucho y le daba un aire divino a mi piel; y, a su vez, ese escote en forma de V convertía mis modestos pechos de copa B en algo más voluptuoso. La falda caía hasta el suelo con unos elegantes pliegues que le habrían dado un aire hasta recatado de no ser por el atrevido corte que tenía en uno de los laterales.

El tejido centelleaba con una ligera luminiscencia cada vez que me movía y, cuando me di la vuelta y volví la cabeza, vi las finas líneas entrecruzadas de la espalda.

No había ni un poquito de tejido de más ni un punto mal cosido.

Christian había acertado plenamente con la talla. Cada centímetro de seda se ajustaba a mi cuerpo como si me hubieran hecho el vestido a medida.

No era dramática de por sí, pero tampoco creía que lo estuviera siendo al decir que habría sido capaz de morir por ese vestido.

Era perfecto.

Me di un minuto más para apreciar cómo me quedaba antes de terminar de arreglarme.

¿Maquillaje? Listo.

¿Tacones y joyas? Listo.

¿Bolso de mano lo suficientemente grande como para meter el móvil, las llaves, la tarjeta de crédito, una piedrecita de ágata y el pintalabios? Listo.

Cogí un chal por si luego tenía frío, me aseguré de no haberme manchado los dientes de pintalabios y tomé una profunda bocanada de aire para tranquilizarme antes de volver al salón.

Christian seguía apoyado en la pared, estudiando algo pequeño que tenía en la mano. Se irguió y se lo guardó en el bolsillo antes de que me diera tiempo a ver de qué se trataba.

Nuestras miradas se cruzaron y una fogosa llama se abrió paso en mí.

Christian ya no tenía la vista puesta en ese objeto ni en nada más que hubiera en mi salón.

Había redirigido su más absoluta atención hacia mí y ahora sentía el peso de su mirada en la piel como si fuera la áspera caricia de un amante.

Una especie de descarga eléctrica líquida me recorrió la columna vertebral hasta acomodarse en mi estómago.

Christian había encendido una hoguera en mi interior con tal solo una mirada.

—Pura perfección. —Su sutil comentario estaba cargado de veneración.

«Pura perfección.»

Por más que lo hubiese intentado, yo nunca había sido perfecta ni lo sería jamás.

Aun así, aquellas simples palabras hicieron que las mariposas que estaban adormiladas en mi pecho alzaran el vuelo antes de que volviera a hacerlas entrar en su guarida.

«No seas tonta; está hablando del vestido. Ni siquiera es una cita de verdad. Firmamos un contrato en el cual eso quedaba más que claro hace menos de una semana.»

Las mariposas pasaron de mi comentario y siguieron batiendo las alas.

—Tiene buen ojo para la ropa. —Le mandé una orden a mis piernas para que echaran a caminar hasta que estuve a menos de treinta centímetros de él. Su deleitoso aroma masculino me llenó los pulmones e intensificó las relajantes notas de mi vela de eucalipto de lavanda favorita—. Me he quedado impresionada.

—Es uno de mis muchos talentos —respondió Christian arrastrando las palabras.

La sugerencia fue discreta, pero lo bastante evidente como para que me sonrojara.

Levanté la barbilla y clavé los ojos en los suyos con lo que esperaba que fuera una mirada poco impresionada. A él se le iluminó la vista con el brillo de una sonrisa.

«Respira, relájate, resiste.»

—Es bueno saberlo. —No mordí el anzuelo.

Puede que mi cuerpo notara de todo cuando estaba cerca de Christian, pero no podía demostrarlo.

Soplé la vela y apagué las luces antes de seguirlo por la

escalera. Una discreta limusina negra nos estaba esperando en la entrada.

—¿Nada de McLaren para hoy? —Me acomodé en el asiento trasero.

Christian se sentó a mi lado, el conductor cerró la puerta y así, sin más, nos refugiamos en un íntimo y tranquilo mundo italiano de cuero y elegantes adornos de madera. Un cristal que estaba cerrado nos separaba del conductor; así podríamos hablar en privado.

—Estacionar es un rollo y no me fío de los aparcacoches. —Christian desvió la vista hacia el móvil que descansaba en mi regazo—. He visto que todavía no les ha contado lo nuestro a sus seguidores.

La expresión *lo nuestro* se mezcló con las notas tanto de mi perfume como del suyo y luego desapareció con un ligero suspiro.

Arqueé una ceja ante aquella observación tan calmada y a la vez extrañamente cargada de significado.

—Pensaba que no tenía redes sociales.

—Que no utilice redes sociales no significa que no sepa qué se cuece en internet.

—Y cree que lo sabe todo.

—Lo sé todo. —Aquellas palabras fueron acompañadas de la seguridad característica de alguien que creía lo que decía a pies juntillas.

Con razón se llamaba Christian. Tenía un complejo de deidad descomunal.

—De ser así, sabría que lo anunciaré pronto. —Mis nervios volvieron a hacer acto de aparición y me mordí el labio inferior.

—Debería. —Su lánguida respuesta ahogó mi oscilante ansiedad—. Hoy va a un acontecimiento conmigo; debería aprovechar la ocasión.

—Lo haré. Solo estoy esperándome a poder sacar la foto ideal. —Exhalé para tranquilizarme un poco—. A lo mejor publico algo luego.

Si una elegante gala no me servía como buena carne de cañón para mis redes, ya no sabía de dónde podría sacarla.

—Bien.

Aquel sutil tono de posesividad en su voz despertó algo en mí.

Un mechón de pelo suelto se me cayó del recogido y me rozó la cara. La pronta llegada de Christian me había descolocado tanto que se me había olvidado ponerme un poco más de laca.

Por suerte, llevaba uno de esos recogidos que, cuanto más despeinada pareciese que ibas, mejor quedaba. Sin embargo, al ver que Christian levantaba la mano para colocarme dicho mechón detrás de la oreja, una extraña corriente de electricidad me llevó a permanecer con los labios sellados.

A pesar de que lo hizo con un movimiento lento y de que su tacto fue casi imperceptible, se me endurecieron los pezones al notar el suave roce de su piel en la mejilla. Fuerte, delicado y suplicando recibir una pizca de esa misma atención.

Y yo sin sujetador.

Christian se detuvo y centró su atención en cómo había reaccionado mi cuerpo a su simple tacto, y eso me habría aterrado de no ser porque estaba demasiado distraída por la fuerte sensación que se estaba despertando en mi sexo.

Aquellos llamativos ojos irradiaban llamas del mismo color que el *whisky*.

No me apartó la mano de la mejilla, pero noté su atención por todas partes: en la cara, en los pechos, en el vientre y en mi sensible y adolorido clítoris. Sentí unas brasas ardientes en mi interior y tuve la impresión de que se me iba a desintegrar el vestido en cualquier momento hasta acabar reducido a cenizas.

—Cuidado, Stella —me advirtió con tono grave, lo cual hizo que me palpitara la entrepierna—. No soy el caballero que usted cree.

En mi mente se colaron imágenes de seda arrugada, trajes tirados al suelo, palabras bruscas y un tacto más rudo aún. Producto del instinto, no de la experiencia.

Mi respuesta tuvo ciertas dificultades para abrirse paso entre la sequedad de mi garganta.

—Dudo que usted tenga nada de caballeroso.

A Christian se le dibujó una lenta y perezosa sonrisa en los labios.

—Chica lista.

Se recostó en el asiento y bajó la mano mientras volvía la cara para mirar por la ventana. Las calles de Washington se fueron desdibujando al otro lado, pero yo solo podía concentrarme en el cálido y posesivo peso que sentía en la pierna.

Tenía la mano de Christian apoyada en el muslo; era casi como si ni siquiera se hubiese dado cuenta de que la dejaba allí, como si hubiese sido algo habitual y natural en lugar de algo planeado.

El corte del vestido dejó gran parte de mi pierna derecha al descubierto, y el contraste de su mano fuerte y morena con mi piel no consiguió aplacar aquella líquida presión que notaba en el vientre.

No obstante, cuanto más miraba ese punto exacto, más desaparecía mi lujuriosa confusión, que acabó dando paso a un instinto estético.

Seda de color esmeralda. Traje negro. Gemelos y un reloj carísimo que resplandecía cada vez que lo acariciaba un rayo del sol que ya se estaba poniendo.

La imagen perfecta y genuina de una velada en pareja.

Cogí el móvil antes de darle demasiadas vueltas y saqué una foto.

Miré a Christian un segundo. Seguía con la vista puesta fuera de la ventana. Su perfil, en contraste con el cristal, era impecable. No sabía si se había dado cuenta de que acababa de sacar esa foto, pero, en caso de que así fuera, no hizo ningún comentario.

Aunque, evidentemente, no le había sacado ninguna foto de la cara, de modo que tampoco había incumplido el acuerdo.

Reuní el valor necesario para subir la foto justo en el instante en que el coche se detuvo delante del Smithsonian.

Cita con mi amor <3

Dudé si poner eso de *mi amor* en el pie de foto antes de darle a *Compartir*.

Si lo hacía, lo hacía a lo grande. *Mi novio* no sonaba igual que *mi amor* ni de lejos.

—¿Lista? —me preguntó Christian mientras el chófer nos abría la puerta.

Guardé el móvil en el bolso. Al cabo de diez segundos, ya tenía un sinfín de notificaciones bombardeándome la pantalla, pero ya me ocuparía de eso luego.

Tenía una gala a la que acudir.

Le di la mano y sonreí.

«Respira, relájate, resiste.»

—Por supuesto.

Que empiece la función.

8
Christian

El negro siempre había sido mi color favorito.

Silencioso. Letal. Impenetrable.

Cuando iba de negro, me sentía como en casa. Era como si las sombras se fundieran con la oscuridad de la noche.

Sin embargo, en tan solo un segundo, Stella le había dado un cambio radical a todo eso, igual que había hecho con cualquier otro aspecto de mi vida.

Echó a andar delante de mí, se dio la vuelta lentamente para estudiar la lujosa decoración del lugar y yo noté cómo la sangre me corría cálida por las venas. En el museo se podía observar una exposición de larga duración sobre elefantes donde había una pieza central de casi cuatro metros, y unas proyecciones de vida marina nadaban en las paredes y daban la sensación de que estuviéramos debajo del agua. Los camareros iban vestidos de negro y se paseaban ofreciendo champán y entremeses. Al final de la sala, un tablado esperaba a que el anfitrión subiera y felicitara a todo el mundo por la cantidad de dinero recaudada a lo largo de la noche.

Las entradas para dicho acontecimiento costaban ocho mil dólares cada una.

Me había gastado más en el vestido de Stella y la verdad era que había merecido hasta el último centavo.

—Qué maravilla —señaló Stella asombrada, con la vista puesta en algo que quedaba a mis espaldas.

Ojos verdes. Vestido verde. Simbolismo de vida y naturaleza.

Verde.

Por lo visto, el maldito verde era mi nuevo color favorito.

—La verdad es que sí. —No me volví para ver qué la había cautivado de esa forma ni tampoco presté atención alguna a las curiosas miradas de los invitados que nos rodeaban.

Hacía más de un año que nadie me veía con una mujer. Mañana por la mañana, la ciudad entera estaría hablando de con quien había venido, pero me daba absolutamente igual.

Stella había reducido a polvo todos y cada uno de mis pensamientos desde el momento en el que había aparecido en el salón con ese vestido puesto.

Una sutil llama de animadversión me ardió en el pecho. No me gustaba nada que consiguiera acapararme de esa forma, pero me resultaba imposible no mirarla.

Volver la cabeza y apartar la vista en el coche.

Comprar un billete de avión de última hora para irme a un país lejano y mantenerme distanciado de ella.

Semanas y meses centrado plenamente en el trabajo para olvidarla.

Podía hacer lo que quisiera, pero siempre había algo que me traía de vuelta: la dulce cadencia de su voz, el aroma a verde y a flores frescas. El anillo turquesa que me quemaba en el bolsillo después de haber jurado que lo tiraría.

No era amor. Pero sí era exasperante.

Stella desvió la vista y me buscó la mirada. No sé qué vio en mi expresión, pero se le escapó un ligero suspiro entre aquellos labios sutilmente separados y yo sentí la necesidad imperiosa de empotrarla contra la pared, agarrarla del pelo y hacer que abriera la boca hasta sentirla en lo más hondo de mi pecho.

La tensión se arremolinó a nuestro alrededor cual cuerda invisible, tan tangible que incluso sentí cómo me arañaba el pecho con aspereza.

Stella agarró el bolso con tanta fuerza que se le pusieron los nudillos blancos. No obstante, cuando volvió a hablar, lo hizo con voz calmada:

—Aún no me ha contado a qué van destinados los fondos. —Volvió a pasear la vista por su alrededor evitando cruzarme la mirada—. ¿Para la conservación de los océanos?

La opresión que notaba en el pecho cedió un poco, pero aquella sensación me dejó extrañamente contrariado.

—Casi. Para las crías de tortuga.

Ella volvió la cabeza de inmediato y yo sonreí con discreción.

Mi respuesta logró disminuir sutilmente la tensión y Stella dejó de agarrar el bolso con tanta fuerza.

—No lo veía yo como un amante de las tortugas, señor Harper. ¿Qué será lo siguiente? ¿Alimentar a los patos? ¿Adoptar un perrito?

Su juguetón interrogatorio consiguió que se me ensanchara la sonrisa.

—En absoluto. De pequeño me gustaba mucho ver *Franklin*.

Se le encendió la mirada y rio.

—Ah, ahora lo entiendo. A mí me gustaba mucho *Arthur*.

Me guardé aquel dato para utilizarlo más adelante. En lo referente a Stella, toda información era importante.

—Los cerdos hormigueros están subestimados, pero, por desgracia, la esposa de Richard Wyatt no los considera tan dignos de una recaudación de fondos. La aliteración no estaba prevista —añadí.

En sus ojos resplandeció un brillo conocedor.

—Entiendo que Richard Wyatt es importante para sus negocios. ¿Un posible cliente, quizás?

Stella lo había pillado enseguida y yo escondí otra sonrisa.

—Así es. Es un hombre importante en el mundo de los fondos de inversión, tiene pasta y busca una empresa de seguridad. Y hace lo que sea con tal de complacer a su mujer.

Me había fijado en los Wyatt nada más llegar. Estaban en una esquina de la sala acaparando la atención de los allí presentes y rodeados por un séquito de serviles admiradores, incluido el equivalente humano de un pedazo de carbón.

Mike Kurtz, el director ejecutivo de Seguridad Sentinel.

En cuanto lo vi, me desapareció el buen humor. Era consciente de que estaría aquí, pero no por eso dejaba de molestarme su presencia.

El muy cabrón iba detrás de los mismos clientes que yo. Bajo ese pelo excesivamente engominado no había ni una sola idea original.

Kurtz levantó la vista, se separó del grupo y se puso a andar hacia mí con una empalagosa sonrisa en los labios.

Ambos teníamos treinta y pocos años, pero era evidente que él ya había echado mano de la cirugía plástica para preservar sus facciones, que iban deteriorándose lentamente: un aumento de mentón por aquí, un poquito de bótox por allá...

A mi lado, Stella miró al recién llegado con intriga, lo cual no hizo sino exacerbar aún más mi mal humor. Kurtz no se merecía que Stella le prestara ni la más mínima atención.

—¡Christian! Qué ilusión volver a verte. —Se alisó la corbata con la mano rezumando tanta sinceridad como un vendedor de coches muerto de hambre que cobraba por comisiones—. Me alegro de que no estés lamiéndote las heridas por lo de Deacon y Beatrix. Espero que no te molestara demasiado que te robase a los clientes. —Su risita me rozó la piel con la misma sutileza que unas uñas arañando una pizarra—. No es nada personal. Negocios, nada más.

El cabreo se apoderó de mí. Había perdido dos clientes en solo una semana porque se habían ido con Sentinel. Deacon y Beatrix no eran casi nada en comparación con los nombres vip que figuraban en los puestos más altos de mi lista de clientes, pero me jodía igual.

No me gustaba perder.

—Para nada —respondí tranquilo. No iba a mostrar una pizca de debilidad ante Kurtz ni de broma—. Si quieren probar otros servicios, están en su pleno derecho, pero siempre acaba ganando quien ofrece una mejor calidad. Oye, por cierto, ¿cómo vais con la reconstrucción del sistema? Un sistema mediocre puede tener defectos enormes.

A Kurtz se le ensombreció la expresión. Era un pardillo, pero era lo suficientemente listo como para entender que yo había tenido algo que ver con el fallo del sistema que había hecho que Sentinel perdiera millones en el mercado bursátil el año anterior.

Sin embargo, el chaval no podía demostrarlo.

—Muy bien —contestó finalmente—. Aunque la resiliencia de una empresa se mide con relación a sus clientes, no a fallas inusuales. Estoy seguro de que Richard Wyatt estaría de acuerdo conmigo.

—No me cabe duda.

Sonrió.

Sonreí.

El complemento perfecto para su vanidad sería meterle una bala en la frente. Moriría joven y no empeoraría con el paso del tiempo.

Tendría treinta y tres años eternamente.

Sería un gesto misericordioso realizado con la celeridad de un silencioso disparo.

«40320 Eastshore Drive. Código de seguridad: 708.»

«Facilísimo.»

Un disparo en medio de la noche. Un rival menos para siempre.

La tentación asomó la cabeza en mi consciencia antes de que yo decidiera apartarla de allí.

Todo el mundo sabía que Sentinel y Seguridad Harper eran competencia directa. Si Kurtz sufría alguna especie de juego sucio, yo sería uno de los primeros sospechosos, y no disponía del tiempo necesario para destinar al maldito papeleo que eso supondría.

—Hablando de calidad... —Kurtz desvió la vista hacia Stella, que había permanecido allí, perpleja, escuchando nuestra conversación—. ¿Quién es esta deslumbrante belleza?

Dudó unos instantes y luego respondió:

—Stella. —Le dedicó una forzada sonrisa.

Algo oscuro y volátil se abrió paso en mi estómago.

—Mike. —Le tendió la mano con un rezumante y sórdido encanto.

A Stella no le dio tiempo de devolverle el gesto porque estiré el brazo para pillar un par de copas de champán de la bandeja del camarero y les corté la presentación.

—Casi se me olvida darte el pésame —dije lentamente. Le pasé una copa a Stella y entrelacé la otra mano con la suya—. Me he enterado de que uno de tus clientes ha sufrido un... desafortunado accidente. Una lástima que últimamente no haya guardas de seguridad más competentes, pero al menos el tipo aún conserva casi todos los dedos.

Stella me miró.

Era la típica chica que siempre tenía una sonrisa y palabras bonitas para todo el mundo, la que pagaba la residencia de su antigua canguro de su propio bolsillo y que haría todo lo posible por ayudar a quien fuera.

Seguramente, el violento trasfondo de mi conversación con Kurtz le resultaba tan desconocido como a mí su altruista generosidad.

A saber cómo reaccionaría si se enterara de algunos de los hechos que yo mismo había perpetuado.

Lo cual no ocurriría jamás.

Había ciertas cosas que Stella nunca sabría.

El calor de la palma de su mano irradió por todo mi brazo y apaciguó, en cierta medida, aquella oscura e inquieta energía que notaba en el pecho.

Me sentía mal tocándola al estar yo así, como si mi lobreguez pudiera atravesar el tacto y ensombrecer el brillo de su luz.

Me obligué a dejar atrás dicha hostilidad por el bien de Stella. No quería manchar nuestra primera «cita».

Aunque no pude evitar lanzarle una última indirecta a Kurtz.

—Igual deberías hacerle un repasillo a tu formación para empleados. —Le di un sorbo a la bebida, lentamente—. A veces, la mayor amenaza de una empresa no es su competencia externa, sino la propia.

Kurtz se sonrojó. Fue muy gratificante.

—Un placer como siempre, Harper —respondió con sarcasmo antes de mirar a Stella y asentir con la cabeza—. Stella, un placer haberte conocido. Espero que volvamos a coincidir pronto y con una cita más agradable.

Apreté la copa de champán con fuerza.

Por encima de mi cadáver.

—¿Un amigo? —Se interesó Stella socarrona después de que Kurtz se alejara cabreado.

—Al que más manía le tengo. Mike Kurtz, el director ejecutivo de Seguridad Sentinel...

—Y la mayor competencia de Seguridad Harper. —Stella terminó la frase por mí.

Una cálida y agradable sensación se deshizo de mi previa irritación.

—¿Ha estado informándose, señorita Alonso?

Levantó la barbilla y se le sonrojaron las mejillas de un adorable rojo escarlata.

—No me meto en relaciones ficticias sin indagar un poco antes.

—Mmm. —Al oír el solemne tono con el que lo había dicho, contuve las ganas de reír—. Entonces sabrá que fui al MIT. Mike y yo fuimos juntos a clase. Competíamos por todo: las notas, las chicas, las prácticas... Yo siempre fui un paso por delante y eso, a él, le repateaba. Su objetivo en la vida es llevarme ventaja en todo lo que hago. —Mi voz adoptó un tono un tanto irónico—. Aún no lo ha conseguido.

A no ser que contáramos lo de Deacon y Beatrix, aunque tampoco era para tanto.

Para Kurtz, yo era competencia. Para mí, él era un estorbo.

Stella arrugó la frente.

—Vivir así tiene que ser agotador.

—Puede.

La gente como Kurtz no pensaba a lo grande como para proponerse objetivos más ambiciosos, así que se fijaban en lo que hacíamos aquellos que teníamos más éxito que ellos e intentaban seguir nuestros pasos.

Cero originalidad. Cero propósitos e iniciativas. Esas personas solo sentían la estúpida necesidad de llenar su ego para complacerse a sí mismas.

Su vida me importaba un bledo, solo faltaría.

—Bueno, estoy segura de que conseguirá a este cliente. —Un brillo travieso le iluminó la mirada a Stella—. Sinceramente, yo no dejaría mi bienestar en manos de una persona que se presenta a un acontecimiento de etiqueta vestido en un traje azul cielo.

Esta vez reí sin tapujos.

Stella y yo nos paseamos por la sala durante una hora más hasta que, al final, me encontré cara a cara con Richard Wyatt.

Tras la charlita protocolaria, dirigí la conversación hacia sus necesidades en cuanto a temas de seguridad. Sin embargo, él parecía más interesado en mi relación con Stella.

—Christian Harper con pareja. Ver para creer. —Rio Richard—. ¿Cómo se conocieron?

—En la boda de la reina Bridget —respondí con soltura—. La vi al otro lado de la sala y le pedí que bailara conmigo. El resto es historia.

En realidad, solo habíamos intercambiado un par de palabras en la boda de Bridget para saludarnos apresuradamente. No obstante, la versión que Stella y yo habíamos acordado contar era útil por distintas razones: era sencilla, fácil de recordar, más interesante que admitir que nos habíamos conocido mientras ella y su amiga buscaban dónde vivir, y suficientemente parecida a la realidad como para que no nos metiéramos en un jardín en caso de que alguien se interesara más por la historia.

Además, mencionar a Bridget siempre dejaba a los clientes impresionados, aunque Richard permaneció con su impasible expresión.

—Y hablando de historia... Me consta que en el pasado ha tenido alguna que otra mala experiencia con sus servicios de protección —redirigí la conversación hacia el tema que me interesaba—; sin embargo, como todo el mundo lo conoce, tener un guardaespaldas es, para usted, una necesidad, no un lujo.

Richard me miró divertido.

—Siempre hablando de negocios, ¿eh, Harper?

Pues sí. No he venido a esta maldita recaudación de fondos por cuestiones de salud. Las crías de tortuga eran monas, sí, pero no tanto como para que me pasara un sábado por la noche salvándolas o haciendo lo que fuera que tenía por objetivo esa fiesta.

No necesitaba a Richard como cliente. Gran parte de lo que ganaba provenía del desarrollo de *software* y *hardware* que llevaba a cabo en silencio, no de mis servicios de protección.

Pero este hombre era muy quisquilloso a la hora de contratar servicios, eso lo sabía todo el mundo, y a mí me encantaban los retos.

—Debería pasar más tiempo con la familia —apuntó—. Relájese un poco. Yo me fui a esquiar con mi esposa y mis hijos el mes pasado, y fueron las mejores...

Se puso a hablar del talento innato de su hijo para los deportes de invierno y yo desconecté. Sus vacaciones familiares me importaban una mierda y sus hijos tenían toda la pinta de ser unos plastas de narices.

Sin embargo, Stella parecía genuinamente interesada en el tema. Le preguntó por los *hobbies* de sus hijos y le ofreció pasarle el contacto de una marca de moda *eco-friendly* que a lo mejor podría encajar en el desfile de moda anual que organizaba su mujer.

Todo fue tan cordial que me entraron ganas de pegarle un tiro a alguien solo para animar un poco la fiesta.

—¿Dónde fue de vacaciones con su familia por última vez? —Richard volvió a llamar mi atención.

—Yo no voy de vacaciones con mi familia. —En el caso de que mi familia siguiera con vida, antes preferiría amputarme un brazo que hacer un crucero todos juntos por el Caribe.

Richard frunció el ceño hasta juntar sus frondosas cejas en una sola y Stella me apretó la mano, un gesto que me pareció más bien una reprimenda.

—Christian puede ser un tanto adicto al trabajo, pero no está centrado exclusivamente en eso las veinticuatro horas del día —se apresuró a contestar ella—. Mire, le contaré algo divertido: en la boda bailamos, sí, pero no acepté salir con él hasta más adelante, cuando me lo encontré un día en una residencia para jubilados, haciendo de voluntario.

Se me heló la sonrisa. ¿Qué cojones?

Esa no era la versión de la historia que habíamos acordado.

—¿Christian haciendo de voluntario? —Las palabras de Richard estaban llenas de escepticismo, y con razón. Mis actos benéficos se limitaban a firmar cheques.

—Sí —prosiguió Stella sin dejar de sonreír y haciendo caso omiso de mi mirada de advertencia para pedirle que no se desviara de la historia que habíamos pactado—. Al principio le costó un poco, pero ahora ya le ha cogido cariño. Se le da genial. Los residentes lo adoran, sobre todo las noches de bingo. —Bajó la voz y continuó—: Él no quiere reconocerlo, pero los deja ganar. Una vez vi cómo escondía una tarjeta ganadora.

¿Noches de bingo? ¿Dejarlos ganar? Manda huevos.

—Anda. —Richard me miró nuevamente interesado—. No sabía que tenía usted esa faceta, Harper.

—Créame —respondí con un tono igual de seco que el Sáhara—, yo tampoco.

Seguimos hablando un rato más y, a continuación, la mujer de Richard se unió a nosotros. Enseguida se llevó bien con Stella y entablaron una conversación aparte, lo cual me permitió hablar de negocios con Richard.

Defendí por qué necesitaba un equipo de protección profesional y él me escuchó antes de interrumpirme e impedir que le diera mi argumento final.

—Ya sé por qué ha venido, Harper, y no tiene nada que ver con ayudar a las crías de tortuga. Aunque eso no se lo contaré a mi mujer, porque estuvo encantada de ver que había aceptado la invitación. —Richard miró cariñosamente a su esposa, que ahora hablaba con el embajador de Eldorra.

Noté la rigidez en mis hombros. «¿Dónde narices se ha metido Stella?»

Hacía menos de diez minutos estaba hablando con la mujer de Richard.

Paseé la vista por la sala, pero no la encontré. Richard volvió a intervenir:

—Desde que eché al último equipo con el que trabajaba, no he parado de recibir llamadas y ofertas de otras empresas. Y sí, ya sé que Seguridad Harper es la mejor. —Al ver que abría la boca para hablar, levantó una mano—. Pero me gusta llevarme bien con la gente con la que trabajo. Necesito poder confiar en ellos. Usted siempre ha sido un cabrón de aúpa, pero... —Se acarició la mandíbula—. Puede que estuviera equivocado.

Entonces entendí por qué Stella se había salido del guion.

Debió de darse cuenta de la desconcertante necesidad de Richard de establecer conexiones personales con quienes hacía negocios.

Ni a mis socios empresariales ni a mis clientes actuales les importaban las conexiones personales. Lo único que les importaba era el trabajo.

Sería eso de que siempre había una primera vez para todo.

Escondí una diminuta sonrisa y luego cerré el acuerdo que Stella me había dejado en bandeja.

La había subestimado.

Ahora que ya sabía por dónde tenía que ir, tardé menos de diez minutos en sonsacarle un acuerdo verbal a Richard. Le mandaría el contrato por correo electrónico esta misma noche.

Kurtz había perdido la partida incluso antes de empezar el juego.

Cuando Richard se marchó para saludar a otro invitado, estudié de nuevo la sala en busca de Stella.

La esposa de Richard y el embajador seguían charlando cerca de la muestra de elefantes. Kurtz estaba intentando ligar con una pobre rubia en la barra.

No veía a Stella por ninguna parte.

Quizás había ido al baño, pero ya debería haber vuelto.

Hacía demasiado tiempo que no la veía.

«Algo no anda bien.»

Se me fue ralentizando el ritmo cardíaco hasta convertirse en unas lejanas pulsaciones que a duras penas oía.

Me abrí paso entre la multitud sin reparar en las quejas y las miradas asesinas que me lanzaban los ahí presentes mientras buscaba cualquier atisbo de unos rizos morenos y aquella seda verde.

Nada.

En mi mente se coló una fugaz imagen de Stella tumbada en el suelo, en alguna parte, herida y sangrando. Entré en pánico, algo tan extraño para mí que mi cuerpo trató de deshacerse de aquella invasión hasta que una descarga cálida y frenética le ganó el pulso a mi resistencia y me inundó las venas.

La mayoría de la gente ni siquiera habría pensado tan rápidamente que estaría en peligro, pero yo me dedicaba al mundo de la seguridad personal. Era mi puto trabajo.

Además, con el paso de los años había acumulado

una larga lista de enemigos. Muchos ni siquiera dudarían en hacerme daño a través de alguien que me importaba, y esta noche Stella y yo habíamos debutado como pareja.

¡Joder! Debería haber tenido más cuidado, pero ya había examinado la lista de invitados. Además de Kurtz, que era igual de competente que un crío operando con maquinaria pesada, no había visto a nadie más que me hiciera saltar las alarmas.

Aunque, claro está: alguien podría haberse colado fácilmente haciéndose pasar por algún camarero, acomodador o alguno de los otros muchos profesionales que trabajaban en esa fiesta.

Entré en el pasillo tenuemente iluminado que había al lado de la sala principal y se me tensó la mandíbula.

«Como alguien le haya puesto una mano encima...»

Se abrió una puerta al final del pasillo y, como si la hubiera evocado por pura fuerza de voluntad, Stella apareció con una expresión calmada y sin ninguna herida.

Al verme, se sorprendió.

—¡Hey! ¿Cómo ha ido el tra...? —No terminó la frase. Acorté la distancia entre los dos y la hice retroceder hasta empotrarla contra la pared. Stella ahogó un grito.

—¿Dónde se había metido? —Mi pulso latía a un ritmo frenético mientras la estudiaba de arriba abajo para asegurarme de que no estuviera herida ni le hubiera pasado nada. Stella se me quedó mirando como si fuera un alien que acababa de aterrizar en la Tierra.

—Estaba en el baño —respondió lentamente, como si estuviera hablando con un niño pequeño.

Y entonces me di cuenta de los símbolos que había en las puertas.

Stella arrugó la frente y preguntó:

—¿Va todo bien? Está actuando de una forma muy extraña.

No, nada va bien. Desde el primer día en que te vi, nada va bien.

—Pensaba que le había ocurrido algo. —La aspereza de mi voz me sorprendió casi tanto como la intensidad de mi alivio.

No debería importarme tanto. Cada vez que dejaba que alguien tomara el control de mis emociones, la cosa terminaba mal.

Pero, joder, sí me importaba. Y me odiaba por ello.

—La próxima vez, avíseme cuando vaya a salir corriendo. —Mi orden sonó todavía más ruda que la frase anterior.

No quería tener que experimentar el terror que había sentido en los últimos diez minutos nunca más.

Había sido una sensación desagradable, desconocida y completamente inaceptable.

—No he salido corriendo. He ido al baño —repitió marcando bien las últimas dos palabras y con un tono ligeramente violento—. No hace falta que le diga dónde voy cada vez que me alejo un poco. No forma parte del acuerdo. Además, usted estaba ocupado.

—¿Se ha pasado media hora en el baño?

—Me han tirado champán encima. Estaba intentando limpiarme el vestido.

Bajé la vista hasta la pequeña y oscura mancha que tenía en la falda.

—Pero no lo he conseguido. —Se mordió el labio inferior—. Lo siento muchísimo. Sé que le habrá costado un ojo de la cara. Encontraré la forma de pa...

—A la mierda el vestido. —Me había costado casi diez mil dólares, pero ahora mismo me importaba un bledo que se le hubiera manchado.

Si me salía con la mía, yo mismo se lo quitaría.

Una intoxicante ola de calor reemplazó la sensación de pánico que había sentido antes. No había nadie más en el pasillo y el olor de Stella —fresco, ligero y jodidamente embriagador— me nubló la mente.

Me acordé de ella en el coche, mirándome con aquellos grandes ojos verdes y con los labios sutilmente entreabiertos, y con sus duros pezones rogándome que me los metiera en la boca y sintiera lo dulces que eran.

Ahora no me estaba mirando con los mismos ojos. Esta vez, su dulzura estaba encubierta por cierto afilado desafío.

Y, joder, cómo me ponía.

Otra ola de calor me bajó hasta la ingle y la polla me empezó a palpitar dolorosamente.

—Lo que quiero... —Le apreté la fuente de pulso de la nuca con el pulgar. La forma en la que le latía me decía que, a Stella, la tensión que se había entrepuesto entre nosotros, no la dejaba tan indiferente como quería aparentar—. Es que estés a salvo. Hay gente mala en el mundo, Mariposilla, y la hay aquí mismo, en la sala de al lado. De modo que, la próxima vez, me da igual si estoy en medio de una maldita conversación con la reina de Inglaterra. Me interrumpes. ¿Lo entiendes?

Stella entornó los ojos.

—¿Mariposilla?

Preciosa. Escurridiza. Difícil de pillar.

Al ver que no respondía, soltó un suspiro que me acarició el pecho y me tensó la ingle con tanta fuerza que incluso sentí que me dolía.

—¿Y ya está?

—Ni de lejos.

Ante la brusquedad de mi respuesta, Stella se estremeció discretamente.

—Porque no quieres tener que molestarte en tener que encontrar a otra persona que pueda acompañarte a los acontecimientos.

—Porque no quiero que me metan entre rejas por asesinar a alguien como te pongan una mano encima.

Abrió los ojos y a mí se me dibujó una ligera sonrisa en los labios. Stella no tenía ni idea de quién era yo ni de lo que era capaz.

Sin embargo, yo sabía más de ella de lo que estaba dispuesto a admitir.

La frustración y el odio me abrasaban la piel.

Me aparté de la pared con un empujón y di un paso hacia atrás.

Luego me coloqué bien los gemelos.

Intenté calmar la incesante necesidad que me latía en el pecho.

—Es hora de volver a la fiesta —anuncié fríamente—. ¿Vamos?

Regresamos a la fiesta en silencio.

A partir de ese instante, no le quité la mirada de encima en toda noche. Me dije que era porque no quería volver a asustarme como lo había hecho antes.

Al fin y al cabo, siempre se me había dado de perlas mentirme a mí mismo.

9
Stella

—¡Stella! Sé que estás aquí. ¡Abre!

Oh, no.

Hundí la cara en la almohada de seda con la esperanza de que aquella voz desapareciera, pero sabía a quién pertenecía y su propietaria no dudaría en acampar en medio del pasillo hasta que yo saliera, que acabaría pasando porque en algún momento tendría que darme el aire o tendría que salir a por comida.

Otra cosa igual no, pero mi visita matutina era persistente como la que más.

—¡Stella Alonso! Conmigo no hagas como que no estás. —Hubo un silencio y, a continuación, soltó un comentario algo más conciliador—: He traído *matcha*.

Gruñí y la almohada amortiguó el sonido.

No debería haber puesto a Jules en la lista de personas que tenían permiso para subir a verme, pero es que tampoco esperaba que fuera a aporrearme la puerta a las —levanté la cabeza y miré el reloj digital— 7:58 de la mañana.

Como ya estaba aquí y las probabilidades de que se marchara sin que le diera explicación alguna eran escasas, salí de la cama a regañadientes y fui hacia el salón.

Ojalá hubiese tenido más tiempo para prepararme antes de interactuar con alguien. Aún no me había lavado ni la cara y, por supuesto, tampoco había meditado ni había hecho mi sesión de yoga matutina.

Abrí la puerta intentando no bostezar y, al ver a la borrosa figura vestida de lila que tenía enfrente, pestañeé.

—Ya era hora. —Jules estaba en medio del pasillo, con una mano en la cadera y una bandeja de bebidas de una cafetería que había por ahí cerca en la otra—. Cinco minutos más y echo la puerta abajo.

—¿Con la fuerza que tienes tú en los brazos? Permíteme que lo dude. —Ahogó un grito ofendida y yo sonreí.

—¿Quién eres y qué le has hecho a Stella? Ella nunca jamás diría unas palabras tan hirientes.

—Tú estás hablando de una Stella que, por lo general, no se despierta con alguien aporreándole la puerta a las ocho de la mañana.

Me froté la cara con una mano. Tenía la cabeza nublada, como si me la acabasen de llenar con bolitas de algodón, y era incapaz de concentrarme en otra cosa que no fuera mis inmensas ganas de volver a meterme en la cama.

—En primer lugar, son las ocho y cinco. Y en segundo lugar: ¿en serio vas a echarme la bronca después de la bomba que soltaste ayer en Instagram? Tú... —Jules exhaló abruptamente y se alisó el abrigo de color lila con la mano—. No, no vamos a hablar de esto en el pasillo. Mejor lo comentamos dentro. ¿Puedo pasar?

—Si te digo que no, ¿te marcharás?

Me atravesó con la mirada incluso con los ojos escondidos tras las gafas de sol.

«Vaaale.»

Suspiré y abrí un poco más la puerta.

—Habías traído *matcha*, ¿no?

Hacía años que no tomaba café porque me iba mal para la ansiedad. Lo más parecido al expreso que bebía ahora eran los *lattes* de *matcha*.

—Sí. Considéralo mi forma de sobornarte para que cuentes absolutamente todo el salseo. —Jules me pasó las bebidas, entró alegremente y se colocó las gafas de sol como una diadema—. A ver... —Tomó una larga y profunda bocanada de aire—. ¿Estás saliendo con alguien? ¿Le has llamado *mi amor*? ¿Por qué no me había enterado yo de esto? ¿Cuánto tiempo lleváis juntos?

Alzó un poco más la voz a cada pregunta y yo hice una mueca mientras un montón de albañiles me invadían la cabeza.

Pum. Pum. ¡PUM!

Cada golpe de martillo retumbaba en las paredes de mi cráneo con tanta fuerza que me hacía temblar los huesos.

¿Tanto había bebido por la noche? No, ¿no? Normalmente limitaba mi ingesta de alcohol nocturna a tres copas, pero si me hubiese tomado solo eso, no tendría tanta resaca.

Me apreté el puente de la nariz e intenté juntar las piezas de anoche.

Crías de tortuga. Ojos del color del whisky. *Champán y vestidos y...*

—¿Y ya está?

—Ni de lejos.

El recuerdo de mi encontronazo con Christian me azotó con tanta fuerza que el aire se me escapó de los pulmones del tirón.

Enseguida me arrollaron los recuerdos: el trato, la foto

que había subido, la deliciosa aspereza de su mano agarrándome la mía mientras hablábamos con Mike Kurtz y el embriagador olor de Christian cuando me empotró contra la pared.

Una parte de mí estaba molesta ante su excesivo proteccionismo cuando solo había ido un momento al baño, por el amor de Dios.

Sin embargo, otra parte más imponente y bochornosa estaba entusiasmada con solo pensar que le importaba.

¿Lamentable? Seguramente.

¿Cierto? Sin duda alguna.

A excepción de Maura cuando aún estaba bien, nunca nadie se había preocupado por mí. Y Christian y yo ni siquiera estábamos saliendo de verdad.

—¿Y quién es?

—¿Qué? —¿Christian estaría en casa o se habría ido ya a trabajar?

Traté de imaginármelo comiendo y durmiendo como una persona normal, pero no pude.

—Que quién es tu novio —repitió Jules—. No le etiquetaste, pero menudo reloj... —Movió repetidamente las cejas—. Ya solo por la mano es evidente que está cañón.

Me acordé de algo más.

El *post* de Instagram. Había estado tan ocupada en la gala que ni siquiera había mirado las notificaciones.

De repente se me instaló un nudo en la garganta y tragué saliva.

—Eh...

—¡Buenos días! —Alguien llamó apresuradamente a la puerta medio abierta de mi apartamento y me interrumpió. Ava apareció con una mirada demasiado entusiasmada y una expresión demasiado fresca dada la hora—. ¿Llego tarde? ¿Me he perdido algo bueno? —Dejó una bolsa blanca de

Crumble & Bake en una de las mesitas—. He traído el desayuno —anunció siguiéndome la mirada.

Abrió la bolsa y sacó las magdalenas.

Con solo olerlas se me hizo la boca agua.

Mis amigas habían venido a interrogarme, pero al menos habían traído comida. Tampoco iba a rechazar ese tipo de soborno.

Me metí una de aquellas recién horneadas magdalenas en la boca y, al notar su explosivo sabor en la lengua, gemí. Definitivamente, no iba a rechazar ese tipo de soborno ni-de-broma.

A Ava se le iluminó la mirada.

—Seguro que está como un tren —dijo—. Si es que basta con ver el reloj que lleva.

—¡Eso mismo he dicho yo! —gritó Jules entusiasmada—. Qué listas somos; hemos pensado lo mismo.

Mis amigas se me quedaron mirando expectantes y la magdalena de plátano que tenía en la boca se volvió agria.

Una cosa era mentir en redes; la otra, mentir a mis amigas a la cara. No sabían todos los pormenores de mi vida; de hecho, pensaban que me llevaba genial con mi familia y no tenían ni idea de quién era Maura. A mis padres les importaba tanto ser una familia «perfecta» que compartir cualquier información que no se ajustaba a esa descripción me costaba más de lo que debería.

Ava y Jules eran mis mejores amigas, pero había muchísimas cosas de mi vida privada que desconocían.

¿Podría quedarme ahí y contarles que estaba saliendo con Christian cuando en realidad era todo una farsa? Lo dudaba bastante.

«Paso a paso.»

Solo me habían preguntado cómo se llamaba. Todavía no me habían pedido nada sobre los detalles de la relación. Ya me ocuparía de eso cuando tocara.

—Es...

Mi repuesta se vio de nuevo interrumpida; esta vez, por una llamada entrante.

No tuve ni que mirar quién era. Desvié la vista rápidamente hacia la pantalla del móvil y enseguida vi que tenía razón.

—Hola, Bridget. —Me froté la cara de nuevo. En ese preciso instante, mataría por poder hacer algo de yoga; no me gustaba nada empezar el día sin practicarlo—. Imagino que llamas para unirte al interrogatorio, ¿a que sí?

—Qué graciosa. —Bridget arqueó elegantemente una de sus rubias cejas—. Pero, ya que lo dices, sí. Es la segunda vez que me pierdo algo de lo que sucede en vuestras vidas amorosas, ¡la segunda!, y no me gusta.

El verano pasado, Jules nos sorprendió a todas al contarnos que estaba saliendo con Josh, el hermano de Ava. Josh y Jules se habían odiado desde el día en que se conocieron y, por aquel entonces, imaginárnoslos saliendo nos parecía tan poco probable como que nevara en Miami.

Aun así, ya había llovido mucho desde que oficializaron su relación hacía siete meses y todavía seguían juntos, así que supongo que es cierto eso que dicen: el odio es el preludio del amor.

A pesar de que los nervios se me carcomían por dentro, me vi obligada a reprimir las ganas de reír al oír la protesta de Bridget. Mi amiga casi nunca se quejaba.

—Estoy segura de que tiene usted más cosas de las que preocuparse más allá de nuestra vida amorosa, alteza.

Cuando íbamos a la uni, Bridget era una princesa. Sin embargo, más adelante su hermano renunció al trono y su abuelo abdicó por razones de salud, así que nuestra amiga se había convertido en reina.

El hecho de ser amiga de una reina de las de verdad

seguía dejándome atónita, pero Bridget tenía tanto los pies en la tierra que muchas veces se me olvidaba que era de la realeza.

Esta arrugó la nariz.

—¿Más cosas? Sí. ¿Más interesantes? Cuestionable.

—Chicas, por favor, no nos desviemos del tema —terció Jules—. ¿A quién nos has estado escondiendo, Stel? Danos un nombre. Enséñanos una foto. Lo que sea. Necesito saberlo antes de que me mate la curiosidad, ¡por favor!

Se dejó caer trágicamente en el sofá.

Sacudí la cabeza.

Si buscaba la expresión *drama queen* en el diccionario, encontraría una foto de Jules Ambrose como descripción; pero, aun así, quería a mi amiga. Al menos le iba el drama divertido, no el feo y las puñaladas por la espalda.

—Vale, os lo cuento, pero no os pongáis como locas. —Me mordí el labio inferior—. Es Christian Harper.

Tras aquella confesión, mis amigas me miraron anonadas.

Ni siquiera recordaba cuál había sido la última vez que se habían quedado las tres sin palabras. Solían hablar más que los presentadores de los programas de tertulia que daban en la tele.

Me estaba mordiendo el labio inferior con tanta fuerza que enseguida noté el sabor cobrizo de la sangre en mi boca.

—¿El exjefe de Rhys? —preguntó Bridget frunciendo el ceño, confundida.

Su marido, Rhys, había trabajado para Seguridad Harper. De hecho, él y Bridget se conocieron así: le habían asignado que fuera su guardaespaldas después de que el anterior pidiese la baja por paternidad y regresase a Eldorra.

—Sí.

—¿Qué tiene que ver Christian con todo esto? —Jules parecía igual de confundida.

—Que es mi novio.

Nada. Dada la reacción que mostraban mis amigas, era prácticamente como si estuviese en el Madame Tussaud hablando con sus réplicas de cera.

—¿Quién es tu novio? —preguntó Ava.

Ay, válgame, Dios.

—Christian Harper —repetí enfatizando en cada palabra y alzando los brazos al aire—. ¡Él es el chico de la foto de anoche! Estamos juntos. A ver, en el fondo es todo patraña, pero eso ya es otra historia.

Se hizo el silencio durante un largo segundo durante el cual mis amigas permanecieron aturdidas y luego se desató el caos.

—¿¡Christian Harper!?

—¿Cómo que es todo patraña?

—Ese tío es peligroso...

—¿Desde cuándo estáis...?

—¿Te está obligando a hacer todo esto? Porque vi cómo te miraba y...

—Parad. —Me apreté el puente de la nariz.

Por eso no solía hablar de mi vida privada. No porque no quisiera hablar del tema, sino por cómo reaccionaba la gente luego y por lo que esperaban los demás de mí, fuera lo que fuese.

Me obligué a respirar por la nariz calmadamente y luego respondí a mis amigas pregunta por pregunta.

—Sí, Christian es mi novio falso. Y, como he dicho, es una larga historia. Y no, no es un tío peligroso; a ver, algo intenso sí que es, pero al fin y al cabo tiene una empresa de seguridad. Su trabajo consta, literalmente, en proteger la vida de los demás. Además, es amigo de Rhys, así que tampoco puede ser tan malo. Anoche tuvimos nuestra primera cita falsa y no, tampoco me está obligando a hacer nada.

Eso último era parcialmente cierto. Lo demás era cuestionable, pero eso me lo ahorré.

—Yo tampoco diría que sea amigo de Rhys. Tienen... —Bridget guardó silencio un segundo— una relación interesante.

—Al carajo con Rhys —intervino Jules—. No te lo tomes a mal, Bridge. Es un tío majísimo y tal, pero a mí me interesa lo del novio. Stel, si tú ni siquiera quieres una relación, ¿por qué narices te has liado falsamente con alguien? ¿Te pasa algo? —La preocupación apagó sutilmente el brillo de sus ojos.

Una llama de culpabilidad me empezó a arder en el pecho.

Detestaba que la gente tuviera que cargar con mis problemas, pero debería haberlo visto venir. Que yo estuviera liada amorosamente con alguien no era muy normal. Tampoco es que me negara a salir con alguien; era solo que... no estaba interesada en ello.

La idea me gustaba. Cuando leía alguna novela romántica, veía alguna escena romántica en una serie o película, o cuando veía a alguna pareja enamorada en un restaurante sentía cierto anhelo en mi interior. Sin embargo, en cuanto terminaba el libro o se acababa la peli y regresaba al mundo real, el anhelo por vivir algo similar desaparecía.

Era fácil romantizar el amor. Enamorarse, en cambio, era más complicado; sobre todo porque en todas mis relaciones anteriores había echado en falta... algo. Algún tipo de conexión emocional que me demostrara que valía la pena enamorarme.

Además, me había acostumbrado a estar soltera y dudaba que, en la vida real, el amor pudiera estar a la altura de mis fantasías. Así que ni siquiera iba en busca de nadie.

—No me pasa nada. Os lo prometo —contesté al ver que Jules continuaba incrédula—. Es solo que... —Necesito más seguidores para poder ganar más dinero. Solo con pensar en lo fría que sonaría mi explicación se me erizó la piel.

La realidad era más compleja, pero no podía entrar en los pormenores de todo eso sin hablarles de Maura a mis amigas, y no estaba lista para tener esa conversación a las ocho y media de la mañana.

—Podría conseguir un acuerdo increíble con una marca, pero no tengo tantos seguidores como el resto de *influencers*, así que pensé que tendría más posibilidades de ganar si llegaba al millón.

Bridget arrugó aún más la frente.

—¿Y qué tiene que ver esto con que te hayas echado novio?

Les conté el resto del plan a regañadientes. Ahora que lo decía en voz alta y se lo contaba a alguien que no era del mundillo, la idea me parecía todavía más absurda. Sin embargo, ya no tenía ningún sentido que me lo callara.

Cuando terminé, se hizo un silencio mil veces más pesado que el anterior.

—Guau —soltó finalmente Ava—. Es... Guau.

—¿Y el sexo entra en el acuerdo o...? Porque si no lo habéis añadido, deberíais. Christian tiene pinta de ser una bestia en la cama. —Como era de esperar, Jules fue la primera en dejar la estupefacción a un lado e ir directa a los temas más jugosos—. No te ofendas, pero te vendría bien algún meneíto. Te queremos mucho, pero hay ciertas cosas que nosotras no te podemos dar.

—No, no forma parte del acuerdo y no lo vamos a añadir —respondí con firmeza.

Le había dejado claro a Christian que el acuerdo no incluiría ningún tipo de contacto físico para demostrar afecto hacia el otro a no ser que fuera estrictamente necesario para vender nuestra imagen pública como pareja.

El sexo no formaba parte de la ecuación. Para nada. Por más atractivo que fuera Christian y lo bueno que pudiera ser en la cama.

Sentí que una ola de calor me envolvía la piel con solo imaginármelo desnu...

«No pienses en eso.»

He aquí lo que me pasaba por saltarme mi rutina mañanera: que se me alborotaba el cerebro y empezaba a imaginarme cosas que no debía.

Ni siquiera me acordaba de la última vez que había fantaseado con acostarme con alguien, por no hablar de la última vez que me había acostado con alguien de verdad.

—¿Estás segura de que no pasa nada? —Ava estaba notoriamente preocupada—. Hasta ahora, nunca te había importado demasiado cuántos seguidores tuvieras.

No era algo que me obsesionase tanto como a otras *bloggers*, pero decir que no me importaba era darme demasiado crédito.

Cualquiera que intentase hacerse un nombre en las redes sociales se preocupaba por el número de seguidores de su cuenta. Y quien dijera lo contrario, mentía.

Aquellas cifras podían causar grandes estragos en la salud mental de las personas.

—No quiero que te lo tomes como si te estuviera atacando —añadió Ava con dulzura—. Si realmente es lo que quieres, te apoyaremos. Pero es que me parece poco...

—Propio de ti —sentenció Bridget.

Me quedé mirando el vaso medio vacío de bebida para llevar que tenía en la mano.

—Es probable. Pero es que quizás haya llegado el momento de probar algo nuevo.

Tenía veintiséis años. Desde que me había graduado, solo había tenido un trabajo «de verdad» y no había experimentado ningún crecimiento relevante ni en el ámbito personal ni en el profesional. Para mí, bloguear era mi segundo trabajo; no obstante, había muchas personas que no compartían esa opinión al respecto. Además, permitía que sus opiniones me afectaran y ensombrecieran las muchísimas horas que dedicaba a escribir, arreglarme, hacer fotos y cuidar mis redes, y no me gustaba nada.

Básicamente, seguía haciendo lo mismo que llevaba haciendo desde la universidad con una diferencia: que ahora era más mayor y estaba un poco más cansada de todo esto.

Ava, en cambio, se había ido a vivir a Londres (aunque hubiese sido algo temporal), se había comprometido y había conseguido el trabajo de sus sueños que le permitía viajar por todo el mundo mientras hacía de fotógrafa. Bridget se había casado y era reina, maldita sea. Y Jules había aprobado el examen de abogacía, se había convertido en una abogada de renombre y se había ido a vivir con su novio.

Todo el mundo estaba empezando un nuevo capítulo de su vida y yo seguía en el prólogo de la mía mientras esperaba a que alguien contase mi historia.

Noté un sabor amargo en la lengua y tragué saliva. Si no hacía algo, mi vida seguiría siendo un manuscrito por terminar de por vida. Miles de posibles palabras que no llegarían a escribirse en ninguna página. Sería alguien que podría haber hecho algo con su vida en lugar de ser alguien que realmente lo hizo.

—Te entiendo. Los cambios le dan vidilla a cualquiera —dijo Jules dándome la razón. Se le relajó la expresión y añadió—: Como bien ha dicho Ava, no queremos llevarte la contraria. Solo queremos asegurarnos de que esto es lo que realmente quieres. Si tú eres feliz, nosotras también lo somos.

—Lo sé. —Les dediqué una vaga sonrisa—. Siento sonar cursi, pero... os quiero, chicas.

—¿Lo habéis oído? —Jules se llevó la mano al pecho y miró a Ava—. Nos quiere. ¡Nos quiere de verdad!

—Ya sabes lo que significa esto —contestó Ava solemnemente.

—Chicas... —Casi no me dio ni tiempo de dejar el vaso antes de que se abalanzaran sobre mí y me abrazaran—. ¡Parad! —Reí y la melancolía que había sentido hacía unos minutos se fue derritiendo bajo la muestra de afecto de mis amigas.

—Pasad de mí, tranquilas. Yo sigo aquí, en Eldorra, nada celosa —dijo Bridget.

Levanté el teléfono para que pudiéramos verla otra vez. En su expresión se atisbaban rasgos de diversión y envidia a partes iguales.

—Tienes que venir a vernos pronto. Te echamos de menos.

No veíamos a Bridget en persona desde el cumpleaños de Ava del año pasado. Vino sin avisar y nos sorprendió a todos en la fiesta.

—Lo haré; os lo prometo. —Bridget adoptó un tono más serio—. Pero, mientras tanto, cuidadín con Christian. No es el tipo de hombre que hace las cosas porque le nacen de corazón.

Eso era cierto, pero no hacía falta que viniera Bridget a contármelo.

Al cabo de una hora, mis amigas se marcharon, no sin antes haberme prometido que no le contarían absolutamente nada de mi acuerdo con Christian a nadie, excepto a sus respectivas parejas. Luego me duché, me preparé una taza de té y cogí el móvil. Me quedé mirando el icono de Instagram, cogí una bocanada de aire y, sin soltarla, me metí en la aplicación.

Dios-mío-de-mi-vida.

Dejé la vista puesta en los números que iban apareciendo como si estuviera teniendo alucinaciones.

En una noche había conseguido más de cien mil me gustas, cuatro mil comentarios y diez mil seguidores más.

Me pellizqué y, al notar el dolor, hice una mueca. No, no eran alucinaciones mías.

Había albergado la esperanza de que la gente reaccionara a mi foto con Christian, pero no de esa forma.

Sentí cierto atolondramiento en el pecho y mi mente empezó a funcionar a mil por hora al pensar en distintas posibilidades.

Si subía otra foto con Christian, ¿se haría igual de viral o esto había sido algo esporádico porque era la primera?

Solo había una forma de descubrirlo.

Empecé a visualizar mentalmente el millón de seguidores, acuerdos de seis cifras con distintas marcas y la idea de poderle pagar, del tirón y gracias a mis ahorros, un año entero de residencia a Maura.

Quizás había hecho un pacto con el diablo al aceptar hacer tratos con Christian...

Pero eso no significaba que no hubiese valido la pena.

10
Christian

Me quedé mirando el último *post* de Stella: la foto que había sacado mientras íbamos a la recaudación de fondos del fin de semana. Mi mano en su muslo descubierto y el intenso verde de su vestido en contraste con la manga de mi traje negro como el carbón.

Algunas fotos valían más que mil palabras. A esta, en cambio, le bastaba con una.

Mía.

Una extraña sensación se abrió paso en mi pecho; me deshice de ella y entré en los comentarios. La gente había reaccionado de distintas formas: con curiosidad, alegría e incluso desesperación por parte de cientos de hombres consternados que se lamentaban por haber perdido la oportunidad de estar con Stella.

jayx098: cómo has podido engañarme así? Ya les había dicho a mis padres que íbamos a casarnos :(

brycefitness: déjalo y vente conmigo. Me aseguraré de que te guste ;)

threetriscuits: yo también sé ponerme un traje y gemelos. ahí lo dejo

Entrecerré los ojos y me metí en el perfil de brycefitness para estudiarlo detenidamente. Musculitos con un cerebro diminuto. Típico matado del gimnasio que pensaba que las mujeres lo veían como un regalo de los dioses.

¿De cuántos kilos tenían que ser las pesas para aplastar a alguien? Mmm...

Mis cálculos se vieron interrumpidos por un par de mensajes de texto entrantes:

Luisa: Christian Harper. Me has tenido bien engañada.

Luisa: ¿Por qué no me habías dicho que estabas saliendo con Stella?

Arrugué la frente. Volví a echar una ojeada al perfil de brycefitness y salí de la aplicación. El chaval había tenido suerte.

Una parte de mí, incluida esa que disfrutaba con el olor cobrizo de la sangre y con el miedo, reconocía que aquella reacción no tenía nada de normal. Joder, pero si solo era un comentario en Instagram.

Tenía un negocio que liderar y yo aquí, perdiendo el tiempo en redes sociales desde mi perfil falso.

No tenía foto de perfil, biografía ni seguidores. Y solo seguía a una persona.

El anillo turquesa me quemaba en el bolsillo mientras tecleaba mi respuesta.

Yo: Me pareció irrelevante.

En la foto no se me veía la cara, pero en la gala nos habían visto bastantes personas como para que empezara a correr la voz.

Por lo visto, las noticias ya habían traspasado las fronteras de Washington D. C. y habían llegado a Nueva York.

Luisa: ¡En la cena hiciste como si ni la conocieras!

Yo: No quería influir en tu decisión.

Hubo una larga pausa y luego Luisa contestó:

Luisa: ¿Qué decisión?

Yo: No te hagas la tonta, Lu. Se me da mejor que a ti.

Luisa: Mira que eres tocapelotas.

Luisa: Bueno, tampoco habrías influido tanto. Estoy 95 % segura de quién quiero que promocione nuestra marca a partir de ahora.

Me quedé mirando el mensaje. Empecé a repiquetear distraídamente con los dedos en el reposabrazos.

Tras pensarlo un segundo, respondí:

Yo: Me alegro.

Neutral y haciendo como si no me importara.

Tal y como me suponía, Luisa mordió el anzuelo.

Luisa: ¿No me vas a preguntar quién es?

Yo: Yo también estaba en la cena. La respuesta me parece evidente.

Lo dejé ahí. Luisa era suficientemente lista como para saber a quién me refería.

Alguien llamó a la puerta y rompió el silencio.

Levanté la cabeza.

—Adelante.

Kage entró con su alta y cuadrada figura. Apenas cabía por el marco de la puerta de mi oficina.

—He oído por ahí que tienes novia. —El tipo no se andaba con rodeos—. ¿Cómo puede ser que no me hubiese enterado antes? —Su voz sonó un tanto acusatoria.

Era el trabajador de la empresa con más antigüedad y, ahora que Rhys ya no estaba, también era el más solicitado por parte de mis clientes. Además, era la única persona de Seguridad Harper que no me lamía el culo; una libertad que en el fondo permitía que se tomase, ya que me salvó la vida hacía diez años en Colombia.

—Tengo una empresa de seguridad, no una revista de prensa rosa. Mi vida personal no es asunto de nadie. —Mi voz, habitualmente monocorde, fue acompañada por un tono más bien cortante. Sus libertades también tenían un límite.

Kage me aguantó la mirada un segundo más y luego la apartó.

—Entendido. Pero el equipo siente cierta curiosidad. Que estés saliendo con una *influencer* es... algo inesperado.

Me recosté en la silla y apoyé la punta de los dedos de la mano en la parte inferior de la barbilla, en vertical. Le gente se había pasado el día bombardeándome el teléfono para expresar sensaciones parecidas. Cada mensaje o llamada entrante me agotaba un poco más la paciencia, y la observación de Kage surtió el mismo efecto.

—La habéis buscado, ¿verdad? —pregunté fríamente. Las redes sociales de Stella eran públicas; todo el mundo podía verlas. Sin embargo, pensar que mis trabajadores habían estado cotilleando sus fotos y vídeos hizo que me hirviera la sangre.

—Eh... Bueno... —Kage se pasó la mano por la nuca, avergonzado—. Hemos mirado sus redes a la hora de comer.

Madre mía. A pesar de que todos los trabajadores de Seguridad Harper fueran exmilitares o extrabajadores de la CIA, les encantaban los chismes; parecían adolescentes.

—Está buena. —Kage se dejó caer en la silla que me quedaba enfrente—. En cierto modo, no me sorprende que tu novia parezca una supermodelo de manual. Así de increíble es la vida de un director ejecutivo multimillonario —añadió seco.

Una fea sensación me rozó el pecho, pero me deshice de ella.

—Lo único de lo que quiero hablar ahora mismo es de cómo perdimos a Deacon y Beatrix —respondí con brusquedad—. No de mi novia.

El otro hombre se serenó inmediatamente.

—He estado informándome y parece que se trató de la típica rebaja de precios. Sentinel les prometió más a un coste más económico. Deacon y Beatrix siempre fueron unos agarrados de cojones; con razón nos la pegaron.

Era verdad, pero yo no quería que se rumorease por ahí que Seguridad Harper iba perdiendo clientes.

—¿Crees que nos perjudica mucho? —Kage entendió mi silenció a la perfección—. ¿Tenemos que recuperarlos?

—No. —Regla número uno para sobrevivir en un negocio despiadado: nunca muestres flaqueza, ni siquiera delante de tu propio equipo—. Ya pensaré en alguna estrategia. Tú haz lo que mejor se te da.

—¿Ser la hostia y abrumadoramente atractivo?

—Si así es como te ves, busca un espejo y mírate porque te estás engañando a ti mismo.

—No todos podemos ser como tú, señor Guaperas, pero no he conocido nunca a una chica que se haya quejado de mi físico. —Arqueó las cejas repetidamente—. Y hablando del tema, ¿me echas un cable luego? Hace muchísimo que no vamos a tomarnos algo juntos. Sé que ahora estás pillado, pero siempre puedes atraer a las mujeres mientras yo voy al lío.

—No puedo. —Me levanté y me coloqué bien la manga del traje—. Tengo un compromiso.

—¿Por qué será que lo veía venir? Hace meses que no salimos. —Kage se levantó de la silla—. ¿Piensas decirme cuáles son tus misteriosos «compromisos»?

Lo miré sarcásticamente a modo de respuesta.

—Vale. Pillo la indirecta —gruñó—. Diviértete con tu compromiso —sentenció enfatizando en la última palabra.

Una vez se hubo ido, ordené el escritorio para dejarlo meticulosamente limpio, igual que lo encontraba siempre antes de ponerme a currar, y salí de la oficina.

Al cabo de diez minutos, mientras me encontraba bajando a toda prisa por Connecticut Avenue, me sonó el móvil.

En cuanto descolgué la llamada, un molesto gruñido atravesó la línea.

—¿En qué diablos estás pensando?

—Hola a ti también, Larsen. —Giré con cuidado y me adentré en un camino privado rodeado de árboles—. Qué pena que no hayas aprendido más modales ahora que eres de la realeza. Las clases de etiqueta de palacio dejan mucho que desear.

Me detuve delante de la puerta de entrada y le enseñé mi

tarjeta de membresía al guarda armado. Este la examinó y asintió.

Los escáneres de seguridad estudiaron detenidamente mi coche y las puertas se abrieron con un ligero zumbido.

—Qué gracioso —contestó Rhys con tono monocorde—. Los clientes deberían pagarte más por tu sentido del humor.

—Qué irónico que me diga eso un tío que no sabe ni lo que es el sentido del humor.

Gruñó por segunda vez, aún más cabreado, y sonreí.

Rhys Larsen había sido mi guardaespaldas más cotizado hasta que se convirtió en presa de una enfermedad a la que la gente llama *amor*. Ahora era el príncipe consorte de Eldorra.

A veces, con la mera intención de tocarle las narices, le mandaba fotos suyas en las que se le veía aburrido y mosqueado en distintos actos diplomáticos. No hacía falta que le dijese nada para que lo pillara.

«Hay que ver lo encoñado que estás. Qué triste.»

Puede que mi obsesión con Stella estuviera descontrolada, pero al menos yo no tenía que ir al corte de cinta de algún acto benéfico que le gustara ni sacarme una foto plantando árboles para el Día de la Tierra.

—No intentes cambiar de tema. ¿Qué narices haces saliendo con Stella? —me interrogó Rhys.

Aparqué en el garaje privado y anduve hasta la entrada. Pasé la tarjeta por el lector y las pesadas puertas dobles se abrieron.

—Lo mismo que hace cualquier tío en una relación.

—No me vengas con gilipolleces tan poco específicas, Harper. —Sus palabras fueron acompañadas de un tono de advertencia—. Es la mejor amiga de Bridget. Si Stella está molesta por algo, Bridget también lo estará. Y si Bridget está molesta...

—¿Me dejarás fuera de combate con tu corona? —El sonido de mis zapatos al caminar por aquellos refinados suelos donde brillaba una V dorada gigante en medio del mármol negro resonaron por doquier—. Me lo apunto. Oye, si mal no recuerdo, mañana tienes un acontecimiento a primera hora de la mañana. Mejor váyase a dormir, alteza. Tendrá que descansar si quiere salir bien en las fotos.

—Que te follen.

—Por desgracia, a pesar de que estoy seguro de que tienes a las mujeres de Eldorra babeando por ti, no eres mi tipo. —Pasé por delante del restaurante y de la entrada del club de caballeros antes de llegar a la biblioteca—. Dale recuerdos a la reina de mi parte.

Colgué sin darle tiempo a responder.

Debí de haberme imaginado que se pondría así de insolente con todo lo de Stella. Su mujer lo tenía comiendo de la palma de su mano y era muy protectora con Stella.

Lo entendía, pero tampoco era asunto mío. No había firmado nada que permitiera a sus amigas venir a darme la lata sobre cuáles eran mis intenciones.

Abrí las puertas de la biblioteca y encontré a la persona con quien había quedado sentada en su mesa habitual, al lado de los vitrales. Aquel techo alto abuhardillado tenía tres pisos repletos de libros con cubiertas de cuero, y en la sala reinaba un silencio sepulcral que solo rompía el susurro de alguien conversando.

No había ninguna bibliotecaria firme que gritara a los mecenas si hablaban, pero la tasa anual de treinta mil dólares ofrecía a los miembros del club más libertad de la que habrían tenido en cualquier otro espacio público.

El lugar perfecto para hacer tratos y formar alianzas era la biblioteca del Club Valhalla. Cualquier persona influyente de Washington D. C. lo sabía.

—Llegas tarde. —Esos fríos ojos verdes me siguieron mientras me acercaba a la mesa. Un excepcional tablero de ajedrez del siglo XVIII descansaba encima de la gruesa madera de roble, al lado de dos vasos de cristal vacíos y un decantador lleno del *whisky* escocés de malta Glenfiddich 40 años.

—¿Tantas ganas tienes de perder? —Me quité la chaqueta, la dejé en el respaldo de la silla y me senté, todo con movimientos lentos y deliberados. Me remangué la camisa y me serví un vaso de *whisky*. No había nada como una buena bebida antes de que cayera la noche.

Alex Volkov me clavó la mirada con un brillo burlón en los ojos.

—Tienes las mismas probabilidades de ganar tú que yo.

—De eso nada. Hoy se te acaba la racha.

Alex y yo llevábamos cinco años echando partidas de ajedrez mensuales en el Club Valhalla. Y siempre eran partidas muy reñidas; ninguno de los dos se lo ponía fácil al otro para ganar.

Más allá de los confines del Valhalla y alguna ocasión puntual en la que Alex necesitaba mi ayuda con algo relacionado con el mundo cibernético, casi nunca interactuábamos. Sin embargo, nuestras partidas mensuales eran uno de los pocos encuentros sociales que disfrutaba de verdad.

—Algún día, esta soberbia acabará contigo, Harper. —Alex se llenó el vaso hasta la mitad y se lo acercó a la boca.

—Puede —le di la razón—, pero ese día no será hoy.

—Eso aún está por ver.

Solíamos jugar en silencio y plenamente concentrados, pero Alex me sorprendió mientras movía el peón a la casilla E4.

—Conque tú y Stella.

—Ajá. —Una no respuesta a su no pregunta.

—¿Con qué la has amenazado?

Me detuve una milésima de segundo y, a continuación, contrataqué.

Al Alex Volkov que conocía le importaría una mierda la vida personal de cualquiera.

—¿Te ha pedido tu prometida que me lo preguntes? —Al igual que Bridget, la esposa de Rhys, Ava, la prometida de Alex, era otra de las mejores amigas de Stella.

—Stella nunca se ha mostrado interesada en salir con nadie. —Alex hizo oídos sordos a mi pregunta—. Ni tampoco ha mencionado nunca nada de ti o de tener pareja, y luego va y sube esa foto. Salta a la vita que la estás chantajeando. —Entornó sus avispados ojos verdes—. Aunque a ti tampoco te interesa esto de tener pareja, de modo que o a la estás utilizando para sacar algo provechoso de la situación, o habéis acordado algo con lo que salís ganando los dos.

Por eso disfrutaba de la compañía de Alex. No me dejaba bajar la guardia.

—No dejes que tantas teorías conspiratorias te nublen la mente —dije arrastrando las palabras—. Vas perdiendo.

Una mentira como una casa. Estábamos igualados.

—Yo no tengo la mente nublada; tus tácticas de distracción dejan que desear —contestó Alex—. A lo mejor Stella será la persona que rompa tu coraza, esa de «Yo no creo en el amor». Siempre acaba consiguiéndolo quien menos te esperas.

Nunca había oído a Alex decir tantas palabras en tan poco tiempo. Me sorprendí todavía más.

—Puede, pero lo dudo.

Mis sentimientos hacia Stella eran... inusuales, pero no era amor. Era difícil sentir algo que tanto detestaba.

Vale, el amor movía el mundo. En ciclos tediosos e inacabables que daban lugar a canciones espantosas, películas más espantosas aún y abominaciones anuales como el Día de San Valentín.

A mí me parecía más bien tóxico.

—¿Desde cuándo eres tú tan charlatán? —Puse mi caballo en una posición de defensa—. No me digas que has evolucionado hasta convertirte en un ser humano normal. Deberíamos informar de ello en la *newsletter* del Valhalla. A los miembros del club les encantará saber eso.

El Club Valhalla no tenía *newsletter*, pero sus miembros tenían otras formas de enterarse de la vida tanto de sus amigos como de sus rivales.

—Igual que les encanta saber que ahora tienes pareja, no me cabe duda. —Le brillaron los ojos con un humor oscuro. Otro cambio más en comparación con el estoico Volkov al que había conocido años atrás.

Seguimos la partida, pero ahora que había vuelto a sacar a Stella a colación otra vez, no pude frenar mis pensamientos y evitar que se adentraran por senderos en los que no deberían meterse.

No había publicado nada desde la noche de la recaudación de fondos. Y solía publicar a diario. Tampoco me había escrito para pedir que nos sacáramos más fotos, a pesar del éxito que había tenido el primer *post*.

¿Y si se estaba replanteando lo del acuerdo?

Algo frío y extraño me recorrió la columna vertebral. Tardé un poco en asimilar qué era.

Inseguridad.

Una sensación tan desconocida para mí como las tormentas para los desiertos.

«Tenemos un contrato. No se retractará.»

Aun así, la necesidad de hablar con ella captó toda mi atención y la apartó de las piezas de ébano y marfil talladas que estaban colocadas estratégicamente en el tablero.

—Jaque mate. —La calmada voz de Alex me devolvió a la biblioteca.

Pestañeé para deshacerme de aquellas imágenes de ojos verdes y labios carnosos y estudié cómo había quedado la partida.

Alex había llevado a cabo un patrón de mate que yo debería haber visto venir desde hacía rato.

—Hemos ido rapidísimo. —Parecía decepcionado—. Hoy no estás en el juego.

—Acabamos de empezar, Volkov. —Quité las piezas del tablero—. A ver si sigues opinando igual después de la segunda ronda.

Aunque llevaba razón. No había estado concentrado en el juego y todo porque había estado ocupado pensando en cierta chica que no tenía derecho alguno de colarse en mis pensamientos de esa forma. ¿Y ella creía que el alquiler que pagaba para vivir en el Mirage era bajo? Porque la verdad era que se había instalado en mi puta cabeza de gratis.

Stella podía parecer una chica dulce y amable, pero era más peligrosa que cualquier arma u otro rival que yo pudiera tener.

Después de una segunda partida de dos horas con Alex durante la cual me redimí con un perfecto jaque mate, regresé a casa a las diez menos cuarto en punto.

No tardé ni un minuto en darme cuenta de que algo no iba bien.

La puerta de mi despacho estaba abierta y yo siempre siempre la cerraba antes de marcharme.

Eran muy pocas las personas que tenían acceso a mi piso cuando yo no estaba aquí. Y ninguna de ellas habría venido a mi casa a estas horas de la noche.

La adrenalina se abrió paso, ardiente, entre la turbiedad mezclada con *whisky* que me corría por las venas.

Como había bebido mucho, había aprovechado el servicio de coches privados de Valhalla para que me llevaran a casa. Aun así, estaba lo bastante lúcido como para conseguir andar sigilosamente a medida que me iba acercando al despacho.

Miré por la abertura y atisbé unos mechones de pelo oscuro. Abrí la puerta, atravesé la sala en dos largas zancadas, agarré a la persona que se había colado en mi casa por la garganta y la empotré contra la pared.

Una gélida ira me empañó la visión de un blanco rojizo.

No me gustaba que invadiesen mi espacio personal. Que tocasen lo que era mío sin permiso. Que entraran a hurtadillas en mi casa y desafiaran mi autoridad.

Apreté los dedos alrededor de la suave columna de su garganta.

Aquella persona ahogó un grito y la fricción de sus cuerdas vocales vibró en la palma de mi mano antes de transformarse en algo audible.

—Christian. —La familiaridad de aquel dulce quejido hizo que la neblina se disipara de mis ojos hasta que solamente pude ver un color: verde.

Unos ojos verdes enormes y frescos envueltos por unas oscuras pestañas y teñidos de pánico.

Mierda.

Al reconocer a aquella persona, sentí un frío polar y le aparté la mano del cuello de un tirón.

Nos quedamos mirando el uno al otro con la respiración agitada en medio del silencio que se había abierto paso entre nosotros. Por su parte, porque estaba asustada; por la mía, a causa de la adrenalina y el arrepentimiento.

Un átomo de enfado se unió a aquella mezcla de sentimientos e hizo que mi voz sonara tirante:

—Señorita Alonso. ¿Le importaría explicarme qué está haciendo aquí exactamente?

Era una de las pocas personas en esta tierra que tenían la llave de mi apartamento, pero le había informado ya de que mis horas de visita se limitaban a un lapso de tiempo específico. Los viernes por la noche no entraban dentro de esta franja.

La intrusa había tenido suerte. Yo no era como algunos de mis hombres, de esos que primero disparan y luego hacen las preguntas.

Una imagen de Stella herida por una bala se me coló en la mente y sentí una ola de frío en el estómago.

Levantó la barbilla, para nada sorprendida por mi saludo ni por la dureza de mi tono.

—Estaba regándote las plantas, tal y como tú mismo me pediste. —A pesar de decirlo con un afilado tono de voz, continuó respirando entrecortadamente y se estremeció con extrema sutileza en más de una ocasión hasta que, al final, ese átomo de enfado que se había adentrado en mi cuerpo desapareció.

Y entonces reparé en la regadera hecha añicos que había en el suelo. El agua que se escapaba por un agujero había formado un pequeño y reluciente charco en mi singular suelo de madera, y las brillantes piezas de cerámica negra de la regadera me devolvían mi propio reflejo.

Cien caras distintas divididas en bordes afilados y rasgos distorsionados.

Volví a mirar a Stella a los ojos.

—¿Estabas regándome las plantas a las nueve de la noche?

—Se me ha olvidado venir antes porque estaba ocupada. Me dijiste que viniera solo entre semana y no quería dejarlas secas todo el finde. Son muy sensibles a...

—¿Ocupada haciendo qué?

Las plantas ya me daban igual.

—Cosas mías. —En lugar de venirse abajo ante el peso de mi escrutinio, Stella se enderezó y volvió a levantar un poco más la barbilla—. No estamos saliendo de verdad. No puedes venir y preguntarme qué hago a todas horas.

Aquella puntualización me molestó.

—Cuando tus quehaceres te mantienen ocupada y hacen que acabes entrando en mi casa a la fuerza a las nueve de la noche, entonces sí que puedo.

—No he entrado a la fuerza. ¡Me diste una llave!

—Y la has utilizado para entrar fuera del horario que te dije. Cualquier buen abogado me daría la razón.

Stella entornó los ojos. Se le había igualado ya la respiración, así que intuí que el tono sonrojado de sus mejillas nada tenía que ver con que se sintiera avergonzada.

—Eres un experto de la seguridad. Si tan preocupado estás, quizás deberías patentar una llave que solo se pudiera utilizar durante la franja horaria que te plazca. Para un genio como tú, seguro que no es algo tan complicado, ¿verdad, señor Harper?

Dejé que se me escapara una ligera risa.

El descaro de Stella era como un relámpago: intermitente. Cada vez que lo mostraba, me permitía atisbar un poco de su verdadera personalidad. La que guardaba medio escondida bajo aquella paz tan cuidadosamente cultivada y su desesperante deseo por complacer a los demás. Envuelta entre aquellos apacibles modales, aguardaba una radiante mariposa con ansias de libertad.

—De complicado, nada. —Entorné los ojos y la estudié de arriba abajo—. Pero entonces no llegaría a casa y te encontraría aquí, esperándome.

Stella llevaba una sudadera gris corta que dejaba entrever una fina línea de su tonificado vientre y unos pantalones muy cortos de toalla que se le aferraban a la cadera y a los muslos. Sus larguísimas piernas, finas y de una tez morena y dorada, llegaban hasta el suelo, donde descansaban sus pies descalzos con las uñas pintadas de rojo.

Se me secó la garganta de golpe. Me moría de ganas de recorrerle el cuerpo con las manos y oírla suspirar de placer mientras exploraba la fina línea de sus curvas.

Estaba lista para irse a dormir; no llevaba ni un gramo de maquillaje e iba desprovista de cualquier joya. Sin embargo, Stella brillaba con tanta fuerza que consiguió iluminar los rincones más oscuros de mi alma.

—Creía que no querías que estuviera aquí. —Su respuesta fue acompañada de unos nervios jadeantes.

—No des por sentado qué es lo que quiero, señorita Alonso. —Mantuve un tono tranquilo, casi desinteresado, pero la corriente que chisporroteaba en el aire era de todo menos tranquila.

Un roce y la habitación ardería en llamas.

—Oído. —Stella le agarró el dobladillo de los pantalones con tanta fuerza que se le quedaron los nudillos blancos.

Bajé la vista hasta sus muslos y, al ver cómo se le tensaban, la sangre me corrió todavía más ardiente por las venas.

Había sido un gesto minúsculo, se le habían tensado los músculos y ya, pero fue como si acabara de alargar el brazo para acariciarme la fuerte presión que notaba en la ingle.

—Deberías irte —dije en voz baja; las palabras sonaron ásperas por la contención.

No se movió.

—A no ser... —levanté la mano y se la pasé por un lado del cuello hasta notar el frenético ritmo de su pulso— que quieras quedarte.

Debería haber apartado la mano y poner distancia, pero estaba ensimismado.

En medio de aquel espeso silencio, Stella tragó saliva notoriamente.

—No. —Vaciló sutilmente al pronunciar aquella palabra.

—¿No? —Le acaricié la piel con el pulgar. Aquel ligero contacto me penetró piel y huesos hasta colárseme en las venas. Volví a alzar la vista para mirarla a los ojos y, con un tono más severo esta vez, le pregunté—: Entonces, ¿por qué sigues aquí?

Distracción. Confusión. Desconcierto.

Stella era todo eso y más.

Debería haber sido como uno de esos puzles que se pueden desmontar y volver a montar con facilidad; sin embargo, estaba resultando ser más complicada de lo que yo pensaba. Como un rompecabezas al que le falta una pieza. Por más que buscara, no conseguía encontrarla y, hasta que lo consiguiera, Stella seguiría adueñándose de mis pensamientos.

Aunque, claro está: también había otra explicación posible, pero la descarté automáticamente.

Aquella que decía que, en el fondo, no quería resolver el rompecabezas que era Stella porque, una vez lo hiciera, el hilo que nos conectaba se cortaría.

Y por alguna mortificante razón que desconocía, no quería que esto ocurriera.

Abrió la boca para responder, pero la solté y retrocedí. No dijo nada.

—Tienes que irte. —Ya no era una sugerencia; era una orden—. Que no vuelva a encontrarte en el apartamento fuera de las horas establecidas o descubrirás que mi generosidad también tiene límites.

Haberla consentido así esta noche había sido un error. Ya me había saltado demasiadas normas por ella.

Si me hubiese encontrado a cualquier otra persona en mi despacho, la habría castigado severamente por haber cometido una infracción; no habría fantaseado con cómo sería la fricción de su piel con la mía.

A Stella se le encendió la mirada.

Esperaba que fuera a devolvérmela; lo anticipaba igual que un alcohólico anticipaba su próximo trago. No obstante, esa llama se apagó prácticamente después de haberse prendido y la aplacó una nueva capa de hielo.

—Entendido. —Se llevó la mano al bolsillo, sacó una llave de latón y me la puso deliberadamente en la mano—. De hecho, no volverás a encontrarme en tu apartamento nunca más. Punto.

No me di cuenta de lo fuerte que estaba agarrando la llave hasta que noté que se me clavaban los dientes en la palma de la mano.

Stella salió y pegó un portazo tan fuerte que retumbó en medio del silencio que había dejado.

Solía gustarme el silencio; se me antojaba placentero y reconfortante. Sin embargo, ahora me resultaba más bien opresivo, cual invisible pesa ejerciéndome presión sobre el pecho.

La llave se me clavó todavía más en la piel hasta que abrí el puño y me la metí en el bolsillo.

Pasé por el lado de la regadera rota y fui directo hacia mi cuarto. Me quité la corbata de un tirón y la lancé a la cama.

Ni siquiera eso logró deshacer la opresión que notaba cada vez más presente en la garganta.

Había herido a la Stella que había bajo esa capa de hielo. Lo vi muy ligeramente antes de que se revistiera de nuevo con su armadura.

Sentí un pinchazo extraño en el pecho y luego solté un impaciente quejido.

Hay que joderse.

Había tenido un día de perros. No solo en el trabajo, sino también por culpa de los pesados entrometidos que ahora se me echaban constantemente encima porque por fin estaba «saliendo» con alguien. No tenía tiempo de ir analizando microexpresiones.

Me quité los gemelos y el reloj y lo dejé todo bien ordenado en la otra mesita de noche.

Entendido. De hecho, no volverás a encontrarme en tu apartamento nunca más. Punto.

¿Qué narices había querido decir con eso? Si incumplía el acuerdo que teníamos para compensar lo del alquiler...

Me latió un músculo de la mandíbula.

Debería darme igual. Ni siquiera me gustaban esas malditas plantas. Solo las tenía porque mi interiorista había insistido en que «le daban un aire más estético» al piso y me negaba a dejarlas morir y tener que aceptar la derrota.

Pero era una cuestión de principios. No podía dejar que alguien infringiera un acuerdo conmigo y se saliera de rositas; sentaría unos precedentes terribles.

El recuerdo del efímero dolor que había visto en la mirada de Stella volvió a aparecer como el típico mosquito pesado que no se acaba de ir nunca.

—Tócate las narices.

Gruñí cabreado, salí, cerré de un portazo dejando atrás mis instintos más preciados y bajé la escalera.

11
Stella / Christian

Stella

Manda narices con Christian Harper.

Mientras abría la puerta de mi piso con más fuerza de la necesaria, el enfado se me arremolinó en el estómago.

No solía experimentar esa sensación a menudo. Era como un ácido que me carcomía por dentro.

No sabía por qué había reaccionado con tanta vehemencia ante las palabras de Christian. Meredith y los trols que comentaban mis *posts* me habían dicho cosas peores.

Sin embargo, la forma en la que me había hablado él me había molestado sobremanera.

Primero había llegado a pensar que me besaría. Y luego, de repente, va y me echa de su apartamento. Ese hombre cambiaba más de ideas que de ropa.

Y lo peor había sido que, por un segundo, había querido que me besara; cuando la curiosidad por descubrir cómo sabría aquella boca firme y sensual se había apoderado de mí en sintonía con el rítmico y punzante latido presente en mi entrepierna.

La frustración se unió al enfado.

No entendía cómo podía ser que Christian consiguiera despertar tantas emociones en mí.

¿Era por su físico? ¿Por su riqueza? Porque, hasta entonces, nunca me había fijado en nada de eso. Había conocido a demasiados capullos ricachones y atractivos como para que pudieran embaucarme con su cínico encanto.

Dejé la bolsa en una mesa que tenía al lado y me obligué a respirar profundamente para deshacerme de la presión que me envolvía los pulmones. Pelearme con alguien siempre me llevaba al límite. Me daba la sensación de que estaba equivocada incluso cuando quien tenía razón era yo.

No volverás a encontrarme en tu apartamento nunca más. Punto.

El recuerdo de mi apresurada declaración pisoteó cualquier efecto tranquilizante que hubieran podido surgir de mis respiraciones.

Estaba en caliente, por eso había «dimitido». Sin embargo, por más estúpido que fuera nuestro acuerdo, le había prometido que cuidaría de sus plantas a cambio de que me bajara el alquiler.

¿Y si ahora lo subía? O peor aún: ¿y si me desahuciaba? ¿Y si revocaba el acuerdo? Todavía no sabía nada de Delamonte, pero, desde que había subido esa foto con Christian de camino a la recaudación de fondos, había conseguido diez mil seguidores más.

Por primera vez en un año, mi cuenta empezaba a crecer. Si ahora poníamos punto final a nuestro acuerdo, ese impulso desaparecería.

Y si desaparecía ese impulso, adiós a ganar más dinero.

Arrepentida, el corazón empezó a latirme desbocado.

Precisamente por eso había aprendido a suprimir cualquier arrebato emocional. Las consecuencias siempre acababan ensombreciendo la sensación de alivio momentáneo.

Cerré los ojos e intenté volver a respirar hondo.

No funcionó.

¡Maldita sea!

Estaba demasiado cansada y agitada como para ponerme a hacer yoga, así que hurgué en la bolsa en busca del móvil. Las redes sociales no eran la mejor forma de reducir la ansiedad, pero sí eran una gran distracción. Solo tenía que aferrarme a mi *feed* de YouTube cuidadosamente organizado con vídeos de animales la mar de monos, consejos de moda y tutoriales de maquillaje y peluquería.

Navegar por cualquier otra *app* cuando me sentía así era como andar por un campo de minas.

«Pintalabios, crema hidratante, el recibo de una cafetería...»

Palpé un sobre blanco con la mano y me detuve.

No me acordaba de haberlo metido en el bolso. Ahora que lo hacía todo por correo electrónico, ni siquiera tenía sobres de papel.

Lo cogí y colé un dedo debajo de la solapa para abrirlo. No había nada escrito: ni dirección ni remitente ni sello.

Dentro había una hoja también blanca.

Mientras la abría, tuve un presentimiento. Al principio pensé que no había nada escrito, pero entonces reparé en la única línea que se leía en la parte superior del papel:

`Tenías que esperarme, Stella. Y no lo has hecho.`

No era una amenaza directa, pero el mensaje era lo bastante siniestro como para que se me repitiera toda la cena.

Los desagradables recuerdos de hacía un par de años me inundaron enseguida.

Fotos espontáneas en las que salía yo en la ciudad riendo

con amigas y hechas desde el otro lado de la ventana en algún restaurante, mirando el móvil mientras esperaba a que llegase el metro, comprando en una *boutique* de Georgetown... Cartas que pasaron drásticamente de declaraciones de amor efusivas a fantasías gráficas de lo que quería hacerme la persona que las enviaba.

Y todo eso me lo mandaba a casa.

El asunto duró semanas hasta que me emparanoié y me agobié tanto que, de no ser porque Jules se quedaba sentada esperando en el salón, no me habría ni duchado. Incluso había llegado a tener pesadillas y a soñar que dicho acosador entraba en casa, hería a Jules y luego venía a por mí.

De repente llegó un día en el que dejé de recibir cartas y fotos, como si quien las enviaba hubiese desaparecido de la faz de la Tierra. Pensé que se habría cansado o que lo habrían detenido.

Pero ahora...

El terror me heló la sangre.

Casi no me había fijado en que llevaba sin moverme desde que había leído la nota. Debería moverme. Debería asegurarme de que no hubiera nadie en el apartamento y llamar a la policía, aunque la última vez que me ocurrió algo así tampoco es que fueran de gran ayuda.

Pero estaba paralizada; helada a causa de la incredulidad y del metálico y punzante sabor del miedo.

Hacía dos años que mi acosador no daba señales de vida. ¿Por qué había vuelto ahora? ¿Había estado siempre ahí, espiándome y ganando tiempo? ¿O realmente había desaparecido y ahora había vuelto a saber por qué?

Y si había encontrado la nota en el bolso...

Empecé a hiperventilar. Cuando empecé a asimilar lo que suponía eso, unos puntitos negros me nublaron la vista.

Ni sello ni dirección postal, lo cual quería decir que había tenido al acosador tan cerca que había podido meterme el sobre en el bolso. Lo había tenido ahí mismo. Seguramente incluso me había rozado.

Unas arañas invisibles corretearon por mi piel.

Anoche había vaciado el bolso entero y no vi la nota, así que había tenido que suceder a lo largo del día.

Fui repasando mentalmente los lugares a los que había acudido.

La cafetería. La zona costera de Georgetown para hacer las fotos de una campaña con el trípode. La tienda de comestibles. El metro. El apartamento de Christian.

La lista era larga. De todos modos, a excepción de la casa de Christian, en todos los lugares había habido suficiente gente como para que alguien me hubiese metido la nota en el bolso sin que me diera cuenta.

El silencio de mi piso se transformó en algo pesado y siniestro, y lo único que se oían eran mis someras y asfixiantes respiraciones.

Por más que lo intentara, era incapaz de hacer llegar el oxígeno a los pulmones y...

El disonante y fuerte ruido del timbre cortó el aire e hizo que se me pusieran absolutamente todos los pelos de punta.

Era el acosador. Segurísimo que era él. A nadie se le ocurriría venir a verme a estas horas sin haberme avisado antes.

Ay, Dios.

Tenía que esconderme, llamar a emergencias o hacer algo, lo que fuera. Sin embargo, mi cuerpo se negó a obedecer las órdenes que le estaba dando el cerebro.

Volvieron a llamar al timbre y por fin me puse en alerta.

Fui andando a trompicones hasta el escondite más cercano: una mesita que había entre el sofá y el climatizador. El aliento fantasmal de mi acosador me rozó el cuello mientras gateaba y me acurrucaba debajo de la mesa.

Lo sentía detrás de mí como una malévola presencia cuyos helados dedos se me clavaban en la camiseta y me estrujaban hasta dejarme sin una gota de oxígeno.

El suelo se hundió un poco y, al intentar ocultarme tanto como fuera posible en la oscuridad, acabé con la cabeza estampada contra una de las patas de la mesa.

En comparación con los escalofríos que me empapaban la piel, el dolor de ese golpe fue casi imperceptible.

Llamaron de nuevo al timbre y, a continuación, a la puerta.

—¡Stella!

No pude identificar de quién era esa voz. Ni siquiera sabía si era real.

Solo quería que desapareciese.

Me llevé las rodillas al pecho y me abracé. Tenía el aire acondicionado apagado, pero no podía dejar de temblar.

No estaba preparada para morirme. Había vivido muy poco.

Siguieron llamando a la puerta cada vez con más fuerza y más impacientemente hasta que al final cedieron. Tras una pausa, oí cómo metían la llave en la cerradura y abrían.

Sentí unos pasos andando por el suelo de madera. Gemí y los pasos se detuvieron.

Al cabo de unos segundos vi un par de mocasines de cuero negros justo delante de mí.

Cerré los ojos con todas mis fuerzas y me escondí aún más en la esquina hasta que me di en la espalda con la pared.

«Porfavorporfavorporfavor...»

—Stella.

Tenía una táser en el bolso. ¿Por qué no lo había cogido? Lo único que había pillado había sido la carta y, encima, se me había caído al suelo, justo a mi lado. Un arma deplorable, a no ser que intentara asesinar al intruso cortándolo con el papel.

«Estúpida, inútil, fracasada...»

Detrás de mis párpados cerrados, las lágrimas hacían que me escocieran los ojos.

¿Le importaría a mi familia que muriese? A lo mejor se pondrían tristes al principio, pero, con el paso del tiempo, se alegrarían de que la mayor decepción de la familia ya no estuviera entre ellos. Nunca me habían deseado. Yo no había sido más que un accidente; una alteración de aquel plan que hacía tanto tiempo que tenían: tener solamente un hijo.

Si me moría, por fin podrían volver a su plan inicial. Si me...

Alguien me agarró de la barbilla y me levantó la cara.

—Stella, mírame.

No quería. Lo único que quería era quedarme en aquel estado de negación para siempre.

«Si no miro al monstruo, será como si no existiera.»

Pero aquella voz no parecía la de un monstruo. Era profunda, aterciopelada y demasiado autoritaria como para no obedecerla.

Abrí los ojos lentamente.

Whisky. Fuego. Calor.

Al ver la ira que resplandecía bajo aquellos oscuros ojos llenos de preocupación, mis escalofríos desaparecieron. Cuando nuestras miradas se encontraron, a Christian se le relajó la expresión.

—Estás bien.

No fueron más que dos palabras, pero iban cargadas de un consuelo tan tranquilizador que la presa que había en mi interior cedió.

Un sollozo abandonó mi garganta y algo húmedo me resbaló de los ojos hasta que su cara se convirtió en algo borroso.

Lo oí maldecir en voz baja. Luego, unos fuertes brazos

me envolvieron y apoyé la cara en algo duro y sólido. Inamovible, igual que una montaña cuando hay tormenta.

Me hice un ovillo en los brazos de Christian y solté el estrés y la ansiedad que llevaba acumulando desde hacía semanas hasta que no me quedó ni una lágrima más por derramar. No se trataba solo de esa nota, aunque hubiese sido la gota que había colmado el vaso. Se trataba de mi despido de *DC Style*, de mi familia, de Delamonte, de mis redes sociales y de aquella enraizada sensación de que, por más que lo intentara, jamás podría cumplir con las expectativas de la gente que me rodeaba. De que siempre sería una decepción.

Esa era mi vida.

En algún momento me había desviado tanto del camino que ya ni siquiera sabía qué dirección debía tomar para volver a encontrarlo.

Me sentía como el mayor fracaso del mundo.

Seguí soltando toda mi frustración contra el pecho de Christian, pero él no dijo nada. Se limitó a abrazarme hasta que se me secaron las lágrimas y la humillación ocupó el vacío que habían dejado las emociones que acababa de desterrar.

—Lo siento. —Levanté la cabeza y me pasé el dorso de la mano por mis empapadas mejillas. Al ver que le había manchado la camisa —que seguro que era cara— con las lágrimas, todavía me sentí más humillada—. Te... —Me dio hipo—. Te he estropeado la camisa.

Me había imaginado mil finales para esa noche, pero derrumbarme momentáneamente en los brazos de Christian Harper no formaba parte de ellos.

Ni siquiera bajó la vista.

—Solo es una camisa. Tengo muchas más.

Seguíamos en el suelo y, de no haber sido porque sus palabras hicieron que se me volvieran a llenar los ojos de lágrimas, me hubiese reído de la situación: Christian, vestido con su ropa de marca, sentado tan campechanamente en aquel suelo de madera.

Hacía una hora había pensado que era el mayor capullo en la faz de la Tierra. Ahora, en cambio...

Pestañeé para deshacerme de las lágrimas. Bastante en ridículo me había dejado ya, muchísimas gracias. Además, no podía seguir con esa montaña rusa de emociones.

Primero mi riña con Christian y luego lo de la nota.

«La nota.»

El temor regresó a mí en una oleada lenta y traicionera que se llevó por delante aquella breve sensación de alivio. Quienquiera que me hubiese escrito esa nota seguía ahí fuera. Aún no se había convertido en una amenaza física, pero...

Desvié la vista hacia aquella carta que parecía engañosamente inocente.

Christian me siguió la mirada. Se le tensó la expresión y cogió el papel para leerlo. No se lo impedí.

Levantó la vista otra vez y el relajante color ámbar de sus ojos adoptó un oscuro tono obsidiana.

—¿Quién la ha enviado? —Su tranquila voz, casi placentera, era totalmente contraria al peligro que se respiraba en el aire.

Me acomodé en esa sensación. No sabía muy bien por qué, pero su silenciosa ira era extrañamente reconfortante.

—No lo sé. He vuelto a casa, me he puesto a buscar en el bolso y la he encontrado ahí. —Tragué saliva—. Ya... Ya había recibido algunas parecidas antes. Pero fue hace bastante tiempo.

Aquella chispa de peligro se transformó en una llama cuya intensidad acaparó todas las moléculas del aire. Aun así, en lugar de perturbarme, me hizo sentir segura, como si fuera una pared de titanio que me protegía del mundo exterior.

Nunca le había hablado a nadie de mi acosador; solo lo sabía Jules. Quería contárselo a Christian, únicamente porque era un experto en el ámbito de la seguridad y sabría cómo dar con el individuo en cuestión. Sin embargo, ahora que la agitación que me había provocado encontrar la nota ya se estaba desvaneciendo, yo iba cayendo poco a poco.

Los párpados me pesaban sobremanera y, cada vez que intentaba abrir la boca para hablar, se me escapaba un bostezo.

Christian no me pidió más detalles; debió de darse cuenta de que estaba demasiado cansada como para hacer nada que no fuera dormir. Se levantó y me tendió la mano.

Dudé un segundo, pero luego salí de debajo de la mesa y acepté su ayuda.

Tiró de mí para levantarme y me mareé un poco. Cuando se me pasó y me di cuenta de lo normal que parecía mi piso, casi lo estudié detenidamente con la mirada.

La vela de aromaterapia de la mesita. La manta de cachemir doblada encima del respaldo de la butaca. Ni rastro del pánico que se había apoderado de mí hacía menos de treinta minutos.

Tendemos a esperar que nuestro mundo exterior sea un reflejo de nuestro mundo interior. No obstante, ese tipo de situaciones me recordaban que, a pesar de lo que pudiera ocurrirnos a cada uno de nosotros a nivel individual, el mundo no se detendría ni un momento.

Lo cual era lenitivo y deprimente a partes iguales.

Me hundí en el sofá mientras Christian se aseguraba de que no hubiese nadie en el apartamento. Mis piernas eran incapaces de seguir aguantándome y casi me quedé frita encima de aquellos cojines de un intenso color crema, pero entonces Christian regresó al salón.

—No puedes quedarte aquí. El apartamento es seguro —añadió al ver que me erguía asustada—, pero la persona que te ha mandado esa nota sigue por ahí y probablemente sepa dónde vives. Tienes que mudarte.

La ansiedad se adueñó de mi estómago.

—¿Dónde? Esta es mi casa.

—No es segura.

—Creía que el Mirage era el edificio más seguro de toda la ciudad.

Christian apretó la mandíbula por toda respuesta.

Tomé una profunda bocanada de aire. La neblina de terror que me nublaba el pensamiento se disipó ligeramente y pude volver a pensar con un poco más de claridad.

—Sea quien sea el culpable, me ha encontrado fuera del apartamento. No me puedo mudar a ninguna parte porque no hay lugar más seguro que este. —Me agarré con fuerza al borde del sofá—. No pienso dejar que un cobarde que se esconde detrás de cartas anónimas me saque de mi propia casa.

Había dejado que los demás dictaran mi vida durante demasiado tiempo; había dejado que me guiaran hasta donde ellos querían que fuera. Había vivido con el miedo del «qué dirán» a cada paso que daba y me había ido haciendo pequeña para encajar siempre donde ellos desearan. Y eso era aplicable a las expectativas de mis padres, a las exigencias de mi jefa y a las notas del acosador, que me habían vuelto tan paranoica que saltaba cada vez que oía un portazo o que se rompía la ramita de un árbol.

Acción, reacción.

Estaba harta. Ya era hora de retomar las riendas de mi propia vida, y aprender a decir que no era el primer paso.

—No pienso mudarme —repetí.

Si el acosador hubiese entrado en mi piso a la fuerza, otro

gallo cantaría, pero no era el caso. Además, lo que decía iba en serio: no podía irme a ningún otro sitio más seguro que el Mirage.

Christian se me quedó mirando con una expresión más firme que el granito.

Me obligué a aguantarle la mirada a pesar de que mi cuerpo quisiera ceder bajo el peso de la suya.

Me había visto siendo vulnerable, pero no quería que también me viera ser débil.

Aguanté la respiración y fui sintiendo cierta presión en los pulmones, pero no exhalé hasta que Christian bajó la cabeza en señal de conformidad.

Una sensación de alivio y una pizca de orgullo no tardó en reemplazar el vacío que me había dejado el aire en los pulmones.

Christian no había dicho nada, pero a mí me dio la impresión de que acababa de encararme a un león y había salido ganando.

—De acuerdo, pero no te quedarás aquí sin protección adicional.

Sin problemas. En realidad, mejor, siempre y cuando dicha protección adicional no fuera excesivamente intrusiva.

Durante un segundo pensé que Christian se ofrecería para pasar la noche aquí conmigo. No me gustó nada que se me detuviera un momento el corazón al imaginármelo.

—Kage, te necesito para un encargo... Sí. Por la noche. —Guardó silencio un segundo y luego volvió a hablar con un tono más severo—: Me importa una mierda; como si estás cenando con el papa o tirándote a la jodida Margot Robbie. Te quiero en el décimo piso del Mirage en veinte minutos.

Me sentí decepcionada, pero me deshice de aquella emoción de inmediato. ¿Cómo iba a quedarse Christian aquí conmigo? Era el director ejecutivo de una empresa de seguridad; estos encargos seguramente fueran poco para él.

Colgó y, en mitad del silencio que le siguió a esta acción, me acordé de algo.

—¿A que venías? Antes de que... —Me encontraras en el suelo en pleno ataque de pánico—. Antes de que te dieras cuenta de lo ocurrido.

Christian se guardó el móvil en el bolsillo.

—Quería apaciguar las cosas después de nuestra charla.

Fue una respuesta neutra y sutil. Demasiado sutil, casi.

—¿Por qué?

—¿Hace falta una razón para eso?

—Tú siempre tienes una razón para todo lo que haces.

Se le encorvó la comisura de los labios, pero no entró en más detalles.

Le había dicho a la persona con quien había hablado que se presentara aquí en veinte minutos. Sin embargo, al cabo de solo diez, alguien llamó a la puerta.

Aquel *alguien* resultó ser un armario enorme, todo músculos y tatuajes. Era el típico hombre que le habría parecido atractivo a cualquier mujer con cierta debilidad por los malotes.

Supuse que sería el tal Kage.

Christian le puso al día en un periquete, pero hablaron tan bajo que no pude oír lo que decían. Fuera lo que fuese, Kage frunció el ceño; luego, este me miró con una expresión más relajada.

—Tranquila, cielo. —Su acento sureño consiguió destensarme los hombros como por arte de magia. Me dio la impresión de que Christian, que estaba a su lado, había apretado la mandíbula; sin embargo, fue un gesto tan rápido que pensé que quizás me lo había imaginado—. No me moveré de aquí en toda la noche. A mí no se me escapa nadie. Por algo me llamaban el Armario en las fuerzas armadas.

Dibujé una sonrisa diminuta y respondí:

—Y yo que pensaba que era por una cuestión de estatura...

Kage sonrió con la mirada y se le arrugó el rabillo de los ojos.

—También.

—Kage es uno de mis mejores hombres. Como ha dicho él mismo, no se le escapa nadie. —Christian permaneció con una expresión imperturbable; sin embargo, a la que desvió la vista hacia Kage, la sonrisa del otro desapareció.

Kage retrocedió un poco para alejarse de mí como si, de repente, yo echara llamas.

Volví a bostezar. Estaba demasiado cansada como para darle excesivas vueltas a su extraña interacción.

El sueño se fue apoderando de mí. Christian me cogió en brazos del sofá con firmeza pero con unas manos sorprendentemente suaves y yo ni siquiera me resistí.

—No vayas a quedarte frita en el sofá. Al señor Unicornio no le gusta compartir espacio mientras duerme.

—Qué gracioso. Si la empresa de seguridad se va al garete, siempre podrías dedicarte a... —volví a bostezar mientras me llevaba a la habitación— a ser comediante.

—Lo tendré en cuenta. —La seca respuesta de Christian acalló la risa de Kage, que se oía de fondo.

Al llegar a mi cuarto, más que sentarme en la cama, caí en ella. Toda yo era un peso muerto y la gravedad era un ancla que tiraba de mí hacia el colchón.

—Buenas noches —murmuré. A pesar de tener los ojos cerrados, seguía sintiendo la presencia de Christian en mi habitación y era como estar envuelta en una cálida manta de seguridad—. Y gracias. Por...

No llegué a terminar la frase.

Lo último que recuerdo es que una mano suave me apartó el pelo de la cara con delicadeza antes de quedarme frita.

Christian

Después de que Stella se quedase dormida, volví al salón y me encontré a Kage examinando la nota.

—Quienquiera que se la metiera en el bolso sabía qué hacer para no dejar rastro —anunció—. Es todo genérico de narices. El papel, la fuente, la tinta... A no ser que fuera tan descuidado como para dejar sus huellas, será imposible dar con él con solo la nota.

Dijo todo lo que yo ya había deducido.

Si se hubiese tratado de un mensaje digital, habría podido dar con ese tipo en un abrir y cerrar de ojos. Las pruebas físicas eran mucho más difíciles de rastrear.

La persona que había mandado aquella nota era lista, pero acabaría cometiendo algún error por despiste en algún momento. Le ocurría a todo el mundo.

Al recordar a Stella con aquella mirada aterrorizada, se me tensó la mandíbula. La ira se abrió paso en mi interior y sus frías llamas me quemaron por dentro.

Antes la había acallado para centrarme en Stella. Ahora, en cambio, había vuelto a mí cual marea embravecida.

Iba a encontrar al cabrón que había escrito aquella nota.

Y le haría pagar por ello.

Pero no con una bala no; eso sería ser demasiado bondadoso. El chaval se merecía algo más doloroso; más lento.

Pero, hasta entonces, tenía que asegurarme de que Stella estuviera a salvo.

—Quiero que tú y Brock la sigáis a todas partes hasta que

encontremos al cabrón de la nota —le advertí a Kage—. Sed su sombra, pero que no os vea.

Brock era uno de mis mejores guardias después de Kage y hacía poco que había vuelto de un cometido de tres meses en Tokio.

Kage me miró con escepticismo.

—¿Y a ella le parecerá bien?

—Ella no se va a enterar.

Si le pedía permiso a Stella, me diría que no. Ya se había negado a mudarse; no pensaba darle otra oportunidad para poner en riesgo su seguridad. La única razón por la cual había aceptado que no se mudara había sido porque ya la había visto suficientemente traumatizada como para empezar a discutir con ella cuando acababa de tener un ataque de pánico.

«Aunque, ¿adónde se habría mudado? Como bien había dicho ella misma, el Mirage es el edificio más seguro de toda la ciudad», se mofaba la voz de mi subconsciente.

El enfado estaba ahí, por supuesto, pero, como no iba a mudarse, no valía la pena ponerse a discutir.

—De acuerdo. Tú mandas. —Kage miró hacia la puerta cerrada del dormitorio de Stella—. Me sorprende que no te quedes con ella. Es tu novia. Además, vives justo encima.

Se me tensó la mandíbula.

Ganas no me faltaban. Joder si quería quedarme. Ese era el problema.

No confiaba en mí cuando tenía a Stella cerca. Ya me había saltado suficientes normas por ella; pasar aquí la noche implicaría cruzar una línea invisible que yo mismo me había dibujado.

Para mí era siempre como un tira y afloja: me quedaba lo bastante cerca como para saciar a la bestia que habitaba dentro de mí y, a la vez, permanecía lo suficientemente lejos como para no perder nunca el control. Era una guerra constante entre el deseo y la protección.

Sin embargo, había bajado para... No diría que para pedirle disculpas, porque esas cosas yo no las hacía, pero sí para calmar un poco las aguas.

Al ver que no respondía, pensé que estaría en la ducha. No obstante, cuanto más tiempo pasaba sin que nadie respondiera, más me iba imaginando todo tipo de situaciones hipotéticas, como que Stella se estuviese autolesionando o que algún intruso hubiese conseguido colarse en el Mirage, esquivar toda su impenetrable seguridad y terminar metiéndose en su apartamento.

Pensar que a lo mejor le había pasado algo hizo que me consumiera el pánico; un pánico que nunca antes había sentido. Y esto estaba mal, joder.

Bastante tenía ya con que Stella fuera mi talón de Aquiles. No podía permitirme que la cosa fuera a más.

—Yo marco bien los límites entre mi vida personal y mis negocios. Y esto es una cuestión de negocios —respondí seco y con una mirada que prendió fuego al aire que nos separaba—. Como le pongas una mano encima para algo más que no sea salvarle la vida, eres hombre muerto.

Me importaba un bledo que Kage y yo fuéramos amigos.

A Stella no la tocaba nadie que no fuera yo.

Kage hizo una mueca.

—Deberías conocerme mejor.

Se había ido a casa con una mujer y no le había gustado que le dijera que viniese; aun así, se había presentado aquí de todos modos, tal y como yo ya había anticipado. Era la única persona en quien confiaba para que cuidase de Stella esa noche; no me fiaba de nadie más, ni siquiera de mí mismo.

—Escríbeme a cada hora. Me la suda que sean las cuatro de la madrugada. Quiero que me mantengas al tanto.

Eso sería lo más cerca de ella que me permitiría estar.

Kage suspiró.

—Hecho.

Desvié la vista hacia el cuarto de Stella por última vez.

El cuerpo entero me suplicaba a gritos que no me fuera. Detestaba pensar que sería Kage quien la vigilara por la noche y no yo.

Había estado a punto de matar con mis propias manos a mi mejor empleado cuando este le había llamado *cielo* y Stella le había sonreído.

En un extraño momento de debilidad, había utilizado la excusa de nuestra falsa relación para acercarme a ella. Sin embargo, una parte de mí había esperado, en secreto, que eso acabase con el misterio y pusiese punto final a mi obsesión por Stella.

Pero había conseguido justo lo contrario. Cuanto más tiempo pasaba con ella, más quería tenerla cerca. Más ganas tenía de dejar que conociera facetas mías que nunca le había mostrado a nadie.

Inaceptable.

Pasé por el lado de Kage, cogí el ascensor para regresar a mi ático y fui directo a la barra.

Al otro lado de los ventanales, las luces de Washington convertían la ciudad en una alfombra de estrellas, pero no fui capaz de apreciar las vistas. Estaba demasiado agobiado.

Como le pasara algo a Stella...

La sangre me empezó a correr helada por las venas.

Me serví una copa más cargada de lo normal.

Me senté.

Y esperé a que Kage me mandara el primer mensaje.

12
Stella

Al despertar por la mañana, siempre había algo que hacía que la noche anterior pareciese surrealista.

En este caso, no hacía ni doce horas estaba hecha un ovillo bajo una mesa del salón, convencida de que mi vida estaba a punto de llegar a su fin.

Ahora, en cambio, estaba tomándome mi *smoothie* diario de pasto de trigo y comiéndome una tostada en la cocina como cualquier otro día.

De no haber sido por la presencia de Kage, habría pensado que lo de la noche anterior no había sido más que un sueño. O, mejor dicho, una pesadilla.

—¿Seguro que no quieres comer nada? —Me sentí algo culpable al ver las bolsas lilas que le envolvían los ojos. Debió de haberse pasado la noche anterior en vela sin saber que luego lo llamarían para que cubriera un turno en horario nocturno. ¿Cuándo había dormido ese hombre por última vez?

—Seguro. Además, tengo que irme pronto. Cuando le he dicho que ya estabas despierta, Christian me ha dicho que podía marcharme. —Kage me miró con la frente arrugada—. ¿Estarás bien?

—Ajá. Por supuesto —respondí tan enérgicamente como pude. Si hacía como si aquí no hubiese pasado nada, todo iría bien.

Además, en plena y deslumbrante luz del día, el pánico de la noche anterior me parecía desproporcionado dado lo ocurrido.

Solo era una nota.

Vivía en un edificio extremadamente seguro, siempre que salía estaba rodeada de gente y Christian haría un análisis forense de la carta. Era el mejor en su ámbito; encontraría al culpable en un abrir y cerrar de ojos. Seguro.

A Kage no pareció acabar de convencerle mi respuesta, pero tampoco me llevó la contraria.

Cuando se hubo ido, seguí mi rutina mañanera lo mejor que pude. Cuarenta y cinco minutos de yoga y quince de medicación seguidos de un rato más actualizando mi diario personal y muchas horas agonizando sobre qué le diría a Christian, si es que le decía algo.

Debería darle las gracias por lo de la noche anterior, pero cada vez que cogía el teléfono, la incertidumbre se apoderaba de mí.

Tenía la sensación de que el hecho de haberse quedado conmigo y pedirle a Kage que me vigilara por la noche era bastante importante, pero ¿y si él no lo veía igual? Llevaba años trabajando en el sector de la seguridad. Algunos de sus clientes eran multimillonarios o miembros de la realeza, por el amor de Dios. Seguro que lo que me había pasado a mí no era nada para él.

Además, no se había puesto en contacto conmigo en todo el día. No me había llamado ni me había mandado ningún mensaje, aunque tampoco es que esperase que fuera a hacerlo. Era el director de una empresa multimillonaria y ni siquiera estábamos juntos de verdad. Bastante había hecho ya pidiéndole a Kage que se quedara conmigo por la noche.

Como no quería darle más importancia de la que tenía y ponerme en una situación aún más bochornosa, cerré el pico y me fui preparando para ir a un evento de *influencers* que tenía por la tarde con una diseñadora emergente con el fin de mantenerme ocupada.

No me hacía especial ilusión acudir a dicho evento, pero tenía que dejar de pensar en la nota y en todo lo que implicaba.

Tenías que esperarme, Stella. Y no lo has hecho.

Mientras cerraba la puerta del apartamento tras de mí, un escalofrío me recorrió la espalda. Hacía años que no tomaba café, pero estaba tan agitada que parecía que me hubiese tomado cinco expresos.

«No pasa nada. Habrá más gente. No pasará nada.»

Al final resultó que el evento estuvo mejor de lo que me esperaba. Nos enseñaron la nueva colección de Lilah Amiri y sus piezas eran in-cre-í-bles. Eran la mezcla perfecta entre la elegancia y lo sensual. Además, Lilah parecía genuinamente simpática, lo cual no solía ocurrir en el mundo de la moda. Incluso intercambiamos números para quedar algún día e ir a tomar algo.

Después de que se disculpara para ir a hablar con su publicista, me detuve delante de un espectacular vestido de gala semitransparente cuyos finos hilos dorados resplandecían con sutileza. La falda llegaba al suelo con una fastuosa caída y, bajo la luz de los focos, parecía obra de las mismísimas estrellas.

El vestido era de una calidad excepcional, tanto el diseño como la confección.

Me acordé del fajo de bocetos inacabados de artículos de moda que tenía abandonados en el fondo de un cajón. Traté de acordarme de cuándo fue la última vez que dibujé algo y me sentí culpable.

¿Hacía dos años? ¿Tres, quizás?

Siempre había querido tener mi propia marca de moda. De hecho, era uno de los motivos por los cuales había empezado a bloguear y me había puesto a trabajar en *DC Style*. Quería hacerme un nombre y conocer a las personalidades del sector.

Sin embargo, entre las «emergencias» diarias, las colaboraciones con otras marcas y mi número de seguidores, me había acabado estancando y al final había perdido de vista mi objetivo principal.

Aquel sentimiento de culpabilidad aumentó.

Me decía a mí misma que si no lo hacía era porque no tenía los medios financieros suficientes para crear una marca propia, pero lo cierto era que, en el fondo, no lo había intentado del todo.

Me vibró el móvil y volví a la vida real.

Natalia.

El terror eclipsó todas las demás emociones con más rapidez de la que una tormenta apagaría la llama de una vela.

No debería sentirme así cuando me llamaba mi hermana, pero es que hablar con ella era más estresante que hablar con Meredith.

Respiré hondo.

«Respira, relájate, resiste.»

—Hola, Nat. —Agaché la cabeza y fui hacia una esquina cerca de la salida para hablar con más calma.

—Hola. Ha habido un cambio de planes —anunció Natalia seca y yendo al grano, para no variar—. A papá le ha surgido un viaje de negocios de última hora y tiene que irse mañana, así que hemos pasado la cena a esta noche. ¿Te viene bien a las siete?

Casi me da un vuelco el corazón.

—¿¡Esta noche!? —Miré el reloj. Faltaba poco para las cinco—. Pero ¡si solo faltan dos horas! Ahora mismo estoy en un evento.

Un evento que terminaría pronto y me permitiría llegar a casa de mis padres, que se encontraba a las afueras de Virginia, sin demasiado problema. La cuestión era que yo no estaba lista.

Pensaba que aún tendría una semana para prepararme mentalmente para nuestra cena familiar mensual.

Al imaginarme cómo sería ir a una cena de los Alonso sin haberme mentalizado previamente, una pátina de sudor me cubrió la piel.

—No me cabe duda de que tus compromisos de *influencer* son de extrema importancia —soltó Natalia con un evidente sarcasmo—, pero todo el mundo está ocupado. Papá se va a negociar un acuerdo de paz, literalmente. ¿Te parece que puedes venir o mejor les digo que andas muy liada?

«¿O mejor les digo que vas a decepcionarlos otra vez?»

Natalia y yo no teníamos una relación especialmente estrecha, pero aun así no me costó pillar el mensaje subliminal que escondían sus palabras.

—No. —Me aferré al móvil con tanta fuerza que oí un ligero crujido—. Allí estaré.

—Perfecto. Y quieren que traigas a tu novio.

Me dio un vuelco el estómago.

—¿Qué?

—Tu novio —repitió Natalia lentamente —. Ese con el que has estado subiendo fotos a Instagram. Que mamá y papá quieren conocerlo.

«Por encima de mi cadáver.»

Ni de coña iba a llevar a Christian a algo tan íntimo como una cena familiar. Eso implicaría desdibujar en exceso las líneas estipuladas en nuestro acuerdo.

—No podrá venir. Justo hoy tiene una cena de negocios muy importante.

Eso de mentir se me estaba empezando a dar alarmantemente bien.

Primero a mis seguidores y ahora a mi familia.

La bebida que me había tomado antes me repitió e incluso me mareé un poco.

—Vale —respondió Natalia en un tono monocorde—. Pues ven sola. Y no llegues tarde. —Colgó.

—A mí también me ha gustado mucho hablar contigo —musité.

Guardé el móvil en el bolso. Un camarero pasó por mi lado con una bandeja y pillé otro cóctel.

Aún seguía algo indispuesta, pero si tenía que enfrentarme a mi familia esta noche, necesitaría tanto ánimo en estado líquido como fuera posible.

Como ya me había imaginado, a mis padres no les entusiasmó que me presentara allí sin Christian. Estaban acostumbrados a salirse con la suya y, cuando no lo conseguían, la cosa era más bien incómoda para todos los afectados.

—Qué pena que tu novio no haya podido venir. —Mi madre se sirvió un poco de crema de maíz—. Esperaba que fuera a esforzarse un poco más por conocernos. Sobre todo teniendo en cuenta que no sabíamos de su existencia hasta que nos lo contó Natalia —comentó con evidente desaprobación.

Mis padres no tenían redes sociales, así que no me resultaba extraño que fuera Natalia quien les informara acerca de mis idas y venidas.

Bebí un poco de agua, pero no conseguí aliviar mi garganta reseca ni deshacerme de los nervios.

—Ni él podía cancelar la cena ni yo quería hablar de nuestra relación hasta que fuera algo serio.

—¿Y lo es? —Mi padre arqueó una ceja.

Con su musculado metro noventa y pico, tanto la estatura como la presencia de Jarvis Alonso eran intimidantes. Había jugado al fútbol americano en Yale, había sido uno de los mejores de su promoción y había ostentado distintos cargos tanto en el sector privado como en el público hasta ascender a su puesto actual: director del Gabinete de la Secretaría de Estado.

Mi madre, por su parte, era una de las mejores abogadas medioambientales de la ciudad y un tiburón sin igual en la sala de audiencia.

En casa, tanto el uno como la otra aplicaban la misma técnica que en el trabajo: la mano dura.

—A ver, tampoco es que vayamos a casarnos pasado mañana —dije para quitarle hierro al asunto y esquivar la pregunta.

—Lo llamaste *mi amor* en tu *post*. —Natalia se alisó el pelo con una mano; llevaba la manicura perfecta—. A mí eso ya me parece bastante serio. ¿Cuánto tiempo lleváis?

—Tres meses. —Habíamos acordado con Christian que tres meses era un periodo de tiempo decente para nuestra «relación». Era suficiente como para que los demás pensaran que íbamos en serio, pero tampoco tanto como para que alguien empezara a preguntarse por qué no se lo habíamos contado a nadie hasta hacía una semana.

—Lo quiero aquí en la próxima cena. —Mi madre adoptó su tono de abogada; uno al que nadie desobedecía, ni siquiera mi padre—. Sabiéndolo con un mes de antelación, espero que pueda hacer un hueco en su agenda.

—Claro, cómo no —respondí sin modular la voz.

«Ni de broma.»

Ya se me ocurriría otra excusa a medida que se acercara la fecha. De momento, lo mejor sería seguirles el juego a mis padres en lugar de discutir con ellos.

—Excelente. Ahora que ya nos hemos quitado esto de encima, pasemos a hablar de nuestros logros mensuales. —Mi madre se irguió. Era igual de alta que ella y tenía sus mismos ojos verdes; sin embargo, muy a su pesar, no había heredado su pasión por el derecho—. Empiezo yo. He ganado el caso contra Arico Oil...

Fui apartando la comida hacia los bordes del plato mientras mis padres y mi hermana compartían sus últimos triunfos. A todos les encantaba esta parte de la cena porque les brindaba la oportunidad ideal para vanagloriarse. A mí, en cambio, me daba retortijones.

Cuando mi padre hubo terminado de hablar del *tour* que había organizado por diferentes lugares, llegó el turno de mi hermana:

—Como sabéis, estaba pendiente de si me ascendían. Había muchísima competencia y gente realmente válida, pero... —Natalia paseó la vista alrededor de la mesa, entusiasmada—. ¡Lo he conseguido! ¡El puesto es mío! Tenéis delante a la nueva vicepresidenta del Banco Mundial.

Irradiaba felicidad y mis padres la felicitaron enérgicamente. A mí se me desplomó el estómago cual áncora que cae en picado al fondo del mar.

—Felicidades, Nat. —Tragué saliva y me obligué a sonreír—. Menuda pasada.

Estaba contenta por ella, de verdad.

Pero, como de costumbre, mis ineptitudes aplacaron

cualquier sentimiento de alegría que pudiera haber sentido por los logros de mi familia.

Mi madre estaba salvando el medioambiente, mi padre estaba en plenas negociaciones por conseguir la paz mundial y mi hermana estaba perfectamente encaminada para convertirse en la presidenta más joven que hubiera tenido jamás el Banco Mundial.

¿Y qué hacía yo?

Seguir esperanzada con una campaña que quizás ni conseguía, fingir que estaba saliendo con un hombre que ni siquiera estaba segura de si me caía bien y mentir a más de novecientas mil personas acerca de mi estado civil.

Mientras mi familia navegaba por el crucero de lujo que eran sus vidas y disfrutaban tomándose unos cuantos daiquiris, a mí me llegaba el agua el cuello y a duras penas podía mantenerme a flote.

La algarabía desencadenada de la promoción de Natalia fue desvaneciéndose y todos me miraron.

—Stella —anunció mi padre—. ¿Cuáles han sido tus logros del mes?

«Pues me han echado del trabajo porque resulta que un día no miré el móvil durante unas cuantas horas; era sábado por la noche. Pero la parte positiva es que he conseguido diez mil seguidores más gracias a una foto que subí con el hombre con el que estoy saliendo como estrategia publicitaria.»

—A ver... —Me aclaré la garganta e intenté pensar en algo que contarles y con lo que no fuera a meter la pata—. Han nombrado mi blog uno de los más...

Alguien llamó a mi padre por teléfono y me interrumpió.

—Perdonad. —Levantó un dedo—. Tengo que cogerlo. —Se puso de pie y fue hacia el salón—. ¿Dígame? Sí, puedo hablar...

Miré a mi madre y a Natalia, que estaban ocupadas hablando sobre cómo celebrar el ascenso de mi hermana.

Como si yo ni existiera.

Una rama de alivio me floreció en el estómago mientras acuchillaba un cherri y me lo llevaba a la boca.

Al menos no tendría que inventarme algún logro de pacotilla para complacer a mis padres. Por una vez en la vida, su falta de interés en mi carrera profesional me pareció una bendición más que un castigo.

Conseguí llegar al postre sin tener que responder a ninguna otra pregunta y, entonces, recibí un mensaje:

Christian: ¿Qué tal la cena?

Sentí cierto aleteo en el pecho.

Yo: ¿Cómo sabes que estoy cenando?

Christian: Es hora de cenar. A lo mejor soy vidente.

Una ligera sonrisa me rozó los labios.

«Míralo, qué listillo.»

Yo: La comida está deliciosa, pero la compañía podría ser mejor.

Yo: ¿Cómo ha ido el día?

Pasamos un rato más intercambiando mensajes sobre el evento al que había ido y su día en la oficina (que él mismo había tachado de aburrido). Era la primera conversación que teníamos desde la noche anterior y estaba siendo sorprendentemente normal.

Ninguno de los dos sacó el tema de la carta hasta que, cuando ya me había terminado el postre, él lo hizo:

Christian: Tengo novedades sobre lo de anoche.

Christian: ¿Cuándo estarás en casa?

Casi había oído cómo le cambiaba la voz.

Empecé a escribir la respuesta hecha un manojo de nervios:

Yo: En una hora, más o menos.

A estas horas de la noche pasaban menos trenes.

Christian: Mándame tu dirección y te enviaré un coche. Es mejor que no vayas sola en metro tan tarde hasta que encontremos a la persona que te mandó la nota.

Una extraña ola de calor me recorrió las venas.

En otras circunstancias le habría dicho que no, pero tampoco quería volver a coger el metro sola. Pasada la hora punta, la estación que más cerca quedaba de casa de mis padres estaba tan poco transitada que incluso daba miedo, y si cogía un Uber me costaría un ojo de la cara.

Le pasé la dirección tal y como me había pedido.

Christian: El coche llegará en veinte minutos.

Christian: Nos vemos en un rato.

Otro aleteo me alteró el ritmo cardíaco.

La simple promesa de aquel último mensaje no debería haberme alegrado tanto. Aun así, por razones que yo misma desconocía, lo hizo.

13
Christian

Aquella noche dormí la friolera de tres horas. Como le había pedido a Kage que me escribiera cada hora, no conseguí conciliar el sueño. Así que cuando me confirmó por la mañana que Stella había pasado buena noche, caí rendido.

Era un hombre de costumbres. Dormía siete horas cada noche, entrenaba tres veces por semana en mi gimnasio privado al caer la tarde, hacía las tareas más complicadas y me ponía las reuniones más importantes por la mañana porque era cuando estaba más fresco, y me encargaba de lo más tedioso después de comer.

Mi disciplina me había catapultado hasta donde estaba hoy. Era el director ejecutivo de una empresa que aparecía en la lista Fortune 500, que contaba con una amplia red de información y que tenía línea directa prácticamente con todas las personalidades más relevantes del mundo.

Y, en tan solo veinticuatro horas, Stella se había cargado mis costumbres y me había desordenado la vida de arriba abajo.

Dormí hasta las doce, aplacé las reuniones hasta la tarde y me salté el entreno para poder examinar su piso con más detenimiento. Quería asegurarme de que no hubiera cámaras ni dispositivos de vigilancia escondidos antes de que llegara.

Debería haberme cabreado porque me hubiese alterado la rutina. Sin embargo, cuando la vi entrar por la puerta principal, la sangre me corrió por las venas con algo que se parecía más al nerviosismo que al enfado.

A pesar de haberme jurado que me mantendría alejado de ella, su ausencia me distraía incluso más que su presencia. Me había pasado el día entero persiguiendo a Brock para que me fuera informando de todo hasta que al final cedí y escribí yo mismo a Stella.

Me apoyé en la pared justo cuando ella entró con la cabeza agachada y los ojos puestos en el teléfono.

—Primera regla de seguridad: no agaches la cabeza para mirar el móvil hasta que estés en un lugar seguro.

Se sobresaltó y gritó hasta que reparó en mí.

—¡Christian! —Se llevó la mano al pecho; tenía la tez más pálida que de costumbre—. ¿Qué haces aquí?

—Asegurarme de que no haya cámaras secretas en tu apartamento. Y no las hay —añadí al ver que empalidecía más aún.

—¡No puedes entrar en mi casa sin avisarme! Se llama *violación de la intimidad*.

—Cuando se trata de cuestiones de seguridad, la intimidad no existe. —Todo el mundo quería mucha intimidad hasta que estaban en peligro. Cuando esto ocurría, te daban llaves y contraseñas como si nada.

Me dejé de cháchara sobre términos exactos y pasé directamente a hablarle de protección.

—Parece que me quieres decir algo.

—Me alegro de que te hayas dado cuenta.

Me fulminó con la mirada, lo cual hizo que el aire que nos separaba ardiera en llamas. Estaba enfadada.

—Christian, déjame que te lo diga sin tapujos: es i-le-gal que entres en la casa de alguien sin pedirle permiso antes, por más que seas el dueño del edificio.

Mmm. Bueno, a lo mejor tenía razón.

Qué pena que me pasara la ley por el forro.

Que algo fuera legal no significaba que estuviera bien, igual que el hecho de que algo fuera ilegal no significaba que estuviera mal. Bastaba con ver lo mal que iba el sistema judicial para darse cuenta de que el derecho no era más que un castillo de naipes que se había creado para ofrecer una falsa sensación de seguridad a los ciudadanos de un país y que quedaba debilitado por unas puertas de entrada que solo dejaban paso a unos pocos.

Tenía que aparentar ser un ciudadano civilizado y que acataba la ley. No obstante, y como bien sabía todo el mundo, a veces las apariencias engañan.

Y a veces teníamos que ocuparnos de hacer justicia personalmente.

—¿Sabes cuántas...? —Stella estaba agarrando el teléfono con tanta fuerza que se le pusieron los nudillos blancos—. ¿Sabes cuántas pesadillas he tenido en las que me veo a mí misma volviendo a casa y me encuentro a un intruso esperándome? ¿En las que alguien me ataca mientras me estoy duchando o mientras duermo? Se supone que nuestras casas tienen que ser donde más a salvo nos sintamos, pero... —Se le quebró la voz; fue casi imperceptible, pero me hizo sentir algo extraño en el corazón—. ¿Cómo voy a sentirme segura a sabiendas de que alguien puede entrar aquí cuando quiera sin que yo... yo no...?

Sus palabras dieron lugar a unas respiraciones someras y jadeantes. La ansiedad se fue apoderando de sus ojos hasta que la negrura de las pupilas se tragó el verde del iris.

Mierda.

Sabía que quizás no estaría pasando por su mejor momento, pero también había pensado que le gustaría saber que alguien cuidaba de ella. Que alguien había cogido las riendas de su seguridad para que ella no tuviera que preocuparse por eso. Quería —no, necesitaba— protegerla.

Había sido un error de cálculo por mi parte, y a mí eso casi nunca me ocurría.

Pasé el pulgar por la esfera del reloj. Tanto mi error como la palpable angustia de Stella me habían dejado inquieto. Intentar descifrar lo que quería esta chica era un reto constante.

Sentí cierta presión en el pecho hasta que, con tal de liberarla, tuve que separarme de la pared con un impulso y acercarme a Stella.

—Estás a salvo. No voy a dejar que te pase nada. —Descansé las manos en sus hombros para reconfortarla—. Stella, no volverá a pasar. Respira.

Intenté que sonara más a una petición que a una orden.

El aire estaba cargado de recriminaciones y, cuando me fijé en los sutiles temblores que le azotaban el cuerpo, algo punzante y desconocido se clavó en mi interior.

¿Qué era? ¿Culpabilidad? ¿Remordimiento? ¿Arrepentimiento?

Como no supe identificarlo, volví a centrarme en ella.

—Así —susurré cuando empezó a igualársele la respiración y su cara fue recobrando color—. Muy bien.

Stella cerró los ojos y exhaló con vehemencia por última vez antes de retroceder. Al perder el calor de su cuerpo, sentí un escalofrío.

—Sé que intentas ayudar y te lo agradezco —comentó—, pero tienes que contarme qué está pasando. Es mi vida.

Tras una breve pausa, respondí:

—Por supuesto.

—Gracias.

Y así, sin más, la tensión del aire se disipó.

Stella tenía una capacidad enorme para guardar y soltar rencor. Era algo tan impresionante como desconcertante.

Si alguien me faltaba al respeto, yo nunca lo olvidaba. Jamás.

—Has dicho que tenías novedades. ¿Ya sabes quién me envió la nota? —Lo dijo con tanta esperanza que sentí una punzada en el corazón.

—Todavía no. —Se me tensó la mandíbula. El análisis forense no había servido de nada—. Pero lo encontraremos, no te preocupes. —Señalé hacia el sofá con la cabeza y esperé a que Stella se hubiera sentado para ir al lío—. Anoche dijiste que no era la primera vez que te mandaban una carta parecida. Cuéntamelo todo.

Para poder dar con ese cabrón necesitaría saber tantos detalles como fuera posible. La información era extremadamente valiosa y, ahora mismo, yo me agarraba a un clavo ardiente.

—Con pelos y señales —añadí—. Incluso el más mínimo detalle puede ser de gran ayuda.

Con expresión distraída, Stella jugueteó con su collar. Al cabo de unos instantes, se dispuso a hablar:

—Empezó hace dos años —confesó en voz baja—. Un día llegué a casa y encontré la primera carta en el buzón. Básicamente decía que creía que era muy guapa y que le gustaría que tuviéramos una cita. Me asustó que supiera dónde vivía, pero lo que decía en la carta tampoco era para alarmarse. Me pareció más bien algo que le escribiría un adolescente a su *crush*. Sin embargo, continué recibiendo más y más cartas, y quienquiera que las enviara empezó a acompañarlas de espontáneas en las que aparecía yo. Entonces sí que me asusté de verdad. Instalé un nuevo sistema de seguridad y me compré una táser, pero seguía pensando que no era suficiente.

Siempre que salía de casa o regresaba, no... —Tragó saliva y se le marcaron las delicadas líneas del cuello—. Por aquel entonces, vivía con Jules, lo cual me ayudó un poco. Pero también me preocupaba que ocurriese algo que pudiera afectarle. Le conté lo de las cartas y Jules insistió en que fuéramos a la policía, pero le quitaron importancia al asunto. Se limitaron a decirme que, si no quería que tíos raros llegaran a mí, dejara de publicar tantas cosas sobre mi vida y a dónde iba en las redes sociales.

Con cada palabra que decía se le iba apagando un poco más la voz. Y ella misma se fue encorvando cada vez más hasta quedar sentada en posición fetal.

No hacía falta poder leer la mente para entender qué estaba queriendo decir.

Una parte de Stella pensaba que esos capullos no andaban del todo equivocados.

—¿En serio? —Mi calmada respuesta no dejó entrever la gélida llama de cabreo que me corría por las venas.

Tendría que llamar al comisario.

—Da igual. Esa persona dejó de acosarme al cabo de poco tiempo. —Stella se apretó más aún el dedo con el collar.

—No da igual. La policía tendría que haber hecho su trabajo y no lo hizo. —Al ver la incertidumbre que le invadía la mirada, entré en tensión—. Lo que te dijeron fue una gilipollez. No es culpa tuya. Hay millones de personas en el mundo que publican hasta el más mínimo detalle de su vida en las redes a diario, joder. Y eso no significa que le estés dando permiso a alguien para que te acose. Si una mujer se pusiera una minifalda y la agrediese alguien, ¿la culparías?

Stella se encogió.

—Claro que no.

—Justo. La gente hace lo que le apetece. Tú tienes derecho a vivir tu vida como te apetezca y sin tener que preocuparte por tarados que no frenan sus peores impulsos.

—Ya. Es que... —Stella titubeó y luego negó con la cabeza—. Ya lo sé.

Guardó silencio un minuto y luego me dedicó una sonrisa poco convincente con la que logró derretir sutilmente el hielo que me había solidificado la sangre.

—Es la primera vez que te oigo soltar tantos tacos desde que te conozco.

Una risa atravesó la leve rabia que sentía en el pecho y que se fue disipando poco a poco.

—Hay situaciones que lo requieren. —Estiré el brazo—. Ven aquí, Mariposilla.

No me gustaba consolar a la gente, igual que tampoco me gustaba que invadieran mi espacio personal. Sin embargo, teniendo en cuenta por todo lo que había pasado Stella, podría saltarme mi propia norma solo esta vez.

«Y todas las otras veces que te las has saltado también por ella», se burló mi subconsciente. «¿Qué hay de lo de mantenerse alejado de Stella? ¿Eh?»

Metí la voz de mi subconsciente en una caja de metal para acallarla, la guardé en el cajón más oscuro de mi cerebro que encontré y cerré de golpe.

«Engreída de mierda.»

Tras dudar un segundo, Stella se acercó hasta que pude sentarla en mi regazo sin que opusiera resistencia. Una ola de calor me envolvió la piel mientras le acariciaba esa elegante línea de la mandíbula con el pulgar.

—¿Todavía tienes las cartas de hace un par de años? —me interesé.

Cuantas más pruebas físicas tuviéramos, mejor.

Asintió.

—Las tengo en la habitación. Si quieres voy a buscarlas.

—Luego iré yo. —Todavía no estaba listo para soltarla. Ni me acordaba de la última vez que una chica se había sentado en mi regazo, pero aquella sensación fue extrañamente relajante.

—Lo odio —declaró Stella en un suspiro—. Odio sentirme indefensa. Ojalá supiera qué quiere. Siempre habla de lo que... de lo que le gustaría hacerme. Pero, que yo sepa, nunca se me ha acercado. De todos los tíos que me han tirado los tejos, ninguno me ha parecido que fuera capaz de acosarme ni nada por el estilo, aunque supongo que estas cosas nunca se ven venir. —Un escalofrío le recorrió sutilmente la espalda—. Llevaba años desaparecido y va y vuelve de repente. ¿Por qué?

Eso sí podía respondérselo.

—Por mí. Mira cuándo ha vuelto —contesté para arrojar algo de luz a su confusión—. Subiste una foto nuestra en las redes; era la primera vez que hacías oficialmente público que tenías pareja. Al cabo de unos días, te manda una nota diciendo que deberías haberlo esperado. No sé qué habrá hecho en estos dos años, pero es evidente que nuestra relación lo ha hecho saltar de nuevo.

Por lo general, la explicación más simple era la acertada, y los acontecimientos que habían ido sucediendo seguían un patrón demasiado perfecto como para que se tratase de una mera coincidencia.

—Dios mío... —Stella se puso blanca como la nieve—. ¿Debería dejar de subir fotos nuestras? ¿Y si va a más?

—No —respondí con firmeza—. Reforzaremos tu seguridad, pero tenemos que subir más fotos para que vuelva a dar señales de vida. Cuanto antes lo encontremos, antes podremos poner a ese capullo entre rejas. —O enterrarlo bajo tierra—. Confía en mí. —Le puse una mano en la espalda con la intención de que se tranquilizase un poco, aunque a mí se me tensó todo el cuerpo con solo pensar que alguien pudiera amenazarla—. No voy a dejar que te pase nada.

Antes dejaría que me disparasen.

—Claro. Tiene lógica. —Stella cogió aire profundamente y luego volvió a fruncir el ceño—. ¿Y si...?

Sus mejillas empezaron a recuperar el color y yo esperé a ver qué decía, curioso.

—¿Y si va a por ti y te hace daño?

Una ávida llama me ardió en el pecho tan repentinamente y sin esperarlo que, de haber estado de pie, me habría caído. Aquella cálida sensación que me corría por las venas me resultaba de todo menos familiar y se me aceleró el pulso. Sin embargo, mantuve una expresión firme y le agarré la nuca con suavidad.

—Sé cuidar de mí mismo, pero me lo apunto —dije arrastrando las palabras—. No sabía que te preocuparas tanto por mi seguridad.

—No me preocupo. A ver, sí, pero... ya sabes a lo que me refiero.

—No te creas.

Stella gruñó frustrada. Fue adorable y tuve que contener las ganas de reír.

—Eres insoportable.

—Me han llamado cosas peores.

Tenía a Stella sentada de lado en mi regazo y tan cerca que hasta pude contar todas y cada una de las pestañas que le envolvían aquellos preciosos ojos de color verde y descubrí que tenía un lunar diminuto en el hombro derecho.

Calor, luz y gracia, todo envuelto en el perfecto regalo que tenía justo delante y que esperaba que fuese mío.

El deseo se abrió paso entre mis venas, pero me deshice de él. A pesar de nuestra charla, Stella seguía estando tensa y se estaba mordiendo los labios con tanta fuerza que se le pusieron al rojo vivo.

No estaba tan tranquila como quería demostrar.

Nuestra moral rectora señalaba hacia direcciones opuestas, pero ambos nos habíamos puesto una máscara para que el resto del mundo no pudiera ver quiénes éramos realmente.

La única diferencia que había se hallaba en los motivos que yacían tras la decepción y las mentiras que nos contábamos a nosotros mismos.

Stella levantó la barbilla.

—Seguro que te han llamado muchas cosas, pero no das tanto miedo como quieres aparentar, Christian Harper.

Entrecerré los ojos.

—¿Ah, no?

—Me bajaste el alquiler, aceptaste ser mi novio falso y me estás ayudando a encontrar a ese acosador sin cobrar nada. Una persona despiadada no haría nada de eso.

Si ella supiera...

—No lo he hecho todo por altruismo puro y duro.

—Las dos primeras cosas puede que no, pero ¿qué ganas ayudándome a pillar a mi acosador? —me provocó.

—Todo el mundo cree que eres mi novia. No puedo dejar que te pase nada; sería dejarme mal a mí mismo. —Aquella mentira se me escapó de los labios con una facilidad increíble—. A fin de cuentas, soy el director ejecutivo de una empresa de seguridad.

Eso y que no debería existir un mundo en el que no estuviera Stella.

Mis ansias por juntar las piezas de su puzle me saciaban de cordura y alimentaban aquella minúscula parte de mí que todavía creía en la humanidad y la bondad de las personas.

Era el orden que organizaba mi caos, la llama de fuego que derretía mi hielo.

La tensión del aire que nos separaba podía cortarse con cuchillo y el repentino cambio de la atmósfera nos llevó a un lugar en el que no existía aquella nota amenazadora, ni el acosador ni acuerdos falsos.

Solo el peso de Stella en mi regazo, su olor llenándome los pulmones y su calor acariciándome el alma.

Era algo puro, real y jodidamente adictivo.

—¿Prefieres que haya otro motivo? —Una pregunta y un reto cubierto por una capa de dulzura.

Stella separó los labios y soltó aire despacio. Aquella simple exhalación estaba cargada de decenas de palabras por decir y yo quería apropiarme de todas ellas; quería guardármelas cerca del corazón, como un dragón que custodia su tesoro.

Sin embargo, en lugar de decirme lo que yo tan desesperadamente anhelaba, negó lentamente con la cabeza.

—No me mientas, Stella. —Le acaricié la nuca con el pulgar, dibujando un recorrido lánguido y perezoso.

Tragó saliva y el sonido de aquella acción llenó el aire entre nosotros.

Se mordió aquel carnoso labio inferior y el deseo de echarle el pelo hacia atrás y adueñarme de su boca se apoderó de mí.

«Solo una vez.»

El razonamiento de un adicto que ansía volver al ruedo.

Aún tenía que descubrir cómo sabía Stella (aún), pero me daba la impresión de que sería todavía más dulce de lo que me imaginaba.

Nuestras respiraciones retumbaron al unísono en una especie de redoble de tambores errático.

Solo una vez. Así conseguiría saciar el incesante deseo que sentía.

Solo una vez y...

El estridente sonido del móvil cortó la tensión del aire en dos cual latigazo.

Stella abrió un poco más los ojos y se apartó de mi regazo como si, de repente, me hubiesen prendido fuego.

Mierda.

Mientras me levantaba y respondía la llamada, el cabreo provocado por dicha interrupción se fue abriendo paso en mi interior. Me acerqué a una esquina del salón y le di la espalda a Stella para que no pudiera ver el descontento que se me dibujaba en la cara.

—Más vale que sea importante.

—Lo es. Me he enterado de que Rutledge se está planteando pasarse a Sentinel. —Kage no se anduvo con rodeos—. Estamos jodidos, sobre todo después de lo de Deacon y Beatrix. La gente empezará a hablar.

Mi cabreo aumentó todavía más.

A diferencia de Deacon y Beatrix, Rutledge era uno de los clientes más importantes que teníamos. No podíamos perderlo.

—Desembucha.

Mientras Kage me contaba lo que había oído, me puse el sombrero de empresario. El mundo de la protección ejecutiva era más bien pequeño y, si alguien tenía los ojos y los oídos puestos donde debía, podía enterarse de muchas cosas.

—Aún no es seguro —dijo al terminar—, pero he pensado que querrías saberlo. Si nos deja...

—No lo hará. —Que Rutledge nos pegara el salto tampoco sería catastrófico, pero sí debilitaría la imagen de Seguridad Harper. Y, en mis círculos, parecer débil era como arrojar sangre a un tanque de tiburones—. Hablaré con él. Mientras tanto, no le quites el ojo de encima a Sentinel. Quiero saberlo todo, joder. Incluido cuándo estornudan sus empleados.

Tenían algo entre manos. Una vez era coincidencia; dos, casualidad, pero ¿tres? Tres era la acción del enemigo, y de uno que me caía bastante mal.

—Por supuesto —me garantizó Kage.

Colgué. Ya me estaba imaginando todo lo que supondría perder otro cliente y que este se fuera con Sentinel. Pero no lo perdería, claro que no. Conocía bien a Rutledge; incluso sabía cuáles eran sus puntos débiles. Sin embargo, siempre me había gustado contar con alguna alternativa por si todo se iba al traste.

Un día de esos tendría que ocuparme de Sentinel de una vez por todas.

«Debería haberles borrado el maldito sistema por completo, tal y como quería.»

Me llevaría algo de trabajo, pero conseguiría no dejar huella. Así nadie podría acusarme de nada.

—¿Va todo bien? —La voz de Stella me sacó de mis cavilaciones—. Parecía importante.

—Sí. —Relajé la expresión y me di la vuelta—. Gajes del oficio. Nada de qué preocuparse.

Si estuviera solo, ya estaría planeando la desaparición de Sentinel. Como no era el caso y además estaba con Stella, dejé esos planes a un lado.

Por ahora.

—Espero que no estés pensando en cómo arruinar a algún rival —dijo ella solemnemente—. Sería un poco pesado para un viernes por la noche.

Casi sonreí, tanto porque había dado exactamente en el clavo como porque le vi algo de su brillo habitual en la mirada.

Mientras yo estaba al teléfono, ella había recuperado la compostura. Ya no tenía las mejillas tan sonrojadas y estaba acurrucada en el sofá, al lado de aquel dichoso unicornio de color lila, con una discreta sonrisa en los labios.

—Tranquila. Dejo lo de cargarme a los de la competencia para los días laborales y en horas de trabajo. —Arqueé una ceja al verla sonreír pícara—. ¿De qué te ríes?

Se le iluminó aún más la mirada.

—Mira mis historias.

—No tengo redes sociales. —Aquella mentira me salió sola de la boca, aunque, técnicamente, tampoco era una mentira.

Christian Harper no tenía redes sociales; CP612 sí.

—¿En serio? —Negó con la cabeza—. Ya nos ocuparemos de eso, pero, de momento... —Tecleó algo en el móvil—. Mira tus mensajes.

Abrí el mensaje que me acababa de enviar y tuve que pestañear dos veces para asegurarme de que lo estaba viendo bien.

Me había mandado un pantallazo de la encuesta que acababa de subir a historias. En el lateral izquierdo de la pantalla aparecía yo, de espaldas y pegado al teléfono; en el lateral derecho, cierto unicornio de color lila.

La imagen iba acompañada de una pregunta simple: «¿Con quién preferiríais hacer mimitos? ¿Con el señor Harper o con el señor Unicornio?».

—Vas perdiendo, por cierto —anunció Stella—. Un 53 por ciento ha votado al señor Unicornio y el otro 47 por ciento, a ti.

Me la quedé mirando. Estaba convencido de que lo había oído mal y no había tenido la jodida desfachatez de hacerme competir contra un harapiento peluche bizco en una estúpida encuesta de Instagram.

Y también estaba convencido de que no podía ir perdiendo contra un peluche.

—Pues tu encuesta debe de tener algún problema, porque esto no tiene ningún sentido. —Traté de que no se notara lo insultado que me sentía.

—Funciona perfectamente, pero aún te quedan veintitrés horas y cincuenta y un minutos. —A Stella se le apagó un poco la sonrisa y su mirada volvió a llenarse de nervios—. Tenemos que subir más fotos para que vuelva a dar señales de vida, ¿no?

Para dar con el acosador.

Quizás Stella no estuviera dispuesta a admitir la atracción que sentíamos el uno hacia el otro, pero confiaba suficiente en mí como para seguir mi recomendación al pie de la letra.

Achaqué la breve punzada que sentí en el pecho al ardor de estómago. Mi médico no se aburriría en la próxima revisión.

—Exacto. Y, por cierto... —Repiqueteé los dedos en la pantalla de mi móvil—. Si tus seguidores eligen a un unicornio antes que a mí, carecen de gusto. Que voy con un traje de Brioni, joder.

La risa de Stella por fin consiguió hacerme sonreír.

A pesar de lo ocurrido la noche anterior, su luz seguía brillando. Stella era mucho más fuerte de lo que muchos pensaban, incluido yo.

«Esa es mi chica.»

14
Stella

25 de marzo

Ya hace un mes de la cena con Delamonte y sigo sin haberme enterado de nada relacionado con la nueva persona que va a representar su marca. Brady no para de decirme que no tardará demasiado en tomar una decisión, pero lleva semanas diciéndome lo mismo. A estas alturas, estoy convencida de que no me quieren a mí.

La parte positiva es que sigo atrayendo nuevos seguidores y que la semana pasada conseguí dos acuerdos más con otras marcas. No me pagan tanto como lo haría Delamonte, pero todo suma. Además, ya casi he llegado a los 930K seguidores, lo cual es una locura, aunque también algo deprimente. Resulta que lo único que tenía que hacer para parecer más interesante era ligarme a alguien [insertar suspiro].

Hablando del tema... El otro día subí otra foto con Christian. La misma que le saqué mientras estaba hablando por teléfono. (Sigue sin superar que la gente votara más a mi unicornio que a él en la encuesta. Le he dicho que habría ganado si se le hubiese visto la cara, lo cual acabó como ya te puedes imaginar.) No ha sido mi post más creativo hasta la fecha, pero pen-

sar que mi acosador puede acabar viendo una foto en la que salgamos los dos y estallar continúa poniéndome de los nervios.

Sé que Christian me dijo que teníamos que conseguir que volviera a dar señales de vida, y es lógico. Además, confío en él y sé que se asegurará de que yo esté a salvo. Le di las cartas que me había mandado el acosador en el pasado y su equipo está... haciendo lo que sea que hace la gente que trabaja en este sector con cartas anónimas y espeluznantes.

De todos modos, tengo la impresión de que la cosa podría salir mal MUY deprisa.

No quiero que mi vida gire en torno a lo del acosador. Y NO LO HARÁ.

Aun así, me quedaré en casa y seguiré trabajando en el blog hasta que Christian tenga más novedades. Por si las moscas.

Más vale prevenir que curar.

Hoy estoy agradecida por:

Que me hayan traído la comida y la compra del súper a domicilio

La ropa de estar por casa que llevo puesta y que es la mar de mona

La seguridad de este edificio

—Vístete. Nos vamos en una hora.

Miré a Christian boquiabierta. Estaba en mi puerta, vestido con una impecable camisa negra y unos vaqueros oscuros. Era la primera vez que lo veía con algo que no fuera un traje, y el efecto que me causó fue igual de arrollador, aunque de una forma completamente distinta.

—¿Disculpa? —Intenté no quedarme embobada mirando cómo se le tensaba la camisa alrededor de aquellos anchos hombros y de sus musculados brazos.

—Que nos vamos en una hora —repitió—. Tengo que ir a la inauguración de una galería de arte. Tienes que ir arreglada pero casual. Supongo que tendrás algo que se adecúe a la ocasión.

Llevaba una sudadera corta y unos *shorts*. Las probabilidades de que alguien me sacara del apartamento cuando ya me había puesto lo que para mí equivalía a un pijama eran prácticamente nulas.

—No estaba apuntado en el calendario y estoy ocupada. —No aparté la mano del pomo de la puerta y me quedé ahí delante para impedir que entrara.

No podía plantarse aquí de la nada y exigirme que lo acompañara a alguna parte sin previo aviso. Tenía que prepararme mentalmente cada vez que debía acudir a algún acontecimiento donde habría mucha gente y que requeriría socializar con desconocidos.

Christian clavó sus ojos en los míos, escéptico.

—Sí, ya veo que estás claramente liadísima con... —Paseó la mirada por encima de mi hombro y sentí que una ola de calor me envolvía la piel hasta que caí en lo que había visto: un tarro de Ben & Jerry's, *El diablo viste de Prada* en la tele y lo que quedaba de la ensalada precocinada que había comido—. Con un despotismo a lo revista de moda y productos lácteos. ¿Ya echas de menos tu antiguo trabajo?

—La miro por los *outfits*. —Agarré el pomo de la puerta con más fuerza mientras intentaba reunir más paciencia—. Lo siento, pero la próxima vez que quieras que te acompañe a alguna parte, avísame con más de una hora de antelación.

Christian ni se inmutó ante mi mordaz respuesta.

—Hasta hace treinta minutos, no sabía que Richard Wyatt iba a estar en la inauguración.

Wyatt. El cliente con el que había querido negociar en la recaudación de fondos.

—Pensaba que ya habíais cerrado el trato.

—Casi. Después de revisar el contrato, volvió con algunas preocupaciones y a mí me gustaría poder hablar de esto con él en persona. Esta noche. —Arrugó la frente en señal de desaprobación—. ¿Cuándo fue la última vez que saliste del apartamento? Te estás marchitando.

Al oír lo exageradamente grosero que acababa de ser, me quedé en *shock* y casi me deja boquiabierta.

—No me estoy marchitando. Solo estoy... hibernando.

Marchitarse se utilizaba para hablar de plantas que se morían, no de un ser humano. Nunca me habían insultado de esa forma, aunque la verdad es que tampoco andaba tan equivocado.

La semana anterior, solo había salido de casa una única vez y había sido para ir a cuidarle las plantas a Christian. Habíamos dejado atrás la discusión que tuvimos en su despacho y ahora ya había recuperado tanto las llaves de su piso como mis responsabilidades de floricultura.

Había ido subsistiendo a base de *smoothies* y comida que pedía a domicilio, lo cual no era nada bueno ni para mi cartera ni para mi cintura, y mi piel anhelaba sentir el calor natural del sol.

Sin embargo, cada vez que intentaba salir fuera me ponía a pensar en la nota y en todos aquellos lugares en los que podría haberme encontrado al acosador.

Toda la valentía que había sentido el día después de haber encontrado la nota se había esfumado y no tenía ni idea de cómo recuperarla.

—Llámalo como quieras. El resultado no cambia —señaló Christian, a quien mi eufemismo no parecía haberle impresionado en absoluto—. Tienes cincuenta minutos para cambiarte.

—No voy a ir.

—Cuarenta y nueve minutos y cincuenta y siete segundos.

—No he cambiado de opinión en tres segundos. No-voy-a-ir.

—El acuerdo era este. —La frialdad con la que pronunció aquellas palabras me indignó sobremanera—. Tú me acompañas donde tenga que ir y yo finjo ser tu novio y te dejo que subas fotos mías en las redes. No querrás echarlo todo a perder ahora que está funcionando tan bien, ¿o sí?

Christian llevaba razón, pero no por eso tenía que decirme lo que tenía que hacer.

—¿Me estás chantajeando?

Su despreocupada sonrisa era todo encanto y diversión.

—No te estoy chantajeando. Te estoy convenciendo.

Y ahora me venía con eufemismos, anda ya.

—En tu mundo, viene a ser lo mismo.

—Veo que aprendes. —Christian dio unos golpecitos a la esfera de su reloj—. Cuarenta y siete minutos.

Nuestros ojos se enfrentaron en una batalla de desafío versus indiferencia.

No me apetecía en absoluto salir del apartamento. Podría quedarme aquí viviendo hasta el fin de mis días y sería feliz como la que más. Era un lugar seguro donde reinaba el silencio y que estaba perfectamente equipado con películas, helado e internet. ¿Qué más podía pedir una chica?

«Que alguien le hiciera compañía. Que le diera el sol. Tener vida», susurró una voz en mi cabeza.

Apreté los dientes y le respondí mentalmente: «Cállate».

«Oblígame», contestó. Fue como si pudiera ver aquella voz desprovista de cuerpo sacándome la lengua.

Estaba discutiendo conmigo misma igual que una niña de diez años.

—Cuarenta y seis minutos, Stella. —A Christian le brillaron los ojos con el sutil resplandor de un creciente peligro—. Tengo que cerrar un acuerdo de negocios, así que si piensas refugiarte aquí cual ermitaña asustada, dímelo ya y así finiquitamos nuestro acuerdo.

«Ermitaña asustada.» Aquellas palabras me retumbaron por todo el cuerpo, burlándose de mí.

¿En serio me veía de esa forma? ¿Esa era yo? ¿Alguien que se dejaba afectar tanto por una única nota anónima que incluso dejaba de vivir a sus anchas por eso?

¿Dónde estaba la chica que había salido decidida de su casa a la mañana siguiente y había jurado que no dejaría que le pudiese el miedo?

Había sido tan efímera como el rocío de la mañana y el anhelo por la perfección. Siempre luchando por ganar, pero siempre dejándose vencer por el fino hilo de la ansiedad.

La mano me resbaló del pomo.

—Vale. —Aquella palabra abandonó mi boca antes siquiera de que pudiese cambiar de opinión—. Iré.

Aunque fuera solo para demostrar que no era tan blandengue como pensaban los demás.

No sonrió, pero el brillante peligro que le había visto en la mirada se fue disipando hasta que solo quedaron simples rescoldos.

—Genial. Cuarenta y cinco minutos.

Apreté los labios.

—Eres, sin duda alguna, el cronómetro más insoportable que haya existido jamás.

La risa de Christian me persiguió hasta la habitación. Una vez allí, fui rebuscando por el armario. Me decidí por una camisola de seda y unos vaqueros que combiné con unas bailarinas aterciopeladas y un *blazer*.

A pesar de tener los nervios a flor de piel, regresé al salón con una expresión neutral.

«Respira, relájate, resiste.»

Al verme, Christian no dijo ni mu, pero su mirada se clavó en mi cuerpo con calidez.

Fuimos hasta la galería en silencio; lo único que se oía en el coche era la dulce melodía de música clásica que sonaba a través de los altavoces. Agradecí que no intentara sacar ningún tema de conversación. Tenía que volver a centrar toda mi energía para pasar una noche fuera, sobre todo porque mi cuerpo ya se había puesto en modo «relax en casa».

Cuando nos acercamos a la galería, mis nervios aumentaron todavía más.

«Estoy bien. Estás bien. Estamos bien.»

Estaba con Christian y el acosador no me atacaría en medio de un acontecimiento público.

«Estoy bien. Estás bien. Estamos bien», repetí.

Por suerte, a la inauguración no asistió tanta gente como a la recaudación de fondos. Había, como mucho, una treintena de invitados, entre los cuales se mezclaban personalidades de la alta sociedad y del mundo creativo, e iban deambulando por aquel inhóspito espacio blanco, hablando tranquilamente y bebiendo champán.

Christian y yo nos fuimos paseando por la sala e interactuando con más gente. Tratamos muchísimos temas, aunque sin importancia, desde el tiempo hasta la estación del año en que florecen los cerezos. A diferencia del día de la recaudación de fondos y a pesar de que seguí contribuyendo con algún que otro comentario, esta vez dejé que fuera Christian quien tomara las riendas de la conversación.

Estaba demasiado cansada como para mostrarme ocurrente e ingeniosa, aunque la verdad es que me gustó genuinamente volver a estar rodeada de gente por primera vez en una semana.

Me quedé al lado de Christian hasta que aparecieron Wyatt y su mujer.

—Tú haz lo que tengas que hacer —le dije—. Yo voy a seguir viendo el resto de la exposición.

Como me quedara allí escuchándolo hablar de negocios, me quedaría frita.

—Si me necesitas, dímelo. —Christian me miró con los ojos ensombrecidos—. Lo digo en serio, Stella.

—Lo haré. —Ni de broma. Me dieron escalofríos con solo pensar que tendría que interrumpir a alguien mientras hablaba. Era incómodo y de mala educación; antes preferiría tirarme a una piscina helada en pleno invierno.

Mientras él hablaba con Wyatt, yo seguí viendo la exposición pieza por pieza. Morten (artista que se presentaba sin apellido) se había especializado en el realismo abstracto. Sus cuadros eran exuberantes; en ocasiones, evocadores, pero siempre preciosos. Unas atrevidas pinceladas de color representaban las emociones más oscuras: la rabia, la envidia, la culpabilidad, la impotencia.

Me detuve frente a un lienzo que quedaba parcialmente en una esquina. En él aparecía una chica mirando nostálgica hacia un lado. Su cara parecía tan realista que, de no ser por las manchas de color que le recorrían las mejillas y descendían hacia su abstracto torso, hubiera pensado que se trataba de una fotografía. Al final del cuadro, estos raudales de color se mezclaban en una oscura piscina de agua, y el pelo de la chica se le separaba de la cara en ondas para difuminarse y convertirse en una interpretación del cielo caída la noche.

No era un cuadro tan grande u ostentoso como los demás, pero tenía algo que me robó el alma. A lo mejor era la mirada de la chica, como si estuviera soñando en un paraíso que sabía que nunca conseguiría alcanzar. O a lo mejor era la melancolía que desprendía la obra en sí: la sensación de que, a pesar de su belleza, su vida estaba más llena de días grises y noches solitarias que de arcoíris y cielos despejados.

—Te gusta. —La voz de Christian me sobresaltó y me sacó de mi ensoñación.

Llevaba tanto rato mirando aquella pintura que no me había dado ni cuenta de que ya había terminado de hablar con Wyatt.

No me di la vuelta, pero el calor que desprendía su cuerpo me arropó e hizo que se me pusieron los pelos de punta a la vez. Era paradójico, al igual que el hombre que tenía detrás.

—Esta chica. Me... —Veo reflejada en ella—. Me parece muy guapa.

—Lo es. —El tono dulce aunque cargado de significado de su voz hizo que me preguntara si Christian estaba hablando del cuadro o de otra persona.

Al imaginármelo, sentí que algo se avivaba en mí, y aquella sensación fue todavía mayor cuando me puso una mano en la cadera. Lo hizo con tanta sutileza que, más que un simple tacto, fue una promesa, pero me excitó igual.

Ya ni me acordaba de cuándo había sido la última vez que había deseado sentir el tacto de un hombre.

—¿Has podido cerrar el trato? —En aquella silenciosa esquina donde no existía nada más allá del calor, las chispas y los nervios, la tensión de mi voz sonó dolorosamente obvia.

Al notar cómo Christian iba recorriéndome la curva de la cadera con la mano, despacio, hasta llegar a mi cintura, cerré los ojos. Al hacerlo, la luz de la sala, ya de por sí baja, se atenuó aún más hasta dejarlo todo a oscuras.

Sentí su delicado rugido lleno de satisfacción por todo el cuerpo hasta notar que se acomodaba en mi sexo.

—Sí. —Me acarició el otro lado de la cintura con la mano antes de apoyarla allí, igual que había hecho con la otra.

No debería haber cerrado los ojos. Ante la ausencia de cualquier distracción visual, Christian me consumía. Mi mundo se había reducido al peso de sus manos en mi piel, su olor en mis pulmones y la caricia aterciopelada de sus palabras mientras me recorrían el cuello, me rozaban los adoloridos pechos y descendían hasta la latiente necesidad de mi entrepierna.

Mi anterior enfado había desaparecido y lo había reemplazado un deseo tan feroz e inesperado que me había dejado sin aliento.

—¿Todavía piensas en el lienzo, Stella? —Su evidente diversión se transformó en algo más oscuro, más pícaro.

Christian me rozó el cuello con la boca y se me erizó de nuevo la piel.

Un sutil gemido me fue subiendo por el cuello hasta escapárseme de la boca, de forma espontánea, y cortó el lánguido y denso aire que nos rodeaba.

Me sentí un poco humillada, pero esa sensación también se evaporó en cuanto Christian me deslizó la mano hasta el estómago. Me acarició la piel con el nudillo, recorriendo mi top de seda en dirección descendiente, desde el esternón hasta la cintura de los pantalones.

Las palpitaciones de deseo que sentía fueron en aumento y lo hicieron con tanta fuerza e intensidad que tuve que apretar los muslos para intentar deshacerme de aquella urgente necesidad.

Pero eso fue aún peor.

Estaba a puntísimo de estallar y Christian apenas me había tocado.

¿Qué haría si Christian intentaba algo de verdad? Sentí un escalofrío con solo imaginármelo.

La curva de sus labios me selló el cuello con cierto placer masculino.

—Me lo tomaré como un no. —Hundió el pulgar muy brevemente en el diminuto espacio que formaban mi vientre y la cintura de los vaqueros—. Abre los ojos, Stella. Nos está mirando el fotógrafo.

Abrí los ojos de inmediato, justo en el mismo momento en el que se oyó el inconfundible clic de una cámara.

«El fotógrafo de la inauguración.»

El sonido provenía de mi izquierda, de modo que había conseguido el ángulo perfecto para capturar un momento de intimidad entre una pareja —Christian y yo— sin que a él se le viera la cara, porque la tenía hundida en el lado derecho de mi cuello.

Al darme cuenta, un jarrón de agua helada extinguió las fogosas llamas que me abrasaban las venas.

No era real. Nada de esto era real, por muy bien que se le diera fingir a Christian.

Era un trato y punto. Y no podía dejar que se me olvidara.

Me separé de él y finalmente me di la vuelta para mirarlo a los ojos.

—Buen trabajo. —Me pasé la mano por la frente en un intento por deshacerme del recuerdo de su tacto—. Una maniobra perfecta. ¿Crees que el fotógrafo me dejará subir esa foto? Lo etiquetaría, por supuesto.

Christian entrecerró los ojos. Sus marcados pómulos se tiñeron sutilmente de un color rojizo, pero su indiferente respuesta estuvo cargada de sarcasmo.

—Seguro que sí.

—Genial.

En aquel aire, hasta entonces cargado, se formó un incómodo silencio. Christian volvió la vista hacia el cuadro que ahora me quedaba detrás.

—No te gusta porque sea un cuadro bonito.

No era una pregunta, pero agradecí que hubiera cambiado de tema. Me parecía un terreno menos pantanoso que lo que fuera que hubiese sido lo de hacía unos minutos.

Y, acto seguido, la mujer embriagada por la lujuria y sin aliento que se había derretido con una simple caricia se transformó en un delirio de algo que se había acabado torciendo.

Yo no perdía la cabeza por los hombres. No pensaba en cómo sería sentir su tacto o besar su boca.

—Es el cuadro que más me llama —confesé tras dudar brevemente.

Empatizaba demasiado con la mujer del lienzo como para decir que era mi favorito, pero me hechizaba como pocas cosas en la vida. Era como si el artista se hubiese colado en mi mente y hubiera plasmado todos mis miedos en un lienzo para que quedaran a la vista de todo el mundo.

El resultado era tanto liberador como aterrador.

—Interesante —respondió Christian en tono monocorde.

—¿Y tú qué? ¿Cuál es tu cuadro favorito? —El gusto por el arte de cada persona decía mucho sobre ella misma; sin embargo, más allá de cierta curiosidad, Christian no había mostrado especial interés en ninguna de las obras de la galería.

—No tengo.

—Alguno habrá que te guste más que los otros —insistí.

Su mirada fija podría haber congelado el interior de cualquier volcán.

—No soy un amante del arte, Stella. Estoy aquí para hacer negocios, y no me apetece en absoluto perder el tiempo hablando sobre mis supuestas preferencias hacia objetos que, para mí, no tienen ningún valor.

Pues muy bien. Me había tocado la fibra sensible, no me preguntéis por qué.

Christian no era expresivo, eso ya lo sabía, pero jamás lo había visto encerrarse en sí mismo de aquella manera. Cualquier rastro de emoción le había desaparecido del rostro y ahora solo mostraba una cara de póquer claramente estudiada.

—Perdón. No sabía que el arte fuera un tema tan delicado —señalé con la esperanza de poder atemperar un poco el repentino frío que nos rodeaba—. La mayoría de la población lo ama.

O, como mínimo, no lo odiaban.

—La mayoría de la población «ama» muchas cosas. —El tono de Christian se encargó de transmitir todo lo que pensaba al respecto—. Es una palabra que carece de sentido.

No se preocupe, señorita Alonso. Yo no creo en el amor.

Las palabras que dijo cuando hablamos de nuestro acuerdo por primera vez regresaron a mí.

Seguro que esto tenía historia, pero sería más fácil sacarle sangre a una piedra que conseguir que Christian se abriera y me lo contara esta noche.

—Detractor del arte y del amor. Me lo apunto.

Ni yo miré ningún otro cuadro más ni Christian habló con más gente. En lugar de eso, echamos a andar hacia la salida. No hizo falta que ninguno de los dos dijera nada; ambos habíamos entendido que la noche ya había llegado a su fin.

Al llegar fuera, a Christian se le relajaron los hombros.

Me lanzó una mirada de reojo mientras caminábamos hacia su coche y preguntó:

—Está bien esto de salir de casa, ¿verdad que sí?

Cogí una profunda bocanada de aire fresco y eché la cabeza hacia atrás. Miré al cielo. La luna brillaba en lo alto y bañaba el mundo con su magia plateada.

La noche estaba llena de peligros, pero cuando tenía a Christian cerca, todas esas sombras parecían desaparecer.

Incluso cuando estaba enfadado y no se podía hablar con él, Christian era garantía de seguridad.

—Sí —contesté—. La verdad es que sí.

15
Stella

A pesar de mi reticencia por ir a la inauguración de aquella galería de arte la semana anterior, asistir me sirvió para levantar la prohibición que me había impuesto a mí misma de salir de casa.

Además, tampoco había vuelto a saber nada del acosador desde que me mandó esa primera nota, y eso también ayudaba. Cuando llegó el miércoles, estaba tan relajada que incluso me atreví a volver a salir sola a la calle.

Los humanos somos así. Tenemos instinto de supervivencia y nos convencemos constantemente de que nuestros problemas no son tan graves como creemos.

Esperanza y negación. Dos caras de una misma moneda que evitan que caigamos en un pozo de desesperación incluso en los peores momentos.

Visité a Maura, fui a hacer la compra y quedé con Lilah para tomar algo y así poder hacerle un montón de preguntas sobre diseño de moda.

La única persona a la que no vi fue a Christian, que andaba muy liado con el trabajo. O eso decía. A lo mejor estaba tan confundido como yo por lo ocurrido en la galería de arte.

Al acordarme de eso, detuve el trazo de mi mano. La aspereza de su voz, el embriagador aroma a cuero y especias, la forma en que su tacto había atravesado el tejido de la ropa y se me había grabado en la piel...

Sentí cierta agitación en el pecho.

Me removí en el asiento y sacudí la cabeza antes de volver a centrarme plenamente en la tarea que tenía entre manos: un fajo de esbozos de artículos de moda que había rescatado de las profundidades de un cajón del escritorio después de haberme reunido con Lilah.

Con el paso de los años, tenía toda una colección. Los había empezado todos con la esperanza de terminarlos y convertirlos en «la pieza» con la que daría a conocer mi marca. No obstante, mis inseguridades y el síndrome del impostor siempre se acababan apoderando de mí, de manera que acababa por tirar la toalla y decantarme por hacer otra sesión de fotos o escribir en el blog. Cosas que sabía que se me daban bien y que ya habían demostrado tener un buen recibimiento con anterioridad.

Esta vez sería distinto.

Intentarlo y fallar siempre es mejor que no intentarlo siquiera.

No podía quitarme las palabras de Lilah de la cabeza. Era la primera vez que alguien me decía que no pasaba nada por equivocarse.

Para mí, errar nunca había sido una opción. Tenía que sacar siempre un sobresaliente en todo. Hubo una ocasión en la que me agobié tantísimo por haber sacado un 8,9 en un examen de mates que incluso me dio un brote de urticaria y acabé en la enfermería.

Thayer fue bastante más de lo mismo porque estaba rodeada de gente que solo sacaba sobresalientes. Y *DC Style*... Bueno, ya sabes lo que pasó la última vez que cometí un error.

Pero ahora ya no vivía en casa, no iba a la uni y no trabajaba para terceros.

Podía hacer lo que quisiera, sobre todo con los tratos que estaba logrando con algunas marcas.

No quería fallar, pero la idea de poder equivocarme sin que fuera a acabarse el mundo desató mi inspiración.

La última vez que había hecho un boceto, me había bloqueado y había acabado trazando y repasando las mismas líneas una y otra vez hasta que al final abandoné los bártulos por pura frustración.

Ahora, el lápiz se deslizaba por el papel con facilidad mientras yo iba dibujando los detalles de una blusa de encaje con estampado y el elegante contorno de un vestido de noche.

Era una forma distinta de dar rienda suelta a mi creatividad, no como el blog o las redes sociales.

Eso lo hacía por los demás.

Esto, por mí.

Me enamoré del mundo de la moda a los ochos años, cuando le robé un volumen de *Vogue* a mi madre y me lo llevé a mi cuarto a escondidas. No era solo por la ropa en sí; era porque transformaba a la persona que se la pusiera en quien quisiera ser. Una delicada princesa, una glamurosa directora ejecutiva, una espectacular estrella del *rock* o un icono *vintage*. No había límites.

En un hogar donde las normas eran inquebrantables y el camino al éxito pasaba por estudiar en las mejores universidades del país para conseguir una carrera profesional «aceptable», el caótico y colorido mundo de la moda había captado mi atención cual canto de sirena en medio de la oscuridad.

Acabé el boceto y seguí con el segundo.

Una minúscula sensación de orgullo se fue apoderando de mí a cada diseño que completaba. Para el resto, no eran más que dibujos; para mí, en cambio, eran una clara prueba de perseverancia tras años de represión.

A veces, terminar algo ya era un logro.

Estaba tan metida en el trabajo que ni siquiera me di cuenta del tiempo que había pasado hasta que me rugieron las tripas.

Desvié la vista hacia el reloj y vi que ya eran las dos de la tarde. Llevaba dibujando desde las nueve de la mañana.

En parte, me sentí tentada de saltarme la comida y seguir con los bocetos para no perder la inspiración. Sin embargo, me obligué a cambiarme y bajé a por algo de comida a la cafetería que había al lado del Mirage.

Ya no era hora de comer, pero aquel diminuto lugar estaba lleno de gente.

No me apetecía aventurarme a ir más lejos solo para pillar un té y un bocadillo, así que hice cola detrás de una mujer con el ceño fruncido y un traje gris y esperé mi turno.

En un acto reflejo, cogí el móvil y me metí en mi perfil.

La última foto que había subido era la que nos sacó el fotógrafo a Christian y a mí en la galería de arte. Me estaba yendo mejor aún que con la primera y ya tenía 950K seguidores. A este ritmo, llegaría al millón antes de verano.

En lugar de alegrarme como pensaba, solo fui capaz de fijarme en los brazos de Christian a mi alrededor.

Parecíamos una pareja de verdad. En ciertas ocasiones, como cuando me consoló la noche en la que encontré la nota o cuando me recostó en su regazo después de que le contara toda la historia del acosador, la sensación era la misma que si realmente estuviéramos saliendo en serio.

Sentí cierto desasosiego en mi interior.

Lo del acosador había entorpecido un poco nuestro acuerdo inicial. Hacía que Christian y yo estuviéramos más juntos de lo que habíamos planeado al principio y...

Una llamada entrante tapó la foto en la que salíamos los dos.

Delamonte Nueva York.

Me quedé sin aliento y, al responder, dejé todos los pensamientos sobre Christian a un lado.

—¿Hola? —Mi relajado saludo disimuló perfectamente lo nerviosa que estaba. La esperanza intentó asomarse desde detrás de aquel agitado manojo, pero volví a esconderla entre las sombras.

No quería hacerme ilusiones y acabar decepcionada cuando Delamonte me dijera que habían elegido a alguien más (si es que lo hacían).

—Hola, Stella. Soy Luisa, de Delamonte. ¿Cómo estás?

—Muy bien, ¿y usted? —Me froté el muslo con la otra mano.

—Bien también —contestó Luisa—. Perdona que te llame sin previo aviso, pero me ha parecido que estaría bien hablar contigo tras haberte enviado el correo de esta mañana.

Me dio un vuelco el estómago. Había estado tan ocupada con los esbozos que no había abierto el correo desde que me había despertado.

Cómo no. El único día que no lo había mirado constantemente cual obsesa era el día en que tenía un mensaje importante esperando a ser leído.

—No sé si lo habrás visto, pero en caso de que no... —La voz de Luisa escondía una clara sonrisa—. Quería hacerte una oferta formal para que te conviertas en la nueva embajadora de Delamonte el próximo año. No anunciamos oficialmente el proceso de selección porque queríamos elegir a los candidatos perfectos sin que nos dieran opiniones no deseadas; sin embargo, tras mucha deliberación, hemos considerado que serías la candidata perfecta para unirte a la familia Delamonte...

Un fuertísimo zumbido me impidió oír lo que dijo a continuación y me quedé mirando embobada el menú que había en la pizarra mientras la cola iba avanzando.

Hacerte una oferta formal... La nueva embajadora de Delamonte el próximo año... La candidata perfecta para unirte a la familia Delamonte...

Quería pellizcarme a mí misma, pero si esto era un sueño, no estaba preparada para despertar.

Esa campaña era sinónimo de muchísimo dinero, lo cual significaba que podría pagar la residencia de Maura sin problemas y cubrir los gastos de iniciación para crear una línea de moda. Y eso quería decir que...

El fuerte ruido de la máquina de café me sacó de mis desenfrenados pensamientos y logré oír las últimas palabras de Luisa:

—Mírate el contrato y nos dices. Tienes hasta la semana que viene para aceptar o rechazar la oferta, así que tómate el tiempo que necesites para pensarlo.

No tengo ni que pensarlo. ¡Acepto!

—Muchísimas gracias. Lo haré. —Mi parte más lógica sabía que no debía aceptar nada sin antes haber leído la letra pequeña, aunque fuera para una colaboración de ensueño.

—Maravilloso —respondió Luisa amablemente—. Espero que podamos trabajar juntas. Tu estética describe nuestra marca a la perfección, y tu cuenta está teniendo una repercusión increíble. ¡Cincuenta mil seguidores nuevos en solo unas semanas! Es asombroso. Y... quiero que sepas que esto no ha influido en absoluto en nuestra decisión, pero... Christian siempre ha tenido un gusto exquisito. No me sorprende que su vida amorosa también lo refleje. Hasta ahora, nunca había salido con nadie, así que es bastante revelador saber que estáis juntos.

Se me desdibujó la sonrisa. Las diminutas burbujas efervescentes de atolondramiento que me habían alborotado la sangre hasta hacía un segundo fueron explotando hasta ser sustituidas por una sensación de culpabilidad.

Si había ganado tantos seguidores había sido porque había estado mintiendo a mi audiencia. Vale, no iba con malas intenciones y no le hacía daño a nadie, pero la culpa se me carcomió por dentro de todos modos.

—Como decía, no ha influido para nada en nuestra decisión, pero es un plus. —Luisa carraspeó—. Bueno, tengo que irme pitando a una reunión. Tú estúdiate el contrato y coméntalo con Brady; le hemos mandado una copia a él también. Si necesitáis aclarar cualquier cosa, no dudéis en contactarnos.

—Perfecto, gracias. —Colgué justo a tiempo para pedir. Por fin había llegado mi turno, pero estaba tan alborotada que se me había pasado el hambre; pedí un té y un cruasán y me fui.

Cuando llegué al Mirage, ya había ahogado mis malas sensaciones por estar saliendo falsamente con alguien a base de justificaciones y el júbilo que sentía tras haber conseguido el acuerdo con Delamonte.

Iba a ser la nueva embajadora de su marca. Yo, Stella Alonso, la cara de una de las mejores marcas de lujo del planeta.

El acuerdo no solo venía acompañado de un sueldo de seis cifras, sino que también me abría las puertas a otras maravillosas oportunidades. Podría subir mi sueldo base, colaborar con...

El pomo de la puerta se giró y volví a la realidad.

Acababa de cerrarse, lo cual significaba que, antes de meter la llave, estaba abierto.

La emoción que sentía se evaporó y una espeluznante sensación me recorrió la nuca.

Estaba prácticamente segura de que había cerrado con

llave al salir. ¿Y si no lo había hecho? Nadie se había colado nunca en el Mirage, pero...

Miré alrededor. El pasillo estaba vacío. Mi malestar fue en aumento, así que cogí la táser del bolso antes de abrir la puerta del apartamento y entré. Una parte de mí se sentía estúpida por esa reacción, pero a la otra no paraban de saltarle las alarmas.

No encontré nada extraño en el salón, ni tampoco en la cocina, el baño o la antigua habitación de Jules. Ya solo me quedaba una estancia por revisar: mi cuarto.

Abrí la puerta lentamente.

De buenas a primeras, todo me pareció normal. La cama seguía como la había dejado al marcharme, las ventanas continuaban cerradas y no había ningún cajón abierto ni parecía que hubiesen movido nada.

Estaba a punto de relajarme cuando mis ojos vieron lo que tenía esperándome en la mesita de noche.

Y grité.

16
Christian

Luisa: Para que lo sepas, hemos elegido a tu novia.

Me quedé mirando el móvil. De repente sentía más interés por el mensaje de Luisa que por la información que tenía Kage sobre Rutledge.

Le había pedido que me mantuviera informado cuando hubieran tomado la decisión final. Habían elegido bien, tal y como me había imaginado.

De lo único que me arrepentía era de no haberle visto la cara a Stella o cómo se le habría iluminado la mirada al enterarse.

Tendríamos que celebrarlo luego (por un tema de apariencias, por supuesto, porque eso es lo que haría una pareja de verdad). A lo mejor podríamos ir a cenar a Nueva York o pasar un fin de semana en París...

—Para seguir con Rutledge, pero no sabemos si Sentinel... Christian, ¿me estás escuchando? —preguntó Kage algo molesto.

—Sí. Si nos quedamos con Rutledge, Sentinel intentará robarnos más clientes. Y supuestamente están preparando algo gordo, aunque todavía no sabemos de qué se trata. Continúa. —Lo miré con una expresión seria y lo amonesté—: Y no vuelvas a dudar de mí.

Kage tensó los labios, pero siguió hablando tal y como le había ordenado.

—Aún estamos informándonos acerca del plan secreto de Sentinel, pero creemos que...

Volví a bajar la vista hacia el móvil y entré en el perfil de Stella. Hacía unos días que no subía nada nuevo, así que me conformé con mirar la foto que nos habían sacado en la galería.

Incluso vista de lado era un espectáculo de mujer.

Con sus exuberantes rizos oscuros, su piel impoluta y su larga y esbelta figura que convertía incluso la pieza de ropa más sencilla del mundo en una obra de arte.

Sentí algo en la parte inferior del vientre al acordarme de cómo había sido notar el roce de su piel bajo las manos. De cómo su olor me había llenado los pulmones por completo cuando le hundí la cara en el cuello y de cómo le había cambiado la voz cuando la toqué.

Parecía tan embelesada por aquel cuadro que incluso me había dado pena interrumpirla, pero no había podido resistirme.

Intentar mantenerme alejado de Stella era como si un océano intentara mantenerse alejado de la orilla.

Imposible.

Pasé el pulgar por la pantalla mientras Kage seguía hablando sin cesar.

Sinceramente, no tenía que convencer a Wyatt de nada cuando fuimos a la galería. Ya había aceptado contratar los servicios de Seguridad Harper; solo faltaba firmar el contrato, y eso podría haberlo hecho durante la jornada laboral.

Sin embargo, según Brock, Stella se había quedado en el

apartamento desde aquella cena con su familia y necesitaba que alguien la presionara para salir fuera. Brillaba demasiado como para que el miedo la hiciera recluirse en casa.

—¿Qué sabemos de los antecedentes del otro? —Interrumpí a Kage mientras continuaba hablando de no sé qué y decidí centrarnos en lo más importante ahora mismo: el acosador de Stella.

Como nos imaginábamos, el tío quería pasar desapercibido y siempre había sido muy cuidadoso con las cartas que había enviado. Eran todas exasperantemente genéricas y nunca había ni la más mínima prueba física que pudiera indicarnos por dónde seguir.

Ante la falta de pruebas nuevas, le había pedido a Kage que hiciera una lista de todas las personas que estaban relacionadas con Stella, incluidos antiguos compañeros de clase, de trabajo y otros *influencers*. La mayoría de las víctimas de acoso conocían más o menos al acosador, así que lo mejor sería empezar por ahí.

Kage arrugó la frente, pero fue lo suficientemente listo como para no quejarse.

—Nada sospechoso, todavía. Cuando tengamos alguna pista, te aviso. —Dudó un segundo y luego añadió—: Oye, ya sé que estáis saliendo, pero estamos destinando muchísimos recursos a...

Su discurso volvió a quedarse a medias, pero esta vez porque recibí una llamada entrante.

Stella.

Era como si la hubiese invocado mentalmente.

Respondí esperando que fuera a contarme lo de Delamonte. Pero se cargó mis expectativas en un santiamén.

—Christian. —Se le quebró la voz.

Un frío helado contrarrestó el calor que me había inundado al ver su nombre en la pantalla.

«Algo va mal.»

—¿Dónde estás? —Me ahorré las preguntas inútiles del tipo «¿Estás bien?» o «¿Qué ha pasado?» y fui directo al grano.

A pesar de sonar tranquilo, tenía el móvil agarrado con tanta fuerza que incluso noté cómo crujía.

—En casa. —Su respuesta fue casi inaudible.

—Voy enseguida.

Me marché sin ponerme la chaqueta siquiera. Solo podía pensar en lo mal que debería estar Stella como para llamarme.

Si pudiera, se callaría todos los problemas para sí misma e intentaría solucionarlo sola. Siempre ayudaba a los demás y nunca pedía a nadie que le echara un cable. Pero si esta vez era distinto...

Los latidos de mi corazón modularon hasta convertirse en un repiqueteo profundo y amenazante. Y, de repente, sentí que se me cerraba el puño y me invadían unas ganas inmensas de estrangular a alguien, pero me obligué a relajar la mano.

Tendría que mantenerme calmado y no matar a nadie (en concreto a Brock, que se suponía que tendría que estar cuidando de Stella) hasta que no supiera qué había ocurrido con pelos y señales.

Abrí la puerta con un fuerte tirón y Kage me miró boquiabierto.

Nunca me marchaba a media conversación mientras me estaban informando sobre un tema. Nunca. Me gustaba saber todo lo que ocurría en mi empresa al dedillo, aunque fuera aburrido de narices.

—¿Dónde...?

—Se ha acabado la reunión —corté a Kage en mitad de la frase y cerré de un portazo.

Llamé a Brock mientras caminaba hacia el garaje con pasos fríos y airados.

¿Por qué cojones no me había avisado de que algo iba mal? ¿De qué me servía tener a alguien siguiendo a Stella a sol y a sombra si dicha persona no era capaz de hacer bien su maldito trabajo?

—Stella. ¿Qué ha pasado? —solté cuando contestó.

Tras una breve pausa en la que Brock pareció un tanto sobresaltado, respondió:

—Nada, señor.

—Nada —dije con un tono tan frío como los grados bajo cero—. Si no ha pasado nada, ¿por qué acaba de llamarme a punto de llorar?

Hubo otra pausa. Esta vez, mi empleado parecía más bien dubitativo.

—Ha estado en casa toda la mañana. Ha bajado un momento a la cafetería, ha recibido una llamada y parecía verdaderamente feliz. Cuando ha vuelto al apartamento, aún sonreía. No sé qué ha ocurrido después. —Oí que tragaba saliva con fuerza—. Usted me dijo que no la siguiera mientras estuviera dentro de casa.

Eso era cierto, y había sido un error garrafal. A la mierda los límites. Cuando se tratase de la seguridad de Stella, no los habría.

Casi podía oír a Brock sudar desde el otro lado del teléfono.

—Jefe, le juro que yo no...

—Ya hablaremos luego de esto.

Colgué y subí al coche. No pensaba perder el tiempo hablando con él mientras no tuviera nada que contarme que pudiera servirme.

Solo me interesaba una cosa: llegar a Stella lo antes posible.

La ira se apoderó de mi pecho y su gélida llama fue como un bálsamo para la ardiente y desconocida sensación de pánico que sentía en los pulmones mientras conducía a toda prisa hacia el Mirage.

Entre la rapidez de mi McLaren y que las calles estaban prácticamente vacías, me planté allí en cinco minutos.

Al llegar al piso de Stella, la encontré en el salón y con la vista puesta en una hoja de papel que tenía en las manos.

No me hizo falta leerla para saber que era otra nota del acosador.

Un color rojizo me nubló la visión, pero mantuve una expresión neutra. Stella levantó la cabeza y me miró.

—Estaba en mi habitación —susurró—. Ha estado en mi casa. Nunca... Es la primera vez que... —El silencio que vino a continuación solo lo rompió su somera respiración.

Reconocí aquel ritmo errático y los sutiles temblores que sentía Stella por todo el cuerpo.

Estaba a punto de sufrir un ataque de pánico.

Atravesé la sala y le quité la nota de las manos. Fue un movimiento suave en comparación con el violento rugido de mi flujo sanguíneo.

Eché una rápida ojeada al papel, donde solo había tres palabras:

«Te lo advertí.»

El rugido se intensificó.

—Ya no está aquí, pero voy a echar un vistazo al apartamento por si acaso. —Me obligué a sonar calmado a pesar de que solo quería dar con ese cabrón y despellejarlo vivo—. Tú quédate aquí.

Me puse un par de guantes y barrí el piso por si encontraba algo fuera de lo habitual. No fue el caso, pero luego lo revisaría con más detenimiento.

De momento, tenía que sacar a Stella de aquí.

Volví al salón y me quité los guantes. Haber estudiado el apartamento había calmado ligeramente el cabreo que llevaba, pero ver a Stella acurrucada en el sofá, con las rodillas al pecho e inexpresiva lo reavivó.

—Parece que todo está en su sitio, pero te vendrás a vivir conmigo hasta que lo hayamos solucionado. —Lo dije con un tono neutral pero firme.

Debería haber hecho caso a mi instinto y haberla presionado más para que se mudara conmigo justo después de que recibiera la primera nota, pero era demasiado pronto y tampoco había querido pasarme.

Ahora, sin embargo, el muy asqueroso se había colado en su apartamento, en mi edificio...

Volví a apretar el puño.

Quería estrujarle el cuello a ese delincuente y estrangularlo hasta que me suplicara que tuviera piedad. Quería ver cómo se le apagaba la luz de los ojos cuando se diera cuenta de lo mucho que la había cagado.

Las reconfortantes imágenes de su tortura se unieron al metálico sabor de sangre que notaba en la lengua. Casi podía saborear la venganza.

Cuando encontrara a ese cabrón, me lo pasaría en grande haciendo que se arrepintiera de cada segundo de su miserable existencia.

Exhalé a pesar de la gélida sensación que sentía en el pecho, doblé la carta en un cuadrado perfecto y me la guardé en el bolsillo.

Me arrodillé delante de Stella para poder mirarla a los ojos.

—Mi apartamento es un lugar hermético. No puede entrar absolutamente nadie sin mi permiso. Tú misma has visto el sistema de seguridad que tengo —le dije con una expresión más relajada—. Allí estarás a salvo. ¿Entiendes lo que te quiero decir?

Al cabo de un largo silencio, Stella asintió con la cabeza

de forma tan discreta que el movimiento pasó prácticamente desapercibido.

Movimiento. Íbamos progresando.

Al llegar a mi piso, llevé a Stella al único cuarto de invitados que tenía amueblado.

Como nunca dejaba que nadie se quedase a dormir, había convertido el resto de las habitaciones en algo más útil: un centro de ciberseguridad, una segunda oficina desde donde conectarme a las reuniones virtuales o un vestidor adicional para los trajes.

Entre la cama de matrimonio, el vestidor y el baño privado, el único cuarto de invitados que tenía podría haber colado por la habitación principal. Sin embargo, Stella se hundió en la cama sin ni siquiera mirar a su alrededor.

—Descansa un poco —le dije—. Yo me ocupo de traerte las cosas.

Nada.

Sabía perfectamente cómo detectar si alguien estaba en estado de *shock*. Por más que quisiera quedarme aquí con ella, lo mejor que podía hacer ahora era dejarle algo de tiempo para que lo procesara todo mientras yo me ocupaba del resto.

Lo primero que hice al salir de su cuarto fue volver a llamar a Brock para pedirle que trajera todo lo esencial para Stella: un pijama, un neceser con lo básico y ese deforme unicornio al que tanto apego le tenía ella.

Luego llamé al jefe de seguridad del Mirage.

Charles respondió enseguida.

—Señor.

—Tenéis sesenta minutos para enviarme todas las grabaciones de seguridad de las últimas veinticuatro horas. —Me ahorré la simpatía y acaricié el anillo turquesa que guardaba en el bolsillo con el pulgar.

Por más frío que hiciera o por más que llevara muchísimo rato sin tocarla, aquella piedra siempre desprendía calor.

—Cómo no. ¿De qué cámara?

—De todas. —Stella vivía en la décima planta, pero seguro que ese criminal habría entrado y salido por otra parte.

—¿¡De todas!? Señor hay...

—Alguien se ha colado en el piso de mi novia a lo largo del día, Charles. —El sutil tono de mi voz era completamente opuesto a la peligrosidad que se escondía bajo la misma—. Cosa que ya debes saber porque eres el jefe de seguridad de mi edificio. A lo mejor incluso sepas algo al respecto. Así que dime: si no tengo que revisar todas las cámaras, ¿en cuáles tengo que centrarme?

Hubo un silencio ensordecedor durante un segundo y luego respondió:

—Se lo mando en menos de media hora.

—Bien. Ah, y oye, Charles.

Oí cómo tragaba saliva nerviosamente a través de la línea telefónica.

—Dígame, señor.

—Echa a todo el personal de seguridad que haya estado trabajando hoy.

Colgué antes de tener que oír sus pesadas protestas.

El equipo de seguridad del Mirage era bueno, pero no era irremplazable. Por algo los había asignado aquí para custodiar un edificio en lugar de acompañar a mis clientes vip.

Y, si ni siquiera podían hacer esto bien, más valía que buscaran trabajo en otra parte.

Ofrecía una paga y unos beneficios excepcionales a todos mis empleados. Y, a cambio, yo esperaba un trabajo igual de excepcional.

Brock apareció al poco rato tras mi conversación con Charles. Vino cargado con una bolsa de deporte llena de cosas y el unicornio. Lo dejó todo en el salón; a continuación, se dio la vuelta y se pasó la mano por el pelo, que llevaba rapado al uno.

—Jefe, yo...

—Esta noche puedes irte.

Ya no estaba tan en caliente y había logrado reconocer que no era culpa de Brock que el acosador se hubiese colado en el piso de Stella. Su trabajo era vigilarla a ella, no custodiar el apartamento.

Sin embargo, estaba lo suficiente irritado como para que mis palabras fueran afiladas como una espada.

Brock se alivió un instante, pero enseguida se le volvió a tensar la expresión.

—Pero solo esta noche, ¿verdad? ¿No me echará para siempre?

Apreté los labios.

—Vale. Lo pillo. —Asintió con la cabeza y se dirigió hacia la puerta—. Buenas noches.

Exhalé lenta y discretamente y me apreté el puente de la nariz.

Juro que a veces odiaba a la gente.

Y los objetos también.

Miré el harapiento peluche que me estaba contaminando el salón. No entendía cómo podía gustarle tanto a Stella ni por qué sus seguidores preferirían hacer mimos con él que conmigo (yo odiaba los mimos, pero esa no era la cuestión), sin embargo, como a ella sí le gustaba, me tragué mi repulsión y se lo llevé al cuarto de invitados junto con el resto de sus pertinencias.

—Tienes visita. —Dejé esa cosa en la cama, al lado de Stella, y resistí la tentación de lavarme las manos con lejía.

Stella bajó la vista hasta el unicornio y pestañeó, pero no lo tocó.

—He pensado que quizás querrías que te hiciera compañía. —A saber por qué—. También te he traído algo de ropa y cosas para el aseo.

Stella permaneció en silencio y una extraña incomodidad se apoderó de mí.

Mierda. Cómo detestaba esto. No llevaba ni una hora en mi casa y ya me había desequilibrado todavía más.

Pero saber que Stella estaba a salvo le restaba importancia a aquella sensación.

Ahora mismo, no confiaba en nada ni en nadie que no fuera yo para poder mantenerla a salvo.

Carraspeé, hice un gesto con la cabeza y señalé el baño.

—A lo mejor te vendría bien una ducha de agua caliente. Para olvidarte un poco del día.

Nada.

Cuanto menos reaccionaba Stella, mayor era la presión que sentía yo en el pecho.

No sabía de dónde salía, pero la odiaba tantísimo como el poliéster, la incompetencia y los postres.

Como parecía que no tenía interés alguno en moverse pronto y por voluntad propia, entré en el baño para abrir la ducha, pero enseguida hice un mohín.

Santo Cielo.

No había entrado en este baño desde que me había mudado aquí hacía no sé cuántos años, así que supuse que ese olor tan repugnante sería porque hacía muchísimo tiempo que nadie utilizaba el desagüe.

Mi ama de casa se encargaba de que los suelos y las encimeras de mármol estuvieran relucientes a todas horas, pero nunca me había dicho nada del olor.

¿Es que nadie podía hacer bien su trabajo?

Apreté los dientes y fui pensando en qué otras opciones había.

Evidentemente, Stella no podía utilizar este baño hasta que hubiera solucionado el tema del olor. El apartamento contaba con otros baños para invitados, pero también hacía bastante que no los utilizaba nadie.

Al cabo de un minuto torturándome con indecisión, me metí en mi cuarto de baño privado y abrí los grifos de la bañera. Maldije al universo en silencio mientras abría una botella de espuma de baño que ni siquiera recordaba haber comprado y fui echando el líquido despacio en el agua.

«Tú sí que sabes cómo tocarle los cojones a un tío.»

No sabía cómo diantres había acabado preparándole un baño a otra persona como si estuviéramos en el siglo XIX y yo fuera un maldito sirviente, pero al menos nadie estaba siendo testigo de mi humillación. Si alguien me viera haciendo esto, me moriría de vergüenza y nunca lo superaría.

Cuando regresé a la habitación de invitados y llevé a Stella hacia el baño junto con sus cosas, no protestó. La dejé en el banco acolchado que tenía al lado de la bañera y señalé con la barbilla hacia el agua con aroma de eucalipto que le había preparado.

—Es todo tuyo hasta que arregle un problemilla que hay con el olor en tu baño —le conté—. Si necesitas ir al baño por la noche, encontrarás uno al otro lado del pasillo y uno a la izquierda de tu cuarto.

Me di la vuelta y, cuando ya estaba saliendo, Stella me detuvo:

—Christian. No... —La pequeñez de su voz se me clavó como si alguien acabase de atravesarme las costillas con una flecha—. No quiero estar sola ahora mismo.

Manda narices.

Apreté el pomo de la puerta con tanta fuerza que noté cómo se me clavaba el metal en la carne.

—¿Qué sugieres? —pregunté con la voz grave y una advertencia que Stella ignoró.

A pesar de mi extraño deseo de querer mantenerla a salvo ante cualquier peligro, yo no era una persona protectora por naturaleza. Mi versión de protección siempre venía envuelta en las piezas de una vida que se apagaba y atada con un lazo ensangrentado.

Stella tenía la mala suerte de ser demasiado inocente e ingenua como para no ver el peligro a pesar de tenerlo delante de las narices.

—¿Puedes quedarte conmigo? —Su petición estaba teñida de vergüenza—. Solo esta noche.

Al oírlo se me tensaron los músculos. Me di la vuelta. Estaba pálida y mirando la bañera con una expresión recelosa, como si esperase que fuera a salir un monstruo de las profundidades y fuera a tragársela entera.

—No hay nadie en el baño y yo estoy justo al otro lado de la puerta.

No era inmune a las malas ideas, pero quedarme en un cuarto con ella mientras se bañaba me parecía la peor idea del mundo.

—Ya, pero... —Stella titubeó—. Nada, tienes razón. Eh... No sé en qué estaba pensando.

Le dio un escalofrío y se quedó quieta en el banco.

Cerré los ojos un segundo mientras maldecía el universo mentalmente, cada vez con más brío.

No debería. No debería quedarme, hostia.

Ya había cruzado otra línea al traerla a mi casa y meterla en mi maldito cuarto de baño, pero es que verla de esa forma...

Me di la vuelta de nuevo. Con cada segundo que pasaba, más me odiaba a mí mismo.

—Avísame cuando estés lista.

A pesar de la brusquedad de mi tono, noté cómo suspiraba aliviada detrás de mí y apreté la mandíbula.

No me volví de nuevo hasta que oí el ruido del agua que me indicó que ya se había metido en la bañera.

Tenía a Stella desnuda en mi baño.

En unas circunstancias más normales, mi cerebro se hubiera puesto a pensar en lo más evidente: el rosado tono de sus mejillas, cómo le brillaba la piel con el agua, la fantasía de sus dulces curvas bajo las burbujas...

Sin embargo, ahora sentía un dolor inmenso en el pecho por lo pequeña y vulnerable que parecía metida dentro de mi inmensa bañera. Stella ya no era el oasis de calma que quería mostrarle al mundo; ahora era una tormenta a punto de estallar.

Alargó la mano para coger el champú, pero la detuve antes de que pudiera hacerlo.

—Yo me encargo.

En lugar de llevarme la contraria como pensaba que haría, Stella guardó silencio hasta que acerqué el banco al borde de la bañera y abrí la botella de champú.

—Se te mojará el traje —murmuró.

Ni siquiera me miré el Brioni hecho a medida.

—Sobreviviré.

Le lavé el pelo, frotándole cada mechón con una meticulosidad impecable y masajeándole el cuero cabelludo con unos movimientos firmes hasta que Stella se dejó caer a un lado de la bañera con los ojos cerrados.

Sus pestañas parecían un oscuro abanico abierto justo encima de sus mejillas y se le fue calmando la respiración poco a poco hasta que sus inhalaciones adoptaron un ritmo uniforme.

El calor del agua empañó los espejos e inundó el baño de un vapor sofocante.

Llevar un traje puesto en un baño donde hacía calor era una puta tortura, pero tampoco me molesté en quitarme la americana.

Era la primera vez que tocaba a Stella durante tanto rato y pensaba saborear cada segundo de ello.

No era algo sexual. Sin embargo, la simple forma en que su pelo se deslizaba entre mis manos hizo que el pulso se me ralentizara un segundo antes de que se me volviese a acelerar.

Tocarla me mató, solo para volver a renacer acto seguido.

El silencioso rugido de mi corazón no paraba de aporrearme los oídos. Le aclaré el pelo y luego le apliqué el acondicionador.

Era consciente de lo paradójico que resultaba que yo estuviese lavándola. Stella, que tenía el alma más pura que jamás hubiera conocido, y yo, a quien le llegaba la sangre al cuello.

Ella un ángel y yo un pecador.

Dos fuerzas opuestas sin nada que las uniera a excepción de una hoja de papel y la insaciable necesidad que sentía yo en el alma.

No merecía tocarla, pero la deseaba tantísimo que lo demás me daba igual.

Cuando terminé con el pelo, cogí la esponja vegetal, la metí en el agua y la enjaboné.

El suave chapoteo del agua contra la bañera hizo que sintiera cierta presión en la parte inferior del vientre.

—Échate hacia delante —le dije con prudencia.

Stella acató mi orden.

Le froté la espalda con la esponja y seguí cada uno de mis lentos movimientos con la mirada mientras enjabonaba cada centímetro de su suave y desnuda piel.

Mientras le pasaba la esponja por el hombro y por la parte de delante, se respiró una energía tangible en el aire. Bajé la mano para lavarle la parte superior del pecho, pero tampoco descendí demasiado porque no quería pasarme de inapropiado.

Cuando le rocé el cuello con el brazo, a Stella se le tensó el cuerpo. Detuve el movimiento de mis manos y me di cuenta de que se le había acelerado la respiración.

El ritmo de sus inhalaciones ahora era distinto. Más profundo, más pesado.

Una ola de calor me inundó el vientre y me levanté con tanta brusquedad que Stella se sobresaltó.

—Se acabó.

Que me pusiera una chica traumatizada era jodido de cojones, incluso para mí.

Pillé rápidamente un albornoz que tenía colgado en la pared, lo abrí para que Stella se arropara y aparté la mirada con la mandíbula tensa.

Dudó un segundo, pero al final salió de la bañera y se lo puso.

Le apreté tanto el cinturón que Stella ahogó un grito, pero al menos el albornoz le quedaba tan grande que la cubría entera, desde el cuello hasta los gemelos.

Le sequé el pelo sin demasiada delicadeza. Entonces me acordé de lo que me había pedido antes y casi la empujo para que salga de mi cuarto y se vaya al pasillo.

¿Puedes quedarte conmigo? Solo esta noche.

Ya volvía a tener unas cuantas maldiciones más en la punta de la lengua, pero me las callé.

—¿Quieres quedarte aquí esta noche? —le pregunté con la voz ronca.

Stella se abrazó a sí misma por la cintura y, tras vacilar un poco, asintió.

«Hay que joderse.»

Aun así, eché las sábanas hacia atrás y señalé la cama con la cabeza.

—Descansa un poco. Ya nos ocuparemos de todo lo demás por la mañana.

Aún no había caído la noche, pero Stella estaba agotadísima e incluso tenía ojeras.

Salí de mi cuarto para ir a por su pijama y que así pudiera ponerse algo más cómodo. Sin embargo, cuando regresé, Stella ya se había quedado dormida. Parecía muchísimo más relajada de lo que la había visto en las últimas semanas.

Nunca había dejado que nadie durmiera en mi cama. Pensé que verla entre mis sábanas de seda negra y gris se me haría raro, pero tuvo precisamente el efecto contrario.

Le dejé la ropa en la mesita de noche que tenía al lado e intenté avanzar algo de trabajo, pero no podía concentrarme.

La seguridad de mi edificio estaba en peligro, los incompetentes pero tocapelotas de Sentinel vigilaban cada paso que daba, y tenía miles de correos electrónicos por leer. Y, aun así, en lo único que podía pensar era en la mujer que tenía durmiendo a solo unos metros de mí.

Llevaba unas dos horas en mi casa y ya estaba sembrando el caos en mi vida.

Me pasé la mano por la mandíbula. Mi exasperación y el anhelo por proteger a Stella a toda cosa chocaban constantemente.

Me había equivocado.

Stella no era una distracción. Stella era un peligro, no solo para mi negocio, sino para mí mismo y para aquellas partes de mí que ni siquiera sabía que existían hasta ahora.

17
Stella

Cuando me desperté, el sol entraba por la ventana y olía ligeramente a cuero y especias.

Eso fue lo primero que me indicó que no estaba en mi casa. En mi cuarto, yo solo tenía perfumes de lavanda.

Lo segundo fue el color de las sábanas. Eran de seda, de color gris pizarra, simples y lujosas, y estaban arrugadas después de horas durmiendo. Sin embargo, eran completamente distintas a las sábanas de color crema que había comprado yo hacía un par de años.

Me quedé mirando la abolladura de la almohada que había al lado de la mía con la mente todavía nublada por el sueño e intenté recordar lo que había pasado la noche anterior.

Estaba en la habitación de un tío, de eso no había duda. Los tonos oscuros, el reloj y los gemelos que había en la mesita de noche eran pistas suficientes.

¿Había salido a tomar algo y había acabado enrollándome con alguien en su casa? Me daba a mí que no.

¿Me había quedado en casa de Ava a dormir? Aunque sus cuartos de invitados no eran así; además...

—Estás despierta.

Al oír aquella inesperada voz detrás de mí casi grito.

Me di la vuelta de inmediato. El corazón me latió desbocado a causa del miedo hasta que pude ver bien a la persona que acababa de salir del baño.

Pelo oscuro. Ojos del color del *whisky*. Facciones bien marcadas.

Christian.

Era su habitación. ¿Por qué estaba yo en...?

Los recuerdos del día anterior me azotaron la mente con tanta fuerza y a tal velocidad que me dejaron sin aliento.

La nota en mi cuarto, la llamada a Christian, haberme mudado a su apartamento, Christian ba-ñán-do-me...

Oh, Dios.

Terror y mortificación se me arremolinaron en el estómago. De no ser porque el día anterior no había comido nada a parte de un cruasán, habría vomitado.

—Como dijiste que no querías estar sola, dejé que pasaras la noche en mi habitación. —Christian se alisó la manga. Eran las ocho de la mañana, pero ya iba arreglado con uno de sus trajes de marca y los mocasines. Tenía el pelo perfectamente peinado, y el rostro limpio y bien afeitado—. Ha sido una excepción puntual; cedí por lo ocurrido, pero a partir de ahora dormirás en el cuarto de invitados, que por algo lo tengo.

Arrugué la frente en un intento por asimilar que el hombre frío que tenía delante era el mismo que me había llevado en brazos hasta su habitación y me había cuidado hacía solo unas horas.

Al recordar el calor de su cuerpo y el roce de sus manos en mi piel, me sonrojé.

No había sido nada sexual y yo me hallaba en tal estado de *shock* que ni siquiera fui capaz de reaccionar demasiado en ese momento. No obstante, aquel recuerdo prendió una sutil llama en mi interior que me encendió el cuerpo entero.

A Christian se le ensombreció la mirada. Era como si pudiera leerme la mente.

—El desayuno estará listo en media hora. Nos vemos entonces.

Salió antes de que me diera tiempo a responder.

Supongo que Christian no era una de esas personas con buen despertar.

Intenté digerir las últimas veinticuatro horas, pero me entraba jaqueca nada más pensarlo.

La mañana anterior me había despertado en mi propia cama y con cierto optimismo ante la situación del acosador.

Ahora vivía en casa de Christian Harper porque el acosador se había colado en la mía.

Fuera quien fuese esa persona, sabía dónde vivía y había sido capaz de colarse en uno de los edificios más seguros de la ciudad.

El miedo hizo que se me fuera ralentizando el ritmo cardíaco.

«Estoy bien. Estás bien.»

Puede que hubiese conseguido colarse en el Mirage, pero no podría colarse en el ático de Christian. ¿Verdad?

Me llevé la mano al cuello para tocarme el colgante, pero me di cuenta de que no llevaba ninguno.

Por la noche, Christian había subido solo lo más importante, y eso significaba que mis piedras seguían abajo, en mi habitación.

El miedo se intensificó con solo pensar que tendría que volver a mi antiguo apartamento. Me encantaba ese piso, pero ahora mismo no podía imaginarme volviendo ahí después de que alguien hubiese entrado y se hubiese cargado la espiritualidad que se respiraba en él.

Mi acosador había destruido aquella paz, y lo odiaba por eso casi tanto como por las notas.

Después de tantos años, yo seguía sin entender por qué había decidido venir a por mí. ¿Por mi presencia en redes? ¿Por mi apariencia? ¿O sencillamente había tenido la mala suerte de llamar la atención de un pirado con muchísimo tiempo por desperdiciar?

Me obligué a respirar profundamente.

«No pasa nada. No te pasará nada.»

Era de día y Christian estaba justo fuera. Por más malhumorado que estuviese, no dejaría que me pasara nada.

No sabía por qué, pero de eso estaba segura. Me lo decía mi intuición.

«No te pasará nada.»

Repetí aquellas palabras mentalmente mientras me dirigía al cuarto de invitados (es decir: mi nueva habitación hasta próximo aviso), me quitaba el albornoz y me vestía con ropa de estar por casa, más apropiada para el día.

Cuando regresé al salón, Christian ya estaba sentado en una punta de la mesa con una taza de café, un bolígrafo y el crucigrama del periódico de aquella mañana.

La mesa gemía bajo el peso de un desayuno completo. Unas jarras de cristal llenas de café, zumo, agua y té resplandecían al lado de bandejas repletas de todo lo que una se pudiera llegar a imaginar: huevos preparados de seis formas distintas, beicon crujiente, unos esponjosos *pancakes* de *ricotta* y limón, gofres belgas y torrijas.

También había dos grandes cestas trenzadas llenas de cruasanes, magdalenas y bollos, e incluso un apartado de boles con todas las frutas y los *toppings* habidos y por haber para preparar un *smoothie* al gusto.

Eso era un bufé para veinte personas, no para dos.

—¿Has organizado un *brunch*? —lo interrogué mientras

me preguntaba por qué iba una sola persona a necesitar tantísima comida.

—No, pero Nina se ha venido arriba, así que aprovéchalo.

Antes de que pudiera preguntar quién era Nina, una mujer de cara redonda, con el pelo oscuro recogido en un moño y una alegre sonrisa entró en el salón.

—Soy Nina. —Miró a Christian en señal de desaprobación y me pasó un vaso de algo verde y cremoso—. *Smoothie* de pasto de trigo, ¿cierto?

Su amabilidad me relajó.

—Sí, muchas gracias. ¿Cómo lo ha sabido?

Supuse que aquella mujer sería la ama de casa-barra-chef a tiempo parcial de Christian. No la había conocido nunca, pero sabía que, a parte de mí, era la única persona que tenía las llaves de su apartamento.

—El señor Harper me ha contado que es su favorito. —Me guiñó un ojo y Christian la fulminó con la mirada.

—De momento, estamos bien. Gracias. —La educada forma en la que Christian le pidió que se fuera no logró disimular del todo sus afiladas palabras.

Nina contuvo las ganas de reír y se marchó.

—Veo que la cafeína no ha conseguido ponerte de más buen humor. —Me llené el plato de comida y me senté a su lado—. Tenía la esperanza de que fuera a traer al doctor Jekyll de vuelta; el señor Hyde no acaba de gustarme.

Christian siempre había sido algo distante, pero esta mañana lo parecía todavía más.

—Qué graciosa. Veo que tú sí estás de mejor humor después de haber dormido toda la noche. —Christian dobló el crucigrama y lo dejó a un lado antes de añadir—: ¿Cómo estás?

—Hambrienta. No he comido nada desde ayer por la mañana —admití.

Sabía que no me estaba preguntado por eso, pero ahora mismo no me apetecía hablar de lo de la nota. Solo quería comer y hacer como si no hubiese pasado nada.

Cogí un trozo del cruasán que me había servido y me lo llevé a la boca. Me entraron ganas de suspirar del placer.

Los cruasanes eran un regalo de los dioses. Estaba convencida de ello.

—Bien. No sabía qué te apetecería, así que le he pedido a Nina que preparase de todo —confesó con la voz áspera.

Una cálida sensación se abrió paso en mi pecho.

Le dediqué una sutil sonrisa. Aunque no hubiese cocinado él, aquel gesto me conmovió.

Un discreto tono rosado le acarició los pómulos.

¿Se había... ¡sonrojado!?

El rubor le desapareció antes incluso de que me diera tiempo a digerir tan asombrosa imagen y Christian volvió a adoptar una expresión de granito.

—Ya que estás aquí, deberíamos dejar las cosas claras.

Arrugué la frente.

—Vaaale...

—Estás en mi casa porque estás en peligro, y como ahora estás completamente bajo mi protección, vamos a tener que tomar las medidas apropiadas para asegurarnos de que no te pase nada —anunció secamente—. Lo primero: te quedarás aquí hasta que pillemos a la persona que te ha estado enviando las notas. Mi equipo se encargará de subir el resto de tus pertinencias a lo largo del día. Mientras estés en mi apartamento, dormirás en el cuarto de invitados y seguirás mis normas. Nada de traer amigas u hombres a mi piso... —la voz se le heló al decir la palabra *hombres*— y nada de tocar objetos que desconozcas; hay un cincuenta por ciento de probabilidades de que te maten. Por lo demás, tú haz como si estuvieras en tu propia casa hasta próximo aviso.

¿Cincuenta por ciento de probabilidades de que me maten? Pero ¿qué tipo de objetos tenía ese hombre en casa?

—Vaya. —Me obligué a dibujar una amplia sonrisa—. ¿Quién podría resistirse a una bienvenida como esta? Tú sí que sabes cómo hacer sentir cómoda y a gusto a una chica.

Christian ignoró mi sarcasmo.

—Está bien que no cuelgues fotos de dónde estás en tiempo real, pero quiero que a partir de hoy esperes veinticuatro horas para subir alguna foto en lugar de las tres o cuatro que tenías de margen hasta ahora. Cambia tu horario y haz que sea impredecible, y haz lo propio con el camino que sigues para llegar a casa. También tendrás un guardaespaldas. Brock te vigilará siempre que no estés conmigo. Será discreto; ni siquiera te enterarás de que está ahí a no ser que necesites ayuda. Y, por último...

—Menos mal; ya pensaba que no había más. Sigue.

—Tienes que contárselo a tus amigas. —Christian me miró fijamente y con seriedad—. Si no saben que estás en peligro, pueden ponerte ellas mismas en una situación de riesgo sin saberlo. A veces, vivir en la ignorancia no es lo mejor.

Se me desvaneció la sonrisa. Me dieron ganas de protestar, pero me contuve.

Christian tenía razón.

Por más que detestara preocupar a mis amigas y tener que ir a cualquier parte escoltada por un guardaespaldas que vigilara todos y cada uno de mis movimientos —lo cual venía a ser bastante parecido a lo que hacía el acosador, a pesar de que con unas intenciones menos perversas—, necesitaba esa protección.

Además, no podía dejar que mis amigas creyeran que iba todo bien, porque no era así. ¿Y si el acosador decidía ir a por ellas al ver que no conseguía dar conmigo? Si les pasaba algo porque no las había advertido, jamás me lo perdonaría.

Me apreté tanto las rodillas con las manos que las medias lunas de las uñas se me quedaron marcadas en la piel.

«Respira, relájate, resiste.»

«Respira, relájate, resiste.»

—Vale —respondí finalmente—, se lo contaré. Pero yo también quiero dejar las cosas claras.

Si queríamos que este nuevo acuerdo de convivencia funcionara, yo también tenía que hacerme valer. Christian era el experto de seguridad, pero estábamos hablando de mi vida.

—Cómo no —respondió Christian, seco a más no poder. Seguro que se acordaba de lo mucho que había insistido en que yo también quería hacer constar mis propias normas en el acuerdo de nuestra relación falsa.

—Esta es tu casa y respeto tus normas, pero yo también te voy a pedir que respetes mi privacidad. Y con eso me refiero a que no entres en mi cuarto sin permiso, aunque yo no esté dentro; o, mejor dicho: sobre todo cuando yo no esté. No rebusques entre mis cosas a pesar de que estén en una zona común. No me digas dónde puedo ir y con quién puedo quedar a no ser que sea una amenaza directa hacia mi persona. Y... —Me mordí el labio inferior mientras pensaba en lo último que iba a decir.

—¿Y? —Arqueó una de sus oscuras cejas.

Me clavé aún más las uñas en la piel.

—Nada de traer mujeres a casa. Me importa un bledo que te acuestes con ellas o no, pero mientras yo esté aquí no traerás a ninguna. No es... No quedaría bien.

En nuestro contrato se entendía que teníamos una relación exclusiva, pero tampoco quedaba estipulado de forma explícita. Yo no tenía problema alguno en mantener el celibato, pero dudaba que alguien como Christian pudiera decir lo mismo. Seguramente las mujeres se la lanzaban encima a diario, tuviera o no pareja.

Sentí un extraño nudo en el corazón y, cuando me lo imaginé con otras mujeres, la presión fue todavía mayor.

Me dije que era porque quería mantener ciertas apariencias y no por... cualquier otro motivo.

La diversión que había vislumbrado antes en los ojos de Christian se hundió bajo aquellas piscinas heladas de color ámbar.

—Yo no engaño a las mujeres, Stella.

—No puedes engañarme porque no estamos saliendo de verdad.

Pero ¿qué estaba diciendo? Tampoco es que quisiera que se acostara con otras. Era correr demasiados riesgos y...

Sentí un retortijón. Seguro que me había comido el cruasán demasiado rápido.

«Tic. Tic. Tic.» Vi cómo le latía el músculo de la mandíbula con una fascinación nerviosa. El enfado de Christian era como una ola: lenta y traicionera, y arrasaba allí por donde pasara. Sin embargo, cuando volvió a hablar lo hizo con un tono suave y sosegado como un lago en pleno verano.

—Tomo nota.

¿*Tomo nota*? Era la respuesta más genérica que me podría haber dado, pero yo era demasiado tímida como para pedirle que fuera más preciso.

No volvimos a hablar en todo el desayuno.

Aquella tarde, mientras Christian trabajaba desde el despacho de su casa y los de la mudanza me traían el resto de las pertenencias que tenía en mi apartamento, exploré el lujoso piso de soltero de casi setecientos cincuenta metros cuadrados que acababa de convertirse en mi casa hasta Dios sabía cuándo.

Había venido aquí cada semana para cuidarle las plantas a Christian; sin embargo, cuando terminaba, me marchaba de inmediato. Nunca me había tomado el tiempo de inspeccionarlo.

Aquel ático ocupaba la undécima planta del Mirage al completo. Dada la limitación de altura de la ciudad, ningún edificio de Washington podía tener más de once pisos.

Tenía los suelos de mármol y de color gris claro; los muebles eran de cuero negro, y los ventanales que cubrían todas las paredes ofrecían una panorámica absoluta de la ciudad. Aquella casa era un claro reflejo de su dueño: elegante, decorada con un gusto exquisito y preciosa, aunque fría e impersonal.

Christian tenía todo lo fastuoso que se pudiera esperar de un hombre tan rico como él: un *rooftop* privado con piscina y, al final del pasillo desde el cual se accedía a su estudio, un gimnasio de última generación; aun así, mi estancia favorita de la casa era la biblioteca.

Montañas de cojines convertían los profundos alféizares en unos rincones de lectura soleados mientras unos modernos sofás de color naranja le daban a la sala un inesperado toque de color. Las estanterías negras estaban personalizadas con cientos de libros y, a juzgar por sus usados lomos, resultaba evidente que Christian no los utilizaba como atrezo, sino que los leía de verdad.

Ahí fue cuando decidí hacer de tripas corazón y llamar a mis amigas. Me había pasado el día posponiéndolo, pero no podía seguir aplazándolo más.

Primero llamé a Ava. Bridget vivía en Eldorra y contaba con protección de sobra, y Jules ya sabía lo del acosador, así que no tardé demasiado en ponerla al día.

—¡Hey! —A pesar de mis circunstancias, que no eran

precisamente ideales, la alegre voz de Ava me hizo sonreír—. ¿Qué hay?

Mucho que contarte.

—Nada nuevo. ¿Estás en casa? —Quería asegurarme de que no estuviera de camino a ninguna parte cuando le soltara la bomba.

—*Sip*. Acabo de llegar. —Oí una puerta cerrándose y, a lo lejos, una voz masculina. Supuse que sería Alex, su prometido.

Saber que mi amiga podía contar con Alex me alivió un poco.

Alex Volkov imponía muchísimo y, a pesar de que me sintiera un tanto incómoda a su alrededor —estaba casi convencida de que tenía ciertos patrones psicópatas—, daría su vida con tal de proteger a Ava.

—Genial. —Jugueteé con el dobladillo de la camiseta. Deberá haber escrito un discurso para saber cómo contárselo, pero ahora ya era demasiado tarde—. ¿Qué tal el trabajo?

—Muy guay, pero muchííísimo curro. Estamos trabajando en el número de las mejores fotos del año y...

Escuché lo que me iba contando sobre su último encargo de fotografía y su boda, que cada vez estaba más cerca, un poco por encima. Luego mencioné lo de mi acuerdo con Delamonte sin entrar en detalles.

Aún tenía que hablar del contrato con Brady. Con todo lo que había sucedido en las últimas veinticuatro horas, se me había pasado completamente.

Al universo no se le daba demasiado bien escoger el mejor momento para que ocurriesen las cosas.

—¿Y qué más es de tu vida aparte de lo de Delamonte? ¿Cómo va todo con Christian? —se interesó Ava—. No has vuelto a subir nada con él desde que colgaste esa foto de la galería de arte. Por cierto, es supertierna.

Ahí estaba. El tipo de comentario que estaba esperando para cambiar de tema.

El móvil se me resbaló un poco de la mano. Tenía un nudo en la garganta, pero intenté que me salieran las palabras.

—Ya, sobre eso... Verás, eh... —Tosí—. Ayer me fui a vivir con él.

Hubo un momento de silencio y, a continuación, Ava gritó incrédula:

—¿¡Qué!?

Hice una mueca y me aparté el móvil de la oreja. Para ser tan poca cosa, Ava tenía un vozarrón.

—¿Cómo que te-has-ido-a-vivir-con-él? Pensaba que era solo... —bajó la voz para susurrar; debería tener a Alex cerca— una relación falsa. ¿Cómo es que de repente estáis viviendo juntos?

—Ahí quería llegar. —Abrí el pecho y tomé una profunda bocanada de aire para coger fuerzas—. Me...

«Me acosan.»

Tenía las palabras en la punta de la lengua, pero no querían salir.

Llevaba tanto tiempo guardando aquel secreto que la idea de compartirlo con mis amigas hacía que el corazón me latiera con más fuerza que un animal encerrado aporreando su jaula.

Christian y Jules sabían la verdad, pero solo porque no me había quedado más remedio que contársela. A Christian porque me encontró la misma noche en que recibí aquella nota, y a Jules porque, cuando el acosador apareció por primera vez, vivíamos juntas. Pero Jules no sabía que había vuelto a sus andadas.

—Me, eh... —«Suéltalo ya.» Me levanté y eché a andar por la sala; estaba demasiado nerviosa como para quedarme sentada—. Me he ido a vivir con él porque... porque me acosan. Y ayer se coló en mi apartamento.

Las palabras por fin me salieron de la boca y aterrizaron en el suelo con un golpe seco y tan pesado que retumbó por todos mis huesos. Sin embargo, el silencio que se hizo fue tan denso que incluso podía tocarlo a través de la línea telefónica.

—¿Qué? —soltó Ava. Esta vez no lo hizo de forma tan estridente, aunque sí parecía algo confundida por el *shock*.

Me detuve justo al lado de los helechos que había en una esquina. El olor a tierra y a plantas se abrió paso en mi interior hasta llenarme los pulmones y me dio la fuerza que necesitaba para contárselo todo. Empecé con lo de las notas de hacía un par de años y terminé con el último descubrimiento de ayer.

Cuanto más hablaba, más fácil me resultaba explicárselo, a pesar de que me sentía un poco incómoda. No me gustaba nada preocupar a mis amigas.

—O sea que me he ido a vivir con Christian por eso —terminé—. Es lo más seguro hasta que pillen al acosador en cuestión.

Me froté el collar con el pulgar. Era una amatista, para calmar las energías y soltar el estrés. Cuando los de la mudanza lo dejaron todo aquí, fui directa a por esta pieza.

Necesitaba deshacerme de tanto estrés como fuera posible.

—Ya, pero... —Ava suspiró—. Lo siento. Es que todavía no asimilo que todo esto empezara hace tres años —señaló enfatizando en las últimas dos palabras— y no me hubieras dicho nada hasta ahora. No estamos hablando de un novio secreto o de... de que tuvieras otro trabajo como bailarina, Stella. Eres mi mejor amiga y tu vida estaba en peligro. —No parecía enfadada, pero sí dolida, lo cual era aún peor—. Te habría ayudado.

—No podías hacer nada. Si te hubiese ocurrido algo por mi culpa, no me lo habría perdonado jamás.

Otra larga pausa.

—¿Lo saben Jules y Bridget?

Me mordí el labio inferior con fuerza.

—Jules sabe lo de las primeras cartas porque, por aquel entonces, vivíamos juntas. Bridget no tiene ni idea de nada. El acosador dejó de mandarme cartas al cabo de unos meses —añadí—, así que tampoco es que fuera un problema que durase demasiado.

«Hasta que reapareció.»

—Dios —exhaló Ava—. Menuda locura.

—Aunque no tanto como que te secuestre el psicópata del tío de tu novio, ¿no? —Disimulé mis nervios con una risa algo temblorosa.

A pesar de estar siempre alegre, Ava había experimentado más experiencias traumáticas que yo a lo largo de los años.

—Cierto. Nuestras vidas son dignas de culebrón —dijo con indiferencia—. Oye, vente a mi casa hasta que hayáis pillado a ese tío. A Alex no le importará y podrá echar un cable. Espera, que lo llamo. —Levantó la voz—. Alex, ¿puedes venir? Tengo que...

—¡No! No se lo digas. —Meter a Alex en esto era una malísima idea. Ese era tan capaz de ayudar a alguien como de matarlo—. Lo tengo controlado. Además, Christian es un experto en el sector de la seguridad y vosotros ya tenéis bastante con la boda.

—A la mierda la boda... Joder. Espera. —Ava debió de tapar el micro con la mano porque, de pronto, su voz sonó más amortiguada—. No, cariño, ¡claro que quiero casarme! Estaba hablando con Stella de, eh..., de la organizadora de la boda... No, ni se te ocurra echarla. Es genial. Solo estaba un poco frustrada ahora mismo; a muchas novias les pasa. Pero ahora ya estoy bien. Sí, te lo prometo... ¿Que por qué te había llamado? Ah, sí, es que me muero por unas de aquellas nuevas *cookies* de frambuesa y limón que hacen en Crumble & Bake. ¿Podrías bajar a por unas cuantas, por favor? ¡Gracias! Te quiero. —Ava volvió a hablarme a mí, jadeante—. Perdona. Alex está atacado de los nervios con lo de la boda. El otro día hizo llorar a la florista. —Suspiró—. Estamos trabajando en sus habilidades interpersonales.

Normalmente eran las novias las que se obsesionaban con el más mínimo detalle, pero Alex era la clara definición de alguien con personalidad tipo A.

—Bueno. —Ava recuperó la seriedad—. ¿Estás segura de que no necesitas ayuda? Sé que Christian seguramente ya se esté ocupando del tema, pero Alex conoce a todo el mundo.

—Sí, estoy segura. No hace falta que metamos a más gente en todo este lío.

Entre la mudanza, el guardaespaldas y no sé qué más, el tema ya se había ido suficiente de madre. Lo último que quería era hacer una bola aún más grande de todo.

—No nos metes en ningún lío. Queremos estar ahí. Eres nuestra amiga, Stella —me corrigió Ava con delicadeza—. Si estás en peligro, queremos ayudarte. Para eso están las amigas. Tú harías lo mismo por nosotras.

Me emocioné y sentí un nudo en la garganta. Natalia y yo éramos hermanas de sangre, pero Ava, Jules y Bridget eran la familia que había elegido.

Habíamos estado allí las unas por las otras tanto en los mejores como en los peores momentos de cada una. Y, a pesar de que no hubiese compartido los aspectos más negativos de mi vida con ellas, saber que estaban ahí me ayudaba a seguir con mi día a día.

A veces bastaba con saber que alguien se preocupaba por nosotros.

—Lo sé. Si necesito algo, os lo diré. Lo prometo.

—Vale. —A pesar de su evidente reticencia, Ava no insistió más—. Tú vigila. Y no lo digo solo por el loco ese que te manda notas.

«También lo digo por Christian.»

No lo dijo, pero lo oí alto y claro.

—Lo haré. —Volví a tomar una bocanada de aire—. Tengo que colgar. Te quiero.

Ava quería decir algo más, lo noté, pero no lo hizo.

—Y yo a ti.

Colgué.

«Una de tres.»

A continuación llamé a Jules. Se pondría como loca, pero ella ya sabía lo del acosador, así que a lo mejor tampoco se alarmaba tanto...

Venga ya, ¿a quién quería engañar? Si no se personaba aquí, machete en mano y con un plano para peinar todos y cada uno de los barrios de Washington hasta dar con el tío en cuestión, estaría de suerte.

—Hey, J. —saludé cuando respondió—. ¿Estás en casa? No tendrás ningún objeto afilado cerca, ¿no? Genial, porque tengo que contarte una cosa...

18
Christian

Me pasé el día revisando las grabaciones de las cámaras de seguridad de la jornada anterior. Había horas y horas de vídeo que no servían para nada, pero seguí fijándome en lo mismo una y otra vez: un «problema técnico» durante un periodo de media hora que, justamente, coincidía con el momento en el que Stella había bajado a la cafetería.

El acosador no solo había entrado en su apartamento, sino que, además, había hackeado el sistema de vigilancia de circuito cerrado del Mirage. Me habría parecido imposible de no ser porque me lo confirmaron aquellos treinta minutos de una imagen estática que reemplazaban lo que debería haber sido una vista perfecta del pasillo que daba al piso de Stella.

Ya había pedido que renovaran por completo y con urgencia el sistema de seguridad del edificio, que cambiaran todos los códigos y que barrieran cada esquina y cada grieta del Mirage en busca de algo que demostrara cualquier tipo de manipulación. No encontraron nada, y eso solo podía significar una cosa.

O lo había hecho alguien desde dentro del edificio, o el acosador contaba con la ayuda de alguien que trabajaba en el Mirage.

Se me heló la sangre con solo pensarlo.

Todos mis trabajadores tenían que someterse a un chequeo exhaustivo antes de que los contratara, pero en la vida pueden pasar muchas cosas. Bastaba con que alguien te debiera algo o que alguien a quien querías estuviera en peligro para conseguir persuadir y sobornar a una persona que se encontrase en una posición vulnerable.

Sabía de lo que hablaba. Normalmente era yo quien persuadía y sobornaba a los demás.

Exhalé y sacudí los hombros para deshacerme de la ira que sentía.

Había un lugar y un momento para preocuparme de los negocios. No iba a hacerlo mientras cenaba con Stella.

Ya estaba sometiendo a una segunda ronda de chequeo a todo el personal del Mirage y de Seguridad Harper. Mañana sabría si alguno de mis empleados tenía alguna debilidad que alguien ajeno hubiese podido explotar.

Hasta entonces, me guardaría los detalles menos agradables de la investigación para mis adentros.

Parecía que Stella se había recuperado de lo del allanamiento de morada, pero es que era muy buena escondiendo sus verdaderas emociones.

Incluso sus amigas habían pensado que estaba serena a pesar de los evidentes indicios de ansiedad: cómo le cambiaba la respiración y cómo se le ensombrecían los ojos, y esa costumbre de juguetear con el collar siempre que estaba inquieta.

Ahora no presentaba ninguno de estos síntomas, pero eso no significaba que se hubiese olvidado de lo ocurrido. Joder, si solo habían transcurrido veinticuatro horas.

—Por cierto, Luisa me ha contado lo de Delamonte —dije para llenar el silencio en el que se había sumido nuestra conversación—. Felicidades.

Desde que habíamos empezado a comer, Stella había hablado de todo menos de lo de su casa. Ni siquiera me había contado cómo se habían tomado sus amigas la noticia, aunque a mí eso me daba igual. Solo me interesaba saber que no iban a hacer nada estúpido que fuera a meterla en problemas.

Aun así, si no quería hablar de lo ocurrido, yo no iba a obligarla.

En lugar de sentarse a mi lado como había hecho durante el desayuno, se sentó en la otra punta de la mesa para ocho comensales.

Aquella distancia me irritó más de lo que debería haberlo hecho. Sin embargo, al ver cómo se le iluminaba la mirada en cuanto saqué el tema de Delamonte, se me dibujó una diminuta sonrisa en los labios.

—Gracias. No me creo que lo haya conseguido. Todavía tengo que hablarlo con mi mánager y firmar el contrato, pero... —Se le apagó un poco la sonrisa—. Bueno, ya sabes lo que ha pasado. En fin. —Carraspeó y bebió un poco de agua—. Estoy muy ilusionada. Esta campaña puede abrirme muchísimas puertas.

—¿Eso es lo que quieres? ¿Trabajar siempre con distintas marcas?

Mirándolo desde un punto de vista lógico, haberle dicho a Stella que viniera a vivir conmigo había sido una de las peores decisiones que podría haber tomado.

Era mi mayor distracción. Mi debilidad.

Por eso había intentado mantener cierta distancia por la mañana, pero no me había gustado en absoluto que me dijera que le daba igual que saliera con otras mujeres y me las follara.

Como si hubiera sido capaz de pensar en cualquier otra mujer que no fuese ella desde que la conocí.

Había intentado mantenerme alejado de Stella, pero no había aguantado ni un solo día.

—No me parece mal hacerlo durante un tiempo —dijo respondiendo a mi pregunta—, pero no sé si me resultaría provechoso a largo plazo. Puede...

Parecía indecisa, así que esperé.

Tenía la misma mirada que la gente que esconde un secreto que se muere por contar, pero que teme desvelar.

—Pueeede que algún día cree mi propia marca. No es nada seguro —se apresuró a añadir—. Es solo una idea. Ya veremos.

Arqueé las cejas. No tanto porque estuviera sorprendido, sino más bien intrigado.

Que Stella crease su propia marca de moda tenía muchísimo más sentido que verla trabajando para una revista.

En esta vida había líderes y adeptos. Stella igual pensaba que pertenecía al segundo grupo, pero tenía muchísimo talento y un brillo sin igual como para dejar que la acorralaran las expectativas que tenían los demás de ella.

—Es una gran idea.

Stella pestañeó. Era evidente que mi respuesta la había sorprendido.

—¿En serio? —parecía algo dudosa.

—Entre tu blog y tus redes sociales, ya has creado una marca. No debería costarte crear otra. —Se me encorvó la comisura de los labios—. Me corrijo: no debería costarte tanto.

Stella arrugó la frente.

—Nunca me lo había planteado así.

—Créeme: puede que aún no hayas creado algo material, pero seguramente tienes más camino hecho del que piensas. —Conocía el sector y las estrategias de *marketing*, lo cual solía ser lo más complicado. Crear un producto físico sería pan comido—. ¿Tienes un plan de negocio?

Mi calmada pregunta traicionó el zumbido de la sangre que me corría por las venas.

Estaba alargando la conversación yo mismo, pero era la primera vez que hablábamos de algo real, de algo que no fuera mi trabajo, su acosador o nuestro acuerdo.

Stella compartía gran parte de su vida en las redes, pero lo que yo quería era oírla hablar a ella. Quería entender cómo pensaba, cómo se sentía y cómo veía el mundo.

Quería desenredar todas las hebras que la convertían en quien era y ponerlas una al lado de la otra, individualmente, para poder analizarlas. Para comprender qué poseía esta mujer en particular que tan fascinado me tenía cuando en el mundo había miles más que eran objetivamente igual de atractivas que ella y que me deseaban más.

—¿Hacer bocetos, coser y rezar para que me salga algo sirve?

Al oír su esperanzada voz, otra sonrisa amenazó con dibujárseme en la cara.

—Es impresionante, pero me temo que te hará falta algo más preciso.

Suspiró.

—Ya decía yo. La parte creativa, bien, pero es que odio los números. Cualquier cosa que se aleje de los aspectos más básicos de contabilidad escapa de mi conocimiento.

—Cuando hayas subido los suficientes escalones y alcances el éxito, podrás contratar a alguien para que te lleve las cuentas y demás, pero hasta entonces... —Repiqueteé con los dedos en la mesa. Una vez. Dos—. Yo te ayudaré.

Aquellas tres palabras se quedaron colgando en el aire, entre los dos, tan estupefactas como yo.

Entre la traición de alguien de mi equipo, su acosador y los de Sentinel, que vigilaban todos mis pasos, ya tenía un millón de cosas de las que ocuparme. No hacía falta que añadiera una maldita marca de moda a la lista.

Pero ahora ya me había ofrecido y no podía dar marcha atrás.

Y, para ser justo, tampoco quería.

Stella abrió los ojos.

—Tú me ayudarás. ¿Personalmente?

—Creo que eso quedaba claro cuando he dicho «yo», sí.

—¿Por qué?

—¿Eso qué más da?

Arqueó una ceja, testaruda.

Suspiré.

—No te escribiré el plan, Stella; eso tienes que hacerlo tú. Yo te enviaré una plantilla para que la sigas e iré revisando lo que hagas. No me robará tanto tiempo.

Dependiendo de cómo lo hiciera Stella, a lo mejor me robaba todo el tiempo del mundo, pero no dije nada.

—Además, así, cuando seas la próxima gran diseñadora de moda, podré decir que yo estuve ahí desde el principio —añadí.

—Tal y como lo dices, hasta parece que creas a pies juntillas que va a suceder.

—Es que lo creo. —Había visto a gente abriendo y cerrando negocios con el paso de los años. Normalmente, los que crecían eran los que lideraban personas con las mismas cualidades que ella: creatividad, pasión, disciplina y ganas de aprender.

Stella tenía todo eso y más. Solo necesitaba descubrirlo ella solita.

Como respuesta, me dedicó una tímida mirada y una cálida ola de calor me bailoteó por el pecho.

—De, eh..., de hecho tengo algunos bocetos para posibles diseños. ¿Quieres verlos?

Por fin se me ensanchó la sonrisa de oreja a oreja, despacio.

—Me encantaría.

El silencio nos acompañó mientras íbamos hacia su cuarto. Una vez allí, Stella cogió un montón de hojas de papel del cajón de su escritorio y me las pasó.

—Quería que la línea presentara el mismo tipo de ropa que ya aparece en mi cuenta. Ropa de alta calidad con un abanico de precios para que pueda ser asequible para todo tipo de clientes. Y muchos vestidos —añadió—. Me encantan los vestidos.

Stella se mordió el labio inferior mientras yo miraba los esbozos.

—No son más que bocetos. —Jugueteó con el collar—. Hacía mucho que no dibujaba; estoy un poco oxidada...

—Son maravillosos.

Los esbozos de Stella eran exuberantes y llenos de detalles, rebosaban color y las siluetas estaban marcadas a la perfección. Eran diseños que merecían estar en las pasarelas de Milán o de París, no escondidos en la esquina de una habitación en Washington.

Titubeó.

—¿Tú crees?

—Sí. Y yo no miento para hacer sentir mejor a la gente. Si fueran malísimos, te lo diría, pero no es el caso. —Le devolví los dibujos—. Tienes talento. No dejes que nadie, ni siquiera tú misma, te diga lo contrario.

Al oír mis palabras, Stella separó muy sutilmente los labios.

Fue un movimiento minúsculo, pero mis ojos se aferraron a él como un imán se aferra al acero.

El aire se tornó más denso y nos sofocó con el tictac de una tensión que recordaba a una bomba a punto de explotar.

—¿Me has entendido? —Se lo pregunté en voz baja, pero mis palabras ardieron entre los dos al igual que la leña al echarle gasolina.

Tragó saliva con fuerza y se le balancearon las finas líneas del cuello.

—Sí. —El suave aliento que acompañó su respuesta me rozó la piel y se me acomodó en la parte baja de la ingle.

La tenía tan cerca...

Podía ponerle punto final a este juego ahora mismo; podía conseguir que hiciera lo que yo quisiera y avivar las brasas de atracción que había entre nosotros hasta que se convirtieran en ardientes llamas. Podía darle a probar un poco de lo que podría ser suyo si sucumbiera a la certeza de un *nosotros*.

Todo.

—Bien.

Agaché la cabeza y, con un movimiento sutil y casi inconsciente, mis labios rozaron los suyos.

Dos segundos. Una sílaba. Una momentánea descarga eléctrica me chamuscó todos los poros de la piel.

En la distancia, algo, un montón de papeles, cayó volando al suelo.

Inhalé el suave grito ahogado de Stella como si fuera la última gota de oxígeno que podría respirar en toda mi vida y, al notar su dulce sabor, se me escapó un gemido.

Casi no había sido ni un beso. Ni siquiera nos habíamos movido, pero aquel breve contacto me había consumido.

Me había desprovisto de aire en los pulmones. Me había arrebatado los latidos de mi corazón.

En aquel momento, lo único que existía era Stella.

Respiré para olerla. Exhalé. Y me aparté.

Nos quedamos mirando el uno al otro.

Aquel casi beso no había durado ni una milésima de segundo. Sin embargo, ambos estábamos sonrojados y jadeando como si acabáramos de volver de correr una maratón.

La sorpresa y algo más intenso le ensombreció la mirada hasta convertir sus ojos en un mar de color esmeralda.

—Christian... —El sonido de mi nombre acompañado de su somera respiración me inyectó una dosis de lujuria directa en las venas.

Se me endureció la entrepierna.

No podía ni creerme que tuviera una erección tras unos segundos de casto contacto, pero ahí estaba.

—Haremos la primera reunión empresarial la semana que viene. Ven preparada. —Me remangué la camisa. La frialdad de mi voz era completamente opuesta a las llamas que me abrasaban la piel. ¿Cuándo había empezado a hacer tanto calor aquí, joder?—. Buenas noches, Stella.

Me fui antes de que pudiera responder.

Todas las moléculas de mi cuerpo me pedían que me quedara y terminara lo que había empezado, pero era demasiado pronto. Hacía solo un día que alguien se había colado en su casa, por el amor de Dios.

Me metí en el baño y abrí el grifo del agua para que bajara tan fría como fuese posible. Ni siquiera eso consiguió aplacar el ardor de mi sangre.

19
Stella

31 de marzo

Yo...
Qué-acaba-de-pasar.

Una semana después de haberme ido a vivir a casa de Christian descubrí su sucio secreto.

En una oscura esquina de su estudio, escondido entre los DVD de *Reservoir Dogs* y *El padrino,* Christian tenía una edición de coleccionista de *Spice World*.

Como os lo cuento. Christian Harper, el director ejecutivo de Seguridad Harper y seguramente el hombre más aterrador que había conocido en la vida, tenía una edición especial de una película sobre un grupo musical de chicas de los noventa que, además, daba la casualidad de que era una de mis favoritas, sencillamente por lo teatral que era.

No sabía que la gente todavía tuviera DVD. Aun así, no iba a dejar escapar la oportunidad de ver una de las películas con las que más me había obsesionado de pequeña en el televisor de pantalla plana de última generación de Christian.

Según lo que ponía en su horario, no volvería a casa hasta dentro de dos horas, así que me permití desinhibirme un poco.

Canté y bailé al son de la película sin parar, y si lo hacía era solo para ir comiéndome el helado que había dejado en la mesita.

Cantar y bailar no era lo que mejor se me daba y seguramente estaría haciendo el ridículo, pero me sentía tan contenta que me dio igual.

Había sido un buen día.

Ya había firmado oficialmente el contrato con Delamonte y habíamos programado la primera sesión de fotos, que tendría lugar la próxima semana en Nueva York. No sería una gran sesión, por eso la habíamos planeado con tan poco tiempo, pero estaba extremadamente contenta de empezar a colaborar con ellos y de volver a la Gran Manzana.

Además, también había terminado unos cuantos bocetos más y había empezado a rellenar la plantilla que me había mandado Christian para mi plan de negocios. No era tan tedioso como había temido, si bien ciertos aspectos, como el análisis financiero y el plan de producción, me daban algún que otro quebradero de cabeza.

Desde que ocurrió, ninguno de los dos mencionó nuestro casi-barra-medio beso. Nos limitamos a hablar más bien poco o a tratar temas como el trabajo o mi línea de moda, y a mí eso ya me parecía bien.

De hecho, todo había seguido tan normal entre los dos que incluso me había llegado a plantear si aquel «beso» había sucedido de verdad. A lo mejor había sido producto de mi imaginación y había nacido de la misma insensatez que me había llevado a enseñarle mis esbozos.

Nunca se los había mostrado a nadie.

Y, mientras tanto, el temor infundido por mi acosador había ido retrocediendo, quedándose encerrado tras los cristales blindados y las paredes reforzadas con acero que caracterizaban el ático de Christian. Si pensaba demasiado en el tema, la ansiedad volvía a mí; de todos modos, estaba tan ocupada que ni siquiera tenía tiempo para pensar en ello. Podría perderme en mi burbuja de autoengaño para..., bueno, no para siempre, pero sí por un rato, al menos.

Así que, como comentaba antes, había sido un buen día.

Con la cuchara llena de helado en la boca y los pies descalzos rozando el frío suelo de mármol, empecé a girar.

Estaba tan en mi salsa que ni siquiera me di cuenta de que había entrado alguien en la sala hasta que vi una silueta oscura al dar otra vuelta.

Grité. Fue entonces cuando mi cerebro se fijó en la esbelta y musculada figura de alguien que llevaba puesto un traje hecho a medida.

Se me resbaló la cuchara de la boca y cayó al suelo, no sin mancharme la camiseta de dulce de leche derretido por el camino.

—Las mujeres no suelen saludarme así, pero al menos vas mejorando y ya no estás cantando a la tirolesa. —A pesar de aquel irónico insulto, una expresión divertida suavizó las exquisitamente marcadas facciones de Christian.

En sus ojos, en cambio, resplandecía algo totalmente distinto. Eran unas espadas cubiertas por una seda negra y con un filo tan frío que incluso lograba que me ardiera la piel.

Su mirada me recorrió el cuello y el torso hasta llegar a mis piernas, desnudas, antes de repetir el gesto de forma ascendente parar posarse en mi cara.

Lentamente, sin prisa alguna, como un gato jugueteando con un ratón.

Y yo me quedé ahí quieta con miedo a que cualquier movimiento fuera a partirme en dos y a dejar al descubierto, en medio de aquel aire cargado de electricidad, mi desbocado corazón.

De repente me di cuenta de que llevaba unos *shorts* muy muy cortos, de que el top me dejaba gran parte del vientre al aire y de que, entre las almohadillas de gel para los ojos y el pelo echado hacia atrás porque aún no me había enjuagado el acondicionador, debería tener unas pintas catastróficas. Por no hablar de que Christian acababa de verme bailando y dándolo todo con la música de las malditas Spice Girls en su propio salón.

La vergüenza que sentí se encargó de apagar las llamas que había encendido su escrutinio. Sin embargo, me agarré al ápice de dignidad que me quedaba con uñas y dientes.

—No estaba cantando a la tirolesa. Estaba calentando las cuerdas vocales. —Me agaché y recogí la pegajosa cuchara del suelo con tanta elegancia como pude—. Además, pensaba que estaba sola. Nunca llegas tan temprano.

—No sabía que te fijabas en cuándo entraba y salía.

El aterciopelado tono de sus palabras me rozó la piel como si fuera la caricia más sensual del mundo.

Christian salió de entre las sombras y se acercó a mí. Iba vestido cual hombre de negocios de arriba abajo; no obstante, sus brillantes ojos de color ámbar y la elegancia depredadora con que se movía me recordaron a una pantera que acecha su presa con sigilo. Era como una bestia alargando lo inevitable solo porque estaba harta de conseguir todo cuanto se le antojara sin esfuerzo alguno.

—No me fijo en nada de eso, pero llevo una semana viviendo aquí. No hace falta que estudie cuándo entras y sales de casa para saber tus horarios.

Christian era de los que madrugan. Yo también. Sin embargo, cada mañana, cuando subía a la azotea para hacer yoga al alba, Christian ya se estaba duchando y el olor de café que provenía de la cocina inundaba la casa.

Se iba a las 7:30 en punto y volvía al cabo de doce horas. Cuando regresaba, lo hacía igual de impecable que cuando se había marchado por la mañana.

Era algo antinatural.

Pum. Pum. Pum.

Se detuvo frente a mí y noté cómo me latía el corazón en la muñeca, el pecho y los oídos.

Especias y cuero. Traje negro impoluto y gemelos plateados. Tanta perfección era intimidante, pero la familiaridad que desprendía me reconfortaba.

—¿Sabes por qué he venido antes? —Christian levantó la mano y, durante un excitante y aterrador segundo, pensé que iba a agarrarme el pecho.

En lugar de eso, me pasó el pulgar por el escote, donde tenía una manchita de helado.

Su suave tacto se abrió paso entre mis venas y acabó anidándoseme en la entrepierna.

—No. —Con la tormenta que acababa de desatarse entre el aire que nos separaba, apenas podía oírme a mí misma.

Ya hacía rato que el sonido de la película había pasado a segundo o tercer plano y había sido reemplazado por el frenético redoble de mi corazón.

—Habíamos quedado. —Fruncí el ceño y a Christian pareció hacerle gracia—. Nuestra primera reunión de negocios.

Pestañeé. Tenía el cerebro demasiado aturdido como para procesar lo que me estaba diciendo a tiempo real.

Reunión de negocios...

Programaré una reunión semanal y la añadiré a tu calendario. Ven preparada.

—Ah. ¡Ah! —Mi plan de negocios. Ese que solo había rellenado a medias.

Al acordarme, la capa de feromonas que me nublaba la vista se cayó y recobré el ritmo normal de mi respiración.

—Aún no lo he rellenado —admití—. Me faltan algunas partes.

Me había llevado más tiempo pensar en lo que quería a nivel empresarial que anotarlo en sí.

Fui mentalizándome rápidamente a la espera de que Christian me soltara un sermón o, como mínimo, suspirase decepcionado. Sin embargo, se limitó a decir:

—Veamos qué tienes...

Cogí los papeles de la mesita y se los pasé.

Todavía notaba el imaginario tacto de su mano en mi piel. No obstante, mientras aguardaba su veredicto, la tensión que había sentido antes se convirtió en un mar de nervios.

Al cabo de un silencio interminable, me devolvió el documento y dijo:

—Bien.

—¿Bien?

«¿Y ya está?»

—Sí, bien. El resumen es claro y sucinto, y resulta evidente que has hecho un buen estudio de mercado. No le vendrían mal unos cuantos retoques, pero mejor nos encargamos de esto cuando el borrador esté listo. —Se le encorvaron los labios—. Tampoco esperaba que fueras a redactar el plan entero en una semana, Stella; sobre todo porque es algo totalmente nuevo para ti.

El nudo que sentía en el pecho se desvaneció. Qué alivio.

—Pues podrías habérmelo dicho antes. ¡Casi me da un infarto por tu culpa!

Yo era la típica alumna que siempre —repito: siempre— lo terminaba todo a tiempo. Se me ponían los pelos de punta con solo imaginar que podía entregar algo fuera de plazo.

«Decepción. Fracaso.»

Sacudí la cabeza para deshacerme de aquellas voces traicioneras antes de que me clavaran sus garras. Sin embargo, su eco permaneció y aplacó un poco mi entusiasmo.

—Si te lo hubiera dicho, ¿habrías hecho todo esto?

Suspiré. Lo que acababa de decir tenía sentido.

—Seguramente no.

—Justo. —Christian desvió la vista hacia el televisor—. Aunque siento haber interrumpido tu apasionante interpretación de las Spice Girls. Deberías haber sido miembro de un grupo de chicas.

Entrecerré los ojos. Una vez, a principios de secundaria, mi profe de música comparó mis habilidades vocales con las de un gato moribundo.

Digamos que no fue la profe más maja del planeta.

—Estaba haciéndolo por mí, no por ti. No deberías haber estado aquí. —Me quité las almohadillas de los ojos con tanta naturalidad como pude. Entre el cantar, el bailar y el helado, ya me había dejado bastante en evidencia como para dejar que una almohadilla se me cayera sola.

—Es mi casa.

—Pero estaría bien que avisaras al entrar.

—Iba a hacerlo, pero cuando he visto cómo te ibas tropezando por mi salón como una cría de elefante borracho me he quedado fascinado. —Ahogué un grito indignada y Christian se rio. Lo de bailar no era lo mío, pero al menos se me daba mejor que a un elefante borracho. Seguro. Quizás—. Positivamente, eh.

Después de esto, ya nunca recuperaría mi dignidad.

—Positivamente, claro. Ahora me siento muchísimo mejor. —Levanté la barbilla y cambié de tema antes de que aquella humillación se me comiera viva—. Por cierto, la semana que viene tengo mi primera sesión de fotos con Delamonte. En Nueva York.

A Christian se le fue apagando la risa, aunque sus labios siguieron mostrando diversión.

—¿Qué días?

Se lo conté.

—Vale. Iremos en mi *jet*.

Me lo quedé mirando. Seguro que lo había oído mal.

—¿Vas a venir conmigo?

—A eso me refería con *iremos*, sí.

En público era muy amable y educado, pero, cuando estábamos a solas, a veces era sarcástico de narices.

—¿No tienes una empresa que dirigir? —Seguro que tenía cosas más importantes que acompañar a su novia falsa a una sesión de fotos.

—Si mi empresa no puede sobrevivir dos días sin mí, entonces es que he fracasado como director ejecutivo. Por no hablar de tu no-demasiado-agradable admirador secreto, que sigue por ahí. Dudo que te vaya a seguir hasta Nueva York, pero es mejor que no nos arriesguemos.

—Puedo ir con Brock. Me cae bien. Es majo.

Vale, solo habíamos coincidido en una ocasión y no lo había vuelto a ver nunca más, pero cada vez que salía de casa notaba la calidez de su cuerpo y su reconfortante presencia. Tener un guardaespaldas no estaba tan mal como me había imaginado.

Además, no me sentía tentada de acostarme con él, lo cual era una ventaja enorme.

Christian siguió con la misma expresión. Sin embargo, la temperatura se desplomó veinte grados de repente.

—No vas a ir con Brock. Irás conmigo. —Sus palabras fueron tan gélidas que podría haber tallado una escultura de hielo en ellas—. Su trabajo se basa en mantenerte a salvo sin que se le vea. Y punto. ¿Ha estado haciendo lo que se le ha pedido, Stella?

Me dio la impresión de que se trataba de una pregunta trampa.

—¿Sí? —me aventuré a responder.

No tenía ni la más mínima idea de por qué Christian se había cabreado tanto, pero tampoco quería que echara a Brock.

—Bien.

Ya estaba empezando a odiar esa palabra.

Me crucé de brazos, tanto para que no se viera lo enervada que estaba como para esconderme de las heladas olas que desprendía el enojo de Christian.

—¿Mal día en el trabajo? —pregunté—. ¿O es que convertirte en un monstruo volátil forma parte de tu rutina nocturna?

Me clavó la mirada en la piel por toda respuesta.

Lo había dicho en broma, pero, ahora que me fijaba, sí que lo veía algo estresado. Tenía las líneas de la mandíbula tensas y el ceño ligeramente fruncido. Y de su cuerpo emanaban oscuros e incesantes zumbidos de frustración.

—¿Mal día en el trabajo? —repetí con un tono más dulce.

Esperaba que Christian fuera a quitarle hierro al asunto. Aun así, me sorprendió al responder con honestidad:

—Tengo un cliente complicado.

—Supongo que tendrás muchos de esos.

La lista de clientes de Seguridad Harper era como un *Quién es quién* de directores ejecutivos, famosos y miembros de la realeza. Eso era muchísimo ego para una sola empresa.

—Tampoco creas. —Se quitó la chaqueta y la dejó en el respaldo del sofá. La camisa se le ajustaba, tirante, a la altura de los hombros, y los músculos se le tensaban con cada movimiento que hacía.

«Para. Ahora no es momento de babear.»

—Si alguien insiste en tocar las narices, les enseñamos dónde está la puerta y, una vez fuera, no pueden volver a entrar. Tengo una empresa de seguridad, no una guardería. No tengo tiempo para hacerle de niñera a gente con un ego descomunal. Dicho esto... —Su voz adoptó un tono irónico—. Hay egos que van de la mano con contactos útiles. Este cliente está molesto porque he firmado un contrato para ofrecerle mis servicios a su competencia y está amenazándome con irse si no dejo al otro.

Los adultos eran aún más ruines que los adolescentes, de veras.

—Y supongo que será un cliente importante.

—Uno de los mejores que tengo.

—O sea que no quieres perderlo, pero tampoco quieres dejar al otro porque eso sería sentar unos malos precedentes y mancharía tu reputación —presupuse—. En otras palabras: es una cuestión de orgullo. Si tu cliente no quiere que su competencia tenga lo mismo que él, ¿por qué no le ofreces algo más? Dale un paquete VVIP y déjale claro que su rival no puede optar a lo mismo.

Sus clientes estaban acostumbrados a tener trato vip, pero el VVIP ya era otro nivel.

—Yo no tengo paquetes VVIP.

—Pues ahora sí. Al menos, házselo creer —me corregí—. Añade algunos rasgos más de seguridad; llévatelo a tomar algo. Dile que no se lo cuente a terceros porque no se lo ofreces a casi nadie, como si fuera un club secreto. Le aliviará un poco el ego y acabará entusiasmado porque tendrá algo más que su contrincante. La gente así solo quiere sentir que es más que el resto.

Eso lo había aprendido después de años trabajando en el mundo de la moda.

Christian me miró con una ligera sonrisa en los labios.

—No, si puede que tengas más visión de negocios de lo que crees.

Aquellas sordas palabras abrigaron mis emociones como una maravillosa capa aterciopelada.

—Más que visión de negocios, tengo empatía —respondí avergonzada—. Sigue dándoseme fatal lo de negociar y llevar las cuentas.

Aprende a aceptar cumplidos, chiqui. Un gracias *es una respuesta perfectamente válida.*

Recordé las palabras que me había dicho Jules una vez.

Yo lo intentaba, pero algunos cumplidos eran más fáciles de aceptar que otros.

—Bueno, tú inténtalo y a ver cómo va. —Me aclaré la voz—. Mientras tanto, tienes que desestresarte. ¿Haces meditación?

Se me quedó mirando.

—Te ayudará a dormir mejor.

Silencio.

Bueno, vale. Supongo que era un no.

—¿Y yoga? —probé con eso—. Podemos hacerlo juntos. Yo te enseño.

Christian tenía toda la pinta de preferir ahogarse en un tanque lleno de ácido antes que practicar yoga.

—Gracias por la oferta, pero me quedo con mi ducha de agua caliente y mis horas de sueño —respondió seco.

—Ducharse y dormir no basta. —No con lo marcadas que tenía las líneas de su arrugada frente. Los hombres de negocios eran todos iguales: siempre iban a por más y no tenían en cuenta su salud hasta que ya era demasiado tarde. Chasqueé los dedos—. Vale, se me ha ocurrido algo. Siéntate en el sofá.

—No pienso meditar.

—Eso ya lo has dicho antes. —No tan específicamente, pero su silencio me lo había dejado claro—. No estoy hablando de meditar. Tu siéntate. ¿Por favor?

Le brillaron los ojos llenos de sospecha, pero cedió.

Mientras me acercaba a él por detrás y le ponía las manos en los hombros, el corazón me latió con tanta fuerza contra la caja torácica que pensé que me saldría un moratón.

Se le tensaron los músculos automáticamente.

—¿Qué... —dijo en voz baja y con un tono tan peligroso que incluso lo podía saborear— estás haciendo?

—Darte un masaje. —Estaba atacada de los nervios, pero fingí una calma suprema. «Le ayudará a relajarse. Seguro»—. No me digas que también te opones a esto.

Se le tensó la mandíbula.

Ya había caído la noche y el ventanal que teníamos enfrente se había teñido de negro. Nuestros reflejos eran tan nítidos que el cristal servía de espejo.

—Me estás dando un masaje. —La entonación de sus palabras era imposible de descifrar.

—Eso he dicho. Y, ahora, relájate. —Hablé en voz tan baja y suave como pude mientras le deslizaba las palmas de las manos por el cuello y los hombros. Christian entró todavía más en tensión; justo lo contrario de lo que debería estar pasando—. Relájate de otra forma.

Me encantaba que me dieran masajes, pero también disfrutaba muchísimo dándolos yo. Notar que la tensión de otra persona iba desapareciendo bajo mis manos y saber que había ayudado a alguien a sentirse mejor, aunque fuera solo durante un rato, era, en cierto modo, gratificante.

A Christian le costó un poco relajarse, pero se fue acomodando poco a poco en el sofá hasta que al final echó la cabeza hacia atrás, con los ojos cerrados.

El aire estaba cargado de cierta tensión y de los mezclados sonidos de nuestras respiraciones, suaves y acompasadas.

Traté de centrarme en mis movimientos y no en la poderosa silueta masculina acomodada tranquilamente bajo mi tacto cual pantera que descansa después de haber salido a la caza.

Christian tenía unos músculos lisos pero esculpidos; era todo fuerza acumulada y líneas sinuosas.

Al igual que todo en él, su cuerpo era letal, perfectamente pulido.

Le miré la cara y vi cómo sus oscuras pestañas le acariciaban las mejillas.

Tenía unos labios firmes y sensuales; unos pómulos marcados, una nariz afilada y puntiaguda, y una mandíbula tan bien tallada que debería estar expuesta en un museo.

Debería ser ilegal que alguien tuviese esa cara.

Un mechón de pelo, grueso y oscuro, le rozó la frente. Fui incapaz de contenerme y se lo aparté. Me deleité con el suave tacto de su pelo mientras le acariciaba cuidadosamente el cuero cabelludo. La longitud de su melena era perfecta: lo bastante corta como para poder cuidar siempre el corte, pero suficientemente larga como para que una mujer pudiera pasarle los dedos por el pelo mientras...

«Para. Céntrate.»

Tragué tanta saliva para humedecerme la garganta, que la tenía sequísima, como para deshacerme de la presión que estaba empezando a notar en la parte inferior del vientre otra vez.

Bajo mi tacto, el ritmo de la respiración de Christian cambió y pasó a ser algo más rudo, más primario.

Le pasé las manos por el cuello y por los hombros...

Cuando me cogió la mano, ahogué un pequeño grito y detuve el movimiento. Me agarró con tanta fuerza que el calor de su tacto traspasó la piel y se me caló en los huesos.

—Basta.

Un corte grosero y una mirada asesina del mismo color que el *whisky*.

Había abierto los ojos. Me agarré al minúsculo ápice de instinto de supervivencia que me quedaba y me alejé, pero su mirada ya me había consumido.

Aparté la mano de debajo de la suya y di un paso hacia atrás. Tenía el corazón hecho un nudo y el pulso aceleradísimo por la adrenalina.

—Tienes razón. Ya debería bastar. Espero que te haya ayudado. —«Respira, relájate, resiste»—. Bueno, eh... Nos vemos mañana. Buenas noches.

Ya era la segunda vez en lo que iba de semana que salía pitando hacia mi cuarto y me encerraba allí con el pestillo echado. Cerré los ojos y me apoyé contra la fría madera hasta que se me ralentizaron los latidos y recuperaron su ritmo habitual.

Pero ¿qué diantres me pasaba? Nunca me había puesto tan nerviosa por un tío. Una vez incluso fui a ver a una sexóloga por si debía preocuparme por mi poca libido, pero me aseguró que era algo normal. No todo el mundo se sentía atraído sexualmente hacia alguien todo el tiempo ni percibía la misma sensación de igual modo.

Aunque, al parecer, esto no aplicaba si vivías con Christian Harper. Era incapaz de ver qué había cambiado.

Siempre había pensado que era un hombre atractivo, pero mis reacciones hacia él nunca habían sido tan intensas ni tan frecuentes hasta que me encontró en mi apartamento después de haber recibido aquella primera nota. Que sí, que la noche de la gala tampoco se había quedado corta, pero pensaba que había sido una coincidencia.

A lo mejor lo que pasaba era que mi cerebro estaba algo confundido y creía que nuestra falsa relación era real. O a lo mejor era yo quien estaba confundiendo la amabilidad con algo más profundo.

Fuera lo que fuese, me hubiera gustado que aquella extraña sensación desapareciera.

Me lavé los dientes y me metí en la cama. Sin embargo, el sueño no vino a mí, cortesía de las fuertes y persistentes palpitaciones que notaba en el sexo.

Al final no pude más.

Me llevé la mano a la entrepierna y, a la que me froté sutilmente el clítoris, se me abrieron un poco los labios y ahogué un grito de placer.

No solía necesitar tocarme, pero aquel simple roce había despertado meses de frustración acumulada hasta que lo único que me importó fue sentir aquel dulce y embriagador alivio.

Arqueé la espalda mientras jugaba con el clítoris con una mano y con el pezón con la otra. Como no me había tocado en tantísimo tiempo, estaba hipersensible y notaba como unas chispas de placer me correteaban por el cuerpo y prendían fuego a cada una de mis terminaciones nerviosas.

El resbaladizo sonido de mis dedos en contacto con el clítoris se mezcló con pequeños gemidos mientras, mentalmente, iba visualizando una película erótica un tanto familiar.

Yo atada y sintiendo la aspereza de las cuerdas que me rozaban la piel mientras me lo hacía un desconocido al que ni siquiera le ponía cara.

Sus manos agarrándome por el cuello, el hombre mordiéndome la piel, y un ritmo duro e incesante que me arrancaba unos inhibidos gritos de la garganta.

Fantasías oscuras que solo me permitía tener bajo el manto de la noche.

Nunca le había hablado a ningún ligue de ellas porque me ponía nerviosísima hablar del tema y porque no confiaba en que fueran capaces de cumplir con mis expectativas.

Era paradójico, pero en mis fantasías no me fijaba en el hombre. Llevaba años sin ponerle cara a mi amante imaginario; era una silueta amorfa que no tenía por qué tener identidad alguna para darme lo que quería: poder perder el control de forma segura y poder acallar las constantes preocupaciones que me plagaban la mente. Nada que no fueran aquellas punzantes descargas de placer y su dolor adyacente.

No obstante, mientras los fluidos me empapaban los dedos y la presión se iba apoderando de mi entrepierna, aquella figura sin cara empezó a volverse más nítida por primera vez desde que había empezado a tener ese tipo de fantasías.

Ojos marrones con un brillo dorado. Una sonrisa dulcemente letal. El ardiente roce de sus labios con los míos y una fuerza tan brusca que se me clavaba en la piel cuando me agarraba con la presión justa para hacerme delirar.

Aquella presión que sentía estalló con tanta fuerza que ni siquiera me dio tiempo a gritar. Caí al vacío arrastrada por un oleaje incesante de felicidad orgásmica sin tener dónde agarrarme a excepción de aquellas imágenes de *whisky*, manos ásperas y un hombre al que no debería desear pero por quien no podía dejar de suspirar.

20
Stella

A lo largo de la semana, antes de ir a Nueva York, evité a Christian con tanta determinación que incluso parecía una fugitiva huyendo del FBI.

Me resultó sorprendentemente fácil, ya que él se iba muy temprano por la mañana y no regresaba hasta bien entrada la noche. Sopesé la probabilidad de que Christian quizás también me estuviese evitando, y en parte esperaba que fuera a echarse atrás y no me acompañase a la sesión de fotos.

No tuve tanta suerte.

La mañana de la sesión de fotos con Delamonte acabé sentada delante de un hombre que parecía plenamente dispuesto a ignorarme, igual que yo a él, a más de diez mil metros de altura.

A parte de un cortés intercambio para darnos los buenos días, no volvimos a mediar palabra desde que salimos de su apartamento.

Le di un sorbo a la limonada y miré un segundo a Christian. Estaba trabajando en el portátil, concentrado y con el ceño fruncido. Tenía la americana en el asiento de al lado y se había subido las mangas de la camisa, dejando al descubierto tanto su reloj como sus musculados y morenos antebrazos.

¿Cómo no me había fijado en lo sexis que eran sus antebrazos hasta ahora?

Me quedé con la vista puesta justo en el punto en que su Patek Philippe resplandecía al entrar en contraste con su bronceada piel. Jules tenía razón. Los hombres que llevaban reloj tenían algo...

—Pareces pensativa —señaló Christian sin levantar los ojos de la pantalla del ordenador.

No había hecho nada malo, pero de repente se me aceleraron los latidos del corazón, como si me hubiesen pillado robando.

—Solo estaba pensando en la sesión de fotos —mentí antes de volver a darle un trago a la bebida.

Entre la tensión que se respiraba en ese avión y la sesión de fotos que tenía con Delamonte esa misma tarde, me sorprendía que fuese capaz de retener algo, incluidos los líquidos.

—¿Qué harás mientras yo esté en el set? —quise saber—. ¿Te pasarás por la oficina de Nueva York?

La sede de Seguridad Harper estaba en Washington, pero la empresa contaba con oficinas por todo el mundo.

—No te estoy acompañando a Nueva York para encerrarme en otra oficina. —Christian tecleó algo—. Me quedaré contigo.

La sorpresa se acomodó en mi pecho y a esta le siguió una pizca de ansiedad.

—Pero igual tardamos horas en acabar.

—Ya.

Esperé a que elaborara un poco más su respuesta, pero no lo hizo.

Quise suspirar, pero me reprimí. Christian era más volátil que un termómetro roto.

Como no tenía nada mejor que hacer, me hundí un poco más en el asiento y fui paseando la vista por el lujoso avión en el que nos habíamos montado.

El *jet* privado de Christian parecía una mansión volante. Las íntimas zonas de descanso estaban formadas por unos asientos de cuero de color crema, y una alfombra elegante y esponjosa de color azul marino silenciaba los pasos de dos elegantes azafatas de vuelo que parecía que acabasen de salir del último número de la revista *Vogue*.

Además de la cabina principal, el *jet* también contaba con una habitación, un baño completo, una sala de proyecciones donde cabían hasta cuatro personas, y una mesa con platos y cubiertos con imanes que estaban previstos para que no se movieran en caso de turbulencias.

Todo aquello tenía que valer un dineral.

Christian parecía estar tan cómodo en medio de aquel opulente entorno como lo estaría alguien que había nacido en una cuna de oro. Sin embargo, yo sabía, gracias a mi investigación previa, que Christian venía de una familia normal, de clase media-alta. Según la única entrevista pública que había concedido, su padre era ingeniero de *software* y su madre hacía de administradora en una escuela.

—¿Por qué te decantaste por la seguridad privada? —me interesé y rompí el silencio—. Podrías haber elegido cualquier otro camino.

Christian se había graduado *summa cum laude* por el MIT. Tras acabar los estudios, podría haber conseguido trabajo donde quisiera: en la NASA, en Silicon Valley, en la CIA... No obstante, optó por crear su propia empresa desde cero sin garantía alguna de que fuera a funcionar y se centró en un sector en el cual pocos graduados de esa misma universidad se habían adentrado.

—Porque me gusta. —Christian levantó por fin la vista y, aunque no sé qué debió percibir en mi expresión, se le encorvaron los labios—. Rhys dice que es por mi complejo de dios: porque sé lo importante que es la vida de las personas con las que trabajo y sé que dependen de mí.

Se me había olvidado que Rhys había trabajado para él. Eran tan distintos que incluso me costaba imaginar que vivían en el mismo planeta.

Rhys, a pesar de su brusquedad, siempre seguía las normas (a no ser que tuvieran que ver con Bridget). Christian parecía más bien el típico al que le importaban un comino las normas, a no ser que las estipulase él mismo.

—No es por eso. —Quizás no conociera demasiado a Christian a pesar de que ahora viviésemos juntos, pero sabía que no haría nada solo por una cuestión de egocentrismo. Era demasiado práctico y calculador.

—No, no lo es. No del todo. —Acarició la esfera del reloj con el pulgar—. Si fuera solo por dinero, podría conseguirlo de mil formas. Con acciones, vendiendo *softwares* privados..., y eso ya lo hice para aumentar el capital de Seguridad Harper. Pero cuando acumulas ya cierta riqueza, el dinero no deja de ser más que eso: dinero. No tiene ningún otro valor inherente; solo sirve para hincharle el ego a las personas. Lo más importante son los contactos. Eso y lo que pueden ofrecerte; saber a quiénes conoces y qué estarían dispuestos a hacer por ti. —Sonrió sensual y peligrosamente—. Que alguien bien posicionado te deba un favor vale muchísimo más que todo el oro del mundo.

Noté un trepidante cosquilleo en la espalda. Lo que acababa de decir tenía sentido; sin embargo, la forma en que lo había dicho había hecho que sonara más amenazante de lo que imagino que él quería.

—Y hablando del tema... —Cambió de tercio con tanta

naturalidad que tardé un segundo en asimilar por dónde iba—. ¿Qué tal va tu plan de negocio?

—Bien. —Hubiese querido añadir algo más, pero su rodilla rozó la mía y me distraje.

No me había dado cuenta de lo mucho que nos habíamos acercado mientras charlábamos.

Su masculino calor corporal y aquel lujoso aroma a especias se me coló en los pulmones e hizo que me abstrajera aún más antes de que lograse volver a aferrarme a mis casi olvidadas palabras.

—Aunque no quiero discutir eso ahora. Háblame más de ti.

El minidiscurso que acababa de darme era todo lo que había conseguido que me contara hasta la fecha para entender cómo funcionaba su cerebro.

El atractivo y los trajes caros de Christian le servían de armadura, y yo estaba desesperada por echar abajo su coraza. Quería saber quién era el hombre que se escondía detrás de esa máscara; me bastaba con que me contase algo, lo que fuera.

¿Cómo había sido su infancia? ¿Qué *hobbies* tenía? ¿Cuáles eran sus objetivos? ¿Y sus miedos? ¿Qué lo había llevado a ser así?

No sabía por qué quería dar respuesta a todas esas preguntas, pero lo que sí sabía era que no me había bastado con lo poquísimo que me había explicado. Era demasiado embriagador, como el chupito de un buen tequila que se abre camino por la sangre de un alcohólico.

—Tampoco soy tan interesante. —Fue una respuesta rápida y meditada; típica de aquellas personas que encierran sus pensamientos y emociones en un baúl.

—Te equivocas. —Nuestras miradas se encontraron y encajaron a la perfección, como si fueran dos piezas de un mismo puzle—. Creo que eres uno de los hombres más fascinantes que he conocido en toda mi vida.

Admitir aquello fue algo muy osado. A Christian se le ensombreció la mirada y adoptó el mismo tono que cierto rico líquido de color ámbar.

—¿Uno? —La sutil languidez de su pregunta avivó cualquier química salvaje que ardiera entre nosotros. Unas llamas oscuras devoraron todo el oxígeno que había en aquella cabina y sentí que se me cerraban cada vez más los pulmones.

—Háblame más de ti y puede que te coloque en el primer puesto de mi lista.

Su sonrisa acabó de robarme el poco aire que aún me quedaba en los pulmones.

—*Touché.*

Christian bajó la mirada hasta mis labios y lo que persistía de su breve sonrisa desapareció. Un tono negruzco sustituyó el previo color ámbar de sus ojos y arrasó con todo a su paso, dejando solo promesas de pecados y placeres oscuros.

Unos pinchazos nerviosos me pellizcaron la piel desde el interior. Me acordé del casi beso que compartimos tras haberme mudado, lo cual me ocurría a menudo desde aquella anoche.

Me clavé las uñas en las rodillas y esperé. Aguanté la respiración y no me moví. Christian bajó la cabeza...

—Disculpe que los interrumpa, señor Harper, pero me ha pedido que lo avisara cuando faltaran quince minutos para el aterrizaje.

La dulce voz de la azafata de vuelo rompió aquel momento en miles de afiladas piezas.

De nuevo, una fría ráfaga de oxígeno se me coló ávida en los pulmones y, a esta, le siguió una mordaz pizca de decepción al ver que Christian se echaba hacia atrás. Cara de póquer, como si aquellos rastros de deseo no hubiesen existido jamás.

—Gracias, Portia. —Perfectamente sosegado, perfectamente tranquilo, a diferencia de los erráticos latidos de mi corazón, que bombeaba escondido bajo la caja torácica.

Portia asintió. Paseó la vista entre Christian y yo, se marchó y desapareció en dirección a alguna otra parte del *jet*.

Christian volvió a centrar su atención en el ordenador. Nos pasamos el resto del vuelo en silencio.

Mejor así.

No habría sido capaz de formular ni una palabra ni queriendo. Estaba demasiado aturdida por saber que Christian Harper había estado a punto de volver a besarme... y de que yo me había muerto de ganas de que lo hiciese.

Por más nerviosa que estuviese por la sesión de fotos con Delamonte, me alegraba de tener algo que me distrajera de mis encontrados sentimientos hacia Christian.

Lo deseaba, pero no quería salir con él (ni con cualquier otro).

Vivíamos juntos, pero casi ni nos conocíamos.

Todo el mundo pensaba que estábamos saliendo, pero prácticamente no nos habíamos ni besado.

Tantas contradicciones volverían loca a cualquiera.

Cuando regresara a Washington tendría que hablar con Ava y Jules de inmediato. Estaba tan oxidada en el tema *chicos* que era incapaz de resolver todo ese lío yo solita.

Sin embargo, ahora tenía que centrar mi atención en algo más urgente: no liarla en la primera sesión de fotos con la empresa más importante que había apostado por mí en toda mi vida.

Cuando Christian y yo llegamos al estudio, ya estaban

preparándolo todo. El fotógrafo, la maquilladora, la peluquera y distintos asistentes, así como el equipo de Delamonte, estaban correteando por ahí, planchando la ropa con vapor y asegurándose de que las luces y todo lo demás estuviera bien. Sonaba una canción de pop de fondo, pero, en cuanto entré, todo aquel revuelo frenó en seco.

La ansiedad empezó a treparme por la piel como una manada de arañas.

No me suponía ningún problema hacer una sesión de fotos o posar delante de una cámara siempre y cuando no viera que la gente me estaba mirando. Ahora bien: ser el centro de atención en una sesión de fotos en persona era algo completamente distinto.

—¡Stella! —Luisa rompió el silencio y me saludó con unos efusivos besos en ambas mejillas—. Estas guapísima. Y Christian. —Arqueó las cejas, que se levantaron en su frente cuidadosamente retocada con bótox—. Esto sí que es una sorpresa.

—He venido por negocios. Además... —Christian me apoyó una mano en las lumbares—. No he podido resistir la tentación de acompañar a Stella en su primera sesión de fotos.

Sonaba tan creíble que parecía que fuese un novio complaciente y orgulloso de verdad. Y a mí casi se me olvida que solo estábamos fingiendo.

Casi.

—Ya. —Luisa lo miró fascinada—. Claro.

Estaba yo más sorprendida de ver a Luisa allí que ella de ver a Christian. Como directora ejecutiva de la marca, lo de revisar las sesiones de fotos le correspondería a alguien de más bajo rango.

Debió de ver lo confundida que estaba porque le brillaron los ojos. Sabía lo que estaba pensando.

—Yo tampoco he podido resistir la tentación de venir hoy aquí. Suelen decirme que quiero tenerlo todo excesivamente controlado, pero es que esta campaña es mi bebé. Quiero que sea la mejor de la historia de Delamonte. Y tú, querida mía... —Me acarició la mano—. Tú me ayudarás a conseguirlo.

El bocadillo que me había tomado en la comida se me revolvió en el estómago.

«Cómo no. Cero presión.»

Christian se fue al final de la sala para poder hacer algunas llamadas de trabajo mientras yo pasaba por manos de la peluquera y la maquilladora y me presentaban al resto del equipo, incluido Ricardo, el nuevo fotógrafo que había contratado la casa. Era un hombre atractivo, de unos cuarenta años y piel morena, que me miró con una seductora sonrisa antes de que esta se le desdibujara de los labios.

Apartó su precavida mirada de inmediato y seguí la dirección de sus ojos. Los había puesto en Christian, que estaba cerca de la salida, con el móvil en la oreja, pero la vista puesta en nosotros.

—Tu novio es de esos intensitos, ¿eh? —Ricardo rio nerviosamente y, a continuación, carraspeó—. Da igual. Empecemos ya, cielo. ¡Vamos a hacer magia!

Era lo suficientemente encantador como para que pudiera permitirse soltar una cursilada de ese tipo. Durante la hora siguiente, intenté seguir sus consejos lo mejor que pude y posé, me giré y me contorsioné para conseguir posiciones un tanto raras y poco naturales hasta que sentí que una gota de sudor me resbalaba por la espalda.

Aquellos focos daban un calor tremendo. Me imaginé con el maquillaje corrido y la cara como un payaso demente.

Además, ¿era solo yo o Ricardo ya no parecía tan entusiasmado? Sus *¡preciosa!* y *¡espectacular!* para darme ánimo se habían convertido en sosos *gírate hacia la izquierda* y *no tan a la izquierda*. De pronto, lo único que se oía en la sala eran los clics y los zumbidos de la cámara.

Nadie decía nada, pero sentía el peso de sus miradas como si fuese una segunda capa de ropa.

Mis inseguridades se colaron en medio del silencio que reinaba allí.

«Tú haz como si estuvieras en casa. Tienes la cámara en el trípode, delante de ti. Lo has dejado todo estupendo y estás lista para sacar las fotos. Ya lo has hecho un millón de veces, Stella...»

—Levanta un poco más la barbilla. —La orden de Ricardo interrumpió la fantasía que me estaba imaginando para autoconvencerme de que estaba sola—. Baja la mano... Un poco más... Relaja los hombros...

Estaba yendo fatal.

Ricardo no lo decía, pero ya lo notaba yo. El denso y amargo sabor de la decepción contaminaba el aire, ese mismo que tan acostumbrada estaba a saborear cada vez que regresaba a casa.

Por fin había conseguido trabajar con la marca de mis sueños y lo estaba fastidiando todo.

Sentí que se me humedecían los ojos, pero apreté la mandíbula y pestañeé para deshacerme de las lágrimas. No pensaba llorar en el set ni de coña. Me aguantaría hasta que se acabara la sesión.

Además, solo era la primera. Aún quedaban tres sesiones de fotos más. Practicaría antes de la próxima y así me saldría mejor..., si es que no me echaban.

Un despiadado puño de ansiedad me estranguló los pulmones.

¿Y si Delamonte rescindía el contrato? ¿Podían hacerlo?

Empecé a pensar en las cláusulas del contrato a una velocidad frenética en busca de una que dijera que la marca en cuestión se reservaba el derecho a prescindir de mis servicios si no estaba a la altura de sus expectativas.

¿Por qué diantres no lo había leído con más calma? Con la euforia del momento, me había apresurado a firmar después de leerlo rápidamente con Brady para asegurarnos de que no había nada alarmante. Pero ¿y si...?

—Stella, querida. —La voz de Ricardo estaba llena de una paciencia forzada—. Mejor descansamos un poco, ¿vale? Date una vuelta, bebe un poco de agua y volvemos a intentarlo en diez minutos.

Traducción: tienes diez minutos para espabilarte.

Oí como la gente murmuraba por lo bajo y me fijé en que Luisa estaba arrugando la frente antes de que se diera la vuelta.

Las lágrimas empezaron a hacer más presión contra la presa de mi fuerza de voluntad.

«Respira, relájate, resiste. Respira, relájate, resiste. Respira...»

Un cálido y masculino aroma a especias se coló por mis fosas nasales. Al cabo de un segundo vi la americana de color negro noche de Christian.

Me pasó un vaso de agua.

—Bebe.

Eso hice. Se me evaporó un poco la pátina de sudor que me cubría la espada, pero aún tenía la sensación de que hacía demasiado calor y que los focos brillaban en exceso. Me sentía como si fuera un bicho revoloteando alrededor de un fluorescente en un intento por escapar antes de morir quemado.

—¿Qué haces? —le pregunté a Christian cuando cogió mi vaso vacío, lo dejó en la mesa que nos quedaba más cerca y se plantó delante de mí. Me estudió como si fuera una posible inversión o un rompecabezas por resolver.

—Recordarte por qué estás aquí. —Lo dijo con un tono suave aunque suficientemente autoritario como para ahogar las malditas burlas que iba oyendo en mi cabeza. «Decepción. Fracaso. Impostora»—. ¿Por qué has venido, Stella?

—Para hacer una sesión de fotos.

Fui incapaz de reunir la energía necesaria para elaborar una respuesta más detallada y menos torpe.

—Eso es a lo que has venido. —Christian me agarró la barbilla y la levantó hasta que mis ojos encontraron los suyos—. Yo te estoy preguntando el porqué. De entre todas las personas que podrían estar hoy aquí, ¿por qué has venido tú?

—Por... —Porque llevaba diez años cultivando una imagen que se había convertido en mi jaula y bote salvavidas a la vez. Porque estaba decepcionando a mis seguidores y prácticamente a todas las personas que conocía con el único objetivo de conseguir cierto arbitrario y ridículo éxito. Porque estaba desesperada por demostrarle a gente a quien ni siquiera le importa mi vida que sí que podía alcanzar el éxito.

Se me instaló un nudo en la garganta.

—Porque te eligieron a ti. —La calmada voz de Christian atravesó mis borrosos pensamientos—. Cualquier *blogger* del mundo mataría por estar en tu lugar, pero Delamonte te eligió a ti. No a Raya. Ni tampoco a ninguna otra mujer que fuera a esa cena o que salga en las páginas de una revista. Esta empresa que mueve miles de millones de dólares, y no habrían apostado por ti si no creyeran que puedes hacerlo.

—Pero es que no puedo. —Mi susurro reveló la dolorosa verdad. Era una impostora, una niña pequeña jugando a muñecas con ropa de adultos—. Tú mismo lo estás viendo. Estoy fracasando a lo grande.

—No estás fracasando a lo grande. —La meticulosa precisión de su declaración hizo temblar la cáscara de incerteza que sentía en el pecho. La abolló, pero no se la cargó—. Ha pasado una hora. Una. Piensa en todo el tiempo que has invertido para llegar adonde estás ahora. Piensa en todo lo que has conseguido y en todas las personas a las que has superado. Le restas importancia a tus logros y haces como si fueran algo normal, pero si fuesen los de otra persona los alabarías y lo verías como algo extraordinario.

Sin soltarme la barbilla, Christian me la acarició con el pulgar. Lo tenía tan cerca que podía verle los destellos dorados que le iluminaban los ojos; eran como estrellas nadando en un mar de color ámbar.

—Si te vieras con los ojos de los demás —dijo en voz baja— nunca volverías a dudar de ti.

Curiosidad y algo infinitamente más dulce y peligroso se arremolinaron en mi pecho y empezaron a revolotear.

—¿Y cómo me ven los demás?

Christian me aguantó la mirada.

—Como si fueras lo más hermoso y sensacional que hubieran visto en la vida.

Aquellas palabras encendieron todas las moléculas de mi cuerpo y las diluyeron hasta convertirlas en una presa de una calidez atroz y exquisita.

No estábamos hablando de otras personas y ambos lo sabíamos.

—No es más que una sesión de fotos, Mariposilla. —Volvió a rozarme la piel con el pulgar y se me volvió a acelerar el corazón—. La primera parte ha sido una prueba. Ahora, tú controlas el set. ¿Entendido?

Era imposible no dejarse llevar por la confianza que irradiaba Christian.

En lugar de sumarme preocupaciones y hacer que siguiera creyendo que no estaba a la altura de lo que esperaban los demás, la confianza que había depositado en mí me daba las fuerzas necesarias para esconder aquellas desagradables voces burlonas en un rincón de mi cabeza y encerrarlas ahí con llave.

—Sí —respondí. Aún me dolían los pulmones, pero por fin se me había calmado un poco la respiración.

—Bien. —Agachó un poco la cabeza y sus labios rozaron los míos en el beso más suave de la historia.

No era la primera vez que estábamos tan cerca, pero ahora resultaba mucho más natural.

Más que un beso, parecía una promesa.

Se me sosegaron los nervios y todo lo que me rodeaba se disipó durante un largo segundo.

Luego, ese segundo desapareció y, con él, Christian. Sin embargo, el calor de su presencia y el fantasma del roce de su boca siguieron conmigo.

Volví a sentir cierto revoloteo en el pecho.

«Respira, relájate, resiste.»

Me enderecé y miré a Ricardo con una sonrisa en los labios.

—Cuando quieras.

La primera parte de la sesión de fotos había sido un desastre, pero la segunda fue una revelación. Fuera lo que fuese lo que me había bloqueado antes, se desvaneció y los ávidos clics de la cámara de Ricardo llenaron el estudio con un entusiasmo renovado.

Clic. Clic. Clic.

Y... ¡fin!

Solo me había movido unos cuantos centímetros. No obstante, el corazón me latía con tanta fuerza que parecía que acabase de correr la maratón de Nueva York.

—¡Perfecto! Lo estás haciendo maravillosamente bien, querida, a pesar de tu, eh..., arduo comienzo. —Ricardo me guiñó un ojo—. Has nacido para estar delante de las cámaras. ¡Las fotos finales serán espectaculares!

—Gracias —murmuré, aunque apenas oí el resto de los halagos que salieron de su boca.

Mi mirada se fue paseando por aquella inhóspita sala blanca hasta encontrar a Christian.

Estaba en la esquina del fondo. Seguía hablando por teléfono por algo de la empresa; seguía estando igual de increíble con su traje y su corbata, y seguía mirándome con aquellos ojos que parecían una capa de *whisky* que cubre un cubito de hielo.

A pesar de tener el teléfono pegado a la oreja y de que todas las mujeres ahí presentes —e incluso varios hombres— se lo estuvieran comiendo con la mirada, le guiñé un ojo juguetona y sonreí. Christian no apartó la vista.

Fue algo improvisado y completamente distinto a como solía comportarme con un hombre al que casi ni había besado.

Sin embargo, ahora que se había acabado la sesión, me sentía supereufórica. Además, Christian estaba siempre tan serio que me apetecía desestabilizarlo un poco.

Solo un poco. Y solo esta vez.

Me dedicó una perezosa sonrisa a modo de respuesta. Nada podría haberme preparado para el arrollador efecto que tuvo ese sutil gesto en mi corazón.

Las mariposas que yacían adormentadas en mi estómago se volvieron completamente locas y en ese instante supe, con total certeza, que no iban a marcharse nunca.

21
Stella

Aquella noche, a falta de planes, acompañé a Christian a cenar a casa de su amigo Dante.

Lo conocí la noche de la tormenta de nieve, pero se me había olvidado lo intimidante que era. Incluso vestido con unos pantalones y una simple camiseta negra emanaba una autoridad que, si bien era distinta a la de Christian, surtía un efecto igual de poderoso.

Christian era como la perfectamente pulida daga de un asesino, cubierta con un manto aterciopelado. Dante, un martillo que irradiaba propósitos mortíferos; letal e impactante, sin dar cabida a ambigüedad alguna del daño que podía causar en caso de que vuestros caminos se cruzasen.

Vivian, en cambio, su prometida, era un libro abierto. Era simpática y tenía unos preciosos ojos oscuros y una amable sonrisa.

Por extraño que pareciese, le fue regalando sonrisas a todos los ahí presentes, menos a Dante. Desde que Christian y yo habíamos llegado, la pareja no había vuelto a mirarse en toda la noche.

—No sabía que estabas con Christian cuando nos conocimos —la grave voz de Dante me sacó de mis curiosas cavilaciones e hizo que un placentero escalofrío me recorriera el cuerpo. El acento italiano. Era superior a mí—. Ahora lo entiendo.

Miró serio a Christian y este bostezó.

Para dos personas que decían ser amigos, no es que mostraran un comportamiento muy amigable entre ellos, que digamos.

—¿El qué? —le pregunté.

—Lo distraído que ha estado últimamente. —Dante agitó su copa de vino—. ¿No te parece, Christian?

—El registro de beneficios de este trimestre no estaría de acuerdo contigo —contestó Christian arrastrando las palabras. Me puso una mano en el muslo y aquel gesto, tan informal a la vez que posesivo, hizo que una ola de calor viajara directa hacia mi sexo.

—Lo que peligra aquí no es tu negocio —le advirtió Dante con sequedad.

Christian le devolvió la mirada con el mismo interés de alguien que está escuchando un discurso sobre venta de seguros. Me acarició la piel con el pulgar, con dulzura; lo hizo una única vez, pero fue suficiente como para nublar mis pensamientos.

Estaba tan centrada en la cálida presión que ejercía su mano que me resultaba imposible pensar en nada más, ni siquiera en lo riquísima que estaba la comida.

«Pero ¿qué me pasa?»

Nunca había perdido la cabeza así por un tío. Era preocupante.

Vivian intervino y cortó aquella creciente tensión justo a tiempo.

—Stella y tú formáis una pareja preciosa. —Le dedicó una mirada divertida—. Jamás pensé que llegaría el día en el que Christian Harper se echara novia.

—Yo tampoco, pero Stella me pilló desprevenido —respondió Christian con un tono tan amable e íntimo que casi me lo trago.

Se me aceleraron los latidos del corazón y las mariposas que tenía en el estómago volvieron a alzar el vuelo.

Le di un gran sorbo al vino para tranquilizarlas un poco.

«Es puro teatro. No es de verdad.»

Christian demostraba aquellos actos de afecto tan naturales con la misma facilidad con la que se ponía uno de sus trajes. No había razón alguna para pensar que sus acciones fueran nada más que técnicas para seguir el juego de nuestra artimaña.

A excepción de aquel casi-beso-aunque-para-nada-real de hacía un par de semanas, no había dado ninguna señal que indicase que quería que tuviéramos algo serio.

Vale, se había desvivido por dar con el acosador, pero es que eso era una cuestión de vida o muerte, literalmente. No significaba que le gustase.

Atraerle igual sí, pero dudaba que quisiera nada conmigo más allá de sexo.

La cabeza me daba vueltas. Desde el beso de hoy, aunque me lo hubiese dado solo para distraerme y tranquilizarme, todo era demasiado confuso.

Creía a pies juntillas que, si alguien demostraba quién era de verdad, tenía que creerlo. Y Christian me había dejado claro una y otra y otra vez que no estaba para nada interesado en meterse en una relación.

El día que la gente dejara de creer que se puede cambiar a quien no quiere que le cambien empezarían a romperse menos corazones.

Yo sí quería tener una relación de verdad con alguien en el futuro, pero no pensé ni por un segundo que podría cambiar a Christian Harper.

«Es puro teatro. No es de verdad.»

Por suerte, la tensión que envolvía la mesa se fue disolviendo lentamente a medida que avanzaba la cena, ahogada por aquella rica comida y el buen vino.

Cuando empezamos con el plato principal, incluso Vivian y Dante se hablaban, si bien sus conversaciones consistían en que uno le pidiese al otro que le pasase la comida.

Sin embargo, por más que estuviese hablando una u otra persona, mi atención seguía puesta única y exclusivamente en Christian. Lo tenía sentado a pocos centímetros de mí, a la derecha, y su presencia era una distracción —una vivita y coleando— que me invadía los pulmones y me nublaba la mente.

Amables sonrisas, bromas seductoras y una piel que aquella tenue luz y la confusión infundida por el vino teñían de un tono dorado.

Era la primera vez que lo veía tan relajado estando rodeado de personas. Por fin entendí por qué la gente se quedaba prendada de su atractivo y lo subestimaba.

A pesar de lo mucho que me cuidaba y se preocupaba por mí, yo jamás había dudado de la crueldad que descansaba bajo aquella fachada civilizada. No obstante, ahora que estábamos aquí y lo veía riendo y haciendo bromas con aquella espontánea elegancia, casi habría creído que no era más que un *playboy* ricachón que solo pensaba en el dinero y en pasarlo bien.

Christian se volvió para responder a la pregunta de Vivian, pero su pulgar volvió a acariciarme la piel sutilmente.

«Es puro teatro. No es de verdad.»

Noté una ligera gota de sudor en la frente. Me había puesto un vestido sin mangas, pero me estaba asando.

—¿Y cómo os conocisteis Christian y tú? —le pregunté a

Dante no solo para distraerme del tacto de Christian, sino porque, además, sentía una genuina curiosidad al respecto.

No había conocido a demasiados amigos de Christian (Brock y Kage no contaban porque eran sus empleados) y me moría de ganas por saber la historia.

—Fui su primer cliente. —Dante se recostó en la silla—. Christian era un niñito acabado de salir de la uni...

—Tienes tres años menos que yo —lo cortó Christian.

El anfitrión lo ignoró.

—Decidí darle una oportunidad. Fue la mejor y la peor decisión que he tomado en mi vida.

—¿La peor? —se burló Christian—. ¿Tú te acuerdas de lo que ocurrió en Roma? —Se volvió para mirarme y Dante puso los ojos en blanco—. Estábamos transportando joyas a una nueva tienda que había abierto en la ciudad...

Se me dibujó una sonrisa en los labios mientras escuchaba la historia de cómo había evitado que el Grupo Russo perdiera unos diamantes que costaban millones de dólares. Y no precisamente porque fuera una historia graciosa, sino porque nunca había visto a Christian tan relajado.

Era un hombre que se mostraba siempre tan calculador y controlador que verlo así de distendido alrededor de sus amigos era como ver qué se escondía detrás de esa cortina; quién era realmente.

Y era algo bonito.

Más que bonito.

«Si fuera siempre así...»

Volví a dar un sorbo al vino antes de poder acabar aquella frase en silencio.

«No sigas por ahí.»

—Si hay algo que debes saber de él, Stella —intervino Dante cuando Christian hubo terminado—, es que tiene un sentido de la presuntuosidad extremadamente desorbitado. Podríamos habernos ocupado de lo de las joyas sin su ayuda.

—Lo sé, créeme —respondí.

Christian me miró entre divertido e indignado y me reí.

—Pero ¿tú de parte de quién estás?

—Fácil. —Sonreí—. De la de Dante.

Toda la mesa se echó a reír. Christian me apretó el muslo con la mano y se acercó a mí hasta rozarme la oreja con los labios.

Se me detuvo un segundo el corazón.

—Menos mal que se supone que eres mi novia —me susurró al oído.

—Si no eres capaz de soportar una bromita de este tipo, no estás preparado para tener novia —contesté también en voz baja.

Su sonrisa me envolvió como si fuera un oscuro lazo aterciopelado.

Me acomodé en la silla, relajada, sin dejar de sonreír. Entre el vacile, las bromas y Christian que se había abierto y me había hablado de su pasado (aunque estuviese relacionado con su trabajo)... casi parecía que fuésemos una pareja de verdad.

Cuando la cena terminó, Vivian me dio un *tour* por el ático mientras Dante y Christian hablaban de negocios.

La casa de Christian era todo líneas rectas y un minimalismo moderno; la de Russo, en cambio, era una oda de muy buen gusto a la decadencia. Ricos tejidos aterciopelados, suntuosas sedas y una porcelana hermosa, todo expuesto de una forma que lo hacía extravagante, aunque para nada hortera. Lo único que parecía estar fuera de lugar era el horrendo cuadro que tenían en la galería de arte.

Yo mostraba muchísimo respeto hacia cualquier obra de

arte, pero la verdad era que parecía que un gato hubiese vomitado encima de aquel lienzo.

—No sé por qué lo compró. —Vivian sonaba avergonzada—. Dante suele tener mejor gusto.

Lo dijo como de mala gana, como si no quisiera halagar o atribuir cualidades positivas a su prometido.

Reprimí la necesidad de preguntar qué les pasaba.

Meterse en la vida de los demás era de mala educación, sobre todo si eran los anfitriones de la cena y acababas de conocerlos.

Justo antes de que llegásemos al salón, oímos voces. Provenían del despacho de Dante, cuya puerta estaba entreabierta.

—El *Magda* no se puede quedar para siempre —dijo Dante—. Deberías alegrarte de que no lo tirara a la basura después de tu artimaña con Vivian y Heath.

Vivan se quedó helada un segundo y yo arrugué la frente, confundida.

«¿Quiénes son Magda y Heath?»

«¿De qué artimaña habla?»

—Es un puto cuadro, no un animal salvaje. —Christian parecía aburrido—. Y, en cuanto a Vivian, hace ya meses de eso; además, al final salió bien. Déjalo ya. No sé por qué me has invitado a cenar si sigues cabreado.

—Da gracias que lo de Vivian saliera bien —respondió Dante con frialdad—. Si...

Vivian tosió, con la cara entera misteriosamente roja, y Dante guardó silencio.

Al cabo de un segundo, la puerta se abrió de par en par y, detrás de esta, aparecieron un sorprendido Dante y un Christian imperturbable.

—Veo que el *tour* ha sido rápido. —La sequedad con que habló Dante cortó aquel silencio. El anfitrión, sutilmente sonrojado, desvió rápidamente la vista hacia una Vivian callada.

—Perdón. —Nos habían pillado escuchándolos a escondidas y yo también me puse colorada—. Estábamos regresando al salón y hemos oído... —Se me fue apagando la voz. No quería aceptar que habíamos estado escuchando su conversación a pesar de que fuera evidente.

—Ya estábamos acabando —respondió Christian con soltura. No había ni rastro de la cólera que le había oído antes—. Dante, Vivian, ha sido un placer.

Yo también me despedí y, a continuación, Christian y yo nos metimos en el ascensor y bajamos hacia el vestíbulo en silencio. Cuando llegamos a la acera, no pude contenerme más.

—¿Qué es el *Magda*?

Ahora que ya no estábamos en casa de los Russo, no me molesté en fingir que no los habíamos oído.

Christian había dicho que era un cuadro, pero lo que yo no entendía era por qué se lo estaba guardando Dante. A Christian ni siquiera le gustaba el arte.

—Nada de lo que debas preocuparte. —Su seca respuesta fue más fría que el aire de aquel atardecer.

El simpático y afable Christian de la cena ya había desaparecido y había sido reemplazado, de nuevo, por su distante mellizo.

Lo volví a intentar:

—¿Y la artimaña con Vivian y Heath? —¿Y quién narices es Heath?

Por lo general, yo no solía ser tan chismosa, pero esta noche había conseguido que Christian se abriese. Antes había revelado, aunque fuera muy sutilmente, quién era la persona que había detrás de aquella impecable máscara; solo necesitaba hurgar un poco más...

—Nada de lo que debas preocuparte tampoco.

—No has respondido a mi pregunta.

Llegamos a su edificio, que quedaba a solo unas cuantas manzanas de casa de Dante.

—Tú lo sabes todo sobre mí y yo, de ti, no sé nada —añadí—. No es justo.

—Sabes mucho sobre mí. —Christian saludó al portero con la cabeza y este se quitó el sombrero para devolverle el gesto—. Sabes dónde vivo, dónde trabajo y cómo me gusta el café por la mañana.

—De eso puede enterarse cualquiera con una simple búsqueda por internet. Solo quiero...

—Déjalo, Stella. —Ni rastro había ya de su gentileza; solo quedaba aquella afilada hoja de una daga que me estaba haciendo pedazos—. No quiero hablar del tema.

Se me tensó la mandíbula.

—Vale. —A pesar de mi fría respuesta, la frustración me corría ardiente y desenfrenada por las venas.

Conocí a Christian el año pasado. Hacía un par de semanas que vivíamos juntos y que fingíamos ser pareja. Sin embargo, no sabía absolutamente nada de él más allá de lo puramente superficial.

Él, en cambio, sabía cosas de mí que nunca había compartido con nadie más. Sabía lo de mi acosador. Lo de mi ansiedad. Sabía que mi sueño era empezar una marca de moda. Conocía pequeños aunque importantes aspectos de mi vida que había mantenido en secreto y no le había contado ni a mis mejores amigas.

Confiaba en él, pero saltaba a la vista que el sentimiento no era mutuo.

Algo más amargo aún se coló bajo mi frustración.

Dolor.

Christian no era más que un maestro en hacer que la gente creyera cosas que no eran reales.

«Es puro teatro. No es de verdad.»

No volvimos a mediar palabra hasta que llegamos a su apartamento. Una vez allí, le di las buenas noches con sequedad y me fui al cuarto de invitados antes de que pudiera responder.

Como no logré conciliar el sueño, me quedé tumbada en la cama y con la vista puesta en el techo mientras aquel frío y oscuro silencio me iba arrancando esa capa de frustración para dejar al descubierto el dolor que se escondía debajo.

Christian me atraía más de lo que me había atraído cualquier otro hombre en años. Y no solo eso, sino que, además, estaba empezando a gustarme. Me gustaba cómo me había tranquilizado después de haber encontrado aquella nota en mi piso; cómo hacía que las mariposas que vivían en mi estómago revoloteasen con solo una sonrisa, y me gustaba la firme confianza que había demostrado en mí durante la sesión de fotos. Todo eso había ido mermando mi resistencia tan despacio que ni siquiera me había dado cuenta de lo mucho que le había desvelado de mí misma hasta que sentí el dolor de su rechazo.

Quemaba igual que el ácido quemaba la carne viva, y la culpa la tenía yo. Nunca debería haber bajado la guardia.

A pesar de mi hostilidad hacia las relaciones, en el fondo era una persona romántica. Y me aterrorizaba que Christian fuese a descoser aquella capa que me había creado hasta que fuese imposible remendarla de nuevo (igual que había ocurrido con todo lo que había mantenido en secreto hasta entonces).

Christian era peligroso no solo para sus enemigos, sino también para sus allegados.

Y solo podría salvarme si me mantenía tan alejada de él como fuera posible.

22
Stella

Un paso adelante y dos atrás.

Mi relación con Christian podía resumirse así.

Pensaba que estábamos avanzando. Sin embargo, en vista de la facilidad con la cual me había mandado a tomar viento después de la cena con Dante, estaba equivocada.

Yo no solía guardar rencor a la gente, pero habíamos vuelto a Washington hacía ya una semana y seguía sin poder quitarme aquel dolor de encima.

No había nada que me molestase más que pensar que alguien era mi amigo y luego darme cuenta de que el sentimiento no era recíproco. Que una relación estuviese descompensada me sacaba de quicio.

Déjalo, Stella. No quiero hablar del tema.

Ni que le hubiese pedido que me contara sus secretos más oscuros y profundos. Si Dante sabía lo del *Magda* y Vivian, tampoco podía ser para tanto.

De acuerdo: a diferencia de Dante, yo no conocía a Christian desde hacía tantos años, pero aun así...

Pasé la tarjeta por la caja de autopago con más fuerza de la necesaria.

Había ido a visitar a Maura por la mañana y, de camino

a casa, pasé por la tienda de comestibles para comprar un poco de pasto de trigo para mis *smoothies*.

Consejo de una experta: si estáis frustradas, no vayáis a comprar.

Entré a por pasto de trigo y salí con dos bolsas llenas de palomitas, un litro de helado, una barra de chocolate extragrande y un paquete de seis de yogur griego.

Tenían el aire acondicionado al máximo, pero, cuando me di la vuelta para irme, tuve un escalofrío todavía más espeluznante.

Tenía los pelos de punta. Todos.

Agarré las bolsas con tanta fuerza que los nudillos se me pusieron blancos. Miré a mi alrededor y el rugido que sentía en los oídos ahogó cualquier otro ruido de por ahí.

No vi a nadie sospechoso, pero aquel siniestro cambio en el ambiente fue tan tangible que incluso pude saborearlo.

«Alguien te está espiando.» Aquella sutil cancioncilla no paraba de sonar en mi cabeza.

Y ese *alguien* no era Brock, cuya presencia era invisible, pero siempre cálida y reconfortante.

Otro escalofrío.

Desde que entró en mi casa, no había vuelto a saber nada del acosador. Christian no me había contado nada más al respecto, pero tampoco se lo había pedido porque una parte de mí prefería vivir en la ignorancia.

«Ojos que no ven, corazón que no siente», si bien eso no acababa de ser del todo cierto.

Fuera quien fuese aquel tipo, andaba por ahí suelto y seguramente estuviera esperando aprovechar otra oportunidad para reaparecer.

No había hablado de mi cambio de piso en las redes sociales, pero continuaba viviendo en el mismo edificio. Si había podido entrar en mi apartamento...

«Basta. No puede entrar en casa de Christian ni de broma.»

Tampoco podría hacerme daño mientras estuviera en un lugar público. Brock estaba ahí. No podía verlo, pero ahí estaba.

«No pasa nada. No te pasará nada.»

Aun así, me obligué a mover las piernas y eché a andar tan rápido como pude hacia el Mirage.

El frío se evaporó bajo las llamas del sol de la tarde. Entré en el piso de Christian y cerré la puerta tras de mí. En cuanto lo hube hecho me sentí prácticamente idiota con solo pensar que una mera sensación casi me paraliza en medio de una tienda de comestibles llena de gente y a plena luz del día.

«No pasa nada. No te pasará nada.»

Jugueteé con el collar y respiré profunda y lentamente hasta que todos los rastros del miedo se hubieron disipado.

Sí, mi acosador andaba por ahí suelto, pero no podría llegar a mí.

Puede que ahora estuviese enfadada con Christian, pero confiaba en él y sabía que me protegería.

Pronto daría con el acosador. Y, cuando esto ocurriera, todo pasaría al olvido y yo podría volver a vivir mi vida como siempre.

No me cabía ninguna duda.

Mi buena racha de ir evitando a Christian terminó aquella misma noche. Regresó tan temprano que el sol aún no se había puesto y, a pesar de brillar bajo, bañaba aquellos suelos grisáceos de una luz dorada.

Yo acababa de reunirme con Julian, un columnista del *Washington Weekly* que me haría una entrevista más adelante. Estaba escribiendo un artículo sobre mí en el que hablaría acerca de mi nuevo trabajo como embajadora de Delamonte y nos habíamos pasado la última media hora hablando de los temas a tratar y de cuestiones de logística.

No hacía falta que viera a Christian para que lo sintiera. Su presencia llenaba cualquier sala en la que se encontrase.

«No mires, no mires...»

Miré.

Y, cómo no: ahí estaba, atravesando el salón cual rey andando hacia su trono.

Hombros anchos. Pómulos marcados. Traje caro.

—¿Has bajado el ritmo? —Me levanté y me metí el cuaderno de dibujo debajo del brazo. No me gustaba estar sentada cerca de Christian. Me hacía sentir todavía más en desventaja—. Aún estamos en horario laboral.

Eran las primeras palabras que le había dedicado desde que regresamos de Nueva York y mentiría si dijera que no me entusiasmaron.

Ralentizó el ritmo y se detuvo justo enfrente de mí.

—He pensado que querrías celebrarlo.

Fruncí el ceño confundida.

—¿Celebrar el qué?

—Has llegado al millón de seguidores, Stella. —Christian me miró con una expresión seria, aunque sus ojos dejaban entrever cierta diversión—. Hace una hora.

Un millón de seguidores.

No podía haber llegado a esa cifra ya ni de broma. Anoche lo miré y solo tenía... 996K. Cien arriba, cien abajo.

Oh, Dios mío.

Teniendo en cuenta lo rápido que había crecido mi cuenta desde que había empezado a «salir» con Christian, cuatro mil nuevos seguidores en solo una noche tampoco era tan descabellado.

—Si no me crees, compruébalo tú misma. —Era como si me acabase de leer la mente.

Aparté la mirada de Christian y cogí el móvil. Entré en mi perfil con la mano temblorosa y me fijé en el número que salía arriba del todo.

1M.

Un millón de seguidores.

Oh-Dios-mío.

La descarga de adrenalina que sentí al ver esa cifra fue tan fuerte que incluso me mareé.

Sabía que pasaría en algún momento, pero haberlo conseguido me parecía surrealista.

Me sentí eufórica.

Lo había conseguido.

¡Lo había conseguido!

Sonreí y tuve que echar mano de toda mi fuerza de voluntad para no empezar a saltar y a gritar como si fuera una adolescente de doce años en el concierto de su cantante de pop favorito.

Llegar al millón de seguidores había sido mi objetivo desde que creé el perfil. No había sido mi único objetivo, pero sí el más importante. Mi pase de oro. La confirmación de que había alcanzado el éxito y de que no me había equivocado al tomar aquel camino; que a la gente le gustaba lo que compartía y le gustaba yo.

Después de años creando contenido y subiendo cientos de publicaciones, por fin lo había logrado.

Me quedé mirando mi perfil y esperando a que se abriese una grieta en el cielo, que los ángeles se pusieran a cantar y que cayera una lluvia de confeti a mi alrededor a modo de felicitación.

Al menos esperaba que los dioses de Instagram apareciesen y me dieran una estrellita dorada por haber conseguido semejante hito.

Nada.

El júbilo de haberme unido al club del millón de seguidores seguía ahí, pero también esperaba algo... más.

Alguna sensación de logro que validara todos los esfuerzos que había destinado a hacer crecer mi cuenta y la sensación de que lo había conseguido, aunque no acabara de saber el qué.

Sin embargo, más allá de mi emoción, un texto lleno de emojis que me había mandado Brady y de tener la bandeja de entrada llena a rebosar de mensajes directos, yo seguía siendo la misma persona que era hacía una hora, con las mismas preocupaciones y las mismas inseguridades.

Algo dentado y lúgubre perforó mi emoción hasta que volví a tener los pies en la tierra.

Había conseguido lo que quería y me sentía descontenta. Y, por alguna razón que no acababa de entender, eso me hacía sentir peor que si no lo hubiese conseguido directamente.

Tenía un millón de seguidores, pero nunca me había sentido tan vacía.

Me guardé el móvil en el bolsillo e intenté que no se notara lo decepcionada que estaba.

—No sabía que le habías estado prestando tanta atención a mi número de seguidores —señalé.

Christian no mordió el anzuelo. Se metió la mano en el bolsillo y sacó una característica cajita roja y dorada.

—Para ti —me dijo—. Un regalo para darte la enhorabuena.

La duda y la curiosidad libraron un duelo en mi interior.

¿Debía aceptarlo? No me parecía bien aceptar un regalo de Christian cuando realmente lo único que nos unía era un acuerdo de negocios, pero ¿qué me habría comprado? Teniendo en cuenta el tamaño de la caja y la marca, seguro que era una joya.

Al final, ganó la curiosidad.

Cogí la cajita y la abrí lentamente. En parte esperaba que algo saliera disparado de ahí dentro; sin embargo, cuando vi lo que había en medio de aquella funda de terciopelo negro, me quedé sin aliento.

Santo Cielo.

Era un reloj. El reloj más hermoso y extravagante que había visto en toda mi vida. Su inmaculada esfera estaba decorada con unas mariposas formadas delicadamente por diamantes y esmeraldas, y la correa de platino también estaba adornada con diamantes más pequeños.

—Es una pieza de edición limitada que aún no ha salido al mercado —me contó Christian como quien no quiere la cosa y como si estuviese hablando de un juguete de plástico que acababa de comprar en un centro comercial—. Solo hay cinco en el mundo. Y, ahora, una es tuya.

Pasé los dedos por aquella esfera ornamentada con joyas. Ese reloj tenía que costar una fortuna.

—¿Cómo lo has conseguido? —Mi pregunta fue más bien un susurro pronunciado bajo la luz del sol.

Supe la respuesta antes incluso de que contestara.

Christian Harper siempre conseguía todo cuanto quería.

—Tengo mis trucos.

El subidón de serotonina que me había generado tener aquella joya entre las manos se disipó y el recelo ocupó su lugar.

Últimamente era incapaz de hacer perdurar la alegría.

Agarré el reloj con tanta fuerza que sentí que los brillantes se me clavaban en la piel.

—¿Por qué me lo has comprado?

—Ya te lo he dicho. Es un regalo para darte la enhorabuena.

—Has dicho que no había llegado al millón de seguidores hasta hacía una hora. ¿Has conseguido este reloj y has vuelto a casa en tan poco tiempo?

Se encogió de hombros con elegancia y respondió:

—Tengo buenos contactos.

Yo solía confiar ciegamente en las personas, pero noté la amargura de su mentira en la punta de la lengua.

Aquellos diamantes se me clavaron más aún y entonces dejé de apretar tanto el reloj.

—Es precioso y te lo agradezco muchísimo, pero no puedo aceptarlo. —Estiré el brazo para devolverle la joya.

Ojalá pudiera quedármelo, pero yo siempre había soñado todo aquello que no podía tener.

Amor. Cariño. Valía. Algo profundo e incondicional que pudiese reclamar como mío propio.

Visto con perspectiva, un reloj no era nada. Era precioso y detestaba que me apeteciera tanto quedarme con algo que no tenía ningún valor sentimental, pero no era más que un accesorio. Si alguien lo quería, podía comprárselo.

Todo lo demás eran cosas que no se podían comprar con dinero.

A Christian le cambió la expresión por primera vez desde que había entrado.

—Te lo he regalado. Es tuyo.

—Y yo te lo devuelvo. Es demasiado —sentencié con firmeza—. Es un reloj de diamantes, Christian. Seguro que vale decenas de miles de dólares.

—Noventa y dos mil seiscientos.

Al oír dicha cifra pronunciada con un tono tan despreocupado, me estremecí.

—Solo es dinero. Y tengo mucho. —Christian arrugó la frente hasta que sus cejas formaron una V—. Pensé que te gustaría. Dijiste que necesitabas un reloj nuevo.

Cierto, lo había dicho. Pero solo de pasada y hacía ya semanas.

Me resultaba increíble que Christian se acordase.

—Si me lo pongo, me robaran en cuanto salga de casa. Aunque no... —Cogí aire; tenía los pulmones cerradísimos. El oxígeno avivó las llamas de una frustración que aún no se había disipado y estas acabaron incinerando mis inhibiciones hasta que acabé soltándolo todo:

—No es solo por el reloj. Es por todo. Por nuestro acuerdo, mi guardaespaldas, el hecho de estar viviendo aquí sin pagar nada, haber ido hasta Nueva York en tu *jet* privado... Me siento como si fuera tu amante, salvo por el hecho de que no nos estamos acostado. No eres mi novio. Y tampoco estoy segura de que seamos amigos, siquiera. Así que dime por qué haces todo esto. Y no me vengas con que es para darme la enhorabuena por haber llegado al millón de seguidores o porque te sientes culpable de que alguien se colara en mi piso. Seré optimista, pero no soy idiota.

Si se hubiese tratado de cualquier otra persona, habría pensado que Christian intentaba comprarme para conseguir algún tipo de acuerdo sexual extraño. Pero era tan rico y atractivo que no le hacía falta cebar a nadie para salirse con la suya. Tenía a un montón de gente esperando a hacer realidad sus sueños sin que él tuviera que pedírselo a nadie.

¿Por qué me estaba tratando de aquella forma tan especial si apenas me conocía?

Tictac. Tictac. Tictac.

La ensordecedora marcha de los segundos que iban avanzando en el reloj de pared les seguía el ritmo a las contracciones del músculo de la mandíbula de Christian.

Ni una palabra. Solo silencio.

Ese hombre era como una caja fuerte repleta de secretos y cerrada con un candado que ni el ladrón más erudito del mundo podría romper. El peligro lo acompañaba allá donde fuera, y ahora mismo me gritaba que parase y que saliese corriendo antes de que fuera demasiado tarde.

Sin embargo, yo, cual idiota insensata, insistí:

—No espero que vayas a responder. Nunca lo haces. Pero, a pesar de que agradezco tu ayuda con lo del acosador, no puedo aceptar nada más de tu parte.

Alargué un poco más el brazo para pasarle el reloj. Christian siguió sin mover las manos de sus costados, pero sentí el peso de su mirada como si fuese algo físico.

—Firmamos un contrato; aun así, desde que me mudé a tu casa, los límites se han ido difuminando un poco. Es hora de que volvamos al acuerdo inicial. Solo estaremos juntos en público por razones que nos benefician a los dos y, el resto del tiempo, seremos compañeros de piso hasta que demos con mi acosador y lo pongamos entre rejas. Y punto. Nada más y nada menos.

Mis palabras se fueron apilando como ladrillos en el muro que yo misma estaba levantando entre él y mi desorientado corazón.

Tictac. Tictac. Tictac.

El agonizante y lento paso del tiempo solo se vio interrumpido por mi entrecortada respiración.

Desde que Christian había entrado por la puerta, yo no me había movido ni un ápice de donde estaba. Sin embargo, el corazón me latía con tanto ímpetu que parecía que hubiese acabado de subir el Everest.

—Nada más y nada menos. —Repitió mis palabras perezosamente y un incómodo escalofrío me recorrió la espalda.

Tenía un nudo tan grande en la garganta que no me pasaba ni el aire. Todo lo que me rodeaba empezó a zumbar de forma incesante y peligrosa, como si estuviera avisándome de que se acercaba una tormenta.

Christian dio un paso hacia mí. Yo, por instinto, di otro hacia atrás, y otro y otro hasta que me di con las lumbares en el sofá y el corazón me latió con tanta fuerza que me podría haber salido un hematoma tranquilamente.

—¿En serio, Stella? ¿Solo somos dos compañeros de piso que se ven por razones que les benefician a los dos? —Su pregunta fue acompañada de un dulce y aterciopelado tono, pero sus ojos brillaban como una daga recién afilada.

Christian hundió las palmas de las manos en los cojines que me quedaban a ambos lados, encerrándome.

Tuve que echar mano de toda mi fuerza de voluntad para no encogerme y evitar tocarlo. Un simple roce y ardería entera. No tenía ninguna duda.

Sin embargo, me negué a darle la satisfacción de esconderme, así que levanté la barbilla e intenté no pensar en los pocos centímetros que separaban nuestros cuerpos.

—Es lo que debemos ser.

—No te he preguntado si es lo que debemos ser. Te he preguntado si es lo que realmente somos.

—Tú nunca respondes a mis preguntas —contesté con un tono desafiante—. ¿Por qué debería responder yo a las tuyas?

El zumbido que sentía se intensificó y nos envolvió como si fuera una ola acariciando la orilla. A Christian se le ensombreció la mirada hasta que las pupilas oscurecieron prácticamente del todo los destellos dorados de su iris.

—De acuerdo. —El cruel corte de su sonrisa me inyectó hielo en las venas y, de repente, me arrepentí de haberle preguntado nada—. ¿Quieres saber por qué, Stella? ¿Quieres saber por qué te he regalado ese reloj? ¿Por qué he hecho que vinieras a vivir a mi casa, a mi santuario, cuando llevaba más de una década viviendo solo y era lo que tenía pensado hacer el resto de mi vida?

Cada palabra fue sumándole más adrenalina a mi sangre hasta que me ahogué en ella. En él. En aquel salvaje remolino al que yo misma nos había arrojado y del cual no parecía ver la salida.

—Porque no me has mirado a los ojos desde que volvimos de Nueva York. Porque da igual dónde esté o con quién: solo puedo pensar en ti, joder. Y pensar que te puede pasar algo o que puedes estar triste hace que quiera echar la ciudad entera abajo. —A su voz la acompañó una dulce y casi desesperada ferocidad—. Porque nunca he deseado a nadie tanto como a ti y nunca me he odiado más por eso.

Me ahogué todavía más en aquel remolino hasta quedar sumergida bajo las olas de un sinfín de emociones distintas. No sé qué habría contestado, pero tampoco pude hacerlo porque tenía todas las palabras enredadas en el pecho.

Una amarga sonrisa hizo acto de aparición en la arrolladora cara de Christian y este sentenció:

—Ahí tienes el maldito porqué.

Christian desapareció con una fría ráfaga de aire.

Cerró de un portazo y yo me desmoroné en el sofá. Seguía con el reloj entre los dedos y las ruinas del mundo tal y como lo conocía quedaron a mis pies.

23
Christian

Los viernes por la noche, Valhalla era puro desenfreno. Sin embargo, en lugar de participar en una arriesgada partida de póquer en el casino o de darme el gusto de bajar al club de caballeros que había en el sótano, me tomé la sexta bebida de la noche de un trago en el bar.

Mientras la morena que tenía al lado seguía charlando, por la sangre me corrían, ardientes, *whisky* escocés, autodesprecio y enfado.

Tres horas y el doble de bebidas, y todavía no se había derretido la capa de hielo que me cubría las venas desde que había dejado a Stella sola en mi apartamento. Ni siquiera las mujeres que revoloteaban por mi alrededor, todas preciosas y perfectamente dotadas, lo habían logrado.

Una magnate de la cosmética. Una heredera del sector de los dulces. Una supermodelo que no parecía demasiado preocupada por haber abandonado al prócer de los medios de comunicación con el que se había presentado.

—Me alojo en un hotel cerca de aquí. —La modelo se me acercó hasta que su voz, baja y gutural, se abrió paso entretanto alboroto y se me coló en los oídos—. ¿Me acompañas?

Recorrí el borde del vaso con el pulgar y me la quedé mirando en silencio.

Bajo mi escrutinio, su piel adoptó un sutil tono rosado.

En parte me sentía tentado de aceptar la oferta y ahogar mis frustraciones con sexo y sudor. De hecho, era justamente lo que tenía en mente cuando había empezado a tontear con ella.

Pero ese también era el problema. Que no había supermodelo ni polvo en el mundo que pudieran quitarme a Stella de la cabeza ni un maldito segundo.

La irritación me inundó las venas.

—No me interesa. —Respondí más seco de lo normal, dejando que mi enojo fuera a más.

Tenía que salir de allí inmediatamente, joder. Estaba a punto de estallar. Si me quedaba, igual acababa haciendo algo de lo que luego me arrepentiría.

Antes de que la modelo pudiera responder, su cita terminó de hablar con otro miembro del club y por fin se dio cuenta de que la había perdido.

Vino directo hacia nosotros con la mirada llena de una oscura desaprobación.

—Sasha. Te había dicho que no te separaras de mí. —Posesivo, le pasó una mano por la cintura y me atravesó con la mirada.

Yo, apático, le devolví el gesto.

Victor Black, director ejecutivo de un imperio de los medios de comunicación que contaba con docenas de periódicos y páginas web de malísima calidad pero que la gente seguía leyendo.

También era uno de los miembros más insoportables del Valhalla.

—Lo siento —respondió ella, aunque no parecía sentirlo en absoluto.

—Harper. —Victor me dedicó una desagradable sonrisa—. ¿No deberías estar disfrutando de esta velada de viernes por la noche con tu novia en lugar de estar ligando con la cita de otro?

Al oír aquella indirecta mención de Stella, se me heló la sonrisa.

«Si no estuviéramos en un lugar público...»

—Tienes razón —contesté amablemente—. Pásatelo bien con tu cita.

A Victor le tembló la sonrisa ante mi amigable respuesta. Me levanté y dejé un billete de cien dólares en el tarro de propinas. A él se le ensombreció la mirada con un sutil toque de pánico.

—¿Dónde...?

Me fui sin escuchar el final de aquella insípida pregunta y, antes de marcharme hacia casa, hice una visitilla rápida a su querido deportivo.

Como estaba prohibido entrar armado al Valhalla, no llevaba una pistola encima. De todos modos, eso no significaba que no tuviera otra arma menos evidente a mi disposición.

Dos minutos más tarde y tras haberle escondido un dispositivo en el coche, me subí al mío y puse rumbo a casa.

Cuando llegué al Mirage, frené y miré las grabaciones de seguridad exteriores de la casa de Victor desde el móvil. Tal y como me había imaginado, se había ido poco después que yo. Al cabo de diez minutos, su coche estaba aparcando en la entrada.

Tanto él como Sasha bajaron del coche y entraron en casa.

Esperé a que la puerta se hubiese cerrado antes de activar el aparato.

Las grabaciones no tenían audio, pero oí el *boom* mentalmente mientras veía cómo explotaba el coche.

Cuando Victor llegó fuera, su deportivo ya no era más que un montón de pedazos negros y destartalados bajo unas embravecidas llamaradas de fuego.

Sonreí genuinamente por primera vez en todo lo que iba de noche.

«Mucho mejor.»

Me guardé el móvil en el bolsillo, salí del coche y me alisé la americana.

Seguramente, Victor se olía quién había sido el responsable de la temprana destrucción de su vehículo, pero no podía hacer absolutamente nada al respecto. Tenía suerte de que no lo hubiese hecho estallar con él dentro.

Por desgracia, el alivio que sentí tras detonarle el coche al puñetero Victor no duró demasiado.

Cada paso que daba hacia mi piso me recordaba lo que había ocurrido con Stella.

Vivíamos en la misma casa, pero cada vez la notaba más lejos.

No eres mi novio. Y tampoco estoy segura de que seamos amigos, siquiera.

Se me tensó la mandíbula.

Le había comprado el reloj con la esperanza de salvar la distancia que se había interpuesto entre nosotros desde el viaje a Nueva York, pero había surtido el efecto contrario.

Había ido a Valhalla con la esperanza de poder quitármela de la cabeza, pero había sido otro intento fallido.

Podía haberme ido a casa con la mujer que quisiese y aun así había preferido volver a por la única que no me deseaba.

Una sarcástica risa se adueñó de mi garganta.

El destino era un maldito cabrón.

Me desapreté el nudo de la corbata mientras entraba en el apartamento. El autodesprecio que había sentido antes se había intensificado más aún.

No perder los nervios me había llevado hasta donde estaba ahora. Sin embargo, cuando Stella había intentado devolverme el reloj, casi los pierdo.

Y punto. Nada más y nada menos.

Dime por qué haces todo esto.

Porque nunca he deseado a nadie tanto como a ti y nunca me he odiado más por eso. Ahí tienes el maldito porqué.

El eco de nuestra previa conversación llenó el aire.

Hice ademán de ir directo hacia mi habitación, pero en cuanto vi unos mechones de pelo rizado que sobresalían por encima del sofá y percibí el olor de la vela de lavanda favorita de Stella, me detuve. La vela resplandecía en la mesita, al lado de unas largas y desnudas piernas y de unos lápices de dibujos esparcidos por ahí encima.

Paseé la vista por aquella extensión de piel al descubierto y unos *shorts* de algodón hasta topar con unos precavidos ojos verdes.

—Sigues despierta. —El alcohol y el deseo hicieron que mi observación sonara con más aspereza todavía.

Stella ya solía estar durmiendo a estas horas o, por lo menos, ya solía estar en su cuarto. Tenía la absoluta convicción de que no se acostaba tan temprano ni de broma.

¿Por qué me había estado evitando? No podía ser por haberme negado a hablarle del *Magda* y Vivian. No había sido más que una conversación insignificante, por llamarlo de alguna manera.

—No podía dormir, así que he pensado que, ya puestos, podía ponerme a dibujar un poco. —Desvió la vista hacia el cuaderno de dibujo—. ¿Y tú dónde estabas?

A pesar de decirlo con un tono normal, me fijé en que tenía los hombros tensos.

El hielo que sentía en mi interior empezó a derretirse. Unas cálidas gotas se me colaron en las venas y me sonsacaron una oscura sonrisa.

—¿Por qué lo preguntas?

—Porque llevas unas cuantas horas fuera. Es pura curiosidad; algo natural.

Se le daba bien marcarse faroles, pero a mí todavía se me daba mejor detectarlos.

Crucé el salón hasta quedar justo detrás de Stella. Nuestros reflejos nos devolvían la mirada desde la ventana con tanta precisión que incluso podía reseguir los rasgos más detallados de su cara: sus largas y gruesas pestañas, el sutil acabado de sus gatunos ojos verdes, su delicada barbilla y la elegante curva de sus pómulos.

—He salido a tomar algo. —A pesar de haber respondido con suma naturalidad, tenía el pulso aceleradísimo.

Quería agarrarle el pelo con la mano y echarle la cabeza hacia atrás hasta que esos ojos me mirasen solo a mí. Quería dejar marca en su inmaculada piel con los dientes y adueñarme de su boca con un beso tan intenso que le quitara de la cabeza esa idea de que solo éramos compañeros de piso.

Apreté los puños y me obligué a relajar las manos. «Aún no.»

Había esperado demasiado como para dejar que un impulso lo echara todo a perder.

En caso de que Stella notase que el peligro se estaba cerniendo encima de ella, ni siquiera lo demostró; lo único que se le apreciaba era la tensión de los hombros. El lápiz se deslizó ávido por la hoja de papel mientras ella, sin detenerse siquiera, iba dibujando y matizando los detalles de un vestido largo hasta los pies.

—Ya. Hueles a alcohol. —Se limitó a responder con tirantez—. *Whisky* y... ¿perfume?

—¿Celosa? —Contesté con un tono sedoso aunque burlón.

—No tengo motivos para estarlo. —Siguió dibujando,

pero con unos trazos más rápidos, más enfadados—. Solo somos compañeros de piso.

—Eso no responde en absoluto a mi pregunta. —Le aparté un mechón de pelo detrás de la oreja y ella ralentizó el ritmo de los trazos—. Pregúntame lo que realmente quieres saber, Stella.

Bajó la vista y luego volvió a levantarla para mirarme a través de la ventana.

Stella podía ir tan de dura como quisiera, pero era una persona tierna y sus sentimientos eran fáciles de adivinar. Bajo aquellas profundidades de color jade se escondían una decena de emociones fáciles de detectar: enfado, frustración, deseo y algo incluso más oscuro, menos evidente.

—¿Con quién estabas? —Lo preguntó con un tono de indiferencia, pero sonó lo bastante rasposo como para dejar entrever la vulnerabilidad que intentaba esconder.

Le importaba. Y aquella pizca de emoción se me clavó más hondo de lo que se me podría haber clavado cualquier daga.

—Con tres mujeres.

Al ver que hacía ademán de moverse al escuchar mi respuesta, le agarré el hombro con fuerza para impedir que se levantara.

—Estaban en el mismo bar que yo —respondí—. Me podría haber tirado a cualquiera de las tres. Podría haberles hecho hacer cualquier guarrada que se me hubiese pasado por la cabeza. Podría haber tenido su boca en mi polla, su pelo en mis manos...

Stella apretó los labios. El orgullo le brillaba desafiante en los ojos, pero la inclemencia hizo que se le tensara el rostro y, con la mano aún en su hombro, noté cómo temblaba sutilmente.

—Pero ni siquiera les he puesto la mano encima. No he

querido. No me ha apetecido lo más mínimo, joder. —Agaché la cabeza. Tenía el corazón en llamas de lo cerca que estaba Stella. Cada respiración la acercaba más a mí, pero hubiera dado todo el aire del mundo con tal de poder tenerla entera aunque fuera una vez, un solo minuto—. Quizás debería haberlo hecho. A lo mejor así entenderías cómo me siento. —Le rocé la mejilla con el aliento mientras le acariciaba el hombro y el brazo con la mano—. No soy un hombre celoso, Stella. Nunca he sentido envidia por lo que pudiera tener otra persona o con quien pudiera estar alguien; sin embargo... —Le deslicé los dedos por la muñeca—. Me pongo celoso de cualquier persona a quien le dediques una sonrisa. —Le acaricié los dedos—. De todas las veces que ríes sin que te oiga. —Bajé mi tacto un poco más, hasta su rodilla, y le recorrí el muslo lánguida y lentamente—. De la brisa que te acaricia la piel y de todos los sonidos que se te escapan de la boca. Es exasperante —sentencié enfatizando en ese último adjetivo.

Al llegar a la altura de los *shorts*, detuve el recorrido de mis dedos. El corazón me latía con fuerza y había adoptado un ritmo tosco que combinaba perfectamente con la rudeza de mi voz. El aire que nos rodeaba estaba cargado de deseos desatados y tan potentes que amenazaban con consumirnos a los dos.

Stella había dejado de dibujar. Seguía con el lápiz en la mano, pero apenas lo estaba sujetando. Estaba quieta, extremadamente quieta, y el único movimiento provenía del agitado compás de su pulso.

Lo oía a pesar de la velocidad con la que me corría la sangre, ardiente, por las venas. Era como la canción de una sirena que me llamaba y me guiaba hacia mi propia muerte, y era tan hermosa que habría sucumbido incluso a sabiendas de que me llevaría directo al infierno.

—Christian...

Al oír cómo susurraba mi nombre, se me tensaron todos los músculos. Cuando lo pronunciaba ella sonaba tan dulce que parecía que fuera el sonido de la salvación en lugar del de la ruina.

Era la única persona que decía mi nombre de esa forma.

Le agarré el muslo con la mano. Mi aspereza se hundió en aquella dulce piel antes de que la soltara y me irguiera. A cada segundo que pasaba me odiaba más y más.

—Vete a tu cuarto, Stella. —Mi severa orden se cargó la viva intimidad del momento—. Y cierra la puerta con pestillo.

Stella dudó un segundo. Luego exhaló agotada.

Y, entonces, oí el crujido de un montón de papeles y sentí cómo caía la temperatura de la sala cuando ella se fue decidida hacia su habitación.

Esperé a oír cómo cerraba la puerta y luego solté el aire que había estado conteniendo.

Eché a andar hacia mi baño al mismo ritmo y con la misma vehemencia que los latidos de mi corazón. Me desnudé de un tirón, abrí el grifo de la ducha y dejé que el agua bajara tan fría como fuera posible.

Los chorros me aporrearon la piel, pero no lograron apaciguar el embravecido deseo que se iba gestando en mi interior e iba incinerándolo todo a su paso hasta que lo único que vi fueron unos ojos color jade y unos oscuros y frondosos rizos. El aroma fantasmal de olor a flores y plantas se coló en la ducha, tan invisible y tangible como el tacto de la seda en mis manos.

Stella se había adentrado tanto en mi consciencia que solo la olía a ella. Solo la sentía a ella. Y, cuando cerraba los ojos, solo la veía a ella.

La necesidad que sentía en la ingle aumentó.

«Manda narices.»

Solté una maldición en voz baja hasta que al final cedí y me agarré la polla con la mano. La tenía dura e hinchada, y ya caían algunas gotas de líquido preseminal. Mis movimientos fueron bruscos, casi enfadados, y estuve masturbándome hasta conseguir aquella explosión que tanto anhelaba.

Podría haberla besado. Podría haberle agarrado el pelo y marcarla con la boca hasta demostrarle que no había nada de falso en el oscuro fuego que ardía entre nosotros.

Si me había contenido, había sido únicamente por un sutil hilo de autocontrol tejido con algo de fría lógica y unas minúsculas tiras de mi ya destrozada consciencia.

Era plenamente consciente de que, si uno de los dos cedía, nos condenaría a los dos a vivir en el infierno.

La tocaría con mis ensangrentadas manos y la besaría con una boca embustera. Se iría a la cama con un monstruo sin saberlo siquiera.

Una parte de mí la deseaba tanto que le daba igual todo lo demás. La otra parte, en cambio, era tan protectora que la había mandado lejos, a un lugar donde ni siquiera yo pudiera encontrarla.

Era paradójico, al igual que lo era todo en mi vida siempre y cuando estuviera relacionado con ella.

Pero si aquel hilo se rompía...

Cerré los ojos. Seguí agarrándome la polla con fuerza y mi respiración se volvió más pesada.

Podría tenerla justo debajo ahora mismo, arañándome la espalda y gimiendo mientras decía mi nombre...

Sentí cómo se me iba formando el orgasmo al final de la columna. Al principio fue lento, pero luego fue acelerándose hasta que culminó en un estallido deslumbrante y ensordecedor.

—¡¡¡Joder!!!

Me corrí con tanta fuerza que apenas oí mi propio grito. Sin embargo, cuando volví a tocar con los pies en el suelo, lo único que noté fue lo fría que estaba el agua y la mirada burlona y resplandeciente de la luz de la ducha.

Apoyé la cabeza en los helados azulejos de la pared y fui contando mis respiraciones.

«Una. Dos. Tres.»

El cuarto de Stella estaba al final del pasillo, en la otra punta del apartamento. Y, a pesar de lo que le había dicho, que se encerrase en la habitación con pestillo no serviría de mucho.

«Cuatro. Cinco. Seis.»

Seguí contando hasta que se me ralentizaron los latidos del corazón y adoptaron un ritmo más normal; hasta que la lucidez se deshizo del *whisky* que me corría por las venas y de la neblina que me enturbiaba la mente.

No era la mejor noche para intentar nada.

Había esperado hasta ahora. Podía esperar un poco más.

Porque cuando reclamara a Stella como mía, lo haría con tanta maldita vehemencia que ninguno de los dos le cabría la menor duda de a quién pertenecía ella... ni de a quién pertenecía yo.

24
Stella

Para que quede claro: NO estaba celosa de las mujeres a las que había visto Christian la noche anterior. Solo me había preocupado porque era mi novio —bueno, mi novio falso—, había estado muchas horas fuera y, si le hubiese ocurrido algo, yo habría tenido muchos quebraderos de cabeza.

Nada más.

Empecé a ser consciente del tema mientras esperaba a que Josh y Jules abrieran la puerta y se me erizó la piel.

Era la fiesta de inauguración de su casa, aunque ya hacía tiempo que se habían mudado, y Christian había conseguido que lo invitaran porque Rhys y Bridget habían viajado hasta aquí para asistir tanto a la fiesta como a un acontecimiento diplomático. Dijo que quería ver a Rhys y no habían podido quedar a solas o algo así.

Mi intención era evitar a Christian hasta que hubiese podido gestionar mis encontrados sentimientos hacia él. Sin embargo, ahora tendría que pasarme todo el día a su alrededor mientras su confesión y advertencia no paraban de sonarme cual disco rayado en la cabeza.

Nunca he deseado a nadie tanto como a ti y nunca me he odiado más por eso.

Vete a tu cuarto, Stella. Y cierra la puerta con pestillo.

Mi imaginación no fue capaz de resistir la tención de fantasear con lo que podría haber pasado si no me hubiese ido después de que me advirtiera de esa forma... o si no hubiese cerrado con pestillo tal y como me había pedido.

Manos ásperas. Besos con sabor a whisky. *Pasos en la oscuridad.*

Una ola de calor me descendió por el torso y se me acomodó en la entrepierna.

Me acerqué con la respiración acelerada y agarré con fuerza el regalo que les había traído.

Me encantaban los cristales, el tarot y todo lo místico, pero no creía en la magia. Al menos, no en la que tenía que ver con hechizos y escobas. Sin embargo, en ese momento, estaba convencida de que Christian tenía el poder de colarse en mi mente y descubrir todas mis fantasías, pícaras y obscenas, en las que aparecía él.

Noté cómo me ardían las mejillas bajo su escrutinio, bajo el frescor de una tarde de abril que se estaba volviendo bochornosa. El sol me abrasó despiadadamente las partes del cuerpo que quedaban al descubierto y se me fue ralentizando el corazón hasta notar que las manos del silencio me envolvían la garganta y me sofocaban.

Si la puerta de entrada no se hubiese abierto en aquel preciso instante para salvarme, me hubiese asfixiado ahí mismo, en los peldaños de la casa de Jules.

—¡Stella! ¡Christian! Me parecía haberos oído —dijo alegre—. ¡Qué ilusión que hayáis podido venir!

La tensión se desplomó inmediatamente. Christian me quitó la mirada de encima y la cuerda que me mantenía erguida se fue soltando hasta que acabé encorvada encima del regalo, sintiéndome entre aliviada y decepcionada.

—No nos lo habríamos perdido por nada del mundo.

—Le pasé la caja de malas maneras con la esperanza de que no se percatara de mi desasosiego. Cuando Jules se olisqueaba algo de salseo, se convertía en un sabueso—. Os hemos traído algo para vuestro nuevo hogar.

Se le iluminó la mirada. A Jules le flipaban los obsequios. Una vez me dijo que era una pena que Papá Noel no fuera de verdad porque, por más viejo que fuera, se lo tiraría con tal de despertarse con un regalo distinto cada mañana.

Vale, eso había sido después de tres ponches de huevo durante las vacaciones, pero aun así... La mente de Jules Ambrose era asombrosa.

—¡Gracias! Pasad, pasad. Ya están todos en el salón. —Cogió el regalo con una mano y abrió un poco más la puerta con la otra—. Quitaos los zapatos y dejadlos al lado de la puerta; a mí me da igual, pero Josh es muy quisquilloso con el tema. —Puso los ojos en blanco fingiendo estar exasperada.

—Porque no quiero que la gente nos pringue el suelo con la porquería y suciedad de la calle, hereje. —Josh se le acercó por detrás y le dio un beso en la mejilla antes de saludarnos con una de sus sonrisas, hoyuelo incluido—. Hola, chicos. Bienvenidos a nuestra humilde morada. —Hizo un dramático gesto con el brazo para señalar su casa adosada de dos plantas.

Yo ya había ido alguna vez, así que ya había visto los suelos de madera y la acogedora y dispar decoración de su hogar: las alfombras peludas de color rosa de Jules al lado de los muebles de cuero negro de Josh, o los cojines rojos en forma de labios de mi amiga que compensaban la fealdad de los horrendos cuadros que había esparcidos por las paredes.

Josh era atractivo, pero su gusto por el arte era cuando menos cuestionable.

—Bonitos cuadros —señaló Christian arrastrando las palabras.

—Gracias —respondió el otro—. Los he elegido yo mismo.

—No, si ya.

Le lancé una mirada a Christian, pero este se mostró impertérrito.

—No soy un hereje. —Jules seguía pensando en lo que le acababa de llamar Josh—. Y, en cuanto a la porquería y suciedad de la calle, ya la limpiaremos.

—Claro. ¿Y quién la limpiará? —le preguntó su novio mientras nos dirigíamos hacia el salón. La esbelta figura de Josh esquivó con facilidad los esquís que se aguantaban de cualquier manera apilados al lado de la puerta del armario del recibidor (que estaba abierta) y una cajita de Crumble & Bake que amenazaba con caerse de una mesa auxiliar.

Josh era médico de urgencias en el Hospital de Thayer. Sin embargo, entre su oscuro pelo revuelto, su piel morena y aquellos afilados pómulos, podría perfectamente ser actor y hacer de médico en alguna serie.

—Yo —contestó Jules con delicadeza—. Cuando tengo tiempo.

—La última vez que tuviste tiempo te dedicaste a hacerte un tratamiento facial en casa.

—Tengo que cuidarme la piel. Ser abogada conlleva mucho estrés. —Se colocó el pelo por encima del hombro—. ¿O quieres que te recuerde que la última vez que tú tuviste tiempo te dedicaste a jugar al ajedrez con Alex y encima perdiste de goleada?

Josh arrugó la frente.

—No perdí de goleada. Estaba tanteando el terreno; viendo cuáles son sus puntos débiles.

Jules le acarició el brazo suavemente.

—Claro que sí, cariño. No pasa nada. Aunque se te dé fatal la estrategia, yo sigo queriéndote.

Reprimí las ganas de reír ante su riña. Hay cosas que nunca cambian.

Entramos en el salón, donde nos encontramos con el resto de los invitados esparcidos en los dos sofás de cuero.

Nada más verme, Bridget pegó un salto y me abrazó.

—¡Stella! ¡Cuánto me alegro de verte!

—Lo mismo digo. —La abracé con fuerza. Para el resto de la sociedad, Bridget era una reina; para mí, en cambio, siempre sería la chica con quien solía hacer maratones de *The Bachelor* cuando íbamos a la uni y filosofar, ebrias, sobre la vida—. ¿Qué tal esto de ser reina? ¿Has decapitado a alguien últimamente? —bromeé.

Suspiró con exageración y respondió:

—Por desgracia, no, aunque sí he estado tentada de mandar al ministro de Interior a la guillotina. Rhys me ha convencido para que no lo hiciera.

Miró divertida a su marido, cuya figura musculada y de casi dos metros hacía que el sofá en el que estaba sentado pareciese de juguete.

—Solo te he convencido a medias; tampoco podemos olvidar el hecho de que las guillotinas ya están obsoletas. —Sus aguerridos ojos grises adoptaron una mirada más tierna.

—Podría volver a ponerlas de moda. Soy la reina. Se hace lo que yo diga. —Bridget volvió a dejarse caer al lado de Rhys con majestuosa presunción, pero su expresión irradiaba picardía.

Rhys sonrió.

—Por supuesto, princesa. —Susurró algo tan bajo que no conseguí oírlo. Fuera lo que fuese, Bridget se sonrojó, alegre.

Jules le dio un codazo a Josh a la altura de las costillas y suspiró soñadora.

—¿Y tú por qué no me llamas *princesa*? Es supertierno.

—Porque tú no eres una princesa; eres un demonio —respondió, lo cual le sirvió para ganarse una buena mirada asesina por parte de mi amiga—. Y precisamente por eso me gustas. —Se la acercó al pecho y le plantó un beso de película.

Jules hizo ademán de apartarse de él con muy poco convencimiento e intentando, en vano, contener la risa.

—Por los pelos, Chen.

La ligereza que se respiraba en aquel ambiente hizo que se disipara la tensión que había sentido con anterioridad. Me acerqué a Ava para abrazarla.

Estaba acurrucada al lado de Alex, que observaba las muestras de afecto de las demás parejas con repulsión mientras le rodeaba los hombros con un aire proteccionista.

—Si vosotros también queréis demostrar el cariño que os tenéis en público, ahora es el momento —bromeé.

Mi amiga rio.

—Gracias, pero creo que pasamos. —Bajó la voz y susurró—: Alex tiene alergia a las muestras de afecto públicas.

—No les tengo alergia —respondió este antes de que Jules se abalanzara al cuello de Josh y le dijera algo que hizo que se le relajara la expresión. Acto seguido, Alex hizo una mueca—. Simplemente me perturban un poco.

—Alex tiene ansiedad por rendimiento —comentó Josh sin apartar la vista de Jules—. Tranqui, tío. Pasa en las mejores familias. Quizás puedas invertir en la creación de alguna pastilla que te ayude con ese problemilla; algo así como una viagra para la hora de besarse.

—Si tuviera que invertir en algo, sería en la creación de un bozal personalizado para que cerrases el pico.

A Josh le apareció un pícaro hoyuelo en la mejilla.

—¿Alex Volkov invirtiendo tanto dinero de I+D en mí? Qué honor.

Jules hundió la cara en el pecho de su novio y le temblaron los hombros de la risa.

Ava apoyó la mano en el brazo de Alex.

—No los mates —le advirtió—. No podemos quedarnos sin el padrino y sin una dama de honor a tan poco tiempo de la boda.

—Eso de *padrino* es publicidad engañosa. —Alex miró serio a Josh—. Debería pedírselo a alguien más.

—Puedes intentarlo, pero soy tu único amigo. Además, ¿quién sería capaz de organizar una despedida de soltero mejor que yo? Exacto: nadie. —Josh se autorrespondió—. Y, por si fuera poco, ya he hecho la paga y señal para el flotador en forma de plátano de tamaño gigantesco y para unas cartas de póquer personalizadas en las que aparecen Ava y un robot con traje.

Me volví para que Alex no me viera sonreír.

Además de Ava, Josh era la única persona que podía provocar a Alex de esa forma y salirse de rositas.

Más o menos.

—¡Christian, me alegro de volver a verte! —soltó Ava antes de que su prometido estrangulara a su hermano hasta matarlo en su propio salón—. No sabía que venías.

Solo se habían visto en la boda de Bridget. Sin embargo, a Ava nunca la había frenado el hecho de haber coincidido con alguien una única vez y siempre trataba a la gente como si fueran viejos amigos.

—No me perdería la oportunidad de echar el rato con los amigos de Stella por nada —respondió Christian tan tranquilamente.

Me puso la mano en la parte baja de mi espalda y yo casi me aparto al notar su calor. Pero entonces me acordé de que, teóricamente, éramos pareja.

Había sucumbido y les había dicho a mis amigas que podían contarles a sus respectivas parejas que mi relación con Christian era una farsa. Todos los ahí presentes sabían que estábamos fingiendo, pero nadie dijo nada.

Visto así, ¿debería seguir fingiendo por pura comodidad o no?

Aquella incertidumbre me hizo entrar en tensión.

Christian debió de darse cuenta, porque se le tensó la mandíbula y no tardó en apartarme la mano de la espalda.

En mi pecho, alivio y decepción empezaron a librar una batalla.

Entretanto, la sala entera guardó silencio mientras seis pares de ojos alteraban las miradas entre Christian y yo. No era la única que tenía dudas sobre cómo gestionar mi relación; era evidente que mis amigos estaban igual de confundidos.

Una extraña sombra ennegreció el salón antes de que Jules diera unas palmadas.

—Ahora que estamos todos, ¡que empiece la hora feliz! He descubierto una nueva receta para preparar margaritas y me muero de ganas de que la probéis.

Apenas eran las doce del mediodía, pero nadie la cuestionó.

Después de varias margaritas caseras y muchísimas —demasiadas— patatas fritas, me encontré sentada en el sofá con Ava, Jules y Bridget. Christian, Alex, Josh y Rhys estaban sentados delante de nosotras.

Me había mantenido firme con mi regla de no tomar más de dos copas por fiesta, pero Josh me había servido tanto alcohol que sentía que me daba vueltas la cabeza. Era como si me hubiese tomado doce chupitos de tequila.

—Tenemos que hacer un viaje de chicas cuanto antes. —Bridget apoyó la cabeza en el respaldo y bostezó—. Algo divertido. Estoy harta de viajes diplomáticos. Hago un montón de kilómetros en avión para sonreír y tenderle la mano a un montón de señores mayores. Podría hacer lo mismo en el Parlamento y me ahorraría el *jet lag*.

—¡Eso es! —A Jules se le iluminó la cara con tan solo imaginarse un fin de semana desenfrenado en el extranjero—. Ava, tu despedida está al caer. Montaremos un fiestón. Tiene que ser épica. Tiene que ser...

—Legal y sin riesgos —puntualizó Ava con firmeza—. No hace falta que acabe entre rejas otra vez.

A Ava, Jules y a mí nos encerraron durante la despedida de soltera de Bridget porque Jules le pegó un puñetazo en toda la cara a un idiota que le había metido mano a Ava. Por suerte, Bridget ya se había marchado, pero el rato que pasamos en aquel calabozo de Eldorra seguía sin formar parte de mis recuerdos favoritos.

—¿Cómo que *otra vez*? —preguntó Bridget levantando la cabeza—. ¿En qué momento te han metido a ti entre rejas?

—Eh... —Ava se puso colorada—. ¿Era una forma de hablar? —respondió en tono ascendente.

Nunca llegamos a contarle a Bridget lo ocurrido porque se habría puesto como loca. Además, Alex pagó la fianza para que nos dejaran marchar y se encargó de todo lo demás (es decir, de que no se publicara la noticia en los medios). Allí no había pasado nada.

—Has dicho *otra vez*. —Las sospechas ensombrecieron los elegantes rasgos de Bridget.

—Lo dice por el día en que nos colamos en el campanario de la uni y nos pillaron los de seguridad —terció Jules—. Da igual. Y, evidentemente, tu despedida será legal y sin riesgo alguno. Me gusta vivir al límite, pero tampoco quiero que Alex me asesine, gracias.

Miramos a Alex, que parecía estar sufriendo mientras escuchaba atentamente cómo Josh le contaba los treinta y seis usos distintos que tenía el flotador en forma de plátano de tamaño gigantesco.

Al otro lado del sofá, Rhys y Christian habían entablado conversación, pero hablaban tan bajo que no podía oírlos. Rhys tenía la frente arrugada y Christian parecía entretenido.

Debería ser ilegal que se juntara tanta belleza en un espacio tan reducido. Sin embargo, a pesar de cada uno de esos hombres poseyera un atractivo devastador, mi vista se veía especialmente atraída por el que estaba más cerca de la puerta.

Christian volvió la cabeza en el mismo instante en el que yo fijé mi atención en él. Nos aguantamos la mirada y una corriente eléctrica de una sensación más bien primitiva me adulteró la sangre.

De repente, la bruma que me nublaba la mente dejó de estar relacionada con las margaritas.

—Tú, de momento, olvídate del viaje. —La voz de Jules consiguió que volviera a centrarme en la charla con mis amigas a pesar de seguir sintiendo la abrasadora mirada de Christian—. ¿Qué ha sido eso?

—¿Qué ha sido el qué? —Me dio un salto el corazón.

El sabor a fresa y tequila que aún notaba en la lengua adoptó un regusto a especias y *whisky*. Así me imaginaba que sabía Christian: a calor, a pecado, a una masculinidad pura a más no poder.

—Eso. —Ante mi fingida ignorancia, Jules me lanzó una afilada mirada con sus ojos color avellana. Hizo un minúsculo gesto con la cabeza para señalar a Christian—. La tensión sexual que se respira entre vosotros dos es tan evidente que podría cortarse con un cuchillo.

—Entre nosotros no se respira ninguna tensión sexual.

—A no ser que contemos la presión que siento en el sexo y la sensibilidad que noto en la piel.

—Claro que sí. La noto hasta yo. —Ava se apartó el pelo del cuello—. Como la cosa escale un poco más voy a tener que pedirle a Alex que revise su norma de no hacer muestras de afecto en público.

—Exacto. —Jules se levantó abruptamente. Su gesto llamó la atención de los chicos y Josh interrumpió su discurso; estaba enumerando ya la vigesimoquinta utilidad del flotador en forma de plátano.

—¿Va todo bien? —preguntó.

—*Sip*. Solo tenemos que ir un segundo al baño. —Me agarró por la muñeca, tiró de mí y me arrastró hasta la parte trasera de la casa. Ava y Bridget nos siguieron—. ¡No os comáis todas las patatas antes de que volvamos!

—Soy médico, pero todavía no he encontrado una razón médica que explique por qué las chicas siempre tienen que ir al baño al mismo tiempo —oí que cavilaba Josh mientras nos íbamos.

—Tú lo que eres es idiota —le contestó Alex.

Jules nos metió en el baño de invitados, cerró la puerta y dejamos de oír a los chicos.

—¿Por qué me da la impresión de que vais a interrogarme como si fuerais el FBI? —Me apoyé en la encimera y miré a mis amigas con un poco de desconfianza.

—Porque vamos a hacerlo. —Jules se llevó las manos a las caderas y puso voz de abogada—. Y, ahora, cuéntanos la verdad. Tú, Stella Alonso, ¿estás acostándote o te has acostado alguna vez con Christian Harper?

—No —respondí enfáticamente.

—¿Y quieres hacerlo?

Dudé solo un par de segundos, pero fue suficiente para que todas mis amigas ahogaran un grito.

—¡Lo sabía! —A Jules le brillaron los ojos, triunfante—. ¡Me alegro un montón por ti! Por fiiin te sientes atraída por alguien. Christian está como un tren y además vivís en la misma casa. Es perfecto para tener un lío.

Bridget no parecía tan entusiasmada.

—Creía que lo vuestro era una relación falsa —dijo cuidadosamente—. ¿Qué ha cambiado?

—Como ha dicho Jules, es bastante guapo. —Me agarré el cristal que llevaba colgando del cuello. Se suponía que aquella piedra cálida y pura tenía que aclararme las ideas y ayudarme a concentrarme; sin embargo, mi mente daba más vueltas que una lavadora en pleno centrifugado—. Y... —Tras volver a dudar un segundo, solté todo lo ocurrido.

Nueva York, la extraña aversión de Christian hacia el arte, el reloj, lo de que me deseaba...

Cuando hube terminado, yo seguía apoyada en la encimera de mármol y tenía a tres pares de ojos observándome fijamente. Ava me miraba en estado de *shock*; Bridget, preocupada, y Jules, ilusionada.

—El primer día que lo conocimos ya me dio la impresión de que le gustabas —dijo esta última, sabionda—. ¿Tú viste cómo te miraba mientras firmábamos el contrato? ¡Señor! —Se abanicó con una mano—. Oye, si quieres irte y follártelo como si no hubiera un mañana, por mí no te preocupes. Esto es una nueva era, cielo. Ha llegado el momento de desempolvar las telarañas de tu vida sexual. Será como hacerle una limpieza general a tu vagina.

Hice una mueca con solo imaginármelo.

—Yo no iría tan rápido. —Bridget arrugó la frente—. Christian es... Bueno, ya sabéis lo que opino de él. Le estaré eternamente agradecida por habernos ayudado a Rhys y a mí con el lío ese de las fotos, pero, si lo que buscas es una relación seria, yo no me fijaría en él.

—Por eso le he dicho que se lo folle y no que se meta en una relación —reiteró Jules—. Seguro que es una bestia en la cama. Tiene toda la pinta.

Aquel sofoco me tiñó las mejillas de color.

—¿Qué diría Josh si supiera que evalúas las habilidades sexuales de otros hombres en secreto?

—Diría que a él se le da mejor que a los demás y tendría razón. Nuestra vida sexual es maravillosa. —Jules miró a Ava con compasión—. Perdón.

—Haré como si no hubiera oído lo último que has dicho. —A Ava le parecía bien que Jules y Josh estuvieran saliendo, siempre y cuando no hablaran de su vida sexual delante de ella. Se volvió hacia mí y en sus oscuros ojos pude entrever la preocupación y la curiosidad que sentía mi amiga—. La pregunta es: ¿quieres acostarte con él y punto o quieres algo más?

—No seas ridícula —soltó Jules—. Stel no tiene ningún interés en salir con alguien. ¿Verdad?

El cristal me ardía en la mano. No respondí, pero mi silencio lo dijo todo.

—Oh. —Jules lo entendió enseguida y se le borró la sonrisa de la cara—. Oh, oh.

Exacto.

No estaba segura de si quería salir con Christian, pero sí sabía que lo deseaba.

Y sabía que la oscura química que había entre nosotros dos acabaría explotando en cuestión de tiempo y, cuando esto ocurriese, ni Christian ni yo sabríamos cómo dar marcha atrás.

25
Christian

—Pero ¿qué diablos crees que haces?

—Beber y disfrutar de tu grata compañía. —Levanté el vaso—. Me alegro de volver a verte, Larsen.

—Me gustaría poder decir lo mismo.

Desde mi llegada, Rhys se había mostrado taciturno y gruñón, lo cual no era algo extraño en él. Sin embargo, ahora que las chicas se habían ido del salón, desató toda su ira contra mí.

—Llevas un año siendo príncipe consorte y ya te has olvidado de todo. De nuestra amistad. —Adorné cuidadosamente mis palabras con un falso tono de decepción—. Pensaba que a ti esto no te afectaría, pero al final será cierto eso que dicen: «El poder absoluto corrompe absolutamente».

Utilicé el término *amistad* en el sentido más amplio de la palabra. Nuestra inestable y complicada relación comenzó cuando Rhys me salvó la vida y terminó cuando dejó Seguridad Harper para estar con Bridget. El camino que unía ambos puntos había estado repleto de desacuerdos, pullas y una extraña mezcla de respeto y conjetura mutuos.

—Déjate de gilipolleces, Harper. —Rhys me desafió con una mirada llena de irritación. Típico de Larsen. Como siguiera así tendría que someterse a una cirugía plástica para que le aplanaran las arrugas de la frente de tanto fruncir el ceño—. Te dije que te mantuvieras alejado de Stella. Me importa un bledo que sea todo mentira. Vive contigo y no me fío de lo que puedas hacer teniéndola bajo el mismo techo.

—Pareces preocupadísimo por su vida amorosa —respondí arrastrando las palabras—. ¿Hay algo que debas contarle a Bridget?

La sensación de peligro chisporroteó en el aire, pero no parecía que a nadie le importase, a excepción de los guardaespaldas, que se movieron incómodos en el fondo de la sala.

Desde el otro lado de Rhys, Josh prestaba atención, fascinado, a nuestro tira y afloja mientras Alex iba consultando el móvil, aburrido.

—Si me preocupo es justamente por Bridget —refunfuñó Rhys—. Stella es su mejor amiga. Como le pase algo, Bridget se cabreará. Y entonces me cabrearé yo.

—Ah, ya veo. —Agité el vaso antes de darle un sorbo a la bebida, pensativo—. Debe de ser agotador que tus emociones estén siempre tan ligadas a las de otra persona. ¿Es mutuo o solo te pasa a ti y ella te hace ir por donde quiere?

Josh se rio por la nariz.

—Parece que te estás divirtiendo —espetó Rhys sin ni siquiera mirarlo—. Como si Jules y Ava no fueran a ponerse histéricas si le pasara algo a Stella.

A Josh se le desdibujó la sonrisa. Alex levantó la vista del teléfono; aquellos fríos ojos verdes se posaron en mí por primera vez desde que había llegado y me fulminaron.

Aparte de asentir con la cabeza para saludarnos por razones de educación, Alex y yo no nos habíamos prestado atención en absoluto.

No es que escondiéramos nuestra casi amistad, pero tampoco íbamos anunciándola a los cuatro vientos porque no había nada que anunciar. Más allá de nuestras partidas de ajedrez mensuales y de algunas conversaciones que manteníamos de vez en cuando por razones de negocios, apenas nos veíamos.

—Claro que me preocupa —intervino Josh, que se volvió para dirigirme una pregunta—: ¿Qué intenciones tienes con Stella?

—Yo a ti no te debo ninguna explicación. No sé nada de ti.

Mentira. El *Magda* había caído en sus manos por error antes de que Dante se lo comprara y eso significaba que yo lo sabía absolutamente todo acerca de Josh Chen. Conocía el historial de su familia, sabía qué notas había sacado en la universidad, cuál era su equipo favorito y cómo le gustaba el café.

Por lo general, era el típico chico perfecto, con algún que otro fallo. Aunque de eso no tenía que preocuparme, sobre todo ahora que el *Magda* ya no estaba en sus manos.

—Estás sentado en mi sofá y saliendo con una de las mejores amigas tanto de mi hermana como de mi novia. Así que sí, me debes una explicación —sentenció Josh—. Y, si no te gusta, ahí tienes la puerta.

Suspiré. Ya me estaba arrepintiendo de haber venido a esta maldita fiesta.

De no haber sido porque Stella había insistido muchísimo en venir, me podría haber pasado el día haciendo algo más productivo, como dar con su acosador, reorganizar mi biblioteca o acabar el crucigrama de ayer.

Cualquier cosa habría sido mejor que aquella insoportable conversación.

—Mira... —Rhys adoptó una expresión pensativa—. Bridget me ha contado todo lo que has hecho por Stella. Lo de bajarle el alquiler, aceptar ese acuerdo según el cual estáis saliendo y hacer que se viniera a vivir contigo cuando apareció el loco ese. —La conjetura que se le reflejaba en el rostro se transformó hasta convertir su expresión en la de alguien que sabe perfectamente de qué habla y me empezaron a saltar decenas de alarmas—. Pensaba que te gustaba mantener a la gente al margen de tu vida personal. ¿Hay alguna razón por la cual estés tratando a Stella de forma especial constantemente?

—Tengo mis motivos. —Me quité una pelusa de la manga para parecer tranquilo, a pesar de que tenía el pecho algo enervado.

Con Rhys tenía que andar con pies de plomo; no solo porque era una de las pocas personas que no temía hacerme frente, sino porque, además, el tío era jodidamente observador y me conocía mejor que cualquier otra persona, a excepción de Dante.

Al ver que me miraba... ¿divertido? me cabreé todavía más. ¿Qué cojones le parecía tan gracioso?

—De eso no me cabe duda —respondió con un toque de humor—. ¿Te estás pillando, Harper?

—Lo que me está pillando es sueño con esta interrogación. —Apreté los dientes y luego me obligué a relajarme—. Lo que haga con mi vida y con mi tiempo no es asunto vuestro.

A Rhys se le ensanchó la sonrisa.

—Evasivo. O sea que tengo razón. —Rio con voz grave y mi descontento aumentó—. Guau, esto sí que es bueno. Nunca pensé que viviría para verlo.

A su lado, Josh se puso a teclear algo en el móvil a una velocidad supersónica.

Entrecerré los ojos y pregunté:

—¿Estás escribiendo a Jules?

—Claro que no. Pero, por si te interesa, las chicas se quedarán en el baño... —miró el móvil— como mínimo media hora más.

Madre del amor hermoso.

De todas las personas de las que podría ser amiga Stella, había tenido que elegir justamente a estas.

—No tienes por qué sentir vergüenza de que te guste alguien. —Una diminuta sonrisa quebró la impertérrita expresión de Alex—. Ya te acostumbrarás.

El Alex Volkov al que conocí hacía cuatro años jamás habría dicho algo así, ni siquiera habría bromeado con el tema.

Pero ahí estaba: otra señal de que el amor trastocaba incluso a los más sensatos. Me daban ganas de ir a por el cabrón de Cupido y asfixiarlo con su propio arco.

Me irrité aún más.

—Al menos yo no dejé mi empresa para seguir a una tía durante años con la esperanza de que me prestara atención.

—Pero yo estoy con esa chica y tú sigues sentado en este sofá discutiendo con los novios de sus amigas —respondió Alex tranquilamente—. Si no sintieras nada por Stella, no te agobiaría tanto todo esto.

—Justo. —Josh asintió como si me conociera, a pesar de que, hasta ese mismo día, solo habíamos intercambiado un total de cinco palabras.

Sonreí con la mayor frialdad del mundo.

—Si yo fuera tú, dedicaría más tiempo a mejorar mis técnicas de ajedrez y menos a meterme en los asuntos de los demás, Josh. Yo ya he ganado a Alex. ¿Y tú?

Josh dejó de sonreír.

—¿Cómo que ya has ganado a Alex? ¿En qué momento habéis empezado a echar partidas vosotros dos? —Volvió la cabeza de inmediato para mirar a Alex—. ¿¡Has estado jugando al ajedrez con otra persona!?

Alex cerró un segundo los ojos y, cuando los abrió de

nuevo, me fulminó con la mirada. Su expresión era puro veneno.

Se me ensanchó la sonrisa.

—Quedamos una vez al mes. —Volví a agitar la bebida—. ¿No te había dicho Alex nada al respecto?

Josh parecía afectado.

—¿¡Tienes otro mejor amigo en secreto!? Pero... ¡Si tu mejor amigo soy yo! ¡Te he comprado un flotador en forma de plátano para la despedida!

—Ni quiero un flotador en forma de plátano ni él es mi mejor amigo. —La mirada asesina de Alex se volvió más fría todavía.

Me encogí de hombros. Él ya me había entendido. ¿Qué se le va a hacer? *C'est la vie*.

Yo no tenía la culpa de que fuera tan antisocial que hasta su mejor amigo se volviera majareta al enterarse de que quedaba con más gente.

—No me lo puedo creer. Quedáis cada mes para jugar al ajedrez —murmuró Josh enfurecido—. ¿Por eso no quisiste ir a ver la última peli de Marvel conmigo? Porque sabes que llevo semanas muriéndome por ir a verla...

Rhys estaba demasiado ocupado riéndose como para prestar atención al drama que se estaba sembrando a menos de un metro de él.

—Espérate a que se lo cuente a Bridget. Le va a encantar.

Mi efímero buen humor se evaporó automáticamente.

—Tú no vas a contarle una mierda.

—No, claro que no —se burló y tembló de arriba abajo al reírse.

Volví a apretar los dientes, cabreado.

Si había algo que odiase a más no poder además del Día de San Valentín y la gente incompetente era que los demás se metieran en mi vida privada.

En su día, Alex y Rhys habrían estado de acuerdo conmigo. Ahora, en cambio, estaban demasiado absortos por sus parejas como para mantener un mínimo de amor propio. ¿Alex bromeando? ¿Rhys renunciando a su privacidad para pasarse el resto de sus días rodeado de *paparazzi* y asistiendo a cortes de cinta?

Era repugnante.

Stella y yo éramos distintos.

No la quería, pero la vehemencia con la que la deseaba superaba el insignificante y ya gastado concepto del amor. Lo que yo sentía no era algo tierno o endulzado. Nada de arcoíris o unicornios. Era puro deseo ribeteado con aspereza y oscuridad.

Días calurosos de Julio. Sonrisas secretas. Turquesa.

Había esperado muchísimo tiempo.

Algún día sería mía y, llegado el momento, no la soltaría jamás.

26
Stella

Terminé la primera pieza de mi colección cuatro días después de la fiesta de inauguración de la casa de Josh y Jules.

La tenía detrás de la puerta de mi cuarto y sus sinuosas líneas de seda caían resplandecientes con un toque dorado, que contrastaba con el fondo oscuro de madera.

No era un diseño perfecto y la tela era cara, lo cual significaba que tendría que encontrar algún mayorista si quería aumentar mi producción, pero al menos la había terminado. Era la primera prueba tangible de que mis sueños no eran solo sueños y de que por fin me había puesto manos a la obra para convertirlos en una realidad.

Un borrador de pies a cabeza, por más imperfecciones que pudiera tener, seguía siendo mejor que nada.

Y este patrón era completamente mío; era mi propio diseño. No era un simple patrón de vestido de Simplicity que hice una vez hacía años por Navidad. Era mío.

Planear demasiado las cosas es una forma de procrastinar.

Las palabras que me dijo Lilah cuando quedamos para tomar café retumbaron por mi mente mientras pasaba la mano por el corpiño del vestido. La suavidad de la tela me aceleró el pulso de inmediato.

Si quieres crear tu propia marca, necesitas tener tus propios productos. Tú crea algo y luego ya te preocuparás por todo lo demás.

Y ese *todo lo demás* incluía decidir a qué precios iba a venderlos, cómo me iba a promover, ponerme en contacto con interesados en comprar mis productos al por menor y miles de aspectos más que me agobiaban sobremanera cada vez que miraba mi lista de cosas por hacer. Pero al menos tenía un producto y un plan.

Todo lo demás ya iría saliendo.

Noté una extraña sensación en la garganta. Me resultaba tan poco familiar que tardé un segundo en identificar de qué se trataba. Orgullo.

No lo había sentido ni al llegar al millón de seguidores ni al despertarme a la mañana siguiente con un sinfín de ofertas para colaborar con distintas marcas. No obstante, ahora que estaba delante de un vestido que había tardado un día en coser y una vida entera en diseñar, me sentía envuelta en la cálida y reluciente sensación del orgullo.

Me había pasado toda la vida creando contenido para los demás. Los *posts* de mi blog eran para mi audiencia; las fotos, para mis seguidores; las notas, para mis padres, y mis ideas, para *DC Style* mientras estuve trabajando allí.

Esta era la primera vez en mucho tiempo que hacía algo para mí. Y la verdad es que me sentía genial.

Una sensación de ligereza se me expandió por el pecho y me sacó una sonrisa enorme. Ni siquiera me importaba tener la cena familiar mensual aquella misma noche. No había nada en el mundo que pudiera desanimarme...

Me llegó una llamada entrante de Natalia.

Nada a excepción de tener que hablar con mi hermana.

Se me contrajo la sonrisa, pero seguía tan ilusionada que, cuando respondí, mi voz sonó más alegre de lo normal.

—Hey, Nat.

—Llamo para recordarte que mamá y papá esperan que traigas a tu novio a casa esta noche. —Natalia no perdía el tiempo con formalidades—. Y recuérdale que venga preparado para compartir sus últimos logros con nosotros.

Sí, los invitados también tenían que compartir sus logros durante la cena familiar de los Alonso. ¿Cómo si no iba mi familia a juzgarlos y a ver si eran merecedores de otra invitación?

—Christian no podrá venir. —Puse a Natalia en altavoz mientras terminaba de prepararme. Con el vestido, había perdido la noción del tiempo y se suponía que tenía que estar en casa de mis padres en una hora—. Le hubiese gustado acompañarme, pero se ha puesto enfermo a última hora. Tiene fiebre, escalofríos..., de todo.

Aquel engaño me salió con tanta facilidad que me dio incluso miedo.

Cayó al suelo con un sutil golpe y se juntó con las demás mentiras que había ido soltando en los últimos meses.

—No me digas —espetó Natalia sospechosa—. Justo hoy.

Me hice un moño con la esperanza de que no oyera lo rápido que me latía el corazón.

—Es una pena, pero nadie puede programar cuándo caer enfermo.

Y más mentiras. Si mi marca de ropa no triunfaba, siempre podría dedicarme a vender coches. Lo petaría.

La culpabilidad se abrió paso en mi pecho, pero me mantuve firme. No le desearía una cena con los Alonso ni a mi peor enemigo. Además, tenía que ir allí con la mente despejada y en plenas facultades para poder lidiar con mis padres y, si algo se le daba bien a Christian, era nublarme el juicio.

—A mamá y a papá no les va a gustar oír esto —me advirtió Natalia—. Tenían muchísimas ganas de conocer a tu novio.

Más bien tenían ganas de acribillarlo a preguntas. Jarvis y Mika Alonso tenían una estricta lista de requerimientos que esperaban que su futuro yerno satisficiera. Y, a pesar de que Christian cumplía con la mayoría de ellas (era rico, educado y sofisticado), el interrogatorio de mis padres seguiría siendo una tortura.

—Publicas mucho sobre él. Debéis de ir en serio.

Mi hermana era tan poco disimulada al intentar sonsacar información que, de no haber sido porque estaba hecha un manojo de nervios, me habría reído.

—Nos lo tomamos con calma. —Me puse algo de colorete—. Estoy convencida de que mamá y papá lo entenderán. Además, ya sabes cómo es mamá con los gérmenes; no le haría ni pizca de gracia tener a un invitado enfermo en la...

—De hecho, ya me encuentro mucho mejor.

Me di la vuelta de inmediato. Christian estaba apoyado en el marco de madera de la puerta; tenía una mano en el bolsillo e iba sin americana. Un oscuro mechón de pelo que le caía por delante del ojo me suplicaba que lo apartase hacia atrás. Se me aceleró el pulso a más no poder.

—Ayer no me aguantaba, pero hoy estoy como nuevo —le contó a Natalia a través del altavoz sin quitarme los ojos de encima—. Así que, Stella, cariño, al final sí que podré ir contigo a la cena.

No podía ser verdad.

Por una vez que ponía a Natalia en altavoz e iba Christian y nos oía.

Alguna criatura celestial me odiaba; estaba segura. A lo mejor no debería haber dejado de ir tanto a misa desde que me fui de casa de mis padres.

«¿Qué estás haciendo?», le pregunté a Christian articulando las palabras con la boca, pero sin llegar a pronunciarlas en voz alta. Lo fulminé con la mirada con la esperanza de que se percatara de lo poco divertido que me parecía todo eso.

Él sonrió con suficiencia por toda respuesta y yo, que era una persona pacífica, me replanteé si echar mano de la violencia.

No matarás... a no ser que tu novio falso esté intentando acoplarse a una cena con tu autoritaria familia.

Aunque, claro, aquella cena ya le serviría de castigo suficiente. Una comida con los Alonso e incluso el poderoso Christian Harper saldría por patas.

—¡Anda! —Un extraño tono de sorpresa se coló en la voz de Natalia antes de que esta recuperase su entonación habitual—. Mira qué bien. —Ahora que sabía que estaba en la habitación con alguien más, suavizó el tono—. Pues te vemos en una hora.

—Perfecto. Me muero de ganas de conoceros —respondió Christian.

Colgué antes de dar rienda suelta al enfado que se estaba gestando en mi interior.

—¿¡Qué diablos ha sido eso!?

«Respira, relájate, resiste.»

—Yo aceptando ir a cenar a casa de los padres de mi novia. —Christian se irguió y se alisó la corbata con la mano—. Llevamos meses saliendo. Ya es hora de que conozca a tu familia, ¿no crees?

—No estamos saliendo de verdad —le recordé articulando bien cada palabra.

—Pero ellos no lo saben. —La tranquila forma en que me rebatió ese argumento me molestó todavía más—. Algún día tendré que conocerlos. Al final te vas a quedar sin excusas. De este modo, me los presentas, nos quitamos esto de encima y dejarán de atosigarte con el tema.

En parte tenía razón. Aun así, no me gustaba nada cómo lo había hecho.

Quedaba menos de una hora para la cena y yo no estaba preparada mentalmente para cenar con Christian y mi familia.

¿Cómo reaccionarían mis padres cuando lo conocieran? ¿Y cómo reaccionaría él al conocerlos a ellos? En aquella cena en Nueva York, había visto a Christian relajado y entablando conversación con los demás, pero porque eran amigos suyos.

La última vez que traje a un chico a casa —Quentin Sullivan, mi pareja para el baile de final de curso en el instituto—, mis padres lo machacaron a preguntas sobre su media, qué universidades lo habían aceptado y cuál era su plan para los próximos cinco años. Al final, el chaval acabó explotando y se echó a llorar en la limusina de camino al baile. Cuando llegamos, me dijo algo así como que había cometido un error y se pasó la noche bailando con otra.

Christian no tenía ni idea de dónde acababa de meterse.

Condujimos hasta casa de mis padres en absoluto silencio, igual que el día que fuimos a la fiesta de inauguración de la casa de Josh y Jules.

Su confesión, aquella según la cual me deseaba, era como un elefante presente en todas las salas donde estuviésemos juntos. Sin embargo, ninguno de los dos sacaba nunca el tema a colación.

Yo no sabía ni cómo mencionarlo. A lo mejor sería más fácil si no me pasara lo mismo y yo no lo deseara, pero es que cada vez que intentaba hablar de ello se me carcomían los nervios.

Desvié los ojos un segundo hacia Christian. El aire que nos separaba vibraba con el zumbido de cientos de palabras por decir. Palabras que me estrujaban los pulmones y me robaban todo el oxígeno hasta dejarme mareada.

A pesar de que teníamos el aire acondicionado encendido, bajé la ventana y cogí un poco de aire fresco.

Nos detuvimos en un semáforo.

Christian no dijo nada sobre lo de la ventana, pero las llamas de su mirada me abrasaron la piel.

Seguí con la vista puesta a través de la ventana para evitar mirarlo hasta que llegamos a casa de mis padres. Una vez allí, otras preocupaciones más importantes se encargaron de relegar dicha tensión al último puesto.

Tal y como me había imaginado, mis padres lo saludaron igual que habrían saludado a cualquier otro invitado: con aparente educación y amabilidad, pero juzgando cada uno de sus movimientos y palabras.

Christian había traído una botella de vino tinto *vintage* de dos mil dólares que formaba parte de su amplia colección. Eso le sirvió para ganarse a mi madre, pero impresionar a mi padre ya era más complicado.

—Me han hablado de ti. —El tono de mi padre sugería que lo que había oído de él no eran precisamente halagos—. Seguridad Harper, ¿verdad?

—Así es, señor. —Christian me pasó el bol de puré de patatas. Se había vestido con algo más informal que sus trajes cotidianos; sin embargo, aquellos vaqueros y esa camisa abotonada lo hacían parecer todavía más intimidante, como si fuera un lobo vestido de oveja. Se le encorvaron los labios en una sutil sonrisa tras la cual se escondía una pizca de desafío—. A veces trabajo para el Gobierno. Conozco bien al secretario Palmer.

Al oírlo mencionar el nombre de su jefe, la expresión de mi padre cambió y adoptó un aire más lúgubre.

—Me imagino.

La conversación se vio reemplazada por el tintineo de bandejas y copas hasta que empezamos con el plato principal. Aquel momento de calma me dio la oportunidad perfecta para practicar mi respuesta antes de llegar a nuestra tradición de compartir los últimos logros de cada uno.

He terminado la primera pieza de mi colección. Ay, ¿no os lo había contado? Voy a crear mi propia marca de ropa. Tengo...

—¿Qué tal por *DC Style*? —La pregunta de Natalia me sacó de mis cavilaciones.

Aún no le había contado a mi familia que me habían despedido. Cada vez que lo intentaba, las palabras se me quedaban atascadas en la garganta antes de marchitarse y morir.

—Bien. —Me llevé el vaso de agua a la boca con la esperanza de que nadie se hubiese dado cuenta de que me temblaba la mano.

—Mmm. —El raspón del tenedor de Natalia al rozar el plato sonó igual que alguien arañando una pizarra—. Tiene gracia, porque el otro tuve una reunión por el barrio, cerca de tu oficina, así que pensé que me pasaría a saludar; sin embargo, cuando entré, la recepcionista me dijo que ya no trabajas allí. Desde hace casi dos meses.

Todos se quedaron inmóviles. Fue como si alguien le hubiera dado a un botón y la escena se hubiese detenido. Ya no éramos personas; ahora éramos estatuas de cera petrificadas en un cuadro grotesco de *shock* y negación.

Christian fue el único en mostrar señales de vida. Su calor corporal me acarició la piel, que se me había helado de repente, y el sutil movimiento de su pecho al respirar me tranquilizó un poco.

Pensé que tenerlo ahí durante la cena me perturbaría, pero estaba consiguiendo justo lo contrario.

Aunque para mis padres era un tema completamente distinto.

Mi padre estaba totalmente pálido y a mi madre se le había quedado la boca en forma de una O roja, sorprendida. Costaba mucho sorprender a Jarvis y Mika Alonso, y una inane e imprudente parte de mí quería coger el móvil para inmortalizar aquel momento.

—Le dije que seguro que había habido un error. —Natalia me miró fijamente a los ojos—. Porque sería imposible que te hubiesen echado del trabajo y no nos lo hubieras contado. ¿A que sí, Stella?

El arrepentimiento se abrió paso al final de mi lengua en forma de bilis.

Casi sucumbo al hechizo de la imperiosa necesidad de mentir de nuevo, pero no podía seguir con aquella farsa para siempre. Tarde o temprano acabarían descubriendo la verdad.

Había llegado el momento de dejar de esconderme y aceptar lo ocurrido.

—No fue ningún error. Ya no trabajo en *DC Style*. —Al pronunciarlas, aquellas palabras me fueron raspando la garganta una a una—. Me echaron a mediados de febrero.

El silencio inundó la sala un segundo más antes de que estallara el caos entre gritos y maldiciones.

—¿¡A mediados de febrero!? ¿Cómo has podido escondérnoslo durante tanto tiempo? —me riñó mi madre en japonés.

Se crio en Kioto y, cuando se enfadaba, cambiaba a su lengua materna.

—Estaba esperando el momento adecuado para contároslo —respondí en inglés.

Hacía años que no practicaba japonés, pero el deje me resultaba tan familiar que era como si estuviese sentada en mi pupitre de las clases del fin de semana. Mis padres andaban tan ocupados que no nos habían podido enseñar las formalidades ni a Natalia ni a mí, de modo que, de pequeñas, nos apuntaron a clases de español, alemán y japonés. Decían que nos serviría para conectar con nuestro legado multicultural, pero a mí me daba la impresión de que más bien lo habían hecho porque, llegada la hora de ir a la universidad, decir que dominábamos otro idioma quedaba de maravilla.

—¿Y qué has estado haciendo durante este tiempo? —preguntó mi padre en voz baja, enfadado y llenando de esa misma emoción hasta la última esquina de la sala—. ¿Han pasado dos meses y aún no has encontrado trabajo?

Jugueteé con la cadena del collar hasta que se me cortó la circulación del dedo.

«Respira, relájate, resiste.»

—No he estado buscando trabajo. Gano mucho dinero con el blog y acabo de firmar un acuerdo para la campaña de una marca muy importante. Un acuerdo de seis cifras. Gano lo mismo que con un trabajo a tiempo completo.

—Puede que sí, pero no es algo seguro. —Mi padre apretó tanto los labios que estos se convirtieron en una fina línea blanca que contrastaba con su tez morena—. ¿Qué pasará cuando estos acuerdos lleguen a su fin? ¿O si pierdes tu cuenta? ¿Y un fondo de emergencias? ¿Cuánto tienes ahorrado?

Fue disparando las preguntas como si fueran balas.

—Eh... —Miré a Christian, que levantó la barbilla para animarme en silencio. Parecía sosegado, pero en sus ojos se apreciaba un brillo turbulento. Un escalofrío me recorrió la espalda; me recompuse y volví a encararme al pelotón de fusilamiento—. Mi idea no es convertirme en *influencer* a tiempo completo. En realidad... —«dilo ya»—, voy a crear mis propios diseños. Una línea de moda. Y todavía tengo algunos ahorros, pero cuando vuelva a cobrar gracias a mi campaña con Delamonte podré ahorrar todavía más.

Una guillotina de silencio quedó suspendida justo encima de la mesa antes de caer, cortar el aire y dar paso a un nuevo estallido.

—¡Espero que no lo digas en serio! —Mi madre agarró el tenedor con tanta fuerza que se le emblanquecieron los nudillos—. ¿¡Quieres ser diseñadora de moda!? Stella, estudiaste en Thayer. ¡Puedes ser lo que quieras! ¿Por qué diablos has decidido tirar por el mundo de la moda?

Mi padre seguía pensando en la otra vertiente de la bomba que acababa de soltarles.

—¿Cómo que todavía tienes al-gu-nos ahorros? ¿Qué ha pasado con el resto?

Una pátina de sudor me cubrió la nuca.

«Aquí hemos venido a jugar.»

Mis padres ya se habían enfadado conmigo. A estas alturas, los mejor sería quitarme otro secreto de encima y acarrear con todas las consecuencias que derivasen de ello a la vez.

—He estado pagando la residencia y los cuidados de Maura. —Me solté el collar y escondí las manos debajo de los muslos para que me dejaran de temblar, pero entonces me empezó a temblar la rodilla derecha.

Menos mal que mi madre no podía verlo, porque si no también me reñiría por eso. Según las supersticiones japonesas, que a alguien le temblase la pierna era como invitar a los fantasmas de la pobreza o algo así. Era una de las mayores manías de mi madre.

—Tiene alzhéimer —les conté. Me agarré al borde de la silla con una mano—. Llevo unos cuantos años pagándole la pensión completa. En esto me he gastado el resto de los ahorros.

Esta vez, el silencio no fue afilado como una espada. Ahora se había convertido en una boa constrictor que se me estaba enroscando por las extremidades con la mera intención de estrangularme hasta que solo pudiera exhalar el aire en diminutas vaharadas.

Mi madre empalideció tanto que al final se asemejó a una versión en papel de sí misma.

—¿Y por qué lo has hecho?

—Porque no tiene a nadie, mamá. Me cuidó y...

—No es de la familia —espetó mi madre—. Le estamos muy agradecidos por todos los años que os estuvo cuidando a las dos y entiendo que le guardes cariño, pero hace más de una década que ya no es tu canguro y no te sobra el dinero, Stella. Pero si no tienes trabajo, por el amor de Dios. Incluso en *DC Style* ganabas una miseria. Gastarte decenas de miles de dólares al año en la residencia de una antigua empleada de casa sin tener tú una mayor estabilidad financiera es lo más estúpido e irresponsable...

En mi estómago se fue gestando una sensación de cabreo que se zampó cualquier resquicio de culpabilidad que me pudiese quedar por haber mentido.

Detestaba que mis padres menospreciaran tanto a Maura como para tacharla de una simple «antigua empleada de casa» cuando en realidad había sido muchísimo más que eso. Solía cantarme cada noche antes de dormir, me acompañó durante mi turbulenta pubertad y, cuando empecé el instituto, Maura capeó el temporal de mis desasosiegos con una paciencia extraordinaria. Estuvo ahí para curarme cada rodilla pelada y ayudarme cada vez que alguien me rompía el corazón, y se merecía muchísimo más que una palmadita en la espalda después de todo lo que había hecho.

Sin ella, mis padres no estarían donde estaban ahora. Maura había mantenido a nuestra familia unida mientras ellos se centraban en su trabajo para convertirse en leyendas.

—Sí que lo es. ¡Para mí siempre ha sido más de la familia

que cualquiera de vosotros dos! —Las palabras me salieron de la boca antes de que pudiera reprimirlas.

Natalia ahogó un grito con tanta fuerza que casi ni oí el golpecito del tenedor cuando se le cayó sobre el plato. Desde que ella misma había desvelado que me habían echado de *DC Style*, no había vuelto a decir ni mu, pero ahora me miraba boquiabierta con los ojos que se le salían de las órbitas.

Ni ella ni yo habíamos contestado a mis padres desde que éramos unas adolescentes rebeldes. E incluso en esa época, tampoco es que nos subleváramos en exceso; como mucho soltábamos algún comentario mordaz o nos escabullíamos por la noche para ir a la fiesta de alguno de nuestros amigos.

No éramos la clara definición de *hijas maleducadas*, pero..., ay, Dios. En pocas palabras, acababa de decirle a mi madre que era una madre penosa. Delante de un invitado y del resto de la familia. Mientras cenábamos.

La pasta que me había comido hacía un rato me revolvió el estómago y asumí que, muy probablemente, acabaría vomitando encima de la vajilla Wedgwood favorita de mi madre.

Esta se tambaleó como si acabase de darle un revés. Si hasta hacía un momento estaba pálida, ahora parecía un fantasma: sus mejillas habían quedado desprovistas de todo color; parecía que alguien le hubiese chupado la vida.

Y esta vez, Mika Alonso, una de las abogadas más temidas de toda la ciudad, la mujer que tenía una respuesta para cada pregunta y que era capaz de rebatir cualquier argumento, se quedó sin palabras.

Me gustaría decir que me alegré, pero lo único que sentí en ese momento fueron ganas de vomitar. No quería hacerle daño. No esperaba que mis palabras fueran a hacerle daño porque me parecía evidente. Mi madre nunca había estado ahí para mí cuando yo solo era una niña. Una vez incluso fue ella misma quien bromeó y dijo que Maura era nuestra madre de alquiler.

Sin embargo, una cosa era innegable: el dolor le nublaba la vista y su expresión cambió hasta convertirla en una Mika Alonso irreconocible.

A su lado, la cara de mi padre resultaba igual de irreconocible. No obstante, en su sombrío rostro se apreciaba la ira que apenas trataba de esconder.

—Te has pasado de la raya, Stella. —El grave tono con el que lo dijo hizo que se me revolvieran las tripas de nuevo y me entraran más ganas de echar la comida—. Pídele perdón a tu madre ahora mismo.

Cada vez tenía las manos más aplastadas por la presión que estaba ejerciendo con los muslos y se me fueron pasando miles de respuestas posibles por la cabeza.

Podía pedirle perdón y calmar un poco el ambiente. Lo que fuera con tal de que mi madre dejara de sufrir y mi padre no estuviese tan enojado.

La niña pequeña que aún vivía en mí se encogió al pensar que había hecho enfadar a sus padres. Sin embargo, decir algo que no fuese la pura verdad sería como cubrir el expediente durante un tiempo y dejar que la herida se fuera infectando.

—Siento que mis palabras te hayan dolido, mamá. —Se me quebraron voz y corazón a la vez—. Pero Maura me crio prácticamente sola. Y tanto tú como yo sabemos que es verdad. Además, no tiene a nadie que la cuide. Dedicó los mejores años de su vida a cuidarme y me trató como si fuera su propia hija. No puedo dejarla en la estacada ahora. Me necesita.

Ni siquiera miré a Natalia. A mi hermana, Maura le caía bien, pero su vínculo con ella tampoco era tan estrecho. Las carreras profesionales de mis padres no alzaron el vuelo del todo hasta que yo cumplí cinco años y Natalia ya tenía diez. A esas alturas, mi hermana ya era demasiado mayor como para estrechar lazos con nuestra niñera de la misma forma en la que lo había hecho yo.

Y no se pondría de mi lado. Nunca lo hacía.

Mi madre se estremeció ligeramente, pero no dijo nada. Mi padre, en cambio, se mosqueó todavía más.

A Jarvis Alonso no le gustaba que le desobedecieran.

Una oscura tormenta se tragó la habitual calidez de color marrón que le brillaba en los ojos hasta bañarlos de un negro sombrío e implacable.

Mi padre nunca me había dado miedo; al menos, no físicamente. Sin embargo, ahora estaba aterrorizada.

Cuando volvió a abrir la boca para hablar lo hizo con una especie de gruñido sordo que solía guardar para cuando discutía sobre dictadores extranjeros y células terroristas.

—Stella Rosalie Alonso, como no le pidas perdón a tu madre ahora mismo, te...

—Le sugiero que no termine la frase.

El calmado tono de Christian atravesó el tóxico humo que desprendía la cólera de mi padre como si esta ni siquiera existiese.

Al igual que Natalia, Christian había guardado silencio desde que la cena se había descarrilado, pero la tensión que desprendía lo decía todo.

Si la ira de mi padre era una tormenta a punto de estallar, la de Christian era un tsunami oscuro y sigiloso. Cuando la gente que se cruzaba en su camino olía el peligro, ya era demasiado tarde.

Alterné la vista entre la latiente mandíbula de mi padre y la mirada letal de Christian. Y tuve la sensación de que aquella velada estaba a punto de ir de mal a peor.

27
Christian

—¿Estás amenazándome en mi propia casa? —Las palabras de Jarvis Alonso fueron acompañadas de una afilada capa de acero.

—No era una amenaza, señor, sino una sugerencia.

El contraste entre mi educado tono y la tensión que chisporroteaba en el aire le dio un aire burlesco a un discurso que, de lo contrario, habría sido del todo respetuoso.

Apoyé la mano en el muslo de Stella por debajo de la mesa para reconfortarla. Había hecho un trabajo excepcional al mantener una expresión serena; sin embargo, al tocarla noté cómo temblaba.

Me había contenido tanto como me había sido posible. Yo no era de esos que, siendo víctimas de una injusticia, se quedaban ahí quietos y guardaban silencio, y cualquier puta falta de respeto hacia Stella era una falta de respeto hacia mí. No obstante, para ella esto era un tema personal y familiar. Tenía que hacerles frente ella sola y decir lo que pensaba sin que nadie más se entrometiera.

Podía tolerar que sus padres se cabrearan, aunque la verdad es que me habían estado tocando las pelotas durante toda la cena. Lo que no iba a tolerar era que nadie, ni siquiera los familiares directos de Stella, la hicieran sentir culpable y la obligaran a pedir un perdón que ellos no merecían.

Miré fijamente a Jarvis con una sonrisa en los labios que no tenía absolutamente nada que ver con la frialdad de mi voz.

—Si se está preguntando cómo es que su hija no le cuenta las cosas, mírese en el espejo —solté—. Fíjese en cómo ha reaccionado. En lugar de apoyarla, la ha atacado. En lugar de sentirse orgulloso de ella por su talento y pasión, quiere que forme parte de un mundo al que no pertenece. Stella es una de las personas más creativas, brillantes y altruistas que conozco; sin embargo, la subestima porque no se conforma con la definición de *éxito* a la que usted está acostumbrado. ¿Y eso por qué? ¿Acaso le avergüenza que su hija haya tenido el valor de alejarse del inflexible camino que tomó usted mismo? Para ustedes, su orgullo es más importante que la felicidad de su hija, y aun así les sorprende que Stella vea como una madre a la única figura adulta que estuvo a su lado mientras se hacía mayor, a diferencia de sus propios padres.

La última frase fue dirigida tanto a su padre como a su madre, que no se había movido desde que Stella había explotado.

Esa mujer debía de estar en *shock*.

Mejor. Se lo merecía.

La rabia que sentía en mi interior era como un monstruo a punto de atacar tanto a los padres de Stella, por habérsele tirado al cuello con el tema de sus finanzas sin pensar siquiera en cómo se sentía su hija, como a su hermana, por haber soltado lo de *DC Style* con tanta crueldad y de forma tan vengativa.

¿Cuántas de las inseguridades de Stella tendrían sus raíces en el hecho de haber crecido en una familia tan moralista?

Seguro que la mayoría.

Lo único que me mantenía a raya para no estallar era la presencia de Stella y el hecho de estar con su familia. A pesar de la tirante relación que tenían, dudaba que fuese a gustarle que les vaciara las cuentas o les metiera un virus en los dispositivos para cargármelos. Hubo un momento el año pasado en el que me pudo el aburrimiento y al final desarrollé una joya de código fuente que servía para recaudar y destruir toda la información que hubiera en un dispositivo infectado por un virus y, en menos de diez minutos, convertía dicho aparato en un montón de chatarra inútil.

Jarvis me fulminó con la mirada. Le latía una vena con tanta fuerza en la sien que pensé que iría a explotarle en cualquier momento.

—Esto es un tema familiar —gruñó haciendo énfasis en la última palabra—. Me importa un bledo el tiempo que lleves saliendo con Stella. Tú no eres de la familia ni lo serás nunca. Sé cuál es tu reputación, Christian Harper. Te las das de hombre de negocios honrado, pero eres un traidor. Tienes las manos manchadas de sangre. Y si piensas que voy a dejar que te acerques a mi hija después de lo de esta noche, andas muy equivocado.

Lo examiné con una discreta sonrisa en los labios.

Pocas cosas me divertían más que la gente que intentaba amenazarme.

Era el padre de Stella, y por eso podía ser protector, pero solo hasta cierto punto.

Aunque ¿qué secretos habría escondidos en las cloacas cibernéticas de su vida digital? Si husmeaba suficiente, siempre acababa encontrando algo. Historiales de búsqueda en Google, fotos, enlaces a los que había accedido, correos electrónicos y salas de chat privadas... La vida virtual de las personas está plagada de información, y la mayoría la soltamos con tanta naturalidad que la gente ni siquiera se para a pensar en cómo puede incriminarles luego.

Para alguien como yo, era una mina de oro.

Si Jarvis Alonso pensaba que podría usar a Stella en mi contra, no tardaría en descubrir la facilidad que tenía yo para exponer todos sus trapos sucios en un abrir y cerrar de ojos.

—A Christian no lo metas en esto. —La dulce aunque violenta voz de Stella me sacó de mis cavilaciones—. Me dan absolutamente igual los rumores sin fundamentos que corran por ahí o lo que tú creas saber sobre él. Lo que yo sé, lo sé por experiencia propia, y resulta que desde que nos conocimos no ha hecho más que ayudarme. Me ha animado a perseguir mis sueños y ha creído en mí cuando ni yo misma lo hacía. Me ha apoyado más él en los pocos meses que hace que nos conocemos que vosotros en toda mi vida. Y no pienso dejar que lo insultéis por haberme defendido.

Sus palabras me sorprendieron tanto que casi me estremezco.

Un aleteo extraño y cálido echó abajo las barreras de acero que había levantado en mi propio pecho.

Nunca me había defendido nadie hasta entonces. Jamás.

Ni lo necesitaba ni lo quería, pero Stella siempre había sido la excepción que confirmaba todas mis reglas. Y verla tan fuerte, lúcida y con tanta convicción me enorgulleció.

Aunque su convicción era un poco errónea porque justamente estaba segura de lo que me acusaba su padre: ser un traidor, un monstruo con las manos manchadas de sangre y un pasado más oscuro aún. Sin embargo, después de verme a mí mismo a través de sus gafas, que lo teñían todo de rosa, deseé, por primera vez en mi vida, ser el hombre que ella creía que era.

Implacable, quizás, pero en el fondo honrado.

En realidad, lo único que tenía últimamente de honrado era el brillo que se le reflejaba a ella en la mirada.

—Vete. —Durante el discurso de Stella, Jarvis ni siquiera pestañeó. Su cólera, aunque silenciosa, era de una intensidad suprema. Sería inútil que intentara hacerlo entrar en razón esa misma noche—. Si prefieres estar de parte de un forastero al que no conocías hasta hace unos meses que de parte de tu familia, no hay lugar para ti en esta mesa.

Stella se quedó petrificada y su madre cogió una bocanada de aire, sorprendida.

—Jarvis...

—Vete, Stella —insistió este haciendo caso omiso de la protesta de su esposa, a quien no había dejado terminar—. Márchate ahora mismo antes de que sea yo quien te eche.

Natalia se meneó en la silla, incómoda. Por fin se le caía la cara de vergüenza ante el vendaval que ella misma había provocado.

—Papi...

—Justo a tiempo. Íbamos a excusarnos de todos modos. —Doblé la servilleta en un cuadro impoluto y la dejé en la mesa antes de echar la silla hacia atrás—. Stella.

Le puse una mano en el hombro para despertarla de su estupor.

Stella se levantó y, tras lanzar una última mirada a su familia, que seguía ahí inmóvil, me siguió hacia la puerta.

El silencio nos acompañó hasta el coche y luego hasta casa cual intruso al que nadie había invitado. Sin embargo, yo tampoco dije nada hasta que fue ella quien habló.

—Me ha echado. —Tenía los ojos puestos en la ventana y parecía aturdida—. Mi padre no me había gritado nunca.

—Porque le has tocado la fibra sensible. No habría reaccionado así si no fuera porque una parte de él sabe que tenías razón.

—Ya, bueno... —Rio con la voz temblorosa—. Ahora ya sabes por qué no quería que vinieras a cenar. En la palabra *disfunción*, el *dis* lo pone mi familia.

Se me dibujó una adusta sonrisa en los labios. Si pensaba que su familia era disfuncional, más valía que esperase a conocer la mía.

Aunque eso no ocurriría nunca.

—He visto cosas peores. —Me detuve delante de un semáforo y desvié la vista hacia ella con una expresión un poco más dulce—. No hacía falta que me defendieras.

—Quería hacerlo. —Lo dijo tan convencida que sus palabras se me clavaron en el corazón—. No te merecías que te atacasen de esa forma. Tú también me estabas defendiendo; qué menos que hacer lo mismo por ti. —Se sonrojó muy sutilmente—. Además, no he dicho nada que no fuera verdad. A pesar de que a veces me cabrees —sonreí al oírla decir algo tan poco propio de ella como *me cabrees*, aunque le quedó adorable—, en el fondo eres buena persona.

Me habría reído de su evaluación si no fuera porque consiguió que sus palabras se me clavasen más hondo todavía. Eran como una daga que me había atravesado las costillas con eficiencia.

—Confías demasiado en la gente. No soy el caballero que crees —dije con amabilidad.

Era una advertencia y un cumplido a la vez.

Solía reírme de aquellos que eran tan ingenuos como para pensar que la gente era buena de por sí a pesar de que había mucha maldad en el mundo. Bastaba con poner las noticias para ver la depravación en la que había caído la humanidad, y seguiría cayendo aún más bajo.

Sin embargo, por alguna razón que desconocía, aquella inquebrantable creencia de Stella según la cual la gente era buena tocó una fibra sensible en mi interior. Una fibra que ni yo sabía que existía.

Stella no era el único rayo de optimismo a mi alrededor, pero sí era el único que me importaba.

—Puede, pero tampoco eres el villano que crees. —El resplandor dorado de las farolas que iluminaban la calle le acariciaron la cara, haciéndole resaltar aquellos delicados rasgos y la confianza que brillaba en esos espectaculares ojos de color jade.

«Si tú supieras...»

El semáforo se puso verde. Seguí mirándola un segundo más; luego volví la vista hacia la carretera y aceleré.

No volvimos a hablar durante el trayecto. Aun así, en el siguiente semáforo en rojo, le agarré la mano justo encima de la consola central y no se la solté hasta que llegamos a casa.

28
Stella

27 de abril

Hay un cincuenta por ciento de probabilidades de que esta noche mi padre me haya desheredado. No lo había visto nunca tan enfadado; ni siquiera cuando cogí su nuevo y flamante Mercedes Benz a escondidas justo después de haberme sacado el carné de conducir y se lo rayé. (En mi defensa diré que aquel bordillo apareció de la nada.)

Pero ¿sabes qué es lo peor? No es el dolor que se escondía en los ojos de mi madre ni cómo me ha traicionado mi hermana. Ni siquiera el hecho de que mi padre me haya echado de casa.

Lo peor es que, a pesar de haber visto cómo ha acabado todo, no cambiaría lo que hice.

Siempre he sido una hija callada y obediente. La que siempre hacía lo que querían sus padres, la que se disculpaba cuando no hacía falta y la que se desvivía con tal de contentar a todo el mundo.

Pero todos tenemos un límite y yo ya he llegado al mío.

Estoy bastante convencida de que, haga lo que haga, nunca seré lo suficientemente buena para mi familia, así que... ¿para qué intentarlo? Mejor les digo cómo me siento y ya. Debería haberlo hecho hace mucho tiempo. Aunque dudo que hubiese encontrado el valor para contárselo hoy si no hubiera sido por Christian.

Qué paradójico. No quería que viniera y, al final, ha sido lo mejor de la noche. Tiene algo que... No sé cómo explicarlo, pero me hace sentir como si pudiera ser quien me dé la gana.

Mejor aún: me hace sentir como si pudiera ser quien soy de verdad.

Acabo de sonar cursi, ¿no?

He releído esta línea y me he estremecido solita, pero da igual. Total, nadie va a ver esto en la vida; solo te lo cuento a ti, y sé que no me vas a juzgar.

En realidad, estas palabras describen cómo me siento con Christian a la perfección. Siento que, haga lo que haga o diga lo que diga, él no me va a juzgar. Y, en un mundo donde todos me juzgan constantemente (en las redes y en la vida real), que alguien me haga sentir así es lo mejor del planeta.

Hoy estoy agradecida por:
Haber terminado la primera pieza de mi colección
El altavoz del móvil
La versión de Christian del principio de la velada

—¿Te vas tres días o tres meses? —Christian miró mi montaña de ropa y arqueó una ceja.

—Es Hawái, Christian. —Embutí otro bañador en la maleta, que estaba hasta los topes y más—. He llenado una bolsa entera solo con productos para el pelo. ¿Tienes idea del daño que le hace la playa y la humedad al pelo rizado?

—No —respondió con un brillo entretenido en los ojos.

—Exacto. —Me levanté y tomé una bocanada de aire.

Me dolían los músculos de haberme pasado tantas horas

haciendo el equipaje. Había ido procrastinando hasta el último momento, pero tenía que hacerlo hoy sin falta porque mañana viajaba a Hawái para una sesión de fotos con Delamonte.

Aunque no me importaba. Hacer maletas me distraía, y me venía bien para calmar los nervios que sentía y olvidarme un poco del espectro de mi familia.

No había vuelto a saber nada de ellos desde la cena que tuvimos hacía un par de semanas y yo tampoco había intentado establecer contacto.

Mi antigua yo se habría hundido en un profundo sentimiento de culpa y los habría llamado a la mañana siguiente para disculparse reiteradamente.

Que sí, que me sentía culpable, pero no tanto como para rendirme en aquella silenciosa batalla que se estaba librando en la familia Alonso. Me arrepentía de haber hecho daño a mis padres, pero a mí también me dolía que ni siquiera intentaran entenderme. Además, todavía estaba molesta por el comentario de mi madre, según la cual Maura no era más que una «antigua empleada», y por cómo había insultado mi padre a Christian.

Yo era quien más se había sorprendido al ver cómo afloraban mis instintos protectores ante el despotrique de mi padre. Christian no necesitaba que nadie lo defendiese. Y ni siquiera pensé que se hubiera sentido ofendido; cuando alguien le lanzaba un insulto, estos rebotaban como balas de goma contra un objeto de titanio.

Aun así, no me había gustado nada la forma en la que le había hablado mi padre. Christian no se lo merecía.

—¿Tienes ganas de ir a Hawái? —se interesó.

A pesar de que hoy Christian trabajaba desde casa, se había vestido con traje y corbata.

Típico.

—Muchas —respondí en un tono de voz más agudo de lo normal—. Estoy ilusionadísima.

Me froté las palmas de las manos con los laterales de los muslos e intenté calmar el rápido aleteo de mi corazón.

Era una verdad a medias tintas. Estaba ilusionadísima, cierto. Hawái era un lugar precioso y aquella sesión de fotos era el pilar fundamental de la nueva campaña de Delamonte. Esas fotos estarían literalmente en todas partes: en redes, en revistas y quizás incluso en vallas publicitarias.

No quería dedicarme a ser modelo, pero la campaña de Hawái podía beneficiarme mucho a nivel profesional. Gracias a las colaboraciones con distintas marcas, durante el último mes había ganado el dinero suficiente para cubrir los gastos que tendría en lo que quedaba de año. La campaña gráfica con Delamonte serviría de trampolín para hacer llegar mi perfil muchísimo más lejos.

Sin embargo, una sesión de fotos tan importante también venía acompañada de una inmensa presión. Y dicha presión era tan pesada que se apoderó de mi deseo y lo reemplazó por un montón de pensamientos intrusivos.

Después de mi primera sesión de fotos en Nueva York, ahora ya me sentía cómoda posando delante de gente, pero lo de Hawái era otro tema. Esa sesión era la más importante.

¿Y si me quedaba helada y no sabía recomponerme como lo había hecho en Nueva York?

¿Y si todas las fotos salían fatal?

¿Y si me ponía enferma y no podía acudir a la sesión de fotos? ¿Y si me rompía la pierna mientras iba hacia el set o algo por el estilo?

A Delamonte, aquel viaje le costaba una fortuna y solo teníamos tres días para conseguir buenas fotos.

Si la liaba...

Agaché la cabeza y me centré en doblar un vestido sin

mangas para evitar que Christian viera el pánico que se me asomaba en los ojos.

Debí suponer que no podría engañarlo.

—¿Estás nerviosa? —preguntó con su espeluznante astucia habitual.

Tragué saliva.

—Un poco. —Mucho.

¿Delamonte me podía despedir por incompetente en plena campaña? Tenía que hablar con Brady y revisar el contrato otra vez. A lo mejor pensaban que se habían equivocado conmigo y contrataban a Raya o...

—Pues no lo estés. Lo harás genial.

—Confías demasiado en mí.

—Y tú demasiado poco. —Esta vez sonó más cercano, como si su voz fuera un manto de terciopelo que me acariciaba la desnuda piel del cuello y los hombros.

Ante su proximidad, mis latidos se detuvieron un segundo y yo me di la vuelta.

Nunca he deseado a nadie tanto como a ti y nunca me he odiado más por eso.

El recuerdo de sus palabras chisporroteó entre nosotros como si fuera un cable de alta tensión. Algo fogoso y brillante le iluminó la mirada antes de que sus ojos volvieran a adoptar un tono más tenue y de que mi corazón recuperase su ritmo habitual.

—Salimos mañana a las ocho. —Christian señaló mi equipaje con la cabeza—. Te contrataré un *sherpa*.

—Qué exagerado. Tampoco he cogido taaantas cosas.

Dos maletas grandes, una bolsa de viaje y una *tote bag*. A mí me parecía más que razonable para tres días en Hawái.

—Bueno, dejémoslo en que no opinamos igual. En cuanto a cuestiones de seguridad... —A Christian le cambió la voz y adoptó una entonación más seria—. La ubicación del set de la sesión de fotos de Hawái no es ningún secreto, pero no quiero que pongas nada en redes sobre dónde estás hasta que volvamos a Washington.

Me dio un vuelco el estómago, pero ahora fue por algo completamente distinto.

Entre la confesión de Christian, la cena con mi familia y prepararme para el viaje, casi me había olvidado del acosador. Sin embargo, mis preocupaciones al respecto acababan de volver a arrollarme como una ola inmensa.

—¿Sabéis algo?

No le solía preguntar sobre el tema. Cuanto más pensaba en ello, más me agobiaba, pero esta vez no pude evitarlo.

—Nada exacto, pero poco a poco. Puede que no te siga hasta Hawái, pero más vale prevenir que curar.

—Claro. —Me froté el cristal que llevaba en el cuello con el pulgar—. Sí.

A Christian se le relajó un poco la expresión.

—Irá todo bien, tanto la sesión de fotos como el tema del acosador. Confía en mí.

Eso era lo que más miedo que daba. Que confiaba en él.

—Descansa un poco. Mañana nos espera un largo viaje —dijo—. Ah, y, Stella... No te lleves el unicornio.

—No pensaba hacerlo —murmuré mientras Christian se iba.

Cuando hubo salido de mi cuarto, volví a colocar al señor Unicornio en su sitio, cerca de mi cama.

—Ya iremos a Hawái juntos en algún otro momento —le prometí con tristeza.

Era mi fiel compañero siempre que viajaba sola, pero, como esta vez iba a ir con Christian, no hacía falta que me lo llevase. Lo que pasa es que me gustaba tener algo familiar conmigo cuando visitaba sitios nuevos.

Acabé de hacer las maletas.

Pasé de la ilusión extrema al miedo y a los nervios, y luego mis emociones volvieron a azotarme en el orden invertido. Sin embargo, saber que Christian estaría conmigo me reconfortaba.

Las mariposas que sentía en el estómago alzaron el vuelo otra vez con solo pensar que estaría tres días en el paraíso y con él.

Era un viaje de trabajo, pero bueno.

Tenía la extraña sensación de que lo que fuera a ocurrir en Hawái me cambiaría la vida para siempre.

29
Stella / Christian

Stella

Christian y yo llegamos a Kauai la noche siguiente, pasada la hora de cenar.

En lugar de aventurarnos a ir a cenar al hotel del restaurante, lo cual habría supuesto un sobreesfuerzo por nuestra parte, optamos por el servicio de habitaciones y nos acomodamos en el salón del chalé.

Como de costumbre, Christian echó una ojeada a la habitación que me había reservado Delamonte y luego pidió que nos dieran el último chalé que tenían disponible.

Desvié la vista un segundo hacia él mientras comíamos en silencio.

Estaba apoltronado en un lateral del sofá. Estaba tan sexi con su camisa arrugada y el pelo enmarañado que era exasperante. Después de habernos pasado el día volando, ni él ni yo lucíamos unas pintas estupendas, pero el desaliño que lo caracterizaba en ese momento le sumaba todavía más atractivo.

—¿Te gustan las vistas? —preguntó perezoso.

—Ajá. —Hice ademán de estar mirando aquel increíble

chalé. Tenía unas vistas al Pacífico espectaculares, y el salón daba a una terraza cubierta y completamente amueblada con acceso directo a una playa privada solo para nosotros—. Este lugar es increíble.

La pregunta de Christian no iba por ahí, pero tampoco había necesidad alguna de hincharle más el ego. Él ya sabía que estaba bueno, ¿por qué confirmárselo?

Se dio cuenta de cómo había esquivado el tema y rio. Aquel sonido me sentó igual de bien que una taza de chocolate caliente.

Verlo fuera de sus confines en Washington tenía algo mágico. Igual que había ocurrido en la cena con Dante, ahora parecía una versión más relajada de sí mismo. «Adiós, traje; hola, risa fácil.»

—Me gusta esta versión de ti. —Me acerqué la taza a la boca—. Estás más... —traté de dar con la palabra adecuada— accesible.

Se le encorvaron los labios.

—¿Ah, sí?

—Bueno, digamos que el Christian de Washington tiene pinta de querer matarte como le cortes el paso en la carretera. El Christian de Hawái tiene más pinta de ofrecerse a llevarte en coche si ve que el tuyo está parado en el arcén porque se te ha estropeado.

El abundante sonido de su diversión volvió a inundar todos los rincones de aquella sala.

—Llevamos menos de dos horas en Hawái.

—Precisamente por eso. Imagínate cómo estarás después de tres días en el paraíso. —Le di un sorbo al té, pensativa—. A lo mejor acabas bailando con una camiseta de estampado floral al más puro estilo hawaiano. O haciendo yoga al alba conmigo. ¡O quizás dejes de comer carne roja! Hay un sinfín de posibilidades.

—Stella. —Se inclinó hacia delante con una expresión seria—. Me pondré una camiseta con estampado de flores a lo hawaiano cuando las ranas críen pelo.

—Con lo rápido que van los avances tecnológicos, yo no lo descartaría. A lo mejor pasa; nunca se sabe —respondí decidida—. ¿Sabes cuál es tu problema?

—Ilústrame. Me muero de ganas por saberlo.

Hice caso omiso de su sarcasmo y proseguí:

—Que te pones demasiada presión a ti mismo y trabajas demasiado. Deberías coger vacaciones más a menudo, o al menos conectar con la naturaleza de vez en cuando. Es bueno para el alma.

—Ya es demasiado tarde para mi alma, Stella.

A pesar de la ligereza de su tono, me dio la impresión de que no lo estaba diciendo en broma.

Se me borró la sonrisa.

—Suenas como un pesimista de manual.

—Más bien estoy siendo realista.

—Derrotista.

—Escéptico. —Fruncí el ceño y Christian sonrió—. ¿Quieres que sigamos jugando a ver quién conoce más sinónimos o pasamos a un tema más interesante?

—Cambiemos de tema, pero solo porque quiero ahorrarte la humillación de perder —contesté con opulencia.

—Qué amable por tu parte.

La risa que acompañó sus palabras no me hizo gracia, pero lo dejé correr. Al fin y al cabo, quien pagaba por ese maravilloso chalé era Christian y si me había librado de pasarme diez horas encogida en un asiento de avión minúsculo, viendo pelis antiguas e intentando que no se me durmieran las piernas había sido gracias a él.

Pocas cosas eran más incómodas que tener que volar en *economy* siendo alta.

Me hundí un poco más en el sofá y pensé en un buen tema del que hablar.

—Cuéntame algo de ti que no sepa todavía.

Ya lo había perdonado por encerrarse en sí mismo después de la cena con Dante, pero seguía decidida a sonsacarle más información personal. Me daba igual que fuese algo tan simple como cuál era su superhéroe favorito de pequeño; solo quería saber algo, lo que fuera. Saber más sobre Christian no me ayudaría a protegerme emocionalmente, pero como no teníamos más remedio que aguantarnos hasta Dios sabía cuándo, quería aprovechar la ocasión y que al menos resultara lo más llevadero posible.

Una parte de mí esperaba que fuese a esquivar la pregunta, igual que hacía siempre. Sin embargo, sorprendentemente, respondió:

—No me gustan los postres.

Ahogué un grito horrorizada.

—¿¡Ninguno!?

—Ninguno —confirmó.

—¿¡Por qué!?

—Porque no me gusta lo dulce.

—Pero hay postres que no son dulces.

—Ya, y tampoco me gustan. —Mordió la comida con lentitud y yo me lo quedé mirando incrédula.

—Retiro lo dicho. Definitivamente, lo de tu alma no es normal. Es antinatural que a alguien no le gusten los postres. —Intenté dar con una explicación plausible—. A lo mejor todavía no has dado con el postre adecuado.

¿A quién no le iba a gustar el *baklava,* el *cheesecake* o el helado? Al demonio; a ese seguro que no le gustaba.

—A lo mejor doy con el postre adecuado al mismo tiempo que con mi alma gemela —contestó bromista.

—Tú ríete, pero no sería tan descabellado. Y cuando ocurra, te lo... —se me fue apagando la voz.

Las amenazas no eran lo mío.

—¿Sí? —Tenía toda la pinta de estar reprimiendo las ganas de reír.

—Te lo recordaré constantemente.

—Ansioso me tienes. —Christian se apiadó de mí tras mi penosa respuesta y cambió de tema—. Ahora te toca a ti, Mariposilla. Dime algo de ti que no sepa.

—¿No eras tú el que podía buscar toda la información que quisiera en uno de sus ordenadores supermolones? —Lo dije medio en broma.

—Prefiero que me lo cuentes tú.

Y, por alguna razón, aquellas palabras hicieron que las mariposas alzaran al vuelo en mi pecho.

Mi intención era compartir alguna nimiedad sin importancia, como por ejemplo que miraba lecturas del tarot por YouTube cuando estaba triste porque los videntes siempre le daban un giro positivo a todo o que ordenaba el armario por colores por pura diversión y porque el resultado final acababa dando lugar a una estética la mar de bonita.

Sin embargo, en lugar de eso, contesté:

—A veces fantaseo con descubrir que soy adoptada.

La vergüenza se apoderó de mí. Nunca jamás se lo había contado a nadie y oírme a mí misma decirlo en voz alta hizo que me sintiera culpable. Se me erizó la piel.

No había nacido en una mala familia. Eran moralistas y tenían unas expectativas muy elevadas, pero no me pegaban. Se hicieron cargo del coste de mis estudios universitarios, me criaron en una casa preciosa, me compraron siempre ropa muy bonita y me dieron unas vacaciones espléndidas. En comparación con la mayoría de la gente, había tenido una vida más que privilegiada.

Pero cada uno vive su vida a su manera. Siempre habrá gente que sea mejor y peor que nosotros, lo cual no invalidaba mis sentimientos. Podíamos aceptar que algunas cosas eran muy fáciles para nosotros a pesar de criticar otros aspectos de nuestras vidas.

Por suerte, Christian no me juzgó por ser una desagradecida. Sencillamente no dijo nada.

Esperó a que hubiese terminado de hablar sin que le brillara ni un ápice de reproche en la mirada.

—Si fuera así, me volvería loca, pero supongo que fantaseo más bien con pensar que tendría otra familia más... más como una familia, vaya. Un hogar con menos competitividad y más apoyo emocional. —Tracé el borde de la taza con el dedo—. A veces me pregunto si mi hermana y yo nos llevaríamos mejor de no haber sido por las constantes comparaciones a las que nos sometían nuestros padres sin cesar. Cuando éramos pequeñas, como estaban tan ocupados con el trabajo, casi no pasaban tiempo con nosotras y, cuando lo hacían, se centraban en una de las dos, en la hija de la que más pudieran alardear: la que sacara mejores notas, la que hiciera actividades extracurriculares más impresionantes y a la que hubieran aceptado en las mejores universidades del país. Natalia y yo estábamos tan empeñadas en ser mejor que la otra que nunca llegamos a conectar. —Una sonrisa más bien triste se abrió paso en mis labios—. Ahora ella es la vicepresidenta del Banco Mundial y yo no tengo trabajo, conque... —Me encogí de hombros e intenté no imaginarme un montón de cenas familiares en las que yo me quedaría ahí sentada mientras mis padres hablaban efusivamente de mi hermana.

Eso si es que volvían a invitarme a cenar algún día porque, después de la riña de la otra noche, no estaba nada convencida.

—Total, nunca encajé con mi familia, ni siquiera cuando trabajaba. Son muy prácticos. Y yo soy la que se pasó la infancia mirando por la ventana y soñando con viajes y ropa en lugar de dedicar mi tiempo a hacer un montón de actividades para poder plasmarlas luego en el currículum y destacar entre los candidatos de las universidades. A los quince creé un cartel de manifestación para Parsons, mi universidad de ensueño, y lo decoré de arriba abajo con fotos del campus y una carta de aceptación que yo misma había redactado. —Al acordarme de mi yo adolescente y optimista sonreí con nostalgia—. Funcionó. Durante mi último año de instituto, recibí una carta de aceptación de Parsons, pero tuve que rechazar su oferta porque mis padres se negaron a pagar una «carrera tan poco práctica». Y así es como acabé en Thayer.

Tampoco me arrepentía. Si no hubiera estudiado en Thayer nunca habría conocido a Ava, Bridget y Jules.

No obstante, a veces seguía preguntándome qué habría sido de mí si hubiera ido a Parsons. ¿Habría habido un capítulo en mi vida durante el cual hubiese trabajado en *DC Style*? Quizás. ¿Sería ya una diseñadora con varios desfiles en el bolsillo? Era una pregunta de difícil respuesta, pero probablemente sí.

—Yo he visto a muchos de mis rivales ir y venir a lo largo de los años —dijo Christian sacándome de mis cavilaciones— y te aseguro que no puedes medir tu éxito en base al progreso de otra persona. Además, he conocido a tu familia. Créeme, es mejor que no encajes.

Se me escapó una risita.

—Puede.

Me sentó bien quitarme todo eso de dentro, y me ayudó también que Christian y yo no tuviéramos una relación tan estrecha como la que tenía con mis amigas. Así me sentía menos cohibida a la hora de compartir mis pensamientos.

Estaba cansada y noté cómo el sueño iba apoderándose de mí. Sin embargo, no quería irme a dormir justo ahora que Christian y yo por fin estábamos teniendo una conversación de verdad.

A fin de cuentas, la sesión de fotos del día siguiente no empezaba hasta bien entrada la mañana.

«Solo media hora más. Luego ya me voy a dormir.»

—¿Y qué hay de tu familia? —Le di otro sorbo al té—. ¿Qué me dices de ellos?

Christian nunca hablaba de sus padres y tampoco había visto ninguna foto de ellos en su apartamento.

—Están muertos.

El té me bajó por el lado equivocado. Empecé a toser mientras Christian se terminaba la cena como si no acabase de soltar una bomba de aquellas dimensiones como si nada, como quien dice que su familia se ha ido a pasar el fin de semana fuera.

—Lo siento muchísimo —dije tras recuperarme. Pestañeé para deshacerme de las lágrimas que se me habían colado en los ojos de tanto toser—. No... no lo sabía.

Fue una respuesta ridícula. Por supuesto que no lo sabía; de lo contrario, no se lo habría preguntado. Aun así, no se me ocurrió nada mejor.

Había dado por hecho que los padres de Christian vivían en otra ciudad o que no se llevaba bien con ellos. Jamás me habría imaginado que Christian fuera huérfano.

—Ocurrió cuando yo tenía trece años, así que no te sientas mal. Hace mucho tiempo. —A pesar de la naturalidad con la que pronunció aquellas palabras, vi que tenía la mandíbula apretada y los hombros sumamente tensos; era evidente que no le daba tan igual como quería aparentar.

Sentí cierto dolor en el pecho. Un chico de trece años es demasiado joven para perder a sus padres. Siempre se es demasiado joven.

—Pero eran tus padres. No hay una fecha de caducidad a partir de la cual ya no se puede seguir pasando el duelo de una pérdida como esta —comenté amablemente. Tras dudar un segundo, le pregunté—: ¿Con quién te fuiste a vivir después de que...?

—Me crio mi tía hasta que murió cuando yo ya estaba en la universidad —respondió a la pregunta que no acabé de formular—. He vivido solo desde entonces.

El dolor que había sentido en el pecho se esparció por todo mi cuerpo hasta que cada poro de la piel me pidió que reconfortara a Christian.

Si le daba un abrazo, respondería de malas maleras, pero las palabras podían ser igual de poderosas o más.

—Que no te dé lástima, Stella —añadió seco—. Prefiero estar solo.

—Puede, pero no es lo mismo estar solo que sentirse solo. —Lo primero hacía referencia a la ausencia de compañía física; lo segundo, a la ausencia de apoyo emocional e interpersonal. A mí también me gustaba estar sola, pero no sentir que lo estaba.

—No pasa nada si te sientes triste —añadí con dulzura—. Te prometo que no se lo contaré a nadie.

No le pregunté cómo murieron sus padres. Saltaba a la vista que ya estábamos alargando demasiado los límites de su predisposición a abrirse conmigo y no quería cargarme la frágil intimidad de aquel momento.

Christian se me quedó mirando con una expresión impasible.

—Lo tendré en cuenta —contestó finalmente con la voz un tanto más áspera de lo habitual.

Esperaba que fuera a dejar la conversación ahí mismo. Sin embargo, siguió hablando sin que yo interfiriera y eso me sorprendió.

—Me metí en el mundo de la informática por mi padre. Era ingeniero de *software* y mi madre trabajaba como administradora en una escuela. Éramos la típica familia americana de clase media por antonomasia en muchos sentidos. Vivíamos en una casa bonita a las afueras de la ciudad, yo jugaba en la Little League, y cada viernes por la noche pedíamos *pizza* y jugábamos a juegos de mesa.

Aguanté mi respiración. Estaba tan fascinada por el hecho de que estuviera compartiendo aquellos detalles de su infancia conmigo que incluso tenía miedo de respirar por si se rompía el hechizo de aquel instante.

—Lo único que no encajaba —prosiguió Christian— era su relación. Mis padres se amaban. Muchísimo. Con locura. Más que cualquier otra pareja en este mundo.

De todo lo que esperaba que fuera a decir, eso no formaba parte ni de las mil primeras opciones. Aun así, me tragué todas las preguntas que tenía y dejé que continuara.

—Crecí oyendo anécdotas de lo más características acerca de su noviazgo. Que mi padre le escribió una carta a mi madre cada día mientras estudiaba en el extranjero y que tenía que andar más de tres kilómetros por la mañana para llegar a la oficina de correos porque no se fiaba del sistema de correspondencia de la universidad. Que ella se fue de casa cuando sus padres la amenazaron con dejar de ayudarla si no cortaba con mi padre porque querían que se casara con el hijo de un hombre de negocios de la zona... Al final, mi madre acabó reconciliándose con mis abuelos, pero, en lugar de celebrar una boda a lo grande, mis padres se escaparon y se mudaron a una pequeña ciudad en Carolina del Norte. Yo nací poco después; no había pasado ni un año. —La confusión de todos aquellos recuerdos le ensombreció la mirada—. Se conformaron con lo que algunos llamarían una vida normal y corriente, pero ellos nunca perdieron la pasión que sentían el uno por el otro, ni siquiera después de tenerme a mí.

Muchísima gente soñaba con encontrar un amor como el que habían vivido los padres de Christian, pero él hablaba de ello como si fuera una maldición y no una suerte.

—Y, a pesar de todo esto, tú no crees en el amor —señalé.

¿Cómo podía ser? El escepticismo que sentían muchas personas hacia el amor se debía al hecho de haber visto cómo se pudría. Divorcios poco amigables, promesas rotas, peleas dolorosas... Pero, por lo que decía, parecía que los padres de Christian habían sido un claro y radiante ejemplo de lo que también podía ser el amor.

—No. —El hiriente corte que dibujaba la sonrisa de Christian en su cara hizo que se me pusieran los pelos de punta—. Porque lo que mis padres sentían no era amor. Era ego y destrucción disfrazados de afecto. Una droga a la que recurrían constantemente porque les hacía sentir una euforia que no encontraban en ninguna otra parte. Les nublaba el juicio en detrimento no solo suyo, sino también de cualquier que les rodeara, y les daba la excusa perfecta para hacer cualquier irracionalidad que se les pasara por la mente porque nadie los cuestionaba si lo hacían por amor. —Se recostó y, con expresión seria, prosiguió—: Y no eran solo mis padres. Mira el mundo en que vivimos. La gente mata, roba y miente en nombre de esta emoción abstracta que se supone que tiene que ser nuestro objetivo principal. El amor puede con todo. El amor lo cura todo. Suma y sigue. —Se le encorvaron los labios y vi el respeto que le tenía a esos clichés—. Alex abandonó una empresa que movía miles de millones de dólares. Bridget casi pierde un país. Y Rhys renunció a su privacidad, cosa que para él era más valiosa que cualquier suma de dinero. Es completamente ilógico.

—Alex recuperó su empresa —aclaré—. Bridget pudo

gestionarlo todo y Rhys no renunció a su privacidad por completo. A veces hay que hacer sacrificios para poder ser feliz.

—¿Por qué?

Pestañeé. La brusquedad de su pregunta me dejó tan atónita que tardé un segundo en responder.

—Porque así funciona el mundo —dije por fin—. No podemos tener todo lo que queremos sin ceder un poco. Si los humanos fuéramos robots, estaría de acuerdo con lo que dices, pero es que no lo somos. Tenemos sentimientos y, si el amor no existiese, la raza humana no persistiría. Procreación, protección, motivación. Todas giran alrededor de un mismo sentimiento.

Esa fue la respuesta menos romántica y, por ende, la más eficaz que supe darle.

—Puede. —Christian se encogió de hombros, lo cual demostraba su profundo escepticismo más de lo que lo habrían hecho las palabras—. Pero luego hay otro problema, y es que la gente utiliza la palabra *amor* y el verbo *adorar* tan a menudo que ya han quedado desprovistos de sentido alguno. Aman a sus perros, adoran sus coches, las horas felices y el corte de pelo de sus amigos. Dicen que el amor es algo maravilloso e inmenso, pero en realidad es justo lo contrario. En el mejor de los casos, no sirve para nada, y en el peor de los casos, es algo peligroso.

—Hay distintas formas de amar y de adorar. Yo adoro la moda de una forma distinta a la que amo y adoro a mis amigas.

—Distintas fases de una misma enfermedad. —Una oscura sombra de diversión le cubrió la cara cuando se percató de la mueca que se había dibujado en mi rostro al oír la palabra *enfermedad*—. ¿Ahora vas a intentar hacer que cambie de opinión? ¿A convencerme de que, en realidad, el amor sí que puede mover el mundo?

—No —respondí con sinceridad—. Tú ya tienes tu creencias al respecto y nada de lo que yo pueda decir hará que cambies de idea. Lo único que te puede hacer cambiar de opinión es la experiencia, no las palabras.

La sorpresa se le asomó a los ojos y luego se sumergió bajo algo más pesado, más aletargado.

—¿Y crees que se dará el caso? —La lentitud con la que arrastró aquella pregunta condensó el aire que nos separaba—. ¿Que me enamoraré de alguien algún día y tendré que tragarme mis propias palabras?

Me encogí de hombros con un movimiento natural, completamente opuesto a los acelerados latidos de mi corazón.

—Puede. Tampoco soy vidente.

En el fondo, tenía la esperanza de que sí fuera a ocurrir. No porque delirara pensando que iba a ser yo quien fuera a «cambiarlo», sino porque todo el mundo merecía poder experimentar el amor verdadero aunque fuera una vez en la vida.

—Una de las condiciones de nuestro contrato —dijo Christian mientras me miraba omnisciente— es que no me enamore de ti.

Se me secó la boca.

—Ya.

—¿Por qué pusiste ese requisito, Stella?

—Porque no quiero que te enamores de mí.

Christian no sonrió ante mi rápida ocurrencia. Se hizo un largo silencio.

—Tú y yo... no somos tan distintos —señaló en voz baja.

De repente, se prendió una chispa que quemó todo el oxígeno que había entre nosotros y el sonido de mi pulso fue desvaneciéndose hasta convertirse en un lejano zumbido.

«Di algo, Stella.»

Sin embargo, mi voz se convirtió en prisionera de su mirada y, antes de que pudiera liberarla, le sonó el móvil y rasgó aquel momento en mil pedazos.

Christian me aguantó la mirada un segundo más y luego respondió la llamada. Salió a la terraza, donde el distante rugido de las olas ahogó el final de su conversación.

La presión que sentía en el pecho se fue disipando un poco, pero seguí un tanto mareada. Tenía la misma sensación que si llevase una hora sumergida en las profundidades del océano y acabara de sacar la cabeza del agua para coger una bocanada de aire.

Con Christian alrededor, siempre me costaba respirar.

«Primera noche en Hawái, superada. Ahora, a por las otras dos.»

Pensé que sería un viaje sencillo. Llegar, hacerme fotos e irme.

Pero ya me estaba dando cuenta de que cuando Christian Harper estaba involucrado, nunca nada era sencillo.

Christian

—Alguien ha hackeado el sistema de seguridad del Mirage —me informó Kage, que sonaba desalentado—. Nuestro equipo de ciberseguridad ha confirmado que lo hicieron con un aparato similar a Escila.

Me mordí la lengua para no soltar un taco de dimensiones colosales.

Lo último que quería era tener que hablar de temas de trabajo a estas horas de la noche mientras estaba en Hawái. Vale, para él también era tarde, pero Kage trabajaba a todas horas y lo que me acababa de contar me tocaba soberanamente los cojones.

Yo mismo había creado Escila hacía un par de años. Llevaba el nombre del legendario monstruo griego que devoraba a la tripulación de cualquier nave que pasara demasiado cerca de él, ya que mi dispositivo no requería descargar nada ni conectarse a ninguna entrada de USB para hackear un sistema. Bastaba con que estuviese a pocos centímetros del sistema en cuestión y el propietario podría controlar el aparato a distancia y joder al objetivo como considerara oportuno.

Nadie sabía de la existencia de Escila, a excepción de los trabajadores de Seguridad Harper y de Jules, a quien se lo había prestado el año pasado. Cuando lo utilizó, la amiga de Stella no sabía lo que era; además, aunque lo hubiese sabido, no tenía la información necesaria para descubrir cómo funcionaba. Y eso significaba una cosa.

El traidor seguía en la empresa y estaba en cierto modo relacionado con el acosador de Stella.

Una gélida ira se fue abriendo paso en mi interior.

Había realizado una segunda ronda de chequeo a todo aquel que trabajase en el Mirage después de que hubieran hackeado el sistema de vigilancia y me había centrado, sobre todo, en mis allegados, incluidos Brock y Kage. Todos limpios.

Había echado a unos cuantos trabajadores que me habían parecido ligeramente sospechosos, pero sus rangos nunca llegaron a ser tan elevados como para saber de la existencia de Escila.

Además, a no ser que el acosador de Stella fuera programador, sería prácticamente imposible que pudieran replicar el diseño de Escila..., a no ser que tuvieran acceso al plano que tenía escondido en mi oficina.

La cabeza me empezó a dar vueltas mientras pensaba en un sinfín de posibilidades. Sin embargo, cuando volví a hablar, lo hice calmado y sin que me temblara la voz:

—Consigue todas la grabaciones de las cámaras de seguridad del perímetro del edificio. Quiero los vídeos de todas las esquinas y fachadas con cámara en un radio de cinco manzanas alrededor del Mirage. A no ser que el puto *hacker* pueda teletransportarse, seguro que fue a algún otro sitio después de entrar. Encuéntralo.

Oí que Kage mascullaba algo en señal de afirmación y colgué.

Las grabaciones no eran mi prioridad número uno. Mi prioridad principal era descubrir quién estaba intentando sabotearme desde dentro de mi propia empresa; sin embargo, hasta que no regresara a Washington, tendría a mis hombres ocupados recopilando y revisando las grabaciones mientras yo daba con el traidor.

Entre lo de Escila y que nos habíamos estancado en el avance para dar con el acosador de Stella, mayo se estaba presentando como un mes de mierda.

Calculé mi próximo paso mientras una creciente sensación de irritabilidad se iba apoderando de mí.

Si hubiera venido hasta aquí por otro motivo que no fuera Stella, me subiría al avión y me plantaría en Washington a primera hora de la mañana. La cuestión era que no podía dejarla sola a sabiendas de que había un psicópata suelto por ahí cuya única obsesión era dar con ella.

Cuando le dije que no sabíamos nada, mentí. Yo mismo había interceptado tres notas más de ese lunático en el buzón de Stella. En ellas había escritas amenazas básicas, nada nuevo, y seguían sin poderse rastrear. De momento.

Las probabilidades de que la hubiera seguido hasta aquí eran ínfimas, pero no nulas.

Al menos, eso me decía a mí mismo.

Volví al salón y cerré la puerta corredera de cristal con pestillo.

Ya era medianoche. Estaba despierto como el que más

gracias a la adrenalina que me había inyectado la llamada de Kage, pero Stella se había quedado frita en el sofá mientras yo hablaba por teléfono.

Con cuidado, le quité la taza que seguía sujetando con la mano y la dejé en la mesa. Luego la cogí en brazos y la llevé hasta su cuarto. Dormía tan profundamente que ni siquiera se movió.

La luz de la luna dibujó una franja plateada a través de la oscuridad mientras tumbaba a Stella en la cama.

La arropé bien con el edredón con tanto tacto que nadie hubiera dicho que la sangre me corría iracunda por las venas. Me parecía prácticamente obsceno tocar a Stella mientras imágenes de sangre y descuartizamientos me inundaban la mente, pero me resultaba imposible acallar aquella parte de mí que tenía tanta sed de venganza.

Me di una ducha fría para apaciguar el enfado, pero no conseguí deshacerme de él. Y, como necesitaba quitarme esa frustración de encima de alguna forma que no implicara correrme, lo primero que hice al salir del baño fue encender mi ordenador.

Minimicé la pestaña que tenía ya abierta con un crucigrama que aún no había terminado —prefería hacerlos en papel, pero cuando no tenía otro remedio los hacía en formato virtual— y abrí la carpeta que guardaba precisamente para momentos como ese.

Eché un vistazo a la lista de nombres antes de decidirme por el presidente de un importante banco multinacional. Nunca había sido cliente de Seguridad Harper y nunca lo sería. Al contrario de lo que creía la gente, yo sí que tenía escrúpulos a la hora de hacer negocios y ese tío era un cabrón. Malversación de fondos, fraude fiscal, tres denuncias por acoso por parte de sus antiguas asistentes con quienes había acabado llegando a un acuerdo fuera de los tribunales, y cierta predilección por abofetear tanto a su esposa como a las mujeres con las que le ponía los cuernos. Y eso era solo la punta del iceberg.

—Cuando te despiertes, tu vida se habrá convertido en una pesadilla —le dije a la foto de su cara rojiza y ojos de sapo.

Tardé menos de cinco minutos en hackearle las cuentas bancarias y enviar todos sus fondos a varias organizaciones benéficas mediante donaciones anónimas y una red de servidores *proxy*. Casi me dio vergüenza lo fácil que me resultó. La contraseña de ese tío era el modelo del primer coche que tuvo y su cumpleaños; tócate los huevos.

También le dejé una importante suma de dinero a su esposa junto con el nombre de un buen abogado matrimonialista antes de enviar cierta información al Servicio de Impuestos Internos que seguro que le resultaba extremadamente interesante al Gobierno de Estados Unidos. Y, como guinda del pastel, puse su información a la venta en la *dark web*, envié varias fotos degradantes de su última visita con su amante a los doscientos mil trabajadores del banco y, como el muy capullo intentó robarme el aparcamiento una vez, le hackeé el coche, me cargué su GPS y borré toda la información del vehículo.

Cuando hube terminado, ya estaba lo bastante relajado como para poder meterme en la cama, al lado de Stella.

A diferencia de lo que había dicho ella antes sobre la naturaleza, no había nada que purificase más el alma que una buena masacre cibernética.

Stella balbuceó algo y me pasó una pierna por encima de la mía; yo me quedé petrificado. Debió de gustarle sentir el calor humano porque, al cabo de unos segundos, me abrazó por la cintura y se me acurrucó en el pecho.

A pesar de que estaba ya dormida, se le escapó un sutil

bostezo que se fue convirtiendo en un pequeño suspiro y luego... silencio.

Bajé la vista para mirarla mientras esperaba que se despertarse o que, como mínimo, volviera a darse la vuelta.

Pero no lo hizo.

A juzgar por cómo se le movía el pecho, se había vuelto a quedar frita y no parecía tener intención alguna de separarse de mí, al menos, de inmediato.

Detestaba los mimos y los abrazos después del sexo y, si no había habido sexo, todavía más. Aun así, en lugar de separar a Stella de mí, le aparté un mechón de pelo de la cara y la observé bajo la luz de la luna que se colaba por las cortinas.

Aquel brillo plateado le acariciaba la piel de tal forma que la hacía parecer un ser celestial. Un ángel durmiendo en brazos de un monstruo.

Había pocas personas en el mundo que confiaran en mí como para cerrar los ojos conmigo en la misma habitación, pero ahí estaba ella: abrazada a mí como si fuera un maldito oso de peluche. Sin tener ni la más mínima idea de la violencia que yacía a unos pocos centímetros de ella.

Le pasé la mano por el pelo, con suavidad, hasta llegar a la elegante curva de su pómulo. Seguí el recorrido hasta la barbilla, acariciándosela con el mayor cuidado posible para no despertarla. Quería grabarme hasta el más mínimo detalle de Stella en la mente hasta que fuera capaz de cerrar los ojos y verla con la misma claridad que si la tuviera delante.

A lo mejor así entendería cómo podía ser que esta mujer tuviera tanto poder sobre mí. ¿Cómo podía ser que alguien tan inocente y con un corazón tan puro se hubiera adentrado hasta semejantes profundidades de mi alma y conseguir que, después de todo el tiempo que había pasado desde que nos conocimos por primera vez, yo siguiera sintiendo la atroz llama de su ser?

Seguí acariciándole la cara un segundo más y luego aparté los dedos.

Stella tenía las mejillas manchadas de una sangre invisible que me cubría las manos. Las mismas manos que tan bien encajaban en la empuñadura metálica de una pistola y que solo tenían que darle a un botón para cargarse vidas enteras. En el mejor de los casos, las manos de un mentiroso; en el peor, las de un asesino.

No debería estar tocándola y corrompiéndola con mis delitos, tanto los que había cometido en el pasado como los que todavía cometería en el futuro. Stella merecía poder brillar sin que una oscuridad como la mía amenazara con consumirla y, si yo hubiera sido mejor persona, la habría dejado marchar.

Pero no lo era.

Mi oscilante consciencia se estremeció al ver aquellas invisibles manchas de color rojo tiñéndole la piel. Sin embargo, a una parte más posesiva y rebuscada de mí le gustaba.

Si en algo estaban de acuerdo ambas partes era en que Stella era mía.

Y, ahora que había entrado en mi vida, no iba a dejar que se fuera jamás.

30
Stella / Christian

Stella

A la mañana siguiente, me desperté envuelta en unas sábanas arrugadas y el estómago lleno de mariposas. En parte, porque estaba nerviosa por la sesión de fotos y, en parte, por el olor a cuero y a especias que perfumaba el aire.

Era consciente de que el chalé solo tenía una habitación. Nos lo había contado el recepcionista cuando Christian solicitó el cambio. Sin embargo, pensar que había compartido un espacio tan íntimo con él a pesar de haberme quedado frita en el sofá me provocó una sensación que no había notado la primera noche que compartimos cama.

«Para. Solo habéis dormido.»

Cuando me iba de viaje con mis amigas, también compartía cama con ellas. Si eso no era para tanto, esto, tampoco.

Aunque, claro está... No tenía interés alguno en acostarme con mis amigas. Pero esto solo era un detallito de nada.

Me obligué a apartar la vista de la cama y me vestí.

El maquillaje y la ropa para las fotos estaban en el set de Delamonte, así que no tardé demasiado en ponerme un simple vestido de lino y peinarme un poco.

Al entrar en el salón vi que Christian estaba trabajando en la terraza. Parecía extremadamente agobiado para ser su primera mañana en Hawái.

—Buenos días. —Me detuve cerca de la mesa donde estaba sentado. Al lado de su ordenador, junto a un crucigrama ya resuelto, descansaban una taza de café vacía y una tostada a medio comer—. Qué madrugador.

—Estoy siguiendo el mismo horario que en la costa Este. —Levantó la cabeza y, al verme, dejó de fruncir tanto el ceño—. ¿Lista para la sesión de fotos?

—Ajá. —Creo. Quizás. Supongo.

Mi incerteza debió de ser más que evidente porque enseguida se le relajó aún más la expresión.

—Lo harás genial.

—Gracias. —Jugueteé con el anillo que llevaba puesto y entonces asimilé lo que me acababa de decir. *Lo harás genial*—. ¿No vendrás conmigo?

—Hoy no. Me ha surgido un imprevisto en el trabajo; es una emergencia.

—Oh. —La decepción se acomodó tan pancha en mi estómago, pero me deshice de ella. Era evidente que Christian no iba a quedarse ahí plantado para ver cómo me hacían fotos durante todo el viaje. Tenía cosas mejores que hacer—. Espero que no sea grave.

—Nada que no pueda arreglar. —Christian hizo un gesto con la cabeza para señalar el menú del servicio de habitaciones que había en la mesa—. ¿Quieres comer antes de irte? Puedo llamar a cocina.

—No, si ya voy tarde. —Además, como comiera algo antes de la sesión de fotos, igual acababa vomitando, pero eso no se lo dije—. Bueno pues, eh..., nos vemos luego.

Salí con la misma extraña sensación de quien le dice adiós a su novio antes de un largo viaje. Lo cual era ridículo porque Christian NO era mi novio y el hotel donde nos alojábamos estaba a tan solo quince minutos andando del set.

Cuando llegué, no reconocí a nadie, aparte de Ricardo —el fotógrafo— y Emmanuelle —la directora de moda de Delamonte—, quien me saludó con un ametrallamiento de besos en la mejilla.

—¡Stella! ¿Qué tal el vuelo? Estas guapísima. Estamos superilusionados con la sesión de fotos... Pero vamos a dejar que te maquillen y te peinen primero, ¿vale? Vamos con un poquitín de retraso...

El vendaval de actividad que siguió a sus palabras fue tan caótico que consiguió que dejara de pensar en Christian. Me peinaron, me maquillaron, me vistieron y dispararon unas fotos de prueba para asegurarse de que todo estuviera en orden en un visto y no visto; cuando por fin pudimos comenzar con la sesión final, yo ya no podía pensar en nada más que no fuera en no pifiarla a lo grande para que los de Delamonte no me despidieran ahí mismo.

«No pasa nada. Puedo hacerlo.»

Cada día íbamos a hacer fotos para una colección distinta. Hoy tocaba moda *resort wear*; mañana, zapatos y accesorios, y el tercer día, joyas.

Menos mal que la ropa era holgada porque como me hubiese tenido que poner algo más ajustado quizás me habría desmayado en medio de la playa.

—Mira hacia el sol... ¡Así, muy bien! —gritó Ricardo—. ¡Perfecto!

No sé si fue por el sol y la brisa del mar o porque estaba entusiasmada de estar en Hawái por primera vez en mi vida. O quizás fue porque ya había hecho otra sesión de fotos con Ricardo y ahora me sentía más cómoda trabajando con él.

Fuera lo que fuese, mis nervios se fueron calmando hasta

que al final me sentí lo bastante relajada como para ignorar las desagradables voces de mi cabeza, que solo paraban de bajarme la autoestima.

Me pasé el resto de la mañana y la primera hora de la tarde girándome y posando delante de Ricardo. La sesión de fotos avanzó sin interrupciones, aunque paramos de vez en cuando para cambiarme de atuendo.

Emmanuelle estaba eufórica.

—¡Lo estás haciendo genial! —me dijo ilusionadísima en una de las pausas—. Verás cuando le enseñe las fotos a Luisa. ¡Le van a en-can-tar!

Sonreí y asentí, pero mis ojos estaban ocupados buscando a alguien de pelo oscuro y tez morena en la playa.

Nada.

Christian me había comentado que no podría venir, pero yo esperaba que...

«Da igual.»

Ya lo vería luego. Compartíamos habitación, por el amor de Dios. Y, a pesar de que quería que estuviese aquí, no lo necesitaba.

Podía hacerlo yo solita.

Lo asimilé justo cuando Emmanuelle dejó de hablar.

—¿No crees? —me preguntó mientras me miraba fijamente a la espera de que le diera una respuesta.

—Sí. —No tenía ni la más mínima idea de qué me estaba hablando—. Toda la razón.

—¡Justo! Los cuadros escoceses en otoño están más que vistos. Se me había ocurrido tirar por artículos de punto superfinos...

«Puedo hacerlo yo solita.»

Fui repitiéndome aquel mantra mentalmente.

Me había pasado años creando mi propia marca, pero desde que había firmado ese acuerdo con Delamonte y mi acosador había vuelto a aparecer, me había perdido un poco. Había empezado a perder la confianza en mí misma.

Cuando necesitaba volver a ganarla, Christian me ayudaba. Y una parte de mí estaba convencida de que, de no haber sido por él, me habría cargado la sesión de fotos de Nueva York.

Sin embargo, hoy lo había hecho sola y lo había hecho de perlas.

Noté cómo se me dibujaba una sonrisa en los labios.

—¡Stella, lo retomamos ya! —gritó Ricardo, preparado para seguir con las fotos cerca del agua—. ¿Estás lista?

Regresé a mi puesto sin dejar de sonreír y con pasos más ligeros que antes.

—¡Estoy lista!

Christian

El trabajo me mantuvo ocupado el resto del viaje. Por más que me apeteciera acompañar a Stella en sus sesiones de fotos, tenía contratos que negociar, reuniones virtuales a las que acudir y un puto traidor al que pillar.

Sin embargo, cuando amaneció nuestro último día en la isla, no pude aguantar más. Pospuse todas mis reuniones, alquilé un barco del hotel y puse rumbo a Costa de Nā Pali, donde tenía lugar la última sesión de fotos.

Mientras andaba hacia la playa privada donde Delamonte había montado el set, la sedosa y blanca arena se fue hundiendo bajo mis pies.

Había estado en cientos de sitios a lo largo de los años, pero aquella accidentada costa seguía siendo uno de los lugares más impresionantes que había visto en mi vida.

Unos espectaculares acantilados de color esmeralda se

alzaban cientos de metros por encima del Pacífico y, a sus pies, sus empinadas crestas y estrechos valles se enroscaban alrededor de unas aguas prístinas en un abrazo protector. Unas cascadas que parecían hechas de plumas blancas caían por encima de las cuevas marinas que se habían ido abriendo en medio de los acantilados y su dulce rugido se mezclaba con el sonido de las olas al llegar a la arenosa orilla.

Esas costas eran una obra de arte creada por los mejores artesanos de la naturaleza. Era lo más parecido a Shangri-la en el mundo real, aunque no era lo más hermoso allí presente.

Ni de lejos.

Cuando llegué donde empezaba el set, me detuve.

Stella estaba en la orilla, tapándose el pecho desnudo con las manos. Sus rizos formaban una salvaje nube alrededor de la cara y la sencilla parte de abajo del bikini, de color blanco, hacía resaltar el extravagante collar de esmeraldas que le envolvía el cuello.

Estaba demasiado concentrada en la cámara como para verme, así que aproveché para mirarla con total libertad.

La luz de aquella tarde-noche le acariciaba la piel y formaba una aureola alrededor de sus suaves curvas. Su cara parecía desprovista de cualquier adorno. Ni si quiera se le veía el maquillaje; solo destacaban sus enormes ojos verdes, sus labios carnosos y su piel bronceada tras algunos días al sol.

Parecía Venus saliendo de las azules profundidades del mar, solo que Stella era mil veces más espectacular todavía.

Se volvió y posó tal y como le estaba pidiendo el fotógrafo. Se me ralentizó el ritmo cardíaco hasta igualar la lentitud del reflujo de la marea.

A diferencia de lo ocurrido en su primera sesión de fotos, aquí, con el viento azotándole el pelo y las olas salpicándole las piernas, parecía estar cómoda.

Una diosa en su hábitat natural.

—¡Pues ya estaría! —gritó Ricardo al cabo de poco—. Eres pre-cio-sa, querida. La perfección absoluta.

Stella respondió a ese cumplido con una tímida sonrisa. Bajó un poco los brazos; no lo suficiente como para quedar desnuda delante de todo el equipo, pero sí para que se le notara más la sinuosidad de los pechos.

Una letal espina de posesividad se me clavó en las venas.

Seguí observándola un segundo más y luego aparté los ojos de ella para lanzarle una fría mirada a Ricardo.

En el mundo de la moda, lo más habitual era ver a modelos medio desnudas, pero no por eso me entraron menos ganas de querer arrancarle los ojos de la cara de inmediato al único hombre del equipo. Quien estaba mirando con demasiada admiración a Stella.

Ricardo Frenelli: cuarenta y seis años, divorciado dos veces, con una hija que tenía la cocaína por vicio y trabajador de Delamonte desde hacía ocho años. Era un hombre respetado en el mundo de la moda, pero tenía un problema con las apuestas —cosa que nadie sabía— y le debía una tonelada de dinero a gente a quien nadie querría deberle ni un centavo.

Me había informado después de la primera sesión de fotos.

—¡Señor Harper! —Emmanuelle reparó en mí.

Su saludo llamó la atención de todos los ahí presentes, incluido Ricardo, que se volvió de repente. Al verme, su morena piel empalideció *ipso facto*.

Últimamente, la gente se asustaba con nada.

Un sutil movimiento hizo que volviese a centrar mi atención en el océano. Stella no se había movido de donde estaba, pero sí se había dado la vuelta para mirarme. Cuando nuestros ojos se encontraron, atisbé que en los suyos brillaban la sorpresa, el placer y algo que no supe descifrar.

Mi furia hacia Ricardo pasó a segundo plano, ahogada por el eléctrico zumbido que llenaba la atmósfera.

Había conocido a un montón de mujeres guapísimas a lo largo de los años. Mujeres que tenían el pelo perfecto, la piel perfecta y el cuerpo perfecto. Supermodelos, estrellas de cine y herederas moldeadas con y por lo mejor que pudiera comprar el dinero.

Pero ninguna de ellas le llegaba a la suela de los zapatos a Stella. Ella brillaba de una forma que nada tenía que ver con su belleza exterior.

La luz siempre atraía la oscuridad, pero yo no estaba únicamente atraído hacia Stella; estaba obsesionado con ella, joder. Me lanzaría de cabeza a las llamas que irradiaba y dejaría que me quemara vivo con tal de que su calor fuera lo último que sintiera antes de morir.

Cogió una bocanada de aire, sorprendida, y se le separaron sutilmente los labios, como si la potencia de la necesidad que sentía yo en ese momento fuera tan fuerte que hubiese causado una reacción física en ella.

—No sabía que ibas a venir. —La adulante voz de Emmanuelle fue como un mosquito revoloteándome alrededor de la oreja—. Deberías habernos avisado. Habríamos...

—Márchense —ordené sin quitarle los ojos de encima a Stella, que seguía tan quieta en su lugar que parecía una estatua en medio del océano.

Emmanuelle titubeó.

—¿Cómo dice?

—Que se vayan. Usted y su equipo. Tienen cinco minutos para llevárselo todo de la playa. Yo me encargo de traer a Stella de vuelta en el barco.

Había anclado el barco del hotel en la playa, un poco más abajo de donde nos encontrábamos ahora y cerca del barco de Delamonte.

Emmanuelle se sonrojó. Yo no era su jefe, pero, al igual que mucha gente, aquella mujer se dejaba impresionar por las figuras de autoridad, fueran quienes fuesen. Aun así, hizo un último esfuerzo por imponerse.

—No podemos recogerlo todo en tan poco tiempo. —El impacto de su protesta se vio diluido por los nervios que acompañaron a sus palabras—. Además, primero tenemos que limpiar el collar y guardarlo. Vale más de setenta mil...

—Mándenme la factura.

No podía darme más igual lo que valiera ese maldito collar. Quería que se fuese todo el mundo, excepto Stella.

Al ver que la directora no se movía, arqueé una ceja.

—¿Quiere que se lo repita? —pregunté con amabilidad antes de echar una ojeada al reloj—. Cuatro minutos, señora Lange.

Por fin captó la sutil advertencia de mi tono y se apresuró.

Al cabo de un par de minutos, todo el equipo se había marchado y lo único que quedó allí de ellos fueron sus huellas.

—¿Debería preocuparme? —El viento llevó la dulce y coqueta voz de Stella hasta mis oídos. Seguía en el agua; sin embargo, ahora que estábamos solos, el hechizo que antes la había dejado sin palabras se rompió—. No pensarás asesinarme aquí en medio ahora que has ahuyentado a todo el equipo, ¿no?

—Me estaban molestando. —Me acerqué a la orilla hasta que llegué a la fina línea que delimitaba la arena seca con su versión húmeda y revuelta por las olas—. Y yo no he ahuyentado a nadie. Simplemente les he pedido que se vayan.

—¿Y qué habrías hecho si no te hubieran obedecido?

De repente, una fuerte brisa le colocó un rizo en la cara. Stella se lo apartó con una mano sin dejar de cubrirse el pecho con la otra.

Aquí, parecía distinta. Sin preocuparse a todas horas por la inminente amenaza del acosador o la cercanía de una familia que le cortaba las alas, Stella irradiaba todavía más luz, parecía más despreocupada y tenía un brillo juguetón en los ojos que resplandecía más que las esmeraldas que le adornaban el cuello.

—Lo habría dejado correr como el caballero que soy.

Incrédula, Stella dibujó dos arcos perfectos con las cejas y a mí se me puso una sonrisa en los labios.

—Pero si tú mismo dijiste que no eres un caballero.

—Esas no fueron mis palabras, sino las tuyas.

—Y tenía razón.

Mi sonrisa se convirtió en una liviana risa; una promesa de que tenía mil formas de demostrarle que estaba en lo cierto.

—Ven aquí, Stella.

31
Christian/Stella

Christian

A pesar de no moverse, un ápice de deseo le ensombreció la mirada a Stella ante mi aterciopelada orden.

—¿Y qué harás si ahora soy yo quien no obedece? —preguntó con un ligero tono de voz.

La electricidad presente en el aire que nos rodeaba se intensificó hasta atravesarme la piel y colarse en mis venas.

Mi sonrisa adoptó un aire más peligroso.

—Tú quédate en el agua y lo descubrirás.

Le daría diez segundos. Si seguía sin moverse, iría a por ella.

Llevábamos cuarenta y ocho horas sin interactuar de verdad y yo ya me moría de ganas de tenerla cerca. Era como un adicto que se muere de ganas de volver a consumir.

Había desestimado la idea de interponer distancia de cualquier tipo entre nosotros. No solo me fascinaba Stella, que era un enigma por resolver. Ahora, la obsesión me parecía algo banal.

Necesitaba a Stella.

—Tienes que trabajar un poco en eso de pedir las cosas *por favor*. Te prometo que no te morirás por hacerlo.

A pesar de su fría observación, Stella por fin se movió. Su figura, alta y esbelta, salió del mar con una elegancia increíble hasta que el agua le fue resbalando por el cuerpo y solo le quedaron unas cuantas gotas diminutas y brillantes en la piel.

Se detuvo delante de mí, tan cerca que incluso olía el aroma a plantas y coco de su crema solar mezclada con la salada caricia del océano.

No creía en el paraíso ni en poder visitarlo en caso de que existiera, pero Stella olía tal y como me había imaginado que lo haría el Edén.

—No puedes prometer algo que no sabes a ciencia cierta, cielo. —Acaricié las joyas que le rodeaban el cuello, calentadas por la luz del sol.

Setenta mil dólares por un momento a solas con ella.

Merecía la pena.

Se le entrecortó la respiración.

—¿Me estás diciendo que nunca has utilizado la expresión *por favor*?

—Nunca me ha hecho falta. Total, la gente siempre hace lo que quiero. —Me vibró el pecho con mi propia risa ante el adorable refunfuño de Stella.

—Debería haberme quedado en el agua y obligarte a decirlo antes de salir. Así te habría enseñado una lección. —Me miró curiosa—. Además, ¿qué haces aquí? Pensaba que tenías que trabajar.

—Ya he acabado. —No lo había terminado todo, pero lo que faltaba podía esperar—. No podía irme sin haber visto el set una vez como mínimo.

—No sé hasta qué punto puede llegar a ser tan interesarme verme aquí quieta haciendo muecas —rio. Se abrazó con más fuerza a sí misma, pero ninguno de los dos hizo ademán de coger su ropa, que seguía doblada encima de una toalla a unos metros de nosotros.

—Podría verte contar los granitos de la arena uno a uno y seguiría pareciéndome más que interesante.

No era un hombre paciente ni tampoco uno de los que llevan bien la inquietud. Por eso me gustaban tanto los rompecabezas; me brindaban la estimulación que necesitaba para seguir cuerdo, porque Dios estaba por testigo de que yo no podía esperar que el resto de la población fuera a mantener mi interés a flote.

Stella era la excepción que confirmaba la regla. Su simple presencia ya me fascinaba más que cualquier monólogo inconexo sobre una película, un viaje o de lo que cojones le gustase hablar a la gente.

Al notar la convicción con la que había pronunciado aquellas palabras, la risa se le fue desvaneciendo hasta que se quedó sin aliento.

—Pero, si quieres que te diga la verdad... —Bajé la mano del colgante y le acaricié la delicada curva del hombro—. No he venido para ver la sesión de fotos.

Fui bajándole la mano por el antebrazo y le entró un sutil escalofrío.

—¿Y entonces por qué has venido? —Su pregunta se alargó en el espacio que nos separaba, ocupándolo todo, como si fuera lo más importante en aquella playa.

—Por ti. —Detuve el recorrido de mis dedos en la suave y desnuda piel de Stella, justo por encima de su codo. Los rayos del sol parecían llamaradas de fuego, pero no eran nada en comparación con las chispas que crepitaban en el aire. Miles de ellas me fueron acribillando la piel hasta dejar a su paso una hilera de fuego que me recorrió el brazo en dirección ascendente hasta colárseme en el pecho—. Baja los brazos, cariño. Quiero verte.

Fue lo más parecido a una súplica que le había dicho a nadie en toda mi vida.

El silencio nos envolvió cual sudario y sofocó todo indicio de ligereza. En su lugar, una sensación más oscura y fibrosa se posó en mis hombros, pesada, mientras aguardaba su respuesta.

La delicada nuez del cuello se le movió al instante mientras ella continuaba aguantándome la mirada.

Su rasgo más expresivo siempre habían sido aquellos ojos claros, como ventanas de color jade que se abrían hacia sus pensamientos más íntimos. Todos sus miedos, todos sus deseos, todos sus sueños e inseguridades.

Por primera vez en mi vida, fui incapaz de descifrar en qué estaría pensando Stella con solo mirarla. Lo que sí podía sentir era la indecisión que la carcomía por dentro.

Desde que firmamos el contrato, habíamos ido avanzando poco a poco para llegar hasta aquí. Sin embargo, ambos sabíamos que, si cruzábamos esa línea, ya no podríamos dar marcha atrás.

Se me ralentizó el pulso para equipararse a aquella interminable espera.

Y entonces, lentamente, muy lentamente, Stella fue bajando los brazos y mi pulso pasó de ir a cámara lenta a poner quinta directamente para acompañar al frenético ritmo de los latidos de mi corazón.

No aparté los ojos de los suyos hasta que se quedó con los brazos a ambos lados; bajo el bronceado de la piel, estaba un poco sonrojada. Y entonces me permití bajar la mirada y disfrutar de las vistas que tenía delante.

Unos pechos firmes y suntuosos se asomaban dejando a la vista unos dulces pezones marrones que me moría por probar. Delicadas curvas y elegantes miembros que caían y se erguían bajo capas de una luminosa piel como si fueran un mapa que guiaba hacia un cielo al que yo nunca tendría acceso. Y un diminuto trozo de tela blanca que cubría su zona más íntima.

La polla se me puso dura como una roca mientras en mi pecho se iba despertando una bestia que no paraba de gruñir y decirme que agarrara a Stella y la marcara hasta que todo el mundo tuviera clarísimo a quién pertenecía.

A mí.

Stella fue respirando de forma superficial y se removió bajo mi escrutinio. Era evidente que no estaba acostumbrada a ver a alguien mirándola fijamente durante tanto tiempo; sin embargo, cuando intentó volver a taparse, le agarré la muñeca y se lo impedí.

—No. —El deseo hizo que la voz me sonara aún más áspera—. No hace falta que te tapes delante de mí.

—No... No estoy... —Volvió a tragar saliva con fuerza—. Nadie me había visto así desde hace un tiempo —admitió vergonzosa.

La feroz llama de posesividad que me quemaba en el interior se volvió un millón de veces más incendiaria que cuando había pillado a Ricardo mirándola después de la sesión de fotos.

Era consciente de que habría estado desnuda delante de otros hombres, igual que era consciente de que quería despellejarlos a todos vivos y dejar que se descompusieran bajo aquellos ardientes rayos de sol por haberse atrevido a mirar a Stella siquiera.

Nunca nadie se merecería tenerla.

—Define *un tiempo* —le ordené perezosamente sin esconder el peligroso tono que acompañaba mis palabras.

Los ojos le brillaron con cautela.

—Años.

La bestia que habitaba en mi interior se despertó por

completo y ahora quería más. Quería saber cómo se llamaba cada maldito hombre que había tocado a Stella a lo largo de su vida para poder hacerle una agradable visita.

Tuve que tirar de todas mis fuerzas, pero logré reprimir ese deseo.

Estaba llevando a Stella al límite y no quería desperdiciar nuestro último día en Hawái pensando en personas insignificantes.

A lo mejor yo no había sido el primer hombre con el que hubiese estado, pero me aseguraría de ser el último.

Porque, cuando la consiguiera, no pensaba dejarla marchar.

—Ya veo. —Mi voz recuperó su tono aterciopelado—. ¿Y cuándo fue la última vez que alguien te tocó así, Stella?

Le apreté el pecho, amasándole la piel con la palma de la mano antes de acariciarle el pezón con el pulgar. Se le endureció enseguida, cogió una bocanada de aire y sonreí.

—No... No me acuerdo.

Cuando mi tacto se volvió más áspero y le pellizqué el pezón con más fuerza, ella volvió a tomar aire con más ímpetu todavía y unas perlas de sudor le recorrieron la frente.

Levantó la mano y me agarró la muñeca.

—Christian...

Mi nombre sonó como una dulce y jadeante súplica en su boca, pero surtió el mismo efecto que un pistolazo de salida.

Una sola palabra bastó para que mi deseo se liberara de sus cadenas.

Quería tragarme el sonido de mi nombre al salir de su boca y ver si sabía tan dulce como parecía cuando lo pronunciaba ella o si era sucio y lascivo, igual que el pecado convertido en un acto verbal. Es más: quería hundirme en Stella, pintarla con mi semen y follármela con tanta vehemencia que dejase la caída de los ángeles a la misma altura que un juego de niños.

Yo nunca iría al cielo, pero eso me daba igual siempre y cuando ella gobernara a mi lado en el infierno.

Stella había nacido para ser mi reina.

Aquellos imponentes acantilados se alzaban alrededor de la playa con sus escarpadas paredes desgastadas por el clima. Empotré a Stella contra una de esas escarpaduras y ella ahogó un grito.

Polla y pulso me palpitaban al unísono. Le colé un dedo debajo de la tira de las bragas del bikini, tiré con fuerza y se las arranqué.

Un distorsionado gruñido se me arremolinó en el pecho al ver que ya estaba húmeda y reluciente para mí. En contraste con aquella oscura roca, Stella, con su sinuoso cuerpo y su tez morena, parecía una diosa mística. Las joyas que le envolvían el cuello estaban justo donde a mí me hubiese gustado que estuvieran mis manos; adorándola, acariciándola, adueñándome de ella.

Mis pulsaciones se fueron intensificando hasta convertirse en lo único que oía y veía.

Quería arrodillarme y venerarla con la boca. Tocarla; saborearla; hundirme en ella, joder.

Todas mis fantasías y la necesidad que sentía se apoderaron de mí a la vez, pero ya habría tiempo para todo eso más adelante.

Ahora que por fin la tenía en mis manos, no pensaba precipitarme.

—Joder, Mariposilla, estás empapada. —La lujuria le dio un tono irreconocible a mi voz mientras yo le hundía la mano entre las piernas. Stella echó la cabeza hacia atrás, apoyándola en la pared, y se le escapó un gemido en cuanto empecé a jugar lentamente con su hinchado clítoris, frotándoselo en círculos hasta que sus fluidos me cubrieron los dedos—. ¿Te gusta? ¿Eh? ¿Te gusta estar abierta de piernas mientras te follo con la mano en un lugar donde puede verte cualquiera?

Aunque nadie vería nada. Y, de lo contrario, me encargaría de cargarme a dicha persona antes de que pudieran irse con el recuerdo de haberla visto desnuda grabado en la memoria.

Stella era mía y solo mía.

Jadeaba con tanta fuerza que el sonido que se le escapaba de la boca casi me impedía oír el rugido de mi propio pulso.

Nunca había perdido el control mientras follaba. Mis encuentros previos habían sido algo transaccional, el medio para correrme y nada más.

Con ella, aún no habíamos ni empezado y yo ya estaba a punto.

—Te he hecho una pregunta, Stella. —La sedosidad de mi argumento traicionó el cruel juego al que estaba jugando con su excitación, llevándola al límite y parando justo antes de que pudiera estallar—. Responde.

—Yo... —Di en un punto particularmente sensible y empezó a jadear descontroladamente—. No...

—Respuesta errónea. —Le agarré el cuello con la otra mano para inmovilizarla contra aquella rocosa pared mientras le separaba todavía más las piernas con la mía. Seguí ejerciendo presión con el pulgar en el clítoris y le colé un dedo en su estrecha y húmeda hendidura.

Cuanto más me hundía en ella y cuanto más gemía Stella, acariciándome la piel con su aliento, más ardían las llamas de deseo en mi interior.

Quería tragarme cada uno de sus gemidos y sentir cada uno de sus suspiros contra mis labios hasta consumirla y hacerla mía de todas las malditas formas posibles.

—Te lo volveré a preguntar. —Le metí el dedo hasta el fondo y se lo fui sacando lentamente, haciendo que gimiera aún más fuerte de lo que lo había hecho hasta entonces—. ¿Te gusta que te folle con los dedos al descubierto como a una buena putita?

Stella se retorció. Su cuerpo estaba revelándose ante aquella arremetida de sensaciones, pero la tenía agarrada con tanta firmeza que sus esfuerzos fueron en vano.

—Sí —admitió en un ahogado sollozo—. Por favor... Oh, Dios...

Echó la cabeza hacia atrás de nuevo mientras yo le iba sacando les dedos y le acariciaba el clítoris con el pulgar y en círculos lentos antes de volver a metérselos.

Stella no era de las que gritaban, pero sus pequeños gemidos y la forma en que respiraba y aguantaba el aire eran lo más sexi que había oído en mi vida.

Se retorció contra la pared, con los ojos cerrados y la boca entreabierta, mientras gemía sin cesar. Se sujetaba a las rocas con una mano y, con la otra, me agarraba el pelo con tanta fuerza que casi dolía.

La lujuria llenó el aire con tanta densidad que hubiese bastado con un sutil roce para encender una cerilla con el fuego de nuestro deseo.

Diminutas perlas de sudor que nada tenían que ver con el calor tropical nos resbalaban por la piel, y la naturaleza en estado puro que nos rodeaba —el viento que me acariciaba la espalda y el océano a solo unos pasos de donde nos encontrábamos— no hacían sino intensificar aquel erotismo.

Ese instante no tenía nada de artificial. Era real y genuino y tan jodidamente perfecto que solo quería que nos quedáramos aquí para siempre. Al traste los quebraderos de cabeza que teníamos en Washington.

—Grita para mí, cariño. —Le metí otro dedo dentro para abrirla un poco más. Tenía la polla dolorida, muerta de ganas de tomar el relevo de mis manos. Estaba a puntísimo de perder el control y Stella ni siquiera me había tocado—. Enséñame lo mucho que te gusta.

El húmedo y obsceno sonido de mis dedos entrando y saliendo de su hendidura me decían todo cuanto necesitaba saber, pero yo quería oírla a ella.

Quería que se dejara llevar.

Stella empezó a gemir más fuerte, pero siguió reprimiéndose y los músculos se le tensaron debido al esfuerzo que estaba haciendo.

—Por favor... —lloriqueó—. No... No puedo...

—Déjate llevar, Stella. —Le rocé la oreja con los labios—. Si te digo que grites es porque quiero que lo hagas, joder. O te pondré bocabajo y te azotaré el culo hasta que me supliques que te deje chillar.

Una traviesa aunque sorprendida sonrisa se abrió paso entre mis labios al notar cómo se le contraía el sexo alrededor de mis dedos ante aquella amenaza.

Aceleré el ritmo de mis embestidas y bajé la cabeza para meterme su pezón en la boca.

Gemí.

Stella sabía tan bien como me había imaginado. Era dulce, perfecta y estaba hecha solo para mí.

Le lamí, chupé y acaricié la punta del pezón hasta que se le puso duro como un diamante. Luego hice lo propio con el otro pecho y fui alternando entre uno y otro, lamiéndoselos y chupándoselos como si estuviera muerto de hambre.

Quería más y más.

Notar su sabor en la lengua era jodidamente paradisíaco. Tenía un sabor sedoso y adictivo; era como si me hubieran inyectado lujuria en vena.

Fui cerrando los dientes con cuidado alrededor de sus pezones, le pegué firmes lengüetazos en la punta y tiré de ellos mientras le presionaba el clítoris.

Se quedó un segundo en silencio y sin aliento y, luego, por fin cedió.

Su gritó llenó el aire mientras se corría con un orgasmo que la envolvió de pies a cabeza y que incluso noté cómo retumbaba en mi cuerpo.

Levanté la cabeza haciendo caso omiso del apremiante dolor que sentía en la ingle para poder ver el aturdimiento que se le había dibujado en la cara.

—Buena chica —murmuré apartándole la mano.

Nos quedamos en aquella misma posición mientras Stella recobraba el aliento. Ella permaneció con la espalda anclada a la pared y yo, inclinado encima de ella cual escudo protector.

Volvió a desviar aquellos soñolientos ojos verdes hacia mí. Parecía tan inocente y satisfecha que tuve la sensación de que una mano de hierro me oprimía el corazón.

—Bésame. —Su susurro me envolvió la piel y me acarició los músculos hasta prender fuego a cada poro de mi piel.

No debería. Era mejor para los dos.

Hacer que se corriese era una cosa. Besarla, otra completamente distinta.

Podía ser el dueño de todos sus orgasmos. Podía hundirme en ella para sentir cómo temblaba mientras se rendía ante mí. Pero ¿besarla? Besarla despertaría una parte de mí que había enterrado y mantenido escondida desde hacía tiempo.

Besarla no sería tan solo darle un beso. Sería mi puto fin.

Confundida ante mi vacilación, a Stella se le ensombreció la mirada. Y aquella milésima de segundo de oscuridad me mató.

Se había pasado la vida sintiendo que sus seres más cercanos no la querían.

Yo no podía hacer que se sintiera igual.

Y menos aún porque la necesitaba más que el aire para

respirar. Porque preferiría amputarme un brazo antes que negarle algo a Stella.

Mi muro de resistencia se derrumbó cual castillo de arena un día de marea alta.

Me maldije en voz baja antes de gruñir, agarrarle el pelo con fuerza y estampar mi boca contra la suya.

Antes había comparado el amor a la droga, pero Stella era mi mayor subidón.

Una tentación sin salida.

Una obsesión sin final.

Una adicción sin remedio.

Stella

Christian besaba tal y como me había imaginado: apasionadamente y dominante, con un toque de sensualidad que suavizaba su vertiente más despiadada.

Cualquier beso que me hubieran dado antes se convirtió en sucedáneo. Sentir la boca de Christian Harper unida a la mía fue como una revelación.

Los garrotes de defensa que me había construido alrededor del corazón se vinieron abajo.

Su sabor y la forma en la que me agarró por la nuca hicieron que todo me diera vueltas. Y cada entrecortada inhalación y cada exhalación en forma de suspiro fue como un intercambio de partes que ni siquiera sabía que tenía.

Me acercó a él y fue desnudándome capa a capa hasta que solo quedé yo.

Sin muros ni máscaras.

Por primera vez en mi vida, me sentí libre.

Lo agarré por el pelo justo en el mismo momento en que él me pasó las manos por debajo de los muslos para levantarme sin separar sus labios de los míos. En un acto reflejo, le envolví la cintura con las piernas y, al notar su imponente erección en el estómago, sentí un escalofrío.

El sexo me daba un poco igual. Las experiencias que había tenido hasta la fecha no habían sido para tirar cohetes y solo lo había hecho porque tenía la esperanza de llegar a entender, algún día, de dónde salía tanto revuelo.

Pero, en ese preciso instante, solo pude pensar en si Christian sería tan bueno en la cama como lo era con los dedos.

Si te digo que grites, es porque quiero que lo hagas, joder. O te pondré bocabajo y te azotaré el culo hasta que me supliques que te deje chillar.

Al acordarme de sus palabras, el fuego me corrió ávido por las venas.

Christian me paseó la lengua por los labios, pidiéndome que volviera a dejarla pasar, y obedecí. Exhalé de placer y mi suspiro se coló en su boca cuando noté cómo me acariciaba la nuca con el pulgar mientras me devoraba con tanta ferocidad que me resultaba imposible discernir dónde acababa yo y dónde empezaba él.

Sabía a calor y a especias; una combinación tan adictiva que podría pasarme el resto de mi vida alimentándome exclusivamente a base de él.

Me mordisqueó el labio inferior y sonrió cuando ahogué un grito, sorprendida. Una punzada de dolor intensificó el placer que sentía en ese momento.

—Has sido tú quien me ha pedido que te bese, Stella. —La áspera voz de Christian hizo que sintiera cierto cosquilleo en el estómago—. Y yo beso así.

Aquellas palabras me abrasaron como llamas ardientes.

Le mordí el labio inferior. Tiré de él con dulzura. Y luego se lo solté.

—Justo como a mí me gusta —contesté.

El gemido que se le escapó a Christian me hizo sonreír. Yo no solía ser así de osada, pero me encantaba saber que podía hacer perder el control a Christian Harper.

—Me vas a matar. —Levantó una mano y me acarició la mejilla con el pulgar. Las penumbras de su mirada se fueron asomando hasta ensombrecerle los ojos—. Jamás deberías haber dejado que te besara, Stella. Porque una sola vez no me basta, joder.

Sus palabras y el roce de su mirada me hicieron sentir más calor que aquel sol tropical.

—¿Quién ha dicho que tenga que ser solo una vez?

Gimió de nuevo y volvió a besarme, rudo y hambriento, como si llevara días sin comer.

La deliciosa caricia de su lengua con la mía avivó, de nuevo, una punzada en mi entrepierna y todo desapareció. Solo sentía el calor de su piel, la velocidad a la que me latía el corazón y la firmeza de su tacto.

Nunca había deseado a nadie como deseaba a Christian, y la presión de mis pechos desnudos contra su torso me hicieron ser plenamente consciente de qué decisión había tomado al bajar los brazos para dejar que me viera.

Había antepuesto el riesgo a la seguridad. El deseo a la comodidad.

Y no me arrepentía.

No era por las palabras malsonantes ni por los deseos pecaminosos. No era por cómo me había follado con los dedos o por cómo me había agarrado por el cuello.

Era por cómo me había besado y por cómo me había hecho sentir ese beso, como si pudiera ser la más pura versión de mí misma.

Suspiré de placer ante el hábil control de la boca de Christian.

Podría quedarme ahí para siempre, envuelta en sus brazos en una playa recóndita, pero al final el aire se fue volviendo cada vez más frío y el sol empezó a ponerse, dejando a su paso las largas sombras de nuestros cuerpos.

—¿A qué hora es la fiesta de clausura? —murmuró.

Aquella pregunta atravesó la neblina que me encapotaba la mente.

Ostras. Casi se me había olvidado que tenía la fiesta de Delamonte; era un evento que ponía fin a las sesiones de fotos.

—Eh... —Me puse a buscar entre mi confusión hasta dar con la respuesta—. A las ocho.

—Ya son casi las siete. —Me apretó la cadera con el pulgar y añadió—: Deberíamos volver pronto.

—Claro. —Intenté que no se me notara la decepción mientras volvía a dejarme en el suelo.

—Debe de encantarte este vestido —dijo mientras me ponía el bañador y luego el vestido que había elegido para ir al set. Se trataba de una prenda blanca de algodón con limones dibujados y era una de mis favoritas—. Te lo has puesto cinco veces desde que empezó la primavera.

Sentí que me revoloteaba el aliento en el pecho antes de que se me escapase un sorprendido suspiro.

—No sabía que te fijaras en lo que me pongo.

—Me fijo en todo lo que tenga que ver contigo.

Esta vez, el aliento no se me quedó bailando por el pecho. Abandonó mi cuerpo directamente. Se me escapó una sonrisa que fui incapaz de contener y sentí cierta sensación de ligereza y mareo que me podría haber hecho levitar ahí mismo de no ser porque la presencia de Christian me mantenía amarrada a su lado.

No respondí, pero esa euforia me acompañó hasta el hotel.

Sin embargo, a la que empecé a prepararme para la fiesta, aquella ligera sensación se fue disipando lentamente hasta dejar un hueco en mi mente donde se fueron colando dudas como insectos carroñeros.

Había besado a Christian.

Christian, mi novio falso.

Christian, el hombre que me había dicho alto y claro que no creía en el amor.

Christian, el que me había prendido el corazón en llamas a pesar de que mi subconsciente me avisara de que aquel fuego me destrozaría si no me andaba con cuidado.

No solo lo había besado, sino que le había pedido que me besara después de dejar que me guiara hacia un orgasmo en plena playa en mitad de un viaje de trabajo.

Pero ¿¡qué había hecho!?

Por eso no deberían dejarme a solas con mis pensamientos. Porque se cargaban todos los momentos mágicos que vivía a base de sobreanalizarlo todo en exceso.

Me puse los pendientes.

«No pasa nada. No pasará nada.»

—Estás preciosa.

Se me detuvo un segundo el corazón. Me di la vuelta y, cuando vi a Christian apoyado en el marco de la puerta mirándome mientras me arreglaba, todas esas dudas retrocedieron hasta quedar escondidas en las sombras de mi mente.

El ligero calor que le brillaba en los ojos fue avivando diminutas hogueras que me envolvían la piel mientras los recuerdos de lo que habíamos hecho antes desfilaban por el espacio que nos separaba como si tuvieran vida propia.

Si no nos hubiésemos ido de la playa...

—Gracias —respondí en un tono de voz más ronco de lo habitual. Volví a darme la vuelta, de cara al espejo, y me aparté el pelo del cuello—. ¿Me subes la cremallera?

El pulso me latía con la misma fuerza que sus pasos al cruzar la habitación.

—Adoro cómo te queda este vestido. —Me paseó la mirada por el vestido de seda que me había puesto y fue como si me acariciara una corriente eléctrica.

«Respira.»

—Pensaba que tú no decías estas cosas —bromeé.

—Tienes razón. No he elegido la expresión correcta. —Cristian me acarició la espalda mientras me aguantaba la mirada a través del espejo—. Porque la adoración, como el amor, es algo ordinario. Mundano. Y tú, Stella... —El suave sonido de la cremallera llenó el aire mientras él la subía con una delicadeza exquisitamente tormentosa.

Me quedé sin aliento tanto por la sensualidad de su movimiento como por la intimidad de las palabras que estaba a punto de decirme.

—Tú eres extraordinaria.

32
Stella

La fiesta de Delamonte debería haber sido la guinda del pastel del viaje. La forma perfecta para celebrar todo lo que habíamos logrado en los últimos tres días.

Sin embargo, me pasé toda la velada pensando en lo ocurrido por la tarde.

El recuerdo de mi beso con Christian se quedó conmigo hasta la hora de los postres, al igual que el fantasma de su tacto. Había bastado que me subiera la cremallera del vestido para hacer que sintiera muchísimo más de lo que había sentido al acostarme con cualquier otro hombre.

Me había forzado en no pensar más en eso durante la cena. Sin embargo, cuando volvimos a entrar en la habitación y la puerta se cerró detrás de nosotros, aquella sensación de calor volvió a mí.

No habíamos cruzado ni una palabra desde que había terminado la cena, pero los simples nervios de pensar en lo que podría pasar me raspaban la piel cual despiadada caricia.

La disnea llenó el aire mientras Christian echó a andar hacia la cómoda, y su esbelta y poderosa figura atravesó la oscuridad como si fuera una afilada hoja cortando un trozo de seda.

La sangre me rugió en los oídos y me impidió oír cualquier cosa que no fuera el propio latido de mi corazón y el sutil sonido de sus movimientos.

—Supongo que no tienes ningún otro compromiso esta noche —dijo en un tono relajado. Sin embargo, cuando se dio la vuelta, sus ojos desprendían tanto calor que pensé que aquella pura intensidad me abrasaría allí mismo.

Se quitó los gemelos con una lentitud y una precisión deliberadas mientras nos aguantábamos la mirada como si tuviésemos los ojos unidos por una corriente eléctrica. Se me secó la boca.

Manos ásperas. Ojos del color del whisky. «Contrólate.»

—No.

Mi propio susurro hizo que se me endurecieran los pezones; tanto que incluso me dolió.

Intenté coger aire y expulsarlo, pero los pulmones apenas me reaccionaban.

—Bien. —Clinc. Clinc. El eco de los gemelos al caer contra aquella bandeja plateada en medio de la oscuridad me provocaron ciertas pulsaciones en la ingle—. Quítate el vestido, Stella.

Esa orden, pronunciada con un tono falsamente amable, se cargó el oxígeno que quedaba en la habitación y prendió fuego a todos los poros de mi piel.

Empecé a respirar de forma superficial.

Ahí estaba.

La encrucijada.

Podía elegir el camino seguro y decirle que no podía dejar la cautela a un lado y hacer lo que tanto mi cuerpo como mi corazón me estaban pidiendo a gritos que hiciese.

Le aguanté la mirada a Christian mientras me llevaba un brazo a la espalda.

Al cabo de un segundo, el vestido me cayó a los pies, formando un charco de seda blanca en el suelo.

Ni sujetador ni accesorios. Solo las braguitas y un corazón que latía demasiado rápido.

A Christian no le cambió la expresión.

Me tenía ahí, delante de él, desnuda, y habría pensado que Christian estaba impasible de no ser por sus ojos. Mientras fue acortando la distancia que nos separaba, sus negras pupilas se tragaron el color ámbar habitual de su mirada. Cuanto más se acercaba, más ardía yo.

—Dime. —La minúscula caricia de su dedo en mi cadera fue suficiente para que se me disparara el pulso—. ¿Quieres sexo y ya o quieres que te folle? —me preguntó marcando bien las últimas tres palabras.

La forma en la que había dicho *que te folle* hizo que se me tensaran los muslos sin que yo pudiera evitarlo. Sonó igual de lóbrego que el ronroneo de un depredador que juega con su presa para que esta le suplique que se la coma antes de abalanzarse sobre ella.

La única diferencia era que yo no me sentía como una presa.

Tenía poder de elección. Y nunca me había sentido tan poderosa.

Mis fluidos empezaron a amontonarse en mi entrepierna. Estaba tan húmeda que sentía cómo me resbalaban por la piel; aun así, seguía estando medio tentada a inclinarme hacia la opción más segura. Enrollarnos y basta, sin tener que desvelar nada más acerca de mí, a excepción de mi cuerpo.

Mi mente estaba librando una batalla conmigo para poder tomar el control de la situación.

¿Quieres sexo y ya o quieres que te folle?

Llevaba muchísimo tiempo aprisionando mis deseos, pero a lo mejor ya había llegado el momento de dejarlos en libertad.

Yo no quería besos dulces y caricias suaves.

Quería piel y sangre. Quería arañarle la espalda con las uñas y acabar con moratones en las caderas.

Quería órdenes. Correrme. Desinhibirme.

Lo quería todo.

—Quiero que me folles —respondí en un susurro casi inaudible.

—No te oigo. —Me acarició la humedad por encima de las braguitas y yo eché mano de todas mis fuerzas por no gemir ante tan deliciosa fricción.

La vergüenza y la lujuria se apoderaron de mí a partes iguales.

—Quiero que me folles —repetí.

Esta vez lo dije con más fuerza, con más seguridad, pero no fue suficiente.

—Más alto, Stella. Dímelo —me mandó con un tono de voz más severo y unas palabras desalmadas—. Dime qué quieres.

Hizo presión en el clítoris con el pulgar, con un tacto tan despiadado como sus órdenes. Una sensación incandescente se me esparció por el cuerpo y se deshizo de toda la vergüenza que pudiera tener.

—¡Quiero que me folles! —Aquellas palabras salieron de mí cual explosión, brutas y sin filtro. Y, ante la necesidad que me provocó la caricia de su pulgar, gemí.

Sonrió como un monstruo peligrosamente seductor que te promete todo tipo de actos obscenos y pervertidos.

—Ya decía yo.

Me arrancó las bragas de golpe y empotró su boca en la mía, tragándose el grito que casi suelto y el gemido que le siguió cuando me agarró el pelo con tanta fuerza que incluso se me humedecieron los ojos.

Aquel fuerte tirón descendió hasta mi sexo como si ambos puntos estuvieran unidos por un cable de alta tensión. El cuero cabelludo me latía al mismo ritmo que el clítoris y tenía la mente tan nublada por el deseo que ni siquiera me di cuenta de que nos habíamos movido hasta que acabé con la espalda en la cama.

Me quedé mirando cómo Christian se quitaba la ropa apresuradamente y dejaba sus musculados y anchos hombros al descubierto, así como una sexi V que le bajaba hasta la...

Dios-mío.

Se me secó la boca de inmediato cuando le vi la polla. Larga, gruesa y dura, y con unas perlas de líquido preseminal que le resplandecían en la punta. La tenía tan grande que me tensé involuntariamente con solo pensar cómo sería tenerla dentro.

El colchón se hundió bajo su peso. Christian volvió a acariciarme el clítoris haciendo círculos y apretándolo hasta que lo tuve hinchadísimo y yo estaba ya muerta de ganas, pidiendo más.

—¿Cómo quieres que te folle, Mariposilla? —Me metió un dedo sin apartarme el pulgar del clítoris y fue hundiéndolo más hondo por momentos. Sus eróticas manipulaciones me encendieron cada vez más y tuve ganas de gemir—. ¿Tumbada bocarriba y bien abierta o a cuatro para poder notar cómo mi polla te llena cada centímetro de ese estrecho coñito?

Si no hubiese estado tan aturdida por la neblina de la lujuria, quizás me hubiese sentido avergonzada ante aquellas obscenas palabras. De todos modos, estaba ida a más no poder, y Christian era el único hombre con el que había fantaseado realmente.

Representaba todas aquellas cosas lúgubres que no deberían pronunciarse ni en susurros y cada uno de los actos impúdicos que tanto había anhelado yo en secreto.

—De las dos formas. —Me coló otro dedo y los fue sacando y metiendo; yo gemí más todavía. Al principio, sus movimientos fueron lentos; luego fue adoptando una velocidad más y más rápida hasta dar con un ritmo que hizo que todo me diera vueltas—. Y tan duro como puedas.

Oí cómo gruñía y, a continuación, me ordenó bruscamente:

—Ponte a cuatro patas.

Obedecí. El frescor del aire me acarició el sensible sexo mientras me daba la vuelta y me ponía en posición. Estaba chorreando; los fluidos me resbalaban por los muslos y seguramente ya habría empapado las sábanas incluso antes de que empezásemos.

Oí cómo se rompía un trozo de plástico antes de notar el calor corporal de Christian envolviéndome. Me agarró el pelo con una mano y la cadera con la otra con la fuerza digna de un moratón.

—Recuerda... —Me echó la cabeza hacia atrás hasta que su boca quedó al lado de mi oreja y dejé escapar un pequeño grito. Colocó la punta de la polla en mi resbaladiza hendidura y casi gemí de las ganas—. Me has pedido que te lo haga duro.

Me soltó el pelo y me empotró contra la almohada antes de hundirse dentro de mí con una única y fuerte embestida.

Solté un pequeño quejido. Estaba lo suficientemente húmeda como para que me entrara con facilidad, pero la tenía tan grande que por poco dolía.

Dolor y placer libraron una batalla en mi interior a la vez que se me humedecían los ojos y mis músculos internos cedían a más no poder.

—Joder, qué estrecho lo tienes. —Gruñó, esta vez con un sonido más gutural—. Eso es, cariño. Aguanta.

Christian me agarró enérgicamente por las caderas e

hizo presión con ambos pulgares en la curva de mis nalgas, acariciándomelas en movimientos circulares mientras yo intentaba adaptarme a su tamaño con todas mis fuerzas.

Mi respiración se volvió jadeante. Estaba llena de una forma que jamás habría creído posible; sin embargo, el dolor fue amainando poco a poco y al final dio paso a una deliciosa presión.

Dejé de apretar tanto los dientes y se me escapó un sutil gemido.

Hice presión hacia Christian, desesperada y en busca de más.

Más fricción, más movimiento, más de lo que fuera.

Rio por la nariz.

—Buena chica —dijo en voz baja.

Y entonces dio otro empellón. Esta vez, lo hizo con tanta ferocidad que me quedé sin aliento.

Me quedé anonada ante tan explosiva invasión y me estremecí. Un oscuro placer se apoderó de mí y Christian empezó a moverse de nuevo sin que me diera tiempo de recuperar el aliento.

Continuó sujetándome la cadera con una mano y, con la otra, me presionó la nuca, hundiéndome aún más la cara en la almohada.

Manos ásperas.

Empellones salvajes.

Un ritmo severo y carnal que me arrancaba un gemido tras otro de la boca.

—Estar dentro de ti es una puta pasada, joder —gruñó Christian—. Es como si tu vagina estuviera hecha para mí. Toda ella.

La sacó, dejándome solo la punta dentro; se detuvo un segundo y luego dio otro brusco empellón. Y así una y otra vez hasta que el cabezal fue chocando contra la pared y ahogó mis amortiguados gritos y gemidos.

Christian continuó penetrándome sin piedad mientras yo seguía con la cara estampada en una almohada empapada de lágrimas y babas. Me había quedado hecha polvo y lo único que me mantenía en pie era aquel placer sobrecogedor y unas diminutas punzadas de dolor.

No era sexo y ya. Era la pura descripción de follar duro... y era exactamente lo que yo necesitaba.

Los tíos con los que me había acostado anteriormente me habían tratado como si fuera una muñeca de porcelana en la cama. Tenían buenas intenciones; sin embargo, mientras nos enrollábamos, me había sentido tan excitada con el sexo como me habría sentido yendo a ver un partido de golf.

A mí no me gustaba lo dócil. Yo quería pasión en su forma más casta. Quería la desinhibición que se sentía con el placer y el saber que, sin importar de dónde saliera ese placer, podía confiar en la persona que me lo proporcionaba y en que no iba a hacerme daño.

Porque, por más brusco que fuera Christian, yo jamás me había sentido más segura.

Cuando me agarró el pelo de nuevo y volvió a echarme la cabeza hacia atrás, se me escapó otro quejido.

—Me estás dejando la polla empapada de tanto chorrear, cariño. Mírate. —Me pasó el pulgar por mi sudada mejilla. Estaba superpringosa, con la cara empapada en lágrimas y temblando de tanta lujuria—. Eres un ángel a punto de correrte porque te estoy follando como a una puta.

Al oír sus palabras, una descarga eléctrica me sacudió de arriba abajo.

—Por favor... —sollocé—. Necesito... No... Por favor...

No sabía ni qué le estaba pidiendo. Si que dejara que me corriese ya, que me diera más duro o que no terminara nunca.

Lo único que sabía era que Christian era el único que podía dármelo.

—¿Por favor qué? —Siguió sujetándome el pelo con una mano y bajó la otra en busca de mi sensible sexo.

—Por favor, necesito...

Me pellizcó el clítoris y mi respuesta se convirtió en un grito ronco. A mi cerebro le había dado un cortocircuito y tenía el cuerpo saciado de un placer tan intenso que, por una mera cuestión de instinto, hice ademán de apartarme rápidamente.

Solo conseguí separarme un poco. Christian enseguida volvió a tirar de mí.

—Como vuelvas a intentarlo, te azotaré con tanta rudeza que no podrás ni sentarte. —Me dio un azote de advertencia en la nalga y chillé. Luego levantó la mano y me agarró por el cuello—. Quiero sentir cómo te corres con mi polla dentro, Stella. —Me apretó más aún el cuello con cada palabra que dijo.

Solo fui capaz de responder con una serie de gemidos ininteligibles. La necesidad que se me arremolinaba bajo la piel me había dejado sin voz y estaba amenazando con descoserme entera hasta que solo quedaran las ruinas de quien había sido una vez. De aquella persona que siempre había seguido los patrones, la que tanto miedo tenía de ir a por lo que verdaderamente quería, la que no se había atrevido a verbalizar en voz alta qué era aquello que deseaba.

Esa persona se había deshecho bajo el tacto de Christian y no quería que regresara a mí.

Cerré los ojos y visualicé mentalmente la obscena imagen que debería describirnos en ese momento. Yo, a cuatro patas, con la cabeza echada hacia atrás y la espalda arqueada mientras Christian me embestía por detrás. Él, agarrándome con una mano por el cuello y con la otra, por el pelo. Y una sutil marca rojiza de cuando me había azotado el culo...

Una ola de calor me descendió espalda abajo y fue creciendo cada vez más hasta que al final exploté en un sinfín de brillantes destellos que se me colaron en las venas y fueron prendiendo fuego a cada una de mis terminaciones nerviosas hasta que estas acabaron consumiéndome entera.

Oh, Dios. Con razón la gente ponía el sexo por las nubes. Si se suponía que siempre tenía que ser así...

Aún seguía aferrándome a lo que quedaba de mi orgasmo cuando, de repente, Christian me dio la vuelta para colocarme bocarriba. Con un brazo a cada lado de mi cuerpo, me rozó los labios con su boca mientras ralentizaba los empellones hasta convertirlos... no en algo del todo delicado, pero sí más liviano. Más sensual.

—Aún siento cómo se te contrae la vagina alrededor de mi polla. —Me agarró el pecho y me acarició el duro pezón con el pulgar—. Igual de increíble como me había imaginado.

Me besó; esta vez con más ímpetu. Su boca buscaba la mía desesperadamente y sus manos se paseaban por mis zonas más erógenas mientras me follaba para ayudarme a alcanzar otro orgasmo.

—Aquí —jadeé cuando dio en un punto en mi interior que me hizo encoger los dedos de los pies. Me agarré a él con las piernas abiertas para que pudiera hundirse tanto como fuera posible—. Más fuerte. Por favor, que... ¡Ah, Dios...! —Christian aceleró el ritmo; mis gemidos se volvieron más agudos y el temblor que anunciaba un segundo clímax me atravesó entera. Primero fue más bien lento y luego, cuando Christian me pellizcó el pezón y me penetró con la misma fuerza que al principio de la noche, estallé.

Grité con todas mis fuerzas mientras un sinfín de olas de placer se apoderaban de mí.

Sentí cómo se le estremecía y le palpitaba el pene en mi interior antes de que él también soltase un gruñido y se corriese. Sin embargo, una euforia tan intensa se había apoderado de mí que superaba cualquier otra sensación que pudiese sentir. Duró lo que me pareció una eternidad y, al final, me desplomé sudada encima de la cama.

Por una vez en mi vida, las voces que habitaban en mi subconsciente guardaron silencio. Estaba flotando en una nube de alegría poscoital y quería quedarme así para siempre. Sin dudas, sin inseguridades y sin sobreanalizarlo todo. Solo quería sentir mi sutil y entrecortada respiración y la presión que ejercía la boca de Christian en mi piel mientras me recorría el cuello y el torso a besos. La suavidad de su tacto era completamente contraria a la brutalidad de su forma de follar, pero era tan placentero que no lo cuestioné.

Me colocó de lado y me acarició el culo con una mano. Casi ronroneé de satisfacción. Sus fuertes dedos me amasaron cada uno de los músculos hasta que me convertí en una especie de masa sin huesos.

—Lo has hecho muy bien —murmuró—. Has sido muy buena chica. —Sus palabras me envolvieron cual suave manto e hicieron que otra llama empezara a chisporrotearme en el vientre.

Supongo que eso era lo que les sucedía a aquellas chicas que, de pequeñas, siempre habían buscado la aprobación de los demás. Que les gustaba que las alabaran.

—Deberíamos hacerlo cada noche —respondí soñolientamente. Había tenido un día largo y, por más que me apeteciera repetir ya mismo, estaba tan cansada que a duras penas podía mantener los ojos abiertos—. Es mejor que el yoga.

Christian rio con un sonido sordo y suave que emanó satisfacción masculina.

—No se me ocurre mayor cumplido. —Fue subiendo

hasta quedar a mi lado y me besó la cabeza—. Si quieres convertirlo en tu nueva rutina nocturna, no pienso oponerme en absoluto.

—Mmm. —Cerré los ojos y me acurruqué más cerca de él.

Por más tierno que fuera ese instante, una parte de mí era plenamente consciente de que Christian y yo acabábamos de adentrarnos en un terreno pantanoso en nuestra relación; algo nuevo y arriesgado. Y, a pesar de que mi instinto de supervivencia estaba haciendo todo lo posible y más para que me saltaran las alarmas, yo misma sabía perfectamente que ya no había vuelta atrás.

33
Christian/Stella

Christian

Stella estaba soñando. Lo sabía por cómo se le encorvaban los labios y por los sutiles ruiditos que hacía al dormir.

Me preguntaba en qué estaría soñando y si dicho sueño tendría que ver conmigo.

De lo contrario, sería inaceptable.

Con cuidado, le di un beso en el hombro y le pasé el brazo por la cintura, posesivo.

En el infierno o en el cielo, en sueños o en la vida real, Stella era mía.

Y yo no compartía, joder.

Se estremeció y se le escapó un pequeño y adorable bostezo antes de que agitara los párpados, abriera los ojos y me mirara.

—Buenos días.

Al oír su tímida voz, sonreí.

—Buenos días, Mariposilla. ¿Has soñado algo bonito?

—Mmm... —asintió mientras se estiraba y se acurrucaba más cerca de mí.

—¿Y qué has soñado?

—No me acuerdo muy bien. ¿Algo de un barco? Hace tiempo que quiero empezar un diario de los sueños, pero siempre se me olvida.

Preferí no preguntar qué era una diario de los sueños.

—Y, en tu sueño, ¿estabas sola? —pregunté como quien no quiere la cosa.

—Mmm... Ahora que lo dices, sí que había alguien más en el barco. Pelo oscuro, piel morena, un poco mayor que yo, pero muy muy atractivo...

Una sonrisa socarrona se me coló en los labios.

Y entonces chasqueó los dedos.

—Ya me acuerdo. ¡Ricardo!

Le di la vuelta, le puse los brazos encima de la cabeza y se los sujeté así. Stella rio.

—¿Te hace gracia? —gruñí a pesar de la sonrisa que amenazaba con dibujárseme en la cara al ver cómo le brillaban los ojos.

—Yo solo estaba diciendo las cosas como son —bromeó—. No me digas que tienes celos de un sueño. No te veía como uno de esos tíos que se vuelven empalagosos después de acostarse con alguien.

—Ya te lo dije, Stella. Me pongo celoso de todo cuando te concierne a ti. —Noté la presencia de algo oscuro y posesivo en el pecho—. Y no fue solo sexo, cojones.

El sexo era una transacción; algo que la gente hacía para pasar el rato y para correrse y destensarse. El sexo estaba al alcance de cualquiera. Pero no había nadie en el mundo que pudiera destrozarme y volver a reconstruirme como lo hacía ella.

—Era broma, cascarrabias. —Stella levantó la cabeza y me plantó un beso en los labios—. No me acuerdo de lo que he soñado, pero seguro que tenía que ver contigo.

—Solo lo dices para que me sienta mejor —me quejé.

Hizo una mueca con los labios.

—¿Funciona?

—No. —A pesar de mi respuesta, se me relajaron los hombros y le solté las muñecas a la vez que dejaba que su risa se me colase en el pecho.

Pensaba que, a estas alturas, Stella ya habría perdido su lado misterioso. Que, después de llevar dos meses viviendo juntos, ya me habría cansado de ella y habría pasado página. Sin embargo, cuanto más la conocía, más espacio ocupaba en mi interior.

Stella era un estudio de contraste; el enigma más fascinante con el que me había cruzado jamás: fuerza y vulnerabilidad, calma y caos, inocencia y desenfreno. La mujer cuya dulce sonrisa amansaba a la fiera que vivía dentro de mí era la misma que la desataba con sus gritos y sus súplicas, pidiéndome más; pidiéndome que la cogiera y la hiciera mía.

Stella Alonso se había apoderado de mi mundo y ahora no había vuelta atrás. Ahora solo existía un «antes de Ella» y un «después de Ella».

Nos quedamos ahí, envueltos por un cómodo silencio, hasta que Stella volvió a hablar:

—Ojalá pudiéramos quedarnos más tiempo. —Su melancólico suspiro me llegó al corazón—. No quiero volver a Washington todavía. Ni siquiera he explorado la isla; me he pasado todo el rato con lo de Delamonte.

—Pues quedémonos.

Tomé aquella decisión sin pensarlo siquiera. Por lo visto, mi piloto automático estaba dándole a Stella todo cuanto ella quisiera.

Y yo esperaba que nunca nadie fuera a descubrir mi debilidad. Sería catastrófico, tanto para mí como para ella.

Abrió los ojos como platos, ilusionada, y luego negó con la cabeza.

—No podemos. Tienes que ir a trabajar, y ya llevas tres días fuera.

Tenía que trabajar y también tenía más cosas por hacer. Tenía un puto lío con el que lidiar inmediatamente.

Una parte fría y racional de mí insistía en que regresara hoy mismo a Washington, tal y como había planeado desde un principio. Quedarme en Hawái era la peor decisión que podía tomar, y yo no había construido aquel imperio a base de malas decisiones.

Pero era la primera vez que Stella estaba en Hawái y, a pesar de su protesta, pude ver cómo le brillaban los ojos, llenos de esperanza. Ella se moría de ganas de quedarse y yo prefería perder un imperio que verla triste pudiendo impedirlo.

Los susurros de los secretos que había guardado todo este tiempo y de las mentiras que había dicho hasta entonces se abrieron paso en mi interior, pero los aplasté.

—Es fin de semana —señalé—. Ya volveremos el lunes. Dos días más no harán daño.

«Eso espero.»

Se le iluminó la expresión.

—Vale. Si insistes...

Stella empezó a enumerar todas las cosas que quería hacer y a mí se me dibujó una indulgente sonrisa en los labios.

Anoche, aquel beso en la playa...

Estaba decidido. No volvería a negarme lo que realmente quería.

Y, por más que hubiese intentado negarlo hasta la fecha, eso era justamente lo que había querido desde el primer día en que la conocí. Tenerla en mis brazos, sana y salva, que fuera feliz y que fuese mía.

No obstante, por más que ahora todo fuera increíble, era consciente de que, cuando Stella descubriese la verdad me odiaría.

Por eso no podía enterarse nunca.

Stella

Como solo teníamos un par de días para descubrir Kauai, Christian y yo intentamos embutir tantas actividades como fuera posible en nuestro itinerario.

Hacer senderismo, navegar al atardecer, ir en helicóptero, visitar museos locales y playas recónditas... Lo hicimos todo.

Nos despertábamos al alba y volvíamos al hotel después de cenar. Una vez allí nos pasábamos horas explorándonos el uno al otro con tanto detenimiento como lo hacíamos con la isla.

Fuera lento y suave o duro y fuerte, el sexo con Christian era una explosión tanto física como emocional.

Sin embargo, el último día nos limitamos a hacer algo más sencillo, ya que Christian tenía una reunión con la Junta y tuvimos que marcharnos a primera hora de la mañana.

Yo no sabía qué era eso «más sencillo» porque, según Christian, era una sorpresa, pero me picaba la curiosidad. Él mismo se había ocupado de organizar el itinerario porque ya había estado antes en Kauai, y hasta ahora lo había hecho genial.

—¿Esta era la sorpresa? —Miré la Harley que había aparcada justo a nuestro lado mientras Christian me ponía el casco—. Jamás te habría tomado por un motero. Tiene un punto sexi.

Más que sexi. Christian vestido con una simple camiseta de manga corta blanca y unos vaqueros era devastador. Pero no solo por la ropa.

Dos días de relax bajo el sol le habían quitado esa máscara que tan cuidadosamente había creado y habían desvelado al hombre encantador y gracioso que se escondía debajo. Y yo quería aferrarme a él tanto tiempo como fuera posible.

—¿Solo un punto? —Arqueó una de sus oscuras cejas mientras se subía a la moto. El motor rugió y la adrenalina me corrió por las venas.

—No podré saberlo a ciencia cierta hasta que vea cómo conduces —respondí solemnemente—. Así que sí, un punto.

—¿Y tú me hablas de conducir? —Arqueó aún más la ceja—. Mariposilla, ayer casi chocas con nuestro guía.

Si es que ya sabía yo que no lo dejaría correr.

—No fue culpa mía —resoplé—. ¡Salió de la nada!

Christian apretó los labios y tardé un segundo en darme cuenta de que estaba conteniéndose las ganas de reír.

—A mí no me hace gracia. —Me subieron los colores. Puede que no fuera la mejor conductora del mundo, pero al menos lo intentaba—. Me sabía mal que tuvieras que conducir siempre tú; por eso me ofrecí... ¡Deja de reírte!

—Yo nunca me reiría de ti —contestó con una sonrisa en los labios—. Aunque tampoco volvería a subirme a un coche contigo al volante.

—Retiro lo dicho. —Me subí a la moto y, con la frente arrugada, me abracé a Christian por la cintura—. No eres para nada sexi.

—No importa. —Rio y le temblaron los hombros mientras arrancaba y nos alejábamos del hotel—. Estoy convencido de que podré hacerte cambiar de opinión.

—Permíteme que lo dude —musité. El viento se tragó mis palabras mientras Christian aceleraba entre las carreteras rodeadas de árboles de la isla.

Tardamos veinte minutos en llegar a nuestro destino. Se trataba de una playa apartada en la costa norte. Y, a pesar de que ya casi se había puesto el sol, no había nada ni nadie a excepción de un precioso pícnic organizado en la arena.

Almohadas, cojines y mantas rodeaban una mesa baja que estaba cubierta con un mantel de seda blanca. Unas diminutas velas titilaban al lado de una botella de vino y los platos de una suntuosa cena.

Inhalé sorprendida.

—¿Cómo...?

—He pedido al hotel que lo organizaran. —Christian sonrió—. Tranquila, se desharán de todo cuando hayamos terminado de comer. No quedará nada de basura por aquí.

—Es precioso.

Se me formó un extraño nudo en la garganta. De repente, estaba asimilando que esa era nuestra última noche en la isla. Desde que llegamos, habían pasado un montón de cosas y yo me había engañado a mí misma haciéndome creer que aquella fantasía podría durar para siempre.

Hawái era de ensueño, pero no podía llevarme un sueño a casa, con nosotros.

¿Qué pasaría cuando regresáramos a Washington? ¿Volveríamos entonces a nuestro *statu quo*?

Era fácil actuar como si fuéramos pareja de verdad mientras estábamos en un paraíso como este, pero es que no éramos una pareja de verdad. Nunca habíamos hablado del tema; además, hoy en día y a nuestra edad, acostarse con alguien no tenía por qué significar nada. Había quien se acostaba con la misma persona durante meses y seguía sin considerar que tuviera una relación cerrada.

Christian y yo nos acomodamos alrededor de la mesa. Aquella cena estaba objetivamente deliciosa, aunque apenas la probé porque estaba demasiado ocupada imaginándome qué ocurriría cuando bajáramos del avión al día siguiente.

Hasta que al final no pude seguir callándomelo.

Detestaba romper la magia del momento, pero o hablábamos del tema, o la incerteza se me comería viva toda la noche.

«¿Estamos saliendo? ¿O somos más bien amigos con derecho a roce? ¿Quieres seguir con lo que sea que tengamos ahora cuando volvamos a Washington?»

Me puse a pensar en todas las formas posibles de abordar el tema, pero su respuesta me aterrorizaba tanto que no fui capaz de optar por ninguna de las primeras opciones.

Así que, en lugar de eso, elegí la alternativa de los cobardes.

—Gracias por estos últimos días. Era justo lo que necesitaba. —Hundí los dedos de los pies en la arena y me quedé con la vista clavada en la mesa—. Se nos da bastante bien esto de hacer de pareja falsa, ¿eh?

Al pronunciarlas, aquellas palabras me quemaron la garganta como si fueran ácido.

—De pareja falsa, pero con beneficios —añadí con la esperanza de aligerar un poco el aire que, de repente, se había vuelto tenso.

Miré un segundo a Christian. Su expresión parecía de granito, pero en sus ojos ardía algo oscuro e intimidante.

—¿De pareja falsa? —La sedosidad de su voz me envolvió el cuello como si fuera una capa de hielo.

Sentí un escalofrío, pero continué:

—Era lo que habíamos acordado. Que nos hayamos dado cuatro besos y nos hayamos enrollado no cambia nada.

No era tan ingenua como para pensar que, solo por haberse acostado conmigo, Christian fuera a querer algo más aparte de echar un buen rato. Habíamos cedido y dejado que ocurriese algo entre los dos, pero eso no significaba que él tuviera ningún tipo de compromiso conmigo.

Conocía a mucha gente que había acabado con el corazón roto por dar por hecho cosas que no eran, y me negaba a que me ocurriese lo mismo.

—Conque no cambia nada, ¿eh? —preguntó con un tono más grave más peligroso—. Y, entonces, ¿qué significan esos cuatro besos y que nos hayamos enrollado para ti?

Algo en mí me decía que no debía responder, pero me aventuré de todos modos. Mi instinto de supervivencia nunca había sido mi mayor virtud con Christian alrededor.

—Una fantasía. Nada de esto es real. —Señalé la playa—. No lo ha sido nunca. Estar en Hawái es como estar soñando, pero este sueño terminará mañana y quiero que todo quede claro antes de que regresemos a Washington. Tú mismo lo dijiste. —El nudo que sentía en la garganta se hizo aún más grande—. No crees en el amor.

A pesar de la aversión que yo misma sentía hacia las relaciones, en el fondo era una romántica empedernida.

Cuando diera con la persona correcta, quería lanzarme de cabeza a ese gran amor, ese que todo lo puede. El tipo de amor que había llevado a Alex a irse a vivir a otro país por Ava; el que les había dado a Bridget y a Rhys el valor para oponerse a un país entero, y el que había transformado años de enemistad entre Josh y Jules y los había convertido en algo maravilloso.

Ese tipo de amor existía. Lo había visto con mis propios ojos.

Pero Christian no creía en todo esto y, por más que me desease, no tenía las ganas suficientes de estar conmigo como para cambiar una creencia tan arraigada.

Los hombres como Christian Harper no cambiaban por nadie.

—El amor no tiene nada que ver con esto. —La dureza de su respuesta me dio la razón.

Noté el amargo sabor del desengaño.

—Justo.

—Fuiste tú quien me dijo que no me enamorase de ti, Stella. ¿Te acuerdas? —Me atravesó los ojos con la mirada.

—Sí. Lo dije en serio. —Resistí la tentación de juguetear con el collar como hacía cada vez que estaba nerviosa. Era una manía que tenía, y seguro que Christian ya se había dado cuenta—. Y lo ratifico.

Porque si Christian se enamoraba de mí, dudaba que yo consiguiera no enamorarme de él.

Y tenía la sensación de que el amor, con él, no sería ni fácil ni tierno. Sería catastrófico.

—Entre lo del acosador, que me mudara a tu casa y este viaje, se ha complicado todo demasiado —le conté al ver que él no decía nada—. Las normas iniciales del acuerdo que tenemos están empezando a desdibujarse. Quizás deberíamos quedar con más gente para no...

No me dio tiempo a terminar la frase porque me estampó la boca en los labios y me besó con una ferocidad desesperada y dulce que me recorrió de arriba abajo.

—Dime... —Me agarró por la nuca—. ¿A ti esto te parece falso?

No. Y ese era el problema. Que me parecía demasiado real, al igual que la posibilidad de que me acabase rompiendo el corazón.

—Quiero dejar unas cuantas cosas claras. —Los labios de Christian rozaron los míos con cada palabra que pronunció—. Como toques a otro tío, será hombre muerto. Como dejes que otro tío te toque, será hombre muerto. Como me digas que no puedo tocarte... —me agarró por la nuca con más fuerza todavía y sentenció con un tono aún más grave—: El que morirá seré yo.

Sentí un punzante dolor en el pecho.

—Christian...

—El amor no es más que una palabra. —La intensidad de lo que estaba diciendo me dejó sin aliento—. Y esto no va de palabras. Va de nosotros. ¿Acaso crees que cambiaría mi horario entero para volar a Hawái en medio de una semana llena de trabajo por cualquiera?

—Es un lugar muy bonito —respondí de forma poco convincente.

—Me parecía que era evidente, pero por si no lo es, que sepas que eres mía, Stella. —Su tacto me marcó la piel con una ardiente posesividad—. No quiero quedar con otras mujeres y ni falta hace decir que no quiero, ni de puta coña, que quedes con otros tíos —anunció poniendo un gélido énfasis en la palabra *tíos*—. Eres mía y solo mía. No hay mundo ni tiempo paralelo donde esto no sea así.

Sentía que me escocían los ojos de emoción, pero conseguí sonreír a pesar de tener el corazón en un puño.

—Christian Harper, ¿me estás pidiendo salir?

—Sí. —Simple. Inequívoco. Real.

Resultaba casi cómico que alguien como él pudiera hacer algo tan mundano como pedirle salir a una chica, pero no por eso dejé de sentir mariposas revoloteándome por el estómago o de revivir los dos últimos meses en mi mente.

Teóricamente, nuestra relación había sido falsa; sin embargo, la forma en la que Christian me había cuidado, cómo me había apoyado y cómo había confiado en mí no tenían nada de falso. Ni tampoco había nada de falso en cómo me sentía cuando estaba con él, como si pudiera ser realmente yo y él fuera a quererme de todos modos, con mis imperfecciones y todo lo demás.

—Bueno... —Christian me acarició los labios con la boca—. ¿Qué me dices, Mariposilla? ¿Quieres darle una oportunidad de verdad a nuestra relación?

No debería. Había un sinfín de cosas que podían salir mal, pero ¿no era eso lo que ocurría con cualquier riesgo que la gente estuviera dispuesta a tomar?

Quien no arriesga, no gana.

Por una vez en la vida, desconecté la parte extremadamente analítica de mi cerebro y seguí a mi corazón.

—Sí. —Simple. Inequívoca. Real.

Noté su sonrisa en los labios antes de que volviera a besarme. Y esta vez fue un beso más dulce, más tierno.

Nunca pensé que fuera a asociar el adjetivo *tierno* con Christian, pero es que no dejaba de sorprenderme.

Me fundí en él y dejé que su sabor, su tacto y las últimas horas de nuestro sueño me llevaran a un lugar donde no había cabida para las preocupaciones.

Estaba acostumbrada a estar sola. Incluso cuando estaba rodeada de gente había una parte de mí que se aislaba hasta tal punto que era como si me viera desde fuera, como si estuviese viendo una película de mí misma en lugar de estar viviendo mi propia vida.

Nunca había sido de nadie ni nunca nadie había sido mío. La idea de que ahora no fuera así me parecía emocionante y aterradora a partes iguales.

Sin embargo, más aterradora me resultó la idea de pensar que no me importaba ser de Christian.

No me importaba en absoluto.

34
Stella

Christian y yo estábamos saliendo oficialmente. Se me hacía extraño y no solo porque fuera algo que jamás pensé que ocurriría, sino porque, para el resto del mundo, todo seguía igual. Para la sociedad en general, llevábamos juntos desde el principio.

Tras regresar a Washington, subí las fotos de Hawái. Tal y como ya me había imaginado, nuestras fotos como pareja tuvieron muchísimo éxito. Yo seguía actualizando mi cuenta de Instagram, pero ahora tenía que dividir mi atención entre eso y mi propia marca de moda.

Las únicas personas que sabían que nuestra relación antes del viaje a Hawái era falsa éramos Christian, yo y mis amigas, quienes recibieron la noticia mucho menos sorprendidas que cuando solté la bomba inicial.

Según Jules, se trataba de algo «inevitable» porque decía que había quedado claro por la forma en la que babeamos mirándonos el uno al otro en la fiesta de inauguración de su casa.

Christian y yo tuvimos nuestra primera cita real una semana después de haber vuelto de Hawái. Llevamos al otro a nuestro lugar favorito de Washington: en mi caso, el Jardín Botánico de Estados Unidos y, en el de Christian, el Eastern Market.

Me corrijo: en el de Christian, un puesto en concreto del Eastern Market.

—¡Señor C.! —Al vendedor se le iluminó la cara con una sonrisa desdentada al ver a Christian—. ¡Me alegra volver a verle! Y qué buena compañía trae. —Me guiñó un ojo—. ¿Qué hace usted con un ogro como él?

Señaló a Christian con el pulgar y este sacudió la cabeza.

—La belleza no lo es todo. —Le acaricié la mano a Christian—. Tiene otras cualidades.

El vendedor rio y mi nuevo novio suspiró exasperadamente, aunque en los ojos le brillaba un ápice de humor.

—Stella, te presento a Donnie. Aspirante a cómico y un ebanista excepcional. —Señaló un puzle que había en la mesa—. Es la única razón por la que aguanto a este vejestorio.

—Este vejestorio sabe más que tu dedo meñique —le contestó Donnie.

Me quedé mirando sus mercancías con una sonrisa en los labios.

—Son in-cre-í-bles.

En la mesa estaban expuestas las piezas de carpintería más elaboradas que había visto jamás: veleros, biombos en miniatura, una selección de puzles asombrosos...

—Gracias —respondió Donnie enorgullecido—. Ahora que estoy jubilado, me distraigo con esto.

Christian y yo seguimos charlando un poco con Donnie hasta que este tuvo que atender a otros clientes. Al final compramos un par de puzles para Christian y un conjunto de pulseras para mí.

—Yo diría que nuestra primera cita ha sido todo un éxito. —Balanceé mi bolsa mientras andábamos hacia un restaurante que había por la zona para cenar.

—Claro que lo ha sido. La he organizado yo.

Me quedé boquiabierta.

—¿Hola? ¿Se te ha olvidado que antes hemos ido al Jardín Botánico? La hemos organizado los dos.

—Sí, pero quien se ha pasado el día conduciendo he sido yo.

—¡Esto no tiene nada que ver con la organización!

Le tiré ligeramente del brazo y Christian rio.

Dejando de lado su pesada manía de atribuirse el mérito de las citas que habíamos organizado entre ambos, Christian era un novio genial. A veces era un tanto impreciso y malhumorado —sobre todo cuando tenía un día muy estresante en el trabajo—, pero, por lo general, solía ser considerado y me apoyaba mucho.

Me había trasladado a su habitación y había convertido el cuarto de invitados en un armario atiborrado de cosas. Christian trabajaba desde casa un par de veces por semana para que pudiéramos pasar más tiempo juntos y, a pesar de que en dichas ocasiones cada uno iba a su bola (él se pasaba el día en el ordenador y yo organizando mi marca de ropa), me gustaba tenerlo cerca.

En fin, que no podría haber pedido una relación de verdad más perfecta.

Aun así, después de nuestra primera cita, dejé que pasaran un par de semanas más antes de pedirle a Christian si le apetecía acompañarme a visitar a Maura.

Jamás pensé que algún día invitaría a alguien para que fuera a verla conmigo y me ponía nerviosa con solo pensarlo. ¿Y si a Maura no le caía bien Christian? ¿Y si a él no le gustaba ella? ¿Y si Maura se agobiaba y...?

«Para. Irá bien.»

Nos detuvimos delante de la puerta de su cuarto. Cogí aire profundamente e intenté que se me ralentizara mi acelerado pulso.

—Es aquí. —Le pasé el tembleque que habíamos traído a Christian—. Llévalo tú. Me da igual que no te guste el postre. Tienes que ganártela.

—Y yo que pensaba que bastaría con mi encanto —respondió sujetando el postre sin queja alguna.

—Me da a mí que no. —Giré el pomo—. A los hombres no les resulta tan fácil cautivarla.

Aunque, cómo no, Christian fue una excepción.

Maura lo adoró y no solo porque le diera aquel tembleque, aunque eso también ayudó.

Christian entró en la habitación cual príncipe azul, le dio el postre, la alabó y le hizo un cumplido acerca del collar que llevaba. En menos de diez minutos ya parecía que se conocieran de toda la vida y estaban riéndose de una broma que había hecho Christian.

Yo me los quedé mirando boquiabierta.

Maura estaba teniendo un muy buen día y parecía realmente animada, pero aun así... Me resultaba desconcertante verlos intimar de esa forma tan rápidamente cuando incluso yo misma tenía que animarla un poco cada vez que la visitaba.

No tenía del todo claro si debía sentirme feliz de ver que se caían tan bien o contrariada de que se llevara mejor con él que conmigo.

—Hoy haremos rompecabezas —nos contó Maura—. Me gustan los rompecabezas. ¿Y a ti te gustan? —Entrecerró los ojos y se quedó mirando a Christian, como si su respuesta fuera a determinar si podían seguir siendo amigos o no.

A él se le ensanchó la sonrisa.

—Me encantan.

—¿Cuáles te gustan?

—Todos. Los crucigramas, los puzles, los criptogramas...

—A mí los que más me gustan son los puzles —lo interrumpió Maura—. Son... —Dudó un segundo y vi que estaba intentando dar con la expresión adecuada.

Miré a Christian mientras el reloj seguía avanzando. Estaba esperando a que Maura continuara hablando sin una pizca de molestia o impaciencia en el rostro.

Sentí cómo se me acomodaba una ola de calor en el estómago y cómo se me expandía por el pecho.

—Son gratificantes —terminó Maura con lentitud y titubeante, como si estuviera meditando si aquella era la palabra justa—. Me gusta ver que las piezas encajan y que todo cuadra.

Christian se la quedó mirando con una expresión indescifrable.

—Sí —dijo en voz baja—. Así es.

Había visto a Christian Harper interactuar de muchas formas distintas en los últimos tres meses, pero ¿verlo hoy aquí sentado? Me parecía completamente plausible que acabase enamorándome de él.

Pestañeé para deshacerme de aquella indeseada emoción y sonreí de oreja a oreja.

—Maura, ¿quieres salir al jardín a pasear? Hace un día precioso.

Se le iluminó la cara.

—Sí, por favor.

—*Milady* —dijo Christian ofreciéndole el brazo.

Estaba haciéndole la pelota, pero Maura soltó una risita genuina y aceptó su ayuda. En todos los años que hacía que conocía a Maura, nunca jamás la había visto reír nerviosamente.

In-cre-í-ble.

Christian debía de tener la suerte del diablo de su parte.

—¿Y cómo os conocisteis? —me preguntó mientras paseábamos por el jardín de rosas. Era su favorito, y parábamos cada medio metro para que pudiera admirar aquellas suntuosas flores.

—Pues... —Casi le cuento la historia que nos habíamos inventado con Christian, pero me decanté por algo un poco más parecido a la realidad. No me parecía adecuado mentirle—. Vivimos en el mismo edificio y tenemos algunos amigos en común. Yo tuve algún que otro problemilla y Christian me ayudó.

—Anda. Qué amable por su parte —señaló Maura mientras le acariciaba la mano a este—. Eres todo un caballero. Se te nota.

Christian sonrió, me miró por encima de Maura y arqueó una ceja.

Puse los ojos en blanco, pero me resultó imposible contener la sonrisa.

Por más insufrible que fuera luego Christian, tras haber encandilado a Maura sin esfuerzo alguno, me encantaba que se llevasen bien. No había nada que me estresara más en el mundo que ver que la gente a la que quería no paraba de discutir.

Por eso me había afectado tanto esa cena con mi familia. Entre lo de Hawái y mi línea de moda, me había mantenido lo suficientemente ocupada como para no pensar en ello, pero aquella noche todavía me perseguía.

Aunque me negaba a ser yo quien cediera primero. Si mi familia quería hablar conmigo, ya sabían dónde encontrarme.

Maura, Christian y yo estuvimos paseando por los jardines hasta que Maura se cansó y regresamos a su cuarto.

—Me gusta —me confesó cuando Christian fue al baño—. Es muy atractivo. Y encantador.

Me la quedé mirando.

—No será... ¿que te ha dado un flechazo?

Rio por la nariz.

—¡Por supuesto que no! Soy demasiado vieja para estas cosas. Además, solo tiene ojos para ti.

Me sonrojé.

—No creo que...

—Lo digo en serio. —Tosió y cogió la taza de té—. Este chico no... no... —Le temblaron las manos mientras se acercaba la taza a la boca. Casi se la había llevado ya a los labios cuando se le resbaló y, al caer, se rompió en cientos de pedazos.

Maura se quedó boquiabierta y ojiplática, con una mirada de enfado que me resultaba familiar.

—No pasa nada. No importa —me apresuré a decir—. Es solo una taza. Le pediré a las enfermeras que...

—¡No es solo una taza! —Se le aceleró la respiración—. Está rota y... y... —Miró alrededor de la habitación.

—No pasará nada. —Me acababa de dar un vuelco el estómago, pero mantuve un tono calmado. Maura se estaba poniendo cada vez más nerviosa y, cuando esto ocurría, era prácticamente imposible tranquilizarla sin tener que sedarla—. Llamaré a las enfermeras; ellas se encargarán de limpiarlo. Están...

—De camino —terció Christian. Ni siquiera lo había oído entrar, pero atravesó el cuarto en dos zancadas y se arrodilló delante de Maura—. Tienen más tazas en la zona común, y también tienen puzles. ¿Le apetece que hagamos uno juntos?

Maura seguía asustada, pero se le fue ralentizando la respiración hasta recuperar un ritmo casi normal.

—¿Un puzle?

—Sí, un puzle —anunció Christian—. El más nuevo que tengan. Usted será la primera persona en hacerlo.

—Eh... Sí. Me gustan los puzles. —Maura dejó de agarrarse con tanta fuerza al apoyabrazos del sillón—. Una vez hice un puzle de un caniche. Yo antes tenía un caniche. Es mi raza favorita...

Se fue por las ramas, charlando sobre cuáles eran las mejores y peores razas de perros, mientras Christian la guiaba hacia la zona común.

Yo los seguí con un nudo en la garganta.

—Gracias —le dije cuando Maura ya estuvo felizmente sentada con su té y su puzle—. Por... —Señalé hacia el pasillo donde se encontraba la habitación de Maura—. Y por haberme acompañado.

—Se me ocurren peores formas de pasar el día. —Christian entrelazó los dedos con los míos y apoyamos las manos en su regazo—. Gracias por haberme invitado.

Miré nuestros dedos, entrelazados, y no pude evitar que se me ensanchara tanto el corazón que casi me costó hasta respirar.

«Me he metido en un buen lío.»

Aquella noche, después de haber ido a visitar a Maura, Christian y yo acudimos a nuestro primer evento de negocios como una pareja de verdad.

Era consciente de lo que significaba eso, a pesar de que el acontecimiento me aburrió muchísimo. Era una reunión sobre tecnología y me pasé la mayor parte del tiempo sonriendo, asintiendo y fingiendo que me importaba lo que me contaba la gente mientras Christian hacía contactos.

—La Unión Europea nos está matando con tantas leyes —se quejó un hombre—. ¡Esto es insostenible!

Christian le respondió y yo contuve las ganas de bostezar.

La normativa sobre tecnología no era ni la mitad de interesante que las crías de tortuga.

Mientras el otro soltaba una perorata sobre una nueva ley que acababan de aprobar, apoyé una mano en el brazo de Christian y le susurré al oído:

—Voy al baño. Enseguida vuelvo.

Él asintió y yo me escabullí antes de que tuviera que oír una queja más sobre la Unión Europea.

Como no había gente esperando para ir al baño, aproveché para retocarme el pelo y el maquillaje y para revisar las notificaciones del móvil. Mis seguidores no dejaban de aumentar, pero ahora lo hacían con más disimulo que al principio de nuestra «relación».

Aunque ya no me importaba tanto como antes. Haber llegado al millón de seguidores me había facilitado el trabajo a la hora de conseguir colaboraciones con grandes marcas, pero también me había servido para darme cuenta de que, a nivel personal, aquella cifra tampoco significaba tanto.

Guardé el móvil en el bolso de mano y salí del baño.

Cuando ya casi estaba llegando donde se encontraba Christian, sentí un escalofrío en la nuca. Reconocía aquella sensación; era la que tenía cada vez que alguien me estaba observando.

Levanté la cabeza de inmediato y estudié frenéticamente la sala para ver si veía algo —o a alguien— sospechoso.

Nada. Solo un montón de gente vestida de traje despotricando sobre las últimas leyes regulatorias y presumiendo de la capitalización bursátil de sus empresas.

«Son paranoias tuyas. El acosador no está aquí. Es un acontecimiento priva...»

Alguien me agarró por el culo y me lo estrujó con fuerza. Quise gritar, pero no pude.

Me di la vuelta de inmediato y me quedé mirando atónita al tío que tenía delante, mirándome lascivamente.

Me guiñó un ojo y se fue por mi lado, sin prisa, como si no acabara de meterme mano en medio de un evento profesional.

Yo estaba demasiado aturdida como para decirle algo antes de que se fuera.

A pesar de que dicha interacción duró menos de un minuto, fue suficiente para hacerme sentir envuelta en una capa de suciedad de la cual no podría deshacerme jamás.

—¿Qué ocurre? —Christian enseguida notó que me pasaba algo.

Como estaba de espaldas, no había visto lo ocurrido. El hombre con el que había estado charlando también se fue y nos dejó a solas.

—Nada. —Me retorcí un poco ante su escéptica mirada—. Alguien me ha toqueteado cuando volvía del baño.

Christian se quedó de piedra.

—¿Quién? —preguntó con un tono calmado y casi placentero de no ser porque algo en su voz hizo que un frío ártico se me colara bajo la piel.

Mi cuerpo traicionó a la voz de mi subconsciente que me decía que no se lo dijera.

En un acto reflejo, desvié la vista hacia la barra, donde el hombre que me había manoseado estaba sentado al lado de una mujer que parecía poco interesada en él.

Christian me siguió la mirada.

—Ya veo. —No le cambió la expresión, pero un presentimiento me recorrió la espalda de arriba abajo, frío y escamoso como si de una serpiente se tratase.

Algunas personas se calientan al enfadarse. A Christian le ocurría justo lo contrario. Cuanto más callado estuviese, más debía preocuparse quien tuviera alrededor.

—Tampoco hay para tanto —dije nerviosa. No quería que hiciera algo que fuera a meterlo en problemas o de lo que fuese a arrepentirse más adelante—. Solo pasaba por aquí y me ha tocado un momento. No hace falta montar un numerito.

—No montaré ningún numerito. —Con una expresión imposible de descifrar, Christian dejó su copa de champán vacía en una mesa que había por ahí cerca—. De hecho, ya no tengo nada más que hacer aquí. ¿Qué te parece si nos vamos?

Asentí y suspiré en silencio, aliviada. «Gracias a Dios.» Entre esas aburridas conversaciones y el capullo que no había podido esconder las manos en el bolsillo, estaba más que dispuesta a dejar aquello atrás.

Sin embargo, mientras salíamos del edificio y nos dirigíamos hacia el coche de Christian, tuve la impresión de que la persona que me había hecho saltar las alarmas hacía un rato nada tenía que ver con el hombre que me había metido mano. Se trataba de alguien completamente distinto.

35
Christian

La puerta se cerró con un sutil clic tras de mí.

En medio del silencio que reinaba en mi oficina satélite, sonó igual que un disparo.

El hombre que había sentado ahí dentro se sobresaltó y se dio un golpe en la rodilla con el escritorio mientras se volvía para mirarme.

Le reconocía de la noche anterior; lo había visto en aquel evento sobre tecnología. Se trataba de un emprendedor de bajo rango que había conseguido que lo invitasen a la reunión.

Lo había dejado aquí esperando solo porque no me preocupaba que fuera a robarme ni a espiar nada. Reservaba mi oficina satélite para... conversaciones más desagradables. Además, allí no tenía nada, a excepción de los cuatro muebles básicos de oficina.

—Llevo media hora esperando —anunció haciendo referencia a algo que era jodidamente obvio, como si yo no supiese ya qué hora era.

—¿De veras? —Me importaba una mierda el tiempo que hubiera estado esperando. Frank Rivers era de los que se aprovechan de los demás. Como si tenía que esperarse dos horas, si así se me antojaba—. Lo siento.

Anduve hacia mi escritorio y me senté delante de él.

Me lo quedé mirando en un silencio sepulcral. Paseé mi imparcial mirada por su pelo, cada vez más escaso, y por su hortera camisa de color verde. La americana le tiraba un poco demasiado a la altura de los hombros y le brillaba una pátina de sudor en el labio superior.

—¿Sabe por qué he pedido que nos reunamos? —le pregunté como quien no quiere la cosa.

—No. Su hombre no me dijo nada. —Frank miró a su alrededor. Le había pedido a Kage que lo trajera y, si todavía hubiera quedado algo de diversión en mi interior, su evidente nerviosismo me hubiese resultado incluso gracioso—. Supongo que tendrá que ver con mi nuevo negocio. —Se le ensanchó un poco el pecho.

—Su nuevo negocio.

Se desinfló.

—Sí. Eh... Pensaba que quería hablar de negocios. Ofrecerme sus servicios de seguridad.

Esta vez sí que me reí, aunque falto de humor.

No le ofrecería servicios de seguridad a Frank Rivers ni aunque me pagara mil millones de dólares y se brindara a limpiarme el culo cada día durante el resto de mi vida.

—No. No quería verlo para eso. —Abrí el cajón de mi escritorio—. He oído que es usted un entusiasta del *whisky*.

Se le iluminó la cara, sorprendido, pero luego pareció más bien confuso.

—Así es...

—Yo también. —Cogí aquella peculiar caja negra con letras doradas del cajón.

A juzgar por la marcada inhalación de Frank, la reconoció de inmediato.

—Yamazaki, *whisky* de malta, veinticinco años —confirmé con una sonrisa—. Me costó veinte mil pavos.

Tenía una botella de Yamazaki de cincuenta y cinco años que me había costado esa misma cifra multiplicada por cuarenta, pero jamás derrocharía algo así en un imbécil como Frank Rivers.

—¿Le apetece? —le ofrecí educadamente.

Frank asintió ilusionado, casi salivando. Abrí la botella y llené un par de vasos que tenía en el escritorio.

Frank se abalanzó sobre el suyo antes siquiera de que yo hubiese tenido tiempo de servir el otro. Ante esa acción, hice una mueca de desprecio.

«Cero modales.» Emily Post estaría revolviéndose en la tumba.

—Una pregunta sí que tengo —dije antes de que se acabase de llevar el vaso a los labios—. Cuando toqueteó a mi pareja en el acontecimiento de anoche, ¿con qué mano lo hizo?

Se quedó helado y empalideció a más no poder.

—¿Qué...? Yo...

—Mi pareja. —Me recosté sin tocar siquiera la bebida—. Alta, morena, de pelo rizado y con un vestido negro. La mujer más guapa de todo el acontecimiento.

—N-no sabía... No sabía que era su pareja. —Aquella excusa tartamudeada fue casi tan patética como las maneras de Frank—. Lo sie...

—No me interesan sus disculpas. Me interesa su respuesta. —El afilado borde de mi rabia atravesó la cordial máscara que llevaba puesta para dejar al descubierto la ira que sentía. La sangre me quemaba más que el ácido con solo imaginarme a ese tío respirando en la misma sala que Stella, por no hablar del hecho que le metiera mano—. ¿Con-qué-mano?

El sudor le manchó la camisa a Frank.

—L-la derecha.

—Ya veo. —Sonreí de nuevo—. Deje la bebida.

Estaba sujetando el vaso con esa misma mano.

—¡Le juro que no lo sabía! Lle-llegué tarde y...

Entorné la vista.

Tras un segundo de vacilación, Frank dejó la bebida con la mano temblorosa. Incluso me atrevería a jurar que oí cómo lloriqueaba.

Mi desprecio aumentó todavía más. «Penoso.»

Esperé a que la palma de la mano de Frank hubiese tocado la superficie de madera de la mesa antes de sacar una daga del cajón y clavársela. Carne y hueso cedieron ante aquella fría y afilada cuchilla de acero como si fueran de mantequilla.

El hombre aulló de una forma inhumana. Su grito retumbó por la sala mientras yo observaba, con el ceño fruncido, cómo la sangre se iba amontonando en mi mesa *vintage* de madera de caoba.

A lo mejor debería haberlo hecho en una superficie menos cara, pero ahora ya era demasiado tarde. Una pena.

Volví a centrar la atención en Frank. Sus ojos rebosaban dolor y se le iban escapando unos jadeantes gritos ahogados de la garganta mientras gotas de sudor le resbalaban por el rostro y le cubrían la cara.

—Cometió usted un error, señor Rivers. —Me incliné hacia delante sin soltar la daga—. Tocó lo que era mío. Y si hay algo que odio en esta vida... —hundí un poco más el arma, dejando que aquel filo serrado le cortara la piel con una lentitud agonizante hasta que los gritos de ese hombre alcanzaron un agudo tono desalmado— es que los demás toquen lo que es mío.

—¡Por favor! Lo siento. Yo... Oh, Dios. —Sollozó de dolor.

El ácido olor a meado inundó el aire.

¡Venga ya! ¡No me jodas! Me habían hecho aquella silla de cuero por encargo.

Apreté los dientes y miré un segundo el reloj. Tenía que ir tirando.

—Como estoy de buen humor, le dejaré la mano intacta. —Podría haber alargado aquella sesión una hora más, pero hoy teníamos noche de tacos con Stella y tenía que ir a comprar los ingredientes antes de llegar a casa—. Pero como vuelta a tocar, mirar o pensar siquiera en Stella otra vez... —Hundí la daga hasta el fondo hasta que lo único que quedó visible fue el mango. Frank se había quedado sin voz de tanto gritar, así que solo se oyó un dolorido sollozo—. No solo le voy a cortar la mano.

Me erguí y guardé silencio un segundo antes de continuar:

—Ay, se me había olvidado que quería usted probar el *whisky*. —Cogí su vaso y lo incliné hasta vaciarlo por completo. El contenido le cayó en la mano que acababa de destrozarle y Frank volvió a gritar tanto que sus chillidos retumbaron por las paredes.

«Mmm... Al final resultará que todavía le queda algo de voz.»

—No se preocupe por pagarme el alcohol que he malgastado —señalé—. Se lo quitaré yo mismo de su cuenta. Argent Bank, número de cuenta 904058891314 número de identificación 087945660, ¿verdad?

Se me quedó mirando con los ojos hinchados y vidriosos a causa de las lágrimas y el dolor.

—Me lo tomaré como un sí. —Le di una palmadita en la mejilla—. Mejor guardemos lo ocurrido entre nosotros, ¿le parece? No me gustaría nada tener que volver a reunirnos.

Ya casi había salido por la puerta cuando me detuve. Una imagen de ese cabrón agarrándole el culo a Stella se me coló en la mente y la ira volvió a subir a la superficie, revuelta como unas gélidas y oscuras olas bajo mi piel.

—He cambiado de opinión. —Me di la vuelta—. Resulta que no estoy de buen humor.

El disparo retumbó en el aire. Frank cayó desplomado en mi escritorio con un agujero negro en la parte trasera de la cabeza y con los ojos abiertos, pero sin vida.

Volví a guardarme la pistola en la chaqueta y salí al pasillo, donde Kage me esperaba apoyado en la pared.

—No me digas que acabas de pegarle un tiro —soltó al verme. Tenía la oficina insonorizada, pero me lo había visto en la mirada—. Menudo follón, joder.

—Me ha cabreado. —Miré la hora. Mierda. La única tienda que vendía la salsa favorita de Stella cerraba en quince minutos—. Encárgate tú de limpiarlo.

—Como siempre —respondió seco.

No todos los trabajadores de Seguridad Harper estaban al tanto de la parte menos legal del negocio, pero Kage había atestiguado suficientes mierdas a lo largo de su vida como para que sus modales tuvieran cierta flexibilidad. Las cosas no eran nunca blancas o negras, y nadie lo sabía mejor que quienes habían vivido en medio de las tonalidades grises.

Cuando ya me iba, hice una parada en el baño para lavarme las manos y asegurarme de que no se me había manchado la ropa de sangre. Luego puse rumbo a la tienda de comestibles.

36
Stella

—Eso es todo. Muchas gracias por su tiempo —dijo Julian.

Acabábamos de terminar la última entrevista para mi perfil en el *Washington Weekly*. A lo largo de las últimas semanas, habíamos ido charlando sobre distintos aspectos de mi vida y hoy habíamos dedicado unos buenos quince minutos a mi marca de moda después de que yo misma lo mencionara de pasada.

Había sido algo extraoficial, porque dudaba que a Delamonte fuera a hacerle demasiada gracia que hablara de mi propia marca cuando se suponía que esta historia iba sobre ellos, pero es que me hacía muchísima ilusión poder hablarlo con alguien que no fuera Christian ni mis amigas. Lo convertía en algo más real.

—Claro. Si tienes más preguntas, no dudes en ponerte en contacto conmigo —respondí con amabilidad.

—Lo haré. Y te enviaré la historia cuando la hayamos publicado. Muchas felicidades de nuevo por todo.

Colgué, me estiré y bostecé. Era por la tarde, pero me daba la impresión de llevar más de veinticuatro horas despierta. La semana pasada había terminado todas las muestras para mi colección y hoy había destinado el día entero a sacarles fotos con tal de tener material de *marketing* para el futuro.

Estaba acostumbrada a los reportajes, pero no me había dado cuenta de lo mucho que costaba sacar fotos de productos que estaban destinadas a acabar en una página web. Era muy distinto a sacar fotos para un blog.

Tenía el material esparcido por toda la habitación, incluidos soportes, prendas de ropa y el equipo fotográfico.

Me obligué a levantarme del sofá para poder ordenar aquel lío antes de que llegara Christian a casa.

Mi momento favorito del día era cenar con él. Siempre volvía lo bastante temprano para ayudarme a cocinar (aunque yo sospechaba que, en parte, lo hacía porque no se fiaba de dejarme sola con un horno después del incidente con el detector de humo) y nos pasábamos la noche charlando y relajándonos.

Al igual que a cualquier otra chica, me gustaban las citas elegantes y asistir a galas, pero nada me hacía tan feliz como el simple hecho de poder pasar tiempo con alguien a quien...

—Siento llegar tarde.

Me erguí y se me iluminó la mirada cuando lo vi entrar por la puerta.

Por fin entendía por qué mis amigas hablaban efusivamente de sus parejas. Cada vez que veía a Christian u oía su voz, las mariposas que vivían en mi interior perdían la cabeza.

—He tenido que ir a por más salsa. —Me besó y dejó la bolsa de la compra en la mesita de café.

Me ilusioné más todavía.

—¿Es la marca que me gusta? —Reconocí el nombre de la bolsa. Era la única tienda de comestibles de toda la ciudad que vendía mi salsa favorita.

—Sí. —Grité y me puse a rebuscar en la bolsa. A Christian se le dibujó una sonrisa en los labios. Aquella tienda estaba en la otra punta de la ciudad, de modo que, a pesar de que tuvieran los productos que más me gustaban y que más costaba encontrar en cualquier otra parte, casi nunca iba allí.

Ver esos dos tarros de cristal me hizo desmesuradamente feliz. No era por la salsa en sí; era por el hecho de que Christian se hubiese desplazado hasta allí solo para comprármelos.

—Felicidades, acabas de ganar el premio a Novio de la Semana.

—¿Ah, sí? —Me puso las manos en la cadera y yo le envolví el cuello con los brazos—. ¿Y cuál es la recompensa?

—Esto. —Volví a besarlo, esta vez con más calma. Christian gruñó y yo sonreí.

Pero entonces le deslicé la mano por la espalda y me di cuenta de lo tenso que estaba.

Me aparté y me lo quedé mirando con la frente ligeramente arrugada.

—¿Va todo bien? Pareces tenso.

—Sí. —No le cambió la expresión lo más mínimo—. Solo una pequeña contrariedad en el trabajo.

—Mmm... —A veces, Christian me preocupaba. Tenía mucha responsabilidad en el trabajo, pero tanto estrés no era bueno para nadie.

Yo me esmeraba en intentar convencerlo, pero él se negaba a darle una oportunidad al yoga o a la meditación.

De pronto, se me ocurrió algo. Me pareció tan impropio que casi lo descarté de inmediato, pero ahora era una nueva yo, una versión más atrevida de mí misma. Podía probar cosas nuevas.

Supongo.

—Siéntate en el sofá. —Apisoné los nervios que sentía en

el estómago y mantuve un tono de voz normal—. Se me ha ocurrido algo que te ayudará a relajarte.

Christian acató mis órdenes.

—¿Otro masaje? —me preguntó.

Cuando me arrodillé delante de él, se le ensombreció la mirada.

—Algo así. —Estiré la mano para desabrocharle el cinturón, pero Christian me agarró por la muñeca antes de que pudiera llegar a tocarlo siquiera y el aire se volvió más pesado, más espeso.

—¿Qué —dijo con un tono de voz áspero que hizo que se me tensaran los muslos— estás haciendo?

—Ya te lo he dicho. —Me solté el brazo y le desabroché el cinturón. El corazón me iba más deprisa que las alas de un colibrí nervioso—. Contribuir para que te relajes.

Christian y yo tomábamos turnos para ver quién empezaba antes un encuentro sexual, pero nunca había sido tan atrevida como en ese momento.

Normalmente me bastaba con mirarlo o sonreírle y él enseguida pillaba la indirecta. Pero esto... Esto era alejarme muchísimo de mi zona de confort.

No volvió a detenerme, pero el ardor de su mirada se me acomodó en la parte inferior del estómago.

Cuando por fin conseguí desabrocharle el pantalón, se me secó la boca.

Ya estaba empalmado y me encontré con una erección dura, gruesa y con líquido preseminal en la punta. Dejó que fuera a mi propio ritmo mientras me la metía despacio hasta la garganta, pero la tenía tan grande que tuve que parar en varias ocasiones para acostumbrarme a su tamaño.

Sin embargo, al final acabé metiéndomela entera y la dejé ahí un segundo para que se me ensancharan bien los labios.

Canturreé orgullosa antes de empezar a moverme.

Primero me lo tomé con calma y luego, a medida que fui acostumbrándome a su tamaño y a la posición, aceleré el ritmo.

Christian soltó un taco en voz baja. Adopté un ritmo constante, lamiéndosela y chupándosela, y me agarró por el pelo. Sentí cómo se le tensaban los músculos bajo mi tacto. Aplané la lengua y se la pasé por la parte inferior de la polla mientras iba reculando; luego le chupé la punta con cuidado y volví a metérmela entera hasta el fondo.

Él me agarró el pelo con más fuerza.

—Joder, Stella. —El atormentado gruñido de Christian hizo que otra ola de lujuria me bajara directa al sexo—. Es una puta pasada, cariño.

Gemí llena de satisfacción y multipliqué mis esfuerzos. Al tener la boca tan llena, la baba se me escurrió por la comisura de los labios y me fue bajando por la barbilla, pero no me detuve.

Aquella mamada era para él, pero sus gemidos y el notar el calor de su sexo en mi boca hacían que me palpitara la entrepierna como si lo estuviera haciendo para mí.

Me encantaba saber que podía ponerlo así de cachondo. Que podía darle placer y disfrutar yo también cuando quisiera.

Quien estaba arrodillada era yo, pero tenía el poder de hacer que se arrodillara él también.

—Sabía que te cabría. Entera. Así, perfecto. —Aquel elogio me recorrió de arriba abajo mientras me atragantaba con su polla metida hasta el fondo—. Buena chica.

El dolor que sentía se intensificó hasta que ya no pude aguantarlo más. Cambié de posición para poder frotarme con su pierna mientras aceleraba el ritmo y saboreaba el ardiente y erótico sabor de Christian.

Me resultaba más fácil correrme cuando me frotaba con

algo que metiéndome los dedos, y aquella firme presión en el clítoris se mezcló con los descuidados y obscenos sonidos de la mamada e hicieron que, con cada segundo que pasaba, estuviera más cerca de llegar al clímax.

Estaba empapada y seguramente le estaría ensuciando los pantalones, pero la bruma de la lujuria me tenía tan absorta que era incapaz de preocuparme ahora por eso.

—Tienes el coño muy húmedo; lo noto. —Christian me echó la cabeza hacia atrás para que lo mirara a los ojos; yo tenía los míos húmedos de llevar tanto tiempo metiéndomela tan profundamente en la garganta—. ¿Te pone esto? ¿Eh? ¿Te pone frotarte con mi pierna mientras te atragantas con mi polla?

—Mmph. —Mi amortiguado gemido en señal de afirmación se convirtió en un grito ahogado cuando Christian me apartó de repente, me levantó y me empotró contra la ventana en un movimiento fluido.

Un charco de deseo se acomodó en mi entrepierna al notar la presión del cristal contra la mejilla y el calor corporal de Christian en mi espalda.

Me encantaba cuando se ponía así.

Cuando era bruto. Exigente. Una bestia liberada de su jaula.

Christian me bajó las tiras del vestido de un golpe y me bajó el corpiño para dejarme el pecho al aire.

—Cuando te corras —me levantó la falda con la otra mano y me coló un dedo por debajo de la tira de las bragas—, será con mi polla metida en tu coño, no en tu garganta.

Oí cómo se rompía la tela y, a continuación, el inconfundible ruido de un envoltorio de plástico al desgarrarse.

Y enseguida lo tuve dentro de mí, follándome tan profundo y tan fuerte que el salón entero retumbó con el sonido de mis gritos.

Estampé las manos en el cristal, empañado por mi jadeante respiración.

Era cristal tintado para que la gente no pudiera ver el interior, pero me seguía pareciendo algo deliciosamente sucio que me follara ahí mismo mientras, al otro lado, el resto del mundo seguía haciendo su vida, desconocedor de lo que estaba teniendo lugar ahí arriba.

Christian me penetró salvajemente con unos empellones intensos y brutales que hicieron que mis pensamientos se redujeran a la nada.

Ahí no había ni rastro de aquel refinado director ejecutivo. Nada de trajes ni de su educado encanto; solo su polla llenándome y su mano alrededor de mi garganta mientras me follaba por detrás cual animal.

Su longitud me estiró tanto los músculos internos que incluso me quemaba y yo me puse de puntillas para dejar que me la metiera más hondo. Cada roce de mis pezones duros como una roca contra el frío cristal hacían que otra llamarada se uniera a la hoguera que me estaba empezando a arder al final de la columna vertebral.

Una respiración andrajosa y unos necesitados gemidos se mezclaron con los ruidos de dos cuerpos chocando y el resbaladizo y húmedo sonido de su polla perforándome.

Aquella obscena sinfonía fue sonando a nuestro alrededor, haciendo que cada vez me sintiera más eufórica mientras me acercaba al orgasmo.

—Christian, por favor. —La forma en la que me tenía agarrada por la garganta me robó los gritos y los convirtió en roncas súplicas—. Tengo... Voy a...

El resto de la frase se perdió porque, cuando Christian estiró la mano para acariciarme el clítoris, otra ola de placer se apoderó de mí.

—Me encanta cuando me suplicas con tanta dulzura.

—Me hundió la cara en el cuello y me mordisqueó la piel—. ¿Necesitas correrte? ¿Eh?

—Sí. —La respuesta se me escapó en forma de sollozo.

—Pues sé buena chica y vuelve a hacer presión con ese coñito que tienes hacia mí.

Obedecí sin pensar. Arqueé la espalda para poder follármelo mientras Christian me agarraba por la cadera con ambas manos y me empotraba hacia él. Ante la combinación del esfuerzo que estábamos haciendo ambos, gritos y gemidos quebrados, como si fueran los de una muñeca de trapo, se oyeron por doquier.

—Así, perfecto —gruñó—. Estás preciosa cuando estás así, abierta de piernas y con mi polla metida hasta lo más hondo de tu estrecha vagina.

Una descarga eléctrica reemplazó la sangre que me corría por las venas. Estaba que ardía; era como un cable de alta tensión y, cada vez que Christian me daba otro empellón, más caliente me ponía.

—Córrete para mí, cariño.

Y lo hice.

Estallé en un orgasmo. Fue una explosión que se libró de todas sus correas y me consumió entera, haciendo que una ola de calor me recorriera de arriba abajo.

La intensidad de tanto placer hizo que me inclinara y, de no haber sido porque Christian me estaba sujetando, me habría caído ahí mismo.

Cuando me dio la vuelta y me levantó para apoyarme la espalda en la pared, yo seguía eufórica y le envolví la cadera con las piernas.

Christian aún no se había corrido, pero sus embestidas habían adoptado un ritmo más suave.

—Me encanta sentir cómo te corres conmigo dentro. —Me fue besando el cuello y fue subiendo el recorrido de sus labios hasta acabar besándome la boca—. Eres jodidamente perfecta.

Aquellas palabras se me colaron hasta una parte más honda y más vulnerable.

Sentí un nudo en la garganta ante la emoción, pero le pasé los brazos por el cuello y me lo follé con más rapidez. Prefería tomar yo las riendas que ponerme a examinar los sentimientos que había desvelado su confesión.

La respiración se le volvió más pesada. Entró en tensión y sentí cómo le latía la polla dentro de mí antes de que soltara un fuerte gemido y se corriera.

Nos aguantamos mutuamente mientras estallábamos. Teníamos la piel sudada y resbaladiza, y apoyamos la frente en la del otro mientras recobrábamos la respiración.

—Bueno —jadeé—. ¿Estás más relajado?

Rio. Aquel sonido me retumbó por la piel y me hizo sonreír. Me encantaba hacerlo sonreír de forma genuina. Últimamente, lo conseguía cada vez más, pero no por eso me sentía menos orgullosa cuando sucedía.

—Sí, Mariposilla. Sí que lo estoy.

—Bien. —Me agarré a él mientras Christian, sin soltarme, ponía rumbo hacia la ducha.

Si se hubiese tratado de cualquier otra persona, jamás habría reunido el valor suficiente para hacer lo que acababa de hacer. El miedo al rechazo me habría superado incluso a pesar de estar saliendo con dicha persona.

Pero esa era una de las cosas que más me gustaban de Christian. Con él podía ser quien era y quien aspiraba a ser a partes iguales.

Cuando estaba con él, no había cabida para mis preocupaciones.

37
Christian

Mis noches con Stella eran el único momento de paz que existía en mi vida.

Mis días eran un alboroto de trabajo y caos. Me había pasado la mayor parte del mes deshaciéndome de aquellas personas que creía que podían ser el traidor, intentando descubrir cómo narices alguien había podido crear un dispositivo parecido a Escila, qué relación tenía esta persona con Stella y tratando de dar con el acosador en sí.

Ya había reducido la lista de sospechosos que habían podido filtrar la información. Cada nombre hacía que se me helara la sangre, pero tenía que ser cuidadoso con cómo gestionaba toda esa situación. No podía hacer nada en público hasta que estuviera seguro de quién me había traicionado. La lealtad era un camino de doble sentido y las falsas acusaciones acababan dando lugar a resentimientos.

Tenía la trampa perfecta en mente, pero debía esperar al torneo de póquer anual de Seguridad Harper para poder llevar el plan a cabo. Hasta entonces, decidí no compartir información confidencial con nadie de la empresa.

En cuanto a lo de Escila, estaba dispuesto a apostar que aquel dispositivo de imitación era obra de Sentinel. Habían copiado todo lo que había hecho; era lógico que hicieran lo mismo con un *hardware* registrado. Además, tampoco me parecería inverosímil que hubieran sobornado o chantajeado a quienquiera que fuese el traidor.

No descarté esa sospecha. Primero me ocuparía del traidor. Luego iría a por Sentinel.

Lo único que no conseguía descifrar era qué relación había entre Stella y su acosador y quién era ese capullo.

Había revisado los contactos de Stella, pero había interactuado con tantísima gente a lo largo de los años que me resultó imposible reducir la lista a unos cuantos sospechosos. Su acosador podía ser cualquier persona: de un viejo compañero al camarero de algún bar que le sirviera la bebida a diario.

Una parte de mí era consciente de que podría haber indagado muchísimo más en todos los aspectos de no haber estado distraído. Quería pasar tiempo con Stella y eso significaba que no podía hacer horas extra en el trabajo ni quedarme hasta las tantas en la oficina.

Le organizaba citas cada fin de semana, cenábamos juntos cada día y follábamos hasta perder los sentidos cada noche. Y todo a pesar de saber que debería estar destinando esos ratos a algo más.

La habilidad de Stella de joderme la racionalidad a la hora de tomar decisiones se materializó cuando se cumplió una semana y poco de la temprana muerte de Frank Rivers.

Fui apretando el botón del boli sin cesar mientras seguía con la vista puesta en la nota que descansaba en mi escritorio.

No habíamos vuelto a saber nada del acosador desde Hawái. No había mandado ninguna nota más ni había intentado establecer contacto de ninguna otra forma... hasta ahora.

Clic. Clic.

Dos frases, escritas y enviadas dentro de un simple sobre sin nombre. Lo habían traído con el resto de la correspondencia, aunque no llevaba dirección.

`No puedes protegerla y NUNCA la tendrás. Es mía.`

Susurros de ira me nublaron los sentidos.

No me preocupaba el mensaje. Sonaba más bien a algo que escribiría un crío irascible.

Lo que sí me preocupaba eran las tres fotos que había en el sobre: una de Stella desayunando en una cafetería cerca del Mirage, una donde ella misma estaba sacando fotos en el National Mall y una en la que se la veía saliendo de la tienda de comestibles.

Y todas las habían sacado a lo largo de las semanas posteriores a nuestro viaje a Hawái.

Mi cólera fue en aumento y un hielo glacial me cubrió la piel. Estuve tentado de ceder y pagarlo con una de las muchas personas cuyo nombre aparecía en la base de datos que tenía precisamente para situaciones como estas, pero reprimí aquella necesidad a fin de calcular mejor mi próximo paso.

No podía confiar la seguridad de Stella a nadie más que a mí mismo, ni siquiera a Brock. No figuraba en mi lista de sospechosos, pero no se había percatado de lo cerca que estaba el acosador como para poder sacar dichas fotos de Stella y eso era un descuido colosal, joder.

Vale, su trabajo consistía en protegerla, no en vigilarla, pero me cabreaba igual.

El acosador había vuelto a dar señales de vida después de haber guardado silencio durante semanas, y me apostaba lo que fuera a que si optaba por un análisis forense de la nota los resultados serían los mismos de siempre.

Nada.

Fuera quien fuese, se le daba de perlas eso de no ensuciarse las manos y de ser lo bastante astuto como para acercársele sin que ni ella ni Brock se dieran cuenta.

Como le ocurriese algo a Stella...

Se me revolvieron las tripas.

Washington no sería un lugar seguro hasta que hubiese gestionado el lío que tenía en mi propia empresa. No podía centrarme en dar con el acosador hasta que no confiara en mis hombres.

Clic. Clic.

Me decidí al segundo clic.

Dejé el boli en la mesa, guardé la nota y las fotos en el bolsillo interior de la americana, subí al coche y puse rumbo a casa.

Cuando llegué, encontré a Stella en la cocina. Estaba tan ocupada preparando aquel repugnante *smoothie* de pasto de trigo que tanto le gustaba mientras canturreaba al son de la música que sonaba en la radio que ni siquiera se dio cuenta de que había llegado hasta que la abracé por detrás y le di un beso en el cuello.

—¡Christian! —me saludó ilusionada—. Qué pronto has llegado.

—No tenía mucho que hacer en la oficina —mentí.

Respiré para olerla y me tranquilicé al ver que estaba a salvo y en mis brazos. Olía a sol y a plantas, y dejé que aquel aroma me calmara un poco la tensión que sentía en los músculos antes de volver a hablar.

—He tenido una idea.

—Oh, oh... —bromeó Stella—. ¿Debería preocuparme?

—No creo. Lo tienes en tu tablero de visión.

Había visto la lista que tenía en el corcho de la habitación. Me contó que la había empezado en la universidad y que la guardaba desde entonces.

La lista tenía tres puntos: conseguir colaborar con Delamonte, irse de viaje por Italia y tener un vestidor. De esos tres puntos, dos ya se habían cumplido.

—Italia —confirmé—. Vacaciones de verano. Podemos pasarnos un mes viajando por el país. Roma, Milán, la costa Amalfitana...

Sacarla de la ciudad me parecía la solución más evidente hasta que consiguiera gestionar el embrollo de la empresa, y su lista de deseos me daba la excusa perfecta para organizar ese viaje.

No quería que Stella supiera nada sobre la última nota que había enviado su acosador. Me la había mandado a mí, no a ella, y no quería que se agobiara. Y menos cuando aún no había dado con una solución específica.

—¿Otro viaje? —sonaba dudosa—. Pero si acabamos de volver de Hawái.

Tenía razón. Hacía solo un mes que habíamos vuelto de Kauai. Era demasiado pronto para embarcarnos en otro viaje, sobre todo porque yo ya tenía muchas cosas de las que ocuparme.

Pero pensar que aquel capullo podía ponerle las manos encima...

Bastaba con un simple lapsus. Una distracción, un error y podía perderla para siempre.

Me obligué a respirar hondo para deshacerme de aquella desconocida sensación de pánico.

—La primera mitad no cuenta porque fuiste por trabajo —señalé—. Lo de Hawái fue solo un finde largo.

Stella sacudió la cabeza.

—Estoy empezando a sospechar que mientras estás en la

oficina haces de todo menos trabajar. Nunca he conocido a un director ejecutivo que se tome tantas vacaciones como tú.

Intenté contenerme, pero se me encorvaron los labios en una sonrisa.

—Es otro tipo de trabajo.

Con Seguridad Harper ganaba un sueldo decente, pero gran parte de mis beneficios venían de los *software* y *hardware* secretos que diseñaba y vendía al mejor postor. Había ciertos grupos con los que no quería hacer negocios: terroristas, algunos gobiernos y unos cuantos individuos de mal gusto. A excepción de ellos, me parecía bien trabajar con cualquier otra persona; además, la gente pagaba un pastizal con tal de disponer de una tecnología que sus contrincantes no tenían. Dedicaba el cincuenta por ciento de mi horario laboral a asuntos de Seguridad Harper y, el otro cincuenta por ciento, lo destinaba al desarrollo de *hardware*.

—¿Seguro que un mes no es demasiado? —preguntó Stella, que seguía sin estar del todo convencida—. No podemos coger e irnos durante tanto tiempo.

—Soy multimillonario. Podemos hacer lo que nos dé la gana. —Ella puso los ojos en blanco, divertida, y yo sonreí—. Será mi regalo de cumpleaños.

—Ya hemos celebrado tu cumpleaños —recalcó.

La semana pasada cumplí treinta y cuatro. Lo celebramos pasándonos el fin de semana comiendo, acostándonos y yo comiéndole el coño hasta que Stella se me corrió en la cara.

Había sido una buena celebración.

—Además, no tiene ningún sentido que me lleves de viaje a mi destino de ensueño por tu cumpleaños. Deberíamos ir donde te apetezca a ti. —Me envolvió el cuello con los brazos—. Suéltalo, Harper. ¿Qué sitios tienes en tu lista de deseos?

—No tengo ninguna lista de deseos. Y mimarte sí es un

regalo para mí. —Agaché la cabeza hasta que nuestras frentes quedaron unidas. La nota y las fotos me quemaban en el interior de la americana—. Última oportunidad, Mariposilla. ¿La tomas o la dejas?

—Hombre, si me lo dices así... —Sonrió entusiasmada—. Me apunto.

—Genial. —Volví a besarla, pero esta vez en los labios.

A la mierda la racionalidad.

Cuando se trataba de la seguridad de Stella, la racionalidad no existía.

38
Stella

16 de junio

¡Que me voy a Italia!

Vale, solo tenía que soltarlo porque aún no me lo creo. Hace muchísimo tiempo que quiero ir, pero siempre lo he ido posponiendo porque no quería viajar allí solamente una semana. Quería un viaje a lo grande, justo como lo planteó Christian. Venecia, Roma, Positano... Nunca había dispuesto del tiempo o del dinero suficiente para ir, pero aquí estoy: haciendo la maleta para marcharme un mes de vacaciones.

No veo el día de irnos. Ya he escrito a Bridget para que me diga qué sitios tengo que visitar sí o sí. Sé que Christian ya ha estado en Italia un montón de veces, pero es un tío... No es lo mismo. (Además, Bridget siempre está al tanto de las cafeterías más monas y de las mejores boutiques.)

Lo que sí que me incomoda un poco es que Christian se gaste tanto dinero por mí. El otro día se lo comenté a Jules y me dijo que no tenía que preocuparme, que Christian tiene tanta pasta que, lo que se gasta conmigo, para él no es nada. Supongo que tiene razón...

Cada vez que intento pagar algo, Christian se niega y dice que, en lugar de eso, debería invertir más dinero en mi nueva marca. Pero ahí ya me puse seria. No quiero que me ayude con mi marca económicamente. Si lo hago, quiero que todo el mérito sea mío. Si funciona, no quiero que mi éxito se deba al hecho de tener un novio rico que puede financiarme.

Aunque siendo sincera diré que me cuesta ponerle palos a las ruedas a ese viaje porque tengo muchas ganas de hacerlo.

¿Un viaje a Italia con todo pagado? Es el sueño de cualquier chica.

Hoy estoy agradecida por:
Las listas de deseos
Italia
El mejor novio del mundo <3

Italia era tan increíble como me había imaginado. La comida, la belleza del país, la cultura... Todo estaba a la altura de mis expectativas y más.

Cierto es que, en parte, esto se debía a que Christian había conseguido todos los pases vip habidos y por haber para que nos ahorrásemos las colas y las multitudes de gente y pudiéramos explorar el país a nuestras anchas, pero había más. La atmósfera italiana tenía algo especial que me aliviaba el estrés y convertía mis preocupaciones en unos recuerdos distantes.

A diferencia de Hawái —donde había viajado por razones de trabajo a excepción de la segunda mitad del viaje, que fue de ensueño—, Italia era puro escapismo.

Saqué fotos y vídeos de todo para tener recuerdos del viaje más que para subir nuevo contenido a las redes.

Además, como no podía compartir dónde me encontraba en ese preciso instante, las fotos que iba publicando eran viejas.

Era liberador... siempre que dicho novio no se metiera con mis dotes de conductora.

—Es una Vespa. No puede ser tan complicado. —Puse los brazos en jarras y, sintiéndome insultada, fulminé a Christian con la mirada.

—No estoy diciendo que sea complicado; digo que puedes atropellar a mucha gente por la ciudad.

Ahogué un grito y él hizo una mueca.

—No voy a atropellar a ninguna persona. Perdona, pero nunca ha muerto nadie por culpa de que yo lo haya atropellado.

—¿Y qué hay de la gente que casi muere por las mismas causas?

No dignifiqué su pregunta con una respuesta.

Era el primer día que pasábamos entero en Roma y nuestra segunda semana en Italia. Habíamos volado a Milán, luego habíamos bajado hasta Florencia y habíamos llegado la noche anterior a Roma.

Teníamos un día repleto de actividades por delante y yo había insistido en que alquiláramos unas Vespas para ir por la ciudad.

A lo mejor era un poco cliché, pero ¿cómo iba a decir que había estado en Roma sin conducir una Vespa ni una sola vez?

Por desgracia, Christian y yo teníamos opiniones distintas sobre cuántas motos alquilar. A mí se me había antojado divertido que cada uno fuera en una Vespa distinta, pero él estaba convencido de que, si cogía yo una moto por mi cuenta, mataría a alguien.

Por lo visto, Christian no había superado lo del incidente con el *quad* en Hawái. No había sido mi culpa; simplemente estaba un poco oxidada. En Washington apenas conducía porque tenía el metro y los buses ahí mismo.

Al ver que no bajaba del burro, suspiró.

—Vamos a hacer una cosa. Dejarás que te enseñe cómo van y, si pasas la prueba, te dejaré conducir una por tu cuenta.

—Pero ¿esto qué es, la DGT? —gruñí, a pesar de acabar cediendo.

En realidad me alegraba de que se hubiese ofrecido a enseñarme a conducir porque no tenía ni idea de cómo iban las Vespas. Seguro que no sería tan distinto a ir en bici, ¿no? La única diferencia era que las motos tenían motor.

Las alquilamos en el mismo hotel y nos quedamos en el patio mientras Christian me lo contaba todo con pelos y señales.

—Ponte más recta y dobla ligeramente los codos... Un poco más. Así. —Christian me colocó en posición hasta que estuve sentada como debía en la Vespa—. Ahora encuentra el equilibrio mientras inclinas el cuerpo hacia izquierda y derecha.

Seguí sus instrucciones hasta que consideró que estaba lista para la prueba.

—No te pongas tan nervioso —le dije mientras él me abrochaba el casco—. No me pasará naaada. Voy a conducir por el patio, literalmente.

—Mmm.

No me gustaba la cantidad de escepticismo que acompañó a ese sonido.

Encendí el motor y arranqué.

¿Ves? No había para tanto. Lo estaba haciendo genial. Esquivar las piedrecitas eran un poquito más complicado, pero podía...

—¡Mierda!

Giré demasiado tarde y golpeé, de refilón, con una de las enormes macetas que bordeaban la cafetería exterior del hotel.

Frené en seco y paré el motor mientras Christian venía hacia mí.

Nos quedamos mirando aquella gigantesca ranura en el tiesto de terracota. Por suerte, era tan temprano que la cafetería seguía cerrada, pero el jardinero que estaba trabajando por ahí acababa de presenciarlo todo.

Este sacudió la cabeza y luego volvió a centrarse en la poda, no sin antes musitar un discreto *mio Dio* que me pareció oír.

Bajé de la Vespa y le pasé las llaves a Christian sin mediar palabra.

Dejando aparte mi diminuto incidente con la moto, no tuvimos ningún contratiempo en nuestro paso por Roma hasta el antepenúltimo día, cuando visitamos uno de los mejores museos de arte de la ciudad.

Yo había dudado sobre si añadir tantos museos a nuestro itinerario porque Christian no era amante del arte. Sin embargo, él insistió en que fuéramos a tantos como a mí me apeteciera.

Estamos en Italia, Mariposilla. No puedes ir a Italia y no visitar sus museos.

Hay que decir que escondió su desagrado con elegancia. De no haber sabido de antemano que no le gustaba el arte, incluso habría creído que disfrutaba de las exposiciones.

—Es im-po-si-ble que sea una persona. —Me detuve frente a un cuadro que me había llamado la atención e intenté analizar qué representaba exactamente—. ¿En el siglo XVIII existían ya las ilusiones ópticas?

Primero parecía el retrato de un noble y, luego, una estridente exposición de frutas en una mesa.

Era perturbador e increíble a la vez.

—¿Christian? —pregunté extrañada al ver que no respondía. Me volví y lo encontré mirando fijamente al otro lado de la galería.

Le seguí la mirada y vi que había un niño en una esquina. Tiraba, insistente, de lo que supuse que era la manga de su madre, pero la mujer estaba demasiado ocupada adulando las pinturas y sacándoles fotos como para prestarle atención.

A este le tembló la barbilla, pero, en lugar de llorar, apretó la mandíbula y miró enfadado hacia el otro lado de la galería.

Sus ojos encontraron los de Christian, quien lo observaba con una expresión que parecía más bien empática.

Le puse una mano en el brazo.

—Christian —lo llamé con un tono de voz más suave—. ¿Estás bien?

Él apartó la mirada del niño y volvió a centrar la atención en mí. Irradiaba tensión por doquier y tenía los hombros visiblemente más tensos que cuando habíamos llegado.

—Sí. —Sonrió, pero no me engañó en absoluto—. Todo en orden.

—¿Lo conoces? —Señalé discretamente en dirección al niño, pero cuando volví la vista hacia allí, tanto él como su madre se habían marchado.

—No. Me... —Se frotó la mandíbula con la mano—. Me ha recordado a alguien. Eso es todo.

Tuve la sensación de saber perfectamente a quién se refería con *alguien*.

—Vamos a por algo de beber —sugerí—. Ya he visto todo lo que quería ver.

Christian no se opuso.

Salimos del museo y nos dirigimos hacia una cafetería cercana. Estaba escondida en un callejón donde no se veían turistas y tuvimos la suerte de que estaba prácticamente vacía; solo había una pareja de edad avanzada y una mujer increíblemente elegante con la cabellera negra cortada a media melena.

Christian y yo nos sentamos en la esquina de la zona exterior. Quedamos tan apartados de los demás clientes que era como si estuviésemos solos.

Esperé a que el camarero nos hubiera servido las bebidas y se hubiese marchado a la cocina antes de volver a intervenir.

—La persona a la que te ha recordado ese chico... ¿eras tú? —pregunté con un tono amable. No quería que Christian sintiera que lo estaba atacando, pero llevábamos suficiente tiempo saliendo como para que ya no fuera tan precavida como antes a la hora de sacar su pasado a colación.

Él era cauteloso por naturaleza y lo entendía; yo tampoco iba compartiendo los detalles de mi vida con cualquiera. No obstante, si queríamos que lo nuestro funcionara, Christian tenía que sentirse igual de cómodo hablándome de su vida como yo me sentía al contarle cosas a él.

Pensé que esquivaría la pregunta como hacía siempre, pero, por sorpresa, asintió.

—Antes de que me lo preguntes, de niño no me sentí desatendido —me contó—. Al menos, no como crees. No tuve unos padres violentos. Como ya te he contado, éramos la típica familia americana por antonomasia, solo que...

Esperé a que siguiera hablando. No quería presionarlo.

—Mi padre era ingeniero de *software*; eso ya lo sabes. Lo que no te he dicho es cuál era su otro trabajo. —Christian se recostó en la silla—. ¿Has oído hablar alguna vez del Fantasma, el ladrón de obras de arte?

Abrí los ojos como platos ante aquel cambio de tema tan radical, pero asentí.

Nos hablaron de él en Thayer, cuando dimos Derecho del Arte. El Fantasma, cuyo nombre se le atribuía porque había robado decenas de obras de arte de un valor incalculable sin dejar rastro alguno, era uno de los ladrones de arte más infames de finales del siglo XX. Estuvo en activo durante casi una década antes de que la policía lo pillara y le disparase mientras intentaba huir.

Los detalles de su muerte eran un tanto turbios y las piezas que había robado nunca llegaron a recuperarse.

Mi padre era ingeniero de software*; eso ya lo sabes. Lo que no te he dicho es cuál era su otro trabajo. ¿Has oído hablar alguna vez del Fantasma, el ladrón de obras de arte?*

Las palabras que acababa de pronunciar Christian retumbaron en mi mente y me dejaron sin aliento y con un nudo en la garganta.

—¿Tú padre era...?

—Sí.

Aquella silenciosa afirmación cayó con tanta fuerza que pareció una bomba nuclear.

Dios-mío-de-mi-vida.

Nunca se llegó a desvelar públicamente cuál era la identidad del Fantasma, ni siquiera tras su defunción. Nadie supo nunca por qué, pero había un sinfín de rumores. Algunos decían que su familia tenía tanto poder que había comprado a las autoridades; otros, que era una persona tan normal y corriente que a las autoridades les avergonzaba no haberlo pillado antes.

En cinco segundos, Christian acababa de resolver uno de los mayores misterios del mundo artístico.

Yo todavía estaba intentando asimilar lo que me acababa de decir cuando él prosiguió:

—Lo paradójico es que, en mi familia, el amante del arte no era él, sino mi madre. Mi padre decía que robaba los cuadros para demostrarle cuánto la quería; que estaba dispuesto a arriesgarlo todo con tal de verla feliz. Lo suyo sería pensar que mi madre habría intentado quitarle aquellas ideas de la cabeza, pero precisamente lo animaba a seguir. A veces, incluso iba con él. Le encantaba sentir esa adrenalina y pensar que mi padre estaba dispuesto a llegar a tales extremos por ella. Cuando yo era más joven, intentaron escondérmelo, pero al final los pillé. Vi demasiadas coincidencias entre los «viajes de negocios» de mi padre y las fechas en las que, según las noticias, se habían robado los cuadros. Cuando me enfrenté a mi padre para preguntárselo, me lo confesó. —Christian sonrió con dureza—. De pequeño tampoco me gustaba compartir los tejemanejes de mi vida con nadie. Mi padre sabía que podía confiarme su secreto.

Al imaginarme a Christian, de joven, cargando con un secreto tan grande, se me encogió el corazón.

Puede que sus padres no fueran violentos, pero a mí me daba la impresión de que tampoco se habían preocupado lo más mínimo por el bienestar emocional o mental de su hijo.

—Cuando tenía trece años, cometieron otro asalto. En lugar de atracar un museo, intentaron entrar en casa de uno de los hombres de negocios más poderosos del momento. Aquel hombre había comprado una gran obra de arte en una subasta, eso lo sabía todo el mundo, y mi madre estaba desesperada por conseguirla. Mi padre casi consiguió escapar con el cuadro, pero saltó la alarma y lo pillaron. Se negó a entregarse, intentó robarle la pistola a uno de los policías y trató de escapar, pero entonces le dispararon. Murió en el acto —confesó—. Al enterarse de las noticias, mi madre perdió los papeles. Dos días después de que muriese mi padre, mi madre decidió que no podía vivir sin él y se pegó un tiro en la cabeza. Yo estaba en la escuela. Vino me tía, me llamaron al despacho del director y me lo contó. —Una sonrisa algo más amarga se le dibujó en la cara—. Es como una versión provinciana de mierda de Romeo y Julieta. Romántico, ¿eh?

Sentí un profundo y punzante dolor en la parte interna de las costillas.

No podía ni imaginarme cómo debería haber sido crecer en una familia como la suya ni perder a ambos padres a una edad tan temprana. Yo no me llevaba maravillosamente bien con los míos, pero al menos estaban vivos.

—Mi madre prefirió morir que vivir sin mi padre, pero no tuvo ningún problema con dejar a su hijo atrás. —La sarcástica risa de Christian me abrasó los pulmones—. ¿Que el amor de una madre es incondicional? Y una mierda.

El dolor que sentía se me expandió por el cuerpo y me escoció los ojos por dentro.

Alargué el brazo con cuidado y descansé la mano encima de la suya para agarrársela.

—Lo siento muchísimo —dije en voz baja. No supe qué más decir; ojalá hubiera unas palabras mágicas que pudiesen hacerlo sentir mejor. Christian llevaba décadas guardándose eso. Unas cuantas palabras bonitas no bastarían para curar esa herida. Lo mejor que podía hacer yo era estar ahí para cuando se sintiera preparado para enfrentarse a ello.

—No se lo había contado a nadie. —La afligida mirada de sus ojos permaneció allí un segundo más y luego desapareció—. Ahora que ya he arruinado nuestra preciosa tarde en Italia con mi mediocre tragedia, deberíamos irnos. —Christian se levantó y su característica máscara inexpresiva volvió a hacer acto de presencia—. Tenemos una reserva para comer en media hora.

—No has arruinado nada. —Le apreté la mano—. Tú me importas más que cualquier lujosa comida o cualquier visita a un museo.

A Christian se le tensó la mandíbula. Me aguantó la mirada, ardiente, una milésima de segundo y, a continuación, se dio la vuelta.

—Deberíamos irnos —repitió con la voz ronca.

Dejé el tema. Tuve la impresión de que Christian había llegado a su límite diario de introspección personal.

Pagamos y nos fuimos de la cafetería. Sin embargo, cuando nos acercamos a la calle principal, Christian se detuvo.

—Stella.

—Dime.

—Gracias por escucharme.

El dolor que había sentido previamente volvió con una potencia enorme.

—Gracias a ti por contármelo.

Christian pensaba que se había cargado la tarde, pero, en realidad, había conseguido que fuese increíble. No porque disfrutara escuchando los desgarradores detalles de su infancia, sino porque por fin se había abierto conmigo de verdad.

Ya se había acabado eso de esconderse detrás de muros y más muros.

A pesar de los lujosos hoteles en los que nos habíamos hospedado, las comidas *gourmet* que habíamos degustado y las extravagantes actividades que habíamos realizado, eso había sido lo mejor de lo que llevábamos de viaje.

Por más que aquellas vacaciones estuvieran siendo de ensueño, si me estaban encantando no era porque estuviera en Italia, sino porque estaba en Italia con él.

Y eso hacía que aquella experiencia fuera única.

39
Christian/Stella

Christian

Italia fue una extraña dicotomía de calma y caos. Me pasaba los días visitando los lugares más emblemáticos del país y comprando con Stella, y por las noches, cuando ella ya se había quedado dormida, me dedicaba a gestionar la situación en Washington.

Había llamado a Alex para pedirle un favor: que le echara un ojo a todo mientras yo no estuviera. Las novedades de las que me iba informando no eran nada fuera de lo normal, pero yo seguía en alerta. Mi instinto me decía que algo se estaba cociendo y sabía perfectamente que no me iba a gustar.

Aun así, hasta que no tuviera una idea más clara de qué era a lo que me enfrentaba, no podría hacer nada.

Eché los pensamientos de Washington a un lado mientras Stella y yo caminábamos por una serpenteante calle de Positano. Estaba a punto de caer el sol y los tonos de color pastel pintaban el cielo de una suave paleta de rosas, lilas y naranjas.

Era nuestra tercera semana en Italia y habíamos dejado

las ciudades atrás para disfrutar del encanto de la costa Amalfitana. Habíamos pasado por Salerno y Ravello, y llegamos a Positano el día anterior. A continuación iríamos a Sorrento y, finalmente, haríamos parada en Capri.

Stella echó la cabeza hacia atrás con una expresión fantasiosa y yo sonreí.

Estaba siempre preciosa, pero en Italia, exenta de toda la presión de la ciudad y de la latente amenaza de su acosador, era una persona distinta. Más feliz, más juguetona y más libre de preocupaciones, incluso más que en Hawái.

Entrelacé los dedos con los suyos mientras reanudábamos el paso para llegar hasta un mirador desde el cual disfrutaríamos de la puesta de sol. Yo solía detestar eso de ir cogido de la mano con alguien, pero podía hacer una excepción. Al fin y al cabo, estábamos de vacaciones.

—A ver, ¿Italia está cumpliendo tus expectativas? —quise saber.

—*Nope*. —Se le dibujó una pícara sonrisa en los labios—. Las está superando. Este lugar es... —Suspiró—. In-cre-í-ble. Es que mira a tu alrededor.

Stella me soltó la mano, giró sobre sí misma y a mí se me ensanchó la sonrisa. El vuelo de la falda de su vestido blanco dejó sus piernas al descubierto y la luz del atardecer le bañó la piel de un color dorado.

Parecía tan tranquila y feliz que deseé que pudiéramos quedarnos aquí para siempre, cobijados por esta burbuja donde los peligros que acechaban en casa no podían tocarnos.

—Prefiero mirarte a ti —confesé.

Stella se detuvo delante de mí, aturdida tras el giro que acababa de dar y me miró a los ojos. La brisa veraniega que nos rodeaba se volvió más pesada y nos trajo el dulce aroma a sol y a hierbaluisa.

—Para no considerarte un romántico, tus palabras sí que lo son. —Arrancó un pétalo de un árbol en flor que había al lado y me lo metió en el bolsillo de mi camisa de lino—. Te he pillado, Christian Harper. Bajo este exterior cínico y robusto... —hizo presión con la palma de la mano en mi pecho—, tienes un corazón muy tierno.

Si no hubiese sido porque, en parte, Stella tenía razón, me habría reído.

«Solo para ti.»

Le levanté la mano y se la cubrí con la mía, a modo protector.

—Como se lo digas a alguien, tendré que matar a esa persona. —Sonreí para que mi amenaza no sonara tan brusca a pesar de que no estaba bromeando.

En mi mundo, tener debilidades era inaceptable. Y Stella era mi mayor debilidad.

Me miró exasperada.

—Siempre acabas sacando el tema de la muerte.

Reí.

Seguimos andando hasta llegar al mirador. Se encontraba en la cima de unas colinas, alejado del barullo de turistas, y las vistas eran perfectas: edificios de color pastel sobre un mar azul oscuro.

Stella apoyó la cabeza en mi hombro y se quedó mirando el paisaje encantada.

—Me he enamorado de este lugar.

Le pasé un brazo por la cintura y la acerqué más a mí. Seguí con la vista puesta en las suaves líneas de su contorno y recorrí el camino de los oscuros rizos que le envolvían la cara, el brillo de sus ojos y la curva de sus labios con la mirada.

Yo no era un gran amante del arte, pero si pudiera inmortalizar a Stella en un cuadro tal y como estaba en aquel momento, lo haría.

El sol se fue poniendo, regalándole un maravilloso brillo a la isla, pero yo ni siquiera me detuve a mirar al frente. Permanecí con la vista puesta en Stella.

—Yo también.

Stella

Mi relación con Christian podría medirse en cambios graduales. Empezó con mi traslado al Mirage y luego fuimos acercándonos poco a poco: aquel casi beso, su confesión, la cena con mi familia, Hawái, ese otro beso que sí fue de verdad y un millón de momentos más gracias a los cuales pasamos de ser meros desconocidos a algo muchísimo más íntimo.

Sin embargo, el tiempo que pasamos en Italia, y sobre todo después de que él me contase la historia de su familia, me pareció un cambio mucho mayor.

Como un punto de inflexión.

A lo mejor ese punto de inflexión debería haber sido la primera vez que nos acostamos o cuando empezamos a salir de verdad, pero Christian nunca me había contado tanto de su vida como lo hizo en Roma. Y no me había contado algo trivial; me había hablado de una parte fundamental de su infancia, de algo que lo había convertido en la persona que era hoy en día.

Por fin se había abierto. Tenía un pasado oscuro y complicado, pero era real, y era todo cuanto yo pedía.

Volví la cabeza y miré a Christian, que estaba ajustando algo en el cuadro de instrumentos del barco.

Ya lo había visto navegar en Hawái, pero de noche. Ahora, a plena luz del día, con su bañador negro Tom Ford y su alta figura bronceada por el sol, parecía un dios griego acabado de bajar del monte Olimpo.

—Deberías navegar más a menudo. —Me estiré disfrutando de la luz del sol—. Es sexi.

No me hubiese atrevido a decirle eso a nadie más, pero con Christian no tenía que preocuparme por esas cosas. Podía decir lo que quisiera; no me juzgaría ni se reiría de mí.

Le brillaron los ojos, divertido.

—Está bien saberlo. —El generoso aunque sutilmente ronco tono de su voz hizo que un agradable escalofrío me recorriera de arriba abajo.

Estábamos anclados en la costa de Capri, nuestra última parada en Italia.

No había nadie alrededor; solo estábamos nosotros, una suave brisa y el delicado aroma que formaba la mezcla del olor a coco de la crema solar y el aire salado del mar. Las famosas rocas Faraglioni se erguían imponentes a la lejanía, como gigantescos centinelas que emergían de las oscuras profundidades del mar Tirreno, y el suave vaivén del barco prestaba a la escena una sensación de ensueño.

De hecho, el último mes entero había sido un sueño. Y yo tenía miedo de despertar y descubrir que todo había sido producto de mi imaginación.

Por temporal que fuera, la realidad también podía ser mágica.

—Ya vuelves a darle al tarro. —Cuando mi mente se ponía a deambular por caminos oscuros, Christian siempre se daba cuenta.

—No puedo evitarlo —admití—. Me viene de fábrica.

Se acomodó a mi lado y me envolvió la cintura con uno de sus musculados brazos.

—¿En qué piensas?

—En que esto parece irreal —confesé en voz baja—. Es demasiado bonito para ser verdad.

Cada vez que me pasaba algo bonito, algo terrible se asomaba por detrás, aguardando hasta poder echarme un jarrón de agua fría encima.

Hasta la fecha, mi relación con Christian había sido perfecta, pero una parte de mí estaba esperando a que llegase un inevitable encontronazo.

—Es real. —Me dio un beso en la parte baja de la garganta—. Y, si no, encontraré la forma de que lo sea. —Sus besos fueron dejando llamaradas mientras me recorría el cuello hasta llegar a la boca—. Por ti, haría lo que fuera, Stella.

El corazón se me hinchó tan rápido y con tanta fuerza que creí que iba a explotar.

—Lo sé —susurré.

Christian me besó en los labios con suavidad y luego reposó la mano en mi cadera.

—Bien. Y, ahora... —Pasó un dedo por debajo de la tira del bikini—, vamos a acallar un poco esta cabecita tan diligente que tienes, ¿te parece?

La atmósfera se transformó. La suave emoción del momento se vio aplastada por una fogosidad que me abrasó la piel al instante y que nada tenía que ver con el fuerte sol que resplandecía en el cielo.

Arqueé una ceja en un intento por hacerme la chula.

—¿Y cómo quieres que lo hagamos?

Su pícara sonrisa se abrió paso en mi interior como si fuera un sensual hilo de humo.

—Hay cuerda de sobra en el barco, Mariposilla.

Aquella sugerencia hizo que me palpitara la entrepierna con muchísima intensidad. Christian sabía que me gustaba que me atasen, pero...

—¿Aquí? —pregunté con voz de pito.

Estábamos en mar abierto. No había nadie alrededor, pero cualquiera podría aparecer en el momento más inesperado.

—No nos verá nadie. Te lo prometo. —Christian me estudió con la mirada. El sol ofrecía a sus ojos ámbar un tono dorado—. ¿Confías en mí?

Se me aceleró el pulso. Estaba nerviosa, pero, tras dudar un solo segundo, asentí.

Si él decía que no nos vería nadie, no nos vería nadie.

Jamás se lo admitiría porque no quería hincharle el ego hasta que fuera del mismo tamaño que Júpiter, pero estaba convencida de que, si él quisiera, Christian incluso podría bajar las estrellas.

Mis dudas se disiparon en cuanto noté el roce de la cuerda en la muñeca. Me había ordenado que me quitase el bikini y yo había obedecido. Ahora estaba tumbada bocarriba en el asiento acolchado que había al final del barco mientras él me ataba las muñecas encima de la cabeza.

Cuanto más las apretaba, más húmeda estaba yo.

Antes, mis inclinaciones sexuales hacían que me sintiera avergonzada o cohibida, pero estar con Christian había conseguido que gran parte de mis preocupaciones desaparecieran. Nunca me había hecho sentir mal por lo que quería en la cama. Me sacaba de mi zona de confort y aceptaba mis fantasías con tanta minuciosidad que incluso me parecían normales; a ver, según lo que había leído en internet, eran normales, pero había una diferencia entre saber algo y que te lo pareciera de verdad.

Aun así, me sorprendí y se me tensó el cuerpo al ver a Christian con un pañuelo de seda en las manos.

—Si quieres que te lo quite, dímelo —señaló él.

—Vale —respondí en un tono más agudo al habitual.

Nunca me habían vendado durante el sexo. Pensar que no vería lo que tenía alrededor hizo que me diera un vuelco el estómago, pero cuando me cubrió los ojos con la venda me destensé un poco.

La luz que se colaba a través de la tela me permitió relajarme.

Esperé.

Y esperé.

Oí que Christian se movía por el barco, pero no me tocó.

Ante la ausencia del estímulo visual, todos mis pensamientos se centraron en lo vulnerable que había quedado yo en ese momento. Con las manos atadas, los ojos vendados y desnuda ante él.

Christian podía hacerme lo que quisiera.

Los nervios se apoderaron de mí.

Oí un sutil tintineo y los pasos de Christian, acercándose.

Entré en tensión a la espera de...

Se me escapó un discreto grito cuando, por sorpresa, noté algo frío entre los pechos.

Un cubito de hielo.

No me rozó los pezones, pero estos se me endurecieron enseguida al notar aquel frío tan cercano.

—Es un día muy caluroso —señaló Christian lentamente—. Hay que refrescarte un poco antes de empezar.

Me bajó el cubito de hielo por el vientre y luego volvió a subirlo. La respiración se me tornó jadeante y Christian repitió ese mismo gesto hasta que el hielo se derritió.

Luego oí otro tintineo y, a continuación, noté un cubito de hielo rozándome el pezón.

Un escalofrío se apoderó de mí.

Ahora ya no solo tenía los pezones duros; también los tenía adoloridos a causa de la necesidad que sentía en mi interior mientras él iba dibujando círculos con el cubito de hielo y pasándomelo por mis duras piedras.

Y, cuando ya no pude aguantar más, cuando placer y dolor se juntaron en una insoportable hoguera, la húmeda y cálida boca de Christian reemplazó el frío del hielo.

Aquel repentino cambio de temperatura hizo que unas ondas sísmicas me recorrieran el cuerpo.

—Christian —dije casi sin aliento—. Oh, Dios...

Si todo me parecía imposiblemente erótico no era solo por el hielo, lo apretadas que tenía las cuerdas en las manos o por cómo me estiraba y me retorcía yo misma. Era por cómo había jugado con el frío y el calor, por cómo mis sentidos se habían agudizado al tener la venda en los ojos, y por cómo Christian se tomaba todo el tiempo del mundo para disfrutar de cada centímetro de mi cuerpo.

El cuello, los pechos, el vientre... Cuando llegó a la entrepierna, yo ya estaba húmeda, tanto por el agua del hielo derretido como por la excitación.

Cuando me pasó un cubito de hielo algo menos frío por mi hinchado clítoris, se me escapó algo a medio camino entre un chillido y una ahogada respiración.

—Tienes el coño más bonito que he visto en mi vida —gruñó Christian—. Ábrete más para mí, cariño.

Me abrí más de piernas y él me hundió el cubito de hielo dentro mientras, con la boca, me chupaba el clítoris.

Un cubito de hielo. Un lengüetazo. Un pellizco en el pezón.

Con eso bastó.

Abrí la boca para gritar en silencio mientras mi orgasmo explotaba sin que yo pudiera ver nada y me recorría de arriba abajo en varias descargas eléctricas. Fue como si la firme intensidad de todo lo que estaba sintiendo hubiese inhibido por completo mi capacidad de chillar, ahogar gritos o hacer lo que fuera más allá de arder con tanta fuerza que habría podido desintegrarme ahí mismo, en la cubierta del barco, en aquel preciso instante.

Cero pensamientos, cero palabras. Solo placer a montones.

Aquel orgasmo duró lo que me pareció una eternidad. Sin embargo, cuando al final disminuyó, el sonido volvió a mí cual ola ensordecedora.

Me hundí un poco más en el banco y sentí cómo se me agitaba el pecho a causa de mi entrecortada respiración.

Estaba tan aturdida que ni siquiera me había dado cuenta de que Christian había cambiado de posición hasta que me encontré con las piernas levantadas y apoyadas en sus hombros.

—Estás guapísima, atada y con los ojos vendados. —Mientras él hablaba, yo seguía notando la punta de la polla en mi aún sensible sexo—. No hay nadie alrededor, Stella. Puedo hacerte gritar tan fuerte como me dé la gana y follarte tan duro como seas capaz de soportar hasta que te corras con mi polla dentro.

Se me escapó un gemido lleno de necesidad.

Acababa de correrme ya, pero necesitaba sentirlo dentro de mí.

Me encantaba que lo hiciera con los dedos y con la boca, pero no había mejor sensación en el mundo que sentir a Christian dilatándome y llenándome.

La parte más íntima de su cuerpo hundida en la parte más honda del mío.

Nada se comparaba a eso.

—Te gusta, ¿a que sí? —me provocó—. Te gusta pensar que puedo joderte ese coñito que tienes mientras tú estás aquí atada e indefensa.

—Sí. Por favor —le supliqué—. Fóllame.

Otro gemido.

Pausa.

Y, a continuación, la firmeza de su polla dentro de mí mientras me follaba tal y como yo le había pedido.

No, no me follaba. Me destrozaba, volviéndome loca con su tacto y sus palabras.

El cuerpo se me dobló prácticamente por la mitad. Los tobillos casi me llegaban a las orejas y yo seguía con las manos atadas encima de la cabeza mientras Christian me penetraba.

Con brutalidad. Sin piedad. De la forma más perfecta posible.

Cada empellón me llevaba más hacia el borde del banco y convertía el mundo en una neblina de sexo, sudor y calor.

La venda lo hacía todo el doble de intenso. La sensibilidad en mi piel era mayor, sentía con muchísima más claridad su polla dentro de mí, y mis chillidos y gemidos rotos se mezclaban con sus gruñidos y el obsceno sonido de dos cuerpos chocando.

Me moría por correrme, pero no quería que esto acabara nunca.

Christian me agarró los tobillos con fuerza mientras se inclinaba encima de mí y me echaba las piernas más hacia atrás.

Yo era bastante flexible, de modo que aquella posición no me dolió. A él le permitía hundirse más en mí, más de lo que lo había hecho nunca hasta entonces, y no pude sino ahogar un grito ante tal nueva sensación.

El dolor que sentía en el sexo aumento hasta llegar a niveles exorbitantes.

—Es tan estrecho... Tan húmedo... Y tan mío... —Al oír aquella oscura posesividad en su voz, un escalofrío me envolvió entera—. Córrete para mí, Stella.

Permaneció hundido en mí y bajó una mano para pellizcarme el clítoris.

Esta vez, mis gritos retumbaron por el sofocante aire que nos rodeaba mientras mi cuerpo temblaba con el vigor del clímax. Me corrí con tanta vehemencia que las lágrimas se me escaparon de los ojos y se me fueron deslizando por las mejillas.

—Así me gusta.

Christian me besó las lágrimas para secármelas y ralentizó el ritmo de sus embestidas haciendo salir todos mis fluidos hasta que no quedó ni una gota de placer en mi interior.

Y entonces, cuando la fuerza me abandonó, fue él quien se corrió con un fuerte gruñido.

Nos quedamos ahí un rato, jadeando y llenos de felicidad. Cuando por fin se nos normalizó la respiración, Christian salió de mí y me quitó la venda.

El mundo volvió a llenarse de color y tuve que pestañear unas cuantas veces para adaptarme de nuevo a la luz.

—Espero que esto te haya ayudado con tus rayadas. —Christian me desató las manos. Aquel comentario tan superficial fue completamente contrario a la ferocidad con la que acababa de follarme.

Con cuidado, me acarició las muñecas, que tenía escocidas por las cuerdas, hasta que el color rojizo fue desapareciendo.

—Sí. —Reí casi sin aliento—. Ha sido la mejor cura del mundo.

Vi a Christian. Tenía la piel reluciente a causa de lo que acabábamos de hacer. No sabía cómo era posible, pero aún estaba más atractivo que antes.

Ante mi escrutinio, él arqueó las cejas.

—¿Qué pasa?

—Nada. —Se me ensanchó la sonrisa—. Nada en absoluto.

No quería moverme, pero me obligué a sentarme y a ponerme el bañador por si luego nos cruzábamos con algún otro barco.

Christian se dejó caer a mi lado, me pasó un brazo por los hombros y yo me acerqué más a él.

El suave vaivén del barco, el sutil sonido de las olas al chocar, la adormilada y silenciosa alegría que se respiraba en el aire...

No podría haber pedido tener una tarde mejor.

Con delicadeza, le pasé la mano por el pecho y los abdominales. Casi nunca podía estudiarlo de esa forma. Siempre era él quien me cuidaba a mí, no al revés.

Dejé la mano apoyada en su pecho y fui besándole la curva del hombro, el cuello y la mandíbula.

Christian no se movió y me permitió explorarlo a mi antojo.

La gente lo veía como un director ejecutivo rico y atractivo, y era cierto. Pero había otro Christian Harper bajo aquella cuidadosamente pulida capa exterior.

Lo sabía por cómo me miraba, como si yo fuera lo más bonito que hubiese visto en su vida.

Lo sabía por cómo me animaba y por cómo me defendía.

Y lo sabía por cómo me abrazaba, como si no quisiera soltarme nunca.

Le besé la comisura de los labios y sentí una punzada de dolor en el corazón por algo que no fui capaz de identificar.

Hombres ricos y atractivos los había a montones, pero los hombres con un corazón como el suyo eran difíciles de encontrar.

Christian no era perfecto, pero para mí sí.

Le rocé los labios con los míos una vez. Y otra.

A lo mejor era por el sol, por la tranquilidad de ensueño que sentía tras haberme pasado un mes en Italia o por la euforia poscoital que todavía sentía.

Fuera lo que fuese, destapó una botella de valor que se me vació en la lengua y me hizo pronunciar dos palabras:

—Te quiero —susurré.

Sabía que Christian no creía en el amor.

Y sabía que las probabilidades de que él no me devolviera aquellas palabras eran inmensas.

Pero tenía que decírselo.

Ya era hora de que empezara a hacer lo que quería y dejara de reprimirme solo por miedo a cómo podían reaccionar los demás.

Christian se quedó petrificado. Incluso me dio la impresión de que había dejado de respirar.

Levanté la cabeza. Una oscura y tumultuosa tormenta se le fue formando en los ojos y cargó el aire que nos rodeaba de electricidad.

—Stella... —La aspereza de su voz se me aferró al corazón cual enredadera—. Yo no merezco tu amor.

—Tú te lo mereces más que nadie. —Sentí lo fuerte que le latía el corazón bajo mi mano—. No espero que me digas que tú también me quieres ahora mismo. Pero quería que lo supieras.

El pecho de Christian subía y bajaba con respiraciones entrecortadas. Me agarró el cuello por la nuca y apoyó la frente en la mía.

—El día que te conocí —me contó— tuve más suerte que en toda mi vida. Siempre has sido lo mejor de mi mundo, Mariposilla. Y siempre lo serás.

Los ojos me escocieron con la envergadura de su confesión.

—No tienes pinta de ser el típico tío que cree en la suerte.

—Por ti, creo en todo.

«Incluso en el amor.»

Aquella implicación estuvo presente en el timbre de su voz y en la forma en la que me volvió besar, como si se estuviera ahogando y yo fuera su única fuente de oxígeno. Vital. Valioso. Querido.

Me hundí en su abrazo y dejé que se apoderara de mí, igual que hacía siempre.

Christian tenía ciertos complejos cuando se trataba del amor, y ahora entendía por qué le costaba pronunciar aquella palabra en voz alta.

Pero no necesitaba oírselo decir; ya lo notaba. Y mi convicción de que nuestro amor era poderoso, así como la euforia de haberle confesado lo que sentía, acallaron las diminutas y traicioneras voces que me susurraban que, tras la calma, también llega la tormenta.

40
Stella

Por desgracia, todos los sueños llegan a su fin.

Nuestro último día en Italia lo pasamos yendo en barco por Capri. Christian y yo volvimos a Washington con dos maletas de más llenas de regalos y *souvenirs* y acompañados por mi confesión.

Mi antigua yo se habría avergonzado de haber pronunciado aquellas palabras y que la otra persona no se las hubiera dicho de vuelta. Sin embargo, mi «nueva» yo (y lo pongo entre comillas porque había partes de la antigua Stella que aún vivían en mí) se sentía más segura de sí misma como para dejar que las cosas siguieran su propio curso.

Dicho esto, nuestro regreso a la ciudad fue más sobrecogedor al volver de Italia que al volver de Hawái. Tras haber pasado un mes fuera, Christian enseguida se vio envuelto por el caos del trabajo y yo tuve que pasarme una semana entera respondiendo montañas y montañas de correos electrónicos, revisando el correo postal y ocupándome de otras tareas que habían ido acumulándose mientras estaba fuera.

Fui a ver a Maura, trabajé en mi plan de *marketing*, quedé con Ava y con Jules para tomar algo y me ocupé de un montón de encargos.

Me costó un poco readaptarme a mi rutina diaria. En parte, porque esta vez había estado fuera más tiempo y, en parte, porque en estas fechas había muchísimo por hacer.

Cuando la semana llegó a su fin, estaba cansada, de mal humor y necesitaba una sesión de yoga restaurador superlarga.

Decidí tomarme el lunes con calma, estaba preparándome mi *smoothie* matutino cuando, de repente, una llamada entrante iluminó la pantalla del móvil.

—¿Diga?

—Hola, Stella, soy Norma.

La mano que tenía apoyada en la batidora se me quedó helada.

Norma era una de mis enfermeras favoritas de Greenfield, pero no me llamaría de la nada a no ser que ocurriese algo.

Volví a dejar la media taza de hielo en la encimera y jugueteé con el collar.

—¿Le ha pasado algo a Maura?

Cuando la visité ayer me había parecido que estaba bien, pero en el transcurso de las horas le podría haber sucedido cualquier cosa. Podía haber tenido convulsiones, se podía haber caído, podía haberse dado un golpe en la cabeza...

Empecé a pensar en las peores posibilidades.

—Físicamente está bien. —La consoladora voz de Norma me calmó un poco los nervios—. Pero, eh..., esta mañana se ha acordado de lo que les ocurrió a Phoebe y a Harold.

Y, tal como se habían ido, los nervios volvieron a mí de inmediato.

—Ay, no...

No solía ocurrirle a menudo, pero cuando se acordaba de su marido y de su hija se alteraba muchísimo. La última vez le tiró un jarrón a una enfermera. Si hubiese tenido su fuerza habitual, dicha enfermera estaría en coma en este momento.

—Como te decía, ahora ya está bien —me tranquilizó Norma—. Pero, por desgracia, hemos tenido que sedarla.

Me dio un vuelco el estómago. Había pedido a los trabajadores de Greenfield que me llamaran siempre que tuviesen que sedarla. No era algo que se tomaran a la ligera; si sedaban a alguien era porque esa persona realmente había tenido un muy, pero que muy mal día.

—Voy ahora mismo.

Ya estaba saliendo por la puerta cuando Norma me detuvo.

—No hace falta. Sé que quieres verla, pero ahora ya está dormida y viniste a verla ayer —respondió con amabilidad—. Solo te he llamado para que lo supieras. No te preocupes demasiado, cielo. Son cosas que pasan y lo tenemos bajo control. Te lo prometo.

Norma tenía razón. Por más que detestara dejar a Maura sola después de haber sufrido un episodio como ese, el equipo de Greenfield contaba con un sinfín de profesionales. Los preparaban para enfrentarse a situaciones de esa índole y podían gestionarlo todo con muchísima más eficacia que yo.

—Ya. —Me obligué a sonreír a pesar de que Norma no me viera—. Gracias por llamar. Por favor, avíseme si hubiera cualquier otra novedad.

—Por supuesto.

Colgué y me propuse terminar de desayunar sin pensar demasiado en la llamada, pero estaba tan distraída que ni siquiera le notaba el sabor a nada.

A lo mejor debería pasarme por Greenfield por si acaso...

Me volvió a vibrar el móvil. Acababa de recibir un mensaje que me indicaba que, efectivamente, el día aún podía ir a peor.

Natalia: Stella

Natalia: ¿Qué narices es esto?

El texto iba acompañado de una foto mía de la sesión en Hawái. Tanto mi campaña con Delamonte como mi perfil en *Washington Weekly* por fin habían visto la luz. Julian había hecho un trabajo maravilloso con la redacción y Luisa estaba encantada. Me había mandado un correo electrónico el día anterior halagando efusivamente el escrito.

Por lo visto, a mi familia no le hacía tanta ilusión.

En parte entendía de dónde les venía el *shock*. En la foto que me había enviado Natalia, se me veía de espaldas, pero saltaba a la vista que iba en toples y la parte de abajo cubría lo esencial, pero ni un milímetro más.

Se trataba de una composición artística y para nada sórdida, pero seguramente se trataba del mayor escándalo en el que los Alonso se hubieran visto involucrados.

Yo: Una foto

No estaba de humor para entrar en los jueguecitos de Natalia, que me venía pidiendo explicaciones.

Tenía claro que mi familia se alarmaría con lo de las fotos de Hawái, pero no me importaba lo más mínimo. Llevábamos casi tres meses sin hablarnos, desde la última vez que cenamos juntos. A lo mejor nos habíamos mantenido alejados por orgullo o quizás por cabezonería, o a lo mejor yo llevaba razón desde el principio y a mis padres les daba absolutamente igual tenerme o no en la familia.

Las únicas veces que se mostraban interesados en mi vida era si se sentían avergonzados por lo que hacía. No me sorprendía en absoluto que el primer mensaje que me mandara mi hermana después de tres meses fuera para criticarme.

Natalia: Sales DESNUDA

Natalia: ¡Mamá y papá están que se suben por las paredes!

Yo: Salgo MEDIO desnuda. Y si mamá y papá se suben por las paredes, que me llamen ellos mismos. Ya son mayorcitos. No hace falta que les hagas siempre de portavoz.

Nos estábamos mandando mensajes de texto, pero era como si pudiera oír el silencio que acababa de hacerse a su alrededor ante su estupefacción.

Me había pasado la vida entera haciendo lo que mi hermana quería y dejando que me manipulara. Ya estaba harta.

Si mis padres tenían algún problema conmigo, podían venir y decírmelo a la cara.

Y si a Natalia eso le suponía un problema, podía coger y pasárselo por donde ya sabes.

Los tres puntos de la pantalla me indicaron que estaba escribiendo. Luego desaparecieron y volvieron a aparecer.

Natalia: No sé qué te habrá pasado a ti últimamente, pero no mola. TÚ también eres mayorcita, Stella. Actúa como toca.

Natalia: Además, ir medio desnuda tampoco es que sea mucho mejor que estar desnuda del todo.

Natalia: Papá es el director del gabinete de la Secretaría de Estado. Imagínate qué imagen da esto de él.

El cabreo se me aferró a la piel con uñas y dientes.

Discutir con Natalia era como discutir con una pared. Mi hermana nunca daba el brazo a torcer ni tampoco intentaba ponerse en el lugar de la otra persona. Ella siempre tenía razón y los demás siempre se equivocaban.

En lugar de responderle con un mensaje de texto, la llamé. Descolgó el teléfono y, al hacerlo, ni siquiera le di la oportunidad de hablar.

—Me-da-igual. —Colgué y puse el móvil en silencio.

¿Me estaba comportando como una cabrona? Puede.

¿Me arrepentiría de mi minipataleta más adelante? Seguramente.

Pero ya me ocuparía de todo eso llegado el momento. Ahora, haber dejado a mi hermana atónita y sin palabras era lo mejor que me había ocurrido en lo que iba de mañana.

Aun así, continué sin poder centrarme en el trabajo, de modo que me puse una camiseta vieja y unos *shorts* y decidí hacer la única cosa que conseguía que me sintiera mejor cuando estaba superestresada: una limpieza a fondo.

Empecé por la cocina y luego fui avanzando por el resto del ático, quitando el polvo y fregando cada esquina y cada hendidura. Nina venía a limpiar una vez por semana, pero la última vez fue hacía cinco días, así que tuve bastante con lo que mantenerme entretenida.

Mis amigas lo veían como una táctica para aliviar el estrés un tanto extraña; sin embargo, se trataba de una tarea mecánica y productiva. Además, cada vez que pasaba el trapo mojado por encima del polvo tenía la impresión de estar sacando energía estancada, lo cual era un plus.

Más adelante, le tocó el turno al despacho de Christian.

Me quedé fuera, tras las puertas cerradas, dubitativa.

Solo había entrado en su santuario para regarle aquellas pobres plantas, lo cual había seguido haciendo tras haberme mudado. Christian se había ofrecido para contratar a alguien que se encargase de hacerlo, pero yo ya les había cogido cariño.

No le importaría que entrara mientras él no estaba en casa, ¿verdad que no? No tenía ningún problema en dejarme entrar para que le regara las plantas. Si realmente no quisiera que entrase, me lo habría dicho.

Dudé un segundo más y, finalmente, abrí las puertas.

Tardé más en limpiar el despacho de Christian que cualquier otra estancia de la casa ya que me aseguré de volver a colocarlo todo exactamente en el mismo lugar donde lo había encontrado.

Se trataba de un estudio de tonos monocromáticos, con unas paredes de color gris claro, una silla de cuero negro, y un escritorio enorme metalizado y de cristal. Hasta el globo terráqueo que había en una esquina era negro y gris.

Por lo visto, no solo era alérgico al arte: también lo era a los colores.

—Christian aún no lo sabe, pero te vamos a dar un poco de vidilla... —le dije al escritorio. Estaba vacío; salvo por su ordenador portátil, un par de pantallas adicionales, un pisapapeles y un bote para los bolis de color gris mate donde había cuatro Montblanc idénticos—. Algún día.

Pasé el trapo por el escritorio y me obstiné tanto en intentar descifrar qué representaba aquel pisapapeles —¿un jaguar?, ¿un jabalí?, ¿un gato deforme?— que tiré el bote de bolis sin querer.

Me arrodillé para cogerlos, pero calculé mal la distancia

del suelo al escritorio y, al levantarme, me di en la cabeza con la parte inferior de la mesa.

—¡Ay! —grité e hice una mueca.

A lo mejor se habían desalineado los planetas, porque hoy no estaba siendo mi día.

Esperé a que el repentino mareo se me pasara un poco y luego puse la mano en el borde del escritorio para no cometer el mismo error al ponerme de pie.

«Por eso no puedo tener un escritorio de cristal.» Se mimetizaban demasiado bien con aquello que los rodeaba.

Noté un pequeño bulto con los dedos, pero no le presté demasiada atención hasta que me erguí y vi que uno de los cajones sobresalía un poco.

Parecía distinto a los demás. Era más pequeño, estaba hecho de metal negro en lugar de ser de color gris, y estaba metido dentro de un cajón más grande lleno de material de oficina.

Era un compartimento secreto.

—Madre mía. —Me lo quedé mirando desconcertada.

Sabía que Christian tenía un montón de aparatos y dispositivos a su disposición, pero ¿¡un cajón secreto!? ¿En serio? Pensaba que estas cosas solo se veían en las películas.

Debería cerrarlo y seguir limpiando. Seguramente contenía información confidencial que no me incumbía en absoluto, pero la curiosidad me superó.

Una ojeadita rápida no le haría daño a nadie, ¿a que no? Además, lo que había allí dentro parecía inofensivo. No eran más que unas cuantas carpetas de lo más normales.

Cogí la de arriba del todo y la abrí.

Tenía toda la pinta de ser un montón de palabras que formaban un texto aburrido hasta que mis ojos se posaron en el nombre que aparecía arriba.

«Stella Alonso.»

Pestañeé dos veces para asegurarme de que lo había leído bien, pero por más que lo mirara y lo volviese a mirar, aquellas palabras no cambiaban.

Ojeé el resto de la página rápidamente y me di cuenta de que no se trataba de una página con información cualquiera como, por ejemplo, las notas del colegio de alguien, o una lista de fechas de cumpleaños y pasatiempos favoritos. Era un informe sobre mí.

Ahí, escrita en blanco y negro, estaba toda mi vida: cuándo era mi cumpleaños, quiénes eran mis amigas, qué *hobbies* tenía y dónde había ido a clase, empezando por la guardería y terminando por la universidad.

¿Por qué tenía un informe sobre mí? ¿Para saber más de mi pasado y poder dar con el acosador?

Yo ya le había contado todo lo que sabía, pero a lo mejor le preocupaba que me hubiese dejado algo.

Sin embargo, al seguir pasando las hojas, vi que no se trataba de eso en absoluto.

Toda mi vida estaba detallada en esas páginas. Ahí estaba todo al dedillo: desde información básica acerca del trabajo de mis padres hasta mi comida favorita, las malditas actividades extraescolares que había hecho y quién había sido mi profesor favorito en la universidad. Incluso tenía una lista de todos los tíos con los que había salido.

«Creo que voy a vomitar.»

La bilis me subió a la garganta. Con las manos temblorosas, dejé la carpeta y cogí otra.

Aquella era peor que la primera. Tenía expedientes no solo míos, sino de cualquier persona cercana a mí, incluyendo mi familia, mis amigas, Maura y mis exnovios.

En la tercera carpeta había una colección entera de material audiovisual: fotos de mi graduación de la uni, un artículo de *Thayer Chronicle* sobre la colecta de alimentos que había organizado yo misma para Fiestas, y una foto mía en el primer desfile de moda al que asistí y que llegó a publicarse años atrás en la página web de una *influencer* amante de los cotilleos, etcétera.

Aquellas fotos y artículos eran de dominio público. No había espontáneas ni fotos privadas, pero verlo todo ahí, junto al resto de carpetas con información de mi vida, hizo que me dieran ganas de echar la comida.

Por un segundo pensé que quizás él era el acosador. No obstante, desde un punto de vista logístico, no tenía sentido alguno. Además, conocía lo bastante bien a Christian como para saber que no me intimidaría como lo hacía el acosador.

«Aunque no lo conocías tan bien como para suponer que tendría un expediente de tu vida entera», canturreó la traicionera voz de mi subconsciente.

Puede que Christian tuviera una buena razón que explicara por qué tenía todas esas carpetas, pero no por eso dejaba de ser una invasión de la privacidad de dimensiones colosales. No solo había indagado acerca de mi vida, sino también de la de todas aquellas personas a quienes yo conocía.

Lo había hecho sin mi permiso y me lo había escondido.

¿Cuánto tiempo hacía que tenía dichas carpetas? ¿Días? ¿Semanas? ¿¡Meses!?

Se me revolvieron las tripas y casi no me dio tiempo a llegar al baño antes de que mi desayuno hiciera una asquerosa reaparición.

Mientras vomitaba, se me llenaron los ojos de lágrimas.

Hacía una semana a estas horas estábamos en un barco en Italia donde le dije que lo quería y él me besó como lo hace alguien que te responde con un «Yo también te quiero».

Sietes días, pero parecía que hubiesen pasado siglos. Un periodo de tiempo suficiente para que un sueño se convirtiese en una pesadilla.

«A lo mejor necesitaba esta información para dar con el

acosador. A lo mejor quería asegurarse de que no hubiera ningún asesino en serie entre mis conocidos. A lo mejor... Quizás...»

Me estaba agarrando a clavos ardientes, pero solo era capaz de pensar en Christian sentado en su escritorio y hurgando en mi vida con la misma facilidad con la que alguien hace una búsqueda en Google.

Igual no era quien me estaba acosando, pero se había pasado igualmente de la raya en muchos aspectos. En algunos, hasta había traspasado los mismos límites de privacidad que el acosador.

Volví a sentir ganas de vomitar. Ya había echado todo lo que tenía en la tripa, así que lo único que podía hacer era quedarme ahí, con arcadas y la cara metida en la taza del váter.

«Tengo que salir de aquí.»

Christian no regresaría a casa hasta dentro de unas cuantas horas, pero no podía arriesgarme a que me encontrase así en caso de que decidiera marcharse antes de la oficina. No podía fingir que no pasaba nada cuando tenía la sensación de que nada volvería a estar bien nunca más.

Me obligué a levantarme del suelo y me limpié con rapidez antes de entrar en nuestra habitación. Tenía un montón de cosas en el cuarto de invitados, pero después de nuestro viaje a Hawái, me había mudado a su habitación y dormía con él.

Christian había vaciado parte de su armario para que pudiera meter mis cosas. Ahora, ver mi ropa al lado de sus ya familiares trajes oscuros, hizo que sintiera un insoportable nudo en el corazón.

—Tampoco te pasaría nada por ponerte algo que no fuera negro, gris o azul marino, eh —le dije. Yo seguía tumbada en la cama, tapada con el edredón y viendo cómo Christian se vestía.

Traje. Corbata. Reloj. Gemelos.

Jamás pensé que ver a un tío poniéndose los gemelos sería tan sexi, pero Christian hacía que absolutamente todo lo pareciese.

—Me duelen los ojos cuando veo otros colores.

—Pues yo me los pongo constantemente.

—Es distinto. Me encanta todo lo que te pones.

Me dio un vuelco el estómago y, suspirando, volví a dejarme caer en la almohada.

—No es justo que puedas acabar todos tus argumentos con frases de este tipo.

Christian salió de la habitación, pero su sonrisa se quedó ahí un rato más.

Acordarme de eso me hizo sonreír. Sin embargo, mi sonrisa desapareció en cuanto volví a acordarme de la realidad más reciente de nuestra historia.

Las carpetas. Los secretos. La necesidad que sentía de salir de aquí inmediatamente, antes de que Christian volviera a casa.

Ahora mismo, era mejor que no lo viera. Tenía las emociones demasiado a flor de piel y estaba hecha un lío a más no poder.

Necesitaba pensar y necesitaba espacio para procesarlo todo, pero lejos de él.

Me obligué a no mirar su parte del armario. Pillé lo esencial y lo metí en una bolsa de mano. Unas cuantas mudas de ropa, lo básico de aseo personal y el señor Unicornio, a quien cogí cuando ya me iba.

Antes de irme, le escribí una nota y se la dejé en la mesa del despacho. Entre eso y las carpetas, la explicación estaba servida.

No estaba lista para hablar con él, pero me preocupaba lo

que pudiera hacer si llegaba a casa y veía que me había ido sin avisar.

Me metí en el ascensor para bajar al vestíbulo y me abracé al señor Unicornio. Me daba igual que fuera una chica adulta caminando por un sitio público con un peluche. Era el único ser masculino que no me había defraudado nunca.

Sabía que Brock me estaba controlando y que avisaría a Christian de que me había marchado, pero ya me ocuparía de eso luego.

De momento, solo podía ir a un sitio que fuera casi tan seguro como solía serlo el ático de Christian.

—¿Ava? —La llamé mientras salía del edificio. Me tembló la voz, pero me negué a llorar. «Ahora no. Aquí no»—. ¿Puedo ir a tu casa? Ha... ha pasado algo.

41
Christian

Mientras estuvimos en Italia, el acosador de Stella no hizo acto de aparición, tal y como ya me había imaginado. Y eso era precisamente lo que yo quería. Necesitaba que dejara de tocar las narices mientras yo gestionaba el lío que tenía en la empresa.

Alex no me había informado de nada sospechoso en mi ausencia, pero mi instinto me decía que el acosador estaba tramando algo muchísimo más importante que unas cuantas notitas y que trataría de pasar desapercibido hasta que pudiera llevar su plan a cabo.

Seguramente la nota que me había escrito no había sido más que un desliz. Un error que había cometido por puro ego y que lo había llevado a demostrar que no me tenía miedo y que no pensaba desaparecer.

Aun así, yo tenía que descubrir quién era el traidor de mi empresa antes de poder ocuparme del acosador con eficacia.

Faltaban solo unas semanas para que se celebrara el torneo de póquer anual de Seguridad Harper. Era el único momento del año en el que casi todos los trabajadores de la empresa podían reunirse en el mismo lugar durante una noche para divertirse y relajarse un poco. Las únicas personas que no podían asistir eran aquellas que tenían misiones a largo plazo, pero los sospechosos estarían allí. Me había encargado de que así fuera.

Cogí el ascensor para subir a mi apartamento y me solté un poco la corbata.

Estos días, en el trabajo todo había sido un desastre, y mis noches con Stella eran lo único que me ayudaba a mantener la cordura.

Te quiero.

El corazón se me aceleró al acordarme de sus palabras.

Había pasado ya una semana desde que Stella me puso el mundo al revés y aún no me había recuperado del impacto.

Seguía repitiéndome a mí mismo que yo no creía en el amor, que lo que sentía por ella no era amor, pero Stella había hecho añicos aquel espejismo con una simple frase.

En cuanto dijo esas palabras y me miró con sus hermosos ojos verdes, lo supe.

Estaba enamorado de ella.

Había ocurrido lentamente. Minuto a minuto, detalle a detalle, como un puzle que acaba completándose, hasta que ya no pude seguir negándolo o ignorándolo.

Por ti, creo en todo.

Estas palabras habían sido lo más cerca que había conseguido estar de admitir la verdad en alto. Una de mis creencias fundamentales en la vida se había quebrado y yo no había tenido ni tiempo de procesarlo.

Cuando por fin se lo dijera, quería que fuese verdad. Que fuera sincero.

Se abrieron las puertas del ascensor.

Salí al pasillo y entré en el ático, pero me detuve de inmediato. Se me puso el pelo de punta. Algo no iba bien.

En el aire reinaba una quietud más bien sospechosa. Solía encontrarme a Stella en el salón, sacando fotos o trabajando en su colección. Y, en el caso de que estuviera en otra parte, la sentía al llegar a casa; sentía su cálida y reconfortante presencia en cualquier espacio en el que se encontrase.

Pero aquella presencia ya no estaba y ahora la reemplazaba el olor del desinfectante, parecido al del limón.

Hoy no tenía que venir Nina, así que seguro que había fregado Stella. Solo lo hacía cuando estaba especialmente estresada.

Aceleré el paso y comprobé sus estancias favoritas. No estaba en la biblioteca, ni en la habitación ni en la cocina, y tampoco estaba en la azotea superior, donde solía hacer yoga. No me había enviado ningún mensaje y, cuando la había llamado, no había respondido.

—¿Stella? —la llamé. A pesar de que estaba entrando en más y más pánico por segundos, mi voz sonó tranquila.

No obtuve respuesta.

«No le habrá pasado nada.»

Seguramente había salido a que le diera el aire o a por algo para picar. Si hubiese ocurrido algo malo, Brock me habría avisado.

«Joder, ¿por qué hace tanto calor aquí?»

Me remangué. El aire acondicionado estaba al máximo, pero yo me estaba asando.

Hice ademán de volver al salón, pero, de camino, vi algo y me detuve.

La puerta de mi despacho estaba abierta.

Yo la cerraba antes de irme a trabajar. Siempre. Y Stella nunca entraba allí a no ser que fuera para regar las plantas. Incluso en ese caso, cerraba la puerta al salir.

Cogí la pistola que llevaba en la cintura y entré en el despacho, arma en mano.

Una fría corazonada se apoderó de mí.

Lo primero que vi fue el desorden de papeles en el escritorio y tres carpetas básicas negras pero distintivas.

Lo segundo en lo que me fijé fue en una nota escrita a mano, con la delicada y elegante caligrafía de Stella.

Tenemos que hablar de lo de las carpetas, pero no estoy lista. Volveré cuando lo esté.

Solté una sátira de reniegos.

No debería haber dejado las carpetas en un sitio donde Stella pudiera encontrarlas, pero quería tenerlas cerca y, después de todos estos años, no me había atrevido a tirarlas.

¿Y si las había visto y había pensado que...?

—¡Stella! —Esta vez, mi pánico fue palpable.

Sabía que no estaba aquí, pero me dio un vuelco el estómago ante aquel silencio.

«Joder, cariño, ¿dónde narices estás?»

Me aferré a la esperanza de que habría salido para aclararse las ideas y de que volvería por la noche, pero luego entré en mi cuarto y me di cuenta de todo lo que faltaba.

Su ropa favorita. Sus cosas del baño. El puñetero unicornio.

Sentí cómo me rugía la sangre en los oídos.

Stella no se había ido a pasar la tarde fuera.

Stella se había ido. Y punto.

Después de mi episodio de pánico inicial, me recompuse y llamé a Brock. A no ser que Stella se hubiese escapado de él, cosa que dudaba, Brock sabría dónde estaba.

Tardé menos de un minuto en sonsacarle la información. Stella estaba a salvo y Brock creía que sencillamente había ido a ver a una amiga.

Me lo habría cargado por haberse imaginado semejante gilipollez —¿quién cojones se llevaba un unicornio de peluche para ir a ver a una amiga?—, pero estaba demasiado obstinado con encontrar a Stella lo antes posible.

Aunque, cómo no, había decidido refugiarse en el único lugar donde yo no podía, sencillamente, entrar por la puerta y exigir que me dejaran verla.

—¡Volkov! —Aporreé la puerta—. ¡Abre la puta puerta!

Llevaba cinco minutos llamando y tocando el timbre y ya se me había agotado la paciencia.

Me había ocupado de muchos de los desagradables trabajos tecnológicos de Alex a lo largo de los años. Conocía un montón de sus trapos sucios, tantos como para enterrarlo vivo, y como no abriera en menos de treinta segundos...

Al final, se abrió la puerta de par en par.

En lugar de aparecer Alex, unos fríos ojos verdes hicieron acto de aparición y me encontré delante de un metro sesenta y siete de desconfianza poco disimulada.

—Oh. Eres tú. —Ava, que de normal solía parecer bastante maja, me vio y frunció el ceño—. Estamos comiendo. Interrumpes.

—Quiero hablar con ella.

—No sé de quién me estás hablando.

Apreté los dientes.

—De Stella.

Ava agarró el pomo de la puerta con más fuerza. Se quedó delante de la puerta, firme, impidiéndome el paso.

—No está aquí.

—Y una puta mierda. Sé que está contigo. —Me dejé de amabilidades—. Ava, apártate o te...

—Ojito con cómo terminas las frase, Harper. —Alex apareció al lado de su prometida y estudió mi desaliñada apariencia con una helada mirada de color jade.

Iba con la corbata suelta, sin americana y con el pelo revuelto de tanto que me lo había tocado a causa de la frustración. Hacía que no iba tan descuidado desde la pubertad, pero me daba igual.

Ahora solo me importaba una cosa: ver a Stella.

Apreté la mandíbula.

—No pienso irme hasta que la haya visto.

Fulminé a Alex con la mirada y él me devolvió el gesto con una expresión aburrida. A este le importaba una mierda lo que ocurriese en la vida de los demás a no ser que tuviera algo que ver con Ava, pero sabía que yo era muy cabezota.

Y lo que acababa de decir iba en serio. Acamparía en el maldito pasillo hasta que pudiera hablar con Stella.

Tenía que explicárselo.

Ella lo entendería. Seguro.

Alex desvió la vista hacia Ava, que negó con la cabeza.

—Ni de coña. ¡Ya has oído lo que ha hecho! Ha... —No terminó la frase; se había dado cuenta de que había metido la pata.

Me volví a encender ante la confirmación de que Stella estaba ahí dentro.

—¡Stella! —grité.

Desesperación y algo todavía más pesado y menos irreconocible para mí se acomodaron en mi pecho.

Miedo.

No miedo de que pudiera ocurrirle algo peligroso a Stella a nivel físico, pero sí miedo de no verla y de perderla para siempre.

—Déjame que te lo cuente. —Ni siquiera sabía si podía oírme, pero tenía que intentarlo—. He...

—Ve-te. —Ava me empujó por el pecho. Para ser tan chiquita, estaba sorprendentemente fuerte—. No quiere verte.

—Chicos, da igual.

Al oír la voz de Stella, nos quedamos todos petrificados.

La busqué con la mirada por encima de los hombros de Alex hasta que la encontré.

Estaba en medio del salón de su amiga y estaba pálida. Se dirigió a Ava sin mirarme siquiera.

—Déjalo entrar.

—Pero, Stel, ¿y si...?

—Quiero quitarme todo esto de encima y punto —dijo Stella—. No me hará nada estando vosotros aquí delante.

Una espina de dolor se me clavó en el pecho.

—Yo nunca te haría daño.

No me hizo caso.

Ava soltó el pomo de la puerta y se apartó, visiblemente reticente.

Me moví de inmediato, ignorándola tanto a ella como a Alex, que me miraban mientras seguía a Stella y nos adentrábamos en el apartamento.

Stella se había puesto a andar antes de que yo hubiese acabado de entrar, pero la pillé enseguida y entonces llegamos a la que intuí que era su habitación. Había dejado la bolsa en el suelo, al lado del unicornio, y su ropa descansaba en la cama.

Al verlo, se me cerró el estómago. Todo eso no debería estar ahí. Stella tenía que estar conmigo, en mi casa, no en el puñetero cuarto de invitados de su amiga.

Stella cerró la puerta y por fin me miró.

Ahora que estábamos más cerca pude ver que tenía los ojos rojos y la nariz algo colorada. Pensar que el responsable de haberla hecho llorar era yo hizo que me doliera el corazón a más no poder.

—Stella...

—Déjalo. —Se abrazó por la cintura—. Solo quiero saber una cosa. ¿El acosador eres tú? —Le tembló la voz al pronunciar la palabra *acosador*.

Palidecí de golpe.

—No.

Había hecho un montón de cosas cuestionables y extremadamente horribles a lo largo de mi vida, pero nunca aterrorizaría a alguien de esa forma.

—Entonces, ¿por qué tienes todos esos expedientes sobre mí? —Le tembló la barbilla—. Nos conocimos el año pasado, pero esas fotos son de hace muchísimo más tiempo. Y toda la información que tienes sobre mí, sobre mis amigas y mi familia... ¿Por qué ibas a indagar tanto?

El anillo turquesa que guardaba en el bolsillo me pesaba sobremanera. Era un símbolo de los secretos que había guardado y las mentiras que había dicho.

—Porque la primera vez que te vi no fue cuando firmasteis el contrato para el Mirage —confesé—. Fue hace cinco años.

Stella abrió la boca, sorprendida.

La verdad fue saliendo poco a poco a la luz después de años escondida.

—Estaba sentado en la terraza de una cafetería en Hazelburg y tú pasaste por ahí delante; de repente, alguien te cogió el monedero y echó a correr.

Lo de aquel minirrobo tampoco me preocupó en exceso, pero me sentí lo suficientemente intrigado como para quedarme y ver qué más sucedía.

—Me acuerdo de eso —dijo Stella en voz baja—. Fue en mi último año de universidad. Acababa de salir de clase y estaba volviendo a casa.

Asentí.

—Un transeúnte pilló al chaval y vino la poli. La cosa se debería haber quedado allí, pero cuando te enteraste de que te había robado el monedero porque necesitaba dinero para poder comprar comida, fuiste tú quien le dio todo el efectivo que llevabas encima en lugar de denunciarlo.

—¿Está segura? —El agente de policía miró a la morena incrédulo ante lo que acababa de ver y oír—. ¿Quiere darle el dinero?

—Sí. —Ella miró a aquel arisco adolescente. Este le devolvió la mirada, pero vi que en los ojos le brillaba un destello de esperanza—. Él lo necesita más que yo.

—Ha intentado robarle —respondió el policía igual de desconcertado que yo y marcando bien la última palabra.

Me apoyé en la pared de un edificio que había cerca y fingí estar distraído con el móvil a pesar de estar prestando plena atención a la interacción que estaba teniendo lugar a menos de tres metros de mí.

No sabía por qué había decidido quedarme después de que pillaran al chaval, pero me alegraba de haberlo hecho.

Mi día había sido de lo más aburrido, pero esto... esto era interesante.

¿Por qué cojones iría alguien a darle dinero a la persona que acababa de intentar robarle?

—Ya lo sé —respondió paciente la morena—. Pero no es más que un niño y necesita el dinero. No hace falta poner ninguna denuncia.

El agente sacudió la cabeza.

—El dinero es suyo.

Dejé de prestarle atención mientras él terminaba de detallar algunos asuntos del caso y me quedé mirando fascinado a aquella morena.

Había oído cómo se llamaba porque el policía se lo había pedido nada más llegar:

Stella Alonso.

Debería tener unos veintipocos, de pelo rizado y oscuro, ojos verdes y una cálida y fácil sonrisa. Era una chica preciosa, pero lo que me había cautivado no era su físico.

Era la amabilidad con la que hablaba. La irracionalidad de su acto. El inquebrantable optimismo que le brillaba en los ojos a pesar de que aquel intento de atraco a plena luz del día debería de haber hecho trastabillar su fe en la humanidad.

No había reaccionado de la forma en que me había imaginado en absoluto. Si había algo en la vida que mantenía siempre mi interés en vilo eran las personas que trastocaban mis expectativas.

Se me dibujó una sonrisa en los labios por primera vez en lo que iba de día.

Al final, tras haber advertido severamente al joven, el policía se marchó. El chaval se quedó ahí, como si quisiera decir algo. Debió de pensarlo dos veces, porque enseguida se fue sin decir nada ni dar las gracias siquiera.

Stella no parecía perturbada.

Se limitó a subirse un poco más el bolso y echó a andar como si nada hubiese ocurrido.

Y, al hacerlo, se le cayó algo de mano.

No la llamé para decírselo. En lugar de eso, esperé a que hubiera desaparecido esquina abajo, me acerqué y cogí aquel anillo turquesa del suelo.

Me saqué el anillo del bolsillo. Ahora que tenía esa joya en la palma de la mano, su habitual calidez había desaparecido y la piedra estaba fría como el hielo.

Stella se quedó mirando el anillo un segundo y luego cogió aire profundamente.

—Mi anillo... Siempre se me caía porque me quedaba grande. Pensé que... —Me miró a los ojos—. ¿Lo tienes desde entonces?

Tragué saliva con fuerza.

—Me recordaba a ti.

Me lo había quedado como muestra de su bondad. Como recordatorio de que, entre tanta muerte y tanto caos, aún quedaba algo de luz en el mundo.

Había días en los que dicha luz era lo único que había conseguido que no se me manchara más el alma.

—Me quedé fascinado —confesé—. Eras un enigma, un rompecabezas que no lograba descifrar. No entendía cómo podía ser que alguien fuera... tan bueno como para hacer lo que tú hiciste. Así que me puse a indagar.

No fui capaz de descifrar la expresión de Stella. Sin embargo, como no dijo nada, proseguí:

—Empecé buscando información básica acerca de ti, pero luego la cosa fue evolucionando hasta convertirse en lo que has encontrado. Cuanto más descubría, más quería saber sobre ti.

No, no es que quisiera. Es lo que necesitaba.

Stella era una contradicción con patas y se había apoderado de todos mis pensamientos como nunca nada ni nadie lo había hecho antes.

La *blogger* de moda que se pasaba horas eligiendo el *outfit* perfecto y ofreciéndose voluntaria para destinar su tiempo libre a recoger basura de los parques.

La estrella de las redes sociales que vivía pegada al móvil, pero que siempre estaba ahí para sus amigas.

La introvertida que hacía pública su vida por internet.

La calma y el caos; el silencio y la tempestad.

La calma de mi caos; el silencio de mi tempestad.

Llevaba cinco años obsesionado con Stella Alonso y me resultaba imposible arrepentirme de ello.

—¿Cuánto tiempo duró todo esto? —se interesó finalmente Stella con un hilo de voz.

Cerré el puño, envolviendo el anillo que tenía en la palma de la mano.

—Casi un año.

—Un año. —Empalideció todavía más—. ¿Te pasaste un año acosándome? —dijo marcando bien la expresión temporal.

—No te acosaba. Era... —Culpabilidad y frustración se

me arremolinaron en el pecho—. Aparte de tus antecedentes, el resto de información era de dominio público.

Aquella excusa se aguantaba por los pelos.

No la había seguido físicamente, pero me había bastado de todas las herramientas que tenía al alcance para indagar acerca de su vida. Sin olvidarme de ningún aspecto ni de nadie que formase parte de ella.

No había sido acoso en su sentido más tradicional, pero cierto era que había cruzado unos límites enormes.

—Paré cuando... —Cuando me di cuenta de lo mucho que me estaba pillando. Ya entonces supe que Stella era una distracción peligrosa y no me gustaba que tuviera tanto poder sobre mí. Había sido fascinante y frustrante a partes iguales—. Paré después de eso —terminé—. No seguí buscando más información y lo único de lo que me enteraba era de lo que subías a las redes. No tenía ni idea de lo de tu acosador, de lo de Greenfield ni de nada que te ocurriese y de lo cual no hablaras públicamente.

Había intentado, con todas mis fuerzas, mantenerme físicamente alejado de ella. No obstante, por más que tratara de olvidarla, no podía.

Ni siquiera habíamos cruzado una sola palabra, pero Stella se adueñó de mis pensamientos durante años.

Y, entonces, un golpe de suerte quiso que su mejor amiga se enamorara de Rhys, que mandó a Stella a visitar mi edificio. El resto era historia.

—Esto no cambia el hecho de que me hayas estado mintiendo durante todo este tiempo. —Stella se abrazó a sí misma con más fuerza—. Dejaste que creyera que no nos conocíamos de antes.

—Es que no nos conocíamos. Nunca debí engañarte, pero no puedo cambiar el pasado. Si te hubiese contado lo que había hecho, te habrías ido.

Llevaba deseándola tantísimo tiempo que, cuando por fin la tuve cerca, no quise arriesgarme a que se alejara.

—Me desharé de las carpetas —solté desesperadamente al ver que Stella no respondía—. No volveré a mirarlas. Podemos superarlo. —Cada palabra que decía me desgarraba un poco el corazón.

Ella rio sin humor y ese sonido me quemó los pulmones.

—Esto no podemos superarlo.

Mi frustración fue en aumento. No estaba acostumbrado a sentirme tan decaído y encontrar las palabras adecuadas me estaba costando más de lo normal.

—¿Y por qué diablos no podemos?

¿Por qué no lo entendía? ¿Por qué no podía hacerle ver que, durante el tiempo que habíamos estado juntos, yo había cambiado; que ya no era la misma persona que la que había indagado acerca de su vida?

—Porque lo que hiciste tiene un nombre: ¡invasión de la privacidad! —gritó y las lágrimas empezaron a resbalarle por las mejillas—. No tenías ningún derecho a investigar sobre mí de esa manera. Pero nuestra historia siempre se ha basado en eso, ¿no? En que tú lo sepas absolutamente todo sobre mí y en que yo no sepa nada de ti. Quieres que los demás sean un libro abierto y tú poder seguir sin soltar prenda. Pensé que eras muy atento e intuitivo porque sabías muchísimas cosas sobre mí: cuál era mi comida favorita, cuáles eran mis flores favoritas... Pero resulta que era porque tenías aquel maldito informe. ¿Fue así de fácil? ¿Solo tenías que abrir la carpeta y ver qué podías utilizar para hacer que me enamorara de ti?

Una sensación extraña hizo que me escocieran los ojos.

—Hace años que no abro esa carpeta. Te juro que...

—Eres igual que el acosador. —La respiración de Stella se volvió superficial—. No, qué va. Tú eres aún peor, porque al menos ese tío no ha hecho que me enamore de él a base de mentiras.

Aquellas palabras se me clavaron en el corazón cual daga.

—Yo nunca te haría daño —repetí.

—Pues ya lo has hecho.

La daga se me clavó más hondo aún.

—Confié en ti —susurró—. Confié en ti cuando apenas te conocía. Supongo que ese fue mi error. —Me estremecí ante su amarga sonrisa—. Me hablaste de tu familia, pero ni siquiera sé si lo que me contaste es cierto. ¿Eso también era mentira? No tengo ni idea de quién eres ni de lo que eres capaz de hacer. No sé nada de tus sueños, de tus miedos...

—Mi sueño es estar contigo. Y mi mayor miedo —mi voz sonaba baja y desgarrada por las emociones que estaba sintiendo— es perderte.

Stella sollozó.

Al oír aquel sonido, se me partió el corazón. Me mataba saber que era yo quien la estaba haciendo llorar, joder.

En el fondo sabía que no merecía que me perdonase. Aun así, alargué el brazo instintivamente para intentar consolarla.

Se apartó de un golpe antes de que pudiera rozarla siquiera.

—No me toques.

Me había dado la vida con dos palabras —*Te quiero*— y acababa de arrebatármela con tres. *No me toques*.

Cada sílaba me rasgaba mi ya destrozado corazón como si fuera el hilo de una navaja recién afilada, dejando ruinas y más ruinas a su paso.

—No puedo con esto —dijo con los ojos llenos de lágrimas—. Mañana iré a por el resto de mis cosas.

Un pánico voraz se me coló en las venas.

Me aferré a la última excusa que me quedaba.

—No es seguro. El acosador sigue por ahí suelto.

Stella apretó la mandíbula con fuerza.

—Brock puede seguir ayudando, pero ya está. Necesito espacio. Ahora mismo no puedo ni pensar. Necesito... —Cogió aire, temblorosa—. Necesito que te vayas.

Me había roto algún que otro hueso. Me habían disparado. Me había perdido en medio de un desierto durante días con el sol abrasándome la piel.

Y nada de eso me había dolido tanto como lo que acababa de ocurrir.

—No lo hagas. —Se me quebró la voz—. Por favor, Mariposilla...

Nunca le había suplicado nada a nadie. Ni siquiera cuando murieron mis padres ni cuando necesité dinero para empezar mi *start-up*, y tampoco cuando casi muero en manos de un caudillo cabreado.

Pero me arrodillaría y suplicaría encantado a Stella si con eso podía convencerla para que siguiera conmigo.

—Quiero que dejes de controlarme —prosiguió como si yo no hubiera dicho nada—. Ni a través de Brock ni a través de Alex, Ava o cualquier otra persona. Y tampoco a través de mi blog o de mis redes sociales. Sé que lo harías si quisieras, pero te lo pido por favor... —Las lágrimas se le escaparon con esa última palabra—. Déjame en paz, Christian.

El aire se sumió en un silencio absoluto que solo rompía el doloroso sonido de nuestra respiración.

Me estaba ahogando. Me estaba ahogando en emociones que no había sentido jamás; en unas oscuras aguas que me saturaban los pulmones y me pedían que saliera a una superficie inexistente.

Pánico. Vergüenza. Arrepentimiento.

—¿Quieres que te cuente otro secreto, Stella? —dije con tanta crudeza que ni siquiera mi voz sonó como siempre—. Que a ti no te puedo decir que no. —Y menos cuando se trataba de algo importante—. Pero siempre estaré aquí si me necesitas, por más lejos que estemos el uno del otro o por más tiempo que pase. Me da igual que estemos en continentes distintos o que sea dentro de cinco años o de cincuenta. No quiero que te despiertes un día y pienses que estás sola, porque no es así. Yo siempre estaré aquí para ti. —La mayor de mis verdades absolutas me rasgó la garganta al pronunciarla e hizo que me escocieran los ojos—. Te quiero. Te quiero muchísimo, joder.

Pensé que decir aquello por primera vez en mi vida sería extraño.

Pero no fue así.

Fue como si esas dos palabras hubiesen estado años esperando un hogar para salir y lo hubiesen encontrado en Stella.

Ella cerró los ojos con fuerza. Se le escapó un sollozo de los labios, pero no respondió a mi confesión.

Ya lo había visto venir, pero la agonía me desgarró por dentro.

Me di el gusto de mirarla una última vez antes de marcharme y cerrar la puerta tras de mí.

No había nada más que añadir.

Al salir del apartamento con el cuerpo entumecido, ignoré las miradas curiosas de Alex y Ava. Los trozos de mi corazón se habían quedado desparramados por la habitación de Stella y mi mente se había convertido en un cúmulo infinito de lágrimas. Incluso parecía que se me hubiese evaporado la sangre y que en mi interior no quedara nada aparte de un vacío helado.

Al deshacerme de las partes de mí que pertenecían a Stella, me quedé desierto.

Te lo pido por favor... Déjame en paz, Christian.

Marcharme iba en contra de absolutamente todos mis instintos. Absolutamente todas las moléculas de mi cuerpo me pedían a gritos que me quedara y que luchara por ella; que le suplicara y le rogara hasta que me perdonase.

Pero ya había cruzado demasiados límites con Stella y no podía hacerlo otra vez. Y menos aún cuando me acababa de pedir explícitamente que no lo hiciera.

Lo que le dije fue en serio.

Le daría a Stella todo lo que quisiera, aunque yo muriera en el intento.

42
Stella

Esperé a que la puerta se hubiese cerrado tras él y estallé.

Me dejé caer al suelo. Los sollozos se apoderaron de mí y por fin dejé que la marabunta de lágrimas me brotara libremente de los ojos.

Te quiero. Te quiero muchísimo, joder.

Aquellas palabras seguían retumbando por mi mente, burlándose de mí, y tampoco podía dejar de visualizar la expresión de Christian justo antes de irse.

La agonía que le brillaba en los ojos. La aflicción en su voz. Aquel quebrantamiento que había notado como si fuera propio porque, sí, lo era.

El corazón se me había roto en mil serrados pedazos que me cortaban una y otra vez y yo ya no podía parar de sangrar.

Era muy probable que muriera ahí mismo, tumbada en el suelo, abrazada a mí misma con las rodillas en el pecho y mi confianza altamente afectada.

Lo creía. Creía que lo sentía y que me quería de todas las formas en las que Christian era capaz de querer.

Pero eso no cambiaba el hecho de que nuestra relación se hubiese basado en una mentira. Christian era consciente de lo mucho que me había traumatizado el acosador. De lo mucho que detestaba que invadieran mi privacidad y no poder controlar mi propia vida.

Christian había hecho todos esto antes de que apareciera el acosador, pero hacía años que tenía aquellos documentos y nunca me había dicho nada al respecto.

Él tenía todas las cartas para jugar y yo solo la chatarra que me dejaba.

El desequilibrio de nuestro poder no recaía en cuestiones económicas o de seguridad, sino en cuestiones de confianza. Y yo siempre había dado más de lo que había recibido por su parte.

Imaginármelo sentado en su escritorio e indagando acerca de las mayores intimidades de mi vida con solo pulsar un botón hizo que un nuevo escalofrío me recorriera entera.

Me acerqué las piernas al pecho todavía más y hundí la cara en las rodillas.

«Soy tan tan estúpida...»

Había visto todas las *red flags* y las había ignorado porque me había dejado llevar demasiado por el entusiasmo de estar enamorada por primera vez en la vida.

Siempre estaré aquí si me necesitas.

Debería alegrarme que Christian se hubiera marchado. Sin embargo, un torrente de recuerdos me inundó la cabeza y sentí que en mi corazón se había abierto un hueco inmenso.

Suba al coche, Stella.

Nunca he deseado a nadie tanto como a ti y nunca me he odiado más por eso.

La adoración, como el amor, es algo ordinario. Mundano. Y tú, Stella... Tú eres extraordinaria.

Por ti, creo en todo.

Hacía una semana estábamos en Italia, la mar de felices.

Una parte de mí deseaba no haber abierto nunca ese cajón ni haber cotilleado las carpetas. Así seguiríamos estando felices y yo no estaría hundiéndome en los escombros de lo que fuimos una vez.

Solo me sentía segura con Christian y ahora ya no lo tenía.

Mis sollozos ahogados llenaron el espacio que formaban mis brazos y piernas. Había llorado con tanta vehemencia durante tanto rato que me dolían las costillas y no conseguía que me llegara el oxígeno suficiente a los pulmones.

No podía respirar. No podía... Necesitaba...

—¿Stella?

Oí la voz de Ava y, a continuación, mi amiga llamó a la puerta. Sin embargo, aquellos sonidos sonaron amortiguados, como si lo escuchara todo desde debajo del agua.

Me estaba hundiendo en mi propio dolor y no sabía cómo salir.

—No pasa nada. —La voz de Ava sonó más cerca. Debió de entrar al ver que no respondía—. Todo irá bien, cielo. Te lo prometo.

Me abrazó y me frotó la espalda con dulzura, dibujando círculos con la palma de la mano. Yo apoyé la cabeza en su pecho y lloré hasta que no me quedaron más lágrimas.

Una parte de mí había visto venir que todo acabaría mal desde el principio. Mi relación con Christian había sido perfecta con todas las de la ley y las cosas que son así de mágicas no duran para siempre.

Lo que no había visto venir era el daño que me haría cuando esto ocurriera.

Sin embargo, lo que más me aterrorizaba no era que me hubiese roto el corazón, sino pensar que quizás nunca conseguiría volver a juntar todas las piezas.

43
Christian/Stella

Christian

—Tío, llevas siete copas en dos horas —señaló el camarero que me miraba un tanto dudoso.

—Y pienso pedir otra más —anuncié precisando cada palabra con frialdad. No estaba montando un espectáculo ni nada por el estilo. Podía emborracharme como el que más y que nadie se percatase—. ¿Tienes algún problema?

Levantó las manos y negó con la cabeza.

—Es tu hígado.

Exactamente.

Era mi hígado y mi dinero. Podía hacer lo que me diera la gana con ellos.

Me bebí el contenido del vaso que me acababa de pasar de un trago.

A partir de la tercera o cuarta bebida, el alcohol había dejado de quemarme la garganta y ahora me sabía a agua.

Eso me cabreaba. ¿Qué sentido tenía beber alcohol si no surtía el efecto que se suponía que debía tener?

—¿Está ocupado? —me preguntó una rubia mientras se

sentaba en el taburete que tenía al lado antes siquiera de que pudiese responder.

Vestido corto. Piernas largas. Labios que podían hacer llorar de envida a Angelina Jolie.

No volví a mirarla.

—No me interesa.

Siempre igual, joder. ¿Acaso un tío no puede ir a tomarse una copa sin que lo persigan?

Podría habérmelo ahorrado si me hubiese quedado a beber en casa, pero últimamente mi apartamento era un lugar demasiado depresivo. Además, no quería ir al Club Valhalla porque allí todos eran unos cotillas de cojones. No había nadie en el mundo a quien le gustara más ver a un miembro del club en la mierda que al resto de los miembros.

Así que aquí estaba yo, metido en un garito de mala muerte cerca de mi oficina y ahogando las penas con un *whisky* escocés del mismo mal gusto que el local.

Si mi hígado se revelaba, no sería por todas las copas que me había tomado. Sería por la calidad de estas.

La rubia resopló y se marchó ofendida. Era evidente que no estaba acostumbrada a que la rechazaran.

«Ajo y agua.»

Hacía dos semanas que Stella y yo lo habíamos dejado.

Dos semanas en las que había vivido en un infierno sin igual donde absolutísimamente todo me recordaba a ella. La batidora con la que preparaba sus *smoothies*, la bañera donde se había bañado, la cafetería donde compraba las pastas... Incluso los putos árboles y las malditas plantas de la calle me recordaban a ella.

Lo cual me parecía más que suficiente para querer encerrarme en una caja oscura de hormigón y no volver a salir nunca más.

El tintineo de unas campanillas me sacaron de mi penosa

autocompasión e hicieron que desviara la atención hacia la puerta.

Se me detuvo el corazón.

Pelo rizado y oscuro. Ojos verdes. Una cálida sonrisa.

Stella.

Por un segundo pensé que estaba teniendo alucinaciones y que la había hecho aparecer de tanto pensar en ella.

Pero entonces oí su voz, tan real y tangible como el cojín de vinilo del taburete en el que estaba sentado y como el partido de baloncesto que estaban dando en la televisión, cuyo sonido estaba apagado.

Me erguí y me mejoró ligeramente el humor hasta que vi al tío que la acompañaba, quien me resultaba un tanto familiar. Este le dijo algo que la hizo sonreír.

Agarré el vaso de *whisky* con fuerza a la vez que una negra y helada ola de posesividad se abría paso en mi interior.

No sabía quién era ese tío, pero quería matarlo.

Los seguí con la mirada. Se sentaron en una mesa al otro lado de la sala.

Stella aún no había reparado en mí. Le dijo algo al futuro capullo-sin-vida ese, pero debió de notar el peso de mi mirada porque al fin levantó la vista.

Nuestras miradas colisionaron como chispas en el aire.

La relación que habíamos compartido se había reducido a cenizas, pero el fuego que ardía en nosotros seguía allí, quemando todo cuanto tuviéramos alrededor hasta que solo quedásemos ella y yo.

La sangre me corrió ávida por las venas ante el agradable alivio de verla de nuevo.

Stella me había pedido que la dejara en paz y eso había hecho. Habría pensado que encontrarnos la misma noche en el mismo bar era pura coincidencia; sin embargo, cuando se trataba de Stella, las coincidencias no existían.

Era cosa del destino.

A Stella se le desdibujó la sonrisa. Se volvió y el sonido del bar volvió a azotarme los oídos.

No tenía claro qué era peor: si verla y no poder hablarle ni tocarla, o saber que con solo verme se le había apagado un poco esa luz tan suya.

La inquietud y las inmensas ganas de cortarle el cuello al tío con el que estaba hablando Stella se me arremolinaron bajo la piel.

En lugar de pedir otra copa, bajé del taburete y fui abriéndome paso entre la multitud hasta llegar al baño.

El frescor del agua al entrar en contacto con mi cara disipó un poco la bruma que me impedía ver con claridad.

Dejarla había sido lo más difícil y el mayor sacrificio que hubiera podido pedirme. Iba en contra de mi naturaleza.

Si le miraba las redes o el blog, Stella tampoco se enteraría. Aun así, cada vez que cogía el móvil o intentaba entrar en su perfil, algo me frenaba.

Te lo pido por favor... Déjame en paz, Christian.

Cogí una toalla de papel del dispensador y me sequé las manos antes de salir.

Di dos pasos y me detuve.

Stella estaba al final del pasillo, con su alta y esbelta silueta envuelta por la luz del bar. Incluso a tanta distancia fui capaz de ver cómo se le separaban los labios, sorprendida.

Nos quedamos mirando el uno al otro.

La música seguía sonando a unos metros, pero aquí, en este pasillo, lo único que se oía era el silencio y el zumbido de todo lo que quería decirle pero no podía.

Lo siento.

Te echo de menos.

Te quiero.

Una carcajada procedente de la sala principal rompió el

hechizo. Al ver que, detrás de Stella, el tío con el que había venido estaba bromeando con el camarero, se me ensombreció la expresión.

Una fuerte violencia se apoderó de mí con solo imaginármelo tocando a Stella. Abrazándola, haciéndola reír.

Nunca había odiado tanto a nadie.

Stella debió de vérmelo en la mirada, porque siguió la dirección de mis ojos y empalideció.

Eché a andar por el pasillo con la intención de marcharme antes de que la necesidad de tocarla me superarse. Al acercarme a ella, Stella me advirtió en voz baja:

—Como le pase algo, no te lo perdonaré jamás.

Eso era lo único que me había dicho desde que habíamos roto y encima lo había hecho para salvar a otro tío.

Se me tensó la mandíbula entera. Pasé por su lado y me fui.

Sentí un frío gélido en el pecho.

Justo cuando creía que ya no me podía doler más el corazón, Stella me demostró que estaba equivocado.

Stella

Cuando Christian se marchó, sentí alivio y decepción por igual.

Me dije a mí misma que había ido al pasillo para devolver una llamada, pero podría haberlo hecho fuera del bar. La verdad era que había buscado esa interacción momentánea con él, y me odiaba por ello.

Después de dos semanas, se me había pasado el cabreo inicial y este se había convertido en un profundo e incesante dolor.

No lo había perdonado, pero lo echaba tanto de menos que incluso me costaba respirar.

Lo paradójico era que, desde que lo habíamos dejado, los demás aspectos de mi vida no habían parado de mejorar. Era como si, ahora que mi vida amorosa era un desastre, el universo hubiese decidido echar horas extra para compensármelo de otra forma.

La publicación sobre la campaña con Delamonte y mi perfil en el *Washington Weekly* me habían traído un sinfín de oportunidades, tal y como ya me había imaginado. Luisa estaba entusiasmada con los resultados que estaba dando nuestra colaboración. Maura no había tenido más convulsiones desde que la sedaron y el acosador no había vuelto a dar señales de vida; además, tanto mi blog como mis redes estaban petándolo. No había anunciado públicamente mi ruptura con Christian, pero tampoco estaba subiendo contenido con él, lo cual no había causado tantos estragos con mis seguidores como había imaginado, aunque la verdad es que me daba un poco igual.

También había empezado a ponerme en contacto con *boutiques* de la zona para hablarles de mi colección. De hecho, había venido aquí con Brady para celebrar que, por fin, una había accedido a quedarse unas cuentas piezas para ver si tenían éxito.

Por lo general, mi vida estaba yendo sobre ruedas..., si no fuera por lo de Christian y mi familia.

Y hablando del tema...

Tomé una profunda bocanada de aire y volví a centrarme en la razón por la cual me había excusado hacía un momento. Eché un vistazo rápido y vi que Brady estaba hablando con el camarero y que Christian ya se había marchado.

A lo mejor me había vuelto paranoica, pero habría jurado que, por un segundo, Christian había mirado a Brady como si fuera capaz de matarlo.

Entré en «Llamadas perdidas», marqué el número de teléfono más reciente que salía en la lista y traté de deshacerme del manojo de nervios que sentía dentro mientras el móvil iba sonando.

Respondió al tercer tono.

—Hola, Stella.

—Hola, mamá.

Era la primera vez que hablábamos desde aquella cena familiar en abril.

Cuatro meses.

Nunca antes había estado tanto tiempo sin hablar con mi familia. Al volver a oír su voz se me instaló un nudo en la garganta.

Tenía mis razones por haberla atacado de aquella forma durante esa cena, pero seguía siendo mi madre.

—¿Cómo estás? —Detecté un extraño tono dudoso en su voz.

—Bien. —Jugueteé con el collar—. Perdona que no te respondiera antes. He salido con un amigo y no me he dado cuenta de que me habías llamado hasta ahora.

—No pasa nada. Tampoco era nada importante. —Carraspeó—. He leído el perfil que te han hecho en *Washington Weekly*. Es un escrito muy bueno y las fotos de Delamonte son preciosas.

Me quedé sin aliento. De todo lo que me había imaginado que me diría, esas dos cosas no formaban parte de la lista en absoluto.

—¿En serio? —pregunté con un hilo de voz.

A lo largo de los últimos meses había ido ganando cada vez más confianza en mí misma. Sin embargo, esa niña pequeña que solo buscaba la aprobación de sus padres seguía viviendo en mí.

—Natalia me dijo que papá y tú estabais enfadados por las fotos.

La última conversación que había tenido con mi hermana me había dejado un sabor amargo en la boca.

—A ver, nos hubiera gustado que salieras con más ropa —señaló seca—, pero estábamos más sorprendidos que enfadados... Al ser tan joven, no tenía ni idea de que tu blog hubiera tenido tanta repercusión ni de que fueras tan en serio con lo de la moda.

Obvié el hecho de que era algo que llevaba intentando decirles desde que iba al instituto. No quería empezar otra discusión.

—¿Solo me has llamado por lo del perfil? —Tampoco me sorprendería. A mis padres les encantaba todo aquello que hiciera quedar bien a la familia—. Hace meses que no hablamos.

Mi madre guardó silencio un minuto.

—Todos teníamos las emociones demasiado a flor de piel tras esa cena —dijo finalmente—. Luego, las aguas se calmaron un poco, pero no sabía si querías hablar con nosotros. Siempre eras tú quien llamaba, pero al ver que no lo hacías... Que te habías enfadado tanto...

Siempre eras tú quien llamaba.

Traducción: la primera en disculparse siempre era yo.

Agarré el móvil con fuerza.

—Papá me dijo que me fuera y no sabía ni si os importaba siquiera mi vida.

Mi madre exhaló con fuerza.

—Por supuesto que nos importa. Eres nuestra hija.

Jugueteé más aún con el collar.

—A veces no me siento así —dije con un tono de voz prácticamente inaudible.

—Oh, Stella. —Mi madre sonaba más consternada de lo que me lo había parecido jamás—. No queríamos...

Los estridentes gritos del bar ahogaron el resto de su frase. Deberían acabar de marcar los Nationals; jugaban contra los Rangers y todo el mundo estaba viendo el partido en sus respectivos televisores.

Cuando dejaron de hacer tanto ruido, mi madre reanudó su discurso:

—Has salido con tu amigo, así que quizás no sea el mejor momento para hablar. ¿Te parece si nos vemos pronto todos juntos, como una familia? Nada de cenas. Algo más casual, para que podamos charlar un poco.

—Buena idea —dije en voz baja.

No quería ser rencorosa y menos aún con mi familia.

Hacía muchísimo que no los veía y ya se me había pasado el enfado. Ahora solo me sentía triste.

Colgué y me quedé un segundo en el pasillo, intentando asimilar todo lo que había ocurrido en un solo día.

Mi llamada con la *boutique*, encontrarme a Christian en el bar, hablar con mi madre...

Habían pasado demasiadas cosas a la vez, pero lo único en lo que podía pensar era en las ganas que tenía de contárselo todo a Christian.

No solo lo de la *boutique* o lo de mi madre, sino absolutamente todo.

Que me había equivocado de leche sin querer a la hora de preparar el *smoothie* aquella misma mañana y que el resultado final casi me había dado arcadas.

Que Ava y Jules se habían ofrecido voluntarias para probarse las piezas de mi colección para que pudiera ajustarlas mejor.

Que lo echaba muchísimo de menos.

Estaba tan acostumbrada a compartir todos los detalles de mi vida con Christian que ni siquiera escribirlo en mi diario había conseguido llenar ese vacío.

De hecho, no había vuelto a abrir mi diario desde que rompimos. Guardaba demasiados recuerdos de los dos.

Estaba enfadada con Christian y deseaba que estuviese aquí ahora mismo. Ambas cosas a la vez.

La luz y la oscuridad. Las llamas y el hielo. Los sueños y la realidad.

Nuestra relación siempre había sido una dicotomía. Era lógico que la muerte de nuestro romance también lo fuera.

44
Christian

El torneo de póquer anual de Seguridad Harper se celebró en la sala multiusos de la empresa, que habíamos transformado en un minicasino con una barra libre y media docena de mesas de póquer.

Solía tratarse de un evento exclusivo para trabajadores. Sin embargo, este año me había saltado mi propia norma y había inviado a Rhys (quien, por una vez, había venido unos días a la ciudad sin Bridget porque tenía no sé qué evento diplomático) y a Alex (para agradecerle que se hubiese ocupado de vigilarlo un poco todo mientras yo estaba en Italia). A Josh lo había invitado por compromiso porque, cuando se enteró de que vendría Alex, se puso muy insistente para poder asistir.

Así que se lo permití. Tenía demasiados asuntos de los que preocuparme como para, además, prestarle atención a su delirio de que estaba intentando robarle al mejor amigo.

Nos sentamos los cuatro en una mesa que quedaba cerca de la barra. La gente reía, y se oían copas al brindar y barajas de gente que estaba jugando. No obstante, por más júbilo que se respirara en el ambiente, aquella alegría compartida no hizo nada por ponerme de mejor humor.

—¿A cuántos torneos de póquer has asistido en tu vida? —le preguntó Josh a Alex con recelo.

Alex parecía exasperado.

—Ya te lo he dicho: es la primera vez que voy a uno.

—Era solo para asegurarme. —Josh cogió una carta de la baraja y la tiró en la mesa. Rey de corazones—. Como has jugado docenas de partidas de ajedrez con él —me señaló con el dedo— durante años, literalmente, y yo no me he enterado de nada...

Alex suspiró.

—Si vas a seguir preguntándole lo mismo una y otra vez, mejor vete —respondí con frialdad. No tenía tiempo para las chorradas de Josh.

—Alguien está de mal humor... —Este arqueó una ceja—. ¿Es porque Stella te ha dejado?

Yo apreté la mandíbula y Alex y Rhys escondieron su sonrisa con las cartas.

Había hecho un trabajo decente al no pensar en Stella en lo que iba de noche hasta que el maldito Josh Chen había osado mencionarla.

«No puedes matar a un invitado», me recordó la voz de mi consciencia.

En realidad, podía hacer lo que me saliera de los cojones, pero entonces tendría que encararme a Alex. Y suponía que a Stella tampoco le haría demasiada gracia que me cargara al hermano de su mejor amiga.

—Yo no estoy de mal humor, pero tú sí eres muy pesado.

No sabía qué les había contado Stella a sus amigas acerca de lo nuestro. Sin embargo, como se había ido a vivir con Ava y Alex, saltaba a la vista que ya no estábamos juntos.

Josh se encogió de hombros.

—Puede, pero al menos tengo pareja.

Toqué la pistola con la mano.

—Como lo sigas provocando, te matará. —Rhys me conocía demasiado bien. Se había pasado gran parte de la noche sin decir nada, pero cuando me miró se le iluminaron los ojos.

—¿Y a ti qué te hace tanta gracia? —Lancé una carta sin mirarla siquiera.

—Pues, ya que preguntas... Christian Harper deprimido por una chica —señaló arrastrando las palabras—. Jamás pensé que llegaría este día.

La migraña se me fue acumulando tras la sien.

—No estoy deprimido. —Tuve que reprimir todas mis fuerzas para no pegarle un puñetazo y quitarle esa sonrisa de la cara—. No sé ni lo que es eso.

No me había ido deprimiendo a lo largo de esos días. Solo había estado... procesándolo.

—Pues Alex no lo ha pintado de esa forma... —Para no variar, Josh se entrometió en la conversación a pesar de que no le incumbiera lo más mínimo—. Según él, te presentaste en su casa hecho un mar de lágrimas el mismo día en que Stella se fue allí.

—¡No estaba hecho un mar de lágrimas, joder!

La sala se sumió en un profundo silencio y todo el mundo se volvió para mirarme.

De reojo, vi cómo Brock se quedaba boquiabierto y Kage arqueaba las cejas a más no poder.

Yo nunca gritaba.

Ni siquiera cuando descubrí quién había robado el *Magda* o cuando las cosas en la empresa iban mal. Lo que pasaba era que aquellas dos últimas semanas habían sido unas semanas de mierda y ya no me quedaba a nadie por joder de mi lista de personas a quienes tocarle los cojones cuando tenía un mal día.

Si hackeaba demasiados ordenadores, al final, perdería su gracia.

De haber pensado que me serviría de algo, me habría esmerado un poco más en crear una nueva lista de nombres, pero sabía que no merecía la pena.

No necesitaba joder a nadie más.

Necesitaba a Stella.

—Vaya, mala memoria, la mía —dijo Alex intentando suavizar el ambiente.

Si no lo conociera, hubiera jurado que su mirada estaba llena de diversión.

—¿Te acuerdas de cuando me viniste con toda esa mierda después de lo que me ocurrió a mí con Bridget? —El cabrón de Rhys parecía alegrarse de mis males—. Me dijiste que el amor es, y cito textualmente, «tedioso, aburrido y completamente innecesario. La gente que está enamorada es la más insoportable del planeta». —Se le ensanchó la sonrisa—. ¿Quieres retirar lo dicho?

Apreté los dientes, irritado.

—Es realmente inquietante que puedas citarme palabra por palabra. Encuentra otro pasatiempo, Larsen. Obsesionarte conmigo no es saludable. —Eché la silla hacia atrás. Estaba demasiado molesto como para seguir ahí sentado.

—¿Adónde vas? ¡Te toca a ti! —protestó Josh—. ¡Estamos en mitad de la partida!

Pasé de él y, mientras me marchaba cabreado, oí cómo se reía Rhys.

Era cierto: había dicho todo lo que acababa de citar. Y ahora yo me había convertido en uno de esos imbéciles insoportables languideciendo por la única chica que me había roto el corazón en toda mi vida.

El cabrón del karma era muchísimo peor que el destino.

Entré en la cocina y me serví otra copa. Era solo la segunda que me tomaba en lo que iba de noche. Ya había tendido la trampa para el traidor antes, pero necesitaba permanecer con la mente despejada por si acaso.

Tenía cuatro sospechosos. Y había soltado cuatro cosas distintas como quien no quiere la cosa en una conversación sobre que había creado un nuevo dispositivo que hacía que Escila pareciera un juguete para niños.

El traidor sería incapaz de resistir la tentación de pasarle dicha información a Sentinel. Y, cuando lo hiciera, solo tendría que fijarme en los detalles que les había dado a los demás para dar con el chivato.

Era una trampa sencilla, pero siempre funcionaba. Solo necesitaba reunir a todos los sospechosos en una misma sala para poder ir hablando con cada uno por libre sin levantar sospechas. Todos mis hombres sabían que yo nunca hablaba de este tipo de cosas por teléfono.

Y si el traidor era quien yo creía...

Me tragué la bebida de un sorbo.

Mi vida se estaba yendo al garete y, últimamente, el alcohol era lo único que conseguía que me sintiera mejor.

Eso y las cartas.

Pensé en el cajón de mi oficina.

—Hey. —La ronca voz de Rhys me devolvió al presente—. ¿Estás bien?

—Mejor que nunca. —El áspero tacto de mis palabras manchó el aire.

Rhys se apoyó en la encimera y se cruzó de brazos. Pasó la vista de mi tensa mandíbula al vaso vacío y luego volvió a mirarme.

Su risa anterior ya había desaparecido y, ahora, en su rostro se reflejaba una expresión de compasión.

—Estás muy afectado.

No respondí.

—¿La has cagado mucho? —Al ver que yo seguía sin decir nada, Rhys arqueó las cejas—. Conque sí, ¿eh?

—Es complicado.

—Estas cosas siempre lo son. —Suspiró—. Hicieras lo que hicieses, seguro que no es tan malo como tú crees. Stella es una de las personas más amables que conozco. Te perdonará. Dale tiempo.

Quizás. Pero su privacidad era una de las cosas que más valoraba y yo me había pasado tantísimo de la raya que ya ni siquiera sabía cómo volver.

El acosador la había estado aterrando durante meses y el hecho de que yo le recordara a ese capullo, por poco que fuera...

El alcohol se me revolvió en las tripas.

—Rhys Larsen dándome consejos de amor. Será que las ranas han criado pelo. —Hice caso omiso de su comentario e intenté cambiar de tema para hablar de algo menos peliagudo.

Rhys rio por lo bajo.

—Lo criaron el día en que tú hablaste del amor sin burlarte de ello. —Se irguió y me dio una palmada en la espalda—. Si Volkov pudo conseguir volver a estar con su chica después de todo un año, a ti aún te quedan esperanzas. Pero no vuelvas a cagarla.

Rhys se marchó y yo me serví otra copa para bebérmela solo, en compañía de la cocina.

Mi vida se había ido al traste definitivamente.

45
Christian

No volví a casa hasta las dos de la madrugada.

Mis pasos retumbaron contra el suelo de mármol mientras me dirigía al despacho. Ya había empezado a odiar ese trayecto desde la puerta principal. Pasaba por delante de demasiadas habitaciones donde no se oía nada y donde aguardaban los fantasmas de nuestros recuerdos.

Stella había estado viviendo conmigo tan solo cuatro meses. Yo había vivido solo durante años y había sido feliz. Sin embargo, ahora que se había marchado, parecía que mi ático se hubiese quedado vacío, como si le hubieran robado cuerpo y alma y ahora solo quedara una cáscara desierta de lo que había sido en el pasado.

Abrí la puerta del despacho sin hacer ruido alguno y me dejé caer en mi asiento sin encender las luces siquiera.

El día después de que Stella encontrase las carpetas, las hice pedazos y las tiré. Sin embargo, su presencia fantasmagórica ahora manchaba lo que en su día había sido mi santuario.

Aun así, prefería estar en el despacho que en mi habitación donde, a pesar de que ya hubieran pasado semanas, todavía se podía apreciar el suave aroma de Stella en las sábanas y las almohadas de la cama. A veces, incluso la oía reír. En otras ocasiones, me inclinaba hacia su lado de la cama y habría jurado que estaba ahí, a mi lado, provocándome como siempre.

Eché la cabeza hacia atrás.

El *whisky* y la adrenalina del torneo de póquer seguían corriéndome por las venas.

Brock se había llevado el gordo. Como Stella se había quedado en casa de Ava a pasar la noche, le había dado fiesta; sin embargo, no me molesté en felicitarlo. Me costaba incluso mirarlo porque me recordaba a ella.

Y aún me costaba más no preguntarle acerca de Stella.

Le había pedido que, en caso de que se encontrase en peligro, me avisara de inmediato. En cuanto a todo lo demás, el día a día de Stella continuaba siendo un completo misterio para mí.

Me había sentido tentado de llamar a Jules para pedirle información. El año pasado la había sacado de un buen aprieto y aún me debía ese favor; además, era una de las mejores amigas de Stella. Si alguien sabía cómo se sentía y lo que le estaría pasando por la cabeza, esa persona era Jules.

Si no lo hacía era exclusivamente por lo que me había pedido Stella. A pesar de ser una cadena de la cual me habría podido liberar con facilidad, me aprisionaba con más fuerza que una correa de hierro.

Me sentía jodidamente estúpido por echarla tanto de menos, y más estúpido me sentía aún por cómo había estado gestionándolo todo desde que se había marchado.

Levanté la cabeza y abrí el cajón secreto donde solía guardar sus informes. Ahora estaba lleno de cartas que nunca envié.

Una por cada día que habíamos estado separados.

Era el típico comportamiento patético y sensiblero del

que me había burlado anteriormente. Si el Christian Harper del pasado me viera, me pegaría un tiro y le pondría fin a este sufrimiento.

Pero me daba igual. Últimamente, aquellas cartas eran la única forma que tenía para comunicarme con ella y escribirlas me resultaba casi terapéutico.

Abordaban un amplio abanico de temas: desde algunos aspectos sobre cómo fue mi vida de niño, hasta lo mucho que detestaba los payasos (estaba convencido de que eran el diablo en persona, aunque menos divertidos), pasando por mis libros favoritos. Aquellas cartas eran como capítulos de libros distintos, mezcladas en el caos que formaba mi vida.

Lo único que tenían en común es que todas eran para ella.

Stella había mencionado que no sabía nada sobre mí, así que me había abierto por completo.

Cogí un bolígrafo y empecé a escribir la carta de aquella noche. Al terminar, estaba tan cansado que incluso tenía la vista nublada. Doblé la carta con cuidado y la guardé en el cajón, junto a sus camaradas.

En lugar de irme a mi habitación, me quedé en el despacho, observando aquella oscura noche a través de la ventana.

Mi colección de plantas seguía decorando el alféizar, y la luz de la luna dibujaba sus siluetas.

Solo necesitan algo de amor y atención para vivir.

Yo mismo las había estado regando y cuidándolas religiosamente desde que Stella se había ido. Le encantaban esas plantas.

Pero, por más que las mimara, seguían pareciéndome tristes y decaídas, como si supieran que la persona que tanto las cuidaba se había ido y no volvería nunca más.

—Ya lo sé —les dije. Me resultaba inverosímil haberme hundido tanto como para acabar manteniendo conversaciones con mis plantas, pero aquí estaba—. Yo también la echo de menos.

30 de julio

Stella:

Tengo que confesarte algo: nunca he querido tener una mascota, ni siquiera cuando era pequeño.

Una vez, mis padres me preguntaron si quería un perrito y les dije que no sin dudar ni un segundo.

No es que odie a los animales. Simplemente, siempre pensé que había que invertir demasiado tiempo y esfuerzo en cuidarlos y que no compensaba. No entendía cómo alguien podía meter un perro o un gato en su propia casa, tratarlo como si fuera su propio hijo y amarlo durante años a pesar de saber que un animal vive muchísimo menos que un ser humano.

Me parecía que era como pedir que les rompieran el corazón.

Pero ahora lo entiendo.

Porque, a pesar de que se me haya roto el corazón, el tiempo que hemos estado juntos sí ha merecido la pena.

Antes de que te enfades: no, no te estoy comparando con un animal. Pero, si pudiera volver atrás en el tiempo y marcharme de esa cafetería un minuto antes de que pasaras tú por delante o quedarme en el despacho en lugar de pasarme por el apartamento el día en que firmasteis el contrato, no lo haría.

Aunque supiera ya cómo irían las cosas.

Aunque supiera ya que, a la larga, acabaría con el corazón roto.

Porque los días más hermosos de mi vida los he vivido contigo, y eso no lo cambiaría por nada en el mundo.

Prefiero estar destrozado ahora, después de que me hayas querido, que ser feliz sin haberte conocido siquiera.

6 de agosto

Stella:

¿Recuerdas cuando nos encontramos en la recepción la noche que firmamos el acuerdo? Dijiste que tener una cita con alguien implicaba salir a cenar con esa persona, ir a tomar algo y quizás agarrarse de la mano. O, como alternativa, abrazar a la otra persona en un banco con vistas al río, susurrarle algo al oído y darle un beso de buenas noches.

En ese momento pensé que era lo más espantoso que había oído en toda mi vida, pero si alguna vez vuelves conmigo..., ya lo tengo todo planeado.

Cenaremos en mi restaurante italiano favorito en Columbia Heights. El local es muy pequeño, apenas caben unos doce comensales, pero hacen los segundos mejores ñoquis del mundo (los más ricos eran los de mi abuela).

Ya no está con nosotros, pero cuando yo era pequeño, iba a su casa al salir del cole y ella se pasaba horas enseñándome a cocinar. Además del tiempo que he pasado contigo, esos días también fueron los más felices de mi vida. Reíamos juntos en la cocina a la vez que aplanábamos la masa con el rodillo y nos llenábamos de harina mientras, de fondo, sonaba la música de los sesenta que tanto le gustaba.

Los ñoquis que preparaba mi abuela era mi plato favorito. Por desgracia, cuando murió, se llevó la receta consigo; sin embargo, cuando los probé en el restaurante que te decía... se parecían muchísimo a cómo los hacía ella.

Sé que me he ido por las ramas, pero quería compartir esta historia contigo. Nunca le había contado a nadie cómo aprendí a cocinar.

En fin..., creo que ese restaurante te encantaría. Después iremos a tomarnos una copa a un bar que hay cerca y, luego, a la ribera de Georgetown para sentarnos en un banco cerca del río. Podemos besarnos, cogernos la mano y susurrarnos tantas cosas al oído como quieras.

Porque, si algún día llegamos a tener una cita así, significará que me has perdonado. Y, si volvemos a estar juntos, nunca más voy a darte ninguna razón para que me dejes.

12 de agosto

Stella:

Te escribo estas líneas a las 2:30 de la madrugada.

Hace casi veinticuatro horas que no duermo.

Pero no podía acostarme sin decirte esto...

Lo estoy intentando, Mariposilla. Lo estoy intentando con todas mis fuerzas, joder.

Estoy intentando mantenerme alejado de ti. No pensar en ti. No quererte.

Mi vida sería muchísimo más fácil si pudiera pasar página, pero sé que no puedo.

Aunque no me perdones nunca.

Aunque no vuelvas a hablarme nunca.

Aunque tú sí pases página.

Yo te seguiré queriendo.

Siempre serás mi primer, mi último y mi único amor.

46
Stella

Ese fin de semana, quedé con mi familia en una cafetería de Virginia.

Nos sentamos en un reservado que había cerca de la salida. Era el lugar más tranquilo del restaurante, que estaba abarrotado de gente porque era un domingo a la hora del *brunch*.

Mi padre se había puesto su polo azul favorito; mi madre llevaba sus distintivas perlas y mi hermana se había presentado con unos tacones de infarto y una ligera expresión de enfado. Todo igual que durante nuestras reuniones mensuales.

Era como si nuestra cena familiar se hubiese trasladado a un reservado de cuero verde en vez de tener lugar alrededor de la apreciada mesa de caoba de mis padres.

Las únicas dos diferencias eran que el sol entraba por las ventanas y que, después de que hubiésemos hablado un poco de eso y aquello, un extraño silencio se abrió paso entre nosotros.

—Bueno... —Mi madre carraspeó—. ¿Qué tal sigue Maura?

Al ver por dónde había encaminado la conversación, pestañeé. Sin embargo, respondí de inmediato:

—Bien. El jardín y los rompecabezas de Greenfield le gustan mucho. Está contenta.

Mi madre asintió.

—Qué bien.

Otro silencio.

Llevábamos toda la tarde esquivando el tema principal. A este paso, cerrarían el local y nosotros seguiríamos aquí.

Cogí la taza con ambas manos y dejé que el calor me llenara de coraje.

—A propósito de lo que ocurrió el último día que cenamos juntos... —Todos se tensaron visiblemente—. Siento haberte hecho daño, mamá —me disculpé amablemente—. No fue mi intención. Pero tenéis que entender por qué he estado pagándole la residencia a Maura. Ella siempre estuvo ahí cuando la necesitaba y ahora me necesita a mí. No puedo dejarla tirada. No tiene a nadie.

—Lo entiendo. —Miré a mi madre sorprendida y ella sonrió con discreción—. Estos últimos meses me han servido para pensar y la verdad es que siempre he sentido algo de celos de tu relación con Maura. Es mi culpa, esto es indiscutible, porque yo estaba demasiado ocupada con mi trabajo como para pasar el tiempo suficiente con vosotras dos. Cuando me di cuenta de todo lo que me había perdido, ya erais mayores y ya no querías pasar tiempo con nosotros. Casi tuvimos que obligarte a que vinieras a las cenas familiares.

—No es que no quiera pasar tiempo con vosotros. Es que... —Sentí que me sonrojaba—. Es por lo del jueguecito sobre nuestros logros.

Dicho así, en voz alta, parecía estúpido, pero cada vez que pensaba en ese «divertido juego», la ansiedad se apoderaba de mí y me convertía en un manojo de nervios.

—Lo convierte todo en una competición —señalé—. Tú, papá y Natalia tenéis todos trabajos muy importantes, y yo...

Bueno, qué os voy a contar que no sepáis ya. Me encanta la moda y no me avergüenzo de ello. Sin embargo, cada vez que jugamos a ese juego, siento que soy la mayor decepción del mundo.

—Stella —intervino mi madre con un tono de voz algo apenado—, no eres ninguna decepción. Admito que no siempre hemos entendido por qué has tomado los caminos que has tomado y, sí, nos hubiese gustado que hubieras elegido una profesión algo más estable, económicamente hablando. Pero no nos has decepcionado en ningún momento. Eres nuestra hija.

—Queremos lo mejor para ti —añadió mi padre con un tono de voz grave—. No intentábamos impedirte que hicieras aquello que te gusta, Stella. Solo queríamos evitar que te despertaras un día y vieras que te habías equivocado cuando ya fuese demasiado tarde.

—Ya. —No tenía ninguna duda de que mis padres querían lo mejor para mí. El problema era cómo lo habían enfocado—. Pero ya no soy una niña pequeña. Tenéis que dejar que tome mis propias decisiones y que me equivoque por mi cuenta. Si mi marca de ropa tiene éxito, genial. Si no, al menos habré aprendido unas cuantas lecciones importantes y la próxima vez me saldrá mejor. Lo que sí sé es lo que quiero hacer. No puedo volver a trabajar para terceros.

Mis padres intercambiaron una mirada y, a mi lado, Natalia se removió incómoda en el asiento.

—Tengo bastante dinero acumulado de algunos acuerdos que he cerrado con marcas importantes y... —dudé un segundo antes de anunciar— ya he terminado mi primera colección. Una *boutique* local ha accedido a hacerse con unas cuantas existencias y espero que esto también me traiga más ganancias.

También tenía pensado hacer un lanzamiento oficial de la marca, pero primero quería tantear el terreno.

Mi madre abrió los ojos como platos.

—¿En serio? Stella, hija, ¡qué gran noticia!

—Gracias —respondí con timidez. Pasé el pulgar por el asa de la taza—. Entonces..., ¿no estáis enfadados porque no busque un trabajo de oficina?

Otro intercambio de miradas.

—Es innegable que lo de las colaboraciones te está funcionando y tu línea de moda está empezando con buen pie. —Mi padre tosió—. No veo ninguna razón por la cual debieras buscar un trabajo de oficina si no quieres. Pero —dijo al ver que se me dibujaba una sonrisa en los labios— si alguna vez tienes problemas, queremos que nos lo cuentes. Se acabó eso de esconder las cosas, igual que ocurrió con la debacle de *DC Style*.

—Prometido —contesté.

—Vale. ¿Y dónde está ese deslenguado que tienes por novio? —musitó—. La forma en la que me habló en mi propia casa fue irrespetuosa, pero supongo que el chico no andaba del todo equivocado.

Se me fue apagando la sonrisa.

—Esto... Eh... —Un repentino nudo se me coló en la garganta y tragué saliva para deshacerme de él—. Lo hemos dejado.

Los tres me miraron sorprendidos.

A juzgar por cómo nos defendimos el uno al otro durante esa cena, seguramente pensaron que Christian y yo duraríamos más que unos cuantos meses.

Yo también lo había pensado.

—Lo siento —dijo mi madre amablemente—. ¿Cómo lo llevas?

Me obligué a sonreír.

—Lo superaré.

—Ya encontrarás a alguien mejor —terció mi padre bruscamente—. Nunca me cayó bien. Si supieras algunas de las cosas que se rumorean... —Mi madre le dio un codazo a la altura de las costillas y mi padre dejó la frase a medias—. Aunque supongo que eso ahora ya da igual —añadió gruñón.

Cambié de tema y la conversación siguió por caminos más livianos hasta que mi padre se levantó para responder una llamada y mi madre se excusó para ir al baño.

Natalia se había pasado la tarde notoriamente callada. Sin embargo, en cuanto nuestros padres se hubieron marchado, se volvió hacia mí.

Me enderecé y me preparé mentalmente para cualquier crítica o comentario mordaz que fuera a soltar.

Sin embargo, en lugar de eso, vi que me miraba medio avergonzada.

—No quería volver a tocar el tema delante de mamá y papá —anunció—, pero siento haber sacado a colación lo de *DC Style* de esa forma. No quería ir de mala.

—¿Que no?

Natalia abrió un poco más los ojos y se ruborizó sutilmente.

—Un poco quizás sí —confesó con un hilo de voz—. Tienes razón con todo eso que has dicho de que parece que estemos compitiendo constantemente.

—No siempre tiene por qué ser así.

—Ya. —Natalia me miró curiosa—. Has cambiado. Eres...

—¿Más atrevida? —respondí riendo con ligereza.

Ella también rio.

—Sí.

Ese había sido uno de los mayores regalos que me había hecho Christian. Nada de una joya cara ni de un viaje increíble, sino la valentía de defenderme a mí misma.

Cuando nuestros padres regresaron, mi hermana y yo nos sumimos en otro silencio.

De repente me sentía extrañamente cansada, quizás fuera cosa de la emoción.

—Tenemos que irnos a un acontecimiento, pero ¿qué te parecería cenar algún día de estos todos juntos? —me preguntó mi madre esperanzada—. Aunque quizás deberíamos saltarnos la parte de compartir nuestros logros y simplemente disfrutar de la comida.

Solté una risa ahogada.

—Me parece una idea sensata.

Mamá me abrazó. Olía a aquel perfume que siempre se ponía.

Mi familia siempre se daba abrazos en público, pero creo que era más bien algo mediático. Teníamos que parecer una familia perfecta.

Aunque esta vez me lo pareció de verdad.

Brock aguardó hasta que me familia se hubo ido y luego se acercó a mí.

Desde que Christian y yo habíamos roto, Brock había dejado de intentar esconderse. No sabía si era porque se lo había pedido su jefe o porque, ahora que ya no vivía en casa de Christian, estaba todavía más preocupado por mí.

Fuera como fuese, lo valoraba y me molestaba a partes iguales.

Lo valoraba porque me gustaba sentirme protegida. Y me molestaba porque Brock me recordaba a Christian, y todo cuanto me recordara a él me sentaba igual que una puñalada en el pecho.

—¿Lista para marcharse o quiere quedarse un poco más? —me preguntó Brock. A lo mejor era por la luz, pero me parecía bastante más pálido que cuando habíamos entrado—. Podemos...

Se balanceó un poco.

Fruncí el ceño, preocupada.

—¿Quiere sentarse? No tiene muy buen aspecto.

En realidad, yo tampoco es que me encontrara muy bien. Mi letargo anterior se había intensificado y ahora sentía que me pesaban los párpados y también las extremidades. Vi que la cara de Brock se volvía borrosa hasta que al final pestañeé para aclararme la visión.

—Sí, eh... —Se agarró al borde de la mesa—. He... —Empalideció al completo y luego se puso rojo de golpe—. Espere aquí. Ahora vuelvo.

Salió corriendo hacia el baño. Se oyó un portazo y, al cabo de un segundo, oí el lejano aunque inconfundible sonido de alguien vomitando.

Se me revolvieron las tripas.

Tenía la esperanza de que no me hubiera dado una intoxicación alimentaria, pero era evidente que algo no iba bien.

Se me nubló la visión de nuevo. Y, esta vez, por más que pestañeara, no conseguí volver a ver con claridad.

Me levanté con la creencia de que, igual, si me ponía de pie, me despejaría un poco. No obstante, una instantánea sensación de mareo se apoderó de mí y caí de nuevo en la silla.

«Pero ¿qué pasa?»

Solo me había tomado té y una pasta. ¿Era posible intoxicarse habiendo comido solo eso?

Empecé a ver puntitos negros y el pánico se me apoderó de los pulmones.

«Aire. Necesito aire.»

Salí corriendo del reservado y me dirigí a la entrada.

Brock me había dicho que me quedase ahí y lo esperara, pero el ruido que me rodeaba me aplastaba el pecho como si tuviera un bloque de cemento encima. Por más que intentase respirar profundamente, no lograba deshacerme de él.

Pero...

Cuando ya casi estaba llegando a la puerta, caí en algo. ¿Y si alguien nos había envenenado tanto a Brock como a mí y estaba esperando a que me marchara? Parecía inverosímil, pero cosas más raras se habían visto.

Me detuve justo delante de la salida e intenté pensar por más nublada que tuviera la mente.

Si me quedaba ahí, igual acabaría sofocándome. Si me iba, quizás caía de cabeza en la trampa del agresor.

«Piensa, Stella.»

¿Y si estaba siendo paranoica? Tampoco me haría daño salir para que me diera un poco el aire, ¿no? Podía quedarme justo al lado de...

Alguien se me acercó por detrás. Lo noté tan cerca que casi podría haberme tocado, y entonces me fijé en que estaba bloqueándole el paso.

—Lo siento —mascullé de forma casi ininteligible—. Ya me aparto.

—No lo sientas —dijo ese hombre—. Acabas de facilitarme muchísimo las cosas.

Me apoyó algo frío y duro en la espalda.

Estaba tan aturdida que tardé unos cuantos segundos en asimilar lo que era.

Una pistola.

El pánico se apoderó de mí y adoptó una forma de grito que no llegué a pronunciar.

«Pues al final no eran paranoias mías...» Estaba tan petrificada por haber tenido razón que no fui capaz de asimilar lo que estaba ocurriendo. Me daba la sensación de que acababa de caer en medio de un *thriller* de acción sin previo aviso.

—No grites —me advirtió ejerciendo aún más presión

con la pistola— o esto se pondrá mucho más feo para todos los involucrados.

¿Cómo era capaz de hacer esto en público? ¿Acaso nadie se daba cuenta de la situación?

Aunque era la hora punta de la comida, lo estaba tapando con mi cuerpo y...

Se me mezclaron las ideas.

No tenía la energía suficiente como para gestionar lo que estaba pasando y tampoco es que tuviera otra elección.

Seguí a ese tipo hacia la salida. De no ser porque él mismo me estaba sujetando, me hubiese caído.

El mundo se convirtió en una caleidoscópica neblina de cemento y bocinas de coches distantes.

Al final, el ruido se desvaneció y solo oí la gravilla que teníamos bajo los pies.

—Me voy disculpando ya. —Ahora que estábamos en un lugar más silencioso, le oí mejor la voz. Y era una voz que me resultaba familiar. Ya la había oído antes, pero ¿dónde?—. Esto te va a doler.

No tuve ni tiempo de procesar sus palabras. Me dio con algo duro en la cabeza y me sumergí en una negrura absoluta.

47
Christian

En mi pantalla, el correo electrónico que había mandado el director ejecutivo de Sentinel a su mejor desarrollador de seguridad cibernética.

Era algo que Kurtz había copiado de —¿quién iba a ser?— mí, ya que la mayoría de las empresas de seguridad no desarrollaban *software* o *hardware*. Aunque la cuestión no era esa.

Era el mensaje.

Tal y como me esperaba, el traidor había ido directo a Sentinel para pasarle la información que le había dado yo personalmente en el torneo de póquer.

Y había actuado con más rapidez de la que me había imaginado. Solo habían pasado dos días.

Leí y releí la última línea del correo, que incluía los detalles que había ido cambiando al hablar con cada sospechoso para poder descubrir quién era el chivato.

Ahora ya lo sabía.

La sangre me corrió helada por las venas. Salí de la aplicación del correo y me puse a mirar las grabaciones de las cámaras de seguridad de la entrada de su edificio.

Esperé a que se hubiera subido al coche y entonces me

levanté, me puse la americana y fui tranquilamente hacia el garaje del Mirage.

En lugar de coger el McLaren, opté por la berlina que utilizaba siempre que quería seguir a alguien. Era un vehículo normal y corriente que se camuflaba a la perfección entre los demás coches que circulaban por la carretera.

Puse rastreadores en los vehículos de todos mis sospechosos hacía unas semanas, así que no tardé demasiado en seguir al traidor hasta un desguace abandonado que había a las afueras de la ciudad.

Kurtz ya estaba ahí esperándolo con una lisonjera sonrisa.

Quería arrancarle los dientes uno a uno y hacer que se los tragara, pero me obligué a respirar a pesar de la sangrienta neblina que me ofuscaba la vista.

«Paciencia.» Ya me ocuparía de él más tarde.

Aparqué fuera de su campo de visión, pero desde donde podía verlos a través del retrovisor de uno de esos coches hechos trizas.

Y ahí fue cuando vi a Kage salir de su coche y saludar a Kurtz.

Yo, que seguía con la mano en el volante, la apreté con fuerza.

De los cuatro sospechosos, Kage había sido, a la vez, el más y el menos evidente de todos.

El más evidente porque era uno de los que disfrutaban de una posición más elevada como para tener acceso a la importante información que se había filtrado.

Y el menos evidente porque, desde que Rhys se había marchado, Kage había sido casi como un hermano para mí en Seguridad Harper.

La ira me corrió por las venas cual gélida ola despiadada. Me suplicaba que le diera rienda suelta, que le permitiera acabar no solo con los hombres que se encontraban en aquel desguace, sino con todo lo que les importara.

La empresa de Kurtz. La reputación de Kage. Su dinero, sus familias...

Me obligué a reprimir aquella apremiante necesidad. «Luego me encargo.»

—¿Tienes el proyecto? —preguntó Kurtz.

Yo estaba tan lejos que, de normal, no habría podido oír nada de lo que estaban diciendo. No obstante, había equipado todos mis vehículos con unos micrófonos especiales capaces de captar sonidos lejanos.

En esta vida, uno tenía que estar preparado.

—Aún no. Es un dispositivo totalmente nuevo. —Kage se pasó la mano por su pelo, cortado al uno—. Todavía no tengo detalles y no puedo filtrar la información de inmediato o sospechará. Ya le han saltado las alarmas con lo de Escila.

—Entonces, ¿por qué cojones le has hablado de la imitación? —A Kurtz se le desdibujó la sonrisa y arrugó la frente—. Ahora sabe que está en problemas.

—Tenía que quitármelo de encima para que siguiera confiando en mí —gruñó Kage—. Empezaba a sospechar cómo podía ser que estuviese tardando tanto en descubrir lo ocurrido. Es por la maldita chavala esa con la que está saliendo. —Su tono se volvió más lóbrego aún.

La gente no sabía que Stella y yo habíamos roto. Solo se lo había contado a Brock. No era asunto de nadie.

—Tranquilo, no se enterará de que la imitación es tuya. Está demasiado distraído tirándosela; tiene suerte de que la empresa no se haya ido a pique todavía. Se piró un mes entero para ir a hacerle de guía por Italia. Tócate los huevos.

—Ah, sí, Stella. La conocí una vez. Al menos está buena. —Kurtz rio y mi ira fue aumentando hasta teñirlo todo de un rojo oscuro—. Ya conoces a Harper: le puede tanto su arrogancia que cree que puede ocuparse de todo sin que nadie lo traicione. Me hubiese encantado verle la cara al enterarse de lo de Axel.

Kage rio por la nariz.

—El muy cabrón me estaba poniendo de los nervios. Siempre lamiendo culos y estando por encima de mí. Menos mal que lo tomamos de cabeza de turco y Harper se lo creyó. Un problema menos del que preocuparme.

Descubrí otra filtración hacía meses y ahí fue cuando empecé a sospechar que Axel no había tenido nada que ver con el robo del *Magda*.

Al oír aquella confirmación, sentí cierto arrepentimiento. Sin embargo, como no podía cambiar el pasado, no valía la pena que me mortificara por ello.

Lo mejor que podía hacer era honrarlo haciendo pagar al verdadero traidor.

—Ya, bueno, era lo que tocaba. Una pena que nunca llegáramos a saber por qué era tan especial ese cuadro tan horrendo. Tanto lío para conseguirlo simplemente para acabar vendiéndolo antes de que Harper pudiera descubrir que nosotros estábamos detrás de todo eso —gruñó Kurtz.

—Eso no se lo ha contado nunca a nadie, ni siquiera a mí. —Kage se encogió de hombros—. Si me entero, te aviso.

—Perfecto. —La sonrisa de Kurtz se parecía a la de un tiburón que mira a su presa—. Hasta entonces... —Sacó un maletín del maletero del coche—. La segunda mitad que te pertenece por la información de Escila. Todo efectivo, tal y como pediste.

«¿Un maletín? ¿En serio?»

No sabía qué me cabreaba más: si la cara de Kurtz, la traición de Kage o el hecho de que estuvieran actuando como los villanos de una comedia televisiva de policías de las malas.

—Tienes que odiarlo mucho para querer joderlo de esta forma —señaló Kurtz mientras Kage contaba el dinero—.

Hasta que te pusiste en contacto conmigo hace un par de años, creía que Harper y tú erais camaradas.

—Antes sí —respondió Kage fríamente y luego cerró el maletín de golpe—. Pero las cosas cambian. Uno se cansa de vivir siempre en la sombra de alguien.

—Ambición. Apasionante. —Kurtz le dio una palmada en la espalda. Kage hizo una mueca ante tal gesto, pero no parecía que el director ejecutivo de Sentinel se hubiese dado cuenta—. ¿Sabes una cosa? La primera vez que te pusiste en contacto con nosotros, pensé que estabas tendiéndome una trampa, pero has resultado ser un aliado muy útil. Llevaba años muriéndome de ganas de bajarle un poco los humos a Harper. —Se subió al coche y pestañeó—. Una vez más, ha sido un placer hacer negocios contigo.

Kurtz arrancó y se marchó.

Ya me ocuparía luego de él. Ahora que había confirmado que Sentinel estaba detrás de la imitación de Escila, también sabía que habían sido ellos quienes habían proporcionado ese dispositivo al acosador de Stella. Y esa simple información ya hacía que se merecieran algo mucho más grande que una simple caída del sistema.

Kage guardó el maletín en su maletero y se dirigió hacia el asiento del conductor. Salí del coche, pero el mullido suelo acalló mis pasos.

—No sé cuánto te ha pagado, pero debería haberte dado más. —Mi observación, pronunciada sin más, retumbó entre los montones de metal que nos rodeaban.

Me detuve a unos cuantos metros de donde había aparcado Kage.

Este se irguió, me miró y me dedicó una sonrisa.

—Christian. ¿Qué haces aquí?

A pesar del natural tono de su voz, sus ojos estaban llenos de emociones.

Sorpresa. Pánico. Miedo.

—Tenía algo de tiempo libre y he decidido ver qué hacía mi trabajador favorito —respondí con una sonrisa igual que la suya.

Al oír la palabra *trabajador*, le tembló el ojo.

Nos aguantamos la mirada fijamente. El aire estaba tenso y olía a hierro oxidado y a una violencia creciente.

Ahora que nos encontrábamos cara a cara, di rienda suelta a mis emociones por primera vez desde que había visto el correo de Kurtz.

Kage era el trabajador que más tiempo llevaba trabajando para mí. Mi mano derecha.

Me salvó la vida en su día y era una de las pocas personas en quienes había confiado.

Su traición hizo que se me retorcieran las entrañas cual alambre de púas y me fuera exprimiendo la sangre gota a gota. Una gota por cada comida que habíamos compartido, por cada conversación que habíamos entablado, por cada problema al que nos habíamos enfrentado juntos y por cada situación peliaguda de la cual habíamos ayudado al otro a salir.

Un charco de un denso color rojo se me acomodó en el estómago junto con una ola de ácido y se fue comiendo mi coraza hasta que sentí cierto dolor y otra punzada de arrepentimiento por lo que tendría que hacer a continuación.

Inspiré.

Mi coraza se recompuso sola y volví a encerrar todas mis emociones en una jaula.

Cinco segundos. El máximo periodo de tiempo que permitía que aflorara mi sentimentalidad.

—¿Por qué? —Rompí el silencio—. ¿Querías cobrar más? ¿Tener más reconocimiento? ¿Sentir más adrenalina porque estás aburrido de cojones?

Kage dejó de hacerse el tonto.

—No es una cuestión de dinero. Es por ti. —Sus palabras estaban llenas de resentimiento—. De no haber sido por mí, tu empresa no estaría donde está hoy. Quien se encarga de todo soy yo. Y, mientras tanto, tú te pasas el día volando por el mundo en tu puto avión privado y alojándote en hoteles de alta gama. El nombre que aparece en la puerta es el tuyo. A quienes adulan todos es a ti. El director ejecutivo eres tú, y yo soy un puñetero trabajador. No soy tu socio. Solo soy un soldado que acata tus órdenes. Cada vez que voy a alguna parte, la gente me pregunta por ti. Y estoy harto —sentenció enfatizando en la última palabra.

¡Anda ya! ¡No me jodas! Casi me sentía decepcionado de saber que me había traicionado por una cuestión tan vulgar. La envidia y el resentimiento eran tan mundanos como lo había sido el amor para mí hasta hacía poco.

Pero con los humanos siempre ocurría lo mismo: las emociones más básicas eran las más peligrosas.

—O sea que querías más reconocimiento —respondí con tranquilidad—. Tanto que te faltaron piernas para correr a buscar a nuestra mayor competencia y joder a tu amigo y a la empresa que tú mismo acabas de decir que ayudaste a construir. Eso no te convierte en héroe, Kage. Te convierte en un maldito cobarde.

Sí, Kage me había ayudado a asentar los cimientos de la empresa y había tenido un papel fundamental en las misiones de esta. Y, a lo largo de los años, lo había compensado extremadamente bien por ambas cosas.

Sin embargo, si Seguridad Harper había ido creciendo no había sido por las misiones en sí, sino por mis contactos y por la rama cibernética que yo mismo había creado. A Kage no le interesaba demasiado el *networking* y no tenía prácticamente ni idea de seguridad cibernética.

En lo único en lo que podía darle la razón era en que Stella era mi distracción. De no haber sido por ella, lo habría pillado antes.

Cuando perdimos a Deacon y Beatrix, tuve una ligera corazonada, ya que Kage trabajaba bastante con dichos clientes. Sin embargo, le quité importancia para poder centrarme en asuntos más importantes.

—Al menos en Sentinel aprecian lo que hago por ellos. Y así veo cómo te hunden un poco. Eso de hacer de espía y sabotearte desde dentro sin que tú te enterases porque estabas tan ensimismado con tu puta novia como para seguir ocupándote de la empresa me ha divertido mucho. —A Kage se le heló la sonrisa—. Hace tiempo que no me tratas como a un amigo, Christian. Me tratas como a un estúpido lacayo a quien puedes ir dando órdenes. Aunque, de no haber sido porque yo mismo te salvé el pellejo, ahora mismo estarías muerto y con una bala en los sesos.

El recuerdo de ese momento me vino vívidamente a la cabeza.

Colombia, hacía diez años. La cosa se puso fea con un traficante de armas y me encontré en medio de un tiroteo.

Aún me acordaba de aquel sofocante calor, de los rápidos disparos mezclados con los gritos de la gente, y de la fuerza con la que Kage tiró de mí a pocos milisegundos de que una bala me atravesara la cabeza por detrás.

Había sido el escolta de un empresario local y salimos de una situación escabrosa por patas.

Y, ahora, aquí estábamos: a punto de presenciar otro disparo al cabo de una década.

Tenía la vista puesta en Kage, pero había centrado mi atención en la protuberancia de su cinturón y la presión de mi pistola, que llevaba escondida entre la cintura y la lumbar.

—Hay que separar lo personal de lo profesional —dije con frialdad—. En el trabajo, eres un tra-ba-ja-dor.

A Kage le volvió a temblar el ojo.

—Entiendo que lo de Deacon y Beatrix también fue cosa tuya —señalé.

—Hice lo que había que hacer. Sentinel estaba poniéndose ansioso después del fiasco del *Magda*. —Arqueó una ceja—. Imagino que no me vas a contar qué tenía de especial ese cuadro, ¿no?

—Seguirá siendo un misterio. Así la vida es más interesante. Ahora bien... La pregunta es —proseguí con la voz más baja—: ¿qué tengo que hacer contigo?

Yo no toleraba a los traidores. Me daba igual que fueran amigos, familia o alguien que me había salvado la vida en el pasado.

Si cruzaban esos límites, pagarían las consecuencias.

El silencio se extendió un segundo más antes de que Kage y yo sacáramos nuestras armas y disparásemos a la vez.

Los tiros se oyeron por doquier y, a sus sonidos, les siguió el ruido de las balas de metal al chocar con algo del mismo material.

Me escondí detrás del oxidado chasis de un coche. El corazón me iba a mil por hora; la adrenalina me había acelerado el pulso.

Podía acabar con él con un simple disparo. Él me tenía a buen tiro, pero yo lo tenía mejor.

Sin embargo, un único disparo me parecía muy poco para una traición de aquella envergadura.

Quería que le doliese.

—No vas a matarme —anunció Kage, cuyo reflejo veía a través de las ventanas del coche que me quedaba delante. Se había cobijado tras un camión no muy lejos de donde habíamos estado hablando; sin embargo, se le asomaban la pistola y un trozo de los pantalones por el lado—. Aquí no. Te conozco. Seguramente, ahora mismo estés pensando en cómo puedes torturarme.

No mordí el anzuelo. No pensaba ponerme a gritar en medio de aquel desguace como si fuera un actor de poca monta en una película de acción.

Me vibró el móvil.

Dada mi actual... distracción, lo habría ignorado. Sin embargo, mi instinto me advirtió que debía mirarlo.

«Algo va mal.»

Bajé la vista hacia la pantalla un minisegundo para leer el mensaje:

Brock: 23, District Café

Mi cerebro tradujo automáticamente el código de la empresa y lo convirtió en un mensaje entero gracias al contexto:

«Incapacitado; necesitamos que alguien venga a escoltar a Stella de inmediato. Estamos en el District Café.»

Una desconocida sensación de pánico me recorrió la columna vertebral y me inundó la sangre.

Le había ocurrido algo a Stella.

Brock no lo había escrito en el mensaje, pero ya lo sentía yo. La misma sensación de advertencia que me había llevado a leer el mensaje en medio de aquel maldito tiroteo hizo que mis alarmas saltaran con tanta fuerza que casi ni oí las palabras de Kage al hablar.

—No pasará —prosiguió con la voz llena de entusiasmo y un ápice de arrepentimiento—. Solo uno de los dos saldrá de aquí con vida, y no vas a ser tú.

Tomé mi decisión en aquel preciso instante.

—Ahí te equivocas. —Salí de detrás del coche.

Kage apareció de su escondite y me apuntó con el arma. Disparé antes de que pudiera hacerlo él.

El tiro retumbó por aquel desguace vacío y, a ese sonido, le siguieron otros tres disparos más.

Una bala en el pecho, otra en la cabeza y otra en cada rótula por si acaso sobrevivía y tomaba la estúpida decisión de seguir luchando.

Se tambaleó y se desplomó en el suelo.

Me acerqué sin dejar de apuntarlo con el arma. Cuando estuve casi a su lado, el suave sonido de la hierba al andar dio paso al crujido de la gravilla.

Tenía los ojos en blanco y abiertos, al igual que la boca. La sangre se iba amontonando bajo su cuerpo en un charco cada vez mayor e iba ensuciando el suelo de un rojo intenso.

No tuve que comprobarle el pulso para saber que estaba muerto.

Habíamos compartido una década, pero todo había desaparecido en cuestión de minutos. Y solo porque estaba resentido conmigo por las decisiones que había tomado.

Pasé por encima del cuerpo inerte de Kage y regresé al coche.

No tenía ni tiempo ni capacidad para sentimentalismos. Cualquier persona que me traicionara, estaba muerta para mí, tanto en sentido figurado como en el literal.

Cuando alguien encontrara a Kage, si es que alguien lo acababa encontrando, los animales ya habrían descuartizado su cuerpo.

La única persona que podía suponerme un problema era Kurtz, pero ese no diría ni pío. Kage estaba muerto y él no podía hacer nada; además, no le diría a la policía por dónde empezar a buscar porque eso sería ponerse a él mismo en riesgo.

Como el jefe de Kage era yo, me tocaba a mí dar con una

buena historia que contarles a las autoridades y al resto de la empresa, pero se me ocurriría algo fácilmente. Ya pensaría luego en los detalles.

23.

Mientras salía a toda prisa del desguace, no pude dejar de pensar en el mensaje de Brock. El pánico se volvió a apoderar de mí y se mezcló con una abundante dosis de miedo.

Cuando llegué a la autopista principal, ya me había olvidado de Kage por completo.

Solo importaba Stella.

48
Christian

A medida que me iba acercando a la cafetería, el instinto que me había advertido antes se iba haciendo cada vez más grande. Cuando llegué y me encontré a Brock vomitando en el baño, me aterroricé.

No veía a Stella por ninguna parte.

Brock me dio cuatro pinceladas sobre lo ocurrido y luego salió pitando hacia el baño otra vez para seguir vomitando.

No me molesté en hacerle más preguntas. Cada segundo contaba y Brock ni siquiera se aguantaba de pie, por no mencionar que a duras penas podía hablar.

Fui directo al mostrador con la sangre helada cual cubito de hielo y exigí que me dejaran ver todo lo que hubieran captado las cámaras de seguridad en las últimas dos horas.

Tras cinco minutos de discusión y unas cuantas quejas tediosas, el encargado de la cafetería me enseñó dichas grabaciones en su pequeñísima trastienda.

El corazón me latía con fuerza mientras las escenas iban apareciendo en pantalla.

Stella y Brock habían entrado en la cafetería. Habían pedido en la barra y se habían sentado en mesas distintas antes de que llegase la familia de Stella.

A pesar de la gravedad del asunto, sentí una pizca de

orgullo al ver cómo Stella había tomado el control de la conversación. No oía lo que decían, pero sí podía entender el lenguaje corporal.

Su familia se había marchado y Brock había vuelto a acercarse a ella, aunque con más torpeza que al principio. Tras intercambiar cuatro palabras con Stella, él había salido corriendo hacia el baño. Al cabo de un minuto, Stella se había levantado, se había balanceado y había vuelto a sentarse. Estaba pálida y parecía que le costase respirar.

Me agarré con tanta fuerza al respaldo de la silla del gerente que se me pusieron los nudillos blancos.

Alguien la había envenenado. Era la explicación más simple y la más plausible.

Sentí la imperiosa necesidad de meterme en la pantalla y tranquilizarla antes de reducir a polvo al cabrón que le hubiese hecho esto.

Stella se había levantado de nuevo y se había ido caminando, también a trompicones, hacia la puerta. Cuando ya casi había llegado a la salida, alguien se le había acercado por detrás.

Se me activaron todas las alarmas.

Me quedé mirando a la figura en cuestión. Alto, gorra y americana oscura.

Ambos se habían detenido al lado de la salida y luego se habían marchado a la vez.

Estaba convencido de que había visto esa americana antes.

Una certeza letal hizo que me rugiera el pulso.

—Rebobine —le ordené—. Aquí.

El vídeo se detuvo justo en el instante en que Stella y Brock estaban pidiendo en la barra. A su lado, esa misma persona. Había pagado su bebida en efectivo y se había puesto a repiquetear los dedos en la barra hasta que vio a Brock volverse para decirle algo a Stella.

Lo demás había ocurrido en cuestión de segundos.

Se había llevado la mano a la parte interna de la americana como quien no quiere la cosa, había echado rápidamente lo que parecían un par de sobrecitos diminutos en las tazas de Brock y Stella y había seguido tomándose su café.

Había sido rápido.

Pero también había cometido un error.

Al volverse de nuevo a mirar hacia el frente, conseguí verlo de perfil. Y ya lo había visto antes en dos revisiones de antecedentes aleatorias.

«Hijo de puta.»

De repente, todo tuvo sentido.

Cómo se coló en el Mirage. Por qué no había nada que demostrase cómo se había escapado del edificio. Su relación con Stella.

No me molesté en darle las gracias al encargado ni tampoco fui a buscar a Brock, que seguía en el baño, indispuesto.

En lugar de eso, mandé un mensaje de código negro a la empresa junto con el nombre del acosador y las instrucciones para dar con él y con Stella lo antes posible.

El código negro solo se utilizaba para situaciones de extrema urgencia y hacía que todos los agentes de la zona se activaran y se pusieran a trabajar en un nuevo caso.

Nunca lo había utilizado.

Si el acosador había sido lo suficientemente listo como para evitar que lo descubriéramos hasta ahora, también lo habría sido para no encender el móvil o utilizar su coche privado.

De todos modos, contábamos con la información necesaria para poder dar con él.

Yo solo esperaba que lo encontrásemos antes de que fuera demasiado tarde.

49
Stella

Noté algo ligeramente y me desperté de las profundidades de aquel oscuro y turbio estado de inconsciencia.

Fue una sensación que empezó cual cosquilleo en la punta de los dedos de las manos y los pies. Luego sentí la firme madera que tenía debajo de los muslos. Y, finalmente, el áspero roce de las cuerdas con las que me habían atado las muñecas, así como un martilleante dolor detrás de los ojos.

Hasta entonces, solo me había atado Christian, pero había sido algo consentido. Esto... Ni siquiera sabía qué era.

Lo único que sabía era que me hacía daño, que tenía la garganta seca y que sentía unos golpes en la cabeza como si alguien me estuviese taladrando con un martillo mecánico, o incluso con diez.

Los párpados me pesaban tanto que parecían anclas de cemento. Aquella oscuridad no era agradable y dulce como cuando una se va quedando dormida poco a poco. Era una oscuridad infinita y amenazadora, igual que el peso de la Tierra después de que ardiera en llamas.

Me obligué a tomar una profunda bocanada de aire a pesar de mi creciente sensación de pánico.

«Respira. Piensa. ¿Qué ha ocurrido?»

Me costaba discernir los acontecimientos del día.

Recordaba haber quedado con mi familia en esa cafetería. Brock había salido corriendo hacia el baño. Náuseas, mareo, ir fuera para coger aire... y la fría presión de una pistola contra mi caja torácica. Una voz. Y oscuridad.

Dios.

Me habían secuestrado.

Al darme cuenta de eso tuve la misma sensación que si alguien me estuviese clavando unas garras frías y afiladas. El deseo de dejarme llevar por el pánico se apoderó de mí, pero apreté los dientes y me obligué a permanecer en el presente.

No moriría así. No moriría, y punto. No moriría en mucho, muchísimo tiempo.

Me basté de todas mis fuerzas para abrir los ojos. Estaba mareada y lo veía todo borroso, pero luego empecé a enfocar mejor.

Me hallaba en una especie de cabaña destartalada hecha a base de madera y metal ondulado. Las ventanas estaban cubiertas por una ligera capa de mugre que apagaba el resplandor de la luz que se reflejaba en el suelo. Ese lugar estaba desprovisto de muebles, más allá de la silla a la que me encontraba atada y la mesa asimétrica donde descansaban un trozo de cuerda y, por ridículo que pareciese, un envase de comida para llevar.

Me subió la bilis.

¿Dónde estaba? A juzgar por la luz, no hacía tanto que me habían dejado inconsciente, lo cual significaba que tampoco podía estar tan lejos.

—Estás despierta.

Al oír aquella voz familiar, volví la cabeza de inmediato y el mareo se apoderó de mí por segunda vez.

Cuando se me pasó, la bilis que me subió por la garganta fue más cargada.

Ya sabía de qué me sonaba esa voz.

—No. —Mi graznido sonó absurdamente débil.

Julian sonrió.

—¿Sorprendida?

Fuera de los confines de su foto del *Washington Weekly* y en comparación con la única vez que había coincidido con él en persona, el periodista de moda más célebre de todo Washington tenía unas pintas completamente distintas.

La única vez que nos habíamos visto fue en la sesión de fotos que me habían hecho para el perfil y había sido amable conmigo. Modesto.

Y la decena de veces o más que habíamos charlado por teléfono había sido aún más majo.

No obstante, ahora que lo miraba de cerca, vi que tenía un brillo sombrío en los ojos y que sonreía forzadamente.

Igual que un psicópata.

Se me aceleró el pulso a más no poder.

—Eso me suponía. —Julian se alisó la parte delantera de la camisa—. No te acuerdas, ¿verdad?

—Escribes para el *Washington Weekly*. —Me pesaba la lengua.

Debió de haberme metido algo en la bebida mientras estábamos en la cafetería. Fuera lo que fuese, los efectos aún no habían desaparecido y seguían nublándome la consciencia.

—Eso ya lo sabemos. —Juraría que puso los ojos en blanco—. Antes de eso, Stella. Fuimos juntos a clase en Thayer. Teoría de la Comunicación, con el profesor Pittman. Te sentabas dos filas delante de mí, a la derecha. —Sonrió al recordar todo eso—. Me gustaba esa asignatura. Fue allí donde te vi por primera vez.

Thayer. Teoría de la Comunicación.

Unos rápidos *flashes* de un chico rubio, calladito, sentado al final de la clase se me colaron en la mente. Di esa clase hacía años. Apenas me acordaba de qué pinta tenía el profesor; ¿cómo me iba a acordar de mis compañeros?

—No te dije nada durante nuestras fascinantes conversaciones porque quería ver si te acordabas. —Se le disipó la sonrisa de la cara y, en su lugar, apareció un ceño fruncido—. Lo cual no ocurrió, pero no pasa nada. Por aquel entonces, yo era una persona distinta. No tenía tanto éxito y no te merecía tanto como ahora. Te dije cómo me sentía a través de mis cartas, pero tenía que ser alguien si quería que me aceptaras. Por eso no me puse en contacto contigo antes. Ahora, en cambio... —Estiró los brazos—. Por fin podemos estar juntos.

—¿Estar juntos? ¡Me has se-cues-tra-do!

Era incapaz de asimilar lo que me estaba diciendo. Aquella situación era surrealista como la que más.

—Ya. En cuanto a eso... Siento haber tenido que dejarte inconsciente, pero es que así era todo mucho más fácil —me contó en un tono de disculpa—. Te desataría, pero no puedo hacerlo hasta que hayamos solucionado tu problemilla.

Todo eso resultaba cada vez más y más inverosímil.

—¿De qué estás hablando?

—Christian Harper. —Pronunció su nombre con tanto desprecio que incluso noté un amargo sabor al final de la lengua—. Crees que sigues enamorada de él. Te lo veo en los ojos.

«Dios mío. Christian.»

De repente, asimilé la importancia de los hechos.

Julian estaba mal de la cabeza y me había atado en medio de Dios sabe dónde. Podía intentar escapar, pero no tenía coche y seguía demasiado aturdida por el golpe que me había propiciado él mismo antes en la cabeza.

Cabía la gran posibilidad de que no volviera a ver a Christian, a mis amigas o a mi familia nunca más.

El pánico empezó a apoderarse todavía más de mí, pero me obligué a calmarme.

«Encontraré la forma.» No me quedaba otra.

Pero, hasta que no lo consiguiera, tendría que seguir dándole conversación a Julian en lugar de dejar que hiciera... lo que fuera que tenía pensado hacerme.

Se me revolvieron las tripas.

—Ya no estoy con Christian.

Joder, ojalá siguiera con él.

Ojalá ahora mismo estuviera en su apartamento preparando tacos. Christian estaría bromeando y diciendo que ponía demasiado queso a los míos y, cuando me pusiera a responder a mis mensajes de Instagram en lugar de prestarle atención, gruñiría.

Sentí cómo se me iban acumulando unas cálidas lágrimas en el párpado inferior.

—No he dicho que todavía estéis juntos —espetó Julian—. ¡He dicho que sigues delirando y creyendo que estás enamorada de él!

Fue alzando la voz hasta que al final tomó una profunda bocanada de aire y volvió a alisarse la camisa con la mano.

—Pero no importa. No es tu culpa —prosiguió con ternura—. Te ha decepcionado. Te engatusó con su físico y su dinero para que te pillaras de él. Pero quienes debemos estar juntos somo tú y yo. Lo supe desde el primer momento en que te vi. ¿Sabes una cosa? Después de ese primer día de clase, soñé. —Volvió a sonreír—. Soñé que estábamos casados y que vivíamos en una humilde cabaña en el bosque. Teníamos dos hijos. Yo me pasaba el día currando y, al llegar a casa, tú estabas esperándome. Fue un sueño precioso. Nunca había soñado con una chica. Tiene que ser una señal divina.

¿¡Un sueño!? ¿Me había hecho sufrir así por un maldito sueño?

«Respira.»

El estancado aire del lugar me abrasó los pulmones.

—No hay persona más bella que tú, Stella. Siempre fuiste tan amble y simpática conmigo... Incluso cuando todos los demás me ignoraban o se burlaban de mí. Tú tienes todo eso que busco en una esposa. Eres perfecta para mí.

Ya no era la misma que había sido en la uni, pero evidentemente Julian ni siquiera me veía por quién era yo de verdad. Solo me veía como un trofeo, como algo de lo que se podía adueñar.

—¿Cómo conseguiste todas esas fotos mías? —Traté de mover tanto como pude las manos detrás de mí en busca de algo, lo que fuera, para poder desatarme—. ¿Y cómo entraste en mi apartamento?

Al notar cierta protuberancia firme y puntiaguda detrás de la silla, se me cortó la respiración. Parecía un clavo. Esa silla era tan vieja que ni siquiera me sorprendió. Sinceramente, me daba absolutamente igual lo que fuera. Solo quería desgastar la cuerda para desatarme.

Seguí con la vista puesta en Julian mientras iba frotando aquel cordel contra el clavo con tanta discreción como me era posible.

—Siempre se me ha dado bien indagar en la vida de la gente. Qué te voy a contar, me gradué en periodismo. Además, me camuflo perfectamente entre la multitud, lo cual me permite seguir a alguien con facilidad sin que la otra persona se entere. Y, en cuanto a lo de tu apartamento... —Julian sonrió—. ¡Eso es lo mejor! Yo también tengo un piso en el Mirage. Mi abuela me lo dejó en herencia después de fallecer. No vivo allí a tiempo completo, pero sí tengo las llaves. Somos prácticamente vecinos. Una vez subimos juntos en el ascensor y ni siquiera reparaste en mí; me enfadé muchísimo, pero tú estabas demasiado ocupada mirando el móvil. —Resopló.

Guardé silencio. Estaba demasiado concentrada en lo mío.

Por suerte, a Julian le dio por contarme la historia con pelos y señales. Y, mientras lo hacía, andaba de un lado a otro, gesticulando.

Cada vez que me daba la espalda, yo empezaba a frotar la cuerda con más rapidez. Cuando volvía a mirar hacia mí, ralentizaba el ritmo.

Una pátina de sudor me cubrió el rostro a causa del esfuerzo. Sin embargo, la cuerda se había ido dando de sí poco a poco y ya no me apretaba tanto.

«Solo un poquito más...»

—Hackear el sistema de vigilancia me costó más, pero me ayudaron. Contraté los servicios de Seguridad Sentinel. Son los rivales más importantes de Harper, así que supuse que no dejarían escapar la posibilidad de bajarle un poco los humos. Y no me equivoqué. Me dieron un sofisticado dispositivo para poder hackearlos. El resto es historia.

Se detuvo justo enfrente de mí.

Me quedé helada y recé para que no mirara por encima o por detrás de mí.

—Todo eso lo hice por ti, Stella. Porque te quiero. Solo me arrepiento de haberte abandonado durante dos años. Pero, por desgracia, tuve que volver a casa para cuidar de mi abuela. —Parecía molesto—. Ella me dejó el piso y todo el dinero que pudiéramos necesitar. Invertir en bienes inmuebles era lo suyo y, como mis padres murieron, cayó todo en mis manos. Mientras estaba fuera, tú empezaste a salir con Harper, lo cual no me hizo demasiada gracia. —Arrugó la frente en señal de desaprobación—. Pero ahora he vuelto y tú ya no estás en casa de ese cabrón. Tuve que pasar un poco desapercibido tras mi regreso. Ya me entiendes: no podía arriesgarme a que Harper diera conmigo. Lo bueno es que me ha dado tiempo de organizar todo esto. —Julian se agachó y me apartó el pelo de la cara—. Por fin podemos estar juntos... En cuanto hayamos solucionado tu problemilla. Aunque creo que será rápido, ya verás. Solo te harán falta unas cuantas semanas conmigo. Estamos destinados a estar juntos.

Julian irradiaba felicidad.

Sentí unas náuseas inmensas.

Estaba pirado. Más que pirado.

Decía que me quería, pero esto no eran actos de amor.

Un acto de amor era aceptarme tal y como era, defectos incluidos.

Un acto de amor era creer en mí incluso cuando ni siquiera yo creía en mí misma.

Un acto de amor era poder pasar ratos en silencio con la otra persona y besarnos con dulzura; era sentir tanta euforia que me quedara sin aliento y notar aquellas manos ásperas. Todo a la vez.

Un acto de amor era lo que Christian había hecho por mí.

Había cruzado límites y me había escondido algunos secretos, pero él nunca jamás me haría algo así. Nunca me envenenaría ni me haría daño a propósito.

Sabía que, si quería salir de allí, tenía que seguirle el juego a Julian. Sin embargo, la simple idea de tener que fingir que realmente quería estar con él me provocaban ganas de vomitar.

—Julian... —Lo miré a los ojos.

Él sonrió con una expresión enfermizamente esperanzada.

—Preferiría morir antes que estar contigo —finalicé enfatizando en el verbo *morir*.

Le di un cabezazo lo más fuerte que pude.

Julian aulló de dolor y su grito retumbó por toda la cabaña.

Se me empañó la vista por la fuerza del impacto, pero no tenía tiempo que perder. Bajé las muñecas con todas mis fuerzas hasta que la cuerda ya aflojada se partió al chocar con el clavo.

Por suerte, Julian no me había atado las piernas, así que fui trastabillando hacia la puerta. Cuando ya casi había llegado, unas fuertes manos tiraron de mí.

Caí al suelo y me pegué un porrazo.

Julian me mantuvo ahí firme y me sujetó las manos encima de la cabeza.

—¡Suéltame! —Intenté zafarme de él.

—Eres mía —respondió tranquilamente como si estuviésemos haciendo un pícnic en mitad de un parque en lugar de haberme tomado como rehén—. Si cedes, todo será muchísimo más fácil. No quiero hacerte daño, Stella.

No podía seguir luchando eternamente. Ya casi no me quedaban fuerzas; tenía los músculos irritados y el pánico se estaba adueñando de mí.

Volví un poco la cabeza hacia la derecha y, al ver que mi bolso estaba a unos cuantos metros de allí, se me entrecortó la respiración.

«La táser.»

Lo llevaba siempre encima. Si pudiera llegar a él...

Julian me siguió la mirada y rio.

—Ah, no te preocupes por la táser. Ya le he quitado las pilas. He... —Aproveché su distracción, le hinqué los dientes en el cuello y le arranqué la piel. Julian ululó de nuevo, esta vez de forma más brutal, y dejó la frase a medias.

El asqueroso y húmedo sonido de su piel desgarrándose se oyó por doquier.

Dejó de agarrarme con tanta fuerza. Lo empujé y fui gateando hacia la entrada.

No volví la vista atrás. Al sentir el metálico sabor de la sangre, se me revolvieron las tripas, pero no tenía tiempo para pensar en lo nauseabunda que era aquella situación.

Alargué el brazo, me agarré al pomo de la puerta y lo utilicé para levantarme.

Julian tiró de mí otra vez y yo grité de nuevo, llena de frustración. Me empotró de cara a la pared que había al lado de la puerta.

El dolor me estalló en toda la cabeza. Se me nubló la vista y empecé a verlo todo borroso, como si mis ojos fueran la pantalla de un televisor antiguo.

—Qué decepción, Stella —se quejó Julian con un tono amenazante, oscuro y siniestro. La sangre que le brotaba de la herida del cuello me cayó en la piel y me abrasó cual ácido—. Estaba intentando ser amable. Pensaba que me entendías. Si no puedo estar contigo... —Hizo presión con la pistola en el lateral inferior de mi barbilla y, fruto del miedo, un helado escalofrío me recorrió de arriba abajo—. Nadie podrá.

Me echó la cabeza hacia atrás y dejé escapar un pequeño grito. La pistola estaba fría, pero el aliento de Julian me rozó el cuello, abrasador y siniestro.

—Puede que ya no puedan salvarte. Estás arruinada. Pero no pasa nada. Podremos estar juntos en nuestra próxima vida. —Me besó el cuello. Sentí tanto asco que me dio otro escalofrío—. Somos almas gemelas. Y las almas gemelas siempre acaban encontrándose.

Amartilló la pistola.

El dolor y el terror se fueron disolviendo hasta convertirse en entumecimiento. Cerré los ojos. No quería que esta cabaña fuese lo último que viera antes de morir.

Se me ralentizó la respiración al aislarme hasta el lugar más seguro que conocía.

Ojos del color del whisky. *Susurros sensuales. Cuero y especias.*

Unas silenciosas lágrimas me resbalaron por las mejillas.

Me fueron pasando distintos fragmentos de mi vida por delante de los ojos y el tiempo también se ralentizó. Mis amigas y yo disfrazándonos de Bratz para Halloween, hacer puzles con Maura, las vacaciones familiares en la playa, el día en que subí mi primer *post*, las llamadas con Brady y las tardes que pasaba en cafeterías, las sesiones de fotos al lado del mar... y Christian.

De todas las personas a quienes más echaba de menos, Christian ocupaba el primer puesto.

«Te quiero.»

Un disparo me perforó el tímpano.

Me encogí por el miedo y aguardé para sentir el dolor, pero no noté nada.

Oí cómo se cerraba una puerta de golpe. A esto le siguieron unos gritos y una violenta corriente de aire que me recorrió entera cuando apartaron el cuerpo de Julian de mí de inmediato.

Abrí los ojos de repente y vi, incrédula, a media docena de hombres alrededor de la cabaña, pistolas en mano.

Uno de ellos redujo a Julian mientras los demás se movían por la sala.

Había ocurrido todo tan deprisa que yo seguía de pie, al lado de la puerta, cuando una presencia cálida y familiar me tocó el lateral del cuello.

«No puede ser.»

Pero entonces me volví y ahí estaba él.

Pelo oscuro. Ojos brillantes. Una expresión esculpida con una rabia fría y despiadada.

Christian.

El sollozo que había estado aguantando por fin encontró la salida.

Por más enfadada que hubiese estado tras encontrar esos informes y por más que hubiese traicionado mi confianza en el pasado, ahora mismo a quien más ganas tenía de ver era a él.

—Stella. —El alivio suavizó los afilados bordes de su ira.

Dijo mi nombre como si fuera una plegaria, con un susurro tan natural y sincero que anuló cualquier resistencia que yo pudiese haber opuesto.

No pensé. No hablé.

Solo atravesé la sala y me hundí en sus brazos.

50
Christian

«Está aquí. Está a salvo.»

Fui repitiendo esas palabras mentalmente mientras abrazaba a Stella con fuerza.

Estaba tiritando un poco y, a pesar de que era casi tan alta como yo, parecía frágil. Quebradiza.

Un proteccionismo feroz se abrió paso en mi pecho.

—Ya está, cariño —susurré—. Estás bien. Estás a salvo.

Stella me hundió más la cara en el cuello. Sus ligeros sollozos me apretaban tanto el corazón que parecía que me lo estuviesen escurriendo.

Llevaba semanas deseando volver a tenerla entre mis brazos y por fin había ocurrido, pero me hubiera gustado que la situación no se hubiese dado así.

Con Stella llena de moratones, dolida y aterrorizada.

El alivio que sentí al verla dejó paso a una nueva ola de cólera.

Desvié la vista por encima de su hombro y mi fría mirada se posó sobre Julian.

Este me devolvió el gesto con una mirada fulminante. Tenía los ojos llenos de rabia, pero no dijo nada. Steele y Mason estaban atándolo.

Había reconocido la cara de Julian gracias a su biografía del *Washington Weekly*. Y también porque estudié los antecedentes de su abuela cuando esta compró el piso en el Mirage. Tras su defunción, la propiedad quedó en manos de Julian.

Como no me metía en los pormenores triviales del cambio de inquilinos, no até cabos.

Con razón no había encontrado nada que demostrara que el acosador había salido del Mirage después de colarse en el apartamento de Stella. Se había pasado todo el tiempo ahí dentro.

—Lo quiero con vida —ordené—. Me ocuparé de él personalmente.

Quería disfrutar desgarrándolo yo mismo.

Sin embargo, al ver la fea herida que tenía en el cuello, me nació una pizca de orgullo en el pecho. Stella había debido de arrancarle un trozo de carne antes de que llegásemos nosotros.

«Esa es mi chica.»

Steele asintió.

—Por supuesto.

Rastreamos a Julian gracias a la tarjeta de crédito que había utilizado para alquilar el coche y, a continuación, rastreamos el coche hasta su asquerosa cabaña en el bosque de Virginia. El GPS incorporado del que disponía el vehículo nos facilitó el trabajo.

No había querido arriesgarme, de modo que había llamado a unos cuantos de mis hombres para que me acompañaran y les había pedido a otros tantos que fueran a por Brock.

Julian debió de haber envenenado a Brock y a Stella con sustancias distintas. A él, con algo para incapacitarlo y quitárselo de encima, y a ella, con algo para desorientarla.

Me moría por despellejarlo vivo. Sin embargo, ahora mi prioridad era Stella.

Le pasé una mano por la espalda.

—Iremos a un hotel para que puedas lavarte —musité—. Conozco a un médico que se reunirá allí con nosotros y te echará una ojeada a las heridas.

Detestaba los hospitales. Tanto puto papeleo para una seguridad más bien negligente. Lo más fácil era que cuidase yo mismo de Stella.

Al ver que asentía discretamente y en silencio, dejé a mis hombres allí para que se ocuparan de la cabaña y guie amablemente a Stella hacia mi coche.

Al ver los cortes y moratones que tenía a plena luz del día, volví a encenderme, pero me obligué a rebajar un poco el cabreo.

Ya tendría tiempo luego para eso. Primero me aseguraría de que Stella estuviera bien y después podría pasarme todo el tiempo que quisiera desmembrando a Julian.

Arranqué. Stella no dijo nada.

Mi intención era llevármela a mi apartamento, pero no quería traspasar las fronteras que ella misma había establecido durante nuestra ruptura.

Sin embargo, cuando llegamos al primer hotel decente que encontramos cerca de la cabaña, no se movió de su asiento.

Se quedó con la vista puesta en la entrada, agarrándose las piernas con tanta fuerza que se le quedaron los nudillos blancos.

—¿Podemos ir mejor a tu casa? —me preguntó en voz baja—. Quiero estar en un lugar seguro.

Mi corazón volvió a cobrar vida, pero yo respondí en un tono monocorde:

—Claro.

Cuando llegamos al Mirage, el doctor Abelson ya nos estaba esperando. Técnicamente, ya se había jubilado, pero uno de mis clientes me remitió a él hacía unos años, cuando mencioné que necesitaba un médico privado y discreto.

Por lo visto, ahora que estaba retirado, Abelson buscaba algo más con lo que matar el tiempo; algo que no fuera jugar al golf o ver la televisión.

Como lo último que me faltaba era que el resto de los residentes se pusieran a hacer preguntas, entramos por la puerta de atrás.

Tenía una habitación especial destinada a tratamientos médicos. Mientras Abelson se presentó a Stella y la fue estudiando, yo lo fui observando todo, impaciente.

—¿Está bien? —quise saber tras una interminable espera que en realidad no llegó ni a la media hora.

—Presenta algunos cortes y contusiones, además de un ligero traumatismo craneoencefálico, pero se pondrá bien —me contó—. Esto lo curan el tiempo y mucho descanso.

Aquel diagnóstico debería haberme tranquilizado, pero solo podía pensar en la parte del traumatismo craneoencefálico.

Mentalmente, añadí quince minutos más a mi sesión con Julian.

—Yo me encargo —respondí mientras él se disponía a vendarle las heridas—. Puede irse. Gracias.

Aparte de arquear muy sutilmente las cejas, Abelson no dijo nada ante mi petición.

—¿Puedo saber qué ha ocurrido? —se interesó en voz baja mientras volvía a guardar las cosas en su maletín.

Stella estaba sentada en la otra punta de la sala. Se había pasado todo el rato callada, pero eso no significaba que no pudiera oírnos.

—No. —Lo llamaba para cuestiones médicas, no para contarle los pormenores de cómo sucedían las cosas.

—Ya decía yo. —Negó con la cabeza—. Llámeme si surge cualquier complicación. No creo que sea el caso, pero ya tiene mi número.

Por eso me gustaba Abelson. Era discreto, competente y no hacía preguntas innecesarias.

El médico se fue y yo terminé de curar a Stella.

Le rocé la piel con la punta de los dedos mientras le tapaba las heridas con cuidado. El estable zumbido del aire acondicionado se mezclaba con nuestras discretas respiraciones y una corriente eléctrica me tensó de arriba abajo hasta que terminé de asistirla.

—Si tienes hambre, puedo cocinar algo —me ofrecí.

Stella sacudió la cabeza.

—Solo quiero ducharme y dormir.

No le llevé la contraria. La acompañé por el pasillo y me detuve entre el cuarto de invitados y mi habitación.

No debería preguntarle. Sabía que eso sería volver a traspasar ciertos límites y que a lo mejor Stella no estaba lista. Pero tenía que intentarlo.

—Quédate conmigo. —Acompañé mis palabras de un tono dulce para no convertir aquella frase en una orden, sino más bien en una súplica—. Solo esta noche. Por favor.

Estábamos cobijados bajo la seguridad de mi ático, pero eso no era suficiente.

Por poco no la había perdido. Necesitaba tenerla cerca. Necesitaba verla, tocarla, consolarla. Necesitaba cerciorarme de que Stella estaba aquí de verdad y de que nada de eso era producto de mi imaginación.

Y entonces podría respirar.

Tras un segundo que se me hizo eterno, Stella asintió discretamente. Ese gesto me alivió y la puerta se cerró a nuestras espaldas.

Nos duchamos por separado.

Stella se había llevado todas sus cosas a casa de Ava, así que le presté una de mis camisas viejas.

Verla con mi ropa puesta hizo que se me encogiera el corazón.

No significaba que me hubiese perdonado ni que estuviéramos juntos de nuevo. Stella había vivido una experiencia traumática y la forma en la que estaba actuando ahora no reflejaban para nada su comportamiento habitual.

Aunque sí era un avance y a mí, por pequeño que fuera, me bastaba.

—¿Cómo me has encontrado? —me preguntó cuando me tumbé en la cama, a su lado.

Al salir de la ducha, había recuperado algo de color y ahora ya volvía a hablar.

«Otro avance más.»

Me sentí un poco más aliviado.

—Brock me mandó un mensaje y lo vi en las grabaciones de las cámaras de seguridad de la cafetería. —Le conté la historia por encima, pero obvié lo ocurrido con Kage en el desguace.

—¿Se pondrá bien?

Cómo no. Acababan de secuestrarla y Stella seguía preocupándose por los demás.

Se me dibujó una sonrisa de medio lado en la cara.

—Sí. Solo tiene que descansar un poco; se recuperará.

—Vale. —Me miró de lado, con la mejilla apoyada en la mano.

A pesar de que había dicho que quería dormir, parecía poco dispuesta a ello.

—Dime, Mariposilla, ¿en qué piensas?

—En que he tenido un día muy emocionante.

Me apareció otra sonrisa en los labios. Que bromease era buena señal, aunque las bromas fueran más bien crudas.

—Pero no quiero hablar de eso ahora. —Se giró un poco más para quedar completamente cara a cara conmigo—. Cuéntame algo.

—¿Un cuento? —bromeé.

Negó con la cabeza.

—Algo real.

Lo medité un poco y la sonrisa me fue desapareciendo poco a poco de la cara.

—¿Cómo de real, Stella?

—Tanto como sea posible. —Se le suavizó la voz—. Cuéntame algo sobre ti.

Guardé silencio un minuto y luego empecé a hablar:

—Ya te conté la historia de mi padre y sabes cómo murieron tanto él como mi madre. Lo que no sabes es lo que me dejó ella. —Me costó pronunciar aquellas palabras; eran como muebles llenos de polvo tras haber estado escondidos durante muchísimo tiempo—. Una carta de despedida.

La encontró la policía en el lugar de los hechos. Mi tía no quería que la viera, pero insistí.

Aún me acordaba de cómo olía: a tinta y al perfume favorito de mi madre. Yo, a pesar de que aún tenía la piel caliente por el sol de la tarde, no pude dejar de temblar al leer la carta.

—Me dijo que me quería muchísimo y que no quería abandonarme, pero que no tenía elección. Que no podía vivir sin mi padre y que su hermana se ocuparía de mí. —Una sonrisa más bien amarga se abrió paso entre mis labios—. Imagínate que le dices a tu hijo que lo querías justo antes de dejarlo completamente solo en este mundo a sabiendas de que la criatura va a perder a la única figura paterna que le queda porque no eres capaz de aguantar e intentarlo siquiera. Habían pasado dos días. Solo dos. Cuando leí esa carta, no me puse triste, Stella. Me enfadé. Y me alegró sentirme así, porque sentir que estaba cabreado era más fácil que sentir que me habían abandonado. Aunque mi madre me dejó algo más. El único cuadro que intentó pintar. Le encantaba el arte, pero era una artista pésima; incluso mi padre fue incapaz de mentir y decirle que se le daba bien. Así que guardamos el cuadro en el sótano. Sin embargo, cuando murió, lo desempolvé y me aferré a él. Ni siquiera sabía por qué. Quizás porque me mosqueaba lo que le había hecho el arte a mi familia y me gustaba ver la fealdad y el caos que lo conformaban inmortalizado en un lienzo. También me quedé con la carta y, cuando me hice mayor, arreglé el marco y la guardé dentro del cuadro. Lo peor de todo es que le puse su nombre. Magda. —Stella abrió los ojos como platos—. Sí, el mismo *Magda* del que me oíste hablar con Dante —admití—. Debería haberme deshecho tanto del cuadro como de la nota hace muchísimo tiempo, pero no tuve el valor suficiente. No era por los artículos en sí, sino por lo que significaban: lo que habían hecho mis padres y cómo me habían abandonado. Odiaba el *Magda*, pero era lo más importante en mi vida. Tanto que hasta lo tenía custodiado. Incluso falsifiqué documentos que constataban que era una obra de arte de un valor incalculable para que nadie se preguntara por qué estaba destinando tantos recursos a esa pieza. —Se me escapó una áspera risa—. Parecerá una estratagema sumamente elaborada para algo tan simple, pero ese cuadro lleva jodiéndome toda la vida. No podría desprenderme nunca de él. Esa horrenda obra de arte simboliza todo lo que mi madre quería más que a mí. Y, cada vez que lo miro, la veo a ella. La veo sentada escribiendo esa carta antes de pegarse un tiro en la cabeza.

Ante tan visual descripción, Stella se estremeció. Sin embargo, yo estaba tan metido en la historia que seguí hablando:

—Y me veo a mí, sentado en clase, cuando de repente me llama el director del colegio para que vaya a su despacho.

Veo la cara de mi tía y el funeral y todo el mundo mirándome con pena después de la muerte de mi madre. En la ciudad, nadie sabía lo que había ocurrido realmente con mi padre; el empresario a quien estaba robando no quiso que se diera más publicidad al asunto, así que pagó a las autoridades para que no dijeran nada. —Tragué el extraño nudo que se me había instalado en la garganta—. Se supone que el amor de una madre puede con todo. Pero el amor de la mía hacia mí no fue suficiente para que siguiera a mi lado.

Stella no había dicho nada en todo este tiempo, pero ahora me miró con los ojos llenos de palabras.

—Christian... —exhaló con la voz cargada de unas lágrimas aún por derramar.

Le coloqué un mechón de pelo detrás de la oreja.

—No es una historia para llorar, Mariposilla —dije con la voz ronca—. No te sientas mal por mí. Lo superé hace ya muchísimo tiempo.

Teniendo en cuenta el día que había tenido Stella, era una historia dura de escuchar, pero me había pedido que le contase algo real. Y mi historia con el *Magda* era lo más real que tenía.

—Yo creo que no lo has superado —respondió ella en voz baja—. Sobre todo si todavía tienes el cuadro.

—Técnicamente, lo tiene Dante —aclaré para esquivar su comentario.

—¿Y cómo ha acabado en sus manos?

—Alguien robó el cuadro y lo vendió en un montón de ventas de patrimonio. —No me metí en los sucios detalles que incumbían a Kage, Sentinel y que, en una de las mayores coincidencias de la vida, el cuadro había terminado en manos de Josh. Lo había encontrado antes de que este lo comprara y había quitado la nota de dentro, pero había dejado que la obra siguiera en venta para poder dar con quien lo había robado. Me equivoqué con Axel, pero acerté con Sentinel—. Dante hizo de mi apoderado y lo volvió a comprar porque yo no quería que nadie más descubriese mi conexión con la obra. Lo está guardando en su casa mientras acabo de ver qué hago con el cuadro.

—¿Y bien? —se interesó—. ¿Ya sabes qué harás?

—Todavía no. Pero algo se me ocurrirá.

Nos quedamos ahí tumbados y nuestros alientos fueron bailando en el comprimido espacio que nos separaba.

Stella tenía razón. No lo había superado. Había escondido aquella historia en el fondo del cajón de mis recuerdos debido a lo que había sucedido en los últimos meses, pero todavía sentía cómo se aferraba a mí con sus esqueléticas manos.

Podía destruirlo o podía dejar que me dominara de por vida.

Aunque ya tomaría esa decisión en otro momento.

—¿Puedo contarte un secreto? —susurró Stella—. Cuando estaba en la cabaña y pensaba que iba a morir... en quien más he pensado ha sido en ti.

Sus palabras me atravesaron el pecho hasta clavárseme en el corazón, tanto por lo que había dicho de estar a punto de morir como por el hecho de que hubiese pensado en mí.

—Con eso no quiero decir que haya superado al cien por cien lo que hiciste, porque no es así —señaló—. Pero también entiendo la diferencia entre esconder algo y no saber cómo contar la verdad. Además, me he dado cuenta de que me equivoqué cuando te comparé con Julian. A diferencia de él, tú jamás me harías daño. Y, para ser sincera, te... —Tragó saliva con fuerza—. Te he echado de menos.

La presión que sentía en el pecho cedió y se me dibujó una genuina sonrisa en los labios.

—Me alegro.

—Y... —Se le sonrojaron las mejillas—. Pueeede que consiga aumentar ese porcentaje si me das un beso de buenas noches.

Reí.

—De eso sí que me alegro. —La acerqué a mí—. Yo también te he echado de menos —añadí antes de besarla con dulzura en los labios. Podía pasarme la vida entera besándola, pero conté hasta tres y me obligué a separarme. Ahora no era momento de tener una sesión de disculpa ardiente y pasional—. Mejor lo dejamos aquí por hoy. Tienes que descansar.

Stella suspiró.

—Qué majo —dijo con ironía.

A pesar de haber rechistado, se quedó frita en cuestión de minutos.

Me la acerqué aún más al pecho. Tras semanas pasándome las noches sin pegar ojo, dejé que el reconfortante ritmo de su respiración me acunara hasta quedarme dormido.

51
Stella

A la mañana siguiente, dormí hasta mediodía. Nunca me había despertado tan tarde, pero los acontecimientos del día anterior me habían pasado factura. Fui hacia la cocina. Incluso después de dieciséis horas de sueño profundo, seguía notando que una neblina me encapotaba el cerebro.

Me habían drogado y secuestrado. Había descubierto que mi acosador era un antiguo compañero de clase-barra-el periodista que había escrito aquel increíble perfil sobre mí. Había vivido una experiencia cercana a la muerte, Christian me había rescatado, había pasado la noche en su casa y, en cierto modo, habíamos hecho las paces.

Había tenido tiempo de procesarlo todo, así que ahora podía asimilar un poco mejor lo ocurrido. Sin embargo, los acontecimientos del día anterior habían sido tan surrealistas que seguía pareciéndome que no se trataba sino de un sueño.

Era lunes, así que supuse que Christian estaría en la oficina. No obstante, cuando entré en la cocina, bañada por la luz del sol, lo encontré de pie al lado de la máquina de café, vestido con una camisa negra y unos pantalones del mismo color en lugar de con su traje habitual.

Pestañeé sorprendida.

—Estás aquí.

—Es mi casa —respondió con sequedad y enfatizando en el *mi*. Hizo un gesto con la cabeza para señalar los distintos platos que había en la isla, repletos de comida—. Nina ha venido y ha preparado el desayuno. *Pancakes* de *ricotta* y limón, tus favoritos.

Al oír la palabra *desayuno*, me rugió el estómago. El día anterior me había tomado solo un hojaldre para comer y no había cenado, así que cualquier tipo de comida me haría feliz.

—¿Cómo te encuentras? —me preguntó mirándome mientras yo me abalanzaba a los *pancakes*.

Dios, qué ricos estaban. Creo que eran los mejores *pancakes* que había comido en toda mi vida.

—Sobreviviré. —Todavía me dolían los músculos y la cabeza, pero no era crítico—. ¿Tú no deberías estar en la oficina?

—Me iré pronto. —Christian dejó la taza de café en el fregadero—. He tenido que contarle a Ava lo ocurrido porque, al ver que anoche no fuiste a su casa, se preocupó. Supuso que estarías conmigo. Bingo.

Hice una mueca. Me había olvidado por completo de decirle a Ava que estaba bien.

—Y ella se lo ha contado a Jules —anunció con un tono más seco todavía—. No creo que tarden demasiado en llegar. Te harán compañía mientras yo me ocupo de Julian.

—¿Vas a dejar que mis amigas entren en tu casa? Pensaba que no te gustaba tener invitados.

—He imaginado que no querrías estar sola. —Arrugó aún más la frente—. Pero, si no es así, puedo decirles que no vengan.

—No, no importa. Me vendrá bien verlas. —Christian tenía razón: no quería estar sola.

Ver a mis amigas sería como volver a la normalidad, aunque era plenamente consciente de que estarían histéricas.

—¿Qué harás con Julian? —me interesé, curiosa, a pesar de que no tenía del todo claro si quería saber la respuesta.

Si se hubiese tratado de cualquier otra persona, habría insistido en que se ocupara la policía de él.

Sin embargo, intentar convencer a Christian para que dejara algo en sus manos sería inútil y mis experiencias pasadas con la poli tampoco eran para tirar cohetes.

Con la suerte que tenía yo, Julian conseguiría salir de esta con una sentencia más bien ligerita y volvería a estar rondando las calles de Washington en cuestión de meses.

A Christian se le ensombreció la mirada.

—Nada que no se merezca.

Al notar el tono letal de su respuesta, un escalofrío me recorrió de arriba abajo. De repente me pregunté, en un sentido más visceral, por qué iba Christian vestido de negro de los pies a la cabeza y con ropa de calle en lugar de ir en traje.

Me había demostrado ser mejor hombre de lo que yo creía.

Sin embargo, supe, de inmediato y con una certeza incuestionable, que también era capaz de lo peor que pudiera imaginarme.

Nos quedamos mirando el uno al otro. Ante su apreciación, se me ralentizó el ritmo cardíaco.

Christian sabía que yo lo sabía o, por lo menos, que sospechaba algo. Y quería ver si lo juzgaba por ello. Si intentaría pararle los pies.

Sentí el frío del tenedor en la mano. Pero no dije nada.

Alguien llamó a la puerta y, en un acto reflejo, miré hacia el salón.

Debió de abrir Nina, porque entonces oí, a lo lejos, las voces de mis amigas y los pasos de estas acercándose.

—Si tienes algo de tiempo... —dijo Christian en voz baja,

llamándome de nuevo la atención—. Mira en el cajón donde encontraste los informes. Hay algo para ti.

La incertidumbre poco habitual en su tono hizo que la curiosidad y una cálida sensación se apoderasen de mí.

Oí las voces de mis amigas más cerca.

Christian se apartó para marcharse, pero lo llamé antes de que llegara a la puerta.

—Christian.

Se dio la vuelta para mirarme.

—No le entregues ni un pedacito de tu alma —dije en voz baja.

Julian había elegido ir al baile y ahora le tocaba bailar. Pero Christian... No quería que hiciera nada que luego fuera a atormentarle, sobre todo si lo hacía por mí.

Y sobre todo si eso acababa rompiéndole alguna parte a él mismo.

—Una de las cosas que más me gustan de ti —respondió con el tono de voz más oscuro y aterciopelado del mundo— es que pienses que todavía me quedan pedacitos de alma.

Se marchó. Yo permanecí en la cocina, pero su presencia se quedó ahí conmigo. Solo me dio tiempo a coger unas cuantas bocanadas de aire en paz antes de que mis amigas entraran y me abrazaran preocupadas.

—Siento no haberte llamado anoche —le dije a Ava, abrazándola—. Pasaron muchas cosas y se me olvidó por completo.

—Lo entiendo —me tranquilizó—. Me alegro de que estés bien.

—Lo que yo no entiendo —terció Jules— es por qué estás en casa de Christian. Pensaba que lo habíais dejado. ¿Qué ha pasado?

¿Qué NO había pasado?

—Es una larga historia —contesté—. Creo que es mejor que os sentéis primero...

Al cabo de dos horas y un relato exhaustivo sobre mi secuestro y lo ocurrido a continuación, me encontraba mirando a tres estatuas boquiabiertas. Dos en persona y una tercera por FaceTime, ya que Bridget estaba en Eldorra y, de no haberla tenido al tanto con todo esto, me habría matado.

Por lo visto, Christian solo le había contado a Ava que había tenido un «encontronazo» con el acosador, así que el noventa y cinco por ciento de mi historia les vino de sopetón a las tres.

Jules fue la primera en reaccionar.

—Para empezar: Julian debería estar en la cárcel. —Se estremeció furiosa—. Y, para acabar: quien irá también a la cárcel seré yo como me cruce alguna vez con ese tío. Le cortaré las pelotas, ¿me oyes? Se las rajaré con un machete y se las meteré por la garganta hasta que se ahogue...

—Vaaale, creo que ya hemos tenido una dosis suficiente de violencia para toda la semana —la cortó Ava acongojada y con el ceño fruncido—. Stel, ¿estás segura de que lo tienen? ¿No se escapará ni nada por el estilo?

Negué con la cabeza.

—Lo dudo. Los tienen los de Seguridad Harper.

—¿Y qué pasa con Christian? —se interesó Bridget. Parecía estar en su despacho y el retrato de un antiguo monarca de Eldorra me fulminaba con la mirada desde detrás de mi amiga—. ¿Habéis vuelto?

—Estamos... —medité cómo describir la situación— intentando arreglarlo.

—¡Qué bien! —soltó Jules que, de todas mis amigas, parecía ser a la que mejor le caía Christian. Seguramente porque nos había reducido tantísimo el alquiler cuando nos mudamos al Mirage—. No es mal tío. A ver, a veces hace cosas que no están bien, lo de los informes fue pasarse muchísimo de la raya y tenías todo el derecho del mundo de cortar con él, peeero... —añadió con un tono de voz más dulce— te quiere muchísimo.

Se me había instalado un nudo en la garganta de la emoción, así que tragué saliva para deshacerme de él.

—Ya.

Por suerte, por fin la conversación fue por terrenos menos pantanosos y Jules nos contó, con todo detalle, las creativas formas en las que asesinaría a Julian (muy a pesar de Ava y su desasosiego).

La visita de mis amigas me devolvió a la realidad.

Sin embargo, pasada la hora de comer, insistí con amabilidad pero con firmeza en que se marcharan y siguieran con sus planes, yo no necesitaba que me hicieran de niñera.

Les agradecía que hubiesen venido a hacerme compañía y que se preocuparan por mí, pero ya se me había agotado la energía para seguir sociabilizando el resto del día. Necesitaba pasar algo de tiempo a solas para recargar.

Cuando la puerta se cerró detrás de mis amigas, tomé una profunda bocanada de aire en medio del silencio.

Nina también se había marchado. Solo estábamos aquel ático vacío y yo.

Cuando me mudé aquí pensé que era frío e impersonal, al igual que las salas de exposiciones. Ahora, volver a estar aquí era como volver a estar en casa.

Ahí estaba el sofá desde el cual había diseñado mi colección. Y las plantas que tan cariñosamente había cuidado durante meses...

Ahí estaba el despacho donde había encontrado los informes que se lo habían cargado todo.

Me detuve justo delante. Esta vez, Christian había dejado la puerta abierta.

Si tienes algo de tiempo... Mira en el cajón donde encontraste los informes. Hay algo para ti.

No pude resistir la tentación.

A medida que me fui acercando a su escritorio y activé el mecanismo para abrir el compartimento secreto, el corazón me empezó a latir cada vez con más fuerza.

El cajón se abrió sin hacer ruido alguno.

Al ver lo que había ahí dentro, me sorprendí.

En lugar de carpetas negras, el cajón guardaba un montón de cartas. Habría, por lo menos, una docena, y estaban todas escritas a mano en unas simples hojas de papel de color crema.

Reconocí la elegante y llamativa caligrafía de Christian enseguida.

Las fui ojeando y el corazón se me fue acelerando sin cesar con cada hoja que iba pasando.

Iban todas dirigidas a mí y las había empezado a escribir el día en que rompimos.

Había una carta por cada día que habíamos estado separados.

Al pensar en Christian aquí sentado, por la noche, escribiéndome unas cartas que a lo mejor no iban a llegarme nunca, las emociones se me arremolinaron en la garganta en forma de nudo.

Pero aquí estaba yo. Porque me lo había pedido él y porque, por más que hubiese querido, no habría podido resistirme.

Me hundí en su butaca, cogí la primera carta y empecé a leerla.

52
Christian / Stella

Christian

—Hola, Julian.

Examiné al acosador de Stella, que estaba atado verticalmente en posición de estrella con unas esposas que le inmovilizaban brazos y piernas. Unos clavos le mantenían las manos sujetas a la pared que tenía detrás y unos oscuros moratones le envolvían todo el cuerpo; era como una obscena obra de arte abstracto.

Estábamos en el almacén que compré para fines específicos como este. Estaba tan alejado, insonorizado y custodiado que no podía colarse ni una hormiga sin que yo me enterase.

Algunos de mis hombres no estaban de acuerdo con mis trabajos sucios, pero no me importaba.

Solo necesitaba contar con esos a quienes les diera igual, que eran los mismos que ya se habían ocupado de prepararme a ese cabrón. No podía dejarlo esperándome a sus anchas mientras yo atendía a Stella.

Bajé la vista.

Un pequeño charco de sangre teñía el suelo de cemento gris.

Tampoco me importaba.

El tamaño de dicho charco no tardaría en aumentar.

Julian tenía la cara tan magullada que su rostro era irreconocible, pero el ardor de sus ojos al fulminarme con la mirada me hizo sonreír.

Aún quedaba algo de fuerza en su interior. Bien.

Así nos lo pasaríamos muchísimo mejor.

—Siento decírtelo, pero puede que de ahora en adelante te cueste un poco más escribir notas —dije con un tono tan normal mientras me ponía los guantes y estudiaba la variedad de herramientas de las que disponía y que tenía expuestas en una mesa cercana.

Había doce espadas distintas. Puños americanos. Destornilladores, látigos, clavos, ganchos...

«Mmmm. Veamos, ¿qué elijo...?»

—Que te jodan —soltó Julian.

Mis hombres habían sido relativamente bondadosos con él. El chaval debía de haber creído, falsamente, que estaba a salvo y que ya había pasado lo peor.

Sonreí. «Si tú supieras...»

—Esa boquita, señor Kensler. Hay que ver. ¿Es que tu abuela no te enseñó modales?

Opté por una de las espadas. Tenía cierta debilidad por todo lo que tuviera filos. Eran letales, precisas y versátiles. Todo lo que me gustaba en un arma.

—Te cuento. —Hice presión con la punta de la espada en su esternón—. No me gusta ensuciarme las manos. La sangre no pega con ninguna de mis prendas de ropa. Pero, a veces... —fui bajándole el arma por el torso; a su paso, fue brotándole sangre del cuerpo y resbalándole en finos riachuelos rojizos—, hay quien me cabrea tantísimo que tengo que hacer una excepción.

Al llegar al blando tejido de su vientre, me detuve. Hice

tanta presión con el arma que, de no ser porque Julian estaba atado, se habría caído.

Le salió un grito inhumano. Cuando le arranqué la espada del cuerpo, volvió a gritar.

—¿Sabes lo que pasa, Julian? —proseguí como si no hubiese ocurrido nada—. Que nunca será tuya —aclaré haciendo énfasis en *nunca*—. Siempre ha sido mía. Y tu peor error... —dejé el arma ensangrentada en la mesa y cogí un cuchillo de carnicero— ha sido hacerle daño a alguien que me pertenece a mí.

No dije el nombre de Stella en ningún momento; no merecía ser pronunciado en un lugar donde reinaban el dolor y la muerte. No obstante, ambos sabíamos a quién me estaba refiriendo.

Manchas de sangre. Piel magullada. Mirada aterrorizada.

Al pensar en todo eso, se me aceleró el pulso.

Normalmente, cuando me encontraba en situaciones como esta, me controlaba. Me mantenía calmado, relajado e incluso me daba por hablar mientras me ocupaba del sujeto en cuestión.

Sin embargo, cuando me acordé de la turbada mirada en los ojos de Stella o de los tonos negros y violetas que le ensuciaban su hermosa piel, algo oscuro y frío se abrió paso entre mis pulmones.

La rabia y la necesidad vital de descuartizar a cualquiera que pensara siquiera en hacerle daño.

Si hubiese llegado un minuto más tarde, Stella estaría muerta. Se habría apagado su luz; así, sin más.

La ira se fue arremolinando en mi interior y estalló a través del afilado cuchillo de carnicero que le atravesó la piel y los huesos a Julian. Este aulló cual animal agonizando.

—¿Ves? —Tuve que recobrar el aliento tras la fuerza

que había invertido en aquel movimiento. La mano de Julian cayó al suelo con un golpe seco—. Te costará escribir.

Y, con eso, la fuerza que aún le quedaba se fue derritiendo cual helado en plena ola de calor. Qué decepción.

Era mucho más gratificante cargármelos cuando oponían algo más de resistencia.

—Por favor —jadeó Julian, a quien le resbalaban lágrimas por las mejillas y le goteaban al llegar a la barbilla—. Lo siento. He...

—¿Qué habrías hecho si no hubiera aparecido yo? ¿Violarla? ¿Matarla?

—No —sollozó. Volví a cambiar de arma y él tembló—. No... No quería hacerle daño. Solo...

Ya era demasiado tarde.

Una imagen de Stella inmóvil debajo de él, llorando y ensangrentada se me coló en la mente.

Apunté al pecho de Julian e ignoré sus gritos.

El simple hecho de que le hubiese puesto las manos encima y la hubiese hecho sufrir aunque fuera un segundo...

Cuando estaba en la cabaña y pensaba que iba a morir...

Pensaba que iba a morir...

Que iba a morir...

Se me nubló la visión.

Solté un rugido mientras le arrancaba, despiadadamente, un pedazo de piel a Julian.

Otro aullido hizo temblar la bombilla que iluminaba ese lugar.

No solía darme el gusto de organizar sesiones de este tipo. Solo traía aquí a aquellas personas que habían cometido delitos suficientemente importantes como para justificar dicho trato y, tal y como ya había comentado, no me gustaba mancharme la ropa de sangre.

Pero ¿hacerle daño a Stella? Para mí no existía mayor delito que ese.

Mi inmenso enfado ahogó los gritos y las súplicas de Julian y mi mundo se redujo a metal, sangre y agonía. Al crujir de los huesos, al húmedo sonido de la carne al cortarla, a las entrañas de un hombre bajándole por su desgarrado torso como si fuera el relleno de una muñeca.

Podría haberme pasado el día entero torturando a Julian. Veinticuatro horas no eran nada en comparación con todo lo que le había hecho él a Stella durante meses.

De no haber sido porque regresé a la mesa para cambiar de arma —dado que la que tenía me estaba aburriendo y ya la había usado demasiado— y vi un mensaje en el móvil, quizás lo habría hecho.

Había dejado el teléfono al lado de las armas. El mensaje que aparecía en la pantalla estaba, graciosamente, fuera de lugar; sin embargo, fue un discordante recuerdo de que, más allá de estas paredes, había vida.

Stella: Ven a casa.

Se me ralentizó la respiración.

Estaba empapado en sudor y manchado de sangre. El sufrimiento de Stella había hecho explotar mi control habitual, pero sus palabras me mantenían con los pies en el suelo.

Una imagen de Stella mirándome con esos dulces ojos verdes aquella misma mañana sustituyeron las vistas del almacén.

No le entregues ni un pedacito de tu alma.

Creía que ya no me quedaba alma, pero estaba equivocado. Aún me quedaba un pedazo y le pertenecía a ella.

Poco a poco, fui dejando de verlo todo de color rojizo.

Bajé el arma y me quedé mirando al hombre desmembrado y prácticamente inconsciente que había colgado en la pared.

Seguía sintiendo unas inmensas ganas de hacerlo sufrir; era como una violenta serpiente que me revolvía el estómago.

Aun así, el deseo de volver a casa y estar con Stella era mayor que esa sensación.

Ven a casa.

—Has tenido suerte —espeté.

Cogí la pistola.

Al cabo de tres disparos en puntos estratégicos, el acosador de Stella se redujo a un montón de carne ensangrentada e inerte.

Había sido tan piadoso como había podido con ese chaval y le había dado una muerte rápida por ella.

Me fui del sótano y dejé que Steele y Mason entraran para limpiarlo todo.

La tortura no les perturbaba. De hecho, se sentían más cómodos en las sesiones del almacén que yo.

A diferencia de Kage, su única ambición era ser los mejores en el cargo que ya ostentaban. Por eso les había pedido que se encargasen de la detención de Julian.

Sin embargo, tendría que revisar distintos aspectos de la empresa cuando volviera a la oficina, como cambiar códigos de acceso y reorganizar equipos. No quería arriesgarme a que ocurriese lo mismo que con Kage.

Pero, hasta entonces...

Me metí en el baño del almacén, me limpié la sangre, me cambié de ropa y fui hacia casa para encontrarme con Stella.

Stella

—Estás aquí.

Al ver que se abría la puerta y entraba Christian, se me aceleró el corazón.

De buenas a primeras, parecía el mismo que cuando se había marchado: camisa negra, pantalones negros y un rostro precioso y sin igual. No obstante, si lo miraba más de cerca, en sus ojos se escondía una silenciosa tormenta que estaba a punto de estallar.

—Me has pedido que viniera. —Se me quedó mirando, sin moverse ni un ápice, pero con unos ojos que desprendían llamas, mientras yo acortaba la distancia que nos separaba—. Y he venido.

La aterciopelada aspereza de su voz me sirvió como señal de advertencia.

Hacía cinco horas que se había marchado y tanto él como yo sabíamos que no había estado en la oficina.

—¿Está...? —Se me fue apagando la voz. No quería mencionar el nombre de Julian.

—Ya no tendrás que volver a preocuparte nunca más.

—Vale. —Me tragué las cien preguntas que quería hacerle y opté por desviar la conversación hacia un tema más seguro—. He leído las cartas.

Todas. Las veinte que había. Cada una de ellas me habían llegado directas al corazón porque sabía lo difícil que le resultaba a Christian compartir detalles sobre su vida privada.

Aquellas cartas no eran solo eso. Eran trozos de Christian que se había arrancado del alma para plasmarlo todo en tinta negra.

Y a mí me había encantado cada uno de esos trozos, por más imperfecto y complicado que él creyera que pudiera ser.

La tormenta que se avecinaba en los ojos de Christian amenazaba con tragárseme cual remolino.

—Todo lo que escribí es cierto —dijo en voz baja—. Palabra por palabra.

—Lo sé. —Le di un beso en la mandíbula. Christian permaneció inmóvil y tenso. A medida que fui besándole la barbilla hasta llegar a la comisura de los labios, se le aceleró la respiración—. Bienvenido a casa —susurré.

Se estremeció un segundo y luego volvió la cabeza para que nuestros labios se encontraran. Una descarga eléctrica se apoderó de mí en cuanto me agarró la cara con una mano y me puso la otra en la nuca.

El beso de la noche anterior había sido dulce, cariñoso. Algo para tantear el terreno tras nuestra separación y poder reconfortarme tras el infierno que había vivido ese día.

Este, en cambio, era pura pasión y desespero. Un reclamo implacable de lo que habíamos sido y el nacimiento de lo que podríamos ser.

Sin mentiras. Sin secretos. Solo nosotros dos.

Me dejé llevar por el familiar sabor de la lengua de Christian acariciando la mía y por la calidez de su mano agarrándome por detrás del cuello.

No le pregunté nada sobre lo que había hecho durante esas cinco horas.

El mundo no era de color blanco o negro, por más que así lo hubiese deseado.

Y, a veces, encontrábamos nuestra felicidad entre las tonalidades grises.

53
Stella/Christian

Stella

—¿Y bien? ¿Qué te parece? —Christian me miró ilusionado como un niño pequeño mientras yo me llevaba una cucharada de ñoquis a la boca.

Fingí estar sopesándolo un poco antes de anunciar:

—Son los mejores que he probado en toda mi vida.

Él sonrió y las mariposas de mi estómago alzaron el vuelo.

—Te lo dije —respondió irradiando orgullo.

Estábamos cenando en un pequeño restaurante italiano que había en el centro de Columbia Heights. Christian hablaba de él en sus cartas y era tan encantador como me había imaginado.

En lugar de estar decorado con mesas individuales, había una mesa rústica de madera justo en el medio donde cabían unos doce comensales. La iluminación de la sala procedía de una lámpara de araña que le daba un brillo ámbar al local y de la pared de ladrillo colgaban varias ollas y sartenes de cobre.

Parecía que estuviésemos comiendo en casa de alguien, sobre todo porque Christian había reservado todo el local para que estuviéramos solo nosotros dos y el camarero.

—No te vengas demasiado arriba —dije señalándolo con el tenedor—. Aún vamos por la mitad de la cita. Todavía tengo que ver cómo se te da eso de ir cogido de la mano, lo de los abrazos y el susurrar cosas al oído.

—Claro. Disculpa —respondió arrastrando las palabras—. No quería adelantarme a los acontecimientos.

—Disculpas aceptadas. —Me dispuse a comer de nuevo, con delicadeza, y contuve las ganas de reírme de su risueña expresión.

Habíamos vuelto hacía un mes y nos habíamos pasado todo este tiempo explorando los contornos de nuestra nueva relación.

Nada de ser una pareja falsa, nada de un acosador que nos obligase a fingir que estábamos saliendo y nada de escondernos detrás de gestos ostentosos y regalos caros.

Solo nosotros, con nuestros defectos, teniendo citas de lo más normal y viviendo una vida igual de común.

Bueno, tan común como se pudiera con Christian, vaya.

Por perverso que pareciera, mi secuestro había vuelto a avivar las llamas de nuestra relación y estaba funcionando. No había nada que te aclarara tanto las ideas como una experiencia cercana a la muerte.

Casi me había olvidado ya de aquel calvario, si bien en algunas ocasiones seguía teniendo pesadillas en las que aparecían notas secretas y una cabaña destartalada en medio del bosque. Pero se me pasaría. Era cuestión de tiempo.

Además, había vuelto a mudarme a casa de Christian hacía un par de semanas. No quería seguir estorbando a Alex y a Ava, sobre todo porque solo quedaban unas cuantas semanas para su boda. Ahora que nos habíamos deshecho de la constante amenaza del acosador, podría haber vuelto a vivir a mi antiguo apartamento, pero la verdad era que no quería vivir en ninguna otra parte.

El piso de Christian era mi hogar.

—Por cierto, ¿te has enterado de lo del director ejecutivo de Sentinel? —pregunté—. Qué fuerte.

Seguro que lo sabía, pero tenía que sacar el tema de alguna forma.

La destrucción de Sentinel había sido el titular de todos los periódicos el mes pasado. Por lo visto, habían estado trabajando en un programa que, no sé cómo, se había acabado autodestruyendo y se había cargado también la infraestructura hasta tal punto que resultó imposible volver a reconstruirlo todo. Aparte de eso, también se había filtrado información confidencial sobre sus clientes, lo cual había generado un gran alboroto a causa de las importantes personalidades que figuraban en las listas y en lo altamente privados que eran los datos que se habían difundido.

Y, por si no fuera suficiente, las autoridades habían detenido al director ejecutivo de Sentinel, Mike Kurtz, esa misma mañana por malversación de fondos y fraude fiscal. Un lío de los gordos, vaya.

—Sí, y no me extraña que hayan acabado así —dijo Christian tan tranquilo—. Cada negocio debe centrarse en lo suyo. Sentinel es una empresa de seguridad; no sé qué hacían metiéndose en temas de desarrollo de seguridad cibernética cuando no tienen experiencia en el sector.

—Y tú, señor director ejecutivo de una empresa de seguridad, también eres experto en temas cibernéticos —bromeé.

Sonrió y, a mí, ese gesto me sentó de maravilla.

—Equilicuá.

—Aunque dudo que tú supieras algo sobre el programa que estaban diseñando —añadí como quien no quiere la cosa.

—Nada en absoluto.

Lo dejé ahí. Christian era vengativo y yo ya lo había aceptado.

Además, la destrucción de Sentinel fue algo interno. Nadie podía culpar a Christian cuando en realidad el error lo habían cometido desde la misma empresa.

Nuestra conversación se desvió hacia la marca Stella Alonso, que había visto oficialmente la luz la semana pasada. No era un nombre demasiado original, pero las marcas con el nombre del diseñador se habían puesto de moda. Lo había comentado previamente con Delamonte, pero les había parecido bien que presentara mi marca siempre y cuando eso no interfiriera con mi deber como embajadora de la suya. De todos modos, teníamos públicos distintos: sus productos eran superlujosos, mientras que los míos se centraban más en la gama media de lujo.

Cuando terminamos de cenar, yo me sentía algo contenta por el vino.

Era la cita perfecta: simple, natural y real.

—Todavía no —me dijo Christian cuando hice ademán de marcharme. Se recostó en su silla; era la vívida imagen de la sensualidad masculina y de una feliz despreocupación—. Ven aquí, Stella.

Una descarga eléctrica chisporroteó en el aire y se me acomodó en la entrepierna.

—¿Por qué?

Christian arqueó sus oscuras cejas como respuesta.

«Cómo no.»

Me levanté y bordeé la mesa. No estaba segura de si mi falta de estabilidad se debía al vino o a la humedad que sentía en el sexo.

La mera anticipación de lo que pudiese ocurrir acto seguido me puso igual de cachonda que si Christian me hubiera rozado la piel.

Cuando llegué a él, se levantó, apartó el plato a un lado y me senté en la mesa con un elegante movimiento.

Se me aceleró el pulso a más no poder, pero la racionalidad se aferró a aquella creciente excitación.

—Christian —siseé—. ¡Nos van a pillar!

Las persianas estaban bajadas y las cortinas cubrían la puerta delantera, de modo que los transeúntes de la calle no podían vernos, y el camarero había desaparecido, pero eso no significaba que no pudiera regresar en cualquier momento.

—Aquí no hay nadie, Mariposilla —respondió Christian arrastrando las palabras—. He pagado al camarero para que se vaya hasta que le dé luz verde para volver. Los cocineros también se han marchado. Estamos solos.

Me levantó el vestido hasta la cintura y coló los dedos por debajo de la tira elástica de mi ropa interior.

El aire se condensó, convirtiéndose en algo sutil e infinitamente inflamable.

—¿Qué haces?

—Comerme el postre. —Me movió las caderas para poder quitarme las bragas y luego se acomodó de nuevo en su asiento.

—Pero si a ti no te gusta el postre. —Me había quedado sin voz y sin la capacidad de oponer resistencia alguna.

La lenta sonrisa que me dedicó Christian en señal de respuesta hizo que me ardiera la sangre.

—He cambiado de opinión.

Christian

—Oh, Dios. —El gemido casi desalentado de Stella me encendió la sangre como si fuera una llama de fuego y acabaran de rociarla con gasolina.

Me tenía agarrado por el pelo. Le acomodé las piernas en mis hombros y se las levanté un poco más para volver a recorrerle el clítoris con la lengua, de arriba abajo y lánguidamente.

Me llevé su hinchada protuberancia a la boca y se la chupé mientras disfrutaba de cómo temblaba y jadeaba.

Joder, me encantaba comerle el coño a Stella. Me encantaba cómo sabía, cómo olía y cómo se le tensaba alrededor de mis dedos mientras se los metía y le daba justo en el punto indicado.

Era el festín más embriagante del mundo.

Sus gritos de placer me iban estimulando mientras yo se lo lamía, se lo chupaba y le pasaba la lengua por el aquel dulce coñito hasta ver cómo chorreaba, con su bonito clítoris hinchado de tanta atención que le prestaba y la resbaladiza textura de sus fluidos en la lengua.

Al cabo de un rato, me eché hacia atrás con la respiración acelerada mientras admiraba el espectáculo que tenía delante. Stella húmeda y perfectamente preparada para el plato principal.

—Ahora —dije—. Ahora sí estoy listo para el postre.

Le abrí las piernas y hundí la cabeza para devorarla.

Los gritos y gemidos de Stella se convirtieron en unos chillidos para nada elegantes mientras yo alternaba entre meterle los dedos y alabar su clítoris a la vez que me la follaba con la lengua. Con más fuerza y más intensidad que antes, como si estuviera muriéndome de sed en medio de un desierto y Stella fuera mi única fuente de salvación.

—Christian —sollozó. Me agarró el pelo con fuerza; Stella tenía los músculos tensos y llenos de deseo.

—Sabes genial. —Hundí la nariz en ella y respiré su olor. Su coño era como el néctar más dulce del planeta y yo me moría de ganas. Quería beberme hasta la última gota de Stella y luego repetir, joder. Repetir una y otra y otra vez. Quería seguir repitiendo hasta el último de mis días, hostia.

Con ella, jamás tendría suficiente.

—¿Quieres saber a qué sabes? —Le metí dos dedos y levanté la cabeza para poder verla.

Stella me miró con los ojos entrecerrados, llenos de deseo y una confianza pura y ciega.

Era mi perdición.

Tenía la polla tan dura que pensé que me estallarían los pantalones. Sin embargo, los muros que había erguido alrededor de mi corazón se derrumbaron y dejaron aquel blando y latiente órgano al aire. A disposición de Stella para todos sus caprichos y deseos.

—A miel y a especias. —Hundí más aún los dedos. Stella lo tenía tan estrecho que incluso podía notar cómo se dilataba a mi alrededor, poco a poco, hasta que al final pude metérselos hasta los nudillos—. A dulzura y a pecado. —Dentro. Fuera. Lenta y concienzudamente para que sintiera absolutamente toda la fricción.

Se estremeció de arriba abajo.

—Sabes a... —le quité los dedos y bajé la cabeza— que eres mía.

Un frenético grito retumbó por toda la sala mientras Stella se arqueaba en la mesa. Se le tensaron los músculos y le vibraron con la fuerza del orgasmo mientras se corría en mi boca.

El deseo se abrió paso en mis venas, pero me lo tomé con calma para saborear cada gota que se le escapara del cuerpo mientras ella se iba deshaciendo con cada nueva descarga.

Sus gritos se fueron desvaneciendo hasta dar lugar a un gemido ahogado. Se quedó tumbada en la mesa, satisfecha.

—Mi plato favorito de toda la cena —dije perezosamente—. Tenías razón. Le di un último lengüetazo lento en el clítoris—. Solo tenía que dar con el postre adecuado.

54
Stella

La boda de Alex y Ava se celebró a principios de octubre en un precioso viñedo de Vermont. El increíble follaje rojo, naranja y amarillo convertía aquel lugar en un cuento de hadas otoñal, y el espectacular cielo nos envolvía cual seda celeste y cálida con la luz del sol.

Bridget, Jules y yo estábamos al lado de un extravagante arco floral, todas con el mismo vestido de damas de honor. Alex, Josh, Rhys y Christian se encontraban al otro lado del arco.

En un primer momento, Alex se había opuesto a tener más de un padrino, pero Ava lo había convencido.

Oímos un crujido de hojas. A continuación empezó a sonar la marcha nupcial y apareció Ava.

Yo no solía llorar en público; sin embargo, al verla caminar hacia el altar cogida del brazo de Ralph, se me humedecieron los ojos.

Ralph era el entrenador de krav magá de Alex y lo más parecido que tenían los novios a un padre. Iban a verlo cada año por Acción de Gracias y a él le brillaba la cara como si Ava fuera realmente su hija.

—¿Estoy llorando? —me preguntó Jules, susurrando—. No sé si es el viento o son lágrimas de verdad.

—No. —Respondí sin dejar de sonreír. Ni siquiera la miré porque tenía miedo de que, si me movía, se me fueran a escapar a mí las lágrimas—. ¿Y yo?

—No... A ver, un poco. Pero llevamos rímel *waterproof*, así que no pasa nada.

—Shhh —siseó Bridget—. Aquí nadie llora. —Se secó una lágrima de la mejilla con discreción.

Ava se fue acercando.

La cola de su espectacular vestido con corte de sirena se arrastraba por detrás de nuestra amiga cual suave nube de tul, gasa y seda decorada con pequeñas ondas que imitaban las olas del océano.

Estaba tan guapa y feliz que la calidez que sentía en el pecho me impidió notar el frescor de aquel día de otoño.

Bridget había sido la primera en casarse, pero la boda de Ava me afectó de igual modo. Puede que Alex y ella tuvieran unos pasados muy oscuros y quizás les costara un poco encontrar su camino hacia un «felices para siempre», pero ver cómo lo habían ido superando todo para poder estar juntos era de admirar.

Justo delante de donde estábamos nosotras, Alex aguardaba más tieso que el palo de una escoba. Siempre estaba pendiente de Ava, pero en aquel preciso momento la estaba mirando como si el mundo fuese una noche completamente oscura y ella, la única estrella.

Esa vez, en los ojos no le resplandecía ese hielo tan habitual en él. Su mirada estaba llena de un amor que brillaba con tanta fuerza y tanta claridad que eclipsaba el sol.

Cuando Ava llegó al altar, el brillo en los ojos de Alex se intensificó y él le susurró algo que la hizo sonrojar.

Se quedaron mirando el uno al otro un segundo y luego volvieron la vista hacia el pastor, quien dio comienzo a la ceremonia.

—Queridos hermanos, nos hemos reunido hoy aquí para unir a Alex Volkov y Ava Chen en santo matrimonio...

Mientras él iba pronunciando el discurso, mis ojos encontraron los de Christian.

Ambos sonreímos discretamente y nos aguantamos la mirada hasta que volvimos a centrar la atención en la boda.

Mi antigua e insegura yo no habría dejado de mirarlo para asegurarse de que estaba aquí y de que no eran imaginaciones mías.

Mi yo actual sabía que no era el caso.

Que Christian era real y que, pasara lo que pasase, siempre estaría aquí.

La recepción nocturna tuvo lugar en el restaurante del viñedo, que habían vaciado para poner, en su lugar, una pista de baile, dos mesas largas de banquete y un escenario de música en directo. Unas vigas de madera entrecruzaban el espacio y le daban un encanto rústico a pesar de que los platos de porcelana grabados solo para ellos, los lujosos arreglos florales de cincuenta mil dólares o el famoso cantante que había en el escenario no tenían nada de rústico.

Como era de esperar, Alex no había reparado en gastos.

—Deberías haberle pedido un *jacuzzi* o diamantes —le dijo Jules a Ava—. Te lo habría dado.

Ava se había tenido que tomar un descanso de toda la socialización que se suponía que tenía que hacer una novia, así que Bridget, Jules y yo nos la llevamos a una esquina mientras el resto de los invitados bebía y bailaba.

—Jules —dijo Ava cargada de paciencia—, ¿qué habría hecho con un *jacuzzi* y diamantes en mi boda?

—Disfrutar como la ricachona que eres. Y te lo digo con todo el cariño del mundo. —A Jules le brilló la mirada, traviesa—. O... podrías habérselo dado a tus invitados, sobre todo a tus increíbles damas de honor, que desde luego no te metieron en ningún enredo en Barcelona.

—¡Jules! —farfullé ante su mención de la fiesta de despedida de Ava.

—¿Qué? Nos divertimos y no le hicimos daño a nadie. ¿Quién iba a saber que Alex se enfadaría tanto por unos estríperes? Era una despedida de soltera —respondió haciendo énfasis en las dos últimas palabras.

—Creo que no fue tanto por los estríperes, sino más bien por lo de acabar despertándonos en un hotel un tanto extraño en Ibiza —respondió Bridget con sequedad.

—Me da a mí que fue por ambas cosas —tercié.

No nos pasó nada, pero a los chicos nos les hizo tanta gracia cuando se enteraron de..., bueno, de todo.

A decir verdad, teniendo en cuenta lo que les ocurrió a ellos con el flotador en forma de plátano, no deberían hablar tanto.

—Venga, chicas —intervino Ava levantando la mano y con una expresión poco divertida—. Nada de diamantes ni de hablar de Barcelona.

—Vale —se quejó Jules—. Pero a mí me pareció un viaje divertido. Fue como si volviéramos a estar en la universidad.

—¿Qué fue como si volvierais a estar en la universidad? —Alex se acercó, escoltado por Josh, Rhys y Christian. Le dio un beso a Ava en la frente y ella se acurrucó a su lado con una sonrisa tan amplia que incluso me hizo sonreír a mí.

—Lo de anoche —dijo Bridget como quien no quiere la cosa antes de que Jules sacara la despedida de soltera a colación y le hiciera estallar una arteria a Alex—. Pasar la noche las cuatro juntas en casa. Justo como cuando íbamos a la uni.

—Estabais hablando del viaje a España, ¿a que sí? —me preguntó Christian en un susurro cuando cambiamos de tema. Me abrazó por detrás, envolviéndome con su calidez y su olor a especias.

—Estoy convencida de que puedes leer la mente a las personas.

El sonido de su risa me recorrió entera.

—Te delata tu cara de culpable. —Me dio un beso en el cuello—. Estás preciosa, Mariposilla.

Al pronunciar esas palabras, sus labios me rozaron el cuello y me nació un cosquilleo en ese mismo punto que irradió por todo el cuerpo.

—Tú también. Eso de ser padrino te pega —bromeé.

—Pues no te acostumbres. Solo lo he hecho porque le debía un favor a Volkov —respondió seco. Por lo visto, Alex se había ocupado de echarle un ojo al negocio o algo así mientras nosotros estuvimos por Italia—. ¿Sabes lo que es tener que lidiar con Josh tan a menudo? Deberías haberlo visto a él y su estúpido flotador en forma de plátano durante la despedida.

Reprimí una risa.

—Más te vale que cuides a Ava —dijo Josh—. Como le ocurra algo, como se la coma un animal salvaje o algo por el estilo, te perseguiré y utilizaré un bisturí para hacer cosas que no están permitidas en el ámbito médico.

Rhys rio por lo bajo y Alex le dedicó una mirada mordaz a su padrino principal.

—Pero ¿tú qué crees que vamos a hacer en nuestra luna de miel?

—Ir a ver leones y hacer otras... cosas que prefiero no imaginarme, teniendo en cuenta que sois mi hermana y mi mejor amigo. —Josh se estremeció en señal de repulsión—. Quizás debería ir con vosotros de safari solo para asegurarme de que todo sale bien.

Al día siguiente, Alex y Ava empezarían su luna de miel,

durante la cual harían un safari por Kenia y disfrutarían de la playa en las Seychelles.

En el pasado, la hidrofobia de Ava le habría impedido ir a cualquier lugar que estuviera cerca del agua. Sin embargo, Alex la había ayudado a superar ese miedo hacía años.

Jules puso los ojos en blanco.

—Déjalos en paz. No vas a irte de luna de miel con ellos ni de broma.

—Sería perturbador en más de un sentido —terció Bridget.

—Si es que absolutamente nadie aprecia las brillantes ideas que tengo —musitó Josh, que miró a Rhys esperanzado—. ¿Larsen?

—Te lo diré de otra forma —intervino Rhys—. Si hubieras intentado acoplarte a mi luna de miel y de Bridget, te habría tirado del avión nada más despegar. Y sin paracaídas.

Me entraron ganas de reír, pero en cuanto Christian me dio la vuelta y me agarró por la cadera, desconecté de la riña de mis amigos.

—Tus amigos son de lo que no hay. —Sonaba medio divertido, medio horrorizado, a pesar de que Alex y Rhys también fueran amigos suyos.

—Son... singulares —reconocí risueña—. Pero los quiero.

Sin saber muy bien cómo, cuatro desconocidas que habían acabado en la misma residencia durante el primer año de universidad se habían convertido en lo que éramos ahora: una familia perfectamente imperfecta y hermosamente complicada que había pasado por un montón de altibajos, pero siempre había conseguido superarlo todo.

Tras la graduación, temí que nuestra vida lejos del campus universitario fuera a acabar con nuestra amistad. Sin embargo, el paso de los años había demostrado que me equivocaba. De hecho, tras haber salido a la vida real, nuestra amistad se había visto aún más fortalecida.

Natalia era mi hermana por consanguinidad, pero Ava, Bridget y Jules siempre serían mis hermanas por elección.

—Si te apetece, me gustaría llevarte a un sitio cuando se acabe la recepción —me dijo Christian sacándome de mis cavilaciones—. Será una escapada rápida. Dos días como máximo.

Arqueé las cejas.

—¿Adónde?

—Es una sorpresa. —Me besó—. Tú confía en mí.

Confiaba en él.

—Debería sacar una foto de esto —dijo Rhys arrastrando las palabras mientras pasaba por nuestro lado junto a Bridget. Ahora que sonaba una lenta y que la prima de Ava, Farrah, y su esposo, Blake, habían robado a los tortolitos un momento, mis amigos se habían juntado con sus respectivas parejas para bailar—. Christian Harper enamorado. Menudo espectáculo. Deberían verlo todos los exmiembros de Seguridad Harper. Les encantaría.

Christian entornó los ojos.

—Mira quién fue a hablar. ¿No fuiste tú quien acudió a la fiesta real del té la semana pasada, Larsen? Vi las fotos. Y, encima, tenías un gato en el regazo.

Se puso colorado.

—No fue una fiesta del té —se quejó—. Fue una ceremonia a la hora de comer. Además, *Meadows* se pone triste si la dejamos demasiado tiempo sola. Yo por lo menos no he comprado todo el puñetero abastecimiento de pasto de trigo que tienen en el súper...

Bridget me miró y negó con la cabeza.

«Hombres», musitó sin que la oyéramos y con una cara de exasperación y cariño a la vez.

Contuve las ganas de reír.

Ellos no lo admitirían jamás, pero los chicos se mostraban afecto mediante discusiones e insultos.

Mientras bailaba al son de la música en los brazos de Christian, escuché el reconfortante sonido gutural de su voz y la familiar calidez que me provocaba oír reír a mis amigas. Y entonces sentí algo que no había sentido desde hacía muchísimo tiempo.

Felicidad en su estado más pleno y puro.

55
Christian

La noche después de la boda de los Volkov, me llevé a Stella a mi ciudad natal en avión.

No había pisado Santa Luisa, en California, desde que murieron mis padres. De eso hacía ya dos décadas; sin embargo, aquella diminuta ciudad en el norte de la costa seguía siendo la misma. Calles silenciosas, un centro pintoresco y unos coloridos edificios de estuco.

Regresar fue como viajar en el tiempo. Yo había cambiado, pero todo lo demás permanecía igual.

Nos detuvimos delante de un almacén en la desolada zona industrial de la ciudad y Stella guardó silencio. En la calle no había ningún coche aparte del nuestro y muchas de las puertas metálicas de los almacenes se habían oxidado a causa del desuso, incluida la que teníamos delante.

No le había contado a Stella por qué habíamos venido, pero sabía que había crecido aquí y que, por ende, esa visita tendría algo que ver con mis padres.

Y no se equivocaba.

Le di a un botón y la puerta se abrió, rechinando. Se levantó una nube de polvo húmedo y estancado y luego se disolvió entre los rayos del sol, que tanto hacía que no brillaban ahí dentro.

—Santo cielo —susurró Stella sorprendida cuando entramos en la sala y vio lo que escondía en el interior. Sus palabras retumbaron por las paredes.

El espacio estaba repleto de decenas de obras de arte; desde óleos de valor incalculable a pequeñas esculturas contemporáneas. Muchos de los cuadros habían perdido el color con el paso del tiempo, pero había unas cuantas piezas más resilientes que permanecían intactas.

—Bienvenida a mi herencia: el tesoro oculto de mi padre —dije en un tono vacío y autocrítico a la vez—. Mi madre me dijo dónde encontrarlo en su carta.

Lo había codificado porque sabía lo mucho que me gustaban los rompecabezas, pero no tardé ni un minuto en resolverlo. Tal y como dictaba el testamento de mi madre, mi tía pagó los gastos del almacén con el dinero de mi herencia hasta que murió; luego me ocupé yo.

Por suerte, mi tía había tenido suficientes cosas de las que ocuparse como para preguntarse qué habría ahí dentro. Dio por sentado que se trataría de muebles corrientes y otras antigüedades, no de obras de arte robadas.

—¿Habías venido ya alguna vez? —preguntó Stella con cautela.

—No.

Lo había visto en formato virtual en alguna ocasión antes de venir, pero era la primera vez que lo veía en persona.

Pensé que ver el legado de mi padre me cabrearía. Había preferido dedicarle su tiempo y energía a todo esto en lugar de a su propio hijo. Había muerto por esto y, por extensión, también habían muerto mi madre y mi familia.

Debería haber experimentado la misma rabia que sentí la primera vez que leí la carta de despedida de mi madre.

Sin embargo, lo único que sentí fue el apabullante deseo de prenderlo todo en llamas. No por rencor, sino por agotamiento.

Estaba harto de oír los constantes susurros de los fantasmas de mi pasado.

Stella pasó los dedos por una escultura que tenía cerca. Al sacarlos, los tenía cubiertos de una ligera capa de polvo.

—¿Y qué harás con todo esto?

—Si no son salvables, me los cargaré. Si alguno todavía se mantiene en buenas condiciones, lo donaré o lo devolveré a sus propietarios originales.

Todo desde el anonimato, claro está.

—Menos... —Me detuve delante de un cuadro que me resultaba familiar—. Este.

El marco dorado resplandecía bajo la tenue luz que iluminaba el almacén y las manchas marrones y verdes que lo componían lo convertían en una horrenda aproximación al arte.

—*Magda*. —Stella sonrió—. Me acuerdo de haberlo visto en la galería de Dante.

—Así es.

Había vuelto a meter la carta de mi madre dentro del marco y, finalmente, le había pedido a Dante que volviera a mandar la obra a donde pertenecía.

Me quedé mirando aquellas espirales de colores hasta que se desdibujaron y se convirtieron en un oscuro caleidoscopio.

Visto con perspectiva, era totalmente intranscendente. Era un complicado problema que había creado yo solito para refugiarme del pasado.

Todo el mundo creía que el *Magda* era importante porque contenía algún secreto de negocios o alguna revelación sin igual, pero la verdad era muchísimo más sencilla.

Representaba una parte de mi pasado de la cual jamás

había sido capaz de desprenderme. Una herida que había ido tapando con tiritas temporales para esconder la supurante enfermedad que me había estado comiendo vivo durante décadas.

No volvimos a hablar hasta que llevé el cuadro a un aparcamiento vacío que había cerca de los almacenes.

Además de los edificios, por aquí no había nada más aparte de metal y cemento. Un pájaro voló por encima de mi cabeza y su piar resonó en aquel espacio abierto bañado por un sol inusualmente abrasador.

Era la última vez que volvería a pisar Santa Luisa. Ya puestos, me despediría a lo grande.

Cogí un mechero que llevaba guardado en el bolsillo y lo encendí.

—¿Te asusta el fuego, Mariposilla?

Stella negó con la cabeza y volvió a entrelazar los dedos con los míos.

—No.

—Bien.

Acerqué el mechero al cuadro. Las pinturas eran tan inflamables que las llamas se alzaron casi de inmediato, tragándose la obra y la carta que había dentro.

Miré, sin emoción alguna, cómo el fuego distorsionaba el legado de mi madre hasta convertirlo en un montón de materia irreconocible y negruzca. Stella me dio un pequeño apretón y yo le devolví el gesto.

Podría haber hecho todo esto por mi cuenta, pero quería tenerla a mi lado. De no haber sido por ella, seguiría aferrándome a ese cuadro. Seguiría odiándolo, pero continuaría sin ser capaz de desprenderme de él.

No obstante, ahora que por fin me esperaba un futuro que merecía la pena, ya era hora de soltar el pasado de una vez por todas.

56
Stella

Un año después

Me quedé mirando, entre bastidores, cómo Ayana desfilaba por la pasarela. Era la supermodelo más cotizada del momento. Su impecable y oscura piel resplandecía bajo los focos y ofrecía el contraste perfecto para la pieza final de mi colección: un impresionante vestido lila que se podía llevar tanto de día como de noche según los accesorios con que se combinara.

Las demás modelos se unieron a ella para cerrar la pasarela hasta que ya no quedó ninguna detrás.

—Stella, ¡ve! —me dijo Christy, mi nueva asistenta, dándome un codazo—. ¡Es tu momento!

«Vale. Puedo hacerlo.»

Tomé una profunda bocanada de aire y salí. Al principio, con cautela, pero luego los aplausos fueron incrementando y yo fui ganando más confianza.

Hice una reverencia y sentí que el placer me envolvía la piel.

Mi primer desfile de moda en Milán.

Tras un sinfín de noches sin dormir, ataques de pánico y

momentos de baja autoestima, por fin se había acabado. Y, a juzgar por la algarabía que me rodeaba, había sido un éxito rotundo.

No me lo podía creer.

¡Lo había conseguido! Sonreí de oreja a oreja. ¡¡Lo había conseguido!!

Me costaba imaginar que había dado a conocer la marca Stella Alonso hacía tan solo un año. Debido al apoyo de Bridget —que, siempre que había sido posible, se había puesto como mínimo uno de mis diseños en cada acontecimiento público al que había asistido—, el perfil de mi colección había tenido un recibimiento increíble en muy poco tiempo. Gracias a mi amiga, ya se había empezado a hablar de mi marca en otras partes de Europa. Y luego estaba Hollywood, donde una vez vi a Kris Carrera-Reynolds caminando por la alfombra roja con uno de mis diseños; me pareció lo más surrealista del mundo.

Esa noche le dieron su primer Oscar a su marido, el actor de películas de acción Nate Reynolds.

Desde entonces, el perfil no había parado de crecer.

Como había dejado mis perfiles personales para poder centrarme en la marca, Brady ya no era mi mánager, pero seguíamos hablando a menudo. Además, ahora Lilah y yo éramos buenas amigas. Esta noche no había podido venir porque tenía su propio desfile, pero la ayuda que me había brindado para que empezara en este mundo había sido esencial.

No era tan ingenua como para creer que aquella ola de éxito sería eterna, pero pensaba surfearla al máximo mientras durara.

—¡Bravo, Stella! —gritó una voz que destacó por encima de las demás—. ¡Lo has petado, cielo!

Busqué entre la multitud hasta que mis ojos encontraron

un grupo de caras conocidas en primera fila. Se me ensanchó la sonrisa.

La sala estaba llena a rebosar con famosos y gente del sector de la moda. Sin embargo, las personas que más me importaban eran las que tenía justo delante.

Alex y Ava. Mi amiga estaba embarazada y radiante. Estaba de cuatro meses y ya se le empezaba a notar la barriguita.

Rhys y Bridget. Estaba majestuosa y lucía el vestido azul Stella Alonso que tanto había puesto de moda ella misma.

Josh y Jules. Eso de «¡Lo has petado!» había sido cosa suya y me miraba como si estuviera a punto de saltar al escenario hasta que Josh tiró de ella para reprimirla.

Y mi familia, cuyo orgullo se fue abriendo paso por mi pecho y me envolvió el corazón con toda su calidez. Mi madre, mi padre, mi hermana... Estaban todos allí.

Nuestra relación había mejorado muchísimo a lo largo de este último año. No éramos la familia perfecta, pero ¿qué familia lo es?

Lo importante era que habían venido.

Y, finalmente, mi mirada se reposó en la persona más importante en aquella sala.

Estaba acomodado en su asiento vestido con lana y seda italianas. Desprendía tanta belleza que, si hubiera diseñado ropa de hombre, podría haber desfilado él mismo por la pasarela.

Christian no gritó ni chilló como el resto de los ahí presentes, pero la sonrisa que tenía en los labios y la calidez de su mirada decían muchísimo más de lo que podrían haber dicho las palabras.

Se me ensanchó el corazón.

«Te quiero», gesticulé con la boca.

Aquellos ojos del color del *whisky* resplandecieron y danzaron bajo la tenue luz de la sala.

No hacía falta que lo dijera, porque yo pude oírlo.

Yo también te quiero.

Después del desfile de moda, Christian y yo pasamos un par de noches más en Milán y luego me llevó a Positano.

Protesté con desánimo y le dije que tenía demasiado trabajo por hacer como para irme de vacaciones, aunque la verdad es que tampoco le costó demasiado convencerme.

Me enamoré de la costa Amalfitana incluso antes de recorrerla por primera vez. Y, después de visitarla, me enamoré todavía más.

Mientras paseábamos por la playa, fui oliendo el perfume a agua salada.

Jamás entendería cómo podía existir un lugar tan hermoso como este. No solo por cómo era, sino por lo que significaba para Christian y para mí.

No fue donde nació lo nuestro. Esa semilla la plantamos muchísimo tiempo antes de pisar Italia. Sin embargo, sí era el lugar donde había florecido nuestro amor, abriéndose como una flor bajo los cielos del Mediterráneo, que dibujaban el paisaje más bonito del mundo.

—Me encantaría saber en qué estás pensando —señaló Christian, que andaba a mi lado vestido con unos pantalones y una camisa de lino.

—Pensaba que tú no utilizabas verbos como *encantar*, *adorar* o *amar*.

—Vale, pues me gustaría. No vuelvo a cambiar la frase; esta es mi última oferta —respondió con la misma seriedad que quien está negociando un contrato multimillonario.

Me reí.

—Vale, lo acepto, pero puede que lo que esté pensando te parezca demasiado cursi. —Miré el océano y, con un tono nostálgico, confesé—: Estaba pensando en la primera vez que vinimos aquí y lo mucho que me encanta este lugar. Hemos ido a un montón de sitios juntos, pero Italia... Italia siempre será especial.

—Me alegra que lo veas así. —El susurro aterciopelado de Christian me rozó la piel acompañado por una aspereza extraña que no le había oído nunca—. No sabía si hacerlo en Hawái o en Italia, pero por lo visto he acertado con la decisión.

—¿No sabías si hacer qué? —Me di la vuelta y me quedé automáticamente sin aliento.

Y es que, delante de mí, enmarcado por unas colinas envueltas de colores pastel y el resplandor dorado del sol a aquella hora, vi algo que jamás me habría imaginado.

Christian Harper arrodillado ante mí con una caja de terciopelo abierta en la mano que desvelaba un deslumbrante anillo de diamantes con esmeraldas.

Me llevé la mano a la boca y las lágrimas me nublaron la visión.

Cuando volvió a hablar, aquella extraña aspereza seguía acariciándole la voz, pero esta vez iba acompañada de tanto amor y esperanza que hizo que el resto del mundo desapareciera y para mí solo existieran ese momento y ese hombre.

—Stella, ¿quieres casarte conmigo?

Epílogo
Stella / Christian

Stella
Cuatro años después

—Tómate la tarde libre —le dije a mi asistenta. Christy y yo nos detuvimos justo delante de mi despacho—. Puedo sobrevivir medio día sola.

—¿De verdad? Puedo...

—Sííí. Ve. —Hice un gesto con la mano—. Disfruta del tiempo. Hace un día espléndido fuera.

—Vale —respondió poco convencida—. Llámame o escríbeme si necesitas algo. Ah, por cierto, se me olvidaba... —Se le dibujó una pícara sonrisa en los labios, sustituyendo los nervios que le provocaba salir antes del trabajo, aunque fuera parte de la política de vacaciones de la empresa—. Tienes una visita.

Fruncí el ceño tanto por aquel inesperado hueco que acababa de llenárseme en la agenda como por el travieso brillo que le vi en la mirada.

—¿Quién...?

No pude terminar la pregunta. Al abrir la puerta y ver quién estaba ahí fuera, me quedé sin aire.

Traje oscuro. Ojos del color del *whisky*. Y el ramo de rosas más bonito que había visto jamás.

Al verme, una sonrisa devastadora se le dibujó en la cara.

A mi lado, Christy suspiró y se quedó visiblemente embelesada.

Por más que lleváramos tres años casados, esa sonrisa seguía consiguiendo que me diera un vuelco el corazón.

—Buenos días, Mariposilla. —El tranquilo timbre de su voz hizo que una ola de calor me bajara directa al estómago.

—¿Qué haces aquí? —me interesé—. Creía que estabas en un viaje de negocios.

Se había marchado a Londres hacía un par de días y se suponía que no regresaría hasta el domingo.

—He decidido volver antes. —Se encogió de hombros como si nada—. Te echaba de menos.

Menos mal que seguía con la mano en el pomo de la puerta. De lo contrario, quizás me habría derretido y caído al suelo en ese momento.

—Ejem... —Christy carraspeó—. Al final sí que me tomaré la tarde libre. Que vaya bien el fin de semana.

Me guiñó un ojo y luego se fue.

Su insinuación habría logrado que me muriera de vergüenza si no fuera porque estaba extremadamente distraída por el espectacular espécimen masculino que tenía a menos de un metro y medio.

—Ya van cinco minutos, señora Harper —mencionó Christian arrastrando las palabras—. ¿Piensa hacer esperar aún más a su marido para darle un beso?

—Eres de lo que no hay.

Corrí, me abalancé hacia él y lo abracé por el cuello. Sentí cómo se me hinchaba el corazón mientras el sordo ruido de su risa lo envolvía todo.

Lo besé y me embriagué con su olor y su sabor como si, en lugar de unos cuantos días, lleváramos meses separados.

—No podía dejar escapar la oportunidad de visitar a mi exitosa mujer en su despacho —dijo cuando nos separamos al fin. Me abrazó por la cintura y yo le hundí la cara en el pecho para respirar su aroma, tan rico y familiar. Olía a amor, a comodidad y a seguridad. Y era mi olor favorito del mundo—. Oficinas en Soho. Ahora sí que lo has conseguido, Stella Alonso Harper.

La marca Stella Alonso se había extendido con tanta rapidez en los últimos años que ahora diseñaba ropa, accesorios y fragancias. Y, con ella, se habían expandido también las oficinas.

Sonreí ante la burla de Christian. Pero, de repente, la melancolía vino a mí.

Después de casarnos, nos mudamos a Nueva York y tanto Christian como yo teníamos la sede de nuestras respectivas empresas en Manhattan.

Jules y Ava seguían en Washington, pero nos veíamos todas en persona (nosotras tres y Bridget) como mínimo un par de veces al año: una vez para hacer nuestro viaje anual de chicas y otra durante las vacaciones.

Mi familia venía a visitarme unas cuantas veces al año y viceversa.

Tenía una vida de ensueño, pero había una persona a quien echaba muchísimo de menos.

—Ojalá Maura hubiera podido ver todo esto —deseé en voz baja—. Le habría encantado.

Maura pudo asistir a mi boda y estuvo más lúcida que en muchísimo tiempo.

No obstante, al cabo de un mes, justo después de que Christian y yo volviéramos de nuestra luna de miel, falleció mientras dormía.

Esa noticia me destrozó, pero sabía que le había llegado el momento y que ahora se encontraba en un lugar muchísimo mejor. A pesar de que no se hubiera acordado de mí durante sus últimos años de vida, una parte en mi interior se preguntaba si estaría esperando a que encontrara mi hogar antes de marcharse.

—Lo sabe. —Christian sonó tan convincente que lo creí.

—¿Desde cuándo eres tú el optimista de los dos?

—Desde que me casé contigo. —Me bajó la mano por la espalda—. La culpa la tienen esos *smoothies* de pasto de trigo que me obligas a beber cada mañana. Seguro que llevan algo.

Estallé de risa y la melancolía que había sentido hacía un segundo se quedó lejos.

—Te alargarán la vida, señor Harper. Quiero vivir muchos, muchísimos años a tu lado.

—Años no, cariño. Toda la eternidad. —Christian me levantó la barbilla y sentí que me volvía a dar un vuelco el corazón—. Pero, por si acaso, deberíamos aprovechar el tiempo que tenemos.

Cuando apartó los papeles que tenía en el escritorio de un manotazo y me sentó justo encima, medio reí y medio ahogué un grito.

—¡Christian! —lo reprimí—. ¡Era el trabajo de toda una semana!

—Luego lo ordeno —respondió con vagancia—. Por ahora, creo que se me ocurren unas cuantas formas para compensártelo.

Se arrodilló delante de mí, me abrió de piernas y, de repente, lo último en lo que pude pensar fue en el trabajo.

Christian

Algo que nunca me había contado nadie sobre estar casado era lo muy a menudo que tendría que interactuar con los amigos de mi esposa.

Vacaciones, cumpleaños, cenas cada vez que venían a la ciudad... Mi calendario, que en su día había utilizado puramente para cuestiones de negocios, estaba repleto de estupideces como noches en Broadway o Navidades en casa de los Von Ascheberg.

Íbamos alternándonos las vacaciones. Este año las celebrábamos en la villa que tenían Rhys y Bridget en Costa Rica.

Para ser más exacto, ahora mismo nos encontrábamos en su salón. Era Nochebuena y, siguiendo la tradición, tocaban juegos de mesa.

Le di un sorbo al vino y esperé a que llegaran las inevitables quejas. Cada maldito año lo mismo.

—Seguro que estás haciendo trampa. —Josh se quedó mirando el tablero del Monopoly con suspicacia. «Siempre igual»—. ¿Cómo puede ser que ganes siempre?

—¿Qué quieres que te diga? Me dedico a comprar y a vender inmuebles —respondió Alex arrastrando las palabras—. Quizás, si jugáramos a algo relacionado con el mundo de la medicina, aún tendrías posibilidades.

—Me niego a tragarme esto. —Josh se sentó y se agazapó—. Tooodas las Navidades...

—Ya está, anda. —Jules le acarició el brazo—. No es más que un juego.

Su anillo de diamantes brillaba bajo la luz con cada movimiento que hacía. Josh y ella por fin se habían comprometido el verano pasado, aunque todavía no tenían fecha para la boda.

—No es solo un juego, Pelirroja. Es mi orgullo. Mi dignidad. Mi...

—¿Dinero falso? —terció Ava arqueando una ceja—. Cada año dices lo mismo. Literalmente.

—Ya, bueno, pero no por eso deja de ser verdad —se quejó Josh. Se agachó un poco más hasta que su cara quedó a la altura de las de su sobrino y sobrina de tres años y medio—. Vuestro padre es un tramposo.

A ninguna de las dos criaturas pareció sorprenderle aquella acusación.

—¡Papi ha ganado! —insistió Sofia.

—Así es, Minirrayito. —Alex miró a Josh, socarrón; luego levantó a su hija y le dio un beso en la mejilla. Ella rio entusiasmada—. Tu tío Josh no sabe perder.

Su hermano mellizo, Niko, estaba sentado en cuclillas e iba aporreando el tablero con sus pequeños puños.

—¡Tito, perdedor! ¡Papi, ganador!

Las piezas del Monopoly salieron volando a causa de la fuerza de los golpes.

Una de ellas acabó en mi copa de vino y yo maldije la situación mentalmente. Ni de puta coña me iba a beber lo que me quedaba ahora que el contenido se había echado a perder con una pieza sucia.

Mientras tanto, Josh, bromeando, hizo como si fuera a placar a Niko, que chilló riendo a la que su tío empezó a hacerle cosquillas.

—No me puedo creer que me hayas traicionado de esta forma, chaval —gruñó Josh divertido—. Éramos un equipo.

A su lado, la hija de Bridget y Rhys miraba la riña con una expresión desconcertada, excesivamente madura para su edad.

Con su cabellera rubia y sus ojos grises, la pequeña Camilla von Ascheberg era un clon en miniatura de sus padres. Con su vestido azul y su lazo a juego, también estaba sorprendentemente majestuosa para ser una bebé de dos años.

Cuando Josh y Niko tiraron sin querer un vaso de agua al suelo, Camilla frunció el ceño.

—Papi. —Tiró de la manga de Rhys y señaló el contenido que se había derramado.

Juraría que había oído cierto tono de desaprobación en su voz.

—No pasa nada, cariño. —Rhys suspiró—. Siempre pasa lo mismo.

—Jamás creí que diría esto, pero la hija de Rhys es la única que no es un terremoto con patas —le susurré a Stella. Como mínimo, Camilla tenía el decoro de saber estar quietecita.

Me quedé perplejo mirando cómo Sofia jugaba con el pelo de Alex.

—¡Papá! ¡Trenzas! —Fue jugueteando con los mechones del pelo de su padre hasta convertirlos en algo que nada se le asemejaba a una trenza—. ¡Mira!

—Son muy bonitas —respondió él con benevolencia mientras su hija seguía destrozándole su pelo perfectamente peinado.

Estaba convencido de que, en el momento en que se convirtió en padre, el Alex frío que yo conocía le cambió el cuerpo a algún impostor, porque nada de eso tenía sentido.

Stella rio.

—Los mellizos son adorables y lo sabes.

—Para nada —contesté a pesar de que, teniendo en cuenta cómo eran los críos, Sofia y Niko sí eran bastante monos.

Volví a desviar la vista hacia Rhys.

—Creí que ver cómo te dejabas controlar por una chica era fuerte —mencioné arrastrando las palabras mientras Bridget y él le murmuraban algo, encandilados, a Camilla, que ahora reía contenta—, pero por dos... Ya es el no va más.

Ahora que la partida había llegado a su fin, el resto del grupo se había separado y había decidido ir a sus anchas hasta que llegara la hora de cenar.

Josh seguía intentando, en vano, que Niko dijera: «El tío Josh es un ganador».

Ava estaba sacándoles fotos a Alex y a Sofia, que estaba subiéndose a su padre por la espalda como si su cuerpo fuera gimnasio para monos.

A mi lado, Stella seguía nuestra conversación, divertida. Estaba acostumbrada a mi extraña relación con Rhys; una vez intentó llamarle *bromance*, pero se lo prohibí de inmediato.

Ni de puta coña. Yo no era un tío de esos a los que les va el *bromance* y Rhys, a quien parecía no haberle afectado en absoluto mi último comentario, tampoco.

—Dices muchas gilipolleces para ser alguien que ya se ha tenido que tragar sus propias palabras con anterioridad —se corrigió cuando Bridget le advirtió con la mirada.

—Venga, cariño, vamos a ver aquellas flores tan bonitas mientras tu padre, eh..., habla con el tío Christian. —Cogió a Camilla en brazos y se la llevó a los jardines; resultaba evidente que estaba preocupada de que se nos fuera a escapar alguna blasfemia en cualquier momento.

—Yo también vuelvo enseguida —se excusó Stella en voz baja—. Voy a por un poco de agua.

Esperé a que se hubiera marchado y luego le arqueé una ceja a Rhys.

—No tengo ni idea de qué estás hablando.

—Seguro que no, señor Yo-no-creo-en-el-amor.

Sentí cierta irritación en el pecho.

—¿Todavía sigues con esto? Ya hace cinco... —bajé la voz para que ni Sofía ni Niko pudieran oírme— cinco putos años.

—Uy, pienso darte por culo con esto hasta el fin de tus días, así que vete acostumbrando —anunció Rhys—. Y, cuando tengas hijos, volverás a tragarte tus propias palabras. —Se recostó en la silla, se llevó las manos detrás de la cabeza y sonrió socarrón—. No sería la primera vez que ocurriese.

No soportaba esas tonterías.

Antes de que me diera tiempo a responder, Stella sacó la cabeza por la cocina y me llamó:

—Christian, ¿puedes venir un momento? Necesito que me ayudes con algo.

—Voy enseguida. —Me levanté y fulminé a Rhys con la mirada, que seguía riendo—. Mientras ayudo a mi esposa —dije enfatizando en aquella última palabra—, tu ve pensando en qué harás cuando Camilla se haga mayor y empiece a salir con chicos —solté haciendo que le desapareciera la sonrisa de los labios—. Diviértete.

Él gruñó en voz baja y a mí me invadió la satisfacción.

Cuando entré a la cocina, me encontré con Stella bebiéndose de un trago el que debía de ser su quinto vaso de agua en lo que iba de noche.

—¿Seguro que no quieres un poco de vino? —No tenía por costumbre beber muchísimo, pero una copa o dos sí solía tomarse—. Es un añejo exquisito.

—Seguro. —Dejó el vaso y me miró extrañamente nerviosa—. Ahora mismo no puedo beber alcohol.

Y lo dijo con un tono que indicaba que yo ya debería saber por dónde iban los tiros.

¿Qué más daba que no bebiera alcohol? Vale, era un poco raro que no...

Ahora mismo no puedo beber alcohol.

Repetí sus palabras mentalmente.

No puedo. No *no quiero.*

Stella no podía beber alcohol, lo cual probablemente significaba que...

Se me ralentizó el corazón hasta convertirse en un único y largo latido. Me quedé incrédulo.

—No quería decírtelo delante de todos, pero ya no aguantaba más. —Stella bajó la voz y sentenció—: Christian, estoy embarazada.

—Estás embarazada —repetí.

Aquellas palabras retumbaron en mi mente tan bañadas de estupefacción que casi no fui capaz de asimilarlas.

Stella asintió con la cabeza y se le iluminó la cara con un brillo de ilusión y nervios a partes iguales.

Embarazada. Bebés. Nuestro bebé.

De repente, me quedé sin aliento.

Acorté la distancia que nos separaba con un par de largas zancadas y la besé con firmeza. El corazón me latía con tanta fuerza que incluso dolía.

Olvídate de los crueles pensamientos que había tenido hasta entonces acerca de los niños.

¡Íbamos a ser padres! Yo iba a ser padre e iba a ver cómo a Stella le crecía la barriga con nuestro bebé. Quizás sería un niño y tendría el pelo rizado y la tez morena. O a lo mejor sería una niña y tendría los ojos verdes y la dulce sonrisa de su madre.

Un proteccionismo feroz se agarró a mi pecho con uñas y dientes.

Aquel bebé todavía no había nacido y yo ya estaba dispuesto a dar mi vida para protegerlo.

Niño o niña, me daba igual. Lo único que importaba era que sería nuestro.

—O sea que... ¿estás contento? —me preguntó Stella esperanzada cuando me separé.

Reí emocionado.

—Claro que estoy contento, cariño. ¿Cómo no iba a estarlo?

Tenía que encontrar al mejor obstetra del país enseguida. Y también tenía que acomodar el ático (que ahora no era el lugar más seguro para niños ni de guasa), llevar a Stella a comprar ropa premamá, preparar una luna de miel prebebé...

—A ver, acabas de llamar *terremotos con patas* a los hijos de nuestros amigos, con que... —bromeó.

—Ya, porque no son nuestros.

Nuestro hijo o hija nunca me haría algo en el pelo como hacía la niña de Alex.

Stella me miró burlona.

—Por más que me gustaría creer que nuestro bebé será el primero en el mundo que no chille o llore, hay una alta probabilidad de que sí lo haga. Y quiero que estés preparado.

—Me da igual. Esta criatura podrá chillar y llorar tanto como quiera; seguirá siendo igual que su madre. —Le rocé los labios con los míos—. Perfecta.

Stella se estremeció ilusionada.

—Siempre he tenido razón —murmuró—. Tú, Christian Harper, tienes un corazón muy tierno.

—Solo para ti, Mariposilla.

Volví a besar a mi esposa y dejé que el calor de su cuerpo me envolviera mientras la risa de nuestros amigos se colaba, discreta, desde el salón.

Aquella escena era tan íntima y cursi que mi antiguo yo, el que había existido antes de que Stella entrara en mi vida, se habría burlado de la situación por una mera razón de principios. Pero ahí estaba la diferencia entre el pasado y el presente.

Hubo una época en la que yo no creía en el amor.

Ahora, en cambio, me había dado cuenta de que el amor era la única pieza que le faltaba al puzle de mi vida.

Y, con ella, por fin estaba completo.

Escena extra
Stella/Christian

Stella

—¿Qué te parece? —Pasé la cortina del vestidor—. ¿Parezco demasiado pálida con este color?

Christian estaba sentado en la sala de espera de la *boutique* y parecía completamente fuera de lugar envuelto por tanto terciopelo rosa y detalles dorados. A sus pies descansaba una cantidad ingente de bolsas y, en la mesita que tenía al lado, mi *latte* de *matcha* medio vacío.

Llevábamos horas comprando. Sin embargo, como de costumbre, Christian estaba igual de fresco e impecable que cuando habíamos salido de casa.

—No. —Paseó la vista por mi vestido con estampado de flores amarillo—. Estás guapísima.

—Christiaaan —me quejé con un tono exasperante pero lleno de cariño—. Me has dicho lo mismo con cada prenda que me he probado en lo que va de día.

Se encogió de hombros como si nada.

—Es que es verdad. Te queda todo genial.

—Pero no puedo comprarlo todo.

—¿Y eso por qué?

—Porque no. —Intenté dar con una buena respuesta. Técnicamente, podíamos permitírnoslo; además, teníamos espacio de sobra para guardar tanta ropa—. Porque es demasiado.

—Nunca nada es demasiado.

—Eso también lo dices siempre.

A Christian se le encorvó la comisura de los labios para dibujar una perezosa y engreída sonrisa y las mariposas de mi estómago alzaron el vuelo. Maldita sea. Sabía que era incapaz de resistirme a esa sonrisa.

—Entonces ya deberías saber que no vale la pena discutir, Mariposilla. Si te gusta el vestido, quédatelo.

Me mordí el labio inferior. Sí que me gustaba el vestido. Además, ahora que me había crecido tanto la tripa y que los pantalones de yoga y la ropa con caída ya no me entraban, necesitaba un cambio de armario.

—Vale —cedí no sin algo de reticencia—. Si insistes...

Su risa se coló en el vestidor incluso después de que volviera a cerrar la cortina. Sonreí.

Nos habíamos pasado el día entero de compras y ahora estábamos en una *boutique* de ropa premamá de lujo que había en Soho. Solo se podía venir con cita previa, así que éramos los únicos en la tienda, a excepción de la encargada y su ayudante.

A Christian le preocupaba que yo estuviera de pie durante tanto tiempo, pero necesitaba salir de casa después de haberme pasado una semana entera teletrabajando. Mi estudio de diseño se encontraba justo encima de una pizzería y, a veces, el olor del restaurante se colaba en mi planta. La Stella de siempre hubiese estado encantada de notar el olor de *pizza* recién sacada del horno; sin embargo, la Stella que ya estaba de cinco meses solo quería vomitar cada vez que olía a salsa de tomate.

De modo que, hasta que esta etapa del embarazo hubiese llegado a su fin, trabajaría desde casa.

Después de cambiarme y pagar la descabellada cantidad de ropa que compré (casi podía ver cómo aparecía el símbolo del dólar en los ojos de la encargada de la tienda cuando lo sumó todo), subimos a la limusina que nos estaba esperando fuera.

—¿Todavía te apetece comer tacos? —quiso saber Christian mientras el chófer arrancaba.

Aquella *boutique* había sido nuestra última parada. Ya casi era la hora de cenar y, como era martes, nos tocaba seguir con la tradición de «martes de tacos» que habíamos empezado hacía tantísimos años.

Aun así, como mi gusto por la comida fluctuaba tantísimo ahora que estaba embarazada (un día solo quería comer pepinillos y, al siguiente, me daban asco), a Christian le preocupaba que me fuera a despertar una mañana y, de repente, detestara los tacos.

Él no lo admitirá jamás, pero en el fondo le encantaba nuestra tradición semanal. En el tiempo que llevábamos casados, solo me había saltado la tradición una sola vez porque Jules había tenido que hacer un viaje relámpago a la ciudad; después de eso, Christian se pasó una semana entera enfadado.

—Ajá. —Entrelacé los dedos con los suyos—. Si no me apetece comer algo, te lo diré. Te lo prometo.

—Mmm. Igual que la vez que me despertaste a las dos de la madrugada porque querías comer helado con atún y, cuando por fin te lo traje, te echaste a llorar, ¿no? —bromeó.

Me sonrojé y, con el tono más digno que pude evocar, respondí:

—Te equivocaste de atún. Yo quería atún rojo y tú me trajiste atún claro.

Christian sonrió y se le iluminó la mirada. De no haber sido porque estaba sentada, me habría desmayado ahí mismo.

Quizás pensarás que la atracción que sentía hacia Christian habría ido amainando después de llevar casi cuatro años casados; sin embargo, cada vez iba a más. Cuanto más lo conocía, más me enamoraba de él. Y cada día descubría algo nuevo acerca de Christian Harper.

Ayer supe que era capaz de construir una placa base desde cero y que ver cómo lo hacía podía conducir a... una tarde-noche más que interesante, sobre todo si teníamos en cuenta que las hormonas del embarazo hacían que estuviera cachonda a todas horas.

Hoy me he enterado de que le ha cogido cariño al *matcha* a pesar de que se haya pasado años diciendo que el café solo es muchísimo mejor. (Lo he pillado dándole un sorbo a mi bebida antes, a pesar de que tenía su taza llena de expreso.)

Eran detalles, pero lo que importa es justamente eso.

—Bueno, ahora ya tenemos el congelador atiborrado de absolutamente todos los tipos de atún habidos y por haber. —Christian se agachó y me besó el vientre antes de decirle al bebé—: Cuatro meses, cariño. Esperemos que no me arruine con los caprichos de tu madre antes de conocerte.

Me entraron ganas de reír. Sin embargo, al ver a Christian adoptando una actitud tan paternal antes incluso de que naciera el bebé, se me derritió el corazón.

Cuando le conté que estaba embarazada, me angustié un poco. No porque pensara que fuera a enfadarse o a ser un mal padre, sino porque me preocupaba que fuese él mismo quien dudara de sus propias capacidades. Los padres de Christian no habían sido el mejor ejemplo a seguir y, a pesar de lo seguro que estaba él de sí mismo, sabía que ser padre lo ponía un poco nervioso.

Yo también lo estaba, pero con él a mi lado todo era mucho menos estresante. Pasara lo que pasase, lo solucionaríamos juntos.

—Si no quieres arruinarte, quizás no deberías haberte pulido veinte mil dólares en un monitor para bebés —bromeé.

—Eso es solo lo básico. Aún tengo que actualizar el dispositivo según la fecha en la que sales de cuentas. —Suspiré profundamente y él rio—. Tengo una empresa de seguridad, Mariposilla. No pensarías que iba a relajarme en lo referente a la seguridad de nuestro hijo, ¿no?

—Ni en sueños —respondí como si nada. Me volvió a besar el vientre y yo le pasé los dedos por el pelo. Luego, levantó la cabeza y me besó como Dios manda en los labios.

Un suspiro lleno de placer se me escapó de los labios y se coló en su boca.

Jamás me cansaría de besarlo. Era mejor que el yoga, que escribir un diario y que los mejores masajes del mundo todo en uno.

Bueno, mejor que los masajes quizás no, pero casi.

Por desgracia, el besuqueo se vio interrumpido cuando llegamos a nuestro apartamento. El ático que teníamos en Nueva York comprendía las dos plantas de un edificio de la preguerra del Upper East Side, desde donde disfrutábamos de una amplia vista a Central Park. Era incluso mejor que el antiguo piso que tenía Christian en la ciudad, a pesar de estar ubicado en el mismo barrio.

Dejamos las compras en el cuarto de invitados que habíamos convertido en un armario lleno hasta los topes, nos duchamos y nos cambiamos antes de disponernos a preparar los tacos en la cocina. En realidad, no hacía falta que nos molestáramos en montar una gran mesa, ya que solo estábamos nosotros dos, pero a mí me encantaba ese ritual de hacer algo junto a Christian. Era lo que más me gustaba de la semana.

—He estado pensando en nombres de bebés —dijo él con disimulo mientras llenaba uno de los boles de salsa— y tengo una sugerencia.

Arqueé una ceja.

—¿Quieres cambiar Dahlia y Adrian por otros nombres?

Tras debatirlo largo y tendido, decidimos que no queríamos saber si sería niño o niña, así que todo lo que organizábamos lo hacíamos manteniéndonos neutrales. Farrah, la prima de Ava y una aclamadísima diseñadora de interiores, nos había ayudado a decorar la habitación del bebé de un suave color verde palo; además, estuvimos martirizándonos para elegir nombres para el bebé durante meses hasta que al final optamos por Dahlia en caso de que fuera una niña y Adrian si era un niño.

Con solo pensar que tendríamos que volver a pasar por todo eso otra vez, me entró ansiedad.

—No, esos nombres me parecen genial. Pero —Christian volvió a tapar el bote de salsa— estaba pensando que, si tenemos una niña, podría llamarse Maura de segundo nombre.

Me quedé helada y sentí que se me encogía el corazón al oír el nombre de mi antigua niñera. Nos había dejado hacía años, pero seguía echándola muchísimo de menos. Lo único que esperaba era que fuese capaz de criar a mi hijo o hija tan bien como me había criado ella a mí.

—¿Qué te parece? —Christian me miró atentamente con el ceño sutilísimamente fruncido—. Pensé que sería un homenaje bonito para ella; pero, si no quieres, no tenemos por qué ponerle ese nombre.

—No. Creo... —Tragué saliva para deshacerme del

nudo que se me había formado de repente en la garganta—. Creo que sería genial.

Tenía la voz cargada de emoción; tanto que incluso sonó diferente a como solía hacerlo. Dudo que fuera porque Christian hubiera mencionado a Maura en sí, sino por la propuesta en general.

Todo el mundo veía a Christian como un monstruo despiadado y puede que, en lo que concierne a los negocios, lo fuera. Sin embargo, también era una de las personas más atentas y consideradas que había conocido jamás.

—Bien. —Se le relajó la expresión y, luego, un pícaro brillo le iluminó la mirada—. Y, si tenemos un niño, se llamará Christian de segundo nombre, en honor al mejor marido del mundo.

Reí a pesar de las lágrimas que me iban nublando la vista. La culpa debían de tenerla las hormonas; últimamente, lloraba por todo.

—A lo mejor podríamos ponerle Rhys, en honor a su padrino...

Christian me acercó a él y me agarró del pelo. Chillé y dejé la frase a medias.

—Me provocas constantemente —gruñó divertido—. Uno de estos días...

—Tus amenazas dejaron de funcionar conmigo hace ya mucho tiempo, señor Harper. —Pestañeé para deshacerme de la humedad que amenazaba con brotarme de los ojos y resbalarme por las mejillas y le envolví el cuello con los brazos—. Además, te encanta que te provoque.

—TÚ me encantas —me corrigió—. He ahí la diferencia.

—A mí me parece lo mismo. Y tú también me encantas a mí. —Le di un cariñoso beso en los labios—. A pesar de que a veces puedas llegar a ser muy cascarrabias.

Gruñó y yo contuve las ganas de volver a reír, aunque se

disiparon en cuanto Christian me besó con más vehemencia y me soltó el pelo para agarrarme por la nuca.

Me hundí en su abrazo y los dos nos olvidamos por completo de los tacos.

Aquí no había cámaras, invitados ni distracciones. Solo estábamos él y yo.

Por eso me gustaban tantísimo nuestras cenas. No eran nada extravagante ni ostentoso, pero es que tampoco hacía falta que lo fueran.

A veces, los momentos más simples eran los más bonitos.

Christian
Cuatro meses después

—Deja de agobiarte. —Alex me miraba con una expresión aburrida mientras yo andaba pasillo arriba y pasillo abajo, justo fuera de la sala de partos—. Es inapropiado.

—No estoy agobiado —solté entre dientes.

Aceleré el ritmo de mis pasos y mi corazón hizo lo propio con los latidos.

¿Por qué narices tardaban tanto? Stella llevaba más de ocho horas ahí dentro. ¿Esto era buena o mala señal?

Todo lo que había leído sobre dar a luz en los últimos nueve meses se fue disolviendo bajo el peso del pánico que me inundaba las venas.

Mi intención había sido estar en el paritorio con Stella; sin embargo, tras contemplarlo detalladamente en la locura que había sido apresurarnos para llegar al hospital después de que mi mujer rompiera aguas, la que entró con ella fue su madre. Me hubiese resistido más si no fuera porque me preocupaba que mi estrés pudiera estresar todavía más a Stella.

Tiré del cuello de la camisa.

Detestaba sentir que no podía controlar las cosas. No poder verla y saber cómo estaba lo empeoraba todo aún más.

—Sí que lo estás —soltó Rhys sacándome de mis caóticos pensamientos. Estaba sentado al lado de Alex con las piernas estiradas; era tan alto que casi tocaba la pared del otro lado con los pies—. Tómate un respiro. Sal fuera para que te dé el aire.

La irritación se apoderó de mí.

Joder, ¿es que uno no podía ni preocuparse en paz? No entendía por qué todos los amigos de Stella tenían que estar aquí mientras ella daba a luz. Su familia también había venido, pero su padre y su hermana por lo menos se habían ido a cenar en lugar de estar acosándome.

Alex, Ava, Josh, Jules... Incluso habían venido Rhys y Bridget. Eran los padrinos del bebé, vale, pero aun así... ¿No tenían un reino que liderar?

—Irá todo bien —quiso tranquilizarme Bridget—. Tú mismo lo has dicho. El doctor Moon es el mejor e hizo un trabajo excelente con Sofia y Niko. No tienes nada de qué preocuparte.

El doctor Moon era el mejor obstetra del país. Vivía en Chicago, pero lo había hecho volar hasta Nueva York el mes pasado para que pudiera estar disponible cuando Stella se pusiera de parto. Le había pagado un pastizal por dicho lujo, pero había merecido la pena.

De todos modos, que fuera el mejor no quería decir que fuera infalible.

Los índices de complicaciones durante el parto y mortalidad materna empezaron a colárseme en la mente y una pátina de sudor frío me cubrió la frente.

Como le ocurriese algo a Stella o al bebé...

—Tengo galletas —me ofreció Ava—. Te ayudarán a calmar los nervios; además, no has comido nada en todo el día.

¿Las prefieres de *red velvet*, de pepitas de chocolate, de pasas y avena o de doble chocolate con relleno?

Hostia puta.

—No quiero ninguna put... —Alex me miró con los ojos entornados en señal de advertencia y apreté los dientes. En otras circunstancias, me habría importado una mierda que Alex se cabrease, pero Ava estaba intentando ayudar de todo corazón y yo ya tenía suficiente con lo mío como para discutir con Alex—. No, gracias —respondí más calmado—. No me apetece comer galletas.

—Echemos una partida de ajedrez. —Josh aún no se había dado por vencido y quería ganarme a mí o a Alex en el ajedrez aunque fuera una vez—. Me he descargado una de esas aplicaciones de doble jugador en el móvil. Anoche gané a la pelirroja dos veces.

—Y yo a ti tres —contestó Jules con cariño—. Qué gracioso que se te haya olvidado mencionarlo.

Una vena me latió en la sien.

—No pienso jugar al ajedrez en una maldita *app*. Esos algoritmos son tan predecibles que resulta insultante...

Se oyó el lejano pero inconfundible llanto de un bebé recién nacido.

Todo el mundo guardó silencio. Los siete miramos hacia la puerta de la sala de partos y, cuando por fin se abrió y apareció la madre de Stella, el corazón me dio un vuelco.

Respondió a mi más urgente pregunta antes siquiera de que yo pudiese formularla:

—Están bien, tanto Stella como el bebé —me tranquilizó. Parecía cansada, pero feliz—. Ha salido todo bien.

Mi relación con los padres de Stella había mejorado muchísimo con el paso del tiempo. Había acabado respetando a Mika y a Jarvis Alonso a pesar de que nunca los perdonaría del todo por cómo la habían tratado cuando ella todavía era una niña. De todos modos, ahora estaban intentando hacerlo mejor y habían volado hasta Nueva York hacía una semana para poder estar con su hija cuando diera a luz.

—Os dejo a solas. —Mika sonrió y dio un paso al lado—. Ah, y, Christian: felicidades.

Asentí en señal de agradecimiento, entré y cerré la puerta tras de mí. Los amigos de Stella, muy respetuosamente, se quedaron detrás, aunque era evidente que las chicas se morían de ganas de verla.

El doctor Moon y las enfermeras estaban limpiándolo todo, pero casi ni reparé en que estaban allí. No podía quitarle los ojos de encima a Stella, que estaba sentada en aquella cama de hospital, tan sudada, cansada y jodidamente guapísima que sentí que me dolía el corazón. Estaba sonriéndole al fardo que acunaba en los brazos; sin embargo, cuando me vio entrar, levantó la cabeza.

Nos miramos a los ojos y una extraña presión se apoderó de mi pecho con tanto ahínco que pensé que iba a explotar.

—¿Preparado para conocerla? —me preguntó con un hilo de voz. Me había quedado sin palabras y eso era tan poco habitual en mí que Stella sonrió.

Conocerla.

Una niña.

«Tengo una hija.»

La sangre me rugió en los oídos. Como no conseguí que me saliera la voz, asentí con la cabeza y me acerqué. Le di un beso en la frente a Stella y dejé que mis labios permanecieran allí un segundo más antes de apartarme.

«Está bien. Y la bebé también. Están las dos sanas y vivas.»

—Te presento a Dahlia Maura Harper. —A Stella le brillaban los ojos, llenos de lágrimas, pero su imponente sonrisa me envolvió el cuerpo entero mientras yo cogía a aquella preciosidad.

Me quedé mirando a mi hija recién nacida mientras dormía en mis brazos. Era tan diminuta y delicada que tenía miedo de romperla si la sujetaba con demasiada fuerza. Estaba envuelta en una manta, así que solo le veía su dulce carita de color rosado, pero eso no impidió que el feroz y desmesurado amor que sentía por ella me brotara del pecho.

Llevaba un segundo sujetándola. Un solo segundo y ya me había enamorado de ella. Y sabía, a ciencia cierta, que haría lo que fuera con tal de protegerla.

Cuando por fin me salieron las palabras, lo hicieron en un tono ronco y lleno de emoción:

—Es perfecta.

Igual que su madre.

Acuné a Dahlia en brazos mientras Stella nos miraba con aquella hermosa sonrisa tan suya. Envueltos en aquel silencio, yo solo lograba oír el latido de mi corazón mientras sujetaba a mi hija por primera vez.

Tarde o temprano tendríamos que compartir este momento con los amigos y la familia de Stella. Pero, por ahora, disfrutaría de la lujosa paz que nos pertenecía solo a nosotros.

A Stella, a Dahlia y a mí.

La familia que nunca pensé que tendría y la única familia que necesitaría jamás.

Agradecimientos

A mis lectoras. Gracias por el amor que le habéis mostrado a Christian y a Stella, así como a toda la familia de la saga *Twisted*. Sois lo mejor de mi vida como autora; vuestros amables mensajes, vuestras reseñas, vuestras publicaciones y las ediciones que hacéis me hacen siempre muy feliz. Os adoro.

A Becca. Gracias por ser mi pilar y por animarme siempre a lo largo de todo este viaje. Después de muchas noches en vela, llamadas eternas y un sinfín de mensajes, ¡lo hemos conseguido!

A Amy y a Britt. Gracias por mirarlo todo siempre con buenos ojos y por tener paciencia conmigo y mis apretadas fechas de entrega. ¡Sois increíbles!

A Brittney, Sarah y Rebecca. Empezamos con Rhys y Bridget y mirad dónde hemos llegado. Gracias por estar aquí para todo. Hacéis brillar mis historias; no habría podido hacer todo esto sin vosotras.

A Salma. ¡Tus vídeos y reacciones son lo más! Me has ayudado muchísimo con tu *feedback*. Eres verdaderamente una joya del mundo literario.

A Aishah. Has estado ahí desde el principio y te lo agradezco inmensamente, no solo por leer mis novelas, sino también por ser mi amiga. Desde tus sugerencias de canciones y tus recetas (te prometo que las haría si pudiera) hasta tu profundo cariño por el loro *Cuero*. Siempre me alegras los días.

A Amber y Michelle. Gracias por mantenerme cuerda y por tomaros con filosofía las fortuitas preguntas que suelto por el grupo de chat sin previo aviso. Esta piscis indecisa no sabría qué hacer sin vosotras.

A Trinity. Gracias por ocuparte de mis peticiones de última hora. ¡Eres la mejor!

A Amanda. Gracias, como siempre, por esta preciosa portada.

A Christa Désir y al equipo de Bloom Books. Gracias por ser siempre tan alegres e increíbles.

A Kimberly Brower. Gracias por todo lo que haces. Estoy eternamente agradecida de tenerte como agente.

Y, finalmente, a las increíbles chicas de Valentine PR. Gracias por todo vuestro trabajo y por hacer que esta publicación sea posible. ¡Os aprecio mucho!

Besos,

Ana

Contacta con Ana Huang

Grupo de lectoras: facebook.com/groups/anastwistedsquad
Página web: www.anahuang.com
BookBub: www.bookbub.com/profile/ana-huang
Instagram: www.instagram.com/authoranahuang
TikTok: tiktok.com/@authoranahuang
Goodreads: www.goodreads.com/anahuang